蔣馮書簡新編

陶英惠　輯註

臺灣 學生書局 印行

自 序

　　我對蔣中正、馮玉祥兩人，並未作過深入的研究，十多年前，
忽奉傳記文學雜誌社劉紹唐（宗向）社長之邀，著手輯註蔣、馮兩
人公私來往函電，可以說是非常偶然的。

　　紹唐社長素來熱心於近代史料之蒐集、刊布；由於他曾在中國
國民黨中央黨部工作過，所以對於蔣中正的資料更是特予留意。有
關蔣中正的生平言行，經其親自核定刊行最早的有兩種，一為民國
二十年冬刊行的《自反錄》，一為民國二十六年春出版的《民國十
五年以前之蔣介石先生》。就史料價值言，前者遠較後者為珍貴。
如《自反錄》第二集，收錄了民國十五年夏至二十年冬大量的重要
文件，在這五年中，正值北伐、編遣會議不歡而散、西征武漢桂
系、討伐唐生智、馮玉祥稱兵反抗中央、閻錫山汪精衛馮玉祥李宗
仁等大聯合、中原大戰、擴大會議、以及廣東成立國民政府等重大
事件，接連不斷的發生，蔣中正如何應付、處理這些事件的原始函
電，都完整的收錄在這一集中，其史料價值之高，自不待言。可是
上述兩部書，自初次印行後，坊間曾再次排印過《民國十五年以前
之蔣介石先生》，至於《自反錄》則沒有人注意，既未再版行世，
也乏人徵引用作研究資料，何以致此？令人有些費解！

　　民國八十一年初，紹唐社長告訴我，他託美國的友人代為複印

了一套《自反錄》，想要影印出版，廣為流傳，以彌補其不被重視的遺憾，並嘉惠史學界的學人；但是複印件的書邊處，偶有因為厚度的關係未印清楚，甚至漏印一行，託我代為檢查補訂一下。這是一件很有意義的事，我曾數度到孫逸仙博士圖書館為之查對，也曾就近代史研究所庋藏的微捲加以核對。該書內容有文電、函札、計畫、建議、演講等，細讀之下，發現其中頗多性情之作。蔣中正在手書自序中說是「以為朝夕自反之資」，並未公開發行，所以流傳不廣。

民國八十七年一月中旬，紹唐社長又寄來一冊影印的《蔣馮書簡》，囑代為增補整理。我因為看過《自反錄》，覺得與《蔣馮書簡》兩相對照，可以理出一條清晰的脈絡，很有意義，因與紹唐社長商定：將兩人來往函電，依照時間先後順序排列，將已蒐存者先在《傳記文學》發表，並繼續公開徵求兩人來往的函電，儘量求全。因為僅靠《自反錄》與《蔣馮書簡》，定有太多的遺漏。我於是再就《馮玉祥日記》以及當時有關的的報章雜誌等，擴大蒐尋範圍，並到國史館抄錄大溪檔案中之相關函電。這時適逢小兒俊安及兒媳林淑慧，趁耶誕假期自美返臺省親，也陪著我去國史館，我選好後，交他倆抄錄，頗有所獲。在濟南的外甥郭濤，則為我留意大陸上有關馮玉祥的史料，代購甫於一九九八年十一月出版的《馮玉祥選集》上中下三巨冊寄來，裡面收錄了不少馮玉祥給蔣中正的函電。經過多方增補後，雖然仍不夠完整，但已經有了相當可觀的成績。民國八十七年十二月，紹唐社長便在《傳記文學》第七十三卷第六期開始連載，並籲請讀者、專家就所藏所見者隨時予以增補；俟蒐集有相當數量後，再編為專書，當作民國史上一項重要史料。

不料這時紹唐社長的健康出了問題，〈蔣馮書簡新編〉只刊出了四期，他即於民國八十九年二月十日，以肝腫瘤病逝三軍總醫院。俗語說「人亡政息」，在所難免，連載的事，因之中斷。而《自反錄》之出版，更是胎死腹中。

不久，《傳記文學》改由世新大學成嘉玲、成露茜女士接辦。民國八十九年十一月二十九日，我到東吳大學參加其百年校慶所舉辦的學術研討會，傳記文學雜誌社編輯部邱慶麟先生到會場拉稿，我告以〈蔣馮書簡新編〉尚有存稿在社中未曾發表。邱先生轉告成社長後，自七十八卷第三期起恢復陸續刊載，直到九十四年四月第八十六卷第四期，全部刊載完畢，前後共刊出三十六期。

成社長在恢復續刊的編者按語中，點出了該書的重要性，特照錄如下，除可供讀者參考外，並藉向成社長表達感謝之忱。其按語云：

在中國近現代史軍閥混戰中，蔣介石與馮玉祥可謂獨步鷹揚於當時，兩人手握重兵，各據一方，互為犄角。同時兩人為了本身的利益，始而訂交，進而結盟。在長達二十多年的交往當中，兩人別具懷抱，時而兵戎相見，時而握手言和；可以說是恩怨不斷。

蔣馮二人之分合，影響民國政局至鉅，其中有關兩人公私來往函電，頗具史料價值，但如果不加以詳細的註解，實在難以說明他們二人之間交往的真相。輯註者陶英惠教授，任職於中央研究院近代史研究所，為這批函電作註目的在理出一條清晰可辨的脈絡，幫助讀者在閱讀時，對蔣馮二人有更進

一步的認識；並對治中國現代史者，提供一份難得的資料。

在全文刊載完畢後，又有幸獲得蔡登山先生的重視，並無私的代為安排出版事宜，獲得臺灣學生書局總經理鮑邦瑞先生的大力支持，使劉紹唐社長最初輯錄蔣、馮兩人公私來往函電的願望，得以完全實現，更是一項偶然。特向蔡先生及鮑總經理敬致由衷的謝意！美中不足的是劉紹唐社長最早就想影印出版《自反錄》的心願，恐怕再也無由實現。就對也曾參預其事的我來說，內心不免有些若有所失！

陶英惠 謹識
民國九十八年二月十六日
於南港中研院近史所

蔣馮書簡新編

目　次

導　言

　　蔣中正（介石）和馮玉祥（煥章），曾是左右民國政局、極一時風雲際會的人物，分別代表中央軍（黃埔）、國民軍（西北）兩軍系的領袖。民國三十八年中央政府遷臺後，中共以馮反蔣，將他包裝成共黨鬥士，予以高度評價；而隨政府播遷來臺之西北軍故舊，除少數幾人留在政治舞臺外，多數都過著退隱式的生活。有關西北軍的史料，面臨被扭曲或湮滅的危險。中央研究院近代史研究所於民國四十四年成立之初，郭廷以所長別具慧眼，在進行「口述歷史」計畫時，首先搜集以馮玉祥為中心的西北軍史實，對來臺之西北軍將領，如石敬亭（筱山）、熊斌（哲明）、秦德純（紹文）、劉景健、孫連仲（仿魯）等進行訪談，希望在他們的口述中，挖掘出過去未見諸文字的秘聞，搶救一些最珍貴的直接史料。可惜，由於當時政治禁忌太多，被訪談者，語多保留，未能暢所欲言。

　　無獨有偶，劉紹唐先生在民國五十一年六月創辦了《傳記文學》雜誌後，也有計畫的在發掘與西北軍有關的史料，對西北軍名將的回憶錄、傳記等不斷的刊布，在專書方面，已出版：《秦德純回憶錄》、《劉汝明回憶錄》、《張上將自忠畫傳》、《宋哲元與七七抗戰》、《宋故上將哲元將軍遺集》、《馮玉祥傳》、《西北從軍記》等；又發表了很多篇有關將領的傳記，如：趙登禹（舜

誠）、佟麟閣（捷三）、鹿鍾麟（瑞伯）、韓復榘（向方）、石友三（漢章）、張之江（紫岷）等，保存下許多珍貴紀錄。

民國初年，軍閥及政客結拜的風氣甚盛，要皆基於本身一時之利害而訂交，故反目成仇者，屢見不鮮，蔣、馮二人也未能例外。蔣拉攏馮為其消除異己，完成統一大業；馮則借重蔣的勢力來鞏固、並擴大自己的地盤；可以說是各有所圖。他們自民國十七年（1928）二月十八日在鄭州換帖，到三十七年（1948）八月三十一日（或作九月一日）馮在黑海敖德薩（Odessa）港附近俄輪「勝利（Pobeda）號」上，以放映電影起火而被焚死，二人「異姓兄弟」的關係，維持了二十年又六個多月。在這二十多年中，他們二人，時而兵戎相見，時而握手言和，反覆較量，可以說恩怨一直不斷，最後終於分道揚鑣，徹底決裂，盟兄成了反蔣的急先鋒。

劉紹唐社長深感蔣、馮二人之分分合合，影響民國政局至大，有意輯錄兩人公私來往函電，酌加註釋，除將已蒐存者先在《傳記文學》發表，並籲請讀者、專家就所藏所見者予以增補；俟蒐集有相當篇幅後，再編為專書，當為民國史上一項重要史料。筆者認為這是一項很有意義的事，奉邀參與此項工作。茲先就蔣、馮二人交往的大概情形，作一簡要說明，供作參考。

蔣馮的崛起

孫中山先生為建立革命武力，於民國十三年六月成立黃埔軍官學校，以蔣中正任校長。同年十月，軍校學生平定廣州商團事變，開始嶄露頭角。十四年二月，蔣率軍校教導團及粵軍第一次東征，

連戰皆捷；六月，討平楊希閔、劉震寰之叛，鞏固了革命根據地。
國民黨在廣州既能控制局勢，乃於七月一日取消大本營，成立國民
政府，下設有軍事委員會，以蔣及汪兆銘（精衛）、譚延闓（組
安）、胡漢民（展堂）等八人為委員。為統一軍政，各軍改稱國民革
命軍。八月，黨軍改為第一軍，以蔣為軍長。自此奠下其在國民革
命軍中的地位。

　　馮玉祥出身行伍，以治兵甚嚴而聞名；惟性多疑善變。民國十
三年九月，第二次直奉戰事爆發，馮以直系部將，率所部自古北口
班師回京，與老同盟會員胡景翼（笠僧）、孫岳（禹行）兩軍會合，
號國民一、二、三軍，趁機倒戈，反吳佩孚（子玉），發動「首都
革命」。從此，國民軍則成為新興崛起之獨立軍系。十四年一月，
馮專任西北邊防督辦，將國民一軍各部統轄於西北邊防督辦署，改
稱為暫編西北陸軍，取消國民軍名稱，以後即稱「西北軍」。

　　「首都革命」後，馮依照與胡、孫之約定，電請中山先生北上
解決國是，並聯合奉系擁段祺瑞再起為臨時執政。未幾，以爭地盤
故，又展開新的權力鬥爭：先是直系與國民二、三軍聯合討奉，馮
之國民一軍則暗聯郭松齡叛張作霖，激怒奉系，因演成直奉棄嫌修
好，聯合討馮。馮一舉樹立直奉兩大強敵，又因處置直隸地盤問
題，內部也發生了意見，遂於十五年一月一日通電下野，隻身經外
蒙赴俄乞援，並與南方之國民政府互通款曲。一月二十五日，蔣與
汪精衛曾聯名電勸馮，謂「時事多艱，請消退隱。」❶

---

❶　中國社科院近史所中華民國研究室編《中華民國史資料叢稿・大事記》，第
　　十二輯（北京：中華書局，1982 年 4 月出版），頁 18。原電文尚未覓得。

南北呼應　互蒙其利

　　十五年初，由於奉直在華北夾擊國民軍，定要將其打倒；蔣認為國民軍被打倒後，下一個目標必然是國民革命軍，乃於二月二十四日提議早定北伐大計、應援西北國民軍案。三月三十一日及四月二日，馮之代表、前同盟會員馬伯援到廣州，分謁代理國府主席譚延闓及軍事委員會主席蔣中正，謂國民軍必與國民黨合作、解決國事。翌日，蔣即上書國民黨中央，請整軍肅黨，準備北伐。他認為：國民軍退出京津、尚未被完全消滅前，英、日兩國必協定以奉軍對西北之國民軍，以吳佩孚對南方之廣東革命軍；故應聯絡國民軍，使其退守西北，保留固有之勢力；並於三個月內出兵北伐，在吳之勢力尚未充足之際，一舉而佔領武漢。四月十日，國民政府委員會致函馮玉祥，謂決積極籌備北伐，期會師中原，共定國難。四月十五日，國民軍由北京退往南口。四月三十日，蔣又與中央執監委會商北伐計畫，主聯合馮、閻（錫山）以牽制奉軍。六月三日，蔣電邀馮來粵共籌大計。六月十一日，馮復電謂：「我救國軍隊非會師武漢，不能達救國之目的。」即派李鳴鐘（曉東）、劉驥（菊村）全權赴粵會商。❷此前，馮已與國民黨人多有往來，但與蔣之互通函電，可能自此始。六月五日，國民政府特任蔣為國民革命軍總司令，於七月九日就職，即誓師北伐。從此逐漸掌握了軍政大

---

❷　馮玉祥著、余華心整理《馮玉祥自傳》（北京：軍事科學出版社，1988 年 11 月第一版），頁 90。時李鳴鐘、劉驥與馮同在俄國，見中國第二歷史檔案館編《馮玉祥日記》（江蘇古籍出版社出版，1992 年 1 月第一版），第二冊，頁 193：「同李鳴鐘、劉驥二弟談。」

權。

　　北方的軍閥混戰之際，國民黨在廣東趁機發展。蔣誓師北伐時，國民軍正與奉直聯軍酣戰，尤以南口之役，至為酷烈，吳佩孚的大部分精銳，被吸引、牽制在北方，削弱了兩湖的防禦力量，使其首尾不能相顧，北伐軍因得勢如破竹向北推進。蔣心存感激，後在國民軍聯軍南口陣亡將士追悼大會中致詞時說：

> 當革命軍自粵出發，未幾下桂趨湘。彼時正西北革命同志與反革命者激戰南口。賴諸烈士之犧牲，直軍不能南下守鄂，北伐軍遂長驅北上，衝破長〔沙〕岳〔陽〕。後日西北同志，雖退綏〔遠〕甘〔肅〕，而北伐大軍，已以破竹之勢，消滅反動勢力，建立政府於武漢。是北伐成功，多賴南口死難烈士；革命同志，幸勿忘之也。❸

從另一角度來看，由於蔣如約於七月出師北伐，克湘、鄂，圍武昌，迫吳於八月移兵南援，與北伐軍相持於武勝關，因此得解國民軍之難。馮也曾表達過感激之意：

> 回想客歲蔣總司令介石同志，不避勞苦，決心北伐，故能得今日革命偉業，不但救軍閥虐待下之民眾，亦且救我西北軍。❹

---

❸　李泰棻《國民軍史稿》，頁 491。
❹　同上，頁 340。

雙方在戰略上的密切配合，收到了互蒙其利的效果。

鄭州結盟　合力北伐

　　十五年九月十六日，馮自俄歸抵五原，十七日就任國民聯軍總司令，收拾殘局，重整旗鼓，正式加入國民革命行列，平定甘陝，出潼關而鋒逼中原，側擊直魯聯軍，聲勢壯大。不僅提高了馮的地位，也發揮了左右世局的作用。

　　十六年四月十八日，國民政府奠都南京，寧漢分裂，雙方都因馮擁有重兵而與之信使往還，爭相拉攏，皆欲藉馮之助以打倒對方。而馮依違於寧漢之間，權衡得失，意存觀望，態度十分曖昧。武漢方面搶先於六月十一、十二兩日，與馮舉行鄭州會議，以河南地盤相讓，使豫、陝、甘三省軍政大權，盡入馮手。十九日，馮在黃郛（膺白）的建議下，應蔣之邀到徐州，蔣在花園飯店設宴歡迎，此為二人初次見面。二十、二十一日，即與寧方要員在徐州舉行會議，達成一致北伐、同取反共態度之協議。❺

---

❺　馮玉祥於民國十六年八月二十四日對上尉以上官長講話云：「現寧漢合作已成事實，誠可喜也。前者危機四伏，一觸即發，因雙方均是革命黨，故我軍不便左右袒，只好從中排解。……惟是我曾因苦心調和，致討雙方不好，南京則罵我接近共產黨，而武漢則罵我反革命，并將我軍所應得之物品亦予扣留，真所謂兩姑之間難為婦也。」（《馮玉祥日記》，第二冊，頁 368。）至於徐州會議、與蔣會面事，馮在民國十六年六月二十日日記中也留有簡單的紀錄：「五點，赴花園飯店。（在徐州）與蔣中正、李宗仁、白崇禧等會議。午後一點半，與李烈鈞談時局：一、聯晉制奉，晉閻實力，不能敵奉。現聞奉方三路攻晉，晉必不支，宜援助百川，以牽制奉張。二、消除內部隔

在半個月之內，馮分與敵對之寧漢雙方舉行重要會議，頓將自己塑成為舉足輕重的人物，獲得了最大的利益。他選擇了寧方，迫使武漢分共，促成寧漢合作之局。馮因與奉系積怨已久，只有勸寧漢息爭，共同北伐，才能解除奉魯對他的威脅，保住其在華北的地盤。寧漢洽商合作，繼又發生世傳的所謂「桂系逼宮」，而蔣不得不於八月十三日暫行引退。❻

蔣下野後，北伐大業，主持乏人；馮為討奉，故竭力請蔣復職。十七年一月九日，蔣通電繼續行使總司令職權，並謂俟北伐完成，即解職引退。二月十六日，到開封與馮會商北伐大計；十七日，同赴鄭州視察；十八日，互換蘭譜，結為異姓兄弟。兩人親筆所書之蘭譜文如下：❼

　　　　　蔣中正蘭譜
　　　安危共仗
　　　甘苦同嘗
　　　海枯石爛

閣。目下軍事勝利，寧漢兩方宜集中勢力，乘勝北伐，使敵不得休息。六點半，再赴花園飯店會議，至夜一點始歸。」六月二十一日日記：「十點，蔣介石來電話，謂如武漢軍東下，請派兵直搗武漢。告以絕無此事。午後半點，晤蔣辭行。」（《馮玉祥日記》，第二冊，頁337。）

❻　馮玉祥於民國十六年八月十七日與李組紳談蔣通電下野事云：「當此北伐吃緊之時，乃黨國要人，不以國家民眾為前提，精誠團結，一致對外，顧斤斤焉而操同室之戈，徒使賣國軍閥張目耳，能不令人失望耶。」（《馮玉祥日記》，第二冊，頁364。）

❼　《馮玉祥回憶錄》正文前蘭譜墨蹟。

　　　　死生不渝
　　　　　　敬奉
煥章如胞兄惠存
　　譜弟蔣中正謹訂　十七年二月十八日
籍貫　浙江奉化武嶺
年歲　四十二　生於丁亥年九月十五日〔一八八七年十月三十一日〕
父諱肇聰　母王氏

　　　　　馮玉祥蘭譜
　　　結盟真意
　　　是為主義
　　　碎屍萬段
　　　在所不計
　　　　　敬奉
介石如胞弟惠存
　　譜兄馮玉祥謹訂　十七年二月十八日
籍貫　安徽巢縣竹坷村
年歲　四十七　生於壬午年九月二十六日〔一八八二年十一月六日〕
父諱有茂
母　氏游

　　馮長五歲為兄，蔣為弟。這一對在各方面均有著極大差異性的
結拜兄弟，注定是無法長期和睦相處的。
　　馮玉祥的蘭譜所云：「結盟真意，是為主義，碎屍萬段，在所

不計。」其共同為三民主義而奮鬥之意,至為明顯;可是在兩人決裂後,馮的解釋則變成:「他(指蔣)若真正為實現三民主義,我們將在一起幹;你若不拿人民當主人,而拿人民當奴僕,我是不能同你在一起幹的,不但不能在一起幹,並且是非打倒你不可。」❽這樣的解釋,似與原意有些不符。

蔣馮與孫中山的關係

自民國成立以來,孫中山先生是備受各界共所敬仰的人。在國民黨內,無論是左派或右派,莫不競相以總理的信徒自居;在眾多信徒中,由於都自認為是嫡系相承的正統,不無權位恩怨的糾葛,引起一連串的紛爭。蔣臨終時,在其遺囑中云:「自余束髮以來,即追隨總理革命,無時不以……總理信徒自居。」被視為「道承孔孟,志繼國父」,取得「繼承人」的地位。

在北洋軍閥中,對中山先生敬仰、信服者,馮玉祥是其中之一。自民國七年起,中山先生便常與馮信使往還,並以親書之「建國大綱」相贈,馮深受感動。影響所及,乃發動「首都革命」、組織國民軍、電請中山先生北上主持大計。及中山先生到達北京後,局勢丕變,馮已失去主動地位,未能往謁;中山先生不久病逝,兩人終於緣慳一面。❾十五年九月十七日,馮在五原接受黨旗、就任

---

❽　《馮玉祥回憶錄》,頁5。

❾　請參考《傳記文學》六十四卷六期、六十九卷五期,莊政、石學勝、陳漢孝等文。

國民軍聯軍總司令之通電中有云：「玉祥……與中山並世而生，聞革命之旨，獨恨遲晚。……茲者中山主義，驅我歸來……國民軍之目的，以國民黨之主義，喚起民眾……。」⑩其倨傲睨視之語句，國民黨的要員們恐怕不易接受。可是終馮一生，一直自命為總理信徒，奉行總理的遺志。由於與國民黨人暗中聯絡，南北遙相呼應，方得在五原異軍突起，共同完成了北伐大業。

十七年七月六日，北伐告成後，在北平香山碧雲寺總理靈前舉行祭告典禮時，參加北伐的四位集團軍總司令都到場，由蔣主祭，馮及閻錫山（伯川）、李宗仁（德鄰）、白崇禧（健生）襄祭。由主、襄祭的身份，可知蔣的領導地位已經確立。在祭靈時，蔣哭之慟；馮「走上去如勸孝子一般，勸了多時，他始休淚。」⑪若干年後，馮又補述當時其他人揶揄的話說：「這樣才顯出他是嫡系呢，我們都不是嫡系，叫他哭吧！」⑫言為心聲，由此也可看出蔣與馮等諸人爭嫡的端倪。到十八年五月底，國民政府在南京為中山先生舉行奉安大典時，蔣、馮已經開戰，馮連襄祭的機會都沒有了。蔣、馮的分分合合，似乎都與中山先生這塊金字招牌有些關係。

北伐告成　兄弟交戰

十七年四月七日，蔣在部署妥當後下達北伐總攻擊令。六月二

---

⑩　李泰棻《國民軍史稿》，頁311。

⑪　馮玉祥《我的生活》，頁760。

⑫　《馮玉祥回憶錄》，頁9。

日,奉張宣布退出北京。北伐告成。馮之第二集團軍,在北伐中頗有戰績,犧牲亦大,結果僅得到一個不完整的山東,至於他久欲獲得之平津及直隸軍政大權,則落入晉閻手中。蔣所以如此安排,可能是因為馮向來桀驁反覆,難以控馭,不欲其勢力再行擴張;二因英、美、日惡馮接近蘇俄,不願平津落入其手,外交上不能不慮;三因閻、馮之間早有矛盾,閻力爭聯蔣,以求向外發展。❸於是予馮以壓制。馮既不滿功高賞薄,又認為編遣不公,遂生觖望。於十八年二月五日稱病請假,離京赴豫。蔣、馮之矛盾遂浮上檯面。

北伐完成後的南京政府,是由許多目的不同的人士合組而成,內部問題重重:以汪精衛為首之改組派,自認未獲得應有之權力,利用各方軍人對編遣問題的不滿,興兵反抗,號召「護黨救國」;十八年三月十五至二十八日國民黨舉行第三次全國代表大會,甫告結束,李宗仁的桂系,為爭武漢賦稅,首先舉兵反蔣,挑起內戰;馮表面擁護中央討桂,暗中卻與桂系私通,首鼠兩端,心存觀望,擬坐收漁人之利;不料桂系不旋踵即告失敗。馮則又因其愛將孫良誠(少雲)在山東接防問題,與中央決裂。五月十九日,馮布置反蔣;中央於二十五日下令討馮。不料馮之兩員大將韓復榘及石友三,則師其投機倒戈慣技,通電擁護中央,使馮之實力大損;馮又慮晉閻斷其後路,乃於二十七日通電下野,全軍退回潼關,以保存實力。兩軍尚未交手,戰事即告流產。

不久,閻錫山表示願與馮聯合反蔣,馮部將宋哲元(明軒)等

---

❸　郭廷以《近代中國史綱》(臺北:曉園出版社,1994 年 5 月初版),下冊,頁 672。

二十七人，於十月十日通電出兵討蔣，掀起了蔣、馮大戰。盟兄弟反目成仇，兩軍打得難分難解，卻遲遲不見閻錫山「隨後繼之」，方悟被閻出賣；乃於十一月二十二日下令撤兵，再回潼關。戰事遂告結束。

緣閻一面煽動馮興兵，假其手以打中央；另一方面，則暗中接受中央任命的「海陸空軍副司令」之職，左右逢源。在蔣、馮衝突中，閻縱橫捭闔，既媚蔣以壓馮，又拉馮以抗蔣；而蔣則利用閻來驅馮；真猶如「螳螂捕蟬，黃雀在後。」

馮既敗，閻自知其年來之所作所為，遲早必為蔣所不容；又慮被蔣各個擊破，基於唇亡齒寒、助人亦助己之考量，乃極力拉攏各派系反蔣力量，於是李宗仁、汪精衛、西山會議派等，紛派代表北上，齊集山西，閻頓成為全國反蔣派的中心人物，組成聲勢浩大的反蔣聯盟，要作孤注之一擲。由各派聯合反蔣來看，証明蔣已取得了獨大的地位。蔣深知非和平可了，別無選擇，也就決心對所有異己勢力作一決戰。雙方的藉口是：中央謂旨在保衛國家統一；地方則聲言要反獨裁；都「義正詞嚴」。於是在十九年五月，雙方人馬，東起山東，西至襄樊，南迄長沙，在綿延數千里的戰線上，展開了大廝殺，此一全國性的大規模內戰，通稱「中原大戰」。

中原大戰時，反蔣聯盟相當鬆散，平、津《英文時報》曾刊出一幅漫畫：蔣一手握機關槍，一手捧銀元；馮一手執大刀，一手捧窩窩頭；閻一手執手榴彈，一手托算盤。勝負已很明顯。❹反蔣各軍，舉棋不定，或圖自保實力，在協調配合及部署上已失先機，終

---

❹　郭廷以《近代中國史綱》，下冊，頁 683。

被各個擊破；及九月十八日，原抱依違兩可、坐觀其變的張學良，忽通電擁蔣，派兵入關，直趨平、津，整個局勢遂急轉直下。馮玉祥苦心經營二十多年之西北軍，完全瓦解，於十一月四日通電下野，釋權歸田，避居晉西。蔣對這位盟兄，並未嚴處；總算也顧到了結拜之情。

「九一八事變」發生、蔣下野後，馮到了南京，欲有所施展而未遂，再回泰山。嗣因日軍侵華日甚，馮力主抗日，於二十二年五月二十六日在張家口組織「察哈爾民眾抗日同盟軍」，自任總司令，名為抗日，實為反蔣，企圖在北方重建地盤，一度為政府帶來很大的困擾。直至八月九日，已知難以有所作為，方解散同盟軍總部，將察省政權交還宋哲元，為時共七十五天。從此，馮就沒有再在軍事方面與蔣對抗。

共同抗日　再度攜手

二十四年十一月，馮再應邀到南京，依附於蔣，受任為軍事委員會副委員長。及抗日戰起，於二十六年八月出任第三戰區（上海）司令長官；九月八日，調為第六戰區（津浦線）司令長官。號召舊部，支持政府共同抗日。迄抗戰勝利時，馮雖乏實權，但也迭任要職，與蔣共謀國事，關係頗為微妙。惟馮往往自恃功高，擺出盟兄的身份，對蔣不假辭色；此時蔣已是全國的領袖人物，深感難以相處，不免有些疏遠。馮遇事好作批評，致蔣之屬下常為此受責，而尤不能容忍其「毀謗領袖」的怪異作風，因而變成不受歡迎或敬而遠之的人物。更由於他長期與左派人士相往還，故於抗戰勝利

後，對於千瘡百孔之政府，極不滿意。馮在三十四年八月十六日上蔣主席書中，除提出八點建議外，最後云：

> 至於祥今後私已之唯一願望，厥為一俟大局平定，赴歐美各國一遊，以展眼界，以廣學識，此點極盼鈞座惠予准允，不勝感幸。❶❺

蔣於九月二十四日函覆云：

> 兄赴歐美遊歷，甚表贊同。惟目前抗戰甫告勝利，復員業務百端，擬請稍緩數月，再定行期。以便在此期間，多獲匡教。❶❻

三十五年四月二十七日，蔣履行上函之諾言，派馮以特使名義赴美考察對其純屬外行的水利。馮於九月二日自滬啟程，十四日抵舊金山。這也是兩人最後的一面。

徹底決裂　馮被焚死

據與馮同船赴美的黎東方說，馮曾在船上的餐廳演講一次，對蔣的領導抗日，備加推崇；又說蔣左右的人，有不好的，但也有好

---

❶❺　《蔣馮書簡》，頁 139。
❶❻　同上。

的，猶如人之五個指頭，長短不一。**⑰**不料抵美後不久，馮便開始發表反政府的言論。三十六年九月九日，組「華僑和平民主協會」；十一月九日，在紐約成立「旅美中國和平民主聯盟」，反對美國援華。以代表國家之特使，竟在所出使的國家反對援助自己的國家，真是予人以時空錯亂、角色混淆之感。至於他在美國考察水利時所鬧的笑話，請參考陪同前往的水利顧問章元羲所寫〈記馮玉祥在美國的那一年〉。**⑱**

三十六年十二月，政府以其在美的反政府言論與行動，過於離譜，故撤銷其專使名義，令即回國。馮抗命，並繼續從事反對援華的活動。至三十七年七月，始離美赴俄，不意在船上被焚死。

有關蔣馮的史料

蔣、馮都是很早就成名的人，他們也早就知道自己將來在歷史上會有一定之地位，所以刻意保存個人的文件，因而留下大量資料。至於涉及以二人關係為主者，自應首推馮玉祥的《馮玉祥回憶錄》。該書是民國三十七年馮和蔣徹底決裂後、在黑海遇難前，口述他同蔣二十多年來的關係，由其夫人李德全筆錄而成。於三十八年三月，也就是他死後半年多，由上海之文化出版社印行，承印者卻是香港的嘉華印刷有限公司。雖名曰《回憶錄》，實則所記都是

---

⑰ 張家昀《模範軍閥馮玉祥》（臺北：久大文化公司，1992 年 7 月初版），附記——憶馮，頁 221-222。

⑱ 《傳記文學》，第三十三卷，第三至五期。

他和蔣的恩恩怨怨；全書共分七十七章，對其譜弟極盡醜詆之能事，所以不克在上海排印。吾人對照蔣馮來往的函電，發現過去馮對蔣曾予以肯定或推崇的話，在該書中都加以推翻，另作截然相反的解釋。張家昀認為那是馮的「片面之詞」；⓳而反蔣者，則視為經典之作，曾多次重印，但書名均改為《我所認識的蔣介石》，倒也十分切合書的內容，由黑龍江人民出版社於 1980 年出版；鄭南榕在臺之重排本，列為「自由時代系列叢書第二號」，未印出版日期；牧田英二則將之譯為日文，於 1976 年由東京都長崎出版株式會社初版，書名為《我ガ義弟蔣介石：その虛像と實像》。

對於該書的內容，蔣似未曾作任何澄清，大約認為不值得一駁。

有關研討蔣、馮關係的著述甚多，茲列舉以「蔣介石與馮玉祥」為題者三篇如下，供作參考：

㈠董長貴、韓廣富合寫〈結為金蘭終分道揚鑣──蔣介石與馮玉祥〉，收在程舒偉、雷慶主編《蔣介石的人際世界》（吉林人民出版社，1994 年 11 月，第一版），頁 181-197。

㈡陳民〈各有所圖的義結金蘭──蔣介石與馮玉祥〉，收在嚴如平主編《蔣介石與結拜兄弟》（北京：團結出版社，1994 年 12 月，第一版），頁 240-261。

㈢王朝柱著《蔣介石和他的密友與政敵》下卷（北京：中國青年出版社，1995 年 7 月，第一版）中，其〈馮玉祥和蔣介石〉篇，係以「小說體的記傳文學的形式」寫成的，厚達四四五頁，

⓳　張家昀前引書，頁 91。

約三十餘萬字。

研究近代軍政人物，除檔案公文書外，最重要的應是來往的函電。在傳真、電子信箱尚未發明前，多靠書信傳遞消息；為爭取時間，則利用電報。濫用電報的結果，就成為王禹廷在〈先禮後兵・下令討馮〉文中所記當時流傳的趣聯：「打電報、電報打、報打電」。❷有些電報，不僅給收件人看，也公諸報端作為宣傳，有意留下文字紀錄，備作日後向歷史交代。當時的電報，有一共同特點，即遣詞用字，非常講究，情文並茂，骨子裡明明是為興兵打你找藉口，而電文中卻滿篇憂國憂民之情，看起來義正詞嚴，實則可能是言偽而辯。至於其真正的目的，就要讀者自己去揣摩了。在蔣、馮來往的函電中，也不乏這類的例子。

關於輯錄蔣、馮函電唯一的一本專書，即《蔣馮書簡》。該書是民國三十五年十一月由上海中國文化信託服務社初版。據《馮玉祥回憶錄》頁 226 云：「我出版一本《蔣馮書簡》」，証明是由馮主動編印的，所以在取捨方面，自然以馮為主。全書共收錄二六七件，其中馮致蔣者一七八件，而蔣致馮者八十九件，只有馮信的半數；在當時人「有信必覆」或「來而不往非禮也」的觀念下，蔣的信應不止此數。而蔣在所著《自反錄》中，錄存致馮之函電多件，至於馮的來電，則全未收錄。一般為人編全集或文存的習慣，只收錄當事人寫給別人的，而不收錄來件，致使研究者無從得知全豹。蔣、馮二人之書，亦坐此弊。

在時間方面，《蔣馮書簡》所收的函電，起自民國二十四年十

---

❷　《傳記文學》，第四十五卷，第二期，頁77。

月十九日，蔣電邀馮至南京商討黨國要計；止於三十四年九月二十四日，蔣函復同意馮赴歐美遊歷。馮蟄居泰山，並未忘情政壇，靜極思動，於二十四年十一月一日應邀進京，出席國民黨四屆六中全會。自中原大戰結束、察哈爾事件和平落幕後，蔣、馮這次相見，是重修舊好的轉折點。此前兩人來往之函電，除兵戎相見時期外，馮均稱「介石吾弟」，字裡行間，不免有些托大的意味；可能是不便收錄的原因，但也可能有基於保祿位的考量。自二十四年進京後，則改稱「介公」，省去了「吾弟」，或僅書職銜，藉表尊敬；一方面係因為蔣已是全國的領袖，不宜有所逾越；而蔣對馮之來依附，也頗予禮遇。這本《蔣馮書簡》是兩人和平相處時期的交往紀錄，《馮玉祥回憶錄》則是決裂後的片面說詞；兩書都由馮編印出版，兩相比對，便不難看出其關係轉變的痕蹟，是一項非常重要的史料。

自中央政府遷臺後，所編印的各種史料，有關蔣者，儘量錄存；有關馮者，則多略去。為提供研究蔣、馮者參考上之便利，儘量多方蒐集其來往函電，現已找到近四百件，當然還有許多遺漏；凡是已經找到的，皆依時間先後順序排列，由一來一往的函電中，當可反映出許多近代有關事件的側面及脈絡，作為歷史研究工作的參考資料；遇有日期不詳者，則酌予考訂，並在必要處代加簡單註釋，供作閱讀之助。

書　簡

民國十五年（1926）

馮玉祥復譚延闓、蔣中正電（民國十五年六月十一日）

　　廣東譚祖庵、蔣介石兩先生大鑒：承電惠召，即擬就道，奈此間一時未能離身。同志救國，當遵中山先生遺訓，努力奮鬥。武漢為首善之區，當南北銜接之樞紐，我救國軍隊非會師武漢，不能達救國之目的。所有會商情形，即派李督辦鳴鐘、劉總參謀長驥兩同志負有全權，由此赴粵，即祈詳予指示，是所盼禱。

（《馮玉祥自傳》，頁90。）

【註】民國十五年三月二十三日，馮玉祥偕李鳴鐘、劉驥等由平地泉（察哈爾省集寧縣治）起程，經外蒙庫倫赴俄，五月九日抵莫斯科，至九月始歸。蔣中正於六月三日電邀馮到粵共籌大計，馮於六月十一日回電。此為目前已找到兩人來往的第一份電報。據李泰棻「國民軍史稿」頁305云：「六月間，由胡漢民介紹，派李鳴鐘、劉驥為全權代表，赴廣州接洽，完成入黨手續。」李鳴鐘（1886-1949），字曉東，河南沈邱縣

人，為馮部「五虎將」之一。北伐軍興後，一直以馮之代表身分追隨蔣總司令。劉驥（1887-1964），字谷生、菊村，湖北鍾祥人，則任馮派在武漢國民政府之代表。

蔣總司令就職通電（民國十五年七月九日）

廣州中央執行委員會、國民政府政治委員會、張〔人傑〕主席、汪〔兆銘〕主席、譚〔延闓〕主席、各委員鈞鑒：國民政府軍事委員會各院部長、司法教育各行政委員會、中央軍事政治學校、汕頭何〔應欽〕軍長、廣州譚〔延闓〕軍長、魯〔滌平〕副軍長、朱〔培德〕軍長、李〔濟琛〕軍長、陳〔可鈺〕副軍長、李〔福林〕軍長，惠州程〔潛〕軍長，並轉各師長、廣東省政府各廳長、暨市政委員會、南寧李〔宗仁〕軍長、黃〔紹竑〕委員、各師長、廣西省政府、衡州唐〔生智〕軍長、各師長、湖南省政府、張家口探送馮煥章先生、張〔之江〕督辦，並轉國民各軍長、上海、北京、廣東、廣西、湖南、暨全國各級黨部農工學商各團體、各報館均鑒：現奉國民政府令，特任蔣中正為國民革命軍總司令，此令，等因。中正猥以輊材，謬膺重寄，聞令之下，慚悚交併，當此內憂叢集，外患環生，救國重心，屬在吾黨，論才固不敢就，論義實不容辭，茲於本月九日敬謹就職，勉肩艱鉅，誓以至誠，繼承先大元帥〔孫中山〕之遺志，服從政府之命令，努力國民革命，實行三民主義，苟利黨國，死生以之，好惡同民，險夷弗計，尚望嚴加督責，時賜規箴，協力同心，匡扶大局，特電奉聞，諸希察照。蔣中正叩。佳。印。

（秦孝儀《中華民國重要史料初編——對日抗戰時期》緒編（一），臺北：中國國民黨中央黨史會，民國七十年九月初版，頁41。錄自總統府機要檔案。）

【按】國民革命軍北伐誓師暨蔣總司令中正就職典禮，於民國十五
　　　年七月九日在廣州東校場舉行。時馮玉祥尚滯留蘇俄未歸，
　　　由張之江（紫岷）兼代其所遺西北邊防督辦職務。

蔣總司令促國民聯軍馮總司令出潼關對豫西總攻擊魚電（民國十五年十二月六日）

　　平涼探投馮總司令鑒：比聞督師出陝，節麾載道，風威所播，
遐邇欽崇。吾兄救國之赤忱，奮鬥之熱烈，西北推為柱石，同僚視
如導師。義旗所指，收復甘、陝，底定中原，直意中事耳。仍望大
斾直出關外，勇馳急掃。倘豫中奠定，則大功成矣。特電奉達，並
希見復。弟蔣中正魚印（六日）。

　　　　　　　　　　（民國十五年十二月十一日，《順天時報》，第二版。）

【按】馮玉祥於民國十五年九月十七日在五原誓師，決定之方針
　　　為：「固甘援陝，聯晉圖豫。」其援陝軍於十一月二十八日
　　　解西安之圍，蔣特電請出關對豫西總攻擊。

國民聯軍馮總司令致蔣總司令報告陝戰獲捷虞電（民國十五年十二月七日）

　　九江蔣總司令勛鑒：陝西之敵，現已漸次肅清；劉〔鎮華〕部
殘餘，紛向豫中潛逃。我軍現正集中主力，向豫西移動，魚〔六
日〕晨對豫西之敵，已下總攻擊令。敵軍自劉部潰敗後，多無鬥
志，不難蕩平。請迅電樊〔鍾秀〕總司令積極進展，以收夾攻之
效。特電奉達，諸祈垂鑒。馮玉祥叩虞印。（自平涼發）

　　　　　　　　　　（民國十五年十二月十三日，《順天時報》，第二版。）

【註】電文中「劉部」，係指劉鎮華（1882-1955）之鎮嵩軍。劉字雪亞，河南鞏縣人。民國十五年四月初，吳佩孚派劉統鎮嵩軍犯陝，圍攻西安；守將為國民軍之李雲龍（虎臣）、楊虎城（虎臣），堅守長達八個月之久，為陝人最大浩劫。馮玉祥派孫良誠（少雲）率劉汝明（子亮）及馬鴻逵（少雲）等部馳援，於十一月二十八日解圍，劉部潰不成軍。劉汝明一生引以為豪的兩件事，一為「挺身當南口之險」，一即「走馬解西安之圍」。樊鍾秀（1887-1930），字醒民，河南寶豐縣人。出身綠林，曾任靖國軍總司令。民國十二年被孫中山先生委為建國豫軍總司令，從此，一直沿用此番號不改。

民國十六年（1927）

馮玉祥分電徐謙、蔣中正請相忍互諒文（民國十六年四月十日）

　　（銜略）關山修阻，每念及同志宣勞黨國，及關切西北革命之熱誠，無任佩感。邇來各方同志，告以此中情形，多謂同志對於介石同志，彼此各有不滿，以是交相責難。遠聞之下，不勝隱憂。當此革命工作正在猛進之時，各同志相互間必須格外諒解，以期團結益堅，方足制反動勢力之死命，而副先總理之遺志、遺言。我兄與介石兄，俱係革命中堅分子，黨國前途，同深利賴。其在敵人仇視忌嫉之心，嘗欲竭其伎倆，以求逞其離間革命勢力之計，而便逐其破壞革命之工程。故在此時，無論如何，必須在相忍互諒四字上，萬分努力，時以革命大計為前提，久之精神自益團結，芥蒂自可化除，革命全功，亦自可循軌道而底於成功之域。嘗謂吾人討論事理，若強異為同，則其同也，流於敷衍客氣；若以大計為前提，而集中各方之意見，團結進行，乃為和字之本意。故曰師克在和，又曰和衷共濟。蓋無論何人，決無十分之完備，或偏於急，或偏於緩，或重於實際，或重於理論；而革命工作，亦必有曲線之進程，倘以責善求全之心，遂授敵人以可乘之隙，則其為害，實不忍言。弟自愧粗疏，惟覩被壓迫民眾，日在萬惡反革命者踐踏之下，急欲先作普通解放的工作，而後從事於條理之途；良以外患既除，內部較易為理。區區愚見，出於至誠，不得已之心，同志明達過我，務希俯譬惠納，黨國幸甚，無任禱跂。

（李泰棻編《國民軍史稿》，頁 343-344。）

【註】徐謙（1871-1940），字季龍，安徽歙縣人。民國十五年三月，與馮玉祥同赴俄國，介紹馮加入國民黨，先馮離俄返國赴穗。自此挾馮以自重，與鮑羅廷合作製造武漢政權，受鮑操縱，甘為赤色傀儡，積極進行「倒蔣、迎汪、結唐、聯馮」。徐曾充馮駐漢之專使，馮慮內爭，累及北伐，予奉、魯以可乘之機，故出面調停，要「相忍互諒」。

馮總司令致蔣總司令電（民國十六年六月十四日）

（銜略）目前唐孟瀟〔生智〕同志南返，臨別與弟鄭重表示，決不與蔣公為難；如與蔣公為難，我輩將自革其命，又何以對革命二字；均囑弟轉達。

（王宗華、劉曼容著《國民軍史》，武漢大學出版社，1996 年 4 月出版，頁349。）

【註】唐生智（1890-1970），字孟瀟，湖南東安縣人。（一作 1885 年生）在政治上數度反覆。民國十六年六月十日至十一日，汪兆銘、徐謙、唐生智、于右任、張發奎等與馮玉祥在鄭州舉行會議，將河南地盤讓馮。即在十一日鄭州會議完畢當天，唐生智、張發奎部之武漢北伐軍均由河南撤回，其原因有三：一為應付兩湖共黨，一為對馮讓步，一即為對付南京。馮卻於十四日電蔣，說明徐、唐、于等並未加入共黨，並代唐表白「決不與蔣公為難」。實則武漢正在進行倒蔣運動，在武力方面，即由唐部支持。馮之原電未見，此係錄自高興亞《馮玉祥將軍》（北京出版社，1982 年 10 月一版），頁 103。

馮總司令致蔣總司令銑電（民國十六年六月十六日）

蔣總司令介石同志仁兄勛鑒：

　　刪〔十五日〕戌電計邀青鑒。弟於本日早三時由鄭州首途，晨七時安抵開封，專候我兄晤談種切，未知大駕現到何處？即請飛電指示，以便早日趨候，面傾渴想。臨電神馳，敬候德音。弟玉祥叩銑。

　　　　　　　　　　（民國十六年六月二十三日《民國日報》第四版。）

【註】寧漢分裂後，馮玉祥之態度最為重要，雙方均在竭力爭取。
　　　漢方搶先和馮舉行鄭州會議，對馮作最大讓步，以換取其對
　　　武漢的支持，即將唐生智、張發奎之北伐軍南撤，得以從容
　　　經營東征（即討蔣），希望馮代他們守住北方門戶。馮之軍
　　　費困難，漢方無法解決，轉而寄望於寧方；又因唐部撤回武
　　　漢，他單獨面對奉、魯的壓力，亟需聯蔣抗奉，以免陷入孤
　　　軍無援，故也迫切希望與蔣會談。六月十四日，馮令其駐蔣
　　　處之代表李鳴鐘向蔣報告鄭州會議情形，並接洽與蔣會晤事
　　　宜。黃郛（膺白）以與蔣、馮都有交情，也於六月十一日派
　　　王正廷（儒堂）自上海到南京，轉赴開封晤馮。據上海《民
　　　國日報》報導：馮聞蔣到徐，即電蔣，言將赴徐圖良晤，並
　　　表示當與晉閻共同奮鬥，唯蔣馬首是瞻之意。旋蔣即電復馮
　　　云，不如由本人赴歸德（河南商邱）圖良晤，蓋恐勞馮之跋涉
　　　也；但馮得電，亦恐勞蔣總司令跋涉，即立即起程赴徐，當
　　　以十九日上午七時到徐州。於此，蔣、馮遂以此時在徐州車
　　　站握手言歡。（六月二十三日四版）兩人相互傾慕、渴欲相會

之情，躍然紙上。徐州會議於六月二十、二十一日舉行兩
天，發表聯合宣言。

馮總司令致蔣總司令電（民國十六年六月十八日）

弟銑〔十六日〕晨已馳抵開封，當即趨前與同志歡罄種切。特
電飛達，並候回示。弟玉祥叩。

（民國十六年六月二十三日《民國日報》第四版。）

蔣總司令復馮總司令巧電（民國十六年六月十八日）

歸德李曉東〔鳴鐘〕同志轉馮總司令勛鑒：

巧〔十八日〕午賜電敬悉。弟待南京諸同志到後，即同來歸德
趨謁大駕。來徐指教，意甚歡忭〔《時事新報》此四字作：固甚歡迎〕，
但遠勞存問，於心不安。一俟吳〔敬恆，字稚暉〕、李〔煜瀛，字石曾〕
諸君到徐，再行奉聞。弟中正叩巧。

（民國十六年六月二十三日《民國日報》第四版。）

蔣總司令與第二集團軍馮總司令於徐州會議結束後聯合宣言（民
國十六年六月二十一日）

上海各報館轉全國同胞臺鑒：我總理致力國民革命四十年，以
求中國之自由平等，當辛亥之歲，遂覆滿清，創造中華民國，實為
四百兆〔原文如此，意為四億〕民族解放之基本。乃滿清之遺毒未除，
帝制變形之軍閥遂起，自袁〔世凱〕以來，外與帝國主義為緣，內
則肆其荼毒，使吾民罹火熱水深，十餘年於茲。民眾感其痛苦，亦
既覺悟而奮興，我國民革命軍，爰繼總理之遺志，應民眾之要求，

誓師北伐。中正、玉祥偕吾同胞轉戰數萬里，前此猖獗一時之軍
閥，已次第崩摧，惟帝國主義之工具一日未盡除，即吾同志、同胞
之責任一日不能去。茲當會師魯、豫，更益進行之際，謹掬誠悃為
海內外告：中正、玉祥與數十萬將士為三民主義信徒，謹偕全國革
命軍誓為三民主義而奮鬥，凡百誘惑，在所不顧；凡百艱險，在所
不避；凡百犧牲，在所不憚；必期盡掃帝國主義之工具，以完成國
民革命之使命而後已。武力為民眾之武力，成功即民眾之成功。惟
我同胞、同志實共鑒之。蔣中正、馮玉祥叩。馬。發於徐州。

　　　（《國聞週報》，第四卷，第二十五期，民國十六年七月三日出版。）

馮玉祥致蔣總司令請速北伐電（民國十六年七月一日）

　　蔣總司令介石仁兄同志勛鑒：迭電未蒙賜復，正跂英輝，頃間
欣奉艷〔二十九日〕電，敬悉宣勞黨國，指揮如神，旬日之間，先復
蚌埠，威聲遠震，敵膽已寒。欽折之餘，彌感盛誼。敝部世〔三十
日〕午佔領鄭州，正在肅清黃河以南之殘敵，此間出動部隊，將二
十餘萬兵力。奉方對於吾黨反動，無所不用其極，弟意非速剗除不
可；至於其他問題，自可迎刃而解。張作霖久踞關外，張宗昌窮兵
黷武，均已久蓄野心，孫傳芳、岳維峻，俱受未攻濟南之害，可鑑
前車。務請吾兄提兵猛進，直破濟南。縱一時不能追至關外，亦必
逐至德州以北，務使黃河以南敵軍，不敢窺視〔伺〕，黨國根本，
方可底定。特陳管見，至祈察納賜教。敝部一切，準備完善，願瞻
馬首，一致進行。臨電神溯，不勝企盼。

　　　　　　　　　　　（李泰棻編《國民軍史稿》，頁 363。）

馮玉祥致蔣總司令電（民國十六年七月六日）

　　蔣總司令介石仁兄同志勛鑒：支〔四日〕電誦悉。大軍攻下徐州，使敵喪膽，奉逆新敗，士氣沮喪，宜乘此機，數道並進，將其一舉撲滅，以免死灰復燃。關於京漢線方面進兵事，當遵囑與百川〔閻錫山〕共策進行。昨得百川來電云，已於東〔一〕日出兵正太線；並聞奉軍已早退過正定以北，在新樂附近設防；石家莊以南奉軍，已不能再有抗拒。現正簡蒐三軍，積極北進，掃滅反動。請吾兄由津浦線上，直攻京津，並以海軍威脅其青島、秦皇島等處，藉得早日廓清，共圖建設。至於同志各方面，弟當竭其愚誠，相引中道，必期志同道合，一致工作也。特電再覆。

（李泰棻編《國民軍史稿》，頁 363-364。）

馮玉祥致蔣總司令電（民國十六年七月七日）

　　江〔三〕日電請一致繼續北伐，諒已鑒察。玉祥所為汲汲於北伐者，誠以帝國主義之進逼，將使革命勢力，復瀕於危險之域；而國賊力求外援，且有復振之勢；又念士卒殉難之苦，慘痛已極，亟宜再接再厲，激進不已。況先總理逝世之後，靈〔陵〕寢雖卜於金陵，遺柩猶寄於燕市，窀穸猶虛，痛念曷已。凡屬本黨同志，無不同聲悲憤；諸公追隨有年，念及此事，尤當為之黯然，難安寢饋。吾輩繼承總理遺志，努力奮鬥，期在完成未竟之業，以慰總理在天之靈。乃者奉□軍閥，張□作霖，盤踞北部，僭竊稱尊。先總理遺骸所在，一日不北伐，即一日不能瞑目；一時不北伐，吾人人心中一時不忍。應請政府速定大計，一致興兵，務於最短期間，直搗幽燕，掃除殘暴，俾先總理遺骸，得早日歸葬鍾山，數十年革命未竟

之功，於斯完成，安總理之靈，慰民眾之望，均在此一舉，惟諸公其速圖之。臨電迫切，佇候明教。

（李泰棻編《國民軍史稿》，頁364。）

【註】電文中之「□」，係「賊」或「逆」等字眼，李泰棻編印
　　　《國民軍史稿》出版時，已時過境遷，彼此不再對立，故以
　　　「□」代之。

馮玉祥與蔣總司令論應速北伐電（民國十六年七月十日）

蔣總司令介石仁兄同志勛鑒：

　　迭電計達。目前軍事為最重要問題，而以全力北伐，為軍事勝利至計，謹為我兄再痛切言之。夫奉、魯軍閥，一日不鏟除，北方民眾一日不得安，國民革命自無成功之可言。況張逆作霖於我軍屢勝之後，竟敢僭稱偽大元帥，其野心不死，冀作困獸之鬥，可以概見。則其積極勾結一切反動勢力以謀我，是不待言，若不乘其創痛未復之際而斃之，則後患不知胡底，此言不迅速專力北伐之害者一也。破壞本黨及國民革命者，唯恐本黨及國民革命之勢力不分裂、不內訌，是以日事挑撥造謠，以期阻礙北伐，使國民革命不能迅速成功，然後乃可以遂其併滅本黨、宰制中國之計。是吾人不北伐，已墜其險狠之惡計，況彼且以不肯北伐，專事內訌之罪名，將持而加諸我革命之積極北伐者，以證其挑撥造謠之不謬。是我忠實同志，既失擁護黨國大計，又蒙萬世不白之冤。瞻念及此，曷勝憂憤，此言不迅速專力北伐之害者二也。現兄部各路攻魯，血戰多時，此間騎兵軍第三軍占領曹州、東明，孫〔良誠〕、韓〔復榘〕、石〔友三〕、馬〔鴻逵〕各部，也已渡河進擊，其他前進討賊之師，

源源北上，倘以顧忌造謠者之言，而遂稍有抽調，則士氣一餒，兵心必亂，東西兩路鏖戰之將士，不堪設想。元氣一傷，何時始可恢復？國民革命，何日可以成功？此言不迅速北伐之害者三也。南北革命軍勢力與賣國軍閥奮鬥以來，死傷殘廢者不知凡幾，設捨賣國軍閥而不討，則人其謂我何？且總理之骸骨，從未卜葬於金陵，至今尚托敵人之守護，在天之靈，豈能瞑目？我輩良心，抑何能忍？此言不迅速專力北伐之害者四也。其他貽害黨國，陷害民眾，斷送同胞之生命及吾輩之人格者，其害不可枚舉。弟終夜繞室，憂痛莫名，以為今日之事，唯有咬定牙關，決心北伐，務在最短期間，克服濟南、德州，使黃河流域已無頑敵立足之餘地，然後再與一切破壞北伐之徒，一論曲直。在最短期間破壞北伐者，縱有破壞之謀，尚無破壞之力，萬請我兄切勿顧念。昔興登堡介於俄、法勁敵之間，毅然決以全力先行撲滅俄兵，以免前後受制，中外傳為神策。此次武漢先出臨潁，而後戰夏、楊之師，蓋也同術。諺曰：「打得一戰開，免得百戰來」，吾人處今日之勢，唯以全力北伐，乃為上策。蓋弟與我兄所部之力，必可肅清北方，而百川同志，也必興起以為助之。值此奮鬥期間，內部問題必不至於為患，縱有他變，弟與我兄在徐所談，誓相趨赴，決不令我兄稍感困難，誠以破壞北伐者，即為反革命之罪人，敢不同聲而致討，倘再遷延顧忌，緩其所急，而急其所緩，其結果殆有不可思議者，而謂我兄之賢為之乎？辱在同志，又係國民革命努力成敗之機，數十萬眾生死之計，不得不垂涕細陳，伏維一決，不勝仰跂，並盼賜教。

（《馮玉祥自傳》，頁 113-114。）

馮玉祥總司令自洛陽轉報葉挺、賀龍兩部共黨在南昌全部譁變電（民國十六年八月三日）

　　軍急限即刻到洛陽，無線電飛轉南京蔣總司令介石仁兄同志勛鑒：濟密。頃接汪精衛同志自九江發來東〔一日〕電內開：現葉挺、賀龍兩部共黨在南昌全部譁變，正與朱培德〔益之〕、張發奎〔向華〕所部激戰中，等語。此次變化，江西境內已非常紊亂，武漢各部確已分化，所謂東征計畫，萬難實現，特電飛聞。即祈督照，並轉達各同志為禱。弟馮玉祥。江辰印。

（秦孝儀主編《中華民國重要史料初編——對日抗戰時期》緒編（二），臺北：中國國民黨中央黨史會，民國七十年九月初版，頁120。錄自總統府機要檔案。）

【註】馮玉祥致力於調停寧漢糾紛，促繼續北伐。鄭州會議後，汪
　　　精衛、唐生智等為與蔣中正爭奪權力，使武漢政權擺脫困難
　　　的處境，積極準備東征討蔣。唐及張發奎兩軍，為汪之主要
　　　支柱。十六年八月一日，第二方面軍第二十軍軍長賀龍（雲
　　　卿）、第十一軍副軍長兼第二十四師師長葉挺（希夷）等在南
　　　昌暴動，汪派張發奎往討，唐軍獨占兩湖，馮電中謂「東征
　　　計畫，萬難實現」，即指此時情況。

馮玉祥致李烈鈞轉致蔣中正請即復職電（民國十六年八月十四日）

　　南京李委員協和〔烈鈞〕仁兄勛鑒：元〔十三日〕酉電敬悉。介公一身，繫黨國安危，無論如何艱難，如何謗毀，必須努力完成革命工作。此次介公出走，駭異莫名，茲致介公一電，文曰：

　　介石仁兄勛鑒：頃接協和、褚民誼同志來電，聞我兄微服赴滬，惶悚莫名。我兄一身，繫黨國安危，為民眾之救主。北伐以

來，百戰苦功，中外人士，自有公論。況事變紛乘，正資挽救，革命事業，專賴完成，乃因一二人裂痕之故，遽欲高蹈，在兄坦白之懷，固無俟於敝屣職務，即已大白於天下。惟先總理國民革命之工作，方在繼續進行中，千萬為革命奮鬥之同胞，將何以維繫？中國被壓迫之民眾，將何以早出水火？歷年來南北之為革命而死傷殘廢者，將皆虛擲，我兄寧不計及之耶！目下革命黨人，尚須與一切惡魔，拚命決戰。因此之故，弟不得不跋涉前來，以從我兄於同一革命戰線之上，以期國民革命，早日完成。如我兄不顧一切，必欲退休，忍將革命垂成之事業，付諸東流；視黨國之存亡，可以袖手，拋棄眾將士仰望之殷，置先總理付託之重，則弟既乖素志，出於無可奈何，自揣智力，不逮吾兄萬一，亦惟有一同退隱，天下事尚忍言耶！此為黨國存亡關係，非我兄一人之進退。務請剋日還寧，主持大計，排除一切反動異圖，剷除障礙，黨國幸甚！弟與兄志願既同，境況亦不稍異，休戚痛癢，息息相關。特電飛陳，至祈採納。關山隔阻，神魂飛越，耿耿血誠，不勝盼禱之至。

（李泰棻編《國民軍史稿》，頁 384-385。）

【註】民國十六年八月三日，汪精衛通電表示已具反共決心，惟主張反共亦同時倒蔣；繼於八月八日在武漢提出分共。而唐生智恐寧漢合作後，將削弱其在兩湖所建立之地盤，亦於八日發庚電討蔣。李宗仁等將領認為汪、唐之東征，純在討蔣，只要蔣去職，即可消除寧漢合作障礙，遂不復接受蔣總司令節制，逕自聯合各軍事將領與漢方商洽合作。在八月十一日舉行之中央執監委員臨時會議中，李宗仁堅持派使者赴漢議和，並流露希蔣辭職之意。蔣即表示：「武漢所攻者我個

人。個人不成問題，完全受監察委員命令。」不欲以個人進退致滋糾紛，乃於十二日晚由寧赴滬，將統帥權交付軍事委員會，於十三日通電下野。馮玉祥即於十四日電請「剋日還寧，主持大計。」

馮以「中流砥柱」自居，致力調停寧漢合作，期藉以提高個人地位與聲望。曾於七月十四日提議召集開封會議，商合作事，寧漢雙方均未同意。八月十一日，又建議於四中全會前，先在安慶開預備會，寧方於十二日晚電復同意。及十三日蔣決然引退，寧方胡漢民、吳敬恆、蔡元培、張人傑、李烈鈞等五位委員，認為蔣之下野，與馮十一日通電主張召開安慶會議有關，對馮頗感不滿，遂於十四日聯名宣布引退，並電馮云：「一柱擎天，惟有公焉。」語寓譏諷之意。

馮玉祥再致蔣中正請早日復職電 (民國十六年九月二十五日)

自兄離寧，攀留迹阻，迭電奉達，並懇協和〔李烈鈞〕同志，親赴謝墅，代陳一切。區區誠款，不識我兄諒察否耶！〔李〕鳴鐘弟轉示尊意，愛護黨國，一往情深，凡屬革命同志，無不欽仰。此間承兄關切，感激莫名。南京袍澤同志，及百川總司令處，對於革命前途，俱極努力，皆弟之所敬佩！信使聯絡，親切逾恆。惟自吾兄高蹈以後，革命勢力，頓失中心；風雨雞鳴，益懷良友。務請我兄顧念大局，早日旋寧，毅然復職，俾國民革命軍，成為整個勢力，統一指導，運用藎籌，枝蔓自可芟夷，強敵自易殲滅，此誠黨國之大幸，不僅弟等之所私禱者也。特電切陳，不盡百一，至希亮納，並盼明示。

（李泰棻編《國民軍史稿》，頁385。）

【註】自八月十三日蔣總司令辭職後，中樞失去中心，局勢因之迅
速惡化。奉魯反攻，且下江南。馮玉祥深覺非蔣復職，無以
喚起軍心，北伐更談不到。故一再電蔣，請早日復職。並於
十一月十八、十九兩日，分電熊斌、孔祥熙轉促。十二月一
日，蔣中正與宋美齡結婚當天，馮除派其夫人李德全代表趨
賀外，又電蔣「東山即起，主持一切」。十二月二日，又電
閻錫山，請一致擁蔣復出；閻以一省抵擊奉軍將近半載，經
濟軍力，幾至兩窮，北伐若再遲延，勢將危殆，故對馮意極
端贊同，乃於十一日聯名電蔣，謂「弟等負弩前驅，願聽指
揮」。同時另電中央黨部、國民政府速起用蔣。十二月二十
日，國民革命軍第一路總指揮何應欽（敬之）及津浦路前敵
各將領聯名通電，提出拯救黨國之五項主張，其中第三項
即：敦促蔣總司令東山復起，再總師干。馮玉祥於二十七日
率所部將領二十一人通電，贊成何之五項主張，內有「敦促
蔣介石同志復職一事，在玉祥等尤視為萬不可緩之舉」。蔣
於十七年一月四日由滬赴寧，九日通電復職。

附馮玉祥致熊斌請轉促蔣中正早日復職電（民國十六年十一月十八
日）

寒〔十四〕電報告見介公情形，備悉。黨的問題，極為要
緊，亟待解決；但軍事的問題，乃目前生死關頭，亟盼速有統一辦
法，並無餘裕時間，可以稍延也。閻〔錫山〕同志以山西一省，當
奉軍三省特別區之眾，鏖戰已將三月，已屆筋疲力盡之時，危險堪

虞。我軍與直魯豫軍轉戰，經時已月餘，餉彈兩窮，雖經擊破，敵
燄仍熾。津浦何〔應欽〕總指揮所部，聞攻臨淮、鳳陽，得而復
失。如此情形，我諸同志，宜迅速團結一起，多開大軍，加入北
伐，方能奏功；連兵數十萬，戰線四五千里，對於軍令上下不統
一，勢如一盤散沙，何以為戰？故余所盼望者，蔣公剋日出山。誠
以中樞軍事，須有才望如蔣公者，主持其間，則全局呼應，處處皆
靈，而不致為敵人各個擊破也。現敵人新得外國軍械，竭力擴充兵
備，我等遲一日北伐，敵人即增一分兵力；且北方戰鬥，與南方不
同，非有大兵力不能勝任。昔秦得王翦平楚，必須六十萬，今日之
勢亦然，非介公出山，孰能辦此！非介公為軍界領袖不可。請代予
竭誠敦勸，余所深切盼禱者也。望照此旨，與諸同志商之為要。

（李泰棻編《國民軍史稿》，頁386。）

附馮玉祥致孔祥熙請轉達蔣中正盼早日復職電 （民國十六年十一月　十九日）

　　篠〔十七日〕電敬悉。諸承照拂，感激之至。我兄每次來電，
均經作覆，交通遲誤，殊用悵然。介石同志，為黨國重心所繫，曩
者潔身遠引，挽留未果，焦灼至深。茲已旋申，萬眾臚忱，急盼其
早日復職，以振革命同志之勇氣，而促革命軍事之進行，黨國前
途，繫於此舉，望我兄懇切轉達此意，並鼎力促其急速實現也。特
復。

（李泰棻編《國民軍史稿》，頁386。）

馮玉祥致蔣中正請東山即起電（民國十六年十二月一日）

自兄高蹈，黨事軍事，益見糾紛，二者相較，軍事尤急。今敵軍雖於隴海、津浦兩路累受重創，仍奄有黃河以北各省，山西被圍，已逾三月，形勢岌岌，急欲赴援，兵單難分，若山西有失，則全局危險；軍事苟有蹉跌，尚能容諸同志從容坐談乎！為今之計，惟盼吾兄東山即起，主持一切，各方軍事有統一辦法；否則行見我革命軍之戰線，將逐次為敵軍各個擊破耳。全局敗壞，誰負其責！處此緊急之時，似未可拘牽常勢也。祈吾兄審察經權，以慰各方之望，毋任切禱。

（李泰棻編《國民軍史稿》，頁 387。）

附馮玉祥致閻錫山請一致擁蔣復出電（民國十六年十二月二日）

溯自上年蔣介石同志，統率國民革命軍，遵照先總理遺囑，努力北伐，不轉瞬即飲馬江漢，克復金陵，義旗所指，幾如摧枯拉朽；方謂奠定淮徐，直搗幽燕，肅清殘餘軍閥，完成國民革命，直指顧間事耳；不圖江漢上游，橫生枝節，致使北伐軍受其牽制，介石同志，因之下野，九仞之功，虧於一簣，深堪痛惜！茲幸鄂事業已底定，長江已無問題；又適介石同志，返旆滬上。值此聯合北伐之際，苟非智勇兼優，效忠黨國之人，為之領袖引導，實不足以克奏膚功，完成革命大業。兄〔馮自稱〕以介石同志，對於黨國，勞苦功高，實深佩仰。擬約吾弟，通電中央黨部暨各省軍政長官、各省黨部各同志，一致推戴介石同志復出，擔任國民革命軍總司令一職，我輩聽其指揮，以期達國民革命之目的。耿耿於心，想亦各同志所能諒解者也。如荷贊同，即祈列入兄名，拍發見示；或由敝處

擬稿，列入弟名拍發亦可。統希卓裁，電復為荷。

（李泰棻編《國民軍史稿》，頁387。）

馮玉祥、閻錫山聯名請蔣中正復出主持軍政真電（民國十六年十二月十一日）

　　上海蔣介石同志勛鑒：溯自我兄幡然下野，軍事遂失重心，向北發展，突復停頓，坐使敵燄益張，虜騎南下，大江以北，慘遭蹂躪，中央根本，幾乎搖動。所賴諸武裝同志戮力同心，奮勇殺敵，大局復安，實為萬幸。竊念軍中號令不一，最為兵家所忌。方今奉魯殘餘軍閥，憑藉外力，狼顧鴟張，我國民革命軍若復各自為謀，則勝負之數，實未可知。環顧前途，危險萬狀。弟等已另電中央黨部、國民政府起任兄[註]主持軍政，俾得早日完成革命大業。倘能得如所請，弟等負弩前驅，願聽指揮，不惟弟等大願，大局實利賴之。謹此電達，竚盼明教。弟閻錫山、馮玉祥同叩。真。

（民國十六年十二月十五日，《申報》。）

【註】以上十六字，李泰棻編《國民軍史稿》，頁388作：「甚盼我兄剋日出山。」

附馮玉祥、閻錫山聯名電請中央黨部及國民政府速起用蔣中正文（民國十六年十二月十一日）

　　現在奉魯軍閥，尚復糾合殘眾，頑強抗拒，革命前途，危險孔多。對於革命軍事，苟乏效忠黨國、智勇兼優之人，統一指導，號令不專，成功難期。錫山等為完成革命軍事工作起見，擬請我中央黨部、國民政府，起用蔣中正同志，主持軍政，錫山等願聽指揮，

俾得早奏膚功，完成革命，以慰全國民眾之望。不勝待命之至！

（李泰棻編《國民軍史稿》，頁 388。）

民國十七年（1928）

第二集團軍馮總司令致蔣總司令冬電（民國十七年一月二日）

南京蔣總司令介石仁兄同志勛鑒：奉讀世〔三十日〕電，敬悉我兄允於日內復職，歡慶無量。自我兄潔身遠引，舉國失望，糾紛滋多，醜虜頑肆，黨國瀕危，時切隱憂。茲幸東山再起，毅然以完成北伐為己任，先聲所播，足使胡兒落膽，祥雖不敏，願從我兄之後，掃穴犁庭，共竟革命全功也。臨電神馳，無任翹切。弟馮玉祥。冬。印。

（民國十七年一月八日，《申報》。）

蔣總司令致第二、三集團軍總司令馮玉祥、閻錫山電（民國十七年一月五日）

洛陽馮總司令煥章同志兄、太原閻總司令百川同志兄均鑒：黨國馳驅，時深想望，眷仰賢勞。前誦尊電，對於中正責勉有加。頑敵待殲，民困日亟，天職坐曠，久所疚心。茲以各方敦迫，於支〔四〕日馳抵首都，誓當簡率軍旅，會合雄師，完成北伐，告慰總理在天之靈。中央全體會議，由中央籌備就緒，各委員陸續齊集，一俟足數，即可開會。對於黨務政治，中正當以一分子之責任，追隨中央先進，共同努力，一德一心，確立黨本，中樞克奠，諸事當較易為偉畫。亟盼隨時賜教。弟蔣中正叩。微。

（民國十七年一月七日，《申報》。）

【註】民國十六年十二月十日，四中全會預備會議第四次會，對汪
　　兆銘等十一委員提請蔣總司令復職一案決議：「即日促蔣介
　　石同志繼續行使國民革命軍職權，以完成北伐並籌備全體會
　　議之進行。」蔣在全國民眾殷切期盼與軍政首長敦促下，於
　　十七年一月四日由滬赴寧。時中央特別委員會已宣告結束，
　　中樞空虛，蔣即於一月五日電請各地中央執監委員儘速來
　　寧，召開四中全會，以促成黨內團結。除此項政治任務外，
　　在軍事方面，於同日致電馮玉祥、閻錫山，相約會合各軍，
　　完成北伐。

蔣總司令覆馮總司令虞電（民國十七年一月七日）

　　鄭州馮總司令煥章同志兄勛鑒：微〔五日〕電計達典籤。茲奉
冬〔二日〕電，勗勉尤殷，頑敵負嵎，全功待竟，僇力自效，遑敢
踟躕。中正抵京三日，部署略定，擬即日行使職權，率領部屬，追
隨前進，以貫徹北伐初願。我兄黨國楨榦，軍中楷模，偉略雄籌，
切盼時賜教誨。謹此電復。不盡瞻馳。弟蔣中正叩。虞。

（民國十七年一月十日，《申報》。）

蔣總司令復職時致馮、閻、楊三總司令電（民國十七年一月九日）

　　鄭州馮總司令、太原閻總司令、南京楊〔樹莊〕總司令均鑒：
中正已於支〔四〕日馳抵首都，隨同中央委員協奠黨國根本，並已
續行職權，完成北伐，已有通電申述旨趣；更摅微悃，為左右陳
之：本黨革命，首在實現主義，解放民眾，總理遺教，造端宏遠；
但初步工作，厥為軍事；建設萬端，首除障礙。故完成北伐，實為

目前最要之圖。回溯數月以來，頑敵圖逞，共逆竊發，影響軍事，幾搖根本，幸賴海陸將士奮勇轉戰，同志諸公協力進取，卒令北伐形勢日有進展；中正退處山野，未効馳驅，革命天職，撫衷增愧！今前敵軍事益見擴張，民眾呼號更形迫切，況當敵人內鬨之時，應有一鼓盪〔蕩〕平之計，是用黽勉再出，勿計功罪，誓當以主義灌溉軍心，以全力完成北伐，肅清共逆，以安後方；鞏固中央，以維根本。總期掃除殘敵，實行主義，恪遵總理遺教，召集國民會議，早定國是，以蘇民困。此中正與公等及全部武裝同志共有之職責，亦四萬萬民眾一致之祈求。翹望旌麾，再布悃臆，并候明教，無任神馳。蔣中正叩。佳。

（《自反錄》，第二集，卷六，頁 593-594。）

【註】民國十七年一月九日，蔣中正通電繼續行使國民革命軍總司令職權；同時致電馮玉祥、閻錫山及海軍總司令楊樹莊，說明完成北伐為目前最要之圖，亦為全部武裝同志共有之職責。二十日，國民政府頒布北伐全軍戰鬥序列。翌日，閻、馮電國民政府，遵從北伐戰鬥序列，聽從蔣總司令指揮。二月一日，舉行四中全會預備會議，決議全會於二日開幕。大會決議改組中央黨部及國民政府，並重新推定中央執行委員、國民政府及軍事委員會委員，於二月七日圓滿閉幕。二月九日，蔣即北上徐州，檢閱各軍，部署軍事，旋赴開封與馮及閻之代表會商北伐計畫。二十八日，國民政府任命蔣、馮、閻分為第一、二、三集團軍總司令。蔣安排後方由參謀總、次長李濟琛、何應欽主持後，即於三月三十一日赴前線督師北伐；四月一日，通令第二、三集團軍於四月七日開始

攻擊行動。四月六日，任李宗仁為第四集團軍總司令。四月
七日，發布誓師詞，令各軍分途攻擊，連鑣並軫。四月十七
日，馮通令所部一致服從蔣總司令命令。

楊樹莊（1882-1934），字幼京，福建閩侯人。民國十三年十
二月，任代理海軍總司令，翌年二月真除。十六年三月十一
日，被推為武漢國民政府委員；十四日，在上海正式宣布與
國民革命軍合作，就任海軍總司令職；四月二十四日，通電
擁護南京國民政府。

蔣總司令渡江北伐致第二集團軍馮總司令東申電（民國十七年四月
一日）

馮總司令煥兄同志勳鑒：密。世〔三十〕電欣悉，此刻當可
進駐蘭封矣。已派吳藻華、賀國光二同志趨前領教；弟擬軍事會議
後巡視前線各部完畢，再趨領教益。此間車頭屢壞，運輸維艱，以
現在之車力，非在一星期後不能集中完畢；前允撥之車，尚差半
數，請兄速即再撥完好車頭兩個，一俟運兵完畢，必當歸還，萬乞
勿卻勿遲。弟中正叩。東申。

（《自反錄》，第二集，卷七，頁742。）

【註】馮於三月七日自鄭州移駐新鄉，蔣於三月三十一日到徐州，
兩下相距過遠，聯絡不便，蔣電馮希望挪近一點，馮即移蘭
封。

吳藻華，江蘇宜興人。畢業於日本陸軍士官學校步兵科。曾
任國民革命軍第三集團軍駐京代表、國民革命軍總司令部高
級參謀。民國十七年一月，任第三集團軍第五、七聯合軍第

九師師長。

賀國光（1885-1979），字元靖，湖北蒲圻縣人。民國十七年
春，隨蔣總司令北伐攻奉，歷任軍委會辦公廳主任、訓練總
監部步兵監。

蔣總司令致第二集團軍馮總司令江亥電（民國十七年四月三日）

馮總司令煥兄同志勛鑒：密。吳〔藻華〕、賀〔國光〕二同志回
徐，領悉一切。拜讀手示，尤為欽佩。弟兄本無彼此之分，生死與
共，何況名分！但弟總覺不安，故對魯南作戰命令，仍以二名同具
為宜也。昨今二日校閱軍隊，約至六日方能完畢。車頭缺乏，集中
延期，至早亦須于八日方能展開完畢，務請另派車頭兩個勿卻。弟
中正。江亥。

（《自反錄》，第二集，卷七，頁 742-743。）

【註】關於北伐大計及作戰方略，蔣、馮議定：彰德、大名及山西
三方面，先取守勢，集中優勢兵力，解決山東之敵。其用於
山東方面之作戰部隊，為第一集團軍之第一軍團劉峙、第二
軍團陳調元、第三軍團賀耀組、第四軍團方振武，第二集團
軍之第三軍孫良誠、第四軍馬鴻逵、第五軍石友三、第二十
一軍呂秀文、騎兵第二軍席液池。由於有第二集團軍之部
隊，故蔣在作戰命令方面要與馮共同具名，藉示尊重，並利
指揮。在進攻方面，以微山湖分界，湖以東，以劉峙部擔任
津浦線正面，陳調元部擔任郯城、沂州迤東一帶，統由蔣指
揮；湖以西，統由馮指揮：以賀耀組部經豐縣、沛縣、單縣
攻魚臺，方振武部由歸德、曹縣、定陶攻金鄉，孫良誠、馬

鴻遠、呂秀文等部，由菏澤攻鉅野、嘉祥及鄆城，席液池騎
兵軍由鄆城以北，繞汶上、寧陽，截擊奉軍後方聯絡線。當
時採用「聲西擊東」之計，由馮軍佯攻京漢線，故作種種進
兵準備，以誘奉軍集中兵力於西線，而第一、二集團軍則聯
合精銳乘虛由東路沿津浦線北上，直搗北京。

蔣總司令致第二集團軍馮總司令支戌電（民國十七年四月四日）

馮總司令煥兄同志勛鑒：章密。李、吳二同志到徐，拜誦教
言，並領賜品，無任感激。本日已開參謀會議，第一縱隊校閱已
畢，明日往新安鎮校閱第二縱隊，士氣甚旺。聞兄到蘭〔封〕，上
下興奮，快慰無已。車頭務請速撥兩個，否則進展恐又延期也。弟
中正。支戌。

（國史館藏：《蔣中正總統檔案·籌筆檔·北伐時期》，第七八六號。）

【註】電文中之「李、吳二同志」，李可能為馮之駐晉代表李子
晉，方從太原回到鄭州（馮玉祥《我的生活》，頁733），至於吳
為何人，待查。

籌筆檔，即所謂「大溪檔案」，民國八十七年時國史館祇開
放籌筆部分。

蔣總司令謝第二集團軍馮總司令贈送馬匹電（民國十七年四月六日）

馮總司令煥兄同志勛鑒：章密。賜電敬悉。承賜馬匹，無任欣
感。如此間派員往運，來往費時，候用甚急，務請兄派員送來為
荷。弟中正。魚戌。

（國史館藏：《蔣中正總統檔案·籌筆檔·北伐時期》，第七九二號。）

蔣總司令致第二集團軍馮總司令文電 （民國十七年四月十二日）

　　馮總司令煥兄同志勛鑒：章密。真〔十一日〕電敬悉。凡有擾
亂北伐計畫者，應有相當之處置也。弟昨前略受感冒，今已大愈
矣。弟中正。文辰。

　　　　（國史館藏：《蔣中正總統檔案·籌筆檔·北伐時期》，第八一〇號。）

蔣總司令致第二集團軍馮總司令文申電 （民國十七年四月十二日）

　　馮總司令煥兄同志勛鑒：密。我軍今晨佔領韓莊，敵軍昨甚頑
強，故退卻亦甚狼狽，潰不成軍，俘獲甚多，刻已令向臨城、界河
方面猛追。正面既經進展，湖西部隊太大，共計高〔桂滋〕部約在
十萬槍以上。如魚臺克後，請即令賀〔耀組〕軍主力向南陽鎮、夏
鎮之間渡河轉進津浦路西側，參加正面本戰，則收效更大，而正面
亦更穩固矣。如兄謂然，請催令賀〔耀組〕部主力設法渡河，如全
部能渡更好。請兄酌之，盼復。中正。文申。

　　　　（《自反錄》，第二集，卷七，頁743-744。）

【註】高桂滋（1891-1959），字培五，陝西定邊縣人。陝西講武學
　　　堂畢業。民國十一年，投效陝西陸軍第一師胡景翼部。十六
　　　年，任國民革命軍獨立第八師師長，嗣經武漢國民政府收
　　　編，任暫編第十九軍軍長，後歸唐生智指揮。十七年一月，
　　　所部改稱國民革命軍第四十七軍，任軍長，全軍共十三個
　　　團；三月，兼任軍委會委員，嗣編入第一集團軍第四軍團
　　　（總指揮方振武），參加北伐。

蔣總司令致第二集團軍馮總司令元戌電 （民國十七年四月十三日）

馮總司令煥兄同志勛鑒：密。據賀〔耀組〕總指揮專員來徐稱，昨日該軍團退至王寨集、張集之線扼守，即圖反攻云。該軍團卅二軍素質本弱，其他二軍尚強，少挫當無大礙，尚期督促孫〔良誠〕、方〔振武〕二部猛攻，以圖挽救賀部之失，萬勿為其所牽動。湖東各部皆如期進展，昨夜已佔領沙溝、棗莊之線矣。弟中正。元戌。

（《自反錄》，第二集，卷七，頁744。）

【註】「三十二軍」疑為「三十三軍」之誤。按第三軍團總指揮賀耀組下有三個軍：第二十七軍軍長夏斗寅、第三十三軍軍長張克瑤（原為柏文蔚）、第四十軍軍長賀耀組，並無第三十二軍番號。第三軍團總指揮後改由第四十六軍軍長方鼎英擔任。

蔣總司令致第二集團軍馮總司令寒卯電 （民國十七年四月十四日）

馮總司令煥兄同志勛鑒：密。賀〔耀組〕軍團報告，魚臺之敵，為孫〔傳芳〕逆段承澤之部，昨申已進至順河集以南，其主力直衝徐州之計，可以徵實。方〔振武〕軍團前昨日戰況如何？念念。兄之總預備可否向碭山之東移動？以便增援右翼或夾擊孫逆也。總預備隊尚置若干？能即出動否？弟中正。寒卯。

（《自反錄》，第二集，卷七，頁744。）

【註】段承澤（1897-1940），號繩武，河北定縣人。民國十六年，任孫傳芳浙蘇閩皖贛五省聯軍第九師師長兼第一軍副軍長，一度代理該軍軍長。

蔣總司令致第二集團軍馮總司令寒戌電（民國十七年四月十四日）

馮總司令煥兄同志勳鑒：密。頃接賀〔耀組〕總指揮寒〔十四日〕已函稱：今日拂曉，敵乘霧進攻，已過余堤口之線，現豐縣附近竭死力抵抗，情形極險，乞星夜派生力兵至敬安集、黃口之線增援，等語。察其語意，似將退至敬安、黃口一線，則敵當跟追至徐。此間預備亦定，請勿念。刻接寒〔十四日〕酉電，敬悉一是。如賊明夜能到徐州附近，則雙方夾擊，必可根本解決矣。弟中正。寒戌。

（《自反錄》，第二集，卷七，頁 744-745。）

蔣總司令致第二集團軍馮總司令電（民國十七年四月十六日）

馮總司令煥兄同志勛鑒：密。銑〔十六日〕午電敬悉。昨電係此間譯員差誤以轉彰德，以下數字皆譯不出，而其摘由則誤斷為彰德被敵佔領也。弟已詳查處罰該員，不能責備兄處譯員也，請諒之。弟中正。

（國史館藏：《蔣中正總統檔案·籌筆檔·北伐時期》，第八二六號。）

附蔣總司令致譚延闓主席商馮玉祥函請優恤張紹曾電（民國十七年四月十六日）

譚主席鈞鑒：密。煥章兄函稱，已電政府優恤張紹曾先生，屬中正吹噓。如公贊成，亦一獎勉北方舊人之法也。聞貴恙已痊，無任欣快。中正叩。

（國史館藏：《蔣中正總統檔案·籌筆檔·北伐時期》，第八二三號。）

【註】張紹曾（1880-1928），字敬輿，河北大城人。民國十二年一

月任國務總理，因與黎元洪不和，離職赴津。據馮玉祥《我
的生活》頁 735 云，民國十七年奉系勢力佔據京津時，張紹
曾在津辦一無線電臺，為馮軍蒐集情報，被奉張偵知，於三
月二十一日晚將其殺害。馮感念其為革命犧牲，故電請政府
予以優恤。

蔣總司令致第二集團軍馮總司令篠巳電（民國十七年四月十七日）

馮總司令煥兄同志勳鑒：密。接百川兄諫〔十六日〕戌電稱：
遵命集結兵力，親率反攻，以策應河北之急，等語。百川兄甚重道
義，對河北之急，必不漠視也。刻據飛機報告：豐縣逆軍已向北
退、請孫〔良誠〕、方〔振武〕各軍分途堵截為荷。弟中正。篠巳。

（《自反錄》，第二集，卷七，頁 745。）

蔣總司令致第二集團軍馮總司令電（民國十七年四月十八日）

馮總司令煥兄同志勳鑒：密。濟寧有否確實佔領？金鄉消息如
何？盼復。弟中正。

（國史館藏：《蔣中正總統檔案·籌筆檔·北伐時期》，第八三三號。）

蔣總司令致第二集團軍馮總司令皓巳電（民國十七年四月十九日）

馮總司令煥兄勳鑒：密。巧〔十八日〕亥電悉。刻即往界河督
促各軍猛攻兗州，並已派有力部隊由界河直向濟寧應援，請勿念。
弟中正。皓巳。

（《自反錄》，第二集，卷七，頁 745。）

蔣總司令致第二集團軍馮總司令電 （民國十七年四月十九日）

　　馮總司令煥章我兄勛鑒：奉讀巧〔十八日〕酉申電，欣悉石〔友三〕軍奮勇擊敵，攻佔魚臺，且持續追擊，具徵智勇雙全，所向披靡。即請就近獎勵，並以奉賀。弟蔣中正。皓戌。

（民國十七年四月二十四日，《申報》，第五版。）

馮總司令復蔣總司令電 （民國十七年四月二十日）

　　蔣總司令介石我弟勛鑒：皓〔十九日〕戌電奉悉。邺西破敵，悉出我弟軍略，兄部特奉令執行耳。屢蒙推譽，祇增慚恧。逆軍現尚頑強，困獸之鬥，未可輕視；要當鼓勵將士，追隨鞍鐙之後，長驅直進，共竟全功也。敬復。小兄馮玉祥叩。號。

（民國十七年四月二十四日，《申報》，第五版。）

【註】民國十七年四月十二日，革命軍第三十三軍、第四十軍進攻
　　　魚臺失利，孫傳芳軍乘勢直入，陷豐縣，圍沛城。蔣總司令
　　　於十四日在徐州行營接到豐縣失守報告，即採取應急措施，
　　　除飛電馮總司令調石友三部自蘭封乘車至碭山下車，進攻豐
　　　縣外，並自臨城前線抽調第一軍回援，卒於十八日克復魚
　　　臺。是役石軍行動迅速，所向無敵。蔣特電馮予以獎勵，馮
　　　復電則歸功於蔣之調度有方，故於電文中謂「邺西破敵，悉
　　　出我弟軍略」。

蔣總司令致第二集團軍馮總司令智辰電 （民國十七年四月二十日）

　　馮總司令煥兄同志勛鑒：密。弟今辰回徐。已令正面各軍星夜由鄒縣向兗州、泰安猛追矣。濟寧既克，兗州當無問題。以後第二

步方略，擬由孫總指揮良誠所部，速由東阿附近渡河，與大名方面我軍切取聯絡，迅向禹城挺進，再由河北向濟南壓迫，而令第一集團軍集中濟寧以東地區，在汶澤南岸戰略展開，向泰安正面攻擊。未知兄意如何？盼復。弟中正。皓辰。

（《自反錄》，第二集，卷七，頁 745-745。）

蔣總司令致第二集團軍馮總司令皓辰電 （民國十七年四月二十日）

馮總司令煥兄同志勳鑒：密。前電諒達。孫逆傳芳部隊之主力消滅至何程度？其由豐、沛逃竄之部竄往何方？請詳查示知。如其主力尚未殲滅，則請令孫良誠、方振武二部跟蹤追擊；方部追擊至東阿，再沿黃河南岸窮追；孫部即向東阿渡河，沿黃河北岸挺進；但架橋材料請盡量徵集，想兄必有準備也。中正。皓辰。十七年四月。

（《自反錄》，第二集，卷七，頁 746。）

蔣總司令致第二集團軍馮總司令電 （民國十七年四月二十二日）

馮總司令煥兄勳鑒：密。濟寧昨午既完全佔領，我軍決於廿五日向泰安、濟南開始攻擊，請兄指定參加攻濟南部隊。弟意以孫良誠部暫駐濟寧，作為兄總預備隊，以便調動；其餘石〔友三〕、馬〔鴻逵〕各軍及騎兵軍，照預定計畫，由東阿沿黃河南岸向濟南挺進。務請兄到濟寧或兗州指揮全軍。又左翼方面，可否派孫良誠、方振武二人中一人指揮？請兄酌定。如何盼速復。弟中正。兗州。十七年四月

（《自反錄》，第二集，卷七，頁 746-747。）

【註】原電未署日期，查孫良誠於四月二十一日克濟寧，由「濟寧昨午既完全佔領」推斷，應為二十二日。

蔣總司令致第二集團軍馮總司令電（民國十七年四月二十三日）

馮總司令煥兄勳鑒：密漾〔二十三日〕電敬悉。已急電李德鄰〔宗仁〕、白健生〔崇禧〕二總指揮，令其迅派大隊加入河北戰線，並屬其已到河南部隊先行參戰，不得在後方停留也。百川〔閻錫山〕三日無電來，想其正在部署前進中；如其果能出擊石莊，津浦線又得發展，則日內河北戰況必有轉機，奉逆似無過河之大計，或者欲退之先，予我方打擊也。弟中正叩。十七年四月

（《自反錄》，第二集，卷七，頁747。）

【註】原電未署日期，蔣於文中謂收到馮之漾（二十三日）電，在《自反錄》中又置於復馮之梗（二十三日）巳電之前，故應為二十三日。

蔣總司令致第二集團軍馮總司令梗巳電（民國十七年四月二十三日）

馮總司令煥兄勳鑒：密。養〔二十二日〕申電敬悉。尊見與弟相同，遵照辦理。當兄未到濟寧前，弟暫駐兗州，前線孫、方〔振武〕各部，暫由弟直接命令何如？惟孫良誠部為左翼主幹，如石〔友三〕軍調豫，則孫應加入前線，萬不可再留濟寧，以防前線各軍萬一之失。並請兄速令孫如期前進何如？弟中正。梗巳。十七年四月

（《自反錄》，第二集，卷七，頁747-748。）

蔣總司令復第二集團軍馮總司令電（民國十七年四月二十四日）

復誦漾〔二十三日〕申電，甚感。已令招募員來歸德遵辦，屆時請兄派員協助為禱。弟中。敬。

（國史館藏：《蔣中正總統檔案·籌筆檔·北伐時期》，第八四七號。）

蔣總司令致第二集團軍馮總司令宥電（民國十七年四月二十六日）

馮總司令煥兄勛鑒：密。漾〔二十三日〕、有〔二十五日〕二電敬悉。泰山陣地雖堅，可以戰略補救之；如兩翼能如期進展，則正面之敵不攻自破。日本外交較急，弟本日回徐，至前方部署已妥，請勿念也。弟中正。宥。十七年四月

（《自反錄》，第二集，卷七，頁748。）

蔣總司令致第二集團軍馮總司令宥申電（民國十七年四月二十六日）

馮總司令煥兄勛鑒：密。頃接百川兄敬〔二十四日〕巳電稱：「敵第九〔高維嶽〕、第十二〔湯玉麟〕兩軍與新編成之三師，馬〔二十一〕日由張景惠率攻雁門關，刻已由省派三師往北路，山擬即日親赴督師」云。如此百兄對石莊不能出擊，而河北情形更緊，樊〔鍾秀〕部又復搗亂後方，豫情緊急，焦灼莫名。現惟專力猛攻濟南，得此一關，則各局皆活矣。以現在之布置論之，儉〔二十八〕日以前當克濟南，請催孫良誠部必如期佔領濟南，並告河北將士奮勇拒戰，以竟全功。對樊必有以處置之。葉〔琪〕、魏〔益三〕加入河北之戰，恐延時日，而對樊或維持隴海西段交通，則可辦到。現復電德鄰〔李宗仁〕，催其解決樊部，援助北伐，彼當樂為之也。弟中正。宥申。十七年四月

（《自反錄》，第二集，卷七，頁 748-749。）

【註】高維嶽，字子欽，遼寧錦縣人，一八七五年生。東北講武堂
　　　畢業。民國十五年九月，任察哈爾都統兼第三、四方面軍團
　　　第九軍軍長。十六年十月，將商震軍自南口擊退。旋改隸張
　　　作相第五方面軍團，任副軍團長，兼第九軍軍長，在晉北與
　　　晉軍對峙。

　　　湯玉麟（1871-1936），字閣臣，遼寧朝陽縣人。出身綠林。
　　　民國十四年春，任奉軍第十一師師長。十五年，任熱河都
　　　統。十六年九月，時任奉軍第十二軍軍長，於京綏線參加晉
　　　奉之戰。

　　　張景惠（1871-1959），字叔五，遼寧省臺安縣人。出身綠
　　　林。一九〇一年與張作霖一起被清政府收編。民國九年，任
　　　察哈爾都統兼陸軍第十六師師長。十一年第一次直奉戰爭
　　　時，任西路軍總司令兼奉天陸軍第一師師長。十六年一月，
　　　任顧維鈞內閣陸軍總長；六月，任潘復內閣實業總長。

　　　十七年四月下旬，第二集團軍正分在津浦、京漢兩路沿線與
　　　奉軍激戰時，駐南陽賒旗鎮之豫軍樊鍾秀，前因對馮玉祥發
　　　生誤會，受奉方運動，於二十二日截斷隴海路於偃師，攻擊
　　　第二集團軍後方；第二集團大軍多調赴前方，後方薄弱，勢
　　　頗危急。馮任宋哲元為剿樊總司令，石敬亭副之，合力將樊
　　　部擊退。樊本約李雲龍（虎臣）同時攻西安，因交通梗阻，
　　　消息不通，未能同時發動，至是也圍攻西安，宋哲元於敗樊
　　　後，立即回師援陝解西安之圍，李敗逃。

蔣總司令致第二集團軍馮總司令電（民國十七年四月二十八日）

馮總司令煥兄勳鑒：別後甚感友愛之深，刻已安抵徐州，請勿錦念。對岳西峰〔維峻〕之勸慰，似以烈武〔柏文蔚〕為宜，擬請烈武一行。對任應岐、楊虎臣，均宜以弟名義調其離豫北伐，免入旋渦。未知兄意如何？弟中正。儉辰。

（國史館藏：《蔣中正總統檔案·籌筆檔·北伐時期》，第八七○號。）

【註】民國十七年四月二十七日，蔣、馮會於蘭封野雞崗，商議攻山東計畫後，蔣即返徐州，故電文中有「別後甚感友愛之深」語。

岳維峻（1883-1932），號西峰，陝西蒲城人。早歲從井勿幕、胡景翼投身革命，入同盟會，民國六年起兵三原，稱靖國軍，任前敵總指揮。十三年，與胡景翼、馮玉祥、孫岳等組國民軍，十五年改組國民聯軍，尋由中央改編為第二集團軍，以岳任第五方面軍總指揮。岳視陝西為其根據地，因被馮軍所佔，頗不悅。《革命人物誌》第二集岳維峻傳云：「屢以假道許鄭，協討幽燕為請，卒因形勢格禁，所志未遂。」大約是馮不允假道。據十七年五月十七、十八日《申報》報導，關於岳維峻部之編制，由鄧寶珊赴豫與岳接洽，同意駐襄樊之岳部於日內開駐馬店，集合京漢線一帶之該部五萬人參加北伐。簡又文所撰《馮玉祥傳》下冊頁三一五云：「岳維峻前亦因小事誤會離去，幸未至影響全局軍事，後為中央改編。此亦為馮氏對中央發生怨望之一遠因。」蔣致馮電中「對岳西峰之勸慰」，當指此事。

任應岐（1892-1934），字瑞周，河南魯山縣人。出身綠林。
民國十六年，接受蔣總司令委任之國民革命軍第十二軍軍長
職，統治豫南十餘縣。十七年參加北伐，任第一集團軍第十
二軍軍長。

楊虎臣（1893-1949），為楊虎城之原名，於民國十八年以後
以字行，《自反錄》第二集，卷七，頁七四九作「楊虎
城」。後於民國二十五年十二月十二日與張學良發動西安事
變。

蔣總司令報告克復濟南電（民國十七年五月一日）

限即刻到，南京中央執行委員會、國民政府、軍事委員會鈞
鑒，新鄉馮〔玉祥〕總司令、太原閻〔錫山〕總司令、上海海軍楊
〔樹莊〕總司令、廣州李〔濟琛〕主席、漢口李〔宗仁〕主席、並轉各
總指揮、各軍長、南京何〔應欽〕參謀總長、上海錢〔大鈞〕司令、
並轉各省各報館均鑒：中正奉命北伐以來，賴將士用命，迭獲勝
利，孫傳芳、張宗昌兩逆所部節節潰退，茲於本月一日完全克復濟
南；除飭各軍團分向膠濟路及河北跟蹤窮追外，中正亦於即晚馳抵
濟南，撫綏軍民；並以魯民連年受軍閥專制，謹仰體中央德意，令
知戰地政務委員會：凡張宗昌所增各項苛細雜稅，一律蠲免，各縣
不得重征，以蘇民困；仍當督率各軍迅速追擊殘敵，務於最短期間
完成北伐。謹此奉聞，伏希鑒察。蔣中正、東亥印。

（《國民政府公報》第五十五期，民國十七年五月出版。）

蔣總司令頒發第二期會戰計畫電（民國十七年五月七日）

　　馮總司令煥章兄、閻總司令百川兄、漢口李主席德鄰兄勛鑒：
庭密，極機密。茲決定國民革命軍第二期會戰計畫如下：㈠方針：
本軍為肅清關內之敵，以一部直出天津，遮斷敵之退路，主力軍沿
京漢線直搗北京。㈡指導要領：㈠第一期：第一集團軍主力於五月
六日渡河，向德州攻擊前進，佔領德州，乘勝追擊至滄州附近，促
進主力軍之進展。第二集團軍及二、三、四路各軍主力沿京漢線向
石家莊攻擊前進，佔領石家莊，乘勝追擊至保定附近。第三集團軍
與第二集團軍相呼應，由井陘北部地區進出石家莊北部行戰略包
圍，務求殲滅正定附近之敵。㈡第二期：第一集團軍與京漢線主力
軍相呼應，攻擊滄州附近之敵，乘勝直取天津，遮斷敵之退路。第
二集團軍及二、三、四路各軍進攻保定，乘勝直搗北京。第三集團
軍以主力向京漢以西地區活動，進出保定西北地區，以一部由龍泉
紫荊關分出京保西北部，務求遮斷敵之退路而殲滅之。㈢作戰地
境：第一第二集團軍間聊城、棗莊、獻縣、文安、楊村之線，線上
屬第一集團軍。附記㈠第一集團軍之第一軍團及第三軍團之一部控
制於濟南附近監視膠東之敵。㈡第二集團軍之第一方面軍在第一期
作戰暫歸第一集團軍指揮。謹電奉聞。弟蔣中正叩。虞丑。

（秦孝儀主編《中華民國重要史料初編——對日抗戰時期》緒編（一），頁130。
錄自總統府機要檔案。）

蔣總司令致第二集團軍馮總司令告以作戰方針電（民國十七年五月
　九日）

　　馮總司令煥兄勛鑒：密。譚〔延闓〕、張〔人傑〕、吳〔敬恆〕諸

公今日來徐，弟擬到兗與其妥商外交政策，並請兄指示方鍼。此間
除第一軍團及第三第四與卅七各軍不能渡河，其餘均已如期渡畢，
以後進取京津，全望京漢一線，至第一集團軍渡河各部，須請兄統
一指揮，並促其速克德州，至該各軍伙食給養，均由此間照常供
給，可勿念。如恐其攻德兵力不足，則請兄處添撥之。本日倭
〔日〕軍仍在黨家莊一線，尚未前進，並仍與其繼續交涉也。弟中
正叩。

（秦孝儀主編《中華民國重要史料初編——對日抗戰時期》緒編（一），頁 139-
140。錄自總統府機要檔案。）

【註】民國十七年五月八日，蔣總司令致電國民政府，請派委員至
　　　兗州會商對日辦法。國府接電後，部分中央委員即於當晚在
　　　張人傑私第召開臨時會議，決定仍請蔣總司令繼續北伐，外
　　　交事件責成外交部辦理，並推譚延闓、張人傑、吳敬恆三委
　　　員為代表北上兗州，於十日到達，即舉行會議，由蔣總司令
　　　報告濟案情形，譚等亦告以先北伐再辦外交之決策。

第二集團軍馮總司令致蔣總司令灰電（民國十七年五月十日）

　　略云：主力亦向京漢猛進，必期克復京津，以挽國難，決不中
敵奸計。

【註】此電未見全文，蔣總司令在五月十二日復方振武總指揮之電
　　　文中曾予節錄。方振武於五月十一日報告所部於六日渡河，
　　　七日掩護各友軍渡河，八日抵宴城，先頭部隊已至禹城附
　　　近。蔣總司令復電云：「接真〔十一日〕電甚慰。奉逆蒸
　　　〔十〕日宣布停戰，但未明言津浦線，或其對我津浦線另圖

反攻。惟奉逆精疲力盡，於此可見。望我已渡河各軍同心一德速克德州，則敵謀雖狡亦無用技。閻〔錫山〕軍已於佳〔九〕日克復石莊，正向保定追擊。馮總司令灰〔十日〕電稱：主力亦向京漢猛進，必期克復京津，以挽國難，決不中敵奸計云。中正。文。」（秦孝儀主編《中華民國重要史料初編——對日抗戰時期》緒編（一），頁 143-144。錄自總統府機要檔案）馮電所云「決不中敵奸計」，可能是指奉軍宣布停戰事，該通電係佳（九）日發出，蔣電誤作蒸（十）日。國府於十二日召開聯席會議，以奉張通電並無誠意，決定置之不理。據五月十一日上海《時報》所刊張作霖在北京發出之通電大旨如次：

兵凶戰禍，連年內戰頻仍，東南各省屢遭殘虐，余懼事態惡化，率軍從事討赤，然所以注重規律，切實保護國民及外僑生命財產者，誠恐因內亂而引起外交問題，影響友邦之親睦也。不料數年來廣州、漢口、南京、山東各地不幸之事，相繼發生，以國內政見之歧異，而將其影響波及於外人，長此以往，何以對全國及友邦。余有鑑於此，雖彰德及正太路方面戰事，節節勝利，業已停止攻擊，將所有國內之政治問題，聽候國民公正裁判，是非曲直，付之輿論。余身列戎行，久居東省，對於共產黨之禍國，知其將來危害國家，必甚猛烈，於是投袂而起，以冀蕩滅共黨，於自主基礎之下，慎重外交，內亂不息，國七可待，望國民諸子，猛自警省，勿使莽莽神州，陷於不可救也。

蔣總司令致第二集團軍馮總司令望與閻錫山協同猛進速下北京

電（民國十七年五月十一日）

　　馮總司令煥兄勳鑒：密。百川兄既出石莊，向北追擊，務望吾兄督促主力，與百川協同猛追，速下北京，以挽危局；此間各軍渡河者在津浦線正足牽制奉軍，故京漢線之進擊，不關乎德州之有否攻克也。兄意如何？請酌，弟定明日往濟寧。弟中正叩。真。

（秦孝儀主編《中華民國重要史料初編——對日抗戰時期》緒編（一），頁143。錄自總統府機要檔案。）

蔣總司令致馮玉祥、閻錫山總司令令我軍急進電（民國十七年五月

十二日）

　　馮總司令、閻總司令勳鑒：濟南事件，美政府已有電請日軍停止軍事行動，美國務卿與我駐美李代表面稱：美願出任調人云。日本昨又派一師來青島，其居心並不在小，我軍如能於巧〔十八〕日以前克復北京，則外交必可挽救也。務令各將士猛追急進，如何，盼復。弟中正。

（秦孝儀主編《中華民國重要史料初編——對日抗戰時期》緒編（一），頁147-148。錄自總統府機要檔案。）

蔣總司令致馮總司令令京漢線我軍速克北京電（民國十七年五月十

二日）

　　馮總司令、閻總司令勳鑒：密。奉逆停戰之電，僅言彰德、正太，而未及津浦，據言此中頗有深意，此種狡謀，諒為日人所操縱，此時惟有京漢線猛進速克北京，則一切國是不難解決。頃電國

府表示私見，如奉逆能自動的退出關外，一切國是皆待國民會議解決，並可允其加入國民會議也，等語。如何，請酌復。弟中正叩。文。

（秦孝儀主編《中華民國重要史料初編——對日抗戰時期》緒編（一），頁196。錄自總統府機要檔案。）

蔣總司令致馮玉祥、閻錫山總司令告以任朱培德指揮津浦線各軍電（民國十七年五月十三日）

馮總司令、閻總司令勛鑒：昨未得兩兄電，無任系念。對日交涉困難，奉逆又宣布停戰，外交、政治相逼而來，國府命弟回京，決議大計，故定今日回寧。至津浦線各軍，已由朱益之〔培德〕兄擔任指揮，明日可抵東阿，定即渡河，先到東昌，惟仍聽受煥兄之命令。對奉、對日究竟如何處置，切盼速示。惟我軍積極北追，佔領北京，是為今日惟一方略；務請兩兄督促所部，努力前進，如何，盼復。弟中正叩。元申。

（秦孝儀主編《中華民國重要史料初編——對日抗戰時期》緒編（一），頁151。錄自總統府機要檔案。）

蔣總司令致第二集團軍馮總司令元電（民國十七年五月十三日）

馮總司令煥兄勛鑒：元〔十三日〕酉電悉。對奉逆根本殲滅之見，弟甚感佩！惟其內部將領，不妨令其覺悟，以為釜底抽薪之計。弟之所謂允其加入國民會議者，非指張〔作霖〕逆本人也。總之，茲事體大，須從長計議，已將兄意轉達政府矣。頃接百川兄電，逆敵在定縣方順橋一帶頑抗，請兄催各部急進，限期收復保定、京、津，免致功虧一簣也。弟中正。元。十七年五月

（《自反錄》，第二集，卷七，頁 749。）

附馮玉祥、閻錫山聯名通電追隨蔣總司令繼續北伐（民國十七年五月十六日）

（銜略）我國民革命軍，自三路進擊以來，仗我總理在天之靈，與諸將士血戰之苦，無堅不破，無敵不摧。現在津浦路已下德州，京漢路即克保定，京津直搗，近在目前，殘敵潰崩，計日可待。是皆於整個革命軍在統一指揮之下，努力奮鬥，用能收此佳果。惟國難方殷，此後對內對外，惟有一致服從中央命令，追隨蔣總司令之後，團結奮鬥，繼續北進，鞏固我聯合戰線，徹底消滅奉魯餘孽，誅其元惡，永絕後患，貫徹救民救國之初衷，使敵人縱橫捭闔之慣技，無從得逞，此則錫山等私心竊祝，所望於我武裝同志者也。敬布悃忱，伏維垂察。閻錫山、馮玉祥叩。銑。印。

（民國十七年五月二十日，上海《中央日報》。）

【註】民國十七年五月十六日，蔣總司令返京，與國府主席譚延闓等討論對濟案具體辦法。第二、三集團軍總司令馮玉祥、閻錫山則於本日發表聯合通電，表示北伐軍不日可直搗京津，惟國難方殷，望武裝同志一致服從中央命令，追隨蔣總司令繼續北伐，以貫徹救國救民之初衷。五月二十五日，第四集團軍總司令李宗仁亦響應閻、馮通電擁護蔣總司令完成北伐。（五月三十日上海《中央日報》）

蔣總司令致第二集團軍馮總司令篠辰電（民國十七年五月十七日）

馮總司令煥兄勳鑒：密。刻接百川兄篠〔十七日〕辰電稱：韓

〔復榘〕軍撤退後，敵亦跟蹤南來，危險異常，第三集團軍可否暫向南撤動？等語。如此情形，功虧一簣，危急萬狀！務請兄督飭各軍迅速反攻，以挽危局。並已催朱〔培德〕總指揮督飭津浦線各軍從速北進矣。弟中正叩。篠辰。十七年五月

（《自反錄》，第二集，卷七，頁 749-750。）

蔣總司令致第二集團軍馮總司令養巳電（民國十七年五月二十二日）

馮總司令煥兄勳鑒：密。弟昨夜回徐，在鄭多蒙照拂指示，無任欣慰。頃接百川兄電稱：接某代表電稱：奉托外人來說云，晉軍如能和平接收京津，則奉軍可退出關外，一致對外；但須有切實表示，與各不失信，等語。弟復謂外人是何國人？請注意示復。中意當先限其于一星期內全部退出關外表示誠意，然後允其和平；惟此只可為對奉暫時之一種應付方法，並應嚴防其緩兵作用與離間我內部也，等語。兄意如何？乞復。弟中正叩。養巳。十七年五月

（《自反錄》，第二集，卷七，頁 750。）

蔣總司令致馮總司令告以日政府照會對我軍在京津作戰時或將強加干涉電（民國十七年五月二十二日）

馮總司令煥兄勳鑒：章密。政府轉示關於日領事所提其〔《自反錄》「其」作「該」〕政府正式照會，想已督閱，總括可注意之點：一、戰事進至京津時，其〔《自反錄》「其」作「該」〕政府為維持滿洲治安起見，必採取適當而有效之手段。二、採取該項手段之時，關於其時間與方法，當然加以周到之注意，且對於雙方面不至發生不公平之結果，等語。換言之，即其欲為維持滿洲權利計，〔此句

《自反錄》作「即為維持滿洲權利計也」〕我軍在京津附近作戰時，彼或強加干涉也。其次則〔「也。其次則」四字《自反錄》作「或」〕阻止我軍出關，是為其積極之表示也。」〔此句《自反錄》已刪去〕此事究應如何處置？請速復。弟中正叩。養巳。

（秦孝儀主編《中華民國重要史料初編——對日抗戰時期》緒編（一），頁200。錄自總統府機要檔案。）

蔣總司令致馮總司令請贊成由閻錫山和平接收京津電（民國十七年五月二十二日）

　　馮總司令煥兄勳鑒：章密。頃接譚〔延闓〕、張〔人傑〕諸公電稱：奉軍退出關外，閻部和平接收京津，事屬可行，〔「閻部和平接收京津，事屬可行」《自反錄》作「閻馮和平接京津之事可行」等語。〕綜核日來內外消息，我方如對京津力戰，日必強加干涉，且敵不悉我軍團結內容，日伺我軍互爭京津之時，為其蹈隙〔「隙」《自反錄》作「轍」〕反攻之機，故此時如兄〔「如兄」《自反錄》作「應」〕有贊成百川接收京津之表示，並聽政府之處置，使敵無離間之策，且得加〔「無離間之策，且得加」《自反錄》作「無能離間」〕我內部之團結，若奉逆不退，〔《自反錄》此處有一「則」字〕仍照原定計畫進攻，並足證奉逆虛偽之和平，而免國人對我軍之懷疑也。如何，請酌，盼復。弟中正。養亥。

（秦孝儀主編《中華民國重要史料初編——對日抗戰時期》緒編（一），頁201-202。錄自總統府機要檔案。）

【註】民國十七年五月下旬，奉軍在前線節節敗退，大勢已去；蔣總司令對於如何接收京津，不能不預作安排，因於二十一日

一天之內三電馮玉祥，主要的即試探馮對由閻錫山接收京津
之反應。可惜未能覓得馮之回電。閻、馮都對京津地盤垂涎
已久，據民國六十九年五月政大歷史研究所林貞惠之碩士論
文〈馮玉祥與北伐前後的中國政局（民國十三年～十七年）〉頁
228-231 之論述：第三集團軍以外交關係，避免在北京附近
發生戰事，定和平接收北京之策；釋放十六年間晉閻所捕奉
方要人于珍，並派孔繁爵至北京勸張作霖及早出關。馮軍之
任務本為在京漢及津浦線間牽制奉軍，及見晉軍在保定告
捷、奉軍撤退至琉璃河，乃突在京漢線東側由韓復榘部採追
擊戰，並激勵將士早日入京過端陽（六月二十二日）。於是
閻、馮兩軍各沿京津線東西兩側晝夜兼行，展開「馬拉松
賽」，競相入駐北京。韓部因北京公使團之阻撓止兵南苑。
國民政府決定由閻接收京津。馮對此項安排極度不滿，埋下
以後反蔣的導因之一。

蔣總司令致第二集團馮總司令梗未電（民國十七年五月二十三日）

馮總司令煥兄勳鑒：密。頃接百川兄養〔二十二日〕辰電稱，孤
軍勢危，韓〔復榘〕部南撤集結晉縣，敵人佔領博野、安國，有向
定縣迂迴之企圖。如果至此，則其勢甚急，或將因此西撤，則京漢
路空虛，大局又壞。前定有〔二十五日〕日集中完畢之計如不能實
行，則韓部或其他主力部隊不能不從速向清苑前進鞏固陣線，至少
亦須牽制敵軍，使其不敢進逼第三集團軍，以挽危局。究竟如何，
乞酌復。並請逕電百川兄。弟中正叩。梗未。十七年五月

（《自反錄》，第二集，卷七，頁 751-752。）

【註】北伐軍於進軍魯南時，即決定分期會師京津計畫；嗣因濟南
慘案，第一集團軍之進展延遲，第二集團軍不願孤軍深入，
停留於阜城、武強、石家莊一帶，致第三集團軍在定縣、望
都、方順橋、完縣之線，獨當強敵，閻總司令因形勢危急，
屢電乞援，蔣急調武漢之第四集團軍北上，任平漢路正面之
作戰。又任朱培德為第一集團軍前敵總指揮，並電馮總司令
轉令第一、二集團軍各部，於五月二十五日以前，集結於慶
雲、南皮、交河、武強、晉縣、正定之線，為進攻之準備。
五月十九日，蔣抵鄭州，與馮商各軍之部署，仍照前定有
（二十五）日集結主力之計畫進行。

蔣總司令致第二集團馮總司令梗申電（民國十七年五月二十三日）

馮總司令煥兄勳鑒：密。頃得電，奉軍決議不退關外，並限本
月底攻取石家莊、德州之線，等語。第四集團軍集中延遲，恐誤時
機，萬望吾兄多借車輛，使其如期集中；如萬不得已，本月底以前
必使其集中正定以北，以備逆敵反攻。如我軍能於有〔二十五〕日
照原定計畫前進，一方催第四集團軍集中定州，或不致為敵所乘；
否則，大局危殆，又須重費時與力也。情勢急迫，如何？盼裁酌示
復。津浦線糧米不知已運到幾何？總數幾何？盼查復以便統籌也。
弟中正叩。梗申。十七年五月

（《自反錄》，第二集，卷七，頁 752-753。）

蔣總司令致第二集團馮總司令敬申電（民國十七年五月二十四日）

馮總司令煥兄勳鑒：密。敬〔二十四日〕電奉悉。頃據健生〔白

崇禧〕電稱,武漢軍集中時間須廿餘日云。如此遲延,若待其到後再攻,時機必失,全局不知如何變化,無任焦急。可否請兄再撥五列車供彼運輸之用?一方速將第一、第二集團軍提前進取,先克滄州、河間,以促進優勢之戰局。如何?弟意第三集團軍主力移至紫荊關方面,側擊京西,與津浦路同時進攻,而以京漢路暫取守勢,限武漢三軍以上〔「以上」二字疑衍〕於月底集中在定縣以北,則戰局或能提早收拾也。是否?請兄詳酌裁復。中正叩。敬申。十七年五月

(《自反錄》,第二集,卷七,頁 753-754。)

蔣總司令致第二集團馮總司令敬申電(民國十七年五月二十四日)

馮總司令煥兄勛鑒:密。今日連上二電,諒達。頃接益之〔朱培德〕兄電稱:津浦路各軍團已遵照皓〔十九日〕申電進至指定之線。據聞,天津有十七列車滿載向南移動,殊堪注意,甚恐京漢線部隊南撤,敵無顧忌,故向東移動。極望照預定日期從速進攻云。弟意第一、第二集團既展開完畢,即宜從速攻取滄州、河間;否則,日久師老,且後方聯絡困難,各軍團皆有不能久持之勢。務請照前實施為盼。如何?乞示。並直告益之兄,以慰其憂慮也。弟中正叩。敬申。十七年五月

(《自反錄》,第二集,卷七,頁 753。)

蔣總司令致第二集團馮總司令敬亥電(民國十七年五月二十四日)

馮總司令煥兄勛鑒:密。漾〔二十三日〕、敬〔二十四日〕各電敬悉。韓〔復榘〕、鹿〔鍾麟〕各軍及鄭〔大章〕騎兵軍進展地點及日

程，請詳示復。第四集團軍似緩不濟急，無論如何，須先設法維持定縣、望都陣腳，如晉軍一向後撤，則不知以後如何變局，是誠功虧一簣矣。韓部等能急佔安國、博野否？前兩電稱先佔滄州、河間之計能實行否？並望詳示各軍進佔日期，不勝盼切。弟中正叩。敬亥。十七年五月

（《自反錄》，第二集，卷七，頁 754。）

【註】鄭大章（1891-1960），號彩庭，河北靜海（今屬天津）人。早年入馮玉祥部當兵，歷任排、連、營、團長。民國十五年，任西北軍騎兵第二旅旅長。十七年，任第二集團軍騎兵第一軍軍長、暫編騎兵第二師師長。

蔣總司令致第二集團馮總司令有亥電（民國十七年五月二十五日）

馮總司令煥兄勛鑒：密。有〔二十五日〕未電敬悉。日本交涉至今未了，其參謀部特派松井來青〔島〕要求速了，弟事實上不能離甯太遠，待全線攻擊開始時，當來新鄉暫駐，且與兄及百川兄就近聆教；以後當奉命往來于津浦與京漢兩路之間，但前方事仍請兄主持一切。百川兄處應如何處置？第二集團軍到達博野、望都之線應如何動作？乞詳示，以便轉達，或請兄與其直接商定。軍事時期，尤在革命戰線上，以不帶絲毫客氣，於事乃能有濟也。弟中正叩。有亥。十七年五月

（《自反錄》，第二集，卷七，頁 755。）

蔣總司令致第二集團馮總司令電（民國十七年五月三十日）

馮總司令煥兄勛鑒：章密。弟刻抵石莊，謹聞。弟中正。申。

（國史館藏：《蔣中正總統檔案·籌筆檔·北伐時期》，第九六一號。）

蔣總司令致第二集團馮總司令江午電（民國十七年六月三日）

馮總司令煥兄勛鑒：密。弟刻已到徐，即時回京。據益之〔朱培德〕報告，津浦逆敵已潰不成軍，料滄州當已克復。我兄何日前進？務與百川兄面商一切。可否由兄來電推保百川為北京衛戍總司令？俾得維持秩序。盼復。弟中正叩。江午。十七年六月

（《自反錄》，第二集，卷七，頁 755。）

【註】蔣總司令為明瞭各集團軍進展情形、及預為防止而後革命軍到達京津外圍發生外交糾紛，於民國十七年五月二十八日晚自徐州出發，二十九日下午五時抵道清路柳衛站晤馮總司令商會師京津計畫，即分別電令各軍「於擊破當面之敵，進抵靜海、勝芳、永清、固安、長辛店之線後，停止待命。」並決定由第三集團軍閻錫山部進入京津。三十日晚，蔣再到石家莊晤閻，商收復京津問題。並電譚延闓：「昨與煥章兄面談，決定天津方面，我軍進至靜海止。北京方面，進至長辛店止。」藉避與外人衝突。（《中華民國重要史料初編——對日抗戰時期》，頁 203。）六月一日午，蔣離石南下，二日再赴柳衛晤馮談兩小時，接洽北京克復後由閻稟承中央組織政治分會事，即回新鄉南下，三日中午經過徐州略停，即電馮請推保閻為北京衛戍總司令。而馮已於二日電閻，請主持北方事務，原電云：

「石家莊一帶探呈閻總司令百川仁仲勛鑒：蔣總司令頃莅柳衛把晤，具道我仲在石莊歡聚情形，藉悉京津收復在即，我

仲神謀宏運，克集大勛，悉屬袍澤，慶幸何極！茲者直省軍事，結束在邇，政務設施，亟待預籌；我仲撫晉民十七載，政績冠全國，如何安輯戰後災黎，徐圖建設，以慰喁望，此實目前最急之務，一切端資我仲藎籌。邇來蔣總司令暨中樞諸公，每以北方政治設施垂詢鄙見，經一一答以壹聽我仲主持；此係夙懷，絕非客氣。所有直隸省政府及京兆特別區政府主席人選，至希迅速推薦，以便早日決定，早日進行。吾輩拚命殺賊，幸得出斯民於水火，必須付之以治理，以貫初衷。此責艱鉅，我仲義何容辭？患難久共，叨在至交，區區誠款，諒蒙鑒察；萬懇以黨國為重，幸勿稍事謙抑。禱切盼切。小兄馮玉祥叩。冬。」（民國十七年六月四日《申報》，第四版。）

語氣十分懇切，當係蔣往返磋商之結果。馮玉祥在其《我的生活》中，曾就與蔣商談情形留有記載：

「奉軍既倒，……為了處理這個新出現的統一之局，蔣先生特來北方，找我們商談一切。……從這裏蔣先生前去石家莊與閻先生會見，我派馬雲亭〔福祥〕與劉子雲〔名之龍，曾任西北軍辦公署主任〕等二位陪著同行；回來，我們又在新鄉與道口之間的一個車站見面，談及擬將河北省並北平，交給閻先生，徵詢我的意見，我回談：『只要軍閥國賊剷除淨盡了，我便已經十分滿足；別的事怎麼辦都可以，還是請你酌奪吧！』蔣先生因又請我駐軍天津。因為天津實為北方唯一重鎮，我的意思以為革命告一段落，政治應使之真正統一，此時大家都當解除兵權，交歸中央，同在政府中辦點大事或小

事，不可仍舊各霸一方，形成割據之局。且山西駐軍河北，我們駐津，部屬之間恐亦不易處得好，因此覺得不合適。這回談二三小時，所談大致如此。」（頁744-755）

六月四日，國民政府即發表以閻為京津衛戍總司令。此一棘手之人事及地盤問題，方告定案。

蔣總司令致馮、閻兩總司令為聞張作霖已出京指示我軍部署電

（民國十七年六月四日）

馮總司令煥兄、閻總司令百兄勳鑒：密。弟江〔三日〕晚到寧，即聞張作霖已於冬〔二日〕夜出京，北京地方交由王士珍維持秩序，以後我軍應速向灤河與熱河前進，以弟之意，第一、第二集團軍編為右翼軍，第三、第四集團軍編為左翼軍，由二兄率領之，未知尊意以為何如。盼復。弟中正。支辰。

（秦孝儀主編《中華民國重要史料初編——對日抗戰時期》緒編（一），頁204。錄自總統府機要檔案。）

【註】張作霖於民國十七年六月二日通電下野，三日返奉，四日在皇姑屯遇難。在返奉前，請北洋三傑之一的王士珍（聘卿）出組治安會，以維持北京之治安。北京各團體聯合會隨即組織臨時治安維持會，推王士珍為會長，汪大燮（伯唐）、熊希齡（秉三）為副會長，並留奉軍鮑毓麟旅維持秩序。

蔣總司令致馮總司令為據報孫傳芳藉日人為後援力圖負嵎望速北上以固軍心電（民國十七年六月八日）

馮總司令煥兄勳鑒：密。據津報孫傳芳已聲明未曾下野，藉日

人為後援，力圖負嵎，楊宇霆、張學良亦在津，並未出關，其計以一方集合其殘部，一方離間我戰線，急謀復燃，而日本第五師團又已動員來華，如兄滯留後方，不即北上，更啟外人猜測，不惟於軍事不利，外人且已放言我內部破裂種種無稽之談，令人不可捉摸。弟意兄須北上，則前方各軍指揮方可統一，並請百川兄專維京津秩序，吾兄未到之前，對於軍隊部署，應歸一人統一，故昨電請兄暫推百川兄指揮，以固軍心，而堅團結；否則，兄如不進，軍隊散漫，進退不一，危險萬分，弟惟有告罪，以謝黨國，並請兄諒之。弟中正。庚午。

（秦孝儀主編《中華民國重要史料初編——對日抗戰時期》緒編（一），頁204-205。錄自總統府機要檔案。）

【註】馮玉祥對京津地盤落入晉閻手中，頗為失望，當時曾盛傳馮軍將與閻部衝突，故電文中有「外人且已放言我內部破裂」之語。由馮之「滯留後方」，可知其十分消極；因大局未定，為免功虧一簣，蔣電中因有「惟有告罪」之嚴厲辭句。

附蔣總司令上國民政府辭軍職呈文（民國十七年六月九日）

　　呈為軍事告畢，懇辭國民革命軍總司令職權及軍事委員會主席，俾遂初志事。竊中正自十五年七月受命中央，統軍北伐，幸賴總理之靈與鈞府之威，屢挫逆軍之燄。洎乎去夏，師次江淮，黨國多難，補苴乏術，爰自劾去職，期促黨內之團結，而利大計之進行；徒以時機迫切，未俟核准而去，得罪海外，負咎彌深。嗣承中央之督責，以殺敵補過，勖其自效，後奉鈞府電令，督勸備至；聞命感激，不敢再稽，遂忘譾陋，重效馳驅。復職以來，夙夜兢兢，

蒐簡師旅,料量軍實,籌策粗定,誓師巡征。賴將士用命,同志努力,兩月之間,戡定齊魯,收復燕京,雖革命全功,有賴繼續之努力,而軍事程序,已去最後之障礙。此後統一區宇,肅清遺敵,唯賴中央以政治力量漸謀收束。顧瞻大勢,已無待於用兵;軫念民瘼,應早息乎金革。伏查中央執行委員第四次全體會議制定國民革命軍總司令部組織大綱第一條:國民政府為圖戰時軍令之統一,特任國民革命軍總司令一人。是作戰目的完成時,即總司令職權當然解除之日。中正本年二月復職之際,亦經剴切陳明:一俟北伐完成,即當正式辭職,以謝去年棄職引退之罪,息壤在彼,當蒙昭鑒。為此瀝陳緣由,懇予明令俯准將國民革命軍總司令職權解除,並准辭去軍事委員會主席,所有各軍悉令復員。此後軍政統歸鈞府軍事委員會辦理,以一事權,而專責成。至前方出力官兵,應行獎述;戰死遺族及傷病殘廢應予撫卹,及其他軍事收束事宜,仍當條舉,以備採擇。庶國府開始建設,與人民以深切之觀感,而軍職及早解除,在中正得稍慰乎初志。所有懇准解除總司令職權及軍事委員會主席各緣由,理合備文呈候鑒奪施行。謹呈國民政府。

(民國十七年六月十日,上海《中央日報》。)

【註】民國十七年一月九日,蔣總司令致中國國民黨同志與全國同
胞宣告復職電中,有「一俟北伐完成,即當向中央正式辭
職,以謝去年棄職引退之罪。」六月九日,蔣以北京收復,
軍事時期已過,為實踐前言,向中央辭去各職。時京津戰事
尚未完全解決,而裁兵尤為全國所屬望,中央竭力慰留,各
方亦紛電請打消辭意。馮玉祥於六月十一日電蔣,謂若不打
消辭意,惟有相繼引去。蔣於六月十二日覆電解釋,原電尚

未見得。馮再於六月十三日電蔣，謂應不拘小節，繼續指揮
各軍，以竟全功。同時電請國民政府明令慰留，以安人心。
蔣於六月十七日回南京，打消辭意。

馮總司令挽留蔣總司令真電（民國十七年六月十一日）

（銜略）頃奉灰電，驚異莫名；總司令此時言去，不啻置黨國於
危難之境而不顧功敗垂成，勢必貽亡國滅種之憂。我先總理及屢次
陣亡之數十萬同志死而有知，寧不痛哭！前在柳衛車站誓相同患難
中者〔「中者」二字疑衍〕於塗炭之中，即此意也。玉祥追隨殺賊，
坐視總司令全功盡棄、不克有終，至貽盛德之累，是乃玉祥之罪
孽，惟有相繼引咎而已，他日黨國事不可為，不敢復為總司令分咎
矣。玉祥今日用抵新都，整理行裝，靜待復命；總司令如不打消辭
意，而玉祥敢獨留，是負總司令也。臨電不勝悲梗之至。

（民國十七年六月十三日，《申報》，第八版。）

馮總司令電請蔣總司令繼續督師元電（民國十七年六月十三日）

軍急，蔣總司令介石我弟勛鑒：文〔十二日〕電敬悉。我弟求
去，為維大信，去處光明，益增敬佩。唯我弟以一身繫黨至重，既
排除萬難而出，即應不拘小節而留。黨國有自由，個人絕無自由，
我弟之進退，當以黨國之需要為依歸。昔武侯〔諸葛亮〕鞠躬盡
瘁，江陵〔張居正〕任勞任怨，絕未聞其中道求去。我弟此時，應
法先賢，完成革命。懇摯之言，出自肺腑，諒蒙鑒納也。現張〔宗
昌〕、褚〔玉璞〕敗逃，天津已由百公〔閻錫山〕接收，京津大局已
定，百公措置裕如，兄似不必亟亟前往，惟盼我弟即日北上，繼續

指揮各軍，肅清國內外殘敵，以竟全功。敬復。小兄馮玉祥叩。元戌。

（民國十七年六月十八日《申報》，第四版。）

附馮總司令請國民政府慰留蔣總司令元電（民國十七年六月十三日）

南京國民政府鈞鑒：頃聞蔣總司令已向鈞府提出辭呈，此訊傳來，駭異萬狀。伏查蔣總司令繼承總理遺志，手奠黨國根基，功勳震鑠今古。此次北伐，賴蔣總司令指揮若定，一戰克魯，再戰收京，北伐全功，僅虧一簣。忽聞辭職，中外震驚，軍事遽失重心，殘敵遂圖復逞；兼以外侮日亟，險象環生，此時何時，豈能聽蔣總司令輕易言去？除逕電懇切挽勸外，敬請鈞府明令慰留，以安人心，而作士氣。黨國幸甚。臨電無任企禱之至。馮玉祥叩。元。

（民國十七年六月十六日《申報》，第八版。）

蔣總司令致第二集團馮總司令電（民國十七年六月二十九日）

馮總司令煥兄勳鑒：元密。弟刻由漢起程，約明晚可到新鄉候教，務請兄同行北上，並請轉告雲亭（馬福祥）同志為禱。弟中正叩。二十九日戌。

（國史館藏：《蔣中正總統檔案·籌筆檔·北伐時期》，第一○一一號。）

【註】民國十七年六月十四日，中央常會議決，派蔣中正往北京祭告孫中山總理。十七日，蔣回南京，打消辭意。二十六日自南京出發，二十八日到漢口，約同李宗仁赴北平；七月二日過鄭州，馮自新鄉來會，即北上。

馬福祥（1876-1932），字雲亭，甘肅導河〔臨夏〕人。馬鴻逵

之父。民國十四年一月，馮玉祥任西北邊防督辦，福祥任會
辦。十七年二月，任國民政府軍事委員會委員；後任開封政
治分會委員；六月，任北平政治分會委員。

蔣總司令致各總司令及各總指揮主張裁兵電（民國十七年七月五日）

　　保定馮〔玉祥〕總司令、北平閻〔錫山〕總司令、李〔宗仁〕總司
令、南京李〔濟琛〕參謀總長、何〔應欽〕參謀次長、及各總指揮勳
鑒：最近全國經濟會議通電，想已鑒及。關於實行裁兵、尊重財政
統一等案，皆我同志所欲言或已言者。募集裁兵公債，亦有具體決
議，尤徵全國責望之殷。如以實力促裁兵之進行，而不盡以空言相
督責，是尤我同志所欣慰無量者也。今日非裁兵無以救國，非屬行
軍政財政之統一無以裁兵。凡我同志，必當以真正之覺悟，與全國
人士切實合作，以完成此重大之職責。中正尤當竭其棉薄，與我同
志共勉之也。蔣中正叩。微。

（《國聞週報》，第五卷，第二十六期，〈一週間國內外大事述評〉，頁7。民國
十七年七月八日出版。）

【註】民國十七年六月二十日，財政部長宋子文召集之全國經濟會
　　　議在上海開幕，六月三十日閉幕，通過請政府即日裁兵，從
　　　事建設案。

蔣總司令禁止招兵通電（民國十七年七月十四日）

　　馮〔玉祥〕總司令、閻〔錫山〕總司令、李〔宗仁〕總司令勳鑒：
陳〔調元〕總指揮轉青縣新編軍方總指揮鼎英、方總指揮振武、鄭
總指揮俊彥、徐總指揮源泉均鑒：查河北人民，歷受荼毒，赤地千

里，民不堪命。近來大軍雲集，徵發糧秣，爭先恐後，一縣之中往往有數軍團同時徵發，或有一軍化〔代？〕某軍某師各自徵發，皆急如星火，人力不勝支應，紳商相率潛逃，紛擾益甚，殊非愛民之道，尤背我軍出師之本旨。為此令仰各軍，此後對於購辦給養，應於所駐區域內，設法採辦，不得有越境徵發；並嚴禁招兵集匪，騷擾勒索等情。除電陳國府籌辦振濟外，仰即轉飭所屬，一體遵照。此令。總司令蔣。寒。

（《國聞週報》，第五卷，第二十八期，〈一週間國內外大事述評〉，頁 3。民國十七年七月二十二日出版。）

蔣總司令致第二集團馮總司令電（民國十七年七月二十四日）

馮總司令煥兄勳鑒：密。奉電敬悉。所云經費，已交現款壹佰萬元，不日可再交二五庫券壹佰萬元，請勿念。弟中正叩。

（國史館藏：《蔣中正總統檔案·籌筆檔·北伐時期》，第一〇一九號。）

蔣總司令致第二集團馮總司令有電（民國十七年七月二十五日）

馮總司令煥兄勳鑒：密。煙臺劉志陸部昨已放棄，為方永昌所佔，聞張宗昌部將調集膠東作困獸之鬥。可否派孫良誠部前往克復，以保膠東財源，並堵敵之海口交通也。如何？盼速示。弟中正叩。有。十七年七月

（《自反錄》，第二集，卷七，頁 755-756。）

【註】民國十七年五月，張宗昌放棄濟南時，委劉志陸為膠東防禦總司令，方永昌歸其指揮。詎方懷異志，預備推翻劉取而代之，劉則扣留其部將，將方部繳械。張宗昌欲擾亂膠東，再

委方為膠東總司令，鍾震國副之，將劉志陸各部擊潰，膠濟路以北之膠東部分，盡為直魯軍系。七月二十二日，鍾震國在煙臺開慶祝會，翌日拘捕施忠誠等南方派要人，解除施忠誠部武裝，改懸五色旗。盛傳張宗昌將赴煙臺，故蔣總司令請馮派孫良誠部前往克復。直至九月三日，膠東劉珍年投誠革命軍，驅逐方永昌、鍾震國，占領煙臺。張宗昌在膠東之活動計畫失敗。

劉志陸（1890-1941），字偉軍，廣東梅縣人。畢業於廣東陸軍講武堂。民國六年，任護國軍第四路總司令、潮梅鎮守使。十一年，投靠陳炯明任第二軍軍長。十五年去北方，先後投奔吳佩孚和張宗昌，曾任直魯聯軍第十三軍軍長。十六年，率部在河南與馮玉祥之部隊作戰。十七年，任膠東防禦總司令。張宗昌失敗後，投國民革命軍，任新編第二師師長。

方永昌，字尊周，山東省人。歷任張宗昌軍中下級軍官。民國十四年，張任東北陸軍第二師師長，方任衛隊旅旅長，冬改任直魯聯軍第四軍軍長。十六年南下徐州；十七年二月任張作霖安國軍第二、七方面軍第四軍軍長，三月北退，駐防臨沂。七月，張宗昌、褚玉璞被第一、第二集團軍擊敗，潰退冀東，方率殘部退往膠東，旋被其部下劉珍年所逐。

附蔣總司令電譚延闓因拔二齒不便行動請留馮玉祥在南京（民國十七年八月十八日）

　　譚主席鈞鑒：○密。前日到滬，連拔二齒，流血不止，暈眩不

省人事者數，今幸漸愈，惟元氣已喪，一時不便行動，至今尚有流血也。煥章兄務留其在京，中亦須與其面商一切也。中正叩。巧。

（國史館藏：《蔣中正總統檔案·籌筆檔·北伐時期》，第一〇二七號。）

【註】民國十七年八月十六日，蔣總司令自南京到上海，因拔牙流
　　　血不止，行動不便，而馮總司令有離京返豫之消息，因電譚
　　　延闓、何應欽留馮在京維持大局。據八月二十及二十五日
　　　《申報》報導，馮此次進京，除列席五中全會外，並要與蔣
　　　商第二集團軍之裁兵經費問題。因蔣赴滬，故電促返京商
　　　洽；蔣因牙疾不克即返，復以須靜養數日，方可返京，請馮
　　　暫留數日（原電文未見）；同時派張群赴京，與馮商談。張於
　　　二十三日到京謁馮，對各項問題商妥辦法後即回滬覆命。時
　　　蔣因五中全會黨內意見不一，有些消極；馮則因甘肅回亂、
　　　陝西舊國民二軍李雲龍之反抗、以及河南對樊鍾秀戰事，亟
　　　需返豫，與張商妥後，即於二十四日離京。

附蔣總司令囑何應欽留馮玉祥在南京維持大局電（民國十七年八月十八日）

　　何參謀總長勛鑒：敬密。請代留煥章兄在寧維持大局。調第一師至贛剿匪令，緩發為要；並請電經扶〔劉峙〕先行檢閱整頓，待熊〔式輝〕師調贛與第三軍剿清其黨後，再調第一師前往為宜也。昨電已悉。中病齒流血不止，元氣大傷，今已稍癒，勿念。改編各部，請切實進行。中正。巧戌。

（國史館藏：《蔣中正總統檔案·籌筆檔·北伐時期》，第一〇二六號。）

附蔣總司令電囑何應欽勸馮玉祥勿回河南（民國十七年八月二十四日）

何代參謀總長勛鑒：敬密。聞煥公有備車回豫之息，請代為敦勸勿行，中約下星期可以出院回京也。中正。敬。

（國史館藏：《蔣中正總統檔案·籌筆檔·北伐時期》，第一○三一號。）

附蔣總司令電告白崇禧已令馮玉祥負責進剿膠東張宗昌（民國十七年八月二十六日）

白總指揮健兄勛鑒：健密。電悉。津浦線北段有孫良臣部及任應岐部，對膠東張〔宗昌〕逆刻軍會已令馮總司令負責進剿，故津南可以無患，請勿念。中正。

（國史館藏：《蔣中正總統檔案·籌筆檔·北伐時期》，第一○三六號。）

蔣總司令致馮總司令電（民國十七年八月二十八日）

馮總司令煥兄勛鑒：密。有〔二十五日〕電敬悉。賤恙漸愈，今已出院，不日當可出京也。雲亭〔馬福祥〕兄在病中已晤面，惟未詳談。弟意已托定五〔劉治洲〕兄代達，想已覽察矣。弟中正。

（國史館藏：《蔣中正總統檔案·籌筆檔·北伐時期》，第一○三八號。）

【註】劉治洲，字定五，一八八三年生，陝西鳳翔人。民國二年，任眾議院議員；十一年，任農商部次長；十四年五月，任陝西省長；十六年六月，任河南省府委員兼建設廳長、鄭州市市長；十七年一月，任豫陝甘賑災委員會常務委員。為馮玉祥五老之一，尊稱為劉定老。二十二年五月，馮成立察哈爾民眾抗日同盟軍，劉任總司令部總參贊。三十七年，當選行

憲國大代表。

蔣總司令致第二集團馮總司令江酉電（民國十七年九月三日）

馮總司令煥兄勳鑒：密。世〔三十一日〕電均奉悉。黨國危殆至此，惟有團結精神，不顧利鈍，方克有濟於萬一。承奉明教，敢不奮勉。弟決於月內回京供職。敬此奉復。弟中正。江酉。十七年九月

（《自反錄》，第二集，卷七，頁756。）

馮總司令為岳維峻部不服改編致蔣總司令電（民國十七年九月十三日）

南京國民政府軍事委員會蔣總司令鈞鑒：竊查職軍第五方面軍總指揮岳維峻，自去歲五月率部由陝南東出紫荊關以來，以所部分子複雜，逗留於襄樊葉宛之間，遲迴不進。逮平津克復，北伐完成，玉祥因將所部切實裁汰，以待中央縮編軍隊之令，對於岳部：㈠不追其逗留抗命之罪。㈡不問其通樊（鍾秀）作亂之罪。無他，以其為國民軍之同志也，故電令岳總指揮維峻將該部縮編為兩師。該總指揮當已電復遵辦。既而其部屬張萬信、姜宏模、李振清、田生春等部，因軍紀紊亂，在鄂北譁變，被第四集團軍包圍繳械。該部因又減少萬餘人，乃復令其改編為一師，以鄧寶珊為師長。該總指揮即可前赴中央，或來河南省政府復職。又一面派職部副官長許驤雲面達此意。該總指揮初本表示服從，繼復請改編所部為六旅。正在往返電商之際，該總指揮所部突然離駐馬店向東開拔。據報將入皖境，究竟何往，至今未得確息。伏思玉祥遵照中央命令，按一

定標準,儘量裁減。該總指揮所部人數槍數本屬無多,又加以老弱及不良分子居其太半,即一師之額,恐亦有未足。今該部忽竟自由行動,不聽編制,為此謹將前後經過肅電奉聞。究應如何之處?伏乞鑒核示遵。

(原載:民國十七年九月十七日,上海《時報》。錄自:《中華民國史事紀要》,中華民國十七年七月至十二月份,頁418。)

【註】岳維峻因受鹿鍾麟部之壓迫,於民國十七年九月九日率部自河南汝南東走皖北。據李泰棻編《國民軍史稿》頁510云:「馮為肅清後防,乃於八月二十四日,突自南京回豫。蓋豫南之樊鍾秀,及陝豫之岳維峻,有聯合武漢,顛覆豫陝之謠傳。馮:……任鹿鍾麟為豫陝剿匪總司令,兼河南剿匪總指揮。……未幾,樊鍾秀部在南陽悉被解決,而岳不自安,亦率所部逃於皖境,蔣中正委為(新編第一師)師長。蔣、馮交惡,此亦一因。蓋中央地方,本屬一體;未有地方認為反動,而中央反與〔予〕收留,任為高職者,是不啻對於地方長官表示不信。馮之不滿,理當然也。」

蔣總司令致第二集團馮總司令電 (民國十七年九月十四日)

馮總司令煥兄勳鑒:密。蒸〔十日〕電祇悉,並無劉珍婁其人,已電北平詳詢。凡關於山東事,應全歸兄負責處置也。弟中正叩。

(國史館藏:《蔣中正總統檔案·籌筆檔·北伐時期》,第一○六五號。)

馮總司令致國府、軍委會、財政部及蔣總司令為陝甘乞賑電 (民

國十七年九月十五日）

（銜略）玉祥作戰以來，官兵為主義犧牲死於槍砲之下者，屍骸相屬，綜計傷亡之官兵約數萬。在去年五月，會師鄭汴；及九月，肅清靳逆諸役，約萬餘人，在十月、十一月豫東兩次大戰，約萬餘人；本年四、五月間，彰德之役，約萬人；濮陽、大名諸役，約三四千人，濟寧、金鄉、曹州諸役約三四千人；共計不下五萬之眾。現在戰事漸行結束，關於傷亡撫恤之典，尚付闕如。竊查北方各省，比年以來，為禍國軍閥所盤踞，橫征暴斂，敲骨吸髓；中產之家，久已破產，甚者且淪為乞丐。玉祥所部官兵，皆隸屬直魯豫陝甘諸省，出自貧寒，家中老小，咸資養贍，一旦為國捐軀，一瞑不視；或斷臂折足，終生殘廢，其父母兄弟妻子，皆嗷嗷待哺。邇來傷亡官兵之家屬，向玉祥請發恤金者，攜老扶幼，相屬於途，汴鄭洛三處，各聚住萬餘人，每遇玉祥外出，輒遮道而來，環繞乞請，呻吟號呼之聲，聞之痛心，輾轉流離之狀，見之淚下。玉祥追思各武裝同志，抱救國救民之熱忱，置生死於不顧，前仆後繼，與禍國軍閥，血肉相搏，轉戰數省，伏屍數萬，始獲得最後勝利；其犧牲何等哀烈，在死者求仁得仁，固已已矣，而生者將何以堪！即使人矜其窮而哀其孤寡，一念及血淵骨嶽之中，為革命效前驅，以身殉國之先烈，能不為之動容耶！因亟擬分別情形酌給撫恤，以全生者之命，而慰死者之靈；然所駐防之豫陝甘三省，地瘠民貧，財政拮据，早在洞鑒；心餘力絀，焦急萬狀。惟慮及北伐雖漸成功，各地猶多伏莽，且外侮日亟，軍備未可稍懈，用兵之處，來日正長；倘對死者之父母兄弟妻子，及傷者本身，不能酌予撫恤，則不傷不死

者，將不免顧後瞻前，傷其膽而寒其心矣。籌維再三，惟有仰望速
撥大宗款項，俾便發放，庶死者以安，生者以慰，黨國前途幸甚。
臨電無任禱切待命之至。馮玉祥叩。

（民國十七年九月十七日，《申報》，第九版。）

【註】馮玉祥於民國十七年九月十四日抵西安，翌日在西安發出此
　　　電。

蔣總司令致第二集團馮總司令電（民國十七年十月一日）

　　馮總司令煥兄勳鑒：章密。政府改組，不能復延，軍政部事務
請兄擔任勿卻。其他重要問題，待兄速來商決。盼示行期。弟中正
叩。東。

（國史館藏：《蔣中正總統檔案・籌筆檔・北伐時期》，第一○八七號。）

【註】民國十七年九月十八日，蔣中正、胡漢民、李濟琛、李煜
　　　瀛、李宗仁等在上海商定改組國民政府。十月八日，中央常
　　　務會議通過任蔣中正、馮玉祥等十六人為國府委員，蔣任主
　　　席，譚延闓為行政院長；十八日，通過任馮為行政院副院
　　　長；十九日，中央政治會議臨時會議決任馮為軍政部長；於
　　　二十五日就職。
　　　民國五十四年十月十七日，傳記文學雜誌社劉紹唐社長偕筆
　　　者往訪石敬亭（筱山）將軍，他憶述十七年籌組軍政部情
　　　形，大意為：石代表馮、張群（岳軍）代表蔣，商議部中人
　　　事名單，石要一個正的，張便要一個副的；張要一個正的，
　　　石便要一個副的。因言軍政部便是在這樣分贓式的情形下組
　　　織起來的。按：馮為部長，馮派之鹿鍾麟為常任次長、曹浩

　　森（原名明魏，字浩森）為陸軍署署長；蔣派之張群為政務次
長。

蔣主席致馮總司令電（民國十七年十月九日）

　　萬急。歸德馮總司令煥兄勳鑒：章密。佳〔九日〕丑電敬悉。
樊〔鍾秀〕、岳〔維峻〕事，急待兄到京商決一切；至其移向鐵路危
及吾兄行動，當不至此。刻令劉峙師長派隊至碭山警戒，以備萬
一。何時可到京？盼復。弟中正。佳未。

　　（國史館藏：《蔣中正總統檔案·籌筆檔·北伐時期》，第一一○一號。）

【註】民國十七年十月六日，馮玉祥離西安東下。十月十日，新任
　　　國府主席暨委員在南京宣誓就職，馮尚未抵京，由張之江代
　　　表宣誓。蔣為維護馮之安全，電令駐徐州之第一師師長劉峙
　　　（經扶）派隊迎接並沿途警戒。

附蔣主席電令劉峙派隊至碭山迎接馮玉祥並沿途警戒保護（民國十七年十月九日）

　　徐州劉師長經扶兄勳鑒：峙密。馮總司令在歸德，請兄派隊至
碭山前方迎迓，並須沿途警戒，以防樊〔鍾秀〕、岳〔維峻〕諸部之
不測也。布置如何，盼復。中正。佳未。

　　（國史館藏：《蔣中正總統檔案·籌筆檔·北伐時期》，第一一○○號。）

附蔣主席電令劉峙再增兵至碭山警戒並詢馮玉祥何時到徐（民國十七年十月十日）

　　劉師長經扶兄勳鑒：峙密。電悉。碭山再加足〔增？〕兵一

營，沿途嚴密警戒。請兄電詢煥公何時到徐？如其到時，請即電
告。中正。灰酉印。

（國史館藏：《蔣中正總統檔案·籌筆檔·北伐時期》，第一一〇二號。）

蔣主席致馮總司令電（民國十七年十月十一日）

　　馮總司令煥兄勛鑒：章密。佳〔九日〕酉電敬悉。曹〔浩森〕、
秦〔德純〕二君亦晤面，弟意已囑其轉達，想已督及。樊〔鍾秀〕未
來寧，此時空言無補，待兄到後決辦法，其軍隊當遵兄意處置也。
望本星期內到京為禱。弟中正叩。真。

（國史館藏：《蔣中正總統檔案·籌筆檔·北伐時期》，第一一〇三號。）

【註】據郭廷以編著《中華民國史事日誌》第二冊頁394記載，樊
　　　鍾秀軍於民國十七年十月二日入皖北蒙城一帶，樊赴南京往
　　　上海。

蔣主席致軍政部馮部長電（民國十七年十一月十二日）

　　南京馮部長煥章我兄勛鑒：弟刻抵蚌埠，明日開始檢閱，並望
隨時賜教。弟中正。

（國史館藏：《蔣中正總統檔案·籌筆檔·北伐時期》，第一一五〇號。）

【註】蔣主席為防止戰後士氣委靡，特於民國十七年十一月八日赴
　　　津浦路檢閱各軍，於十二月一日返京。

蔣主席致軍政部馮部長電（民國十七年十一月十四日）

　　南京馮總司令煥兄勛鑒：近日軍部組織想有頭緒，甚迅速
〔《自反錄》無此三字〕。諸事有否障礙？請隨時賜示，以利進行。辦

事當先去其不得力者，則事事易舉矣。今日由海州回徐，明日赴兗檢閱第四師〔師長繆培南〕。本擬赴泰安，今以無暇故，不能去也。〔以上兩句中之「故」及「能」，《自反錄》予以刪去。〕弟中正叩。寒。

（國史館藏：《蔣中正總統檔案·籌筆檔·北伐時期》，第一一六號。）

蔣主席致軍政部馮部長電 （民國十七年十一月十七日）

馮總司令煥兄勳鑒：密。弟今日由兗回徐，明日赴蚌埠轉壽州。隴海東路附加捐〔《自反錄》「捐」作「稅」〕本係小事，向來亦無彼此之分；惟此款弟已撥充軍人遺族學校經費，該校已經籌備進行，不能中止，請電菊村〔劉驥，時任隴海鐵路督辦〕照辦；兄處款絀，當在他處抵補，不必區區於此也。〔上句《自反錄》作「可也」〕如為外人所知，必又造作是非之好材料矣。〔上句中「之好材料」四字《自反錄》已刪去〕弟中正叩。篠。

（國史館藏：《蔣中正總統檔案·籌筆檔·北伐時期》。）

蔣主席致軍政部馮部長電 （民國十七年十一月二十四日）

馮部長煥兄勳鑒：章密。弟昨日到合肥，明日往巢縣檢閱，未知兄有暇來巢縣珂鄉？俾弟亦得觀光也。弟回京之期，約在月初，以二十九日在安慶各縣長會議也。弟中正。敬。

（國史館藏：《蔣中正總統檔案·籌筆檔·北伐時期》，第一二一一號。）

【註】馮玉祥為安徽巢鄉竹坷村人，蔣到巢縣檢閱部隊，故約馮到
　　　其故鄉一遊。

民國十八年（1929）

馮玉祥呈蔣主席請假函（民國十八年二月十四日）

　　介石主席我弟如握：年來用兵，因兄失於檢點，致操勞太過，體氣大不如昔。前者在豫，曾有五月之疾，而來京後，微受風寒，乃大熱至百零三度，加緊醫治，未成大病。因大會〔國軍編遣會議〕正開，恐生揣測，在大汗之後，力疾到會，不料一時不慎，至今每日午後五時前後便發熱一次，以為初癒以後之態，不久當大癒也。不期日前頭暈目眩，幾乎倒地者再。醫者云勞太過休太少也，非長時間休養不可云云。但晝夜不能成寐，隨用安眠之藥，方能少睡，誠苦事也。已蒙我弟在百忙中來看，雖未得見，然已萬分感謝。若厚情如此，實愧無以回報，只好不忘而已，現在目眩太甚，頭暈太重，實非如醫者言長時休養不可，擬請我弟先准假二三十日，以便安心靜養，至於部務〔軍政部〕可請鹿〔鍾麟〕代理也。特此即請道安。如小兄馮玉祥拜啟。一八、二、一四。

（劉維開：〈評《蔣介石的人際世界》〉，臺北：《國史館館刊》，復刊第二十三期（國史館，民國八十六年十二月出版），頁284。據中國國民黨中央黨史委員會藏毛筆原件。）

【註】北伐成功後，中央為促成全國統一，對馮玉祥、閻錫山、李濟琛、李宗仁等高級將領，分別畀以專職。馮率先入都，匡助蔣主席，其重要文武幹部，也都帶到南京。惟因久居北方，習於戎陣，對黨國之派系人事等複雜關係，缺乏了解；又因恃才傲物，倚老賣老，言行怪異，極盡尖酸刻薄之能

事；與人相處，鑿枘不投。而閻復從中離間與蔣之關係，遂對政府當局之舉措，感到不滿和懷疑，乃於十八年二月五日離京返豫。據其當天之日記云：「近日失眠，胃病等症復發，據醫者云，係神經衰弱症。因於下午三點，訪蔣主席、譚〔延闓〕院長，面請短假返汴休養。三點半蔣主席、陳署長儀及我軍在京者，皆來送行。六點半，偕眷渡江。八點半，開車北上。」（《馮玉祥日記》，第二冊，頁 567。）至於這封親筆請假函，所署日期為何為二月十四日？令人費解，此「十四日」是否為「四日」之筆誤？待考。後來很多記載，包括《李宗仁回憶錄》，都說馮秘密渡江往浦口，乘事先預備的鐵甲車返回原防，純係揣測之詞。惟馮之動向，當時的確引人注意。蔣、馮此別，日漸疏離，種下以後戰亂相尋之惡因。

馮總司令致蔣主席、行政院譚延闓院長報告病情銑電（民國十八年二月十六日）

略云：此次玉祥回汴就醫，本擬靜心調養，以期早痊；乃在汴小住一星期，事務殷繁，來賓接踵，病軀愈覺難支。昨據西醫檢查，謂一為心臟病，一為神經弱，致下肢浮腫，左肋澈痛，夜不成眠。如再不有適宜之靜養，相當之診治，危險實甚。輝縣所屬之百泉，空氣清煦，隔離塵囂，最為適宜等語。現准西醫之請，十五日清晨已來百泉，一面診治，一面靜養。惟願早日就痊，用副關垂之雅。所有在京諸同志友好，並代為致意是禱。祥。銑。

（民國十八年三月四日《申報》第九版，二十五日鄭州通訊。）

蔣主席復馮總司令馬電（民國十八年二月二十一日）

　　馮總司令煥兄勛鑒：○密。弟自文〔十二〕日起檢閱杭、甬各部隊，昨日順道回鄉掃墓，約作數日勾留，即行回京。來電今始接讀，貴恙甚念，如得稍瘉，請即回部為盼。弟中正。馬。

　　（國史館藏：《蔣中正總統檔案・壽筆檔・統一時期》第一三三○號。）

【註】國史館印行之《蔣中正檔案目錄》第一冊籌筆一，對原檔之編號有所改動，如本件原為「一三○八」號，現改為「一三三○」號。為便於讀者查閱，均改為現印行目錄之編號。

蔣主席致馮總司令東電（民國十八年三月一日）

　　馮總司令煥兄勛鑒：煥密。宥〔二十六日〕電敬悉。川局糾紛，此間亦有與張師長相同之報告；但其內部各有顧忌，或一時不致實現。粵電有派第四集團軍三師兵力入川、以消兩湖隱患之稱（「稱」字《自反錄》作「語」）。兄部甘、陝兵力如何？是否有平川之可能？但膠東之亂，石〔友三〕能不從速敉平（此句《自反錄》作「不能不從速敉平」）？何如？盼復。弟中正。東

　　（國史館藏：《蔣中正總統檔案・籌筆檔・統一時期》，第一三四一號。）

【註】四川內訌頻仍，十七年來迄無寧日。民國十七年十月三十一日，中政會通過組織四川省政府，任劉文輝、鄧錫侯、劉湘、田頌堯、楊森等十三人為委員，劉文輝為主席。十二月，川軍羅澤洲、李家鈺、楊森、賴心輝等反對四川編遣會議，組同盟軍反劉湘。十八年一月，蔣主席免楊森本兼各職，令川中各將領各回原防，聽候中央派員查辦。三月一日電馮，詢其甘、陝兵力是否有平川之可能？據三月三日《馮

玉祥日記》云：「唐悅良來，談川事。蓋蔣欲本軍平川，彼則專力對桂，且恐我與桂合也。」（第二冊，頁 584。）各懷鬼胎。唐悅良，一八九○年生，廣東中山人，美國普林斯頓大學碩士，於民國十六年入馮部，任第二集團軍總司令外交處處長。十七年三月，任外交部常任次長。十八年十月辭職。

膠東之亂，係北方失意軍人張宗昌、吳光新唆其龍口舊部劉開泰叛變、攻擊服從中央之劉珍年軍所引起。

馮玉祥呈蔣主席請辭軍政部長電（民國十八年三月十二日）

國急。南京國民政府蔣主席鈞鑒：竊以軍政部為全國軍事行政最高機關，範圍既大，職責尤重。玉祥猥以菲材，忝長斯職。受命以來，夙夜惶懼，惟恐弗克盡職，有負中央付託之重，而貽尸位覆餗之譏。卒以才有所不逮，力有所不勝，精神體氣，漸覺不支。積之既久，百病叢至。乞假以來，忽已匝月，多方療養，仍未瘥愈。竊思軍政部長一職，迥異閒曹，長此曠職，貽誤匪細，擬請辭去軍政部部長職務，藉免愆尤。業經函請在案，諒蒙鑒察，伏乞俯體微忱，准予開去軍政部部長職務，俾得從容調治，庶能早日獲痊，再圖報稱。不勝屏營待命之至。馮玉祥叩、文。

（民國十八年三月十八日，《申報》第四版。）

【註】民國十八年三月七日《馮玉祥日記》中記與馬福祥、邵力子談云：「余出身行伍，不學無術，願辭職留學，以備異日效力黨國之用。軍政部有人接替固善，否則，即暫以鹿鍾麟代部，以劉郁芬或劉驥遞補次長。溯自出關北伐，傷亡四萬餘

人，既征良家子弟，復耗民間供給。今已到訓政時期，而地方政治，仍是一籌莫展，實負百姓延頸望治之情。蔣主席虛懷相待，自應竭盡棉薄，勉力襄助，求臻郅治，以慰國民喁喁之望。所惜者，今已患病耳，然來日方長，圖報當有日也。」又於四月六日日記中記與馬福祥、邵力子、劉治洲等談云：「吾之辭軍政部長者，無他，實因遍觀各國歷史，從未有以當兵出身之人，而掌全國陸海空軍者。」（第二冊，頁608-609。）馬、邵係奉蔣主席命前往促馮返京之代表，故馮所說不足深信，從其日記中可知他已在聯絡各方預備反蔣了。國民政府於三月二十七日令調鹿鍾麟為軍政部政務次長，在馮銷假前代理部長。

蔣主席致馮總司令文亥電（民國十八年三月十二日）

馮總司令煥兄勛鑒，密。真〔十一日〕電奉悉。時局混沌，革命已至險境，若復隱忍遷就貽誤黨國，吾人將為千古之罪人！成敗不計之教，無任欽佩。弟已準備犧牲，兄能共同患難到底，歲寒松柏，益感高誼。聞明日任潮〔李濟琛〕來京就商，俟到後再行奉告。和戰之局，其在此乎！弟中正。文亥。十八年三月

（《自反錄》，第二集，卷八，頁769。）

【註】電文中「和戰之局」，係指討伐桂系事。時桂系勢力分布於南北要衝，廣州為李濟琛，廣西黃紹竑，武漢為李宗仁，輔以胡宗鐸、陶鈞、白崇禧兵於天津、唐山一帶。十七年秋，李宗仁大事擴軍，蔣亦作部署，準備派兵西上。湖南位於武漢、廣州之間，省政府主席魯滌平為譚延闓舊屬，桂系欲將

兩廣、湖北聯為一片，乃於十八年二月二十二日由胡宗鐸假
武漢政治分會之名將魯滌平免職。政局頓時緊張。自編遣會
議起，蔣、馮之關係已不易維持；今蔣、桂行將決裂，雙方
均欲爭取馮的支持，故馮之態度備受重視。與蔣、馮都有相
當交情之黃郛（膺白），也在設法斡旋時局，於其十八年二
月二十五日日記云：「十時暢卿〔楊永泰〕來談時局推演、
應設法預防等語。……午後暢卿約同劉定五〔治洲〕來，共
謀預防時局破裂之策。定五允赴百泉謁煥章，陳述大勢，總
以相忍為治、全體合作，無論為對內對外計，萬不宜再有軍
事行動為前提。」又於三月三日日記記與楊、劉討論時局
云：「予力勸定五轉告煥章『努力不可懍方向』，並須注意
日本外交，萬一牽動全局，又為田中造機會等語。」蔣、馮
之關係亦趨於緊張，雙方信使不斷，邵力子、馬福祥奉派赴
豫晤馮，探詢其態度。據馮系之北平市長何其鞏（克之）
云：「馮得蔣電，徵詢湘事意見，馮決惟中央命是聽；中央
意志，即馮之意志。」馮希望湘事範圍不使擴大，謀局部之
相當解決。（三月十一日，《申報》第七版。）

蔣主席致馮總司令文亥電（民國十八年三月十二日）

馮總司令煥兄勛鑒：密。任潮〔李濟琛〕與吳〔敬恆〕、李〔石
曾〕諸先生昨同到京。政治會議之決議，想由瑞伯〔鹿鍾麟〕兄轉
達。但武漢頑強更甚，中央雖有息爭容忍之心，奈終不能消其背逆
之謀何，請兄積極進行。近日貴恙如何？盼復。弟中正。文亥。十
八年四〔三〕月

（《自反錄》，第二集，卷八，頁771。）

【註】該電係「三月十二日」，《自反錄》誤置於「四月十二
　　　日」。李濟琛於三月十一日自粵抵滬，十二日夜車轉赴南
　　　京，三月二十一日被拘於湯山。又三月六日舉行政治會議第
　　　一七八次會議，討論湘省事件時決議：㈠先派蔡元培、吳稚
　　　暉等用和平手段謀解決之道；㈡第一方法無效，即由李濟
　　　琛、李宗仁、馮玉祥、閻錫山徵集列席編遣會議各領袖之意
　　　見後，以編遣會名義，另謀解決方法。故電文中有「請兄積
　　　極進行」語。

蔣主席致馮總司令皓辰電（民國十八年三月十九日）

　　馮總司令煥兄勳鑒：密。雲亭〔馬福祥〕兄來，拜讀手教，長
者之言，敢不銘心。對漢自當以和平為懷，但終不能動其頑抗之性
於萬一。昨日胡〔漢民〕、吳〔敬恆〕諸公接胡〔宗鐸〕、夏〔威〕責
問之電，有迎頭痛擊等語，明知其有準備，中正至此，使所部背叛
若是，慚惶曷極，心痛之至。近日略忙，不能多言，請察諒；並請
隨時電示。刻得銑〔十六日〕電，乃知貴恙漸輕，欣幸何如。弟中
正。皓辰。印。十八年四〔三〕月

（《自反錄》，第二集，卷八，頁771-772。）

【註】此電應為「三月十九日」，《自反錄》誤置於「四月」。其
　　　證據有二：㈠十八年三月十三日《馮玉祥日記》：「下午二
　　　點，告馬雲亭、張允榮曰，湘省戰事突然爆發，無論孰勝孰
　　　負，皆不利於國，不利於己。民亦勞止，汔可小康，甚望得
　　　以早日結束也。馬、張二人請余先到汴，再行至京出席三全

代表大會。余手書一函，托其交蔣，述為病魔所困，一時未能返京，請加原諒云。」（第二冊，頁 591。）其中託馬交蔣之手書，即蔣復馮電中之「雲亭兄來，拜讀手教。」(二)胡宗鐸、夏威、陶鈞、張義純、程汝懷等武漢將領，於十八年三月十六日各致胡漢民、李濟琛、李宗仁等詢問，對進入贛境之中央軍可否迎擊。蔣主席於三月十九日電責武漢將領云：「頃閱兄等銑日致展堂、任潮諸先生電，至深駭異，……逆料兄等發電之日，即密令動員之時。日內必實行向中央各師襲擊，而冀以迎頭痛擊之詞，誣指中央為戎首，……。」（三月二十日《申報》）

馮總司令致蔣主席擁護中央通電（民國十八年三月二十四日）

蔣主席鈞鑒：漾〔二十三日〕電敬悉。聞湘事發生，中央對之，一再寬容，冀其猛醒，可謂大度包容之極矣。玉祥亦因國內不堪再有戰事，期於保全中央威信之中，冀達息事寧人之意；乃彼既卒不覺悟，中央不得已而用兵。玉祥服從中央，始終一致。前經迭電聲明，已有準備；至於出兵路線及作戰方略，統祈主席指授機宜，庶免岐異。馮玉祥叩。敬。

（民國十八年三月二十八日天津《大公報》，第三版。）

【註】馮在電文中表示服從中央，並非事實，在三月二十二日《馮玉祥日記》中，記與龐炳勛師長討論大局云：「蔣、桂之爭，遠因實種於蔣上次下野時，彼時桂派言論，過於露骨，及蔣復職後，遂蓄意劇除之。後白崇禧駐兵北平，桂派勢力直已縱貫中國本部，蔣遂拉攏湘之魯滌平，以切斷其兩廣與

兩湖之聯絡。近因桂派逐魯，蔣遂不能再事容忍，兩方均已盤馬彎刀，摩拳擦掌，大有山雨未來風滿樓之概。勢逼處此，戰事決難幸免也。……會龐炳勳、秦德純，囑以準備防衛，但不參加任何方面戰爭。」（第二冊，頁598。）

附鹿鍾麟對馮玉祥通電之說明

民生報記者昨日往訪代理軍政部長鹿鍾麟，詢以馮玉祥對於此次戰事主旨如何。鹿氏答稱：當湘變初起之時，蔣主席曾去電徵求馮氏意見，究應如何處置。馮氏當覆來一電，由余轉至蔣主席，電中大意謂對於此次武漢事件，本人本息事寧人之旨，以不用兵為最上策。倘武漢當局執迷不悟，一味背叛黨國，為顧全中央威信計，則不能不加以討伐，中央明令討伐之後，本人所部，係為黨國軍隊，自當服從中央，聽候驅策。計本人所部軍隊，約計二十八萬人，一旦奉令動員，除留一部分布置黃河流域防務外，可出兵十二萬人討伐武漢叛軍，請先指示方略，以便準備一切云云。蔣當覆電，謂：「祇需五萬人，即足敷用，惟請推總指揮一人，以資統率」。馮復電保余及韓復榘、宋哲元三人，請蔣擇一任命。經余奉商蔣主席之結果，以余現任軍政部職務，未能離京，宋哲元遠處西安，亦有難以兼顧之勢，惟韓復榘，近在河南，視師武漢，較為便利，故最後決定以韓任右路總指揮之職。（民國十八年三月二十九日，上海《時報》。）

蔣主席致馮總司令敬電（民國十八年三月二十四日）

馮總司令煥兄勳鑒：密。昨電諒達。兄部南陽方面兵力能出幾

師？何日可以準備完畢？如廿九日出發，約何日可以占領襄樊？請詳復。弟意襄樊比武勝關更為重要，以其奏效迅速也。弟中正。敬。十八年四〔三〕月

（《自反錄》，第二集，卷八，頁772。）

【註】此電應為「三月二十四日」，《自反錄》誤置於「四月」。三月二十八日《馮玉祥日記》云：「邵力子來，要求出兵，以韓〔復榘〕為總指揮。余謂論公論私，皆不能使蔣獨任其艱。我方可出兵十三萬，留十四萬維持地方安寧；唯蔣不憚欲天下之怨，而黨權亦一人獨握，縱能戰勝桂派，吾恐繼之而起者，仍將大有人在，殊令人不無悵悵耳。」三月三十日日記云：「電蔣，出兵十三萬，以韓復榘為總指揮，出武勝關。」（第二冊，頁603。）

蔣主席致馮總司令有電（民國十八年三月二十五日）

　　馮總司令煥兄勳鑒：密。漾〔二十三日〕電敬悉。弟前日之電，未知接閱否？時局日急，患難正長，吾人惟有共負艱鉅，平此禍亂，以固黨國。馬〔福祥〕、劉〔治洲〕、邵〔力子〕三君本日來鄭趨候，請駐鄭主持一切，取消赴華〔華山〕之意，並盼示復。弟中正。有。十八年四〔三〕月

（《自反錄》，第二集，卷八，頁772-773。）

【註】此電應為「三月二十五日」，《自反錄》誤置於「四月」。馮於三月二十三日自百泉到新鄉，乘火車南下鄭州，轉赴洛陽、靈寶、潼關，於二十七日抵華山，其二十八日日記，記有分與蔣所派之代表邵力子、劉治洲、馬福祥談話內容。

（《馮玉祥日記》，第二冊，頁 602。）

蔣主席致馮總司令冬未電（民國十八年四月二日）

馮總司令煥兄勛鑒：密。弟刻到黃州，前方部隊已達團風、宋埠之線，戰爭甚劇。韓〔復榘〕總指揮部本日有否進入武勝關？盼即復。以後第二路與第三路作戰地區，以平漢路為準線，上屬第三路。請即轉令。弟中正。冬未。十八年四月

（《自反錄》，第二集，卷八，頁 769-770。）

蔣主席致馮總司令電（民國十八年四月二日）

馮總司令煥兄勛鑒：仁密。以後電報，請直接發寄行營，勿轉南京，以圖迅捷。並請轉告韓〔復榘〕總指揮，以後通電，可用日前寄上之肅電碼為盼。弟中正。

（國史館藏：《蔣中正總統檔案・籌筆檔・總一時期》，第一三八六號。）

蔣主席致馮總司令江未電（民國十八年四月三日）

馮總司令煥兄勛鑒：密。聞東〔一〕日我軍已達襄樊，未知是否？韓〔復榘〕部主力，其對武勝關方面，能如期進攻否？此間正面，須俟第三路進入武勝關與第二路切實聯絡後，即可猛烈攻擊，以期一鼓盪〔蕩〕平也。立盼示復。弟中正。江未。十八年四月

（《自反錄》，第二集，卷八，頁 770。）

蔣主席致馮總司令微辰電（民國十八年四月五日）

馮總司令煥兄勛鑒：密。頃得武漢商會及孔庚等支〔四日〕電

稱：胡〔宗鐸〕、夏〔威〕諸逆將潛逃，各旅長皆服從中央，聽候處分，務請鈞令前方各軍勿加追擊，以保地方民命。並盼主座蒞漢鎮攝。等語。弟即復云：此次逆謀，責在李〔宗仁〕、白〔崇禧〕，其餘袍澤，皆隨中正久共患難之同志，決不追咎〔究？〕。刻已令前方各軍停止前進，望武漢各該旅旅長嚴束所部，各駐原地，靜待後命。中正即日起程來漢。等語。今逆將既遁，以後對於武漢與桂系軍閥，究應如何處理？務乞明示。弟中正叩。微辰。十八年四月

（《自反錄》，第二集，卷八，頁 770-771。）

【註】孔庚（1872-1950），譜名昭煥，字掀軒、文軒，湖北浠水人。兩湖書院畢業後，留學日本。光緒三十一年（1905）在東京加入同盟會。宣統元年（1909），畢業於日本陸軍士官學校第六期騎兵科，與閻錫山、李烈鈞、唐繼堯、孫傳芳等為同期同學。返國後任職軍諮府。宣統三年投效閻錫山，歷任晉軍旅長、第一師師長、晉西鎮守使等職。民國十六年三月，當選國民政府委員；七月，任中國國民黨湖北省黨部改組委員會常務委員、湖北省政府委員；同年任武漢政治分會常務委員。十八年四月四日，武漢桂系軍隊因夏威部李明瑞旅歸服中央，大勢全去，胡宗鐸、陶鈞通電下野，孔庚等受命組織武漢臨時治安維持會。

馮總司令致蔣主席魚電（民國十八年四月六日）

准鹿（鍾麟）代部長轉來微〔五日〕電，奉悉一切。我公神威所至，無堅不催〔摧〕。人民慶蘇，黨國攸託。拜誦之下，欣佩莫名。此後關於奠安武漢及桂系軍閥應如何處置，惟我公之命是聽。

（《國聞週報》第六卷，第十四期，〈一週間國內外大事述評〉，頁1，民國十八年四月十四日出版。）

蔣主席致馮總司令電（民國十八年四月六日）

馮總司令煥兄勛鑒：煥密。昨今兩電，諒達。逆軍已潰退，平漢路應照常通車，請飭鄭州站所扣車輛一律放回。乞復。弟中正叩。魚。

（國史館藏：《蔣中正總統檔案・籌筆檔・統一時期》，第一四〇六號。）

蔣主席致馮總司令庚電（民國十八年四月八日）

馮總司令煥兄勛鑒：密。陽〔七日〕電敬悉。自支〔四〕日起至昨夜止，連致電韓〔復榘〕總指揮十餘通，迄未得一復，未知有接到否？諸事急待妥商，請雲亭〔馬福祥〕、〔邵〕力子兄直接來漢，并請菊村〔劉驥〕兄亦來漢一敘。此間車輛甚少，請嚴令鄭州各站所扣機車列車一律放行，照常交通是荷。貴恙如何？乞復。弟中正。庚。十八年四月

（《自反錄》，第二集，卷八，頁771。）

【註】蔣、桂之戰，馮命韓復榘、石友三兩軍進駐豫、鄂邊境，謀坐收漁人之利；詎料桂系尋即戰敗，毫無所獲。四月五日《馮玉祥日記》云：「召集將校團訓話，先言國內大局，蔣、桂因種種原因，以致決裂，今已兵戎相見，誠非國家之福。吾方對於雙方情誼相等，原不便有所偏袒，惟為情勢所迫，不得已權行出兵六師，交由韓復榘統率，出武勝關南下，到達廣水待命，以聽雙方之自行解決。」觀望之意，至

為明顯。其致蔣之陽（七日）電，尚未覓得，他在四月七日
日記中所記該電內容云：「電蔣，軍隊已至廣水暫停，將派
人前往，協商大計。」又云：「李德鄰〔宗仁〕已出兵江
西，繞攻南京，蔣恐不能久駐漢口，紹文〔秦德純〕可代表
往漢，計劃一切。」又於四月八日日記中記云：「電蔣，韓
〔復榘〕部現駐豫鄂交界處。」（第二冊，頁607、609-610。）

附馮玉祥聲述桂系過去罪狀通電（民國十八年四月八日）

（銜略）桂系軍閥，破壞大局，中央明令討伐，玉祥業於四月一
日通電全國，並呈報蔣主席，以伸正義。本日復讀唐〔生智〕總指
揮歌〔五〕日通電，光明磊落，義正詞嚴，發奸摘伏，指陳確鑿，
凡屬袍澤，敬佩同深。

玉祥追懷往事，有不能已於言者，茲謹縷縷陳之。當十七年北
伐之時，以彰德之役為最烈，玉祥適當其衝，而濟寧方面，亦為孫
逆傳芳所返〔反〕攻，勢如潮湧。石軍長友三等，則馳驅於魯、豫
之交，鹿總司令鍾麟等，則合力抵禦於大河之北。是時敵眾我寡，
左右各路〔此四字同日《申報》作「左搘右柱」〕，顧此失彼，形勢之
危，間不容髮。桂系各軍，名為北伐，實則停兵武漢，袖手以觀。
雖迭經遣使告急，急如星火，而口是心非，言與行背，遷延推託，
終不肯發一兵遣一卒。直至戰事已停，彼反遣兵北上。當時倘有不
幸，彰德失守，則北伐大業，將廢半途，此不得已而言者一也。我
軍戰機愈危，彈藥既罄，不得已復向其請撥械彈，以助軍勢。孰意
我已舌敝唇焦，彼則聽之藐視，藉故推辭，終不肯假一槍助一彈。
我軍彈藥淨盡，繼以白刃，血肉相搏，死屍遍野，苦力撐持，極人

世之慘烈，幸仗總理威靈，將士效死，始爭得最後之勝利。設早得
其助，當不至此。此不得已而言者二也。迨北伐成功，全國統一，
正黨中同志協力同心、共謀國是之日。乃彼桂系軍閥，陰懷叵測，
肆意挑撥，信口雌黃，顛倒黑白，與玉祥共事之忠實同志，或係中
央派來，或任黨務工作，或任文書職務。而欲誣為多係共黨份子，
散佈流言，百方離間，必欲天下之人，皆不敢與玉祥共事，方遂其
意。計之狠毒，出人意表，此不得已而言者三也。更有甚者，清共
為名，屠殺異己，黨中青年，苟不聽其驅使，則皆誣為共黨。無論
有無真正共產嫌疑，亦不論嫌疑輕重，悉遭殘害，奚止百千。時玉
祥有對共黨嫌疑輕微，罪不致死，而處以三年或五年監禁者，則誣
為容共，血口噴人，任意攻擊，推其用意，不外加玉祥以罪名，藉
逐其挑撥離間之伎倆也。以上種種，事實俱在，皆玉祥所身受其痛
苦，以不能忍之事，不能忍之言，而隱忍未發，以至今日，誠以國
事多艱，不堪再有破裂。今讀唐〔生智〕總指揮通電，益知受其痛
苦者，正不止玉祥一人，因將過去事實，擇其大端陳之於國人之
前。是非曲直，自有公論。望海內先導，明以教之。幸甚幸甚。馮
玉祥叩。庚。印。

（民國十八年四月十四日天津《大公報》，第三版。）

【註】唐生智經何成濬運動，於十八年四月五日通電討桂，並就任
　　　討逆軍第五路總指揮，統轄前第四集團軍駐平津部隊。白崇
　　　禧已先於三月三十日自北平經日本到香港，再赴海防入桂。
　　　白原擬率軍沿津浦路南下威脅南京之計畫無由實現。桂系之
　　　敗，已成定局。馮之響應唐生智歌（五日）電，聲述桂系過
　　　去種種罪狀，顯有與之劃清界限之意。四月八日《馮玉祥日

記》云：「下午半點，電蔣云，此次來華〔山〕，純為養
疴，對大局仍主息事寧人，誠恐有好事者乘機挑撥，彼此離
間，特此聲明。至余之取消開封政治分會，固辭軍政部長
者，無他，避免保持軍權、佔據地盤之嫌疑而已。」（第二
冊，頁610。）

附馮玉祥令豫、陝、甘、青、寧五省政府一致服從中央電（民國十八年四月十日）

（銜略）查一國政治之良窳，恆視其統一與否以為斷。蓋必統籌
兼備，綱舉目張，始能條分縷晰〔析〕，秩然不亂，如脈之相尋，
身臂主使，然後計劃始可施行，政治始臻治理，此古今中外不易之
理也。北伐軍事時期，為舉措便利起見，曾有各地政治分會之設。
其豫、陝、甘、青、寧五省之政治，則由開封政治分會直接監督處
理，而後轉報中央，然此不過一時權宜之計，非永久之制也。現在
統一完成，開封政治分會已於三月十五日遵令撤銷。所有各該省一
切行政，悉歸中央直接統治，業經令知在案。惟默查西北現狀，較
之其他各省，政治幼稚，有待於屬行改革者，故再剴切言之。務望
各省府，對於用人行政，務須完全服從中央命令，奉行無背。而民
政、財政，尤關首要。凡有興革，悉應遵照中央施政方針，次第進
行。所有行政人員，或由中央簡派，或由地方薦賢，則得人而理，
修明可致矣。近頃養疴華山，偶然憶及，不能去心。因復電達，即
希查照辦理為盼。馮玉祥。蒸。印。

（民國十八年四月十四日天津《大公報》，第三版。）

附馮玉祥通電聲述參加討逆經過 <small>（民國十八年四月十三日）</small>

（銜略）大局初定，人心未安，市虎杯蛇，真偽莫辯〔辨〕。因而謠言繁興，聞者惶惑。語云「人言可畏」，又云「眾口鑠金」，玉祥不敏，竊惕然懼之。誠以一言可以喪邦，所關匪淺，故不得不將最近經過，略為各界同胞告。自湘事發生，中央以寬大為懷，促其反省。當時曾迭電垂詢玉祥意見，仍以極懇切之血誠，呈復中央。略謂：「於保全中央威信之中，乃寓息事寧人之意。若萬不得已而用兵，亦唯中央之命是從。」旋奉蔣主席電：「令韓復榘為第三路總指揮」，玉祥猶恐兵力不足，又請增一師兵力，綜共石友三、張維璽、張允榮、萬選才、劉茂恩、馬鴻賓等六師之眾。各師派定後，玉祥即於四月東〔一日〕通電擁護中央討伐令。嗣以韓復榘原任豫省主席，倉促受命，職員猶缺，乃馳來華山，請示辦法。即日返鄭，於冬〔二日〕通電就職，組織總指揮部。如參謀長李樹春等，皆臨時由各處調來者。當即文電紛馳，速令各師分途前進。石友三師由南陽出襄樊，張允榮師由信陽出武勝關，張維璽師由南鄭沿漢水東下，後方各師，亦陸續運動。初則命令皆由玉祥轉達，恐誤戎期，乃請蔣主席直接指揮。是月三日，石友三師逼近襄樊，適李紀才率部反正，又奉蔣主席命令改編，石師長遂停止待命。張維璽師於四月四日，進至白河，張允榮師於六日到達廣水。聞武漢克復，皆奉命停止前進。張允榮師並奉命撤回武勝關。以上經過，自始至終，無一時不絕對服從中央命令、擁護中央威信也。乃好事者更造作種種謠言，以淆惑視聽。不曰「蔣閻聯合倒馮」，則曰「馮李聯合倒蔣」。不曰「馮閻聯合倒蔣」，即曰「蔣李聯合倒

馮」，言人人殊。聞者不察，傳之既廣，訛更傳訛，無形之中，遂造成一恐怖現象。若更演進不已，國家前途，尚堪涉〔設〕想？人民困苦，尚堪聞問耶？此玉祥大惑不解者。切望邦人君子，萬勿輕聽謠言，任其挑撥，貽國家之戚於無窮也。現在武漢已定，吾人所應進一步要求者，惟有同心同德，擁護中央，擁護蔣主席，促成早日實行裁兵，以謀國家之利益、人民之幸福，則今日之險象環生，未始非促吾人覺悟之良機。剝極而復，多難興邦，願共勉之。至於玉祥個人，因久病之身，艱於酬酢，現來華山靜養，稍見痊可，即當赴京。惟玉祥與世無爭，是其本性。現在第二集團軍總部及開封政治分會，早已取消。軍權、政權，均已奉歸中央。而軍政部長一職，亦經呈請開去，只願為一黨員，其他又何所爭乎？近以謠言過盛，凜既往之戒，覩目前之危，人民痛苦，已經地獄生活，至求死不得之地步，萬不可再有內亂。況謠言不止，推其極必致促成內亂、亡國滅種而有餘。故不憚瑣屑，貢之國人，尚希海內賢達，進而教之。是所厚幸。馮玉祥叩。元。印。

（民國十八年四月十六日《申報》，六版。）

馮玉祥呈中央黨部、中央政治會議及蔣主席否認通俄寒電（民國十八年四月十四日）

　　國急。南京中央黨部執監委員會、中央政治會議、國民政府蔣主席鈞鑒：頃有人故意捏造蘇俄東方政治分會二月十日致駐外各領事政治分會及軍事分會訓令一件，其內容對於各國對華外交之大綱，及對於中國現時政局，皆有極精密之計劃與步驟。茲謹譯錄，電呈如次：㈠對於中國現時政局之部之第四條云：馮玉祥可於相當

條件之下，與俄國合作，凡在伊勢力所及之各省無產階級，皆願為俄助，而新疆蒙古各政府，均已在範圍，馮如知此內幕，必願與俄提攜。㈡其第七條第三項云：「馮俄協商之下，進行順利，將來一切軍事，均由伊負責，但受莫斯科軍事之指導。」

其大要計劃如左：①馮玉祥應準備向天津浦口雙方發展，②集合大隊於山西邊界，山西到手，則置軍隊於南口，以與蒙古聯絡。鮑羅廷已收到助馮之命令，其第一批軍火，應於三月十五日由新疆蘭州送到。③俟雙方條件議定，即責成哈巴考斯分委員會，向蒙古漢口廣東各處設法，接濟軍火。新疆蘭州方面之接濟，應歸新疆軍事領袖及吾俄塔什堪委員會管理。關於屬馮各省麥粉、玉米及各種雜糧之接濟，已責成塔什堪委員會籌備矣。其分佈法，則由吾俄自派將員辦理，以資宣傳。㈣第七條第四項第三節云，按局勢之若何，使馮以武力解決山東問題等語。

查此項喪盡天良之捏造品，非帝國主義者所為，即亡中國者所為，俾中國內亂一開，可逞其侵略之陰謀，獲得漁人之利益，二者必在其一，可斷言也。以上所開，僅係就對於玉祥有關係之一部，其他姑從缺略。誠恐全文錄出，又生謠言而增玉祥之罪戾也。惟玉祥既為中國人，只知救護中國，自信絕不受任何國家之利用，以貽國家之戚，亦絕不受任何國之援助，以冀擴充地盤，耿耿此衷，可誓天日。但近來因上項偽文之發現，遂有藉此誣玉祥為通俄者。為此懇請迅派負責大員，徹查究竟，以求水落石出，則不僅玉祥個人感激，國家前途，於有賴焉。臨電不勝屏營待命之至。惟此項文件，亦係要人所示於人者。合並陳明，馮玉祥叩寒。

（民國十八年四月二十三日《申報》，第五版。）

【註】據十八年四月三日《馮玉祥日記》云：「十一點，與邵力子談何成濬在平集合旅長以上官長密談，誣我聯絡蘇俄，破壞中央，請其電蔣報告。」（第二冊，頁606。）

馮玉祥復蔣主席不就行政院院長號電（民國十八年四月二十日）

提前，國急，漢口蔣主席鈞鑒：口密，〔以上字句均已略去〕（邵）力子、雲亭〔馬福祥〕兩兄來，拜讀手示，未及卒讀，不覺慚感〔心痛〕涕零而不能自已。我公鑑往惕來，引中徵外，名言至理，萬世不刊，玉祥謹當服膺〔佩之〕終身，永為圭臬。竊嘗不自揣度，思古人匹夫有責之義，凜然於國家之不教〔救〕且亡，乃奮良心之所安者〔身不計利害，惟求良心之所能安者〕，誓死直前，數十年如一日，而功效未聞於世也。茲幸〔又〕列諸〔於〕黨國諸先進之後，深幸有所循守，補裨於萬一。祇〔終〕以才力所限，不可相強，移山填海，徒貽譏誚，漸乃愆尤叢集，責言紛至，而精力虧耗，體亦不支，來日大難，思之心悸矣。我公自領導革命武裝同志北伐以來，舉國響〔向〕風，不數年而統一告成，循此以往，不難立躋中國於強國之列。玉祥雖愚且病，報國之志，迄未稍〔嘗〕泯。最近開封政治分會遵令撤消〔銷〕，已迭電豫、陝、甘、青、寧等省，所有一切行政事宜，悉直接聽中央指導，直接向中央呈〔陳〕請。玉祥仔肩既卸，惟有本其初衷，以黨員之資格，耳有聞〔所聞〕，目有見〔所見〕，心有欲〔所欲〕言，力有不〔所可〕逮，悉貢之我公之前，幸採其負暄之愚，則玉祥即〔既〕感且不朽。若夫軍政〔輪次〕專責，竊非玉祥之夙望，且恐將開干進者覬覦之心，若恝然相舍，不但為良心所不許，且將為漠視國事者之罪人，思之

又思，惟有舍名求實之一途，此區區之志，蓄之固非一日矣。披瀝直陳，急〔詞〕不暇擇，伏乞鑒其血誠，宥其冒昧，以成其愚而寡其咎。幸甚幸甚。臨電不勝悚惶屏營待命之至。〔無以下五字〕馮玉祥叩。號。

（錄自：民國十八年四月二十三日《申報》，第五版。該電文後又收在一九九八年十一月北京人民出版社印行的馮玉祥著：《馮玉祥選集》，中卷，頁584。其發電日期作「民國十八年四月十六日」，似以《申報》之「四月二十三日」較為正確。兩電之文字，稍有出入，茲將《馮玉祥選集》中與《申報》不同之字句，置於〔〕內，互相參照。）

【註】關於蔣主席擬由馮玉祥出任行政院長事，馮在其日記中數度提及，茲摘錄如下，藉明原委：㈠十八年三月二十九日：「邵力子來此目的，係請余赴京出兵，以保行政院正院長及兩湖主席為條件。閻〔錫山〕亦派人到此商軍事。」㈡四月六日：「又告劉治洲曰，蔣氏驕奢淫逸，固不能無過失處；但國內各實力派，除彼以外，尚無有能統率者。……詎伊自編遣會議以來，極端徇私，排除異己，……余有愛於蔣氏，亦苦不復能相助也。現在惟當竭力聯絡百川〔閻錫山〕，保持江北大局，大江以南，只有暫聽時勢推移，若徒以權位、地盤相引誘，使我聯甲以倒乙，余不為也。」㈢四月二十日：「與邵力子言，余對蔣毫無芥蒂，無論就公就私，均應繼續幫助之，有無位置無關也。至西北各省軍民財政，當交還中央直接處理。……行政院事，惟蔣命是聽；然余一向注重腳踏實地做事，絕未嘗為地位計也。……午後二點，告魏書香〔任馮之秘書長〕將辭行政院事原委登報，聲明願以平民資格，服務黨國，以表示不與譚〔延闓〕氏爭權也。」㈣四

月二十二日：「與馬福祥言，蔣屢以行政院長一職相強，恐
滋誤會，故固謝之，非自鳴高蹈也。」（《馮玉祥日記》，第二
冊，頁 603-619。）

蔣主席致馮總司令馬午電（民國十八年四月二十一日）

潼關馮總司令轉馬雲亭〔福祥〕、邵力子同志勛鑒：密。皓〔十
九日〕電祗悉。煥兄能出關東行，想尊恙已可勿藥，無任欣喜；如
能即日來漢面敘一切，尤所盼禱；否則，日內約赴湘一行，一星期
後即可回京，或在京相晤亦可也。編遣會議擬五月十日召集，中央
全會擬五月二十日召集，已電中央商酌矣。特聞。弟中正。馬午。
十八年四月。

（《自反錄》，第二集，卷八，頁 772。）

【註】蔣主席再三邀馮玉祥相晤，馮之拒不見面，據其十八年四月
十九日日記云：「馬福祥、邵力子來，請余到漢口或鄭州。
余言，余一向主張，凡事皆應到中央辦理，庶遇事不至莫明
〔名〕其妙，自無雍閼之虞。吾與蔣一旦離開，便有人挑撥
離間，淆亂黑白，既不利國，復不利己。所以去年北伐成功
以後，首先入都，為他人倡。但余既至而謠仍不息，良可嘆
也。馬言，余能與蔣早晤，謠言自息。」（《馮玉祥日記》，
第二冊，頁 616-617。）

蔣主席復馮總司令養電（民國十八年四月二十二日）

（銜略）急電誦悉。我兄為國熱誠，邇邇信賴。我輩患難與共，
相知尤深。此等偽造文字，故意挑撥，顯係別有作用。同人均甚明

瞭，我兄幸勿置懷也。弟中正叩。養。

（《國聞週報》，第六卷，第十六期，〈一週間國內外大事述評〉，頁2，民國十八年四月二十八日出版。）

【註】所述「偽造文字」，可能為何成濬指馮聯絡蘇俄事。

馮玉祥復蔣中正電（民國十八年五月一日）

　　子良〔薛篤弼〕同志來潼，捧讀手書，並由子良面述鈞旨，情意殷渥，懇摯逾恆，盥誦之餘，感愧何已。愚意以邇來謠言之興，固由於好事者之乘機撥弄，然如祥不因病離京，或可減少許多閒話。魯省政府接收山東，如能直接秉承鈞令辦理，亦可不致發生如許誤會。凡此種種，不勝枚舉，病榻自思，深為愧悚。祥從軍以來，迄今三十餘年，苟利於國，艱險在所不避，賦性戇直，寡過未能，言語多失，尤易招謗，而含沙射影，時思中傷者，亦大有人在。近來市虎杯蛇，言之如繪，除個中少數人尚不為所動外，舉國人士幾於撲朔迷離，莫辨真象。萋菲成錦，思之心悸。孫良誠同志，年壯學淺，一遇風浪，即受顛簸。此次魯案簽字後，中央本已定由省府接收，顧旋又電令緩接。而同時報紙揭載緩接原因，係因孫良誠部隊素質不良，另由他人接收。且關於指派隊伍，接收明令，遲未即日頒發。謠言因之更多，一經印證，則疑是疑非，訛言亦極近似。處此危疑震撼之際，孫同志進退維谷，愁病因以交加。所以一再懇辭，欲謀休養，兼明退讓之謙懷，特電懇辭職。未奉中央命准，即行離泰，實屬非是。在孫同志本居心無他，而外間不察，因之發生種種揣測，甚且推波助瀾，故甚其詞，空穴來風，此亦一因。頃蒙親頒手函，溫語慰勉。並賜祥手書，囑為轉催回魯，

勉維大局。淵靜海涵，感佩同深。擬俟賀〔耀組〕參軍長到時，詳商一切。微恙稍痊，當謀良晤。風雨飄搖，危舟共濟，引領京華，無任翹企。披瀝陳詞，統祈亮察。

（馮玉祥著：《馮玉祥選集》，中卷，頁 588-589。北京：人民出版社，1998 年 11 月第一版。）

馮總司令復蔣主席書要點（民國十八年五月三日）

一、關於黨務的。謂國民黨是整個的，意見總宜一致，現在各級黨部所表示者，多不一致。此種現象，將授人以可乘之機，使本黨發生極大危險，亟應迅速設法指導而整理之，統一意志，俾納入一途，不致各走極端，黨基始可日臻鞏固。

二、關於軍事的。編遣會議決議案，應早日實行，方不落空談。且對於編遣各部隊時，應注重有革命歷史及紀律良好者，以為去留之標準，使全國之兵，皆成為有用之軍隊，庶餉項不致虛糜，國防可期充實。

三、關於政治的。略謂：連年天災兵禍，民不聊生，其甚者欲食草根樹皮而不可得食，死者盈千累萬，即幸而不死，亦無殊在地獄中討生活。然而高官厚祿錦衣玉食者，尚不知人世間竟有如此慘痛之事。我輩目擊心傷，實不忍聽其坐以待斃。希望政府軫念民瘼，對民生一事，應提前設法認真救濟，以拯我無告之同胞而收拾民心。不然，為民眾謀幸福而革命，結果不但無幸福可言，反而如水益深，如火益熱。則前此之革命，即為毫無意義，毫無價值。將使人民對革命失去信仰，而謂為欺人之談。負有革命之責者，對之能無汗流浹背？

馮氏手書復詳述二集團軍財政困難，前經蔣總司令慨然許以
一、二兩集團軍受一律待遇，迄未實行，遂令官兵徒有一番空想，
望梅止渴，終不免時有煩言。馮並表示其本人既無術實踐前言，只
有抱無窮之愧。數月以來，對此極為焦慮。又謂作戰傷亡官兵，平
日負極大之使命，受極微之報酬，死者不可復生，殘者終身成廢，
然至今尚未領到卹金。而傷亡官兵之家屬，來此請領卹金者，則絡
繹不絕，拒之則不忍，勿拒則無錢，終日籌維，無法應付，希望政
府早撥鉅款，從事撫卹，以忍忠烈而勵將來。

【註】蔣主席派賀耀組攜親筆函，於五月二日抵潼關面送馮總司
　　　令，促早日出關，共商大計。五月三日《馮玉祥日記》云：
　　　「八點起，因賀耀祖〔組〕、劉驥、薛篤弼將由鄭赴京，乃
　　　請賀會談，並致蔣手書一件，托賀轉呈。」（第二冊，頁
　　　626。）賀於五月五日回京，攜回馮之手書。原函未能覓得，
　　　上為五月七日《申報》所刊之要點。

馮總司令致蔣主席電（民國十八年五月十日）

　　南京蔣主席鈞鑒：庚〔八日〕電諒達。孫主席良誠率部離魯，
已令其入京請罪。鹿〔鍾麟〕次長、熊〔斌〕署長在滬休息，原無他
意；謠言紛起，何足為信！所幸彼此均不為所愚，謠言自易平息。
尚希繼續派員來潼，多住數日，俾可明瞭此間情形；如能多派幾人
前來，尤所企盼。

（《國聞週報》，第六卷，第十九期，〈一週間國內外大事述評〉，頁1，民國十
八年五月十九日出版。）

【註】北伐時華北之戰，以馮之功居多，犧牲亦大，結果僅得到一

個不完整的山東，由孫良誠任省主席。十八年三月二十八日，日本自山東撤兵事獲得解決，由孫良誠負責接收。四月五日，蔣平定桂系在武漢之軍事變局，又變更辦法，令孫只負責接收濟南、濰縣，濰縣以東，則由中央統籌辦理。顯係不欲馮完全控有山東，也不願馮有海口。閻錫山時恐馮不利於己，與蔣深相結納，蔣亦多方籠絡。這時蔣、馮反目，蔣於四月九日電閻，華北各部隊歸其節制。閻為促成馮之反蔣決心，使蔣、馮兩敗俱傷，則以蔣之軍事計劃洩之於馮。馮恐陷於蔣、閻之夾擊，為集中兵力，急令各部隊退往豫陝，他在四月十五日日記云：「告魏書香、陳琢如三事：一、電調鄭大章部駐靈寶。二、山東事已如此，可速電路局預備火車，以便運輸軍隊回豫。三、電劉郁芬甘軍集中重鎮。」四月二十五日日記：「電鹿鍾麟，以大局不佳，可設法歸來。」鹿即自南京避往上海。四月二十八日日記：「電孫良誠速將兵由山東撤回開封。」（《馮玉祥日記》，第二冊，頁614-623。）原有不完整的山東，也予放棄。至五月十二時，馮軍已分在開封、鄭州、南陽、武勝關、洛陽集中。一場大戰，隨時可爆發。

馮玉祥復蔣中正電（民國十八年五月十日）

頃奉虞〔七日〕電。捧誦數番，至深感佩。前上管見，辱蒙採納，不以芻蕘見棄，謹當益加奮勉。惟迭接子良〔薛篤弼〕同志來電，謂都中謠言尤盛。以玉祥測之，難免非帝國主義者及反動派之密謀計劃。我公以「不信不聽」四字了之，仰見明燭萬里，造謠生

事者，自無能施其巧計矣。孫良誠同志率部離魯，確係以至誠退讓而出者。現在飢軍無就食之地，既承允擇善地安插，復增加餉項數十萬，深望早日照撥，以濟其困。則孫同志之感激圖報，為何如耶。抑尤有不敢已於言者，玉祥與我公共患難數年，論私交非同泛泛，然交愈厚，則忌之者益甚，交愈久則間之者益多。縱我公不聽謠言，而浸潤既久，終不能無介然於懷。擬請於此際派了然於時局之人一二員，如〔邵〕力子先生者，來此同住，昕夕過從，時通音問。

此間亦請瑞伯〔鹿鍾麟〕、子良、〔唐〕悅良、菊村〔劉驥〕諸同志常住都中，追隨左右，以聽命令。如此則隔閡既除，謠言自息。第二編遣區各部隊，同屬中央之軍隊，應由中央直接管轄，以免玉祥有越俎干預之嫌。此亦闢謠之一道。倘萬一不幸，有人主持，因謠言而成事實，則請先期示知。玉祥為公為私，當即通電下野，擇地而隱，以謝天下，以保交誼，決不忍再見戰事之發生，而陷人民於水深火熱也。玉祥懲前毖後，怒焉心憂。肺腑之言，非過情之計。我公知玉祥最深，故敢冒昧上陳，伏乞鑒而教之，則幸甚矣。

（馮玉祥著：《馮玉祥選集》，中卷，頁 590-591。北京：人民出版社，1998 年 11 月第一版。）

【註】關於馮、蔣之謠言以及孫良誠率部離魯事，馮於民國十八年五月十三日致孔祥熙電中，也有所表白云：「介公對於孫良誠同志，前有主皖之說，今復有調蘇之意，曲予成全，同深感激。弟以為惕生〔鈕永建〕先生，主政蘇省，人地相宜。際此多事之秋，似應維持其現在地位，免事更調。良誠同志絕無地盤思想，請轉陳介公，不必汲汲也。……月撥之五十

萬元，及增加之三十萬元，既蒙介公俯念官兵困苦，復承我
兄熱心維持，允賜提前發給，已另電菊村〔劉驥〕、子良〔薛
篤弼〕就近具領矣。惟昨據北平報告，裝運陝西賑糧列車，
先被留難於豐臺，復被阻止於保定。而北平特別通車，亦另
有規定，不令入豫省境界。如此辦法，深恐由疑忌而發生誤
會，務請我公陳明介公，轉電雪竹〔何成濬，時任北平行營主
任〕兄，將所扣車糧，悉數放還，恢復票車原狀，俾息謠
諑。」（《馮玉祥選集》，中卷，頁 592。）

蔣主席揭破時局內幕促馮總司令來京元電 （民國十八年五月十三日）

潼關馮總司令煥章兄勳鑒：

　　密。奉讀蒸〔十日〕電，情意懇摯，感慰無已。比來謠諑紛
乘，影響大局，誠宜謀一根本息謠之法。弟有所見，亦無敢緘默不
言，披瀝奉陳，惟希鑒督。各部隊固同屬中央之軍隊，中央亦並非
個人之中央，前此一、二兩集團發餉未能一致，純為環境關係，非
有畛域存在。一集各師士兵，多籍隸東南，生活較高，故並欠餉稍
久，即難維持，此歷來習慣與實際之生活使然，非可與西北士兵，
習勞耐苦者比。且二集各軍，因兄治軍精密，經理得宜，雖不發
餉，而士兵衣食住或猶優於其他部隊，非獨弟個人心折，中央以軍
政部長屬兄，亦冀推而廣之，惠及全國。軍政既須統一，第二編遣
區各部隊，固當由中央直轄，第一與中央兩編遣區各部隊，亦將同
受軍政部節制，弟絕無私有之意。以前中央財政，僅將〔特〕東南
數省為挹注，今後當使全國國稅，悉歸中央，則各師自可一律由中
央直接發餉，不再有待遇參差之嫌。此中央最所切盼，而兄亦與有

責焉者也。前次四集團方面，李〔宗仁〕、白〔崇禧〕以發餉不公，厚一薄四，為中央之罪。實則彼等向中央領得餉項，及截留國家稅款，悉移作購置械彈之用，中央未嘗短付分文，而其兵餉，乃積欠半年。事實如此，中央即殫竭所入，以供彼等之誅求，亦何以饜其購械募兵之慾望，而解除原有士兵之痛苦。我兄愛惜士卒，有如骨肉，對於此等惡習，亦必視若仇讎。弟以為欲舉軍政統一之實，地方不可只求餉項之均一，中央亦不能衹責命令之實行，舉凡軍裝、軍制、軍械與教育等等，皆當有整齊劃一之辦法，而精神與主義之一致，尤為重要。歷來軍閥之構成，皆視部隊為私有，竭人民膏血以養成之軍隊，若其心目中衹知有個人，而不知中央與黨國，且作武力統一之迷夢，則雖以愛國自居，終必至禍國乃已。遠如洛吳〔佩孚〕，近則桂系，皆其殷鑒。今之中央，受命於三民主義之本黨，集合全國革命同志所組織，非任何人所得挾持，亦非任何人所能離棄。挾持中央以求保其權位者，亦豈能倖存。弟既確信今日惟和平統一，方能救國。非我輩共負中央責任，不能達和平統一之目的。故迭上函電，並請雲亭〔馬福祥〕、〔邵〕力子諸兄，奉詣往謁，望我兄早日回京。頗聞造謠者，謂兄若蒞京，將為任潮〔李濟琛〕之續。但弟深信兄不為所惑。桂系反抗中央，具有鐵證，任潮在京，又與逆謀，萬不獲已，乃限制其自由行動。弟雖無似，然自入黨革命以來，從未買〔賣？〕友，亦未有殺戮革命同志一人，平生行事具在，可以覆按。至任潮，以私言，為弟最久之部屬；以公言，亦無革命之功績，今反夜朗自大，且謀破壞革命，如不懲戒，何以維持紀律，保障黨國？至若兄與弟，言公則兄為革命之勳舊，言私則我輩誓同生死，且兄又居弟之長，弟若稍有不利於兄之舉，

則人格破產，信用掃地，今後將何以見吾黨同志，更何以統率各軍將士而使之聽命乎？弟今所言，兄隨時可佈之天下，弟果負兄，天下人當共棄之也。總理奉安期近〔按：為六月一日〕，弟決親赴北平迎櫬，同志中多有以時局勸弟中止北行者，且有言兄將於奉安期間乘各方不備而發難宣布獨立者，弟正色卻之，謠諑雖盛，何足以中傷我輩之信義。弟至遲於下月皓〔二十〕日左右首途，兄能先期蒞京主持中樞最善，否則奉安時無論如何必當來京。弟敢斷言，兄來，則任何謠諑皆息；不來，則任何闢謠之舉，不惟無效，且益滋人惑耳。德鄰〔李宗仁〕近在香港就所謂護黨討賊南路軍總司令之職，桂系語人，謂廣州下後，馮某即就北路軍總司令。且郭春濤自稱為兄之全權代表，在港在滬，宣稱兄聯絡桂系，反對中央，具有決心，此亦可笑已極。兄早洞燭桂系之奸，庚〔八日〕、元〔十三日〕兩電，歷數其惡，豈今反受其蠱惑！無論桂系未必能下廣州，即令得之，亦如張〔宗昌〕、褚〔玉璞〕二逆之在膠東，迴〔回〕光返照，其滅亡必且更速。故弟惟恐其不深入粵境，而今果向梧〔廣西梧州〕竄退矣。又謂兄已下令動員，由南陽向新野、唐縣，謀與胡〔宗鐸〕、陶〔鈞〕舊部聯絡以進攻武漢者；又謂有人挾持吾兄積極攻晉，謀出平津，而與外蒙溝通者。此皆無意識之妄語，稍有常識與深信兄之革命人格者，誰能信之？故弟亦絕不為動，尤願以兄之告弟者，還以告兄。萬一因謠言而成為事實，則請先期示知，弟為公為私，當即通電下野，以謝天下，以保友誼。決不忍再有戰爭之發生，而陷人民於水深火熱之中也。去年七月歌〔五〕日之尊電，實我國和平統一之福星，邇來稍有乖違，貽害已至於此，懲前毖後，不能不望我兄首樹風聲，毅然返京。兄無中央，無以達救國之

素志；中央無兄，無以章革命之全功。中央與兄，蓋為一體。昔日德鄰〔李宗仁〕、健生〔白崇禧〕等，亦日言擁護中央，而貌合神離，去之若浼。所謂擁護者，乃卒至叛抗，於以信革命重事實，不尚空言也。綜合今日造謠致疑於兄者，不外三點：一、謂兄購買軍械，積儲〔疑脫「糧秣」二字〕而謀割據西北，反抗中央；二、謂兄縮短防地，圖攻燕晉，而謀勾結蘇俄，另設政府；三、謂兄拒絕來京，聯絡桂系，而謀進攻武漢，別創新局。凡此種種，智者固不置信，流言永無已時，此乃時局之病症。吾人對症發藥，惟有望兄供職中央，而不逗留於西北一隅，則群謠盡息，人心亦定。故今日黨國安危、革命成敗，繫於兄之一身。尊恙即尚未瘥，在京亦可靜攝。為大局，為革命，兄皆有力疾來京之必要，萬不可因病而徘徊卻顧。弟決如月初通電〔即五月七日發表之「和平統一為國民政府唯一之政策」〕，俟總理奉安事畢，對於此次用兵負責辭職，藉資休息。以此企盼旌節，面商大計，有如雲霓，甚願兄有以慰之。經費已屬籌撥，希釋藎念。〔邵〕力子、貴嚴〔賀耀組〕諸兄，亦可來潼迎駕。秦雲在望，不盡欲言。何日啟節，佇望惠示。弟中正叩。元。

（《自反錄》，第二集，卷六，頁 626-632。）

蔣主席致馮總司令元電（民國十八年五月十三日）

馮總司令煥兄勳鑒：煥密。文〔十二日〕電敬悉。何〔成濬〕某扣留車輛，當不至糊塗如此；除已嚴電查明放行外，特復。弟中正。元。

（國史館藏：《蔣中正總統檔案，籌筆檔，統一時期》，第一五七三號。）

【註】民國十八年五月九日《馮玉祥日記》云：「鄧飛黃來，報告

　　蔣氏命何成濬在保定扣留豫、陝賑糧，不顧飢民餓死。」

（第二冊，頁630。）

馮總司令復蔣主席刪電（民國十八年五月十五日）

南京蔣主席鈞鑒：

　　密。奉讀元〔十三日〕電，語重心長，發人深省，迴環雒誦，能不動心？懲前毖後，猶有不能已於言者。去歲統一告成，軍事已定，玉祥奉召赴京，爰將豫、魯、陝、甘各軍，交由鹿鍾麟、劉郁芬分別負責整理，以便長期在京供職。多月之久，建白毫無。覆餗貽譏，濫竽滋愧。繼因養病北旋，診治未效，迭承電召，迄難赴京。及昨奉元〔十三日〕電，不容再擱，病雖未瘥，決言南下料理政務，乃為同人所阻。其所持理由，謂李任潮〔濟琛〕曾為蔣公前參謀總長，以息事寧人入京，旋即遭禁；李德鄰〔宗仁〕、白健生〔崇禧〕均與蔣公久共患難，軍事甫定，因忌生變。李、白諸公且如此，其餘可知。又謂津浦、平漢，增兵益多，警戒森嚴，如臨大敵，此時南下，究何所取？又謂部中寓所，均被查封，書籍什物，悉為抄去。玉祥對此，雖決不置信，然事實俱在，能不考慮？即不顧一切，決然入京，其於國家無補何？前次鹿〔鍾麟〕次長赴滬，玉祥深謂其不然，及今思之，蓋有由矣！此其一。革命重事實，不尚空談。編遣之事，為救國雖一要道。竊以編遣軍隊開會之際，似應與百川、德鄰諸公詳商熟計，方不失會議之精神。但形式雖為會議，而德鄰則為命令與會者，言未發而氣已沮，心有餘而力不逮，莫不退有後言，引為遺憾。近聞武漢既定，軍隊改編，旅編為師，師更加多。編遣結果，適得其反。遂有人謂武力對馮之準備。【註】

在玉祥，認此舉與編遣不符則容或有之，若謂純為消滅此間之計劃，決不敢信。此其二。天下為公，總理遺訓；一視同仁，尤其夙懷。但西北瘠苦，於今為烈。我公對此間軍隊，既以一律待遇相許，本期早日見諸事實；然雲霖在望，甘雨未施，數十萬飢軍，幾陷絕境。若謂東南生活較高，西北習於勞苦，則是推此以言，民生主義可以不講，國民革命將無意義！至於豫、陝、甘等省財政，早經迭電中央，呈請派員管轄，但迄今尚未接收。若竟以財政不統一而謂祥亦有責，又何故敢替承耶？此其三。國民革命以武力為統一之手段，而統一之後，則必賴夫和平。若復縱橫捭闔，黷武窮兵，即為破壞統一之罪人，不僅為中央所不容，亦必為國人所共棄。覆轍俱在，萬難幸存。玉祥不敏，常體斯旨。惟現在造謠者大有人在，縱我公不信玉祥，而推波助瀾之人，將切實其說以逐其私，自昔以訛成實者，固比然也。然而謠言之起，究非無因，履霜堅冰，木腐蟲蝕，其由來固已漸矣。既非空言可闢，終當尋其癥結。自第二集團軍總司令部取消後，軍政部長一職亦有人代理，玉祥養痾關中，惟親泉石，入京與否，何關宏旨？癥結如何，固不在此也。知前任潮應召，戰端反開，亦足見結合不在形跡，而有賴於精神者也。此其四。擁護中央，本玉祥本志。乃有謂豫省指委，抗議指派三全代表，皆玉祥所指使者；亦有謂中央指派圈定，似失立法之原則，勸祥發言爭持者。玉祥於此，惟有毀謗由人，求良心之所安而已。此其五。西北奇災，公所深知。近因久旱，災象復呈，餓死人民，日以萬計。玉祥目睹此狀，寢食難安。而公私錢糧，則因交通不便，沿途停滯。祥為賑救災黎起見，代為運輸之便利，聊盡保護之責。若指此為積儲糧秣，謀抗中央，不知造謠者誠居何心？玉祥

甘心退讓，至再至三，而秦晉結好，各不相犯，玉祥以何名義，圖
攻燕晉，甘居戎首？蘇俄不但為我國之敵，亦為世界之敵，玉祥無
似，敢冒天下之不韙耶？至於聯絡胡〔宗鐸〕、陶〔鈞〕殘部，以謀
進攻武漢，尤屬可笑。知桂系可聯，豈在失敗以後？凡此謠諑，足
挑撥離間之能事矣！此其六。凡此數端，皆玉祥不敢言而言者。惟
既承辱教，敢不盡區區。總理奉安期近，本應躬親趨奠，以盡其
誠。惟病體未痊，正在加意調治，屆時能否參與盛典，悉視病狀如
何以為斷。我公黨國元勳，奉安後擬通電謝職，功成身退，明哲所
處。惟政治未上軌道，人民未得革命之幸福，遽然引退，似非所
宜。萬一志切去國，藉謀休息，玉祥久具同情，竊願追隨驥尾，攜
手同去。徵之往古，莫不急流勇退，以保泰而持盈也。言有艱而意
無窮，意似激而心已恐，肺腑之誠，亮察為達。特電肅復，無任依
依。馮玉祥叩。刪。印。

（民國十八年五月二十一日，《申報》，第四版。）

【註】郭廷以編著《中華民國史事日誌》第二冊，頁四四六，民國
十八年四月九日：「閻之代表趙戴文密告馮玉祥系之薛篤
弼，謂蔣準備討馮。」馮於五月十五日日記中記與部屬談蔣
之元電云：「七點，與魏書香、宋哲元、陳琢如談，蔣之元
電，稱不以一律待遇我軍者，以東南隊伍，無餉則譁變，而
西北軍則素能吃苦，暫不發餉，亦無甚影響也。又云，李濟
琛謀叛黨國，故拘留之。我為黨國元勳，不敢輕視。現在軍
政部無人負責，請即到京主持。末謂有人謂余將攻湖南、山
西、果爾，彼即下野云云。統觀蔣電大意，抑何狡也。日前
蔣、桂之爭，吾早出兵攻湖北，則謂余爭地盤，晚出，又謂

貽誤軍機。昔讀史至將軍不反於地上，寧不反於地下乎兩語，吾每為之心悸。今蔣之言，抑何相似也。蔣遣人約吳佩孚攻我河南，吳則以三事相要求：一、完全討伐；二、請曹錕出山；三、改換五色國旗。事乃中止。三全代表大會指派圈定，視黨員如無物。編遣會議皆以命令式行之，惟予言而莫予違。其它用人行政，順之者雖宵小亦為賢良，逆之者即志士亦必驅逐。曩者，吾之委曲求全，蓋恐國家分裂耳。今則如此，國家尚復有何希望，故余不能不過問也。」（《馮玉祥日記》，第二冊，頁634。）

蔣主席再致馮玉祥勸阻部下反動電（民國十八年五月十六日）

潼關馮總司令煥章我兄勛鑒：

　　元〔十三日〕電計達尊覽。頃據路局報告：武勝關及信陽等處原駐部隊，均向後撤退，武勝關隧道及附近鐵橋已被炸毀等語。此種謠諑雖多，但我二人持以鎮靜，不為所動，決不至發生意外。所有扣糧、阻車等事，均經去電查止，駐鄂各部隊尤絕無向豫侵犯之理，豫軍自無後退之必要。至隧道、鐵橋被毀如果屬實，則以前北平方面據路局職工報告，謂漳河、黃河兩鐵橋及武勝關隧道，均已埋布炸藥者，實予以證實之資料，將使大局益陷於危險。弟深信此必非尊意，務希迅速查明，飭令恢復原狀。並告知各將領，勿為謠言所動。元〔十三日〕電所陳，尤望即刻惠復。黨國安危，革命成敗，苞桑之繫，在於此時。掬誠奉布，至希鑒督。弟蔣中正。銑。

（《自反錄》，第二集，卷六，頁632-633。）

蔣主席再剴切致馮玉祥電（民國十八年五月二十日）

馮副院長煥章兄勛鑒：

　　密。奉讀刪〔十五日〕電，深念政躬未瘥，不特南來把晤，為左右所阻，即北上謁靈，亦因調攝，而未能定期。仰望雲山，曷勝惆悵。尊電列舉各點，周詳坦達，聞而興感。蓋處此群疑眾難之中，惟有以知無不言、言無不盡之精神，乃得解脫讒慝，大白是非。弟不敏，敬承斯怡，敢掬其愚誠，以回聰聽。我兄行誼磊落，眾所周知。是何人斯，竟敢以稱兵叛黨之李〔宗仁〕、白〔崇禧〕相儗。相儗之不足，而又直聞之於兄，是其誣弟不相容之罪小，蔑視我兄革命人格之罪大。臧倉小人，此尤過之。來示所謂造謠者大有人在，於斯益信我兄燭察之明，〔五月二十一日《申報》所刊該電於此句下有「無間遐邇」四字〕甚望立予貶斥，以儆其餘。至於軍政部之封抄，更不近情理之訛說。瑞伯〔鹿鍾麟〕赴滬以後，軍部無人管理，一任外人取舍則有之。迨警察發覺，派員保管，則已人室兩空。至對瑞伯之辭職，中央慰留之使，不絕於途，惟恐其不回部供職，焉有抄封之理？於此可證，無待多辯。此其一。編遣軍隊，權在中央，本宜以命令行之。因念地方情形，或有不同，同志相孚，不拘形式，為力求周詳之故，特開會議。世方以此病中央過事遷就，轉損威權，乃不謂反引賢者之憂疑。我兄朗爽逾人，有物必吐，為弟所深佩。竊不解進無貢獻，退有後言者，其視中央為何如？其自視又復何如？近復見劉郁芬等銑〔十六日〕電，有請我兄統五十萬武裝同志，與弟周旋之語。果如所言，是兄部兵額，已逾編遣會議時倍餘，以武力準備責人者，轉將自訟，以弟之愚，知兄

當不至此。劉等此種不軌之行動，實足陷兄為天下所不諒。此其二。西北瘠苦，輸挽為艱，軍士疾苦，實深眷念。而中央財政之癥結，在於各省之截留國稅，度為我兄所洞鑒。今之解款於中央者為若干省，截留國稅自行支配者為若干省，分割中央之所入，以求全於中央之所出，我兄亦國府委員之一，衡情度理，當呼負責〔負？〕。中央憂苦久深，籌思至切，惟以吾兄長軍政部，乃能革軍人截款之弊，得給養錙銖之平。而兄乃故部情殷，留京日短，致全國軍費，不能確定規範。此其三。以上三者，皆就吾兄規詳〔諫〕所及，冀與互為參證者。慨念旬日以來，陰愁之氣，遍於國中。忍受夾攻，力持鎮靜，冀休養民力，以謀建設，愛惜兵力，以固國防。乃各方反動派，互相勾結，環向黨國相逼以來，此正本黨同志合則俱存、離則俱亡之秋。忠實如吾兄，應上念　總理，俯衂生民，及此曲突徙薪之時，共避焦頭爛額之禍。劉郁芬等不待兄命，遽發狂囈，叛跡已彰，無可迴護。兄若不先中央而嚴予處分，則盛名之累，固將及於千秋。而其所言，適對平日言論盡情痛詬，是無異辱詈吾兄。如其困出於為人挑撥而致錯誤，則望兄速勸止之。並希即日恢復隴海、平漢之交通，使千萬災民得中央輸銀而生存。　總理靈櫬，得匕鬯不驚而南下。如蒙許以一見，而又不欲來京，則請指定地點，祇求於黨國有益，於道義無損，不使後世哂吾人以失信背義，則個人之生死，且置之度外，而況於地方之去就乎？如兄能許我所請，約期晤譚，於願足矣。以敬愛吾兄之深，不自覺其所言之切。謹布胸臆，並候明教。弟蔣中正。叩。

（《自反錄》，第二集，卷六，頁632-636。）

【註】臧倉，戰國時魯平公之嬖人，平公將見孟子，為臧倉所沮，

未能相見。後把進讒言陷害好人的人稱為「臧倉小人」或
「臧氏之子」。

據四月二十五日《馮玉祥日記》：「電鹿鍾麟，以大局不
佳，可設法歸來。」（第二冊，頁 621。）鹿即於二十七日避往
上海。

五月五日，粵、桂間爆發戰事，李宗仁自稱護黨救國軍總司
令。五月六日，馮即囑鄧飛黃起草討蔣宣言；十二日馮與石
敬亭、曹浩森等談：「我軍應通電宣言護黨救國」。（《馮
玉祥日記》，第二冊，頁 628-632。）十六日，劉郁芬等即通電擁
護馮為護黨救國西北軍總司令，要求蔣去職，否則請馮率五
十萬大軍與之周旋。馮於二十日宣布就任西北路護黨救國軍
總司令。

馮總司令復蔣主席之皓電（民國十八年五月□□□日）

（銜略）奉皓〔二十日〕電如掬肝膽，相與迴環雒誦，悵觸萬端。
比來陰愁之氣，遍於國中，誠如尊旨。大局崩壞至此，和平統一，
徒成虛語。誰實為之，孰令致之？明達如公，當知癥結所在。而舊
日共患難、同甘苦、出入死生之同志，隔閡乖異，總理英靈有知，
能不痛心！所謂三民主義之國民革命運動，為國家求獨立、民族求
生存唯一之出路。真革命者，努力奮鬥，千迴百折，終必獲最後之
勝利；假革命者，詭計陰謀，自掘墳墓，一時獲逞，終必為革命勢
力所消滅。此則總理遺訓昭示吾儕，而公與玉祥所共信不渝者也。
玉祥腿病加劇，步履維艱，過蒙廑注，紆尊枉顧，惶悚無似。顧以
誼屬金石，忝居一年之長，輒忘狂慢，敢請由山西來陝州一談，藉

慰飢渴，並申下情，不識可否？西北連歲大旱，饑莩載道，誠蒙大蠹菹止，則千萬災民，得瞻左右顏色，使陰愁之氣，化為雨露之施，亦盛事也。總理奉安期迫，仰望遺靈，如在其下，因病不能參謁，已派定代表在平恭送。敬並奉聞。

（《國聞週報》，第六卷，第二十一期，〈一週間國內外大事述評〉，頁2，民國十八年六月二日出版。）

【註】該電未書寫發出日期，由電文內容推測，馮請蔣到陝州一
　　　談；蔣於五月二十五日致馮最後忠告之有電，尚未提及收到
　　　此電。馮電中又謂：「總理奉安期迫，……已派定代表在平
　　　恭送。」孫總理之靈櫬於五月二十六日自北平移往南京，馮
　　　電應在移靈之前，大約為五月二十四或二十五日。

附蔣主席告原屬二集團各將士電（民國十八年五月二十四日）

（銜略）均鑒：歷來軍閥之構成與其覆滅，皆由其視國家軍隊為私有始，患得患失以求保其地位終，倒行逆施，以自促其命運。軍閥本身不足惜，獨其將佐士兵，皆我國家元氣，乃為軍閥所挾持，人格資其販賣，生命供其孤注，生則同受惡名，死則無人憐惜，此真可為痛苦流涕，而不得不亟謀拯救者。今馮玉祥已甘為叛黨叛國之軍閥，中正與諸將士誼屬同胞，不得不掬誠奉告，幸垂聽焉。諸將士原隸二集團軍，但皆中華民國之將士，非馮氏個人之將士也。馮氏與諸將士，固有歷史之關係，惟此歷史必依托於革命而存在；今馮氏叛跡昭著，已自絕於革命，即不啻自毀其歷史，諸將士不當徒念私人舊交，而亡國家大義也。馮氏生平慣於背叛其將〔長？〕官，彼自謂為革命而然，以其夙昔所事者皆屬軍閥，諸將士信之，

而天下亦不以盲從責諸將士。今彼所叛棄者，為惟一革命勢力之中國國民黨與國民政府，則諸將士亦必不受其蠱惑，而正宜以彼之待其長官者待之矣。此次桂系叛變，馮實與謀，惟以其狡詐成性，故中央克復武漢，彼乃迭電痛詆桂系軍閥；迨其陰謀漸露，中正根據偵報，詰以李宗仁自稱所謂護黨討逆軍南路總司令，是否彼將就北路總司令？其覆電猶盡力否認。曾未數日，護黨救國軍西北路總司令之通電已出，於是彼詆責桂系軍閥叛黨叛國之辭，皆無異自布其罪狀，雖有百喙，何以自解？三全代表大會，中央依法召集，馮氏並無異辭，原二集團軍方面參加之代表，尤不乏人；今乃與桂系軍閥同聲相應，指斥中央，愈見其反覆無恥而已。馮氏所舉以激怒諸將士使之背棄中央者，無非謂中央故存畛域，坐視二集團軍之困苦窘迫，而不稍加體卹。不知自北伐完成以來，魯、豫、陝、甘各省之稅款，平漢、隴海等路之收入，中央悉任馮氏之取求，且每月由中央協撥五十萬元，討逆軍興以後，尤特別補助，計四月份所撥達一百五十萬，而本月銑〔十六〕日中央尚在滬撥付五十萬元。以中央今日財政之支絀，實已竭盡能力，但不知諸將士亦能知此實況否？馮氏與桂系勾結，亦恣索械彈餉款，據報曾由武漢取得一百萬元。馮果稍有減除士兵痛苦之心，何至從不發餉，乃傾其所入，大購外械，廣募新兵，以為割據地盤、反抗中央之用，而揹發官兵薪餉如故，誠不知其有無心肝也。孫良誠之去魯，鹿鐘〔鍾〕麟之離京，皆自放棄職守，中央非特不加詰責，且曲予優容，一擬量予移調，一尚保留原職。中央用人，從未有所歧視，且逆料孫、鹿二君之離職，亦由於馮之嗾使，而非其本意；馮欲假此以挑撥諸將士之憤慨，諸將士寧能受其欺蒙耶？即劉郁芬等十餘人刪〔十五〕日之

通電，或為馮氏捏名，或被其威脅勢迫，而非諸將士之甘心附逆，亦為中正所敢斷言。諸將士不甘以人格資馮氏之販賣，幸速圖之。月餘以來，馮氏造成何種謠諑以欺諸將士，非常情所能推測，大致彼必謂中央將不利於在魯、豫之二集團軍，故亟須西退以保實力，再圖反攻。無論其言之厚誣中央，即就戰略言，西北頻年饑饉，糧食已盡，大軍西去，更何以堪？苟非別有陰謀，豈肯自趨絕地。意者馮日闢勾結蘇俄之謠，而日暮途窮，終將出此。國人畏共黨之禍，甚於洪水猛獸，眾怒難犯，不亡何待？諸將士不甘以性命供馮氏之孤注，更宜及早圖之。今中正已決議開除馮玉祥黨籍，明令通緝，但祇限於馮氏一人，諸將士概不與焉。願諸將士凜然於公私之界，順逆之辨，反正效順，保持既往之功績，發揚革命之正義，中央亦必倚諸將士為干城，共圖完成革命之大業。特此通電，其共勉旃。蔣中正。敬。

（《自反錄》，第二集，卷六，頁 642-646。）

蔣主席最後忠告馮玉祥電（民國十八年五月二十五日）

潼關馮煥章兄大鑒：前接刪〔十五日〕電，雖於中央多誣罔之辭，猶竭力否認，勾結桂系，背叛黨國。經於皓〔二十〕日再電質詢，迄今未獲答復，而護黨救國軍西北路總司令之電已出。於公為作亂，於私為背信，兄不惜自戕其革命之歷史與人格，至此已極，良堪痛哭。中央為伸張黨紀與國法，不得已而有極嚴正之處置。中正職責所在，亦何敢以私廢公。但追念往昔之交誼，自咎規過之未週，惋疚交縈，覺猶有不能已於言者，爰作最後之忠告，猶冀能保全始終也。兄以愛國自命，而行事乃與叛國之軍閥無殊。又最愛惜

其部卒，何乃導之使入絕地。矛盾若此，蓋有二因：一則兄誤信桂系軍閥及一般反對政府挑撥離間之言詞。桂系謀叛之始，固與兄有夙約，若何而可保存地盤，若何而可劫持中央。及其已叛，則必日聒於兄之側，至兄患得患失之心既動，而若輩又大造其謠。自稱所謂左派，與黨中先進者皆已一致反對中央，兄於武漢之事，固觀之甚明。獨於桂系之傾巢犯粵，因道遠路隔，誤信桂逆已下廣州，政治將有組織，乃遙為之應。公然悖叛，而直以交戰團體自居，通告內外。不知兄張皇發電之時，正桂逆窮蹙喪師之日，中正元〔十三日〕電謂桂系犯粵，如迴〔回〕光返照，滅亡愈速，絕非欺兄之談。今黃〔紹竑〕、白〔崇禧〕諸逆，或負重傷，或被囚俘，而其所部死傷尤多。桂林、平樂刪〔十五〕日早下，梧州、柳州亦將克復。而兄適於此時甘蹈其覆轍，何不值之甚也。桂系所謂黨中先進及左派者，良不知何指。最近《申報》載巴黎電，汪精衛同志聞兄毀壞鐵橋，喟然興嘆，謂：馮某甘與舉國共棄之桂系軍閥相勾結，是自趨絕路，余決不認之為友。是可知黨中真正之先進如汪先生者，決不離棄黨之立場，以為反抗中央之舉。而自稱左派唆兄叛黨者，其誤兄真不淺矣。再則兄誤認固守西北，退可負嵎自固，進可窺伺中原。不知此在北洋軍閥統治時代或然；今黨之力量已統一全國，背棄中央者，任在何地，皆無倖存之理。況陝甘頻年饑饉，赤地千里，軍糧即有屯積，民食何以為繼？民無兵猶可以生，兵無民將誰與存？敲剝搜括之術，未可長恃，土崩魚爛之禍，必將立見。兄亦嘗思之否耶？甘肅回漢之爭，愈演愈烈，執政者實尸其咎。聞門致中已遇害，不即幡然改圖，恐相繼而死者更不乏其人，而為西北留此無窮之憂隱，尤非自認愛國者之所忍出也。兄日闢勾結蘇俄

之謠，乃以數十萬大兵退處於糧盡援絕之地，論者終不能無疑。謂兄日暮途窮，真將倒行逆施，自甘酖毒。果其有此，兄之背信棄誓，賣國事敵，益難自解。而謂兄之部屬，能不以兄昔日之待其長官待兄耶？兄果欲據西北以抗中央，直自趨死地而已。或已深悔誤受桂系之愚。惟以大錯已鑄，駟馬難追，不惜孤行己意，一誤再誤。但兄果愛國家、愛部曲，豈忍以一己之意氣，害萬姓之生靈？中正與兄，夙共患難，已非一日，其間曾有以是為非、而可者為否乎？果有絲毫虛偽以欺兄而自欺者乎？況於此黨國安危、革命成敗間不容髮之時，更何忍如桂系與其所謂左派者，挾持自重，以販賣吾兄之人格乎？平生知交，真實不欺者，果有幾人？知兄必能深長思之矣。故無論兄對弟之態度如何，而弟決不忍坐視兄之臨於斷澗危崖而不救也。總之，革命大義，順逆祇有兩途。青史功罪，所爭不在俄頃。倘兄能秉其過人之天賦，由懺悔而起澈悟，毅然自拔於牴羊觸藩之環境，則一時過誤，仍無損於大智大勇之本來。燎原之勢未熾，徙薪之計宜早，如願涉歷海外，增益新知，或優遊休養，重闢新路，中正當為婉曲代陳於中央，必有以成全兄之志願，保障兄之安全。中國之大，世界之廣，處處皆吾人安居進德之地；何必拘守西北，自陷荊榛，以為大局和平與國防設計經濟發展之障礙？至兄所部，原為國家之軍隊，兄如遠離，則中央必愛護備至，更何論乎一視同仁。其有服從中央服從統一之部曲，洞明大義，自保其革命之人格，此乃革命之榮，而非吾兄之辱，兄宜益加敬愛，勿使箕豆相煎，徒傷革命之元氣，以貽歷史之污點。是非順逆，兄應自反，勿徒責所部以私廢公也。如兄不賤視所部之人格，則必能為之曲宥而成全。否則蕭牆之外〔內？〕，殷憂四伏，又豈止豫中各部

而已，如兄別有關於善後之意見，亦當代陳中央，充分採納，中正亦必保證其實行。吾輩處世，道義為重。苟利黨國，敢避嫌譏？剖肝輸膽，再為兄道。尊意如何，切盼惠復。弟蔣中正。有。

（《自反錄》，第二集，卷六，頁636-641。）

【註】五月二十日，蔣主席列舉馮之種種叛逆行動，馮則電各國公使領事，謂蔣破壞黨章，南京政府不能代表全國，決予討伐，並宣布就任西北路護黨救國軍總司令。二十二日，馮之主將韓復榘、石友三自洛陽通電，宣布服從中央。二十三日，中央常務會議議決開除馮之黨籍。二十四日，國民政府令褫去馮本兼各職，協緝拿辦。二十五日，蔣向馮作最後忠告，勸其出洋，重闢新路。二十七日，馮因眾叛親離，武力討蔣已不可能，乃通電下野，聲明入山讀書。其初期反蔣運動暫告結束。

馮玉祥下野通電（民國十八年五月二十七日）

軍急。

南京、上海、杭州、南昌、安慶、福州、南寧、廣州、雲南、貴陽、成都、長沙、武昌、漢口、濟南、開封、北平、天津、太原、蘭州、西寧、寧夏、歸化廳、張家口、承德、齊齊哈爾、吉林、庫倫、迪化，全國各機關、各團體、各報館均鑒：玉祥待罪戎行，垂三十載。自辛亥革命，起義灤州，十八年之間，如推翻洪憲，討伐復辟，首都革命，會師北伐諸役，無不追隨諸先進，共同奮鬥。區區之志，竊欲求國家之自由平等，實現三民主義，為大多數貧苦同胞謀幸福，成敗利鈍，皆所弗顧。去歲北伐完成，大局粗

定，全國喁喁，望治如歲，以為從此可以長保和平，永絕內亂，先總理之教義，將可次第實施。不意入春以來，戰端又啟。武漢事息，而川、滇、黔、粵、桂繼之。玉祥養疴華山，深居簡出，嘗惴惴焉，以國危民困，萬不可再有內戰，以自取覆亡。不料區區苦衷，公不見諒於人，私不見諒於友。謠言紛起，岌岌若不可終日。玉祥矢志革命，不計其他，凡有利於國家，有益於人民者，無不可隱忍退讓，以求良心之所安，決不忍再見大局之分裂也。謹潔身引退，以謝國人。自五月二十七日起，所有各處文電，一概謝絕。從此入山讀書，遂我初志。但能為太平之民，於願足矣。邦人君子，亮察為幸。馮玉祥。感。印。

（馮玉祥著：《馮玉祥選集》，中卷，頁 594。北京：人民出版社，1998 年 11 月第一版。）

【註】馮下野後，於五月二十九日「命王義樫擬電致蔣，謂余已通電下野，決遊青藏，軍民皆為國家所有，如能平等待遇，來日方長，私交可仍舊也。」（《馮玉祥日記》，第二冊，頁641。）事實上馮下野後，命令所部一律撤至潼關以西，再將潼關封鎖，以保全實力。蔣主席於六月五日對馮之下野發表意見云：「凡政治家及軍人與上官意見不合時，則應辭職，於職責上有過失時，則應負責。現在官吏一犯大罪，發一下野通電，以為萬事全休，殊非正當辦法。馮玉祥日前布告叛逆，各國認彼為一方面之交戰團體，然未及一星期見形勢不利，即宣布下野，對於如此狡猾之行動，若聽其自然，恐將釀成巨禍。馮現率數十萬軍隊，三星期而三易其旗幟，迨至最後勢窮力竭，乃宣布下野，對於如此人格破產者，凡我同

志同胞，咸宜注意，勿為其奸言所惑。」（民國十八年六月六

日上海《時報》）

馮玉祥復蔣中正電（民國十八年五月二十九日）

奉有〔二十五日〕亥電，敬悉一切。他人皆謂嬉笑怒罵，似非自

好者所宜言。然在兄視之，則認為固然。蓋吾弟始終不明真象，徒

誤信臆造與推測之言，故憤而出此。宜也。即如以來電所謂門致中

遇害一事例之，從可知矣。此間迭據門致中、吉鴻昌等來電稱：

「有〔二十五〕日將馬匪擊潰於黃渠橋，匪向石嘴山竄去。宥〔二十

六〕日一時向石嘴山攻擊，八時占領石嘴山。匪復向石拐子竄逃，

旋又逃至磴口。感〔二十七日〕晚復繼續追擊，匪又竄至三盛公一

帶，現已殲滅殆盡，正派騎兵尾追中。」各等語。是吾弟知門致中

被害之時，正其剿匪獲勝之日。姑以此事推之，則吾弟之連篇累牘

之責於兄者，固不待辭費而明矣。然而語重心長之處，所以愛護於

兄者，亦自至周且摯，能不敬拜嘉言。惟治國之事，見仁見智，各

有不同，但能使黨國鞏固，人民樂利，何必定己見。故此次讓出

魯、豫，退居陝、甘。夫魯、豫膏壤，陝、甘貧瘠，盡人皆知；所

以棄優沃而就絕地者，誠不願國內再起戰禍，以數十萬之官兵馳驟

中原，貽人以爭名奪利之譏。故寧自甘艱苦，退處貧瘠，為避戰計

耳。至於兄出洋之事，在京時早有此意，復因病未能成行。頃下野

通電，業經發出，俟病小愈，即當就道，經甘赴青海入西藏，考查

風土人情，以及農牧礦產，再放洋遍遊各國。將來或不無些許之貢

獻。惟人民為國家之人民，久處於天災人禍水深火熱之中，餓死者

數達累萬。軍隊為國家之軍隊，久於革命戰役，莫不備嘗艱苦。兄

下野之後，吾弟善於撫字，一視同仁，則兄心安矣。他無所求，願只如此。如不忘舊誼，則後會之期，猶未遠也。特電奉復。

（馮玉祥著：《馮玉祥選集》，中卷，頁 595-596。北京：人民出版社，1998 年11 月第一版。）

附蔣主席於馮變後負責宣言（民國十八年六月十五日）

　　前者桂系逞兵抗命，中央命令討之，兵不血刃，事不經旬，遂克武漢，實乃主義致勝。小懲大戒，意謂國中當不再有敢於叛黨叛國者，後此和平統一確可實現，故武漢奠定之初，余即通電自劾，決心辭職；並擬於奉安大典完成之後，即可引去，暫息仔肩。不料一波未平，一波又起，桂逆殘部正待肅清，而馮氏又以叛變聞，互相呼應，毀路劫糧，盤據西北諸省以抗命，且有勾結蘇俄以覆宗邦之企圖，其形勢嚴重，較之桂系倡亂時，尤有過之。故現在匪特非余所忍言去之時，且有振作精神激勵國人共與周旋之必要；否則統一之局，即為破壞無餘；國民革命之前功將盡墮，黨國基礎亦永難鞏固。是以吾人努力革命之工作，非俟中國真正統一完全實現，不能告一段落。余深知國人之心理在和平統一，亦深信政府和平統一政策必能實現，故對於馮氏，始終以寬大處之，不加討伐亦無討伐之必要；如其不自覺悟，必欲割據抗命，障礙統一，國人當有公判，決不容叛逆常為革命之障礙，政府亦必隨國人之後以盡其職責也。余隨各同志之後，身負黨國重任，五年於茲，則余之進退，當然視政府統一政策之能否完成而定；內審責任，外察時機，應去則去，絕無所容其徘徊；若事實上仍不能去而固言去，恐陷以退為進或口退心進之誚，跡近虛偽，又非吾輩矢忠革命者所宜出也。

（《自反錄》，第二集，卷二，頁154-156。）

附蔣主席討馮告民衆書（民國十八年十月二十七日）

　　國家不幸，禍亂相尋。張發奎、俞作柏等之叛變，甫告敉平，
而西北馮部殘逆，又乘暴俄之侵凌，而張皇倡亂，危害國家，重苦
吾民，莫此為甚。中正受命中央，討賊戡亂，責無旁貸，安內攘
外，死生以之。唯念今日之政府，為全國國民之政府，而今日之討
逆，不僅為吾全國國民求治而討逆，亦且為吾中華民族自衛而討
逆。乃知此次討逆之意義，非特安內，實為攘外。蓋內奸一日不
除，外侮未有一日能免者也。故今日西北之叛亂，乃為一切危害國
家民族之封建餘孽，相與暴俄共黨，勾煽結合，以圖最後之一逞。
實為我國存亡人民禍福最大之關鍵，亦即革命與反革命最後決勝之
一戰耳。軍旅之責，自在前方，而國事根本之所繫，尤在乎全國之
人心。必欲全國人民，以真確之目光，觀察國家之現狀；以公平之
心理，體念革命之環境；依其必然之認識，共為一致之努力，百折
不撓，共禦外侮，勿使敵國以我民族無國家觀念為可侮；沈毅堅
決，制裁反動，勿使叛徒以我民族無革命常識為可欺，而後叛變可
以永弭，外患可以立消，國事或可不重煩兵革，布其區區，唯我全
國同胞共垂察焉。慨自北伐完成以來，中央與國民政府之唯一政
策，曰和平統一，此不僅布之簡書，為全國同胞所共見；一年以
來，實始終守之，而未嘗或渝。春間桂系抗命，中央為保障統一，
不得已而用兵，猶力求平亂之迅速，避免戰事之延長。其後馮玉祥
相繼謀叛，中央乃運用政治之力量，不欲再起兵戎，以苦我同胞。
於是馮玉祥卒為社會心理與革命環境所裁制，自知其勢窮力蹙，乃

不得不離其部隊，流寓太原。於是西北叛軍，始得表示服從中央命令。中央則不惜恕其既往，而悉予收容。此中央篤守和平統一政策之見於軍事者也。其在黨務方面，亦力求集中一切同志，泯絕過去之猜嫌軋轢，共秉總理之遺教，一致努力於訓政實施之工作。前勞可念，則務從其寬，紀律之行，則力求其恕。第三次全國代表大會，雖澈悟於整理之不容緩，然對於有歷史關係者，仍表示一致之尊重。即對於違反主義釀成共禍之負責諸人，亦祇取消其黨籍，而不事追求。三次代表大會之公意，不啻為一年以來之和平統一政策，更加一層之保障，固將以寬大造成和平之基礎，以和平厚集建國之力量。一年以來，中央與政府，所為委曲求全者，無非以國基初立，民困未蘇，第一要義應使國家安全，民樂其生，確立社會之秩序，推行一切之建設，使主義不託於空言，人民胥蒙其樂利，而後消耗國力之戰禍，得以永弭；共產黨徒殺人放火之煽動，無自而起耳。何圖政府千方百計以求保和平，而馮系封建軍閥之野心終無感格之可能。黨內雖力求寬大與容忍，而造成殺人放火巨禍之罪魁，亦終無悛悔之一日。迨至今日，背叛黨國之改組派，封建餘孽之馮系叛將，以及國內一切不逞之反動份子，遂相與起伏呼應，不惜勾結暴俄，聯合共黨，對於國家肆行其搗亂與破壞。凡中央順應人民心理，力求相安之所為，胥為此日變亂之厲階。此固為中央所慚惶而不安，亦必為吾全國同胞所澈悟而痛心者也。吾同胞其識之。西北叛亂既起以後，欲求恢復如本年五六月間第三次中央全國時代之狀態，已非短期間所能為功。彼時桂系已告肅清，西北變亂亦就解決，國內欣欣，樂生望治，咸認為自今以後庶無戰禍。二次中央全會之決議，悉為實施訓政建設之具體方案與步驟。中央為屬

行國軍編遣，復召集編遣實施會議，分區執行，力求貫徹。其對內則致力於訓政基本工作，一面頒行各種自治法規，開始訓練人民之自治。一面復頒布清鄉勦匪條例，期於肅清土匪共禍，謀初步生活之安定。至言對外，且注全力於不平等條約之廢除，從事於主權之收回。凡此種種，雖未能旦夕以計功，亦庶可循程而責效。豈意反動將領，竟不顧國家人民之利益而突起叛變，更不意改組派不顧國家地位、革命前途，而有此擾亂大局之行動。坐令社會秩序重起紛亂，國家地位再見動搖。使二中全會時代之狀態不能再現，使實施建設之程序無從進行，挫阻橫生，戰雲再起。嗟乎！吾同胞思之！此為政府無力建設或無意建設乎？抑反動派不使國家有安定建設之機會乎？政府之討伐反動派，為不惜和平之破裂乎？抑為保障國家人民利益計，有不容不忍痛一割者乎？由此次所得之教訓，中正敢言，非根本消滅專與國家人民利益為敵之反動軍隊，則國家決不能寧定，人民亦不能安樂，和平秩序決不能有確實之保障，而一切解救民生之建設，亦決無法以進行。中正更敢言，非全國人民擁護中央之政策，與認識革命之意義，以人民之意思，為有力之裁制，則反動派之根株，亦不能剷除盡淨。自今以往，惟望吾國民徹底覺悟者，即為求國家有真正之安寧，人民享永久之安樂，必須中央有強固之政府，尤必使此強固之政府有全體人民為後盾。凡我愛國之同胞應一心一德，協助政府，掃除馮系軍閥共產餘孽，方得懾服暴俄侵略之野心。對於政府，應根據黨國決議之方案與法令，督促其實施，箴規其缺失，勿以求治太切之心，發為不負責任之責難。勿信顛倒淆亂之謠諑，反助好亂者以張目，而為之自擾。古人有言，期月已可，三年有成。政治之事，雖在聖智，尚未易倉卒以圖功。自

上年馮玉祥離陝以至今日，為時未逾半年，政府雖自疚進行之弛緩，然建設方案，已得粗定，犖犖諸端，逐次施行。乃反動派必欲掀起釁端，破壞政治之安定，增加建設之障礙，搖動國家之地位，先自造成一跬步難行之局面，而再責人以遲鈍，彼別有用心者則然耳。曾是國家休戚相關之國民，而謂應如此乎？總之，中央所夙夜以求者，惟在鞏固和平統一之基礎，而反動派必欲破壞和平統一之基礎。中央惟求人民以休養生息之機會，故盡力以謀國家之安定，而反動派則不利於國家之安定。二月以來，凡中央所苦心造成初步安定之局面，已為反動份子、封建軍閥破壞而無餘。政府欲求如四五月前得以致力外交，專心於和平建設之局面，已不可得。感格之道既窮，治標之計更急。政府今日，惟有不避困難，不辭犧牲，引下列二者為當前最大之責任：一曰遏滅背黨亂國共產遺孽之惡化勢力，勿致時局演成十五六年時代在武漢、廣州殺人放火之局面，冀能減除人民一分之苦痛，即為政府盡其一分之責任。二曰剷除愚拙卑劣虛偽殘酷之封建勢力，不容馮系叛軍重施卵翼徐〔世昌〕、段〔祺瑞〕、曹〔錕〕、吳〔佩孚〕之故智，使中國退歸於往昔腐敗封建之政治，全國演成今日西北腏脂削膏搜糧食人之慘禍。依過去事實之經驗，已使吾人感姑息之不可以為治，苟安之不可以為政。惟有徹底重造革命之基礎，完成真正統一之局面，而後一切救國建國之方案，始有循序推行之可能。然此尤必賴全國同胞認識國家所處之艱危，竭全力以協助政府。同胞乎！今日之事，非僅叛將作亂之局部問題，實為內外勾結謀亡國家惟一之危機。苟人民不知傾全力以護助政府，甚至袖手旁觀，置若罔聞，必欲使封建軍閥與反動勢力浸淫坐大，其結果非陷國家於十五六年武漢、廣州暴亂政治，即重

演往昔徐、段、吳、曹時代之封建政治，與今日西北兵災人禍之慘劇。時果至此，則人民痛苦固永難解除，即過去革命之犧牲，亦將全失其意義，吾民族吾國家且必淪於永劫不復。其尚有生存安樂之望乎？值此內亂外侮之來，千鈞一髮之秋，吾人持顛扶危，夫復何言。惟願全國同胞正其視聽，一其意志，勿苟且、勿偷安、毋中立、毋徘徊。民賊既無兩立之勢，順逆豈有並存之理？惟願全國同胞團結精神，共禦外侮，同仇敵愾，消滅叛逆，以增高我民族之人格與國家之地位。信任政府，擁護中央，滅撲此反動之狂焰，以掃除國民革命之障礙，而奠定我三民主義之基礎，則國家幸甚，民族幸甚。

（民國十八年十月二十八日，《申報》，第八版。）

【註】民國十八年六月二十七日，蔣主席向記者宣布，中央對馮主席決不究既往。七月五日，國府取消馮之通緝令。惟馮仍與閻錫山秘密進行反蔣。九月十七日，閻夜宴馮於晉祠，決舉兵反抗中央。十月十日，馮之部將宋哲元等電閻、馮，歷數蔣六罪狀，即日出兵四十萬討伐。並推閻、馮為國民軍總、副司令。十月十四日，蔣主席發表告全國將士書，謂馮軍乃統一之最後障礙。二十七日，再發表討馮告民眾書，決剷除封建軍閥。二十八日，自南京赴漢口督師，並發討伐馮軍誓詞及通電。

附蔣總司令討馮誓師詞（民國十八年十月二十八日）

馮逆反覆，好亂成性。勾結暴俄，禍國殃民。既召外侮，又圖稱兵。內戕國本，外失威信。舉國同仇，疾首痛心。全軍憤激，師

出正名。為黨討逆，為國犧牲。黨亡與亡，國存與存。身為後死，誓不偷生。義無反顧，勇往急進。軍法連坐，敵愾同心。內奸不除，國無幸存。叛徒不滅，民難安寧。殲除內奸，固我國本。肅清反叛，安我國民。總理在上，先烈照臨。盡忠主義，遑顧死生。團結精神，服從命令。毋驕毋畏，矢勇矢勤。安內攘外，完成革命。中華民國十八年十月二十八日。陸海空軍總司令蔣中正。

（《自反錄》，第二集，卷二，頁 178-179。）

馮玉祥促蔣中正下野書（民國十八年十二月十二日）

介石我弟如握：別後數月，大局竟轉變如此，朝野上下，咸為寒心。祥私交所關，公義所迫，撫今思昔，而計及將來，誠有不得不痛切言之者。憶自十六年徐州會面之後，祥與執事同力合作之心，極為堅決。故北伐有聯名出師之電，清共有驅逐鮑〔羅廷〕氏之舉。徐州危急，則分重兵急難以東援。執事歸國，則邀百川同聲以擁護。再度北伐，則應命三路並進。車次保定，則通電六事俱陳。南京會議，人多疑懼觀望不前，而祥獨以身為倡，兩次前往。凡此數端，豈存一毫私利之見，無非為統籌全局，鞏固國家，俾三民主義早實現耳。迨統一告成，訓政開始，國人喁喁望治，情逾飢渴，實國家千載一時之良機。詎期執事主政，恣意悖行，致前次革命運動所得之成功，悉被破壞殆盡。靜言思之，不覺傷心痛哭者數矣！光明磊落之人格，為先總理予吾人之明訓，惜執事不循乎此，權欺利誘，謂足以牢籠國人。喜奸佞，嫉正人，其與國有功者，大遭排擠，必欲盡去之而後快。以致誤國誤己，其又何說？去歲祥至南京，兩度辱承密談，執事曾云，京漢滬粵在握，即可定中國，今

皆在人之手中，又奈之何？執事試思，斯時撫有此四地者，豈非吾
北伐同志、勳勞最著、且為忠實之正人乎？是以祥答以軍人談政
治，縱不免隔靴搔癢之譏，然嘗聞之，自來作事，不獲人心者，得
地雖多，適速其敗，仍請留意於得人心三字。在祥意含諷諫，而實
以忠告為懷，即執事在當時，亦未嘗不以祥話為然。後在湯山沐
浴，又與執事及百川，共論國是。執事主持對桂用兵，百川注目不
答，蓋有難言之隱；祥則答以同為革命軍，不宜自相殘殺，以免分
裂革命勢力，重陷人民於水火。耿耿此心，猶前此相對意也。又憶
在開封，承於汽車中密詢安國大計，祥謂安國必先安百姓，安百姓
必先少取節用。其次則為安軍心，安軍心必先安將心。蓋祥深知執
事前此去國，必有致憾於同人者，及歸，將謀報復，而誅戮有功之
人，故引漢高因沙中偶語，而封雍齒之故事以為對。在執事又未嘗
不以祥語為然。乃事後思之，貌從心違，適中所忌耳。然在祥，則
先後屢次進言，莫不推誠相與，以愛執事，且求奠邦國之基，為長
治久安也。試思執事去國之前，歸國之始，各軍最高領袖，曾作何
語？稚暉〔吳敬恆〕先生曾言之，執事當無不知也。而祥與百川，
所以竭誠擁護執事出任總司令，並願服從指揮者，豈有他哉？不外
欲為國成就一人才，期執事以光明磊落之態度，將與各軍事領袖之
前嫌，從茲盡泯，和衷共濟，以宏造國家耳。然而統一以後，德鄰
〔李宗仁〕、健生〔白崇禧〕、季寬〔黃紹竑〕、向華〔張發奎〕、作柏
〔俞作柏〕諸同志，悉被排斥；任潮〔李濟琛〕、叔平〔方振武〕兩同
志，俱遭縲絏。此孟瀟〔唐生智〕、〔韓〕復榘、〔石〕友三諸同志，
始雖倡和平，冀促執事覺悟，而終不能不以干戈相向也。曩者禍國
軍閥，常誣革命為赤化，洎後，祥與德鄰諸同志等，因不能與執事

苟同，則亦誣以親俄。今唐、石之主持正義，不又將被親俄惡名乎？中東路事件發生，喪權辱國，莫此為甚。非執事輕舉妄動致之耶？生命財產，損失無數。漢卿〔張學良〕先生實已受執事之賜，設使他人為此，則親俄之罪，更不可逃矣！抑更有言者，執事對三全會，則欽命代表，以壞黨紀，對長官則驅逐汝為〔許崇智〕，以奪兵權；去精衛，致黨員之心失；除向華，使將領之心寒。以上諸同志，皆頻年奔走，艱險親嘗，有功黨國，人所共見，何負國家？何負執事？竟於功成之後，續遭摒除。執事曾一追思否耶？夫就三全大會言，以執事在黨之歷史，何患不能膺選要職？顧必欲以卑劣專制之手段，冒天下之大不韙，實行篡黨，致穢德彰聞，曾賄選之不若？至在祥，本無當選委員之妄想，而執事必欲以中央委員頭銜餌祥於非法，侮我實甚！設使靦顏受之，將何以見本黨之同志乎？今者內憂外患，紛至沓來，人心已去，軍心已變，反執事之空氣，已瀰漫於全國，雖欲強為執事諱，而有所不能。勢已至此，其將仍欲舉國家為孤注，以快一人之私耶？然即使忍而出此，又豈能為全國所容；徒多造瘡痍，以重罪戾，而速敗亡，深為執事不取也。易曰：「見機而作，不俟終日。」以執事高明，豈昧乎此？敢請即日下野，以留餘地。國家之福，亦執事之幸也。祥自通電下野以後，概不與聞他事，惟對於執事，既以公義私交關係極切，又以國家存亡，端繫乎此，明知數進逆耳，忌我實深，亦不能不冒犯尊顏，再進最後之忠告。區區之私，不盡百一，惟執事速圖之！祥再拜。十二月十二日。

（《馮玉祥日記》，第三冊，頁97-99，民國十八年十二月二十六日。）

【註】十八年十二月十二日《馮玉祥日記》云：「致蔣介石書，責

以數年以來，驅許〔崇智〕逼汪〔兆銘〕，扣留李〔濟琛〕、方〔振武〕，摧殘桂軍，殺戮革命同志，御用三全大會，措置乖方，不一而足，致引起全國反對，應即日下野，以解糾紛。」二十六日，馮閱二十二日天津《益世報》，見所載其致蔣書，「精彩處多被刪略」，故錄原稿於是日日記中，並謂：「此函各報均允發表，唯迄今未見登載，蓋在專制淫威之下，概有所顧忌也。」（第三冊，頁89-99。）

民國十九年（1930）

蔣中正致馮玉祥電（民國十九年一月三日）

馮總指揮、津浦局孫〔鶴皋〕局長勛鑒：津浦路沙河集等橋，應即修復為要。蔣中正。

（國史館藏：《蔣中正總統檔案・籌筆檔・統一時期》，第二五二八號。）

【註】孫鶴皋，浙江奉化人。日本長崎高等商業學校畢業。歷任吉
　　　長鐵路會計處長、武昌關監督、滬寧滬杭甬鐵路管理局局
　　　長、浙江省政府委員、國民革命軍總司令部經理處副處長、
　　　津浦鐵路管理局局長。民國二十年七月，調任鐵道部參事。

蔣中正致馮玉祥電（民國十九年一月三日）

馮總指揮、孫〔鶴皋〕局長勛鑒：辰電諒達。沙河鐵橋緩修，另待後命可也。中正。江戌。

（國史館藏：《蔣中正總統檔案・籌筆檔・統一時期》，第二五三四號。）

蔣中正致馮玉祥電（民國十九年一月八日）

馮總指揮、浦口孫〔鶴皋〕局長勛鑒：津浦路破壞橋樑，應即收〔修〕復為要。中正。

（國史館藏：《蔣中正總統檔案・籌筆檔・統一時期》，第二五七八號。）

馮玉祥反蔣通電（民國十九年四月一日）

（銜略）鈞鑒：蔣中正篡黨禍國，弄權逞兵，各方袍澤，同伸公

討。並公推閻百川〔錫山〕先生為中華民國陸海空軍總司令，張漢卿〔學良〕先生及玉祥、〔李〕宗仁為中華民國陸海空軍副司令，責以領導之任，期竟群策群力之功。閻總司令已於中華民國十九年四月一日在太原就職，玉祥、宗仁敬謹追隨，同日各在潼關、桂平軍次就副司令職。鏟除奸頑，義無反顧。謹電奉聞，敬祈賜教。馮玉祥。東。

（馮玉祥著：《馮玉祥選集》，中卷，頁600。北京，人民出版社，1998年11月第一版。）

附馮玉祥就職宣言（民國十九年四月一日）

（銜略）鈞鑒：比年以來，黨國不幸，變亂迭乘，國幾不國。推原禍始，則蔣中正實為厲階。其所以致此者，雖為惡多端，擢髮難數，而醞釀偽三全大會，蹂躪民主精神，則尤禍端之所由烈，便一人之私，釀無窮之禍。此玉祥為國為民為私誼，力不能挽，脫然去位，所最痛心以至今日者也。玉祥前後兩次入寧，周旋五閱月，親見蔣氏種種乖謬，公論私談之間，無一字一言不力加規勸。在玉祥本以至誠，輔翼蔣氏，欲使其為造成全國統一之人才，協之以救吾民族耳。乃蔣氏剛愎性成，濟以陰險，在我進忠益切，在彼猜忌益深。以此玉祥無一日不在危疑震撼之中，然猶冀其有所悔悟，而不肯與之輕啟釁端，故銜淚出都，避居華岳，斂魯豫之兵以入陝，暫避其鋒。迨其悍然指派代表，造成偽三全大會，由是挾黨以欺國民，傾害有加，誅鋤異己，公行賄賂，蔑視民生，製造匪徒，喪權媚外，種種之罪惡，因之以起。當時玉祥痛憤之餘，非不能率數十萬武裝同志，聚天下賢豪以伐罪，乃深念和平一破，使全國之民殘

喘未息，又見瘡痍，國家元氣益復凋耗。故欲假以時日，思避免戰
爭，以求挽救之術耳。迨應閻百公〔錫山〕之約，隻身渡河，擬環
遊海外，廣採學術政術，徐謀救國之方。百公酷愛和平，十餘年
來，為全國民眾所共聞共見，誠不願革命同志有此裂痕，故百計周
旋，欲彌其隙。其所居之地雖異，而與玉祥之志始終則同。乃蔣氏
怙惡不悛，弄權賣國，摧殘同胞之心，益復猖獗。於是全國同志忍
無可忍，先後繼起，大興問罪之師。凡我同志討蔣宣言，歷數其重
大罪惡，皆玉祥所鬱結於中，如鯁在喉而欲一吐者也。夫剝削國民
脂膏，以供私黨揮霍，使無辜之民，輾轉溝壑而不肯少加垂憐。乃
復購買大批軍火，殘殺國人，喪心病狂，至是極矣！不謂輕挑外
釁，假手異族，陵害國人，稍有人心，誰忍出此。數省災黎，人至
相食，而不肯謀一拯救。乃又廣買土匪，布諸全國，使焚殺良民。
近月以來，陝甘兩省，大股土匪，到處焚掠，凡經被擄之人，周身
悉現鐵烙。迨軍隊拘獲匪首，其身邊皆帶有委任狀，乃煌煌全國主
席蔣中正之所頒發，至有數十路之多。此則蔣氏時時藉口受國民委
托，承總理口訓者，乃使其如此耶？窮凶極惡，雖漢之赤眉，唐之
黃巢，明末之李自成、張獻忠，無以逾此矣。此而不討，何顏以對
國人！是以玉祥日前與百公協謀，誓為國家除害。復回潼關，揮兵
東進，以作前驅。玉祥於茲有掬誠以告吾同志者，往時與諸同志愛
國心同，而取道或異，不免偶有牴觸之處。由今思之，玉祥實有慚
德。又自知局量有失狹隘，則不敢不力求恢宏；圖效每至過速，則
不敢不持以穩健；賦性戇直，而必濟之以和；才能薄淺，而必補之
以學；捐棄前隙，廓然以求大宏；責己以嚴，待人務期寬恕。以此
自勵，追隨黨國賢達之後，努力共誅頑奸。茲既承諸同志促付以全

國陸海空軍副司令之重任，贊助閻總司令，以竟全功，義之所在，愚不敢辭。就職之日，即玉祥披瀝肝膽，與諸同志誓共生死之時，仍望諸同志時時匡我不逮，無使隕越貽羞。特申數言，祈垂鑒焉。中華民國十九年四月一日，馮玉祥於潼關。

（馮玉祥著：《馮玉祥選集》，中卷，頁 601-602。）

附蔣總司令為討伐閻、馮告將士文（民國十九年四月五日）

中國目前所迫切需要者，曰統一和平；中央始終所力求貫徹者，亦曰統一和平。故凡愛護國家、服從中央者，宜無不擁護統一和平之政策而促其實現。乃閻逆錫山、馮逆玉祥存封建之思想，具軍閥之積習，深恐統一將不利於其割據之野心，和平將消弭其作亂之機會，故處心積慮，必欲破壞統一而後已，必欲擾亂和平而後快。查閻逆錫山，狡詐成心，陰險成性，常欲以他人供犧牲，而於〔己〕立於不敗之地，對中央雖貌示服從，對地方則嗾使叛變，縱橫捭闔，挑撥離間，無所不用其極。一年以來，迭次叛亂之役，自桂系倡亂以至於唐〔生智〕逆叛變，無不有閻逆作祟於其中，事實具在，人所共知。中央隱忍遷就，曲予寬容，冀其有悔悟之心，而開其自新之路，乃竟肆無顧忌，日益為非。近因其所播弄、所利用之反動軍閥，均已次第敉平，故圖窮匕見，不惜甘冒不韙，稱兵作亂，僭竊偽號，收容叛徒，以圖最後之掙扎。至於馮逆玉祥，迭次謀叛，倖逃顯戮，緝榜猶懸，野性復發。此次受閻逆庇護，又圖死灰復燃，嘯聚潼關，出兵鄭〔州〕、洛〔陽〕，與閻逆共肆披猖，作反革命之大團結。似此怙惡好亂，實屬罪不容誅。中央為貫徹統一和平之政策，維持人類相與之信義，忍痛出師，以討伐桂系、唐逆

等反動軍閥者而討伐之。桂系、唐逆等反動軍閥既因叛變而消滅於前，閻、馮二逆未有不因叛亂而覆亡於後也。蓋成敗決於是非，利鈍定於順逆之義，中正於迭次討逆之役，曾反覆昭告我將士矣。過去事實，亦切實證明是者成而非者敗，順者利而逆者鈍矣。閻、馮變亂，又焉能逃成敗利鈍之公例而得倖存哉！且閻、馮此次叛變，一面網羅自安福系以至於改組派之各派系政客，以張其聲勢；一面挾制西北各軍，以供其犧牲；收容愈廣，團結益弛，蓋舉利害不同、意志各異之分子兼收而並用之，其必各以本身之利害為利害、一己之意志為意志也明矣。利害衝突，意志各殊，其必離心離德也明矣。我討逆各軍，以黨國之存亡為存亡，以中央之安危為安危，以革命之成敗為成敗，利害既屬共同，且又受主義之訓練，共具革命之精神，意志亦復統一，故討逆各軍，必能一德一心，眾志成城。敵離德離心，而我一德一心，以一德一心之師，討離德離心之眾，必能以一當十，以百敵千，而殺賊如摧枯拉朽也。故討逆之義旗甫舉，全盤之勝負已分，閻、馮覆亡，可以日計。惟中正至此有須為我將士告者：討逆軍之任務在討賊，戡亂之目的在拯救人民，行軍所至，應處處本愛護人民之心，作捍衛人民之事。紀律務須森嚴，騷擾尤宜切禁，勿使社會秩序因行軍而致紛亂，勿使閭閻治安因作戰而受影響。至作戰之事，行動務求敏捷，步武尤宜一致，各軍之間，報告須詳悉，聯絡宜確實。一軍有警，各軍赴援；一軍出擊，各軍並進，庶可以整個之師，擊彼烏合之眾。各將士須知此役為封建軍閥最後之掙扎，亦即革命戰爭最後之一幕。其各忠勇奮發，滅此朝食，以竟革命之全功，而奠國基之永固。

（《自反錄》，第二集，卷二，頁 196-199。）

蔣總司令誓師討伐閻、馮通電（民國十九年五月一日）

閻、馮叛逆，割據稱兵，破壞統一，亂國害民，糾集盜匪，反抗革命，西北何辜？遭此鞠凶，革命軍人，救國保民，仗義討逆，不辭犧牲。統一大業，誰敢擔任，惟我將士，為民請命。親愛精誠，一德一心，不驕不矜，同死同生，為統一死，為統一生。統一不成，國難倖存，國亡種滅，何樂偷生。總理臨照，主義戰勝，同仇敵愾，團結精神，無敵不摧，何功不成。逆軍盜匪，孰不潰崩，渠奸小醜，殲滅必盡，還我統一，安我邦本，完成革命，永保和平。

（民國十九年五月三日，《中央日報》。）

【註】民國十八年十一月，蔣、馮戰爭甫告結束，蔣、閻（錫山）關係即日趨緊張。在李宗仁、馮玉祥、張發奎、唐生智、石友三等先後反叛中央時，閻佯為維護中央政策，實則與叛軍首領陰相勾結。而以汪兆銘為首之改組派、西山會議派舊人，以及對中央對蔣不滿之政客，復慫恿策動，以擁閻為盟首相勸誘，嗾閻即與政府決裂。閻為所動，各派反蔣大聯合的局面乃逐步成形。十九年二月十日，閻電蔣，責以戡亂不如止亂，要約兩人同時下野，首先展開了電報戰。時馮被閻軟禁在山西五臺縣的建安村，欲回太原而不可得。閻對蔣方面，挾馮以自重。馮則一心反蔣，只要閻肯領導反蔣，他即竭誠擁閻為全國軍政領袖。閻見形勢於己有利，乃於二月二十七日親赴建安村，向馮道歉，並決定合力討蔣，馮在其日記中云：「下午一時，百川偕孔雯掀自河邊村來，迎至大

門，過去誤會隨歡笑聲渙然冰釋。百川談：奉方對我方舉
動，固無參加傾向，亦無反對表示。軍事已布置就緒，……
伊此次倒蔣，實具十分信心，毫不再行躊躇，盼余放心。請
余於明日相偕赴太原，共策進行。孔亦一再敦促，余亦為之
首肯。」（《馮玉祥日記》，第三冊，頁 127。）翌日，二人同赴
太原。三月九日，馮回至潼關，電閻云：「與各將領會議結
果，依約定計劃施行，決無異議。慨允之款，盼速運來。」
十五日，原第二、三、四集團軍將領五十七人聯名發出通
電，勸蔣自行引退；並擁閻為中華民國陸海空軍總司令，馮
玉祥、李宗仁、張發奎、張學良為副總司令。四月一日，
閻、馮、李分別就職，聯合反叛中央。四月五日，蔣通電討
伐閻、馮；五月一日，發表誓師詞；十一日，下總攻擊令；
二十三日，馮下聯軍總攻擊令。於是，東起山東，西至湖北
襄樊，南迄長沙，空前之大戰正式爆發。由於主戰場集中於
津浦、隴海、平漢三鐵路線，而河南戰事尤為激烈，故史稱
「中原大戰」。雙方動員兵力達百萬人，死傷慘重。九月四
日，馮「通令全軍，活拿蔣介石者二百萬元，活拿何應欽、
何成濬、劉峙者各一十萬元。」以激勵將士。至九月十八
日，張學良發出擁護中央、呼籲和平之巧電，並派兵入關，
政情為之大變。閻即通電表示願意下野。九月三十日，西北
軍全線崩潰。十月十五日，閻、馮決定聯袂下野；於十一月
四日聯名發表致張學良之通電，聲明「即日釋權歸田」。馮
玉祥軍事集團至此全部瓦解。歷時半年之中原大戰乃告結
束。

民國二十一年（1932）

馮玉祥促蔣中正入京電（民國二十一年一月十二日）

介石老弟勛鑒：

　　南來後，得〔郭〕春濤、子良〔薛篤弼〕兩同志言及，曾與吾弟晤談，辱承齒及，情意殷拳，無殊今昔，佩荷無量。去歲九月十八日遼瀋淪陷之後，吉、黑繼失；最近吾弟歸鄉後，錦城已不守，冀、熱亦震動，形勢險惡，前所未有。前一中全會曾通過中政會由汪〔兆銘〕胡〔漢民〕兩先生及吾弟負責。當此傾危之際，適展堂、精衛兩先生俱臥病未愈，吾弟亦未入京，而日軍攻我益急，全國志士為民族爭生存，咸具與敵同盡之決心。祥本擬分赴港、甬，敦請展堂先生與我弟來京。惟際此危亡切膚，間不容髮，言念前途，惴惴危懼。頃與哲生〔孫科〕、真如〔陳銘樞〕各同志晤商，咸謂值此非常之變，非速謀補救之法以鞏固中樞不可，並邀祥於明日同行赴京，故不克即往奉化。國難至此，必須群策群力，以共挽此垂亡之祖國，務請即日來京，不勝企盼；否則仍當前來躬迓也。先此布臆，敬頌

勛綏

如小兄馮玉祥拜。文

（馮玉祥著，《馮玉祥選集》，中卷，頁702。）

【註】馮玉祥於民國十九年十一月四日通電下野後，息影於山西汾
　　　陽浴道河，讀書習畫，靠舊部接濟維持生活。二十年「九一

八事變」發生，孔祥熙（庸之）於九月二十日電告馮云：
「吾兄僻居晉省，或囿見聞，用特電陳，願聞遵〔尊〕
教。」馮乃又伺機而動，於九月二十三日發出「復孔庸之先
生並告全國國民之梗電」，責蔣「窮兵黷武、媚外誤國和執
行不抵抗主義之罪行。」謂：「此時欲謀救亡，唯有介石即
日通電認罪，即行停職，聽候國民公判，始能統一革命力
量，一致對外……事急矣！請與介石圖之。」（《馮玉祥選
集》，中卷，頁 649-651。）上海舉行寧粵和平統一會議時，馮
又於十月二十一日發表馬電，對時局提出其主張。和議成
功，蔣於十二月十五日下野，辭去國府主席兼行政院長，分
由林森、陳銘樞暫代；二十二日返奉化故里。十九日，林森
電邀閻、馮等入京參加四屆一中全會，馮於二十二日到太
原，與閻錫山會商，二十六日自太原南下，二十九日晨抵南
京，旋至中央黨部參加全會閉幕式，並發表演說云：「玉祥
自己是混帳，蔣先生有其長處，有其短處。在徐結金蘭時，
謂海枯石爛，此志不渝，結果竟自打起來，致成今日之
局……。」（存萃學社編集《一九二七～一九三四年的反蔣戰爭》下
冊，頁 549。）三十日赴滬視汪兆銘疾。又派代表楊某，隨陳
果夫、俞飛鵬乘輪赴甬，攜親筆信勸蔣入京。繼派熊斌於二
十一年一月四日赴奉化先容，可否與蔣一晤。馮竭力拉蔣、
汪、胡入京，共維大局。（《國聞週報》，九卷三期，〈一週間國
內外大事述評〉，頁 5。）一月十二日，馮再分電蔣、胡、汪，
促早日來京，精誠團結，造成一強有力的統一政府，共同對
外，以挽危亡之局勢。蔣之去職，馮本亦為壓迫之一人。但

蔣下野後，主政者本身無力維持政府威信，因有請蔣復職之
呼籲。馮亦感到蔣之下野，不利於團結禦侮，於一月二日到
黃郭家拜年時對黃說：「都是您老不在京之故，您如在京，
蔣先生有誤會，可代解釋幾句，我馮玉祥不對，您亦可責
備，何致雙方被人挑撥，釀成內戰，耗此國力，以致無法應
敵！」馮要到奉化看蔣，蔣的哥哥介卿代復電，謂兄弟遊山
出門。（沈亦雲著《亦雲回憶》，下冊，頁 433。民國五十七年四月，
傳記文學出版社初版。）

郭春濤（1895-1950），湖南鄙縣人。畢業於北京大學，後赴
法國留學。早年參加五四運動，曾任中國國民黨中央政治會
議秘書處秘書。民國十五年一月，當選為國民黨第二屆候補
中央監察委員。十六年六月，指定為中央政治委員會開封分
會委員。二十年十二月，當選為國民黨第四屆候補中央監察
委員，並任國民黨中央黨部民眾運動指導委員會委員。二十
一年一月，任國民政府實業部政務次長。

陳銘樞（1889-1965），字真如，廣東合浦人。畢業於保定軍
校第二期。民國九年九月，任桂軍第二軍林虎部營長。十三
年，任粵軍第一旅旅長。十四年七月，任國民革命軍第四軍
第十師師長，後以功升任第十一軍軍長兼武漢衛戍司令。十
七年十一月，繼李濟琛任廣東省政府主席。二十年五月，寧
粵分裂，因未附和廣州非常會議，被迫卸去省主席職務。十
月，任寧粵上海和平會議南京五代表之一；十一月，任京滬
衛戍司令長官；十二月，蔣主席辭本兼各職，由銘樞代理行
政院長兼交通部長。二十一年一月，孫科繼任行政院長，銘

樞任副院長兼交通部長。

薛篤弼（1892-1973），字子良，山西解縣人。山西法政學校
畢業。宣統三年，加入同盟會。民國三年，任陸軍第十六混
成旅（旅長馮玉祥）秘書長兼軍法處長。十年隨馮部調駐陝
西，先後任咸陽、長安縣長。十二年一月，署司法次長；五
月，暫行兼代國務院秘書長；十三年九月，任內務次長。十
四年十月，調任甘肅省長。十六年，任河南省政府財政廳長
（馮玉祥兼省主席）。十七年二月，任內政部長；十月，任衛
生部長；二十年十二月，當選國民政府委員。

汪兆銘、蔣中正、馮玉祥聯名促閻錫山與張學良入京共商國事
儉電（民國二十一年一月二十八日）

北平綏靖公署張漢卿先生勛鑒，太原轉閻百川先生勛鑒：國難
日深，關於黨政各種根本問題，亟待解決，弟等受各同志之敦促，
已相率入都參加會議，深盼大駕賁臨，俾得遇事共同商榷，特電奉
懇，無任欽遲。何時啟程，盼賜覆是禱。汪兆銘、馮玉祥、蔣中
正。儉。

（民國二十一年一月三十一日，《申報》。）

【註】二十一年一月二十六日，馮「在孔〔祥熙〕宅同介石先生談
話，痛敘往事，各自深為愧悔。介石似有真悔之意，我為國
家計，仍當與之合好如初，共赴國難。但其主要條件是：
一、彼此承認過失，糾正錯誤。二、開誠布公，相互勉勵。
三、精誠團結，為國努力。我曾告介石先生以下八事，實為
當前急務：一、派人去香港請胡〔漢民〕晉京。二、請閻〔錫

山〕。三、約張〔學良〕。四、約李、李、李三先生〔可能是李宗仁、李濟琛、李烈鈞〕。五、真誠請教汪〔兆銘〕先生。六、確定救國計劃。七、聘請中外專門人才。八、各人本著計劃分工合作，切實推行。以上八事，如能徹底辦到，國事自會有望。介石先生亦同意我的說法。」（《馮玉祥日記》，第三冊，頁 568。）二十八日與汪、蔣聯名致張之儉電，據馮於三十一日自開封車站致閻錫山急電云：「在京時曾與介石一談，以為必先團結一致，方足以禦外侮而救國難，於是有電請吾弟來京之議。介石亦深以然，故有介石、精衛與兄聯名之電，諒早鑒及。」（《馮玉祥選集》，中卷，頁 709。）

附蔣中正委員致劉峙主席、陳繼承軍長電（民國二十一年一月三十日）

開封劉主席、洛陽陳軍長武鳴勛鑒：林〔森〕主席、汪〔兆銘〕院長、朱〔培德〕總長、馮煥章先生等今日由京來豫，望即在洛陽、鄭州處迅速豫備行營，並先墊五萬元為設備費。中正。卅戌。

（錄自總統府機要檔案）

（秦孝儀主編《中華民國重要史料初編——對日抗戰時期》緒編（一），中國國民黨中央黨史會，民國七十年九月初版，頁 437。）

【註】一月二十八日滬戰爆發。二十九日，即決定國民政府遷洛陽辦公。馮於三十日動身，《馮玉祥日記》云：「中央各部、院人員，已於今日完全渡江北遷，準備與日軍大戰。午後五時，在勵志社同任潮〔李濟琛〕先生、溥泉〔張繼〕先生、益之〔朱培德〕先生、〔羅〕文榦先生等一齊出發，到海軍醫院

碼頭渡江。大家的情緒都是很緊張的。……渡江登車，便睡
臥休息。八點半開車。」（第三冊，頁 570-571。）故蔣電河南
省主席劉峙預備行營。三十一晚，馮等抵開封。

劉峙（1892-1971），字經扶，江西廬陵人。民國五年，保定
陸軍官校第二期步兵科畢業。十三年六月，任黃埔陸軍官校
教官。十四年起，參加東征、北伐諸役。十九年四月，任第
二軍團總指揮；十月七日，任河南省政府主席。二十年一
月，兼任陸海空軍總司令開封行營主任；十一月，改任特派
駐豫綏靖公署主任。

陳繼承（1893-1971），字武鳴、武民，江蘇靖江人。民國五
年，保定陸軍官校第二期步兵科畢業。十三年六月，任黃埔
陸軍官校戰術教官。十八年九月，任暫編第三師師長。二十
年七月，參加討伐石友三之役，後升任第一軍軍長。二十一
年二月，兼任洛陽衛戍司令部司令。

林森、汪兆銘、蔣中正、馮玉祥等勉全國將士相與效命疆場電

（民國二十一年二月十六日）

自國民革命軍成立以來，我武裝同志，奮其忠勇，以完成中華
民國之統一。不幸國內建設，尚未就緒，而外侮洊至。現在國家存
亡，間不容髮，舍屈服於強鄰暴日之下，喪失主權，自辱辱國，則
惟有出於積極抵抗之一途。望我全體武裝同志，念先烈之締造艱
難，哀生民之罹於塗炭，以大無畏之精神，作長期間之奮鬥，以戢
暴力，而申正義，保國家之人格，為民族爭生存，在此一舉矣。數
年以來，我武裝同志，因意見參差，所起糾紛，已為精誠團結共赴

國難之一念蕩滌無餘。自此以後，生者相與戮力於疆場，即死者亦必含笑於九泉，以觀吾輩最後之成功也。謹布腹心。其共勉之。

（民國二十一年二月十八日，《申報》。）

【註】二十一年二月十五日《馮玉祥日記》：「有蔣先生之急電，約我去浦口會議也。」（第三冊，頁580。）時馮適染白喉病，未去浦口。蔣約其前往，可能即商共同署名此電事。

馮玉祥為赴泰山養病致蔣中正、汪兆銘電（民國二十一年三月二十三日）

略謂：「此間旬日大風，氣候乾燥，弟所患痰疾、咳喘之症，因時會不佳，殊難見效，擬即前往泰山安心靜養。該處空氣清新，當可有益微恙也。特電奉聞。」

（民國二十一年三月二十五日《中央日報》，第二版。）

【註】二十年十二月二十八日，四屆一中全會通過改組國民政府等案，選任超然派的林森為國府主席，西南派的孫科為行政院長。馮則被任為國府委員，又於二十一年一月十三日任中央政治會議特務委員會委員，負責處理緊要政務。他對汪兆銘、孫科等寄予厚望，可是他即時動員武力抗日等主張，並未受到重視。他在二十一年一月十七日對李濟琛、孫科說：「如國家有辦法，大家真心救國，精誠團結，即繼續幹下去，不然，我決離開南京。」（馮日記）十八日告訴薛篤弼：「蔣與汪合作，我即與蔣合作，如不要汪，只是拉我，我不去也。」（馮日記）由於未能掌握軍權，乃漸生不滿。他在一月十九日日記中云：「他們要我去爭權奪利，而阻撓

我去為國為民，並不許我帶兵，這多麼有意思呵！」二十一日，蔣中正、汪兆銘經中央及全國一致敦促，入京共赴國難，商決新政府大政方針。孫科於一月二十五日辭行政院長，由汪兆銘於二十八日繼任。蔣、汪展開合作，馮感到受冷落，在二十二日日記云：「我已看明白南京決作不成一件好事。我應當走開，然走向那裡去呢？真是一腔熱血無處可灑也。」他認為汪已是「利令智昏」了，「我打算離開南京，不與他們為伍。」（二十五日日記）至於孫的辭職，他認為「純係同蔣意見不合。蔣則對外不戰，對內用武力統一；汪則不能獨主，依粵則彼此不協，依北方則不成功，故只有依蔣之一途，所以處處均以蔣之意旨為意旨，而自己原來之國民救國會議及民主政治的主張，已閉口不談矣；胡則仍堅持打倒獨裁，並分化蔣之實力，同時，主張懲張〔學良〕；孫之意見近於胡，且謀獨樹一幟。可是國家的外交、財政均為蔣所操縱，似乎分裂之局必成，國家民族前途，實不堪設想。」（二十七日日記）滬戰爆發後，他於二月七日「發電給蔣先生，為援救上海事也。」（馮日記，該電未見）而自己則無權調動部隊，曾在二月十三日日記中云：「我想應當給他們打一個電報，說明我的三個主要意思：第一，我是主張抗日的，我是軍人，我應當多帶一點敢死的軍隊，到前方去打仗殺敵。如恐怕我帶舊部不妥，即其他任何軍隊都行。第二，我身居軍委常務委員的地位，調不動任何部隊，真是比坐監牢還不如呢！這樣的有職無權，怎麼能派遣軍隊上前方援助十九路軍呢？第三，如第一項不允，我所有一切職務，

全都辭去，仍作平民。如果允我，我雖有病，亦願抬櫬前方，指揮作戰，遂我抗敵救國之志，以抒此心中不平之氣也。」中央政治會議於一月二十九日任蔣、馮、閻、張學良為軍事委員，二月六日成立軍事委員會。三月五日，獲知在洛陽舉行之四屆二中全會通過任蔣為軍委會委員長後寫道：「國家之不幸，至於此極！」認為洛會的召開而獨裁復活。三月七日，對李濟琛、方振武說：「大局不幸如此，我既愧且恨：愧自己無力及時挽回；恨今日反革命分子何如是之多！」當天，二中全會甫閉幕，即離洛陽，東去徐州。其不滿已溢於言表。三月九日又在日記中寫道：「他們先是不抵抗，後又變為抵抗；今則借抵抗之名，而行取得兵權之實，遂借此而大招軍隊，大購軍械，大借外款；事事俱備之後，乃對日簽賣國條約，……如此作法，不亡國不止。」蔣、馮在抗日策略上，顯然未能達成協議。馮認為「自私自利的人們都跑上舞臺了」。有人勸他早日離開，「另圖救國之計」。遂在備受冷落與失望的心情下，於三月二十三日晚十時離徐州，乘車赴泰山，並分電蔣、汪、及韓復榘。二十四日到泰山，住普照寺，恢復讀書生活；惟仍念念不忘其反蔣之工作。（《馮玉祥日記》，第三冊，頁562-592。）

民國二十二年（1933）

馮玉祥致蔣中正電稿（民國二十二年三月十二日於張垣）

　　石家莊蔣委員長介石弟勛鑒：〔黃〕少谷返張〔家口〕，奉覆書，如親雅度。協和〔李烈鈞〕枉顧，益悉其詳。國危如斯，吾人惟有竭其力之所能，共謀挽救。吾弟能北來，藉示抗日之旨，欣慰莫名。惟望早運巨擘，收復失地。祥在抗日劇戰中，深願鞠躬盡瘁，以赴難也。專此奉覆，並候明教。小兄馮玉祥。文。

（馮玉祥著：《馮玉祥選集》，下卷，頁38。）

【註】馮於二十一年三月二十四日抵泰山後，名為養病及讀書，實係待機再起。據其四月十日日記云：「鄧仲芝先生從濟南回，為談韓復榘云：非幹不可，已無路可走，擬聯合西北同人擁馮云。我告以我不須要那個擁戴，我自己幹自己的。」（《馮玉祥日記》，第三冊，頁 607。）九月二十四日，在致西南政務委員會電中，歷數蔣禍國殃民罪狀後說：「一切個人間之恩怨得失，可以不記。惟是決不可以誤國禍國之獨夫，長久當國！……今日之事，必須……力促蔣氏即日自動下野，實現全黨全國大團結，同德同心，一致對外。」（《馮玉祥選集》，中卷，頁 672-673。）其「支持抗日乃為反蔣」之意，至為明顯。（參李雲漢〈馮玉祥察省抗日事件始末〉，載《中央研究院近代史研究所集刊》第二期，頁 297-312。民國六十年六月。）十月七日，馮於晨五時離泰山，經濟南、天津、南口，於九日到張

家口，住博愛醫院內，其舊部時任察哈爾省主席之宋哲元來迎。二十二年一月五日，日軍攻陷山海關（榆關），華北危急，馮頻與滬、粵之鄒魯、程潛、徐謙、李烈鈞等電商籌款、號召抗日，及武力收復失地事。一月二十一日，孫科電馮稱，蔣敦請他入京。他於二十二日復孫電云：「倘介石先生，從此決心抗日，立即興師，以未死之人心，復已失之國土，則弟之夙願也。」（《馮玉祥選集》，下卷，頁 17。）李烈鈞於一月三十日電馮曰：「南來則完全失去作用，意外之事〔指被扣〕，則更難預料，故公宜取猛虎在山姿勢，弟則相機為之。」（同上書，頁 24。）馮即號召其舊部方振武、吉鴻昌等部赴察待命。政府方面，認定抗日禦侮應在整個國策下進行，因此促馮早日入京，共策進行。三月五日，黃少谷送到蔣致馮函，約去南京。三月十日，李烈鈞到張家口，他勸馮南行。李於十三日自張垣赴保定見蔣，馮抱定「他不真抵抗我是不去的，不見他的。」乃於十二日復蔣電，表明個人態度。

蔣委員長致馮委員電（民國二十二年三月十八日）

張家口馮委員煥章吾兄勛鑒：馬伯援兄本日來張面談，兄如能抽暇與其來保面敘，是所企盼。中正叩。二十二年三月十八日。

（國史館藏：《蔣中正總統檔案·籌筆檔·統一時期》，第六○七二號。）

【註】蔣於三月六日自漢口北上保定，指揮抗日軍事。十八日託馮之老友馬伯援赴張垣，促馮至保定會商。二十日《馮玉祥日記》云：「馬伯援來談數事：一、胡展堂、陳中孚如何的不

對。二、中國打不過日本。三、朱子橋〔慶瀾〕先生說的他
願與我共同抗日。四、蔣約我去，可以見面談談。五、湖北
的政治腐敗。六、軍隊只知百般籌款。」（第四冊，頁 46-
47。）

馮玉祥致蔣委員長函（民國二十二年三月二十二日）

　　介石仁弟道鑒：昨承電約，並請馬伯援同志來張，厚意殷殷，
感念之至。國危至此，惟有赤誠團結，共謀救濟。祥與弟臺共患
難，共生死，以完成北伐，個人之情誼猶昔，縱有時主張稍異，然
實為創造新國家而發生者也。今者國難日亟，而敵尤進攻不止，此
誠最大危難之時，非力圖自衛，拚命抵抗，不能以救滅亡。茲有數
事，為弟陳之：㈠邇來妥協之謠，遍於海內，此固為敵方所造，然
吾非靠闢謠之方，須以事實為反證，則其謠自息。㈡迅發精銳部
隊，從各方齊發，不致抵抗僅限於一隅，尤盼吾弟親率十萬，收復
失地，祥當竭全力為臂助也。㈢前方各軍，與敵苦戰，餉項械彈，
均極缺乏，請設法補充之。㈣抗日軍隊及義軍死傷甚烈，請設法撫
卹之，補充之。㈤政治為一切根本，尤望政府刷新，與民更始。以
上五條，為祥所貢芻蕘，希採擇之。不盡之意，請〔陳〕希文同志
面達，如小兄馮玉祥啟。

（存萃學社編集，《一九二七～一九三四年的反蔣戰爭》，下冊，頁 584。香港：
大東圖書公司印行，1978 年 7 月第一版。）

【註】該函日期失載，據三月二十一日《馮玉祥日記》云：「馬伯
　　　援先生明早南去，我寫信請高告陳希文先生，代我到保定去
　　　見蔣，談我的意見六〔五〕條：一、不可與日妥協。二、補

充前方餉械彈藥。三、撫卹傷亡。四、請蔣親率大軍出關收
地。五、政治刷新與民更始。」（第四冊，頁 47。）其參議陳
希文於二十二日偕馬伯援持此函回保定覆命，故該函應為二
十二日寫成。

馮玉祥致蔣委員長十二項建議函（民國二十二年三月三十日）

介石仁弟勛鑒：

前〔陳〕希文同志由保定歸來，得奉復示。今季寬〔黃紹竑〕、
哲民〔熊斌〕蒞止，請手教，為國勤勞，可佩可佩！祥愚，以為對
日寇之拚命抵抗，用全力早日收復失地，乃今日之惟一重要之事。
即為弟臺個人計，為國家計，為民族計，亦未有第二條路可走。然
抵抗之法，不可敵一攻，我一抗；敵不攻，我即坐等敵攻也。現在
抵抗之法，愚見如左：

一、迅速設法抽調軍隊之百分之八十，開往前方，分區集中。

二、撥軍費百分之八十，作為抗日之費用。

三、弟臺自為統率，以期事權統一。如弟臺不能前往，即請李
任潮〔濟琛〕先生統率之。此人有血性，有良心，為真誠愛國之賢
豪也，且任弟臺之參謀長多年者。

四、蔡廷鍇、蔣光鼐、戴戟三同志，勇猛善戰，富於犧牲。蔡
可率五萬人，蔣可率五萬人，戴可率三萬人，歸陳銘樞同志指揮
之，或歸弟臺指揮之，或歸任潮指揮之均可，因其有抗日之經驗
也。

五、宋哲元能拚命，孫殿英不怕死，可各帶五萬人，其部下不
足者撥給之。

六、張發奎同志赤心為國，曾努力革命，久為弟臺所深知。為民族存在計，請弟臺真正不念已往，即撥發四萬兵，歸其指揮，定能於收復失地有極大之作用也。

七、胡毓琨為東北豪傑，誠正人君子一流，如能撥五萬兵歸其指揮，定能效命桑梓也。

八、蔣百里〔方震〕、黃膺白〔郛〕二先生，不但軍學深邃，且有謀國遠見，如請其參與抗日之計畫，定有極大之蠱謀也。

九、馬相伯〔良〕、朱子橋〔慶瀾〕、薩鎮冰、王鐵珊〔瑚〕、黃任之〔炎培〕、張仲仁〔一麐〕諸先生，皆富於愛國愛民之心，而行為端正，信實不欺之偉大人物。若設法請到一起，請其指示救國救民之方，必有光明正大解除人民痛苦之真法也。

十、大赦政治犯，即日實行言論、集會、結社之自由，以期怨氣可伸，不平之氣可鳴。

十一、胡漢民、汪精衛〔兆銘〕、于右任、居覺生〔正〕、孫哲生〔科〕、李協和〔烈鈞〕諸同志，各有一種硬骨，各有一種俠風，不但學識高遠，而愛國救民之心更富。請每日抽二個鐘頭與之長談詳議，定於國事有極大補助；惟不可廢時間，少說官話也。

十二、國事壞到如此地步，當然許多朋友都不能辭其咎；然弟臺與祥，又不能不擔任幾分也。今日之不諱惡，更能認罪，對全國同胞承認過失，不為不光明之丈夫，尤希望弟臺倡之。

上述十二條，為祥對於弟臺剖心瀝膽之言。因弟臺之誠懇下問，祥有所知，亦不敢不貢芻蕘也。實踐實作，實行實施，為一切成功之本；以往之宣言不為少，條規亦不為不多，然無一事不是缺乏實行耳。尤望弟臺三致意焉。祥悚於亡國，掬誠上言，餘請黃

〔紹竑〕、熊〔斌〕二同志面達。南天在望，不盡依依。此請為國珍重。

如小兄馮玉祥　拜啟　二二、三、三十

（《國聞週報》第十卷，第十四期，〈一週間國內外大事述評〉，頁 4-6。民國二十二年四月十日出版。）

【註】蔣認為只要馮晉京懇商，諸事皆可解決。故於三月二十六日
離保定回京前，再派黃紹竑（季寬）、熊斌（哲民）攜函赴張
垣謁馮，敦促入京。據馮日記：三月二十四日「孫哲生來
電，約我往保定，我不去。」三月二十六日「蔣派黃、熊二
位來，張先來電報，問可否來，我復可。」三月二十九日
「黃、熊二位來，為勸我南去。……同黃長談。黃先生頗能
說。後來我說，蔣若不認識過去之罪，痛改前非，與民更
始，誰敢往南京去？南京如狗臭糞，誰都不肯去踏呀。後來
說到如李任潮到南京去，我將亦可以去的。黃說政治不良由
於無政治人才，又說國家是大家誤了。」四月一日「黃季寬
先生、譚慶林、胡捷三、門炳岳、陶鈞同往北平，我到車站
送之。」四月五日「黃少谷來談如何辦，並及黃季寬、熊哲
民回北平說的話。」（《馮玉祥日記》，第四冊，頁 48-55。）
黃、熊於四月四日入京覆命，並帶回馮之復函。馮在函中仍
堅持「對日寇之拚命抵抗，用全力早日收復失地，乃今日之
惟一重要之事。」並提出十二項建議。據李雲漢在〈馮玉祥
察省抗日事件始末〉一文中的分析：「馮這些表面上大言壯
語，內容上卻膚淺迂闊的建議，自然使蔣不能接受，亦不應
接受。例如江西共軍趁蔣氏北上指揮抗日軍事之際，竄擾南

昌近郊及閩邊，對南京形成新威脅，政府在此際勢不能不繼續剿共軍事，倘如馮議調百分之八十兵力北上，是無異於敗敵之前先向共軍授首。由於馮的堅持己見，不允入京，政府遂亦無法控制察哈爾的情勢，馮氏遂亦緊鑼密鼓的籌備樹旗抗日的行動。」（頁302）

附馮玉祥就任抗日同盟軍總司令職通電（民國二十二年五月二十六日）

　　各省市各報館轉全國民眾均鑒：日本帝國主義對華侵略，得寸進丈，直以滅我國家，奴我民族，為其決無變更之目的。握政府大權者，以不抵抗而棄三省，以假抵抗而失熱河；以不徹底的局部抵抗，而受挫於淞滬平津。即就此次北方戰事而言，全國陸軍用之於抗日者，不及十分之一，海空軍則根本未動。全國收入，用之於抗日者，不及二十分之一，民眾捐助尚被封鎖挪用。要之，政府殆始終無抗日決心，始絡未嘗制定並實行整個作戰計劃。且因部隊待遇不平，飢軍實難作戰。中間雖有幾部忠勇衛國武士自動奮戰，獲得一時局部的勝利，終以後援不繼而挫折。邇者，長城全線不守，敵軍迫攻平津，公言將取張垣，不但冀察垂危，黃河以北，悉將不保。當局不作整軍反攻之圖，轉為妥協苟安之計，方以忍辱負重自欺，以安定人心欺人。前此前敵抗日將士所流之血，後方民眾為抗日所流之汗，俱將成毫無價值之犧牲。一時之苟安難期，他日之禍害愈深，國亡種奴，危機迫切。玉祥僻居張垣，數月以來，平、津、滬、粵，及各省市民眾團體，信使頻至，文電星馳，責以大義，勉以抗日。玉祥深念禦侮救國，為每一民眾所共有之自由，及

應盡之神聖義務。自審才短力微，不敢避死偷生。謹依各地民眾之責望，於民國二十二年五月二十六日，以民眾一分子之資格，在察省前線，出任民眾抗日同盟軍總司令。率領志同道合之戰士及民眾，結成抗日戰線，武裝保衛察省，進而收復失地，爭取中國之獨立自由。有一分力量，盡一分力量；有十分力量，盡十分力量；大義所在，死而後已。凡真正抗日者，國民之友，亦吾之友；凡不抗日或假抗日者，國民之敵，亦吾之敵。所望全國民眾，一致奮起，共驅強寇，保障民族生存，恢復領土完整。謹布腹心，敬祈賜予指導及援助。馮玉祥叩。宥。印。

（《馮玉祥選集》，下卷，頁 53-54。）

【註】在日本大舉侵華之際，高喊抗日，最能引起一般民眾之同情及敬佩；批評政府不抗日，也最能引起共鳴。自二十年十月起，馮之言行，莫不以抗日、反蔣為其中心鵠的。二十一年十月自泰山移居張垣後，更是積極籌款，添置軍備，聯絡西南、上海對蔣不滿之人士，動員舊部、義勇軍及雜牌軍隊等，擬獨樹一幟，以抗日為號召。馮於二十二年四月四日致胡漢民密電云：「協和〔李烈鈞〕表示：若吾輩另有具體辦法，固可自動進行；若辦法尚未確有把握之時，可屈與委蛇，以減少阻礙，而便工作進行。……我方仍照原定計劃，努力準備團結北方，全力抗日。甚盼先生促進西南能與北方一致動作，抗日之師，早日出發。」（《馮玉祥選集》，下卷，頁 51。）就在四月間，北平、上海、天津等地許多團體，及社會知名之士紛紛電馮出山，領導抗日。馮於五月八日在《大公報》發表〈復全國各民眾團體函〉，謂決心「與敵一

拼死活，不達山河回復，誓不罷休。」（同上書，頁52。）五月二十六日，察哈爾民眾抗日同盟軍在張家口成立，馮自任總司令，設總部於新村農校，即通電就職。他在察組軍，本以抗日守土為號召，但在通電中，痛斥「握政府大權者」的語氣，卻強於抗日的呼籲。其五月二十七日日記「就職詩」末兩句為：「就職就職，為與日本帝國主義死拼而就職。不為別的事，有之則為除國賊。」（《馮玉祥日記》，第四冊，頁84。）其抗日係為反蔣之心，表露無遺。政府對其在察之行動，自始即持反對態度。緣抗日禦侮應在整個國防計劃下進行，在條件、時機未成熟前，局部抗日不僅無助於國土的保全，且適足以構成日軍擴大侵華之口實。再者，馮趁察省主席宋哲元出征抗日之際，撤換察省官員，復於正規國防建制下擅立同盟軍，名為抗日，實係割據。故政府領袖們迭次勸馮入京，勿自招分裂。經多次調停，終因馮之態度變化不定，難獲協議。

馮玉祥致蔣委員長等報告克復多倫電（民國二十二年七月十二日）

南昌蔣委員長，南京汪〔兆銘〕院長，北平何〔應欽〕委員長，黃〔郛〕委員長勛鑒：頃接前方捷電，我軍自陽〔七日〕午圍攻多倫以來，血戰五晝夜，官兵死亡者千六百餘人，茲已於文〔十二日〕晨，克復多倫，敵人向東潰竄等語。祥久疏戎馬，伏處山林，前袛以東北淪亡，濼熱繼陷，多沽為四省之續，平津訂城下之盟，一時為血性所驅，民眾所迫，不得不奮然而起，振臂一呼，以武裝保衛察區，收復失地自任。惟自上月號〔二十日〕晨出發以來，官兵食

不果腹，衣不蔽體，陰雨則鞍馬盡濕，昏夜則席地幕天。且際茲酷暑氣候，多有著皮衣皮帽以殺賊者，酸辛慘苦，困難萬分。茲幸托全國民眾之助，總理在天之靈，雖以飢寒疲敝之師，挾腐銹窳殘之械，而氣凌霄漢，志雪國仇，旬日之間，收復康保、寶昌、沽源等地，今又繼續收復多倫。察省地區，可告完整。惟保察之任務雖盡，而東北四省之失地未收，瞻望河山，猶深慘慟。公等執國家大政，掌百萬雄師，兵械之精，何啻霄壤；餉糈之富，更不待言。如蒙慨念東北同胞亡國之痛，廢停戰協定之約，興收復四省之師，則祥雖庸愚，敢辭鞭鐙？否則，惟有自率此十萬飢疲之士，進而為規復四省之謀。一息尚存，此志不懈，成敗利鈍，之死靡他。謹電奉聞，諸惟亮察。馮玉祥叩。文（十二日）申。

（《馮玉祥選集》，下卷，頁75。）

【註】同盟軍收復多倫後，各地民眾極為振奮，紛紛函電慰勉。馮以民間輿論對他有利，調停工作更無法進行。惟多倫的收復，引起日軍的抗議，謂違反塘沽協定精神。馮在告捷電中，請政府取消塘沽協定，否則渠將自率十萬飢疲之士，進而規復東北四省。北平軍分會為迅謀解決察事，以免日軍藉口侵察，乃加強軍事壓力，派察省剿匪總司令龐炳勳率部赴察，並令馮取消抗日名義，戰事有一觸即發之勢。

蔣委員長與行政院長汪兆銘在牯嶺對時局發表通電，揭示馮玉祥在察省一切舉動之四項原則（民國二十二年七月二十八日）

各省市黨部、各軍政機關團體均鑒：

今日救國方策，治本莫要於充實國力。民力不充，農村破產，

工業幼稚，故商業無形凋敝，舍發達國民之生產力，則別無充實國力之道。而匪氛肆虐，患在腹心，赤餤充塞，人淪禽獸，若不剿除，不特人民無安居樂業可言，即一切計畫，均受牽掣，乃至捍邊固圉，禦侮自衛，亦皆不能為有效之實施。中央憂慮於此，故集合各軍，悉力進剿，務期於最短期間，清除匪禍，拯救人民。同時注重整飭吏治，申明軍紀，使人民生命財產得所保障，並確定以棉麥借款充農業工業建設之用，決不以增加軍費。凡此本標兼治，實為今日救亡圖存不易之方針。蓋國難至此，中餒者固自棄，輕心以赴者亦徒以益禍。惟有一面盡其在我，一面確立國家生存之最低限度。凡迭次所宣示不簽訂割讓或承認之協約，必堅守弗渝。倘逾此限度，雖任何犧牲，亦所不惜。至於國際正義之同情，固吾人所接受，經濟及技術之援助，亦吾人所需求。惟此乃為國家自存自立之助，絕非引用外力，損及主權；亦非憑藉外資，以為經營之用；尤非藉以縱橫捭闔，重貽東亞及世界之糾紛。吾人深信國內和平，國際安定，為建國過程中最需要之環境，當以全力謀其實現，此可剴切為中外告者也。

今日之中國，外患共禍，交相煎迫，舍全國人士精誠團結，一致努力，無以挽救。內部既有問題，惟當屏除意氣，認清事理，以求解決。對內用兵之說，非惟不忍言，亦不忍聞。數月以來，察省糾紛即其一例。中央對於馮委員玉祥在察一切舉動，深為國危懼；然馮委員能接受以下諸原則：

㈠勿擅立各種軍政名義，致使察省脫離中央，妨害統一政令，浸假成為第二傀儡政府；

㈡勿妨害中央邊防計畫，致外強中乾，淪察省為熱河之續；

　　㈢勿濫收散軍土匪，重勞民力負擔，且為地方秩序之患；

　　㈣勿引用共匪頭目，煽揚赤燄，貽華北以無窮之禍。

以上諸端，中央認為不僅關係察省存亡，且關係全國安危，萬不能因循遷就。如馮委員果能深體黨國艱危，民生凋敝，自當接受此原則，中央亦必開誠相與，極願共負艱鉅，始終維護也。要之，今日國難之嚴重如此，共禍之猖獗又如此。吾人惟有忍辱負重，努力和平，實現救亡圖存之根本方策。任何方面，皆不宜橫生枝節，危及根本。中央同人以此自勖，唯國人共鑒之。汪兆銘、蔣中正。儉（二十八）。

（《國聞週報》第十卷，第三十一期，〈一週間國內外大事述評〉，頁 4，民國二十二年八月七日出版。）

【註】　龐炳勳部入察後，廣州西南政務委員會、留滬中委程潛、李
　　　　烈鈞等多人紛紛致電中央詰責，請停止對察軍事行動。七月
　　　　二十五至二十七日，蔣在廬山召集軍事會議，對察事決定謀
　　　　求和平解決。二十八日，蔣、汪聯名發表儉電，除否認對內
　　　　用兵之說外，並提出四項條件要馮接受。

馮玉祥通電拒絕接受汪兆銘與蔣委員長勸告（民國二十二年七月三十一日）

　　各省市、各報館轉全國民眾鈞鑒：頃接讀汪精衛、蔣介石兩先生儉〔二十八〕日通電，不知兩先生愛祥如此其切，祥雖不敏，敢不敬從。顧祥生性戇率，終有不得不為國人告者。自民元以迄今日，國人之苦內戰也久矣。乃者倭寇西侵，國土日蹙，熱河為東邊之續，平津訂城下之盟，此何等時，此何等事，稍具人心，豈復容

意氣用事，而置我國家民族於不顧者。祥悲憤填膺，舉義邊塞，特無對內作戰之心，抑亦斷無愛國而反以禍國之理。故自上月號〔二十〕日出師以來，諸將士壯懷奇節，奮不顧身，旬日以內，克康保，克寶昌，克沽源，而多倫血戰五晝夜。不惟河山已復，正義已昭，即祥槍口決不對內之宣言，亦已成為事實上之鐵證。方謂伏屍流血，事且見信於國人，而國土重光，又何為不可見諒於政府。乃纔決東征之議，旋來北進之師，電掣風馳，邊庭鼎沸，近日愈迫愈緊矣！勝雖不足言功，但勝亦何至獲罪？此固君主國家之所不可見者，不圖竟於我國民革命之政府見之，此真千古奇聞，亦一人類變局也。謂祥為抗命，則祥之所為，與政府所標榜之長期抵抗，或一面交涉，一面抵抗者，果何以異？謂為割據，則不徒祥歡迎宋哲元回主察政文電，盈篋累箱，即察省貧瘠荒陬，亦斷非可以怡然自足之地。且我軍多倫戰役，官兵之受傷及屍裂於日偽炸彈者，千六七百人，而政府不惟禁運傷兵，抹煞事實，且緩則誣之以赤化，急則迫之以兵威。縱祥有罪，而諸為國受傷義士，抑又何辜？世有此人，人有此見，國之不亡，亦遲早間事耳。吾人抗日，誠為有罪，而克復多倫，則尤罪在不赦。祥知罪矣。亦既知居今日而言愛國，不自量矣！顧念國難之嚴重如此，而豆萁之煎迫之復如此，雖當局自鳴得意，但不審倭賊之視我民眾，作何感想。而歐美民眾之視我國家，視我民族，則又作何感想耳。摘三摘四，民命已艱，骨肉相戕，雖勝不武。祥屢次宣言，一則抗日到底，一則槍口不對內。如中央嚴禁抗日，抗日即無異於反抗政府，則不但軍事可以收束，即科我以應得之罪，亦所甘心。至謂中央政權因察省而分裂，祥殊不解中央何以不使宋哲元回察，而必欲以武力消滅此抗日軍隊也。祥

自興師抗日，迄今已六十七日矣，究竟赤化察省與否，與確保察東失地與否，事實俱在，容有見諒於國人者。敬佈區區，唯希亮照。馮玉祥叩。世。印。七月三十一日。

（《馮玉祥選集》，下卷，頁98-99。）

【註】馮於七月三十一日在致秦德純等電中，談及蔣、汪儉電云：「當此國難嚴重之下，自相殘殺，所不忍為。決自即日起，收束軍事，並盼轉知前途〔指宋哲元〕，即來接管察政可也。」（《馮玉祥選集》，下卷，頁97。）同日下午召集師長以上將領講話時，又抱一線希望，謂：「一、西南政府不久將成立，二十六日來電謂，現正聯絡晉閻、魯韓、青孫及其他華北將領一致反蔣，並一致施用有效方法制止南京對察用兵。二、汪、蔣昨日電報，希余以四事……我們決不置辯。」（《馮玉祥日記》，第四冊，頁136。）至八月八日在軍委會之報告，即虛心檢討，坦承：「市民皆有誹言於我，保國已成禍國，衛民已成殃民。」又因械缺彈乏，也無軍餉，「故須暫作和平」。又云：「西南成立政府，出兵討賊，為我最期望而亦最為指望者。自吾等樹旗抗日迄今已逾月餘，但終見其文電卒未見成任何成效。此吾依靠失望，自應更作打算。」對西南之口惠而實不至，已透露出不滿；在軍隊方面，也承認「我等軍隊過於雜亂，亦太渙散，無人成師，官多於兵，空頭機關林立於各大市鎮，招搖撞騙，無惡不作。拉夫誤農，為害實非淺鮮。」認為「迎宋返察，公私俱宜。察省本為宋地，吾等取而代之，致失察東四縣。今四縣收復，還政於宋……我等械窳彈缺，如不迎宋返察以增實力，

將何以禦敵為？」（《馮玉祥日記》，第四冊，頁 148-149。）八月三日，軍分會代委員長何應欽請示中央後發表談話，謂馮派人前來表示，對儉電四項意見可以接受，而世電則言詞激烈，絕無接受之表示。何再提出解決察事三項辦法：一、馮現任中央委員、國府委員、軍事委員諸職，自不能脫離中央，自立名號，收編雜軍，形同割據。故甚望將同盟軍名義取消。二、此間自始至終即主張宋哲元主席回察，政整會六月十七日成立，即日下令著宋回察，有案可稽。故甚望將張垣、宣化讓出，如此宋回任必不成問題。三、張垣、宣化一帶過渡期間之治安，可由佟麟閣暫時維持。（《國聞週報》十卷，三十一期，〈一週間國內外大事述評〉，頁 6-7。）

馮玉祥通電被迫收縮軍事（民國二十二年八月五日）

各省市、各報館、各團體、各機關，並轉全國父老兄弟姊妹均鑒：曩接汪精衛、蔣介石兩先生儉〔二十八日〕電，當於世〔三十一〕日通電誠懇答復。乃六日以來，輿論之封鎖如故，交通之封鎖如故，而軍事之壓迫亦如故。即向未參加對外禦侮之南京飛機隊，頃亦飛抵懷來，準備攻察。竊以為內戰之在今日，不惟玉祥所不願見，抑亦國人所不忍聞。連天烽火，遍地災祲，寄感慨於河山，凜危亡之國祚，正國人同舟風雨、生死相恤時也。縱無曲突徙薪之計，寧不解於揚湯止沸之非。祥愛國，決不忍以救國者而反以誤國；祥愛民，亦斷不肯以吊民者而反以殃民。曲直公之國人，是非裁諸萬世，唯憫豆萁之泣，實羞鷸蚌之爭。且如此而徒為外人造機會，特智者所不肯為，亦仁人之所不屑道。爰再作世〔三十一日〕電

表示，自即日起，完全收縮軍事，政權歸之政府，復土交諸國人。並請政府即令原任察省主席宋哲元，剋日回察，接收一切，辦理善後。否則，唯資漁人之利，徒苦吾民，祥實不忍為也。幸國人共起圖之。馮玉祥叩。歌。印。

（馮玉祥著：《馮玉祥選集》，下卷，頁 106。）

【註】八月三日《馮玉祥日記》：「楊靜波與王海門來，……余以三事囑渠等帶回與龐炳勳：一、全國上下均須開誠相見，不得有騙詐等行為。二、須宋明軒〔哲元〕先行回察，察省一切始可暫行結束。……三、抗日軍必須有相當安置，不得騙詐。」八月四日日記，馮告張允榮、余心清曰：「現察省四面楚歌，……察省經濟情況論實不足養此浩數之兵。……故抗日軍事可暫告段落，一俟吾方經濟略有著落，即再重整旗鼓。」（第四冊，頁 139-141。）八月四日，北平軍分會令宋哲元「即日馳赴沙城，接受察省政權，處理一切軍事。」宋於五日晨，偕軍委會總參議蔣伯誠、軍分會總參議熊斌、參謀長秦德純赴沙城。當日下午一時半到。馮派佟麟閣、參謀長邱斌（山寧）、孫良誠、王海門至沙城，會商解決察局辦法。宋哲元既已進入察境，馮乃發表歌（五日）電，忍痛收束軍事。宋哲元即於五日通電復職。

附馮玉祥通電將察軍政交宋哲元 （民國二十二年八月六日）

各省市、各報館轉全國民眾均鑒：此間本和平愛國之旨，曾於世〔三十一日〕、歌〔五日〕兩電，一再申紋衷曲，是非俱在，當可見諒於國人。頃原任察省主席宋哲元現已抵察，茲自本日起，即將

察省一切軍政事宜，統交由宋主席負責辦理矣。特電通告。馮玉祥
叩。麻。八月六日。

（馮玉祥著：《馮玉祥選集》，下卷，頁107。）

【註】佟麟閣等將八月五日晚與宋哲元等，在沙城總指揮部所商解
　　　決辦法，攜返張垣，徵馮同意。馮乃於六日通電交還政權。

蔣委員長、汪兆銘聯名請馮玉祥離察入京陽電（民國二十二年八月七日）

　　張家口馮煥章先生惠鑒：閱報知吾兄通電，交還察省軍政，並
催促明軒〔宋哲元〕兄回任主持，至紉公誼。惟明軒兄前次迭受平
軍分會、平政委會明令，敦促回防，迄未奉行，其濡滯之苦心，人
所共喻。今吾兄既有此廓然大公之表示，切盼剋期離察入京，共商
大計，俾明軒兄得以自由接收察省一切軍政，並自由處理。現在察
省軍隊龐雜，而日偽軍攻多倫，消息甚緊，當此千鈞一髮之際，非
當機立斷，必致僨事。吾兄明達，當不以為河漢也。掬誠奉達，佇
候裁奪。蔣中正、汪兆銘。陽。

（《國聞週報》，第十卷，第三十二期，〈一週間國內外大事述評〉，頁3，民國
二十二年八月十四日出版。）

馮玉祥復蔣中正、汪兆銘電（民國二十二年八月九日）

　　南京汪精衛先生、南昌蔣介石先生惠鑒：陽〔七日〕電承以友
誼相督責。惓惓之情，私衷至感。刻察省軍政各權，以次交替完
畢。所有總部人員，亦決於明日遣散。特比月以來，困苦難辛，牽
復舊疾。山居養靜，似較秣陵〔指南京〕為佳，稍瘥當驅〔趨〕候

也。馮玉祥叩。佳。戍。

（馮玉祥著：《馮玉祥選集》，下卷，頁 111。）

【註】八月十日，馮收縮部中工作人員，設宴送別；十一日，令各
處收拾行裝，同盟軍總部撤銷。十二日，宋哲元進駐張垣。
十四日，馮離張垣，宋伴送至黃村站作別，馮換韓復榘所派
專車南下，十五日抵濟南，接受韓之招待。十七日自濟南抵
泰安，即登山，住五賢祠西院，恢復其泰山寓公之生活，紛
擾累月之察省問題，方告結束。馮在泰山之生活費，每月由
宋哲元、韓復榘合任二萬元，常感不足；亟欲中央為之負
擔。經黃郛向蔣、汪建議允可後，於二十二年十二月二十二
日電匯二萬元，由韓轉交，惟所匯之款，「並非按月定額，
以後擬視雙方圓融之程度如何再酌。」（沈雲龍編著《黃膺白先
生年譜長編》下冊，頁 670-671。民國六十五年一月，聯經公司初版。）

民國二十三年（1934）

蔣中正、汪兆銘等八位中常委致胡漢民、馮玉祥、閻錫山等及在滬各中委電（民國二十三年一月十八日）

　　略謂：「四中全會決於二十日舉行，業經中央分別電達在案。值此外侮侵迫日甚，內憂瘡痍未復，切望我中央同人，共集首都，計議新猷，俾國基得固，民族昭蘇，是所至禱。」

（民國二十三年一月十九日《南京中央日報》。）

【註】在京之中央常務委員，以閩變雖告一段落，而外侮內患，在在堪虞，非集中群力，共策進行，不足以當大事。爰由蔣中正、汪兆銘、陳果夫、居正、孫科、于右任、顧孟餘、葉楚傖諸常委致電胡漢民、馮玉祥、閻錫山、趙戴文、劉守中及在滬各中委，請入京出席四中全會。馮時居泰山，對此電未予回應。

民國二十四年（1935）

蔣委員長致馮玉祥皓電（民國二十四年十月十九日）

泰安探交馮委員煥章吾兄鈞鑒：

密。比來尊體如何，遙維康吉為頌。中央第六次全體會議舉行在即，黨國要計，均待商討，甚盼大駕早日惠蒞首都，共商一切。謹電速駕，不勝禱企！弟中正叩。皓。侍。密。京。

（《蔣馮書簡》，頁1。）

【註】國民黨四屆六中全會訂於民國二十四年十一月一日開幕。十月二十一日《馮玉祥日記》云：「蔣於十九日發電來請我到南京去會議。我以國事危險如此，不論如何，我應走一趟，把我要說的話全說了，至於我個人之危險與否，應不問他。」（第四冊，頁628。）

馮玉祥復蔣委員長梗電（民國二十四年十月二十三日）

急。南京軍事委員會蔣委員長介石吾弟鈞鑒：

密。皓〔十九日〕電奉悉。年來吾弟席不暇暖，為國賢勞，至深敬佩。此次西蜀歸來，承念及山中人，馳電垂問，義重情殷，尤深感激。國事至此，慘過於印度，恥甚於高麗，如不急謀補救，來日大難，實有不忍言及者。茲將一得之愚，掬誠敬告如下：關於黨務者：一、開放黨禁。凡能共同救國，無論個人或團體，應一律包容，以期集中力量，挽救危機。此條不論如何說法，非誠不能動

人，非誠不能感人。二、解放言論。欲使人人能擔負救亡責任，必使人人有發表意見機會，然後始能集眾思，廣眾益，共謀國是。三、真正團結。消極方面，凡同志間以往有意見隔閡，應竭力化除，完全消釋。積極方面，邀請展堂〔胡漢民〕北來，但精衛亦不必離京，並與哲生、右任等諸同志，真誠相見，無話不說，共決大計。四、大赦政治犯。在寬字厚字上包容一切，使各能竭其所長，以報國家。關於政治者：一、非獲得民心，不能救國，欲全國一致救亡，必先得民心，即凡人民所喜者，興之作之，否則除去之。二、嚴明賞罰。各省有真正為民官吏，大加獎賞；貪污分子，嚴加懲辦。不管地位如何，背景如何，一賞一罰，必求公允。三、設立救災部。水旱天災，嚴重特甚，非有專部，不能辦理。四、獎勵抗日精神，如石瑛、于學忠等素具抗日抱負，尤有抗日表現，一則應加起用，一則應予重用。五、起用抗日將領，如蔡廷鍇、蔣光鼐等，過去抗日有功，故政府不獨應加以容赦，更應畀以重任。此均與民心有關。關於外交者：一、確定國際敵友，蘇、美兩國，關係我國抗日前途至大，應即分別敵友，確定外交親疏方策。二、政府應速簡派文武大員，擔負責任，分赴蘇、美切實連絡，以謀合作具體辦法。關於軍事者：一、立即準備發動抗日軍事，不抗日必亡，要不亡只有抗日。二、急速充實陸空軍備。以上各點，凡祥所知，無不披瀝肝膽，詳陳左右。所關民族存亡至巨，敢請決斷施行。至祥之行止，只求有利於國於民，任何犧牲，皆無顧惜也。小兄玉祥叩。梗。

（《蔣馮書簡》，頁1。）

【註】馮對是否應邀赴京，頗為躊躇，二十三日日記：「同向方

〔韓復榘〕談去南京與否的事，因為蔣對胡〔漢民〕、李〔濟琛〕、方〔振武〕均無故扣押過，所以誰也不敢談蔣對誰有誠意。」（《馮玉祥日記》，第四冊，頁 629。）韓勸他去南京，並願擔保其安全。董至誠也認為應該去，理由為：馮積極抗日之主張，國人皆知，若不去，將授人以柄。余心清則認為不能去，怕他上當。故馮先提出十三條意見書作覆，試探蔣之反應。（馮紀法口述‧侯鴻緒整理：「我是馮玉祥形影不離的衛士」，《傳記文學》，第五十九卷，第五期。）

蔣委員長致馮玉祥卅電（民國二十四年十月三十日）

泰安即呈馮委員煥章我兄尊鑒：

密。弟返籍掃墓，昨始回京，捧誦梗〔二十三〕日賜電，披瀝見教，條分縷析，垂愛之切，謀國之周，傾佩無已。國難至此，洵非集中國力，不足以挽救危亡。尊論諸端，皆先得我心者也。六中全會在即，中央同仁均盼兄如期來京出席，弟尤切望把晤，俾得親承教訓，而慰契闊之思。務祈即日命駕，無任禱盼！弟中正叩。卅。侍。秘。京。

（《蔣馮書簡》，頁 1-2。）

【註】蔣於十月二十日自南京飛奉化掃墓，二十八日飛返南京。

馮玉祥復蔣委員長世電（民國二十四年十月三十一日）

南京蔣委員長介石吾弟尊鑒：

密。豔〔二十九日，實為三十日〕電敬悉。兄即日來京，惟盼真有開會議之精神，不似每次開會之會而不議，議而不決，決而不行

也。小兄馮玉祥。三十一。

（《蔣馮書簡》，頁 20。）

【註】十月二十七日，李協和（烈鈞）電馮，責以：「七國慘痛，
　　　即在目前，天下寧有負蒼生之望者，猶優游於山水間耶？」
　　　三十日，蔣再懇切電邀，馮乃於十一月一日自泰安啟程赴
　　　京，其日記云：「為抗日南來，為抗日來赴會，不是為位
　　　置，不是為分贓的，不是為罵人的，亦不是為打人的。十一
　　　點到浦口，來迎諸友不少。……林〔森〕主席、蔣介石都
　　　來，然我未在家，亦出門去看友。是灰熱似土，這話一點不
　　　假，為國相忍，只看見日本人之混賬，不看見自己兄弟的過
　　　錯，便是我們的學識大進步，否則仍是愚昧無知的人。」馮
　　　抵浦口時，正值汪兆銘在六中全會被刺傷，馮於十一月二日
　　　去中央醫院看他，在日記中說：「若以他對我在察哈爾抗日
　　　事，我萬不能去看這位軟骨頭的先生，但是我已決心，只看
　　　見日人的欺壓我們，我把自己朋友的過失，全都拋在九霄以
　　　外去了。」（《馮玉祥日記》，第四冊，頁 632-633。）其態度已有
　　　所轉變，為了抗日而不計前嫌，與蔣再次合作。

馮玉祥致蔣委員長函（民國二十四年十二月十一日）

介公惠鑒：

　　昨晚承招飲，相談甚歡，所陳三事，頗蒙嘉納。回寓之後，籌
思終夜，覺政事之重要，無逾於此。惟黨政殷繁，集於一身，所敘
之語，慮或偶忘，而兄之於弟，公為同志，私屬莫逆，區區相助為
理之心，既殷且切，特將談話，逐項錄出，送陳左右，以備采擇。

　　一曰得民心：民為邦本，本固邦寧，是知立國於大地之上，非民無以圖存。古聖王以天視自我民視，天聽自我民聽，我總理創造三民主義，而尤汲汲於民生，其重視人民而不肯稍失其心者，先聖後聖，其揆如一。惟如何而後可以得民心？亦在所志所圖，事事為民而已。處今日之時局，農村破產，民窮財盡，縱不能衣之食之，實惠普沾，而薄賦輕徭，相安無擾，所欲予之，所惡勿施，治國者所易為。民之所求者，亦不過僅只如此。如於就職之初，首先注意及此，以愷悌慈祥之意，剴切詳明之詞，嚴令內外官吏，重民生而體民意，凡不利於民及民之所惡者，除之，蠲之，使能衣食粗足，安居樂業，其愛戴之心，自油然而生。雖外來之威脅利誘，斷不至於盲從。古人謂得民者興，失民者亡，可不慎與！

　　二曰重監察：時至今日，人民之困苦，官吏之泄沓，盡人而知，無可諱言。救斯弊而挽頹風，厥惟提高監察權。在昔承平之世，人各盡其職，然摭失言過，史不絕書。即滿清末葉之際，處專制淫威之下，而彈劾瀆職，義正詞嚴者，猶不乏其人。況今名為民國，以民為主，設官分職，無非為民，乃人民處極困之境，而官吏少負責之員，貽誤因循，積弊殊甚。應請提高監察之權，實負監察之責，其有人不稱職，事不利民，以及貪婪之徒，邪妄之類，亟須破除情面，認真糾彈，查有實據，依法懲辦。如是始足副我總理提倡五權，而尤重監察之意。此尤極盼注意者也。

　　三曰抗日圖存：日本之對我，昔在蠶食，嗣又易蠶食而併吞。故初步即侵據東四省之大，繼復經營蒙古，今則漸及華北。我愈讓，彼愈迫，我愈退，彼愈進，退讓無已時，進迫無止境。長此不已，伊於胡底，故居今日而欲收復失地，救亡圖存，舍抗日實別無

道路。夫抗日之舉，全在自身。然徒以一己之毅力奮鬥，而不運用外交，仍非萬全之策。故鄙意以救國須抗日，欲抗日須聯蘇，而英美為忌日特甚之國，亦宜加以結合，以張我之勢，而怯敵之心。惟我國遺習，自視頗大，在昔對外，視為夷狄，後雖覺悟，仍自視平等，殊不思國勢陵替，主權日削，人之視我，幾若無物。若不效申包胥之泣援秦庭，痛述利害，婉言合作，而猶龐然自大，恐不足動其心，而得其力。此非故為卑下，實以救亡心切，抗日心切，不得不於臥薪嘗膽努力自奮外，希望聯合蘇俄、英、美各國，有所協助，易於生效。吾國果能自強不息，蒸蒸日上，雖今日謙遜為懷，彼歐美寧能不刮目相待，視為強國，此似無足慮者也。

　　以上所陳，即昨日面談之語，草草布上，尚乞垂詧。順頌
勛綏

（《蔣馮書簡》，頁 2-3。）

【註】從馮之日記中，可知他南來後，與蔣溝通良好，互動頻繁。十一月二十六日：「見蔣先生介石，談十三條，記之如下：一、新生活之應推行，不可陽奉陰違。二、國家機關太不靈活。三、孫中山先生的大元帥自要。四、劉、項之不同之點，有意思。五、抗日須奮鬥：甲、政治之清明。乙、經濟之辦法。丙、人才之搜集。丁、軍備之擴張。六、華北事件：收軍心，安地方。七、重工業之煤、鐵辦法。八、督政團之組織。九、大赦令之不可再緩。十、如何聯俄。十一～十三、國家大計。介石所答之話為最謙下，為最和平，更為最誠懇，實為我最滿意也，此次可謂之不白來了。」十一月二十九日：「見介石談數事，列於後：一、救亡大計。二、

抗日必清政治。三、明賞罰之重要。四、如何抗日法。五、軍事要集中力量去準備。六、水利的事，則在打壩二字。」十一月三十日，馮對戈定遠說：「一、中央決定抗日。二、蔣先生一定抗日。三、國民黨為日本大敵。四、蔣先生是日人眼中之釘。五、我對於外人說中國人不好，我不願聽，況蔣為我之朋友、兄弟乎。」十二月八日：「見張溥泉〔繼〕先生，知報載北方將有新名目之發現，於是我寫信一封給介石，言萬萬不可。昨在黨部，孫〔科〕、鄒〔魯〕、居〔正〕、于〔右任〕、我五人曾有一信給介石，言須定一抗日之步驟，否則成何會也。」十二月十日：「午後，在蔣先生家用飯。同孫哲生先生、于右任先生、蔣先生共商救國大計：一、外交對俄之聯的辦法，和對英、美之辦法。二、張溥泉見蔣非掛號不可的話，右任面告蔣，很有意思。三、我說三事，另一長稿一篇。」其十一日致蔣函，即日記中所說之三事及長稿。（《馮玉祥日記》，第四冊，頁 644-653。）

馮玉祥致蔣委員長函（民國二十四年十二月十九日）

介公惠鑒：

昨晚聚談，以鄙見所及，妄加言論，荷蒙嘉許，筆之日記，具徵虛懷若谷，有聞必采。佩欽之忱，何可言喻。爰依前例，仍將所言者，完全錄出，送備參考。

一、華北之應付：查華北年來，受日之壓迫，以種種恫嚇欺詐之手段，達挑撥離間之目的，致殷〔汝耕〕逆倡偽於前，平津危迫於後。幸中央從容鎮靜，而吾弟運用有方，且派何〔應欽〕、陳

〔儀〕、熊〔斌〕諸君，銜命北上，多方接洽，卒得轉危為安，保全國土，暫可告一段落。至於近日學潮，並以為青年學子熱度特高，結隊遊行，喚起民眾，原其用意，實出愛國之至誠。惟以血氣未定，誤會易生，是在處理者，善為解釋，妥為安慰，使其了然於懷，安心上課。此等重大事體，若專依軍人應付，或不免操之過切，反激事變，將演出如三一八之慘案，不特為輿論所不滿，亦且有傷夫民氣。似宜特派德望優隆，識慮深遠大員，隨時北上，循環周遊，藉以宣達吾弟之精誠，且能明曉地方真相，防機應付，措置裕如。庶幾愛國之士，有所秉承，不肖分子，無所憑藉，而帝國主義者，亦難以施其技，防患未然，實屬要圖。

二、蒙藏回各民族之待遇：嘗讀民族主義，有中國人團結成一個民族，及結合四萬萬人成一個堅固民族之語，仰見先總理亟謀中國各民族團結之意，至深且殷。況蒙藏回地居邊陲，為我藩籬，若仍如往昔之痛癢無關，視若化外，未免易受外來利用，若不及早圖之，恐其土其民，將非我有，救濟乏術，約分四端：

㈠欲使其有愛國之心，先使知國為其國，政府為其政府也。蓋我之對彼，既少關切，則彼之於我，亦漠不加心，此固人情之常，亦勢之必然。蠲除此弊，必自錄用其人始。亟宜選擇各族中優秀之士，參與政權。倘因人才缺乏，難得明通之流，不妨降格以求，令該首領等酌量擇薦，具有常識，即可當選。然後於各部會中分發採用，其優者給以稍高之職，次則給以末秩科員。能勝其任，固菲素餐；下焉者，雖無片長，而薪俸所費，能有幾何。徒手取薪，亦似無傷。但求相習既久，感情融洽，其愛國之心，自能油然而生。風聲所播，可使全族化除畛域，為國效忠，較之僅優待班禪、達賴酋

長、王公輩，以為聯絡者，其功效奚止十倍。

㈡欲使其永久愛國，必先開其智識，而開其智識，必先普其教育。譬如家族，兄之學識優長，不能視其弟之愚昧而不顧也；必也教之導之，循循善誘，令其有所成立。然後父子兄弟，同具才能，同負責任，其家未有不興者；治國亦然。擬請於教育部增設籌辦各民族學校之專司，寬籌經費，令各地多設學校。其有不能自辦者，則由部派委專員代設之，指導之，監督之，不數年間咸知求學之益，自收普遍之效，智識之程度日進，愛國之程度亦日增矣。

㈢該各族民智不開，迷信遂甚。遇有疾病，不求醫藥，專媚鬼神，而衛生之道，尤瞠乎不知為何事。故一旦疫病流行，不但人民之夭亡，接踵相延，而牛馬羊之死傷，亦不可勝計。該各地人民逐水草而居，專事畜牧，仰事俯蓄，胥賴乎此。偶遇此變，一家八口幾至絕種，富豪之家，立成貧寒。言念及此，殊堪憫惻。應請令飭衛生署，妥籌辦法，於該各地，或設醫院，或教醫術，兼培植獸醫人才。一面教以衛生之道，庶幾丁口日多，地方富庶，足增國力也。

㈣自衛之道，為團體所必需。而蒙回藏民性強悍，非短於自衛，實短於無械也。常見其對於外族，抵抗之力尚強，徒以人多械少，苦無訓練，往往一敗塗地，而不可復振。以有用之人，使無自衛之具。為國家固守邊圉計，殊屬可惜。況我靳不與械，人則故使有械；我不許其自買，人則反故為贈予，是以本國之人民，驅而為帝國主義者所利用。遠如英之於藏，近如日本之於蒙，甚至現在察東寶昌沽源之役，由日本招募蒙隊，直前衝鋒。前車之鑒，可為寒心。應如何給予槍械，加以訓練，鼓勵自衛，尤應亟為注意焉。

　　總之，華北事態，危如累卵，蒙藏回各地，為我門戶，各族人民，為我同胞。大公無我，天下一家，以理論，以勢論，均宜提之，攜之，優予成全，力加聯絡，既固我圉，自少外患。

　　昨所談者，大略如此，用特照錄，陳請督核，並頌

勛綏！

馮玉祥　拜上

（《蔣馮書簡》，頁 3-4。）

【註】十二月十八日《馮玉祥日記》：「午後，同介石談甚久，為
　　　蒙古事、西藏事說話，又為北方事，說多派人去，關係很
　　　重。介石掏出小本，用紅鉛筆記之。可敬之至，我另有信說
　　　明並記之。」即十九日函。（第四冊，頁 656。）

馮玉祥致蔣委員長函（民國二十四年十二月二十三日）

介公賜鑒：

　　竊維刑法之役，原所以懲治凶頑，亦即以促其悔悟。是以處罰之中，兼寓改過遷善之意。其有情可原諒，事非得已者，猶或減刑，或假釋，或緩刑，或赦免。對於普通犯罪，尚如此體恤，無微不至，而況因政見不同，行踰常軌之政治犯？核其行為，誠有妨礙，察其心跡，不無可原。酌理審情，殊覺憫惻。故祥於六中全會，提議管見八條，首請大赦政治犯。旋蒙通過，俯順下情，良深感佩。今者　臺端總秉政權，普施德化，百廢俱舉，煥然聿新，凡屬國人，莫不歡忻鼓舞，翹首望治。祥忝列交末，企盼尤殷，擬請於下次中政會議，首先提議明年元旦大赦政治犯之令，一新國人耳目，一新天下耳目，使皆知豁達大度，咸與更新。夫刑犯而屬於政

治，當為才識明達之流，倘蒙不追既往，策其將來，一經大赦，必皆感奮圖報，勉效馳驅。行見濟濟英才，同受陶冶；曩昔難馴之治，都成有用之人，其報國家，正所以報　臺端也。昨閱報章，登載波蘭為慶祝新憲法，通過大赦案。計聖誕節前，可望恢復自由者二萬七千人；另一萬五千人，刑期可減半，已判死刑者，減為長期監禁等語。所赦者似非盡為普通犯，政治犯亦當在其內，其被赦人數又若是之多，披讀之餘，殊甚欽佩。吾弟為政，素主寬厚，省刑之意，時流露於言論間，諒不讓波蘭善政，獨美於時。值此新政伊始，其命維新，同戴盛德，豈有涯既？辱荷垂愛，列為知己，故不揣固陋，聊申鄙懷，務乞鑒納，是所至禱！專肅　順頌
近祺

馮玉祥　拜啟

（《蔣馮書簡》，頁 4-5。）

【註】十二月二十一日《馮玉祥日記》：「為大赦令事，見蔣先生說話，並寫一信去，亦為此事。」（第四冊，頁 657。）

馮玉祥致蔣委員長函（民國二十四年十二月二十七日）

介公賜鑒：

　　昨論甚快。回寓後，詳細思索，覺關係重大，茲特寫出，送請賜覽。自日謀侵華北，利誘威脅，用種種壓迫手段，冀達目的；而甘為漢奸，圖利忘恥者流，隨波逐浪，宣傳「自治」，遂引起各處學生愛國熱忱，遊行示威。喚醒民眾，結合請願，志在救亡，熱度所激，不免有越軌之嫌。但此種舉動，於國家實多裨益。何以言之？一、可以寒漢奸之膽也。曩聞閻百川，言及留學日本之時，課

餘閒遊，見民眾多人，在街前搗毀一家住宅，人聲鼎沸，勢甚洶洶，而警察袖手旁觀，不問聞，不排解，不干涉，殊以為怪。密詢該警，始知某議員運動選舉，慨許人民以種種利國便民之提議，迨已當選，食言而肥，且反多病國害民之措施，以故激動民眾公憤，誓除此儈。而為警察者，知議員之無人格，知民氣之不可遏，故寧作壁上之觀，而不為左右之袒。使吾國亦能如此，彼漢奸賣國之徒，豈惟毀家，且將危及生命，人非木石，能無恐懼。二、可以協助政府也，當日俄戰爭之後，日以戰勝國家，逞其餘威，飽其欲壑，思擾利益，盡屬一家，然為彼時國際形勢所不許，故未能盡如其意。乃國民俱以交涉失敗，退讓大過咎執政，聚眾示威，脅制政府。其越出常軌之態，遠甚於我國今日遊行請願之學生。乃彼日政府，遂有所藉口，多獲權利，裨益其國，良非淺鮮。

　　就以上兩例觀之，然後知我國莘莘學生，請願救國之運動，不特無傷於國體，實且有益於國威。彼侵略無厭者，或因之而稍挫其氣。蓋民氣愈盛，他國之欺凌愈緩，政府之交涉亦愈易，勢也亦理也。今各方有此良好後盾，倘能因而善用，相助之力，實多且大，若挫折之，抑壓之，破壞之，是無異乎自傷元氣。況有此表示，足徵中國雖弱，人皆愛國，外來壓迫，決當排斥，則世界俱必刮目相待，增我國格。常見歐美各國，凡有對外之舉，類多鼓勵民氣，有益無損，堪為明證。或謂此愛國學生中，隱有反動分子，別有希冀，人數既多，良莠不齊。假此施彼，容或有之，然設法區別，加以防範，似不可因噎廢食，自令消沈。且日方貪心無厭，得寸進尺，得尺進丈，我愈退讓，彼愈進迫，我愈示弱，彼愈強硬；反之，我若一鼓作氣，持之公理，備以兵威，寧為玉碎，不作瓦全，

彼或不肯釁自伊開，遽然作戰。蓋一經決裂，未必勝算獨操。況東有美，北有俄，皆虎視眈眈，將欲得而甘心，若對我先傷實力，其何以抵抗俄美？近日有自北平來者，謂日兵十餘，持槍射鳥，行近二十九軍司令部，突欲衝入，言院內樹多鳥藏欲射之，衛兵嚴詞阻止，責其含有侮辱性，敢進一步，當立擊斃。言下憤憤，立實槍彈，日人遂諾而退。又有日人多數，欲登城照相繪圖，衛兵告以城垣禁地，外人不得擅登，且在我內地為此，更為國際法所不許。若不退，為自衛計，立當以炸彈饗之，該日人亦遂散去。由此觀之，果能人人盡職，人人負責，雖強者亦莫如何。亦以見我抵抗心，雖強者亦未必真來犧牲也。

　　以上係昨晚匆匆寫出，失之繁冗，然急於抄陳　臺閱，未及裁簡修正，尚希教之！肅此　敬頌

勛綏！

馮玉祥　敬啟

（《蔣馮書簡》，頁 5-6。）

【註】十二月二十六日《馮玉祥日記》：「午後，同于右任、居覺　　　生〔正〕在蔣宅同介石先生談話：一、為蒙古的事，伊、烏　　　兩盟不欲在德王之下事。二、為學生運動事，我亦說了些意　　　見。」（第四冊，頁 659。）

民國二十五年（1936）

馮玉祥致蔣委員長函（民國二十五年一月七日）

介公賜鑒：

　　日昨就職後，促膝談心，荷承賜教，並垂詢殷殷，足知好善之懷，不亞於禹。愚見所及，敢不盡情奉陳，以期就政。

　　立國大經，政治為先。而謀政治之改善，促善政之實行，全賴乎人才。祥閑嘗留心考察，得有三人，即朱子橋〔慶瀾〕薩鎮冰、梁建章是也。此三君皆當世之賢者，學問優長，品行端正，急公好義，常存慈善之懷；憂國愛民，實行仁厚之政。服務於社會，服務於國家者，已多年於茲，其勛望熱心，昭昭在人耳目。朱、薩二君，品學毅力，久為吾弟所深知，亦為國人所贊仰。而梁建章雖久在外省，亦服官多年，為人行事，或未大著。然祥與相處有素，故知其學有本源，識特超卓，其忠誠堅忍，孺慕孝思，尤屬難能可貴。蓋國家用人，各取所長，或以舊道德取，而舊道德正今日新生活之主旨；或以富經驗取，而富經驗正今日治事能力之首要。古人謂宰相必用讀書人，以讀書多，可望通達大義，深曉治體也。又曰來自田間，以久居鄉野，足以知人民疾苦，閭閻安危也。以上三君，兼而有之。置之政府，宣布德化，實惠及民，託以省政，視察周至，撫綏人民，而總其效力，不外乎輔佐盛治，日益宏大。敢祈附諸夾袋之中，酌量授職，俾資展布，以圖報國。祥以為大而治一國，小而治一事，俱以搜羅人才為第一要義。如舉網者必提其綱，

如振衣者必提其領，得一人而千萬人才俱隨之而來，豈猶慮才不足用乎？故前日趨謁湯山，汲汲然以此為言；昨日面談，又及於此。蓋祥生平所知，以三君為最，遂不憚其煩，瑣瑣瀆陳。吾弟求賢若渴，或以祥言為然也。

又蒙下問軍政一節，此中竅要，吾弟高明之見，勝我十倍，何待曉曉？第既承垂詢，謹略陳管見三項：

一、查各國立國，或以陸軍見長，或以海軍見長，近且俱注重於空軍。我國之海軍，自廢清移軍費於建築園林，從此廢弛，未能再振；今則不但為時間所不及，亦且為經濟所不許。揆諸事理，只能暫付缺〔闕〕如。為今之計，應首以保國防禦外侮為第一義，復以經濟財力為第二義，空軍之應如何加增，陸軍之應如何充實，而空陸之人才，又應如何培植，是宜用非常之法，妥為計劃，切實籌備。而尤必核明財力，量入為出，以免捉襟見肘之虞；或另行設法，以擴充飛機，訓練軍隊也。

二、軍人之要，首在人格。廢清之時，規定官長之薪俸甚廉，而又益之以公費。明知薪俸不足，故使以公費彌補私虧。就公言謂之違法，就私言謂之失人格。迄至民國以來，仍不免沿襲此弊，烏乎可？祥以為人格必須扶持，軍需必須獨立，無論大小軍官，似宜酌其仰事俯蓄，優定薪俸，俾無內顧之憂，而有報國之志。至於軍師旅團營之公費，一律責成軍需主持，實銷實報。培養軍官之人格，謹守軍法，胥在乎是矣。

三、練兵固在實力，而實力之表見，不專在於器械之精銳，尤在於精神教育之陶冶。能注意及此，雖弱必強，反是必弱。吾弟治軍老手，當早已洞悉斯理，可否令行各方軍事長官，對此特別注

重，收效當更宏遠。現祥正擬同鹿瑞伯〔鍾麟〕同志編制此項教育之書，並及查考方法。一俟編訂就緒，再行呈請指示。

　　以上各項皆管見所及，率爾直陳，未知是否，伏候裁奪，敬頌時綏！

馮玉祥　拜啓

（《馮玉祥選集》，下卷，頁144-146。）

【註】民國二十四年十二月十八日，國民政府特任閻錫山、馮玉祥為軍事委員會副委員長，程潛為參謀總長。馮於二十五年一月六日，在南京國府大禮堂宣誓就職時云：「玉祥既為黨員，又係軍人，念國家興亡，匹夫有責之義，不敢稍有規避之心，願本愚誠，追隨各位同志之後，效命國家，……竭誠輔佐蔣委員長，努力復興民族之工作，恪盡救亡圖存之責任，赴湯蹈火，在所不辭。」（《馮玉祥日記》，第四冊，頁666-667。）副委員長辦公廳設在西華門頭條巷二十四號。同日又到蔣家中促膝長談，即七日函中所述各點。

梁建章，字式堂，河北大城人，一八八二年生。日本法政大學畢業。返國後曾在直隸、浙江警務處任參事。民國二十四年十二月，任河北省政府委員兼建設廳長。二十五年三月六日，馮再函蔣推薦，梁於四月調任監察院監察委員，可能與馮之推薦有關。

朱慶瀾（1874-1941），字子橋，浙江紹興人。生於山東，在北方長大。為前清附生。在奉天任州縣縣巡警局，為東三省總督趙爾巽賞識，隨紗捆川任巡警道。民國成立後，歷任黑龍江民政長兼護軍使、廣東省長、中東鐵路護路軍總司令等

職。於十四年脫離政治生涯，獻身社會事業，專心辦理振
濟，拯救災黎，被視為大慈善家。二十五年二月七日，國民
政府派朱為振務委員會委員長。

馮玉祥致蔣委員長函（民國二十五年一月十一日）

介公賜鑒：

昨談各事，備蒙採納，想當著手進行矣。竊以此中關係，甚為
重要，當此敵方愈迫愈緊之際，決不能不速為預備。某雖小國，自
圖強以來，蒸蒸日上，其鋼鐵製品尤為特長，而為我所短所需者。
果能切實聯絡，裨益於我，實非淺鮮。況某介於強大之間，故對於
小國弱國，宿具同情，而對我尤表關切。良好機會，未便錯過，敢
乞我公三致意焉！

總理遺囑聯合世界上以平等待我之民族，共同奮鬥，現在世界
各國類如某者，正復不少。若能多方接洽，竭誠聯合，皆所以增我
實力，助我抵抗，有事則互相為助，無事則同求自強，實為利多弊
少之策。（中略）〔原文如此〕

處非常之變，濟非常之急，宜用非常之法。我國向因故步自
封，事事落後，以成今日之局，及此不圖，前途寧堪設想？如大修
鐵路、大開各礦等事，皆圖強致富之源，而我國歷來視若無足輕
重，動曰國庫支絀，以待將來。殊不思坐以待時，徒見江河日下；
就使數十年後，果有辦法，而各強國精進不已，虎視眈眈，豈能從
容以待？愚意己之財力不足，似宜假諸他國，甚或與其合辦，或使
其先辦，於不喪權不辱國不損失之下，慎審研究，妥訂條約。如蘇
俄對某種礦山，無力自開，而在遵守其國家的法律之下，允由他國

負責做純商業的開發，於十年或十五年之後，將原礦及應用一切機器、建築，完全收回。曾憶吾之正太鐵路，由法國承辦，似亦依此方法。誠能如此，則修路、採煤、採鐵、採煤油，俱可同時並舉，相繼而行，即金銀各礦，如能相度開採，似不妨皆以此法為之。行見十數年間，交通便利，遍於全國，諸礦俱開，取之不竭，致富致強，胥賴於是。

　　日前常務會議以兩小時間，議案將四十件，似覺時少事繁；回憶曩昔政府，嘗有以重大之事，委之於微末職員，可謂之責重人輕，竊以為兩者俱失計也。夫行事期乎敏捷，而議事則須慎審，國家大計，非同泛常，即便決定，草草了之，鮮不償事。愚見以為似應略為變通，庶幾從容討論，詳細研究；易於解決者，自仍片言而定，不強拘泥終了時間也。在昔習氣太重，官僚尤甚，長官惰於應付，一切委諸所屬。不知事有專責，豈可委卸；況以極重之任，付之於無力之人；極大之事，付之於微末之員，寧能不一誤再誤？愚見以為關係重大者，必應責成勛崇望著，或道德高尚，或學問優長，或學識超卓，為人之所仰者為之，自舉重若輕，迎刃而解；或其人雖資淺望微，而長才卓識，實屬有用之才，則宜高其位置，養其聲譽，使人知其能，庶免竭蹶之虞。

　　吾國幅員遼闊，民智未開，國家政令，政府教化，往往不能遍施；至求家喻戶曉，尤非容易。蓋文告不易傳播，而教育未普及，人多不識字，條文雖布，非視若具文，即等於未見也。昔者科學尚淺稚，文明未啟，誠屬無可奈何。今則無線電收音機到處皆有，雖不能每村俱設，而一區一機，當為財力所許。然後由我公與主席及各院部會聲譽並隆諸公同負其責，逐日輪流講話，或教以孝悌，或

教以愛人，全國皆知，盡人可聞。行之既久，則人民腦海，時有忠孝仁愛，信義和平，盤旋於其中，有不規過勸善，同登文明之域者哉？

以上所陳，或宜提前實行，或宜逐漸推廣，我公自有權衡。惟兄念知無不言，言無不盡之義，瑣瑣瀆陳，不自知其言之冗且直也，尚乞諒之！

至於黨員有罪，應由上級黨部同負其責，及黨員舞弊，應較平民加重治罪之提案，現正著手起草，一俟脫稿，即當呈閱。手此肅布，諸希亮督，順頌

勛綏！

馮玉祥　拜啟

（《馮玉祥選集》，下卷，頁 147-149。）

【註】馮於一月九日晚七點，「到蔣先生家，談話甚多，已記下，
　　擬另寫一函寄去也。」（《馮玉祥日記》，第四冊，頁 668。）

馮玉祥致蔣委員長函（民國二十五年一月二十八日）

介公賜鑒：

昨晚暢談，諸領教益。心神為之一爽。所陳各節，備承嘉納，虛懷之雅，欽佩何如！惟明公責重事繁，日理萬機，匆匆述懷，恐未能盡邀督照，用再逐條筆之於書，送請鑒察。

一、交鄰之道　處於今日之時局，等於疇昔之戰國，弱肉強食，縱橫是尚。斷無以一國之力，足以抗多數，以一國之力，足以阻強暴者。相提相攜，端賴交鄰。然事之緩者，納交於平時；事之急者，納交於患難。誠以時在患難，為人所擯棄，為人所輕視，己

雖仰而攀之，而人皆俯而視之，艱苦萬狀，莫可如何。忽有人焉，不以己為可鄙，反以己為可敬。懃懃懇懇，竭誠相納，扶之持之，若惟恐交之不深，諺所謂雪裡送炭，則被交者，未有不感激而涕，雖犧牲生命，以報知己，亦所不辭。此蓋勢之當然，理之必然者也。後漢宋宏曰：「貧賤之交不可忘。」貧賤之時，猶之乎患難之時，交友如此，國交尤然。今吾所處之境，正應於聯絡交際中，痛下工夫。然結交於富者強者，以彼之顧盼自雄，盛氣凌人，豈不漠然視之，淡然忘之，一若毫不介意，安得有效？似宜擇貧賤患難，所受之欺侮，所忍之凌辱，四面楚歌，環而伺隙，其困苦艱難等於我，或且甚於我者，與之攜手言好，以誠相見，盛誼隆情，時加照拂，無事則頻通音問，有事則盡力協助，其收效之易，利益之大，必百倍於得意時也。此愚見以為首要之著，乞我公特加注意，不勝企盼之至。

　　二、撫卹之案　　為國犧牲，本在應卹之列，況死者不能復生，殘廢者不能復全，受傷之士，雖或勉能自活，然傷之輕重不同，家之貧富不等，其家貧而傷重者，將何以謀生？民家傭工尚多因勞加酬，矧勇敢殺敵，為國犧牲耶？而愚見重要之點，尚非盡在於此，國難頻來，侮辱日甚，無論已失疆土，理當收復，而今日之強敵，相欺相逼，永無已時，有欲吞聲忍氣，大度包涵，而不可得！至避無可避，讓無可讓時，本我良心，顧我責任，勢非出於努力抵抗，寧折不屈，破釜沉舟，義無反顧，捨此再無一線出路之可圖。愛國之士，自能洞明大義，不待激勸，而普通人民，未免仍在名利之間，不有以誘導之方於前，安能鼓其勇氣於後。蓋今茲之撫卹，其名為憐憫先死者，其實為鼓勵後進者。故所擬撫卹之案，既瑣碎，

又隆重，表面視之，一似多從民間之俗例，而本意則欲易入平民腦筋，使知崇榮實惠，兼受兼得。覺殺敵立功，生榮死哀，不惜拚命；為國計固應爾，為己計尤應爾也。蓋今日何日，一髮千鈞，救亡圖存，舍此莫由。昨以提案草稿，陳請指示，務乞不吝賜教，有所糾正，期諸實行。

　　三、大赦之案　作奸犯科，罪在不赦。獨政治犯，以當時之情況言之，或屬違法背令，不能不加以懲治，以昭國法；而事後察其居心，或因政見偏執，或因思想歧異，尚非罪大惡極者比。故各國對於政治犯之處理，俱稍形優異之意。矧人才本不易得，而禦侮又在需才孔殷之秋，凡犯之涉於政治者，多屬奇特之士，擯而不用，未免可惜。是以去歲函請於元旦日，大赦政治犯，為愛才計，為愛國計，非有私於諸人也。昔諸葛武侯擒孟獲而不殺，而反縱之激之，使其再接再厲，卒至心悅誠服，南人不復反，實有深意存乎其間。素諗我　公豁達大度，執政無私，故專函以進是言。昨又面談及此，並將報載北平新赦八九百人，且送款安慰之一段，剪取陳覽，極蒙　採納，慨允俟值紀念日，宣布實行。仰見大公無我，深用佩銘。惟愚見以為既覺其當，則宜早行，可速收得人之效。區區憐才之意，當能見諒也。

　　四、公務員治罪法　公務員為國服務，多屬智識份子。清介勤慎，職宜爾爾。有功必賞，有過必罰，此係公理，非為苛求；其長官負監督之責，有舉措之權，若果失察，自應連帶受懲，不然則玩忽職務，相與袒護，恐吏治江河日下矣。此理由故於去年五全大會中，同閻百川主任及諸同志，提出議案，請求公決。乃論者以為立法過嚴，有失厚道，以致未能通過，殊不思正所以行其仁術也。

「一家哭，何如一路哭？」古賢明訓，豈尚欺我。且懲一儆百，益可減少違法之人。昨閱報章，知山西已見諸實行，曾將此段剪出，面陳明察。尚乞我　公設法主持，實為公便！

五、鄒〔魯〕函所談事件　敵方謀我，無所不用其極。既在華北到處鼓動，茲復漸至南方，仍用威脅利誘之手段，以達其蠶食鯨吞之目的。海濱函中，言之綦詳，證據確鑿，斷非捕風捉影之談。蓋其貪得無饜，居心叵測，愈讓愈進，是其專技。應如何嚴加防範，妥為應付，尚乞注意，俾免蔓延。

六、長官巡閱考查真相　近見司法行政部王部長用賓屢次出巡，躬自考查，與鄙見深相脗合。詢其用意何在，有無利弊。據謂長官衙署，辦事論事，向以紙片行之，曾未親臨其地。上以此令行之於下，下即依此意復於上，究竟是否遵令，是否實行，及行之有無利弊，無從詳知。若為長官者不辭勞苦，隨時巡視所屬，是者益勉其是，非者立為指示糾正；使歸於是；並能以此方之適當措施，轉令各方，俱仿而行之，其改善進步，收效大而且速，較之徒以一紙公文，不啻數倍。聆悉之餘，覺與鄙見若合符節。茲當國難嚴重，外患頻仍，尤宜以軍政為務。竊以為軍事委員會，及軍事參議院、軍政部、訓練總監部等處，俱宜采用此法，定以為制，雖首領長官，責重事繁，不克分身，而選派曉暢軍事大員分地履查，既可分別糾正指導，尤可勵其自行改良，為政之善，似莫過於此者矣。其他各部院，及外省以至於縣，倘亦能規定此制，國家前途，實多利賴。

以上六項，仍是昨談之語，特為錄陳尊處，以備　公餘披閱，有以教之也。謹此奉布，敬頌

勛安！

馮玉祥　拜啟

（《蔣馮書簡》，頁 12-14。）

【註】馮與俄國駐華大使鮑（包）格莫洛夫接觸頻繁，希望爭取俄
　　　國之援助，共同抗日。他認為非有與國，不能抗敵。他於一
　　　月二十五日：「我見蔣先生，談我見俄大使的話。」二十七
　　　日日記：「在孔宅見蔣先生，談六事。」即二十八日函所述
　　　各點。（《馮玉祥日記》，第四冊，頁 676-677。）

馮玉祥致蔣委員長函稿（民國二十五年二月一日）

　　國事危殆，海內賢達怒然憂傷，太炎〔章炳麟〕先生關懷尤
切。茲有致祥函囑轉陳公，雖所言或未盡符，但耿耿忠誠，實可欽
佩。不敢隱匿，謹為照轉，亦資共同策勵之意也。公若去書慰之並
請益，則謙光愈可風矣。

（《馮玉祥日記》，第四冊，頁 679，民國二十五年二月一日。）

【註】二月二日《馮玉祥日記》：「章太炎先生來函論三事：一、
　　　上下相疑。二、人心將去。三、賞罰倒置。引經據典說的極
　　　有教訓。」二月三日日記：「我同蔣先生談章太炎先生來函
　　　事，蔣言太炎先生沒什麼，他是講學的。後又說到軍事的整
　　　理，這兩星期切實辦理。我則說重要，很重要，一師與一師
　　　各有不同的人數，一師與一師各有不同的餉項，此為最不好
　　　的現象，須迅速設法改正之。為蔣書之於小手冊上。又談明
　　　軒〔宋哲元〕回山東事，請其派人去看，請其特別注意，蔣
　　　亦甚注意。」（第四冊，頁 680。）

馮玉祥致蔣委員長函（民國二十五年二月二日）

　　再啟者：頃函所述，事關機密；此外尚有鄙意不能已於言者未便混合，致有漏洩。謹另為奉陳，諸乞督照！

　　一、軍事　今之敵方日逼日緊，有欲忍辱吞聲而不可得者。然以中國今日之情形言之，不患無兵，而患無械，備械之方，約有二端：㈠造械：上海廣州漢口鞏縣等地：俱有兵工廠，現在或已停辦，或所造不多，擬請令飭從速整頓，加工趕造。其規模宏大，製造精良者，莫如太原之廠，惜因經費不足，早已停工。茲宜商同百川主任，重行開辦。由政府寬籌經費，責該廠多增工人，依照以前辦法，加以改善，積極進行。凡如其舊日所造之大砲、槍械、炸彈等件，星夜趕造，愈速愈妙，蓋求諸己者，實比求人為有把握也。㈡購械：雖求人不如求己，然徒憑一己之力，實有供不應求之憂。故仍須雙方並進，始操左券。前者某國商人，熱心表示，該國又專以造械見長，譽滿人寰，祥曾奉告，祈與接洽。今渠雖已赴廣，似仍宜選幹員速與聯絡，倘能成就，較我自造者既精且利，裨益匪淺。其他各國，如有新式佳製，亦宜設法速購，以收多多益善之效。

　　二、巡視　前與王部長用賓詳談長官出巡之益，祥亦函請採用其法，由軍事委員長、軍事參議院、軍政部、訓練總監部等處特派曉暢軍事大員，分地抽查、分軍插查，俾有所糾正。倘蒙采取前函辦法，應請各大員於考查軍人軍事外，並詳察地方、民氣、鄉團，凡有關軍事者，一律注意及之，此非校閱之事，尤須嚴禁招待、應酬等。

三、足食　夫足兵必先足食，而足兵之食，尤必先足民之食。誠以民為邦之本，亦為兵之源，有民自有兵，民富而兵亦富矣。吾國今日農村破產，產盡民窮，以農為本之古國，其糧不能自足，反每每運入食糧一萬萬七千餘萬元至四五萬萬元，而木料亦達一千八多萬元至三四千萬元。間常詳考其故，固有不良官吏，層層剝削，不良政治，苛稅增多所致。然其本非因地力不盡，水利不興，生產薄弱耶？譬如同一地畝，此段肥料多而禾茂，彼段肥料少而禾萎，農民無力置此，而城市布滿污穢，反致生疫傷人，倘能由地方賢明官吏，去城市之污穢，移而作農村之肥料，豈非一轉移間，兩受其益。准此以推，如荷為上者提倡於前，於地方水利造林等關於民生者，善為導引，善為鼓勵，期以三年，民可暫富。民富國斯富矣，未有國富而兵餉不足者。故古之理財專家最著者，如唐劉晏只求富民，不謀富國，彼豈愚哉，蓋富民正所以富國也。惜乎後之理財者，不知此旨，反剝民之充實國庫，卒至國未富，而民先窮，豈非不揣其本之弊？今若師古之意，事事為民生計，不特國將可富，而民心所向，強國之術，亦基於是。

以上管見所及，復再縷陳，乞我　公采其一得之愚，糾正而擴充之。次第施行，國與民俱幸甚！肅此再頌
時綏！

馮玉祥　拜啟

（《蔣馮書簡》，頁 14-15。）

【註】二月一日《馮玉祥日記》：「為民族抗戰的事同蔣先生談，談來談去只把包先生〔俄駐華大使包格莫洛夫〕的話說了，而如何辦尚未說出，即非秘不可之意也。」二月二日日記：「同

葉〔楚傖〕先生談昨日同蔣先生所談之話，請其起稿作信催之，以便實踐。」（第四冊，頁679。）

馮玉祥致蔣委員長函（民國二十五年二月十三日）

介公賜鑒：

　　日來未暇暢談，結想殊深。辰維政履康娛。頌頌。回憶去冬面談赦免政治犯一事，旋因波蘭於聖節日大赦至二萬七千人之多，遂又肅函，詳論大赦之益，請於元旦日發表。次日即承〔葉〕楚傖兄枉顧，轉述　明公極為重視此舉，已令司法機關，分別詳查各案，準備實行，以擇重大紀念日，正式發表。仰見恢宏大度，為國憐才。聆聞之餘，既佩且喜。竊以此事關係招致人才，符合民心者甚大。歐美各國，無不注意及之，而區區此意，尤為愛惜多數人才計，非為一二人謀自由也。蓋違犯刑法涉於政治者，必多奇特之士。當此國家多事，需才孔殷之際，若能從寬予以自新之路，大事開放，人非木石，必當知感，接受領導，力圖報答。於國於私，均或有益。乃鄙見果與我　公不謀而合，亟擬實行此舉。　雅量高懷，欽佩無似，今查三月十二日，乃總理逝世紀念日，為全國所注視，倘於此日發表，尤足昭隆重而示仁厚也。未審　尊意以為然否？手此，敬頌

勛祺！

（《蔣馮書簡》，頁15。）

【註】馮曾於二十四年十二月二十一日為大赦令事見蔣，並於二十
　　　三日寫一信去。二十五年二月二十二日《馮玉祥日記》：
　　　「見葉楚傖先生，談大赦令事及我的希望。」（第四冊，頁

687。）

馮玉祥致蔣中正函稿（民國二十五年二月十五日）

介公賜鑒：

日來未及暢談，想動定必多佳勝也，念甚。竊以治國之道，首在民心，得民心者昌，失民心者敗，此自然之理，無或稍爽，如船之有舵然，舵之運用適當，則左右咸宜，風浪無險。欲使船舵適當，責在主舵之人，而民心之得，實在治民得人。得其人，則百廢俱舉，四民得所；不得其人，則主之者雖明智學識超越群倫，夙夜在公，廢寢忘食，結果神疲力盡，而人民仍不能普沾德化。群情感洽，蓋一人之力有限，撫民之事無窮，故古聖王選賢任能，求才若渴，惟恐人才之不盡為我用，而一民之不得其所也。

是以祥於目前，專及詳言朱慶瀾、薩鎮冰、梁建章諸君，均堪大用，以佐盛治。

現在梁君已由平來京，專候接談。伏念梁君品學端粹，器識閎通，歷任外省政治，成績卓著。茲以年逾六旬，無復出仕之志，惟經驗極富，於國家大勢，地方情形，人民疾苦，無不知之甚詳，言之成章，倘荷公餘之暇，約其晤面，做長時間之談話，必能盡陳利弊，有所補益，務盼定時延見，是所至禱。

又前日孔庸之、覃理鳴〔覃振〕等六君，所提努力生產以圖自救一案，事關國計民生，鄙意以為亟宜逐條實行，以收宏效。如生產教育，應責成教部，改良課文，教師切實講授。如人民生產力量，究以如何辦理為宜，辦至如何程度為止。如重工業之中，尤以建築鐵路為大快人心之一事，資財不足，似可利用外資，努力專

辦。歐美各國，雖稱富庶，然興辦實業，嘗有借資先例，我自可仿
而行之。如促成工業合理化，恐非一般商人所能喻，似應委派專
員，專負其責，以指示改良之。如提倡家庭工業，宜先由中央委員
及政府各領袖家庭入手，以資倡導，俾有觀感。如利用荒廢土地，
恐人民散漫，不易實行，應由國家主持，各省協助，自收事半功倍
之效。如統一國營事業，原議統一集中及裁汰駢枝機關，其法甚
善。總之，各條俱為吾國目下首要之圖，所言尤中肯綮，幸承我公
嘉許，擬交行政院，於一月以內決定辦法，次第實行。仰見虛懷採
納，欽遲無量。務祈督飭各主管機關，詳加討論，如期實現，將見
國計民生而獲其益，固皆出自明公之所賜也。臨穎神馳，不盡依
依。敬頌

勛綏，伏維

督照

（《馮玉祥選集》，下卷，頁 163-164。）

【註】原註：「原稿旁批『不用』、『存』字樣。」

馮玉祥致蔣委員長函（民國二十五年二月十七日）

介公賜鑒：

　　日前暢談快甚。就諗　政履綏和，至為頌慰。聞陸軍大學，招
收學員，規定由東北講武堂、雲南講武堂、北方軍官學校、中央軍
校、保定軍校等校畢業者，始准考入。誠以陸軍大學為程度最高學
府，必求學有根底之士，入校受課，方能易資深造。用意至深，法
尤良美。欽佩之忱，莫可言喻。祥十四年駐軍張垣之時，正值五卅
慘案之後，各方大學學子，紛求從戎，遂設立西北陸軍幹部學校，

以宏造求。因為多屬優秀份子，以故成績頗佳。嗣至河南仍依此意，又設第二集團軍軍官學校，認真授課。故陸軍大學在十三期以前，有收納兩校學員均能遵從校規，孜孜求學。迨自十四期起，遂至向隅。原定限制，係為徵求真才，有裨實學，以防濫竽起見，洵屬慎重辦法。惟上兩校學員，學識稍優，俱在第三路第二十五軍、第二十九軍，及其他各師服務多年，頗有革命經驗，尚非毫無根底者可比。茲該學員因兵學日新月異，進步甚速，紛紛前來要求考入陸軍大學，冀受高等教育，灌輸新學，以為報效國家計。祥既喜其求學之切，更嘉其報國之誠，故代為請命，可否通融准由該兩校出身者，亦得升入陸大，以遂其願。似於我　公廣事培植人才，及該員等增進學識，兩有裨益。明公樂育英才，誘掖後進，想當曲予成全也。臨穎企仰，不勝感盼之至，專此布臆，敬頌

勛祉，伏維督照

馮玉祥　拜啟

附陳西北陸軍幹部學校同學錄一冊

（《蔣馮書簡》，頁 15-16。）

【註】二月十六日《馮玉祥日記》：「讀上海救國會之宣言極有感，我擬即刻寫一長函給蔣，請其特別注意造謠害人之人。」該函未見。二月十七日日記：「為幹部學生及第二集團軍軍官學校亦許升入陸大事發信數封，給蔣、唐〔生智〕、程〔潛〕、何〔應欽〕、朱〔培德〕各位，不悉有效否。」（第四冊，頁 684-685。）

蔣委員長復馮玉祥書（民國二十五年二月二十日）

煥章吾兄勛鑒：

　　頃奉　惠書，承　示前西北陸軍幹部學校及第二集團軍軍官學校畢業學員成績頗佳，屬為通融，准該兩校出身學員，亦得升入陸大一節，已交參謀本部核辦矣。特此奉復，敬頌

勛祺！

　　　　　　　　　　　　　　　　　　　弟蔣中正　敬啟

　　　　　　　　　　　　　　　　（《蔣馮書簡》，頁16。）

馮玉祥致蔣委員長函（民國二十五年二月二十日）

介公賜鑒：

　　日前砲兵學校鄒校長作華函稱：十八日上午，步砲聯合演習，屬往參觀，當於早九時馳往。是日晨間寒冷異常，雪花飛舞，初則砲兵演習，發兩枚之後，因雪大風烈，遂改為步兵演習。於寒風飄雪之中，精神勃勃，不少〔稍〕鬆懈，足見該校教職各員訓練有素，亦以見我　公之監督有方矣。欽佩之忱，何可言喻。惟祥顧名思義，遂生兩種感想，請為我　公言之。

　　一、宜設最大之練兵場　查我國練兵，均有場所，然範圍甚小，僅足容納各個之一部分，假使各方合演，則莫能容矣。聞德、法各國，均有大至百餘里之練兵場。祥前在俄國遊歷，見其場地段之大，設備之周，尤有過於所聞者。常覺民國建立，已逾廿年，國勢飄搖，練兵為重，此場尚付闕如，未免憾事。況在昔聖王，尚多設囿，或方七十里，或方五十里，降至滿清為一己之娛樂，建極大之園林。茲為練兵衛國計，豈不可易園林而為練兵場？且中國土地

廣袤，擇地實易，假因地勢所限，不能不稍佔及民地，而以公允價值，收歸公有，似仍無傷於民。鄙意如能於練兵總區，謀以百里之地，至少方六七十里，作為大規模之練兵場，分以步騎砲之界限，加以合法之設備，庶幾盡美盡善，乞　公注意及之！

二、宜設電子牽引之活動靶場　守土保疆，非有能戰之實力不可。練兵之法，固亦多端，而實彈射擊，尤為要著。愚以為宜於練兵場內，設備活動能進能退的步騎砲各種人形，連以電機，一經發電，則各靶活動自如，而射擊軍隊迅速動作，一如真正身臨戰場。可使官兵使用各種器具而能命中，久之於實戰，定有極大助力。此雖用款若干，然實關軍國大計也。

愚見如此，未知　尊意若何？如承采納，即乞指定專員，特撥專款，積極籌備，以期提前告成。此屬實事求是，有裨於練兵及戰事者甚大也。感想所及，率以書陳，即頌

勛祺，伏維

朗照

馮玉祥　拜啟

（《蔣馮書簡》，頁 16。）

蔣委員長復馮玉祥書（民國二十五年二月）

煥章吾兄勛鑒：

頃奉　惠書，承　示設廣大練兵場及電力活動靶場各節，仰徵卓識，已飭軍政部籌辦矣，復頌

勛祺！

蔣中正　拜啟

（《蔣馮書簡》，頁 16-17。）

【註】此係復馮二月二十日函，當在二月下旬。

馮玉祥致蔣委員長函（民國二十五年二月廿三日）

介公賜鑒：

　　溯自去冬來京，忽忽四閱月矣。光陰如駛，歲不我與，時艱莫補，黯然神傷！然我公施政布化，與日俱進，為國宣勞，欽佩無量。（中略）每念豐功，輒用嚮往。惟國事殷繁，豈止一端，此後應如何主持，應如何實行，應如何改良，茫如煙海，非可並舉。敢本所知，先言其要：

　　一、關於軍事之宜注意者：

　　㈠我國軍政各事，向係自為風氣，迄未畫一，尤以各方軍隊之不一致，為人所詬病。舉凡軍師旅團，人數之多寡不同，餉項之盈絀不同，軍械之良窳不同，馬匹之優劣不同，至於紀律訓練強弱，更不啻有霄壤之別。似宜先將不同各點，務歸一致，然後可責其勤加訓練，嚴守紀律，轉弱為強，自屬易易。

　　㈡自古兵之強弱，繫乎將之一身。民國肇造以來，黨派分歧，界限過清。為將領者，或為依人作嫁之計，或存五日京兆之心，甚且有朝不保夕之虞。是以敷衍塞責，因循玩忽。將領如此，尚何望兵之能強？必也一爐溶化，待遇同等，除其門戶之見，消其南北之分，推誠相與，患難相同，自收負責訓練蒸蒸日上之效。韓信自謂善將兵，而推高祖善將將。我公豁達大度，不讓漢高，當必有以善處之也。

　　以上兩事，為目前要務，擬請精選知兵大員數人，作長時間詳

細討論，俾得正當辦法，冀收實效。祥只知此為要圖，尚無成見也。

　　二、關於撫恤陣亡官兵及大赦政治犯兩案，前曾屢為談及，茲復分別略言之：

　　㈠撫恤陣亡及殘障受傷各官兵一案，憫其為國盡忠，固應從優議恤，而藉以鼓勵後來，尤須提前宣布。昨聞已荷明公發交主管機關，依法辦理，然尚未聞作何辦法。祥終覺此係要著，應有時間性，務乞督催速行，是所切盼！

　　㈡大赦一案，兩次肅函，均邀採納。惟前未詳談者，尚有四項，茲補敘之：

　　1.政治犯之外，有所謂普通犯，尤居多數。聞省縣監獄，俱有人滿之患。就軍中送押人犯於縣監一端而言，往往送押之後，其軍開往他處，或被改編，或經解散，將領易人，自不知先有送押情事，當然不復置理。而縣長既不知所押者係何罪犯，係何刑期，未便冒昧釋放，遂致極微之罪，反押數年之久。准此以推，其未經判決，而已監押甚久者，比比皆是，言之能弗憐憫？此應請斟酌輕重，速為赦免普通犯也。

　　2.十九路軍官佐，恃其前功，致逾常規，罪有應得，夫復何言。然念其苦戰抗日，實增歷史光榮，應請原情恕罪，特為赦免。

　　3.多數青年，本非共黨，不過因其形跡可疑，或以頻閱此類書報，或以喜談此類言語，遂致株連，不可勝數。青年有為，未免可惜。擬請將查無確實證據，而僅涉嫌疑者，一律赦免，以示寬厚。

　　4.前年大赦，僅及普通輕犯，其犯危害民國，及與懲治盜匪法相合者，俱未邀赦，致令向隅。竊以此兩項犯罪頗大，固不能與他

犯相比擬，然如赦之不可，減之未嘗不可也。擬請於此次大赦之時，准依減等辦法，或以五年作抵，或以十年作抵，例如死刑減為永遠監禁，而永遠監禁減為十五年徒刑。等而下之，或各減五年，或各減十年，未始非仁政之一端。陳獨秀、牛蘭夫婦、杜重遠諸人，均雖罪有應得，然執行已久，似可赦釋；而杜重遠聞正在擬赦間，因報章登載其與某人通函信稿，遂又擱置。竊以為過去之事，似無吹求必要，擬請仍照原議省釋，未知可否？

三、關於會議事宜，謹將管見兩項，約略言之：

㈠國事殷繁，諸待急進，時艱共濟，端賴集思。雖中常會、中政會、行政院暨軍事委員會每周各開會議一次，而議席過多，時間有限，或欲言而無機，或甫言而時盡，甚或存明哲保身之觀念，而不肯輕於發言。取決多數，尚屬無妨，研討策略，恐非所宜。擬請於每星期一或星期六下午，開談話會一次，邀集老成練達，博學卓才之士四五人至六七人，詳究禦侮安內之良策，著為具體有序之計劃。然後提出於大會，表決於群賢，庶言無不周，意無不盡，內收集思廣益之效，外無專擅獨斷之咎，裨益國家前途，當非淺鮮。

㈡會場坐次之設，多以為無關大體，而鄙意則覺其未可輕忽。顏魯公上郭汾陽書，洋洋數百言，以坐位是爭，豈無意哉？嘗見軍事委員會會議場內，參謀總長一席，似嫌太後，覺有未合，鄙意應於主席之次，參謀總長居第一席，辦公廳主任居第二席，其餘亦分別秩序列席。如此設座，似覺確當。其參與紀錄之座，以背向議席，亦覺不合，若易而相向，則無可疵議矣。是否適當，尚乞核酌！

四、監察院之設，所以澄清吏治，除去貪婪，為施政之最要機

關。自汪〔兆銘〕先生以三條相拘束，遂致此院等於虛設。且只以空言彈劾，而無實行之權，仍為缺點。伏念〔千〕右任具革命性，同盟舊僑，本黨先進，必使其意滿權高，當可望弊絕風清。擬請明公與于君詳密研究，妥商辦法，庶幾顧名思義，實行監察職權。廉潔政府，可實現矣。

五、章太炎先生學問道德，冠絕一時，昔年革命，尤著蓋籌。聞其講學蘇州，生活殊感拮据，是誠勇於謀國，拙於謀身，忠實之同志，剛介之君子也。晚年困厄，不勝感嘆。明公革命半生，甘苦畢悉，於其貧老交迫之際，擬請每年由國庫提贈三萬元或五萬元，以公之名義致之，以為維持之費。謂之為尊賢也可，謂之為敬老也亦可。面面俱到，宜若可為，惟仍以秘而不宣為是。

六、京、浙為吾國要區，自宜積極整頓，積極建設。然愚意以邊疆為全國門戶，較之腹地，尤應注意。前代明君賢相，徒用羈縻之方，以求其不反動為得法，卒之邊情隔閡，與各民族毫無聯絡，因劃界失地者有之，反覆背叛者有之。即今日英、俄、日本各國之煽動，亦何莫非不相聯絡，不生感情之弊？誠能規定邊遠省分之各廳委，每年分期來京一二次，詳陳蒙、藏、（纏）回各方民情風俗，以及因地制宜，因時制宜，種種施政方針，而政府詳為垂詢，酌為採納，其裨益實非淺鮮也。

七、前（略）蒙特派某君往上海等處檢閱鋼鐵及各項機器等事，前在廬山，已經報告。此次與祥晤談，據謂各處所存鋼鐵等物頗多，因係中國土產，棄而不用。蓋皆以吾國產品，不及外國之佳也。鄙意以為未必俱不若舶來品；就使果不相及，而設法改良，設法製煉，未必終不可用；乃竟棄此取彼，使外貨入超日增，利權外

溢日多，寧非自斃之策？此尤請注意及之為禱！匆匆手布，順頌
勛綏，諸希督照！

馮玉祥　拜啟

（《馮玉祥選集》，下卷，頁 171-174。）

【註】二月二十四日《馮玉祥日記》：「同蔣先生談話，約七事：
　　　為大赦的事，為右任的事，為楊先生說的鋼鐵事，為陣亡殘
　　　廢人員事。我同介石談完話後，介石說：『大哥看到什麼錯
　　　處請要說，想到什麼應辦亦請說，為國家計應當如此，為朋
　　　友計大哥亦應如此。』我實被此話所感動，我說：『只有知
　　　無不言，言無不盡，方對得起您這話。』」（第四冊，頁
　　　688。）所談七事，即二十三日函中各點。此前，馮是先與蔣
　　　談，再以書面記下送蔣；這次則是先寫信，再面談。

馮玉祥致蔣委員長函（民國二十五年三月六日）

介公賜鑒：

　　昨談各事，快甚！茲復分項，開陳於後：

　　一、略

　　二、章〔太炎〕先生道德，冠絕一時，而清高是尚，致感拮
据。是以前函請贈送國幣三萬元或五萬元，以表尊賢敬老之誠。我
公採納之下，復慮其一介不取，致遭拒絕，卓見高明，益用欽佩。
惟溥泉〔張繼〕兄與章公契合，託其轉致，或當不負所委也。

　　三、梁式堂〔建章〕先生所著之書，於水利研究有素，言之有
則，為刻下治河導渠之極可取法者，昨已面陳，想當賜覽。其已印
之兒童德育歌課本，精采處尤多，曾談大意，荷承　贊許。此書尤

為葉楚傖先生所傾倒；亟欲速印數十萬本，以廣傳播。惟鄙意擬先將原稿底本送請　鑒定，然後付印。現正改寫插畫各圖，俟二三日畫圖齊備，即當送上。

四、軍事委員會，每星期例會一次，事屬軍政，關係綦重，以我　公秉政中樞，一日萬機，由祥代為主席，分任其勞。然會議之後，自當面陳顛末，庶合體制。擬請自本星期起應於散會後，由副委員長偕同辦公廳主任，或參謀總長，或軍政部長，立往　尊處面陳會議情形，及表決經過。倘公別有要事，時間不許，應請臨時以電話約定，於午後四時左右謁晤，需時不過十數分鐘，即可說明詳情。此事為銜接起見，固應如此，似仍不致誤其他要政也。

五、介紹丁君慕韓已荷允許，查丁君學問淵博，擅長軍事，待遇優厚，定多裨益。回憶日本之強，固由於明治維新，事事進步，而主要則首在治軍。蓋日本僅得一德國之中校軍官，用種種方法聯絡之，逾格尊崇之，又以天皇之貴，相與結交之，不數年間，盡得國防之辦法。我國前亦得日之司馬傳授國防真意，惜僅傳授一載有半，尚未窺其全豹，因保護不周，致被日人忌而刺之。失此良師，殊堪浩嘆！現在陸軍大學尚聘歐美教員多人，主講一切，然祥參考數日，知其多屬皮毛，尚非國防大計。緣種族不同，區域各異，彼邦之士，斷不肯以其秘密戰術，輕授於他邦之人，應如何妥擇善者，優為待遇，妥為保護，使其有所感於我，而復無意外之慮，然後可望其傾心講授也。是尤汲汲所望於公者。丁君曾受日方司馬之訓練，當有特長，並希延納，是所切盼！

六、略

七、處此時局多艱，國難嚴重之秋，需才孔亟，惟慮不足，儲

以備用，**實屬要圖**。祥平居思維，首重於此。故或舊友相依，或新識甫來，其有學問宏深，見識特超之士，固欲留備大用，共佐盛治；即才具展開，經驗宏富之員，亦欲廣為延納，藉有建樹。日昨單開諸人，即不乏練達明通之才，幸荷儲諸夾袋，允予委任。行見濟濟英才，盡集　公門，尚乞早為發表，以安士心！

　　八、滬上各方如陶知行先生、章乃器先生、江恆源先生等多有救國會之提倡，或奔走呼號，或廣事宣傳，無非抱愛國之熱忱，期達救國之目的。然因內外隔閡，情愫鮮通，往往有人故意報告，致疑其別有作用。而各方復疑政治故事壓迫，遂致時生誤會，益復支離，猜忌愈嚴，反動愈易。如能時派妥員，頻與接洽，自可恍然大悟，明瞭政府之苦衷矣。最好請其來京，我　公親與接談，種種設施，種種用意，何事不妨揭明，何事應守秘密，推誠相告，不復隔閡。該會各士，洞明大義，不特無軌外行動，或能盡力協助，作我後盾，裨益國事，當非淺鮮。

　　九、胡展堂〔漢民〕先生頗負重望，共謀國是，足助　蓋籌，我　公盼其早日回國，速蒞都門之意，至切至殷。祥體　公盛意，前曾發電於展堂，以信陵君因魏見重之理，委婉譬喻，以證其因我中華而見重於各方之情。展堂明達，翻然有動於中，立買直至上海船票，剋日首途，乃不知因何行抵香港，輒復裹足；或者風浪遠涉，暫時休養，以待氣候溫和，亦未可知。尚乞我　公頻與周旋，多通音問，推心置腹，以誠相見，如有疑慮，因可藉以釋然；如無別情，更可藉以親善，為國為友，俱當爾爾。昨談及此，極荷

　　採納，諸希鑒照，並頌

勛祺！

馮玉祥　拜啟

（《蔣馮書簡》，頁 17-18。）

【註】三月五日《馮玉祥日記》：「到蔣先生處一談，所談事項甚
　　　多。」（第四冊，頁 692。）在舉薦人才方面，他除了再次稱讚
　　　梁建章外，又推薦丁錦，丁字慕韓，一八七八年生，江蘇無
　　　錫人。陸軍軍官學堂畢業。曾任北京政府陸軍參事、軍務
　　　司司長，航空籌備處處長，航空署署長，民國十年七月去
　　　職。

　　　陶行知（1891-1946），安徽歙縣人。金陵大學文學系畢業，
　　　赴美留學，在哥倫比亞大學攻教育，為杜威所器重。民國五
　　　年回國，歷任東南大學教育科主任、《新教育》月刊主編、
　　　中華教育改進社主任幹事。推行平民教育工作。十六年三
　　　月，於南京曉莊創立南京市試驗鄉村師範學校，任校長。十
　　　九年四月，曉莊師範被封，出走日本。翌年返國，編輯自然
　　　科學叢書、兒童科學叢書。二十三年，開展普及教育運動。
　　　二十四年，推行國難教育。馮在南京期間，經常去曉莊，與
　　　其長子陶宏也時相過從。

　　　江恆源（1886-1861）字問漁，江蘇灌雲人。北京大學畢業。
　　　歷任北大教授、江蘇省立第八中學校長、江蘇省教育廳長。
　　　十七年一月，任河南省政府委員兼教育廳長。後任上海興華
　　　大學、滬江大學教授等職。

蔣委員長復馮玉祥書（民國二十五年三月）

煥章吾兄勛鑒：

　　頃奉　惠緘，指示八項，至深欽感。軍委會例會，偏勞主持，會後過談，實所願望。請於每屆會後，獨自來晤，藉便聆　教。專此，並頌

勛綏！

（《蔣馮書簡》，頁 18。）

【註】係復馮三月六日函。

馮玉祥致蔣委員長函（民國二十五年三月九日）

介公賜鑒：

　　章乃器、陶行知、江恆源諸先生，因愛國心熱，有文化救國會之設。純係出自熱誠，欲圖補救，其居心實與各方學生請願救國，如出一轍。事之有無效力，固當別論，而發憤愛國，實為國人所共諒。或因素少接洽，或因不悉底蘊，往往非疑其別有作用，即疑其另有背景。甚至報告之人，以疑似之懸揣，作正式之傳報。聞一說十，成杯弓蛇影之談，其實以訛傳訛，誤會滋多。久之兩相揣測，彼此猜忌，本屬一方之疑，反成兩方之誤，誠所謂差之毫厘，失之千里。每一念及，甚抱杞憂。嘗讀宋史，每嘆關、閩、濂、洛諸君子，同是救國之心，同為誤國之人，何則？救國之心相同，而救國之術各異，乃不相聯絡，反相猜忌，此亦一是非，彼亦一是非，以己為是者，必以人為非，卒之互相攻訐，不能相容。至憤恨至極時，徒知意氣用事，寧為玉碎，不為瓦全，而反不論是非矣。故歷代國事，以君子與小人爭，終歸於敗，而宋則君子與君子爭，而究也失敗與小人等，誠為可嘆。詳意今日章、陶、江諸君，同為救國之事，將成兩相誤會之局。糾正之方，竊以宜速由多通款曲，時通

情愫為入手辦法。蓋政府於國事，有不能不暫守秘密之義務，而彼等遠處滬濱不知政府之苦衷，未能相諒。職此之故，擬請我　公於萬機之暇，頻召諸君，來京晤談。委曲詳情，誠以相告，杯酒往來，情義漸洽，使其知我之愛護國家，有更甚於諸士者；知我之愛護諸士，有更甚於自愛者，則必傾心相感，同力合作，不惟無掣肘之虞，益當有交融之益。朝野一致，其效倍大，裨益大局，豈有限量？

　　日前布函，曾言及此，惟語焉不詳，恐不足以邀　察照，茲復盡情奉陳，尚希　鑒納。現在江恆源君業已來京，如荷見邀，諒當樂聆　教益也。一得之愚，謹以奉布。是否之處？

　　伏乞　核奪。專此，敬頌

勛祺！

馮玉祥　拜啟

（《蔣馮書簡》，頁 18-19。）

【註】三月五日《馮玉祥日記》：「同丁〔慕韓〕先生談國防事。同江問漢〔漁〕先生談救國會並介紹其見蔣先生事。」（第四冊，頁 692。）

關、閩、濂、洛諸君子，指自北宋迄南宋，理學名儒濂溪周敦頤，洛陽程顥、程頤，關中張載，閩中朱熹，稱濂、洛、關、閩四學派。

馮玉祥致蔣委員長函（民國二十五年三月十日）

介公賜鑒：

　　竊維中國之貧，由於利權之外溢；而利權之外溢，由於實業之

不興。而大開礦產，大鍊鋼鐵，尤為振興實業之基，富民強兵之本。蓋百業之機器，農業之用具，練兵之軍械，何莫非鋼鐵所造成。是鋼鐵者，幾為國家須臾不可離之品。乃吾國鐵礦極多，開採極少，固因辦之不得其法。而根本實為資財所限，以故坐令貨棄於地，而反購之於外洋，卒造成入超日增，利盡外溢，以達今日國與民交貧之現象，可勝慨哉！

鄙意以為吾國目前建設要政，不外修鐵路、開鐵礦兩事。月前鐵道部發行一萬萬二千萬外債，以建築川、黔等處之路，提議於中常、中政兩會，祥曾首先贊成。誠以交通便利，如人身之血脈貫通，於國於民，裨益良多。雖今日大發公債，而以後之收入源源而來，利莫大焉。較之因他事而發公債者，不可同日而言。至采鍊鋼鐵，似更要於修路。實業部吳〔鼎昌〕部長曾有借款開礦之計劃，卓見宏論，欽佩莫名。惜吳君鑒於國窮款艱，未敢大舉，僅擬由漸而來，以期易成。鄙意竊以為如此要事，亟應速從大處落墨。應仿照鐵道部辦法即加高二三倍之外債，以從事於鋼鐵之采鍊，將不惟永足國用，且售之歐美，一反入超之弊，而收出超之效，豈慮外債之無力償還？諺所謂一本萬利，洵非虛語。擬請我　公特別注意，提倡辦理；或令實業部大計畫，一意進行，倘能提前著手，早日采鍊，富國利民，正自無量。或因鋼鐵日多，而藉以增高吾國製造槍砲之程度，則兵堅國強，永樹無疆之業，關係豈不更大。一得之愚，謹以貢獻，想我　公當以為然也。務盼　采納，是所至禱！耑此奉布，敬頌

勛祺！

馮玉祥　拜啟

（《蔣馮書簡》，頁 19。）

馮玉祥致蔣委員長函 （民國二十五年三月十七日）

介公賜鑒：

　　日前偶然不謹，致為風伯所欺，故各方會議，均未能依時參加，正自愧恨間，忽承驥從惠臨，殷殷存注，隆情盛誼，感何可言。並因時局杌陧，辱荷下問，惟祥學識淺陋，又以病中未能詳談，不足裨益　高明，然繼而思之，前日所言，多關大局，謹將原意錄出，送請　存閱：

　　一、日、俄交惡之事，或將先行破裂。祥再四思維，恐敵方之意，仍先在此而不在彼也。蓋敵〔指日本〕與俄之不能相容，固屬不可諱言，然其敵俄之心甚切，則謀我之心必益急。以侵我之後，既可集中其力量，又可免後顧之憂慮。故祥料其對於俄方仍以敷衍手段，暫作緩兵之計。一面先以全力，直接據我土地，即攫我之財，用我之民，以擴大其敵俄之力。是其與俄衝突日甚，而我之危險亦隨之日甚也。管見早已及此，故送函請用各種方法，聯絡英、美、蘇俄為實行抵抗之策，今仍自信頗堅，務乞　特別注意，須有專員專責專款，多方籌備，是所至禱！

　　二、敵方國內多事，環境惡劣，目下或不暇以強大之力，橫來壓迫。然此言倖中，仍未可視若緩衝，而充實國力，實為不可稍緩之計。欲求充實，則仍以大鍊鋼鐵、大設各種機器廠所、振興實業為要圖。在尊意從事鋼鐵，未免使其疑忌，　卓識遠見，計慮周詳。惟鄙意終以富強之道，係為國者所應臥薪嘗膽，汲汲於此，不得因避其疑忌，而遂不辦也。矧生死關頭，存亡樞紐，要政之興，

似不容緩。且采鍊鋼鐵，不必專為軍械，農工商業，何莫非需用甚殷也。

三、日本政情，將成革命之勢，但其結果，仍似無利於我。我亦不得因其內亂，遂存倖免之心。昨我　公論日方形勢之劣，譬如下坡然，業已開始而下。而我則已下至半坡。喻之甚當，欽佩無量。惟我之下也，應有止境，倘由此力思振作，凡能充實國力者，努力為之，積極籌備，不斷的努力前進，正為我發憤圖強之機。

四、略。

五、陶行知之任教育，承　公評其既非研究共產主義，又非無政府之訓誨，漫無紀律，甚不為然，推而至於某某雖皆鼎鼎大名之教育家，究俱有無紀律之嫌。仰見眼光四射，確中其弊。惟陶之遇事有識，頗具熱誠，而性各〔格？〕有偏，或不免流於奇僻之處。尚祈多與接洽，有以糾正，為益良多。至教育無紀律，師生無感情，幾為今教育之通病，祥每一念及，尤不禁痛心疾首也。記有數事，試瑣言之，以資證明：

(1)王鐵珊〔瑚〕先生年近七旬之時，嘗與祥談及幼年在鄉讀書。塾師憐其父老多病，家況寒素，頻為接濟藥費。一日買筆四支，以佳筆二枝給鐵珊，其劣者給己之子。鐵珊方以為疑，師為解之曰：汝家貧父老，賴謀生計，吾子不急謀生活，筆劣無妨也。鐵珊聞言至此，淚下如雨，感師恩也。學雖以後舉進士，官省長，至老猶不忘其師。前輩師生間如此融洽，相視如父子，今之校，安能有此？

(2)二十年前，與耶教內諸友談心，見其女僕之子，向母索要手錶及踢球鞋。其母謂寒家安用手錶？其子言校中同學，俱有此物，

我若獨無,恐為人笑。如不予,寧不入校也。任教育者如此提倡,寒士豈能求學?聞近年益復崇華黜實,南京、北平各大學學生,每年非數百元不能足用。竟成貴族學校,無怪貧家之裹足不前也。

(3)聞各校有資質聰明,學業精進之生,雖至將畢業之期,因無力交納學費,致被迫退學者有之。雖荒唐懶惰學生,但能依期交費,仍可卒業。果屬如此,安望其造就人才?

(4)明公有鑒於教育退化,救國乏才起見,欲建立國難教育方案,以資培植,而應國用,實為切要之圖。請即召集明通教育家,悉心研究,期盡美善,以收樹人之效。

六、章太炎先生,為國家人瑞,士子師表,尊之,養之,理所應爾,且以示尊賢敬老之意,感佩何已。祥以病中,未能多敘,草草奉此,敬頌

勛祺,伏維詧照!

馮玉祥　拜啟

(《蔣馮書簡》,頁 19-21。)

【註】馮於三月十二日生病、發熱,蔣於十五日去探病,倆人談:

「一、日本近日尚未說出如何硬話。二、恐其不久將有硬話說出,亦未可知。三、丁〔慕韓〕、陶〔行知〕二位已見面。四、對於陶先生尚有不諒解之處:甲、陶不是共產教育法,乙、陶不是無政府教育法,丙、李石曾〔煜瀛〕之教育法亦非是,丁、蔡子民〔元培〕之教育法亦不對,戊、非有系統不可、非有紀律不可。五、說到鋼鐵事,我以為應早日大辦。蔣說極是,然須顧慮外人之注意。六、日本革命已開始,我們則已到山腰矣。約有半點鐘始走。」(《馮玉祥日

記》，第四冊，頁 695-696。)

王瑚（1865-1933），字禹貢，號鐵珊，河北定縣人。光緒二十年（1894）甲午科進士。民國九年，任江蘇省長。十一年，調山東省長，未就。旋應馮玉祥邀，為之講解易經、左傳等古籍。十七年，任賑務委員會委員。十八年，任黃河水利委員會副委員長。二十一年，任輔仁大學國文系教授。二十二年四月二十五日逝於北平。

馮玉祥致蔣委員長函（民國二十五年三月二十三日）

介公賜鑒：

日來未及暢談，殊以為念。想　履祉綏和，諸凡暢遂，且頌且慰。近來邊疆日緊，風雲頻傳，凡能收拾邊地人心者，均應特別注意，藉收相助之效。頃接班禪額爾德尼來電，其文曰：

「馮副委員長勛鑒：密。久違教益，彌切遐思，敬維道躬安適，為無量頌。班禪抵青數月，回藏事務，大體就緒。惟中央核准旅費，尚餘三十萬元，未蒙發給。迭電羅處長等就近催領，迄無結果，首途在即，深為焦念。青省購辦各物欠價，即待清理，而人夫駝馬，延遲一日，即受一日之損失。前項經費，實屬待用，諸多孔急。年來諸事，仰叨照拂，銘感無似，一簣之功，尚乞設法玉成。」等語。

竊以班禪此次回藏，關係於維繫人心，鞏固西陲者至重且巨。若任令久羈青海，似非所宜。現其束裝待發，需用旅費正殷，究應如何辦理，乞即　核奪，俾速成行。專此奉布，敬頌
勛祺！

馮玉祥　拜啟

（《蔣馮書簡》，頁 21。）

馮玉祥與張溥泉、李協和致蔣委員長函（民國二十五年五月十四日）

介公賜鑒：

　　周巡博察，車駕云勞，勤政親民，至於宵旰，而愚等備位襄輔，鮮補時艱，馳驅不效，深資媿悚。然未嘗不欲以塵露之微，補益山海，冀德澤之衍流，興邦家之不振也。今倭寇橫行，益肆其極，一誤再誤，豈不坐亡？往者已矣，奮起未遲。謹陳三事如左：

　　我國形勢，雖重中原，然長城險阻，足固邊圉。今之議國防者多言憑河為守，斯誠惑矣。愚見以為國防設計，應去數年來後退之策，而為前進長城之線。前此抗戰已覘其效。雖山海關至古北口方面，為敵侵佔，其餘仍為我有。現張自忠部扼守察垣，南口天險，且在其後。故國防第一線，當以長城為根據，庶可冀輔天津、北平，防敵西進。是不僅為軍事上的要著，安定人心，振作士氣，亦非此不可也，此其一。

　　夫離心離德，殷是以損，同心同德，周是以興。人心離合，繫乎存亡。自政府對北方諸省停黨部、撤駐軍，人民已疑中央將棄之如遺矣。所賴諸將領之一片丹忱，得保疆土。愚意閻錫山、宋哲元諸同志，在學識上，容有高下，至其精忠愛國則決無二心，此可以斷言者。政府對於北方諸軍允宜寄以腹心，示之以大計，補充其軍費，不僅與中央各部無所軒輊，甚至優遇而有過之，務使上下一心，心悅誠服，樂為效死，則士氣大振。北方形勢一殊，全局改觀矣，此其二。

　　三晉形勝天然，河朔壁壘，西北鎖鑰，控察、綏而連魯、豫，為歷代重鎮。此次中央大軍進駐，正得其時。頃聞有南旋之議，此不僅更失人心，抑且有乖軍略。且敵圖察、綏，窺伺方亟，視平、津若囊中物，雄師厚集太原，尚可收遏其西進之效，若遽旋師，是何異如敵之計耶？此其三。

　　總之，今日之事，非抗敵不足以圖存，非固守河朔，不足以抗敵。南宋、季明，前車可鑒。苟北方不守，偏安難期。矧今古情勢大異耶？愚等鄙見，若按甲盤桓，緩圖資敵，甚或退師延頸，自貽虧衂，徒使狡虜憑陵，苟延歲月，誠期期然以為不可也。國勢危殆，有如纍卵，蒿目所及，敢不盡言！披瀝以陳，惟衡察之！

馮玉祥、李烈鈞、張繼　敬啟

（《蔣馮書簡》，頁 21-22。）

馮玉祥致蔣委員長函（民國二十五年六月二十七日）

介公賜鑒：

　　自日人增兵華北，國事日形嚴重。近又發生西南之事。派兵調防，時有所聞。奸人挑撥，風影滋多，一似有岌岌不可終日之勢。愛國之士，同抱殷憂，奔走呼號，思有以和平解決之。而全國民眾，尤以內戰為懼，談虎色變，群相驚駭。蓋人民受外來壓迫，皆知民族險狀，其惟一希望，卻內爭而禦外侮。民意如此，大勢可知。我　公公忠體國，氣慨宏深。以國家為前提，以民意為依歸，委曲求全，竭誠應付，於事急勢迫之際，仍出之以鎮靜。以坦白之心理，求和平之途徑。翹企　大度，祥欽佩無似。瞻念前途，有感於中，謹言衷曲，幸　垂采納！

㈠兩廣之事，關係國家存亡，處之稍形激烈，其患不可勝言。約略述之，厥有三端：

⑴內憂外患，相迫而來。華北嚴重，較前益甚。萬不宜於對外之前，先與西南發生衝突。蓋一經決裂，雖有善術，一時不易收拾。況敵對行為，兩方同消實力，損失既大，將藉何以禦侮？不為日人造成機會，使收漁人之利？且事緩則圓，當有挽回之策；而逼之太急，萬一彼方鋌而走險，以抗戰者反致助敵。則我之前途，愈不堪問。關於中央與地方之意見甚小，關於國家之存亡實大。此中關鍵，不容稍忽，萬乞大度包涵，力主和平。

⑵對於西南之辦法，第一務設法使其遵循常軌，以服從中央命令為主。第二為勉求和平，委曲求全，思其所欲，而不便形諸言詞間者，輒婉轉給予之，以滿其意，彼自可服從於中央，既免戰爭，又足增國家實力。第三能於二中全會以前，令他人與其疏通，當能收效。以上所言，不知者以為似失威信，其實為國圖存，果能有利於國，則忍而又忍，正大英雄之本色。孟子曰：「以大事小者樂天者也，樂天者保天下者也。」是公之長也，非公之短也，於威信乎何傷？

⑶白健生〔崇禧〕前復之電，內有扼要三語：即一欲抗日，二欲服從蔣公，三何時抗日，如何抗法等語。如此措詞，此事自易解決。但求開誠布公，圓滿密告，使其瞭然於懷，不復置疑，國家前途，實利賴之。

㈡華北增兵，外侮日亟，抵抗之準備，允宜先有以維繫人心，並謀諸將領之和衷，試分項簡述於下：

⑴宋〔哲元〕、韓〔復榘〕二人，賦性忠誠，祥與久處，素所深

悉。察其平時之為人，及經過之事實，必能擁護中央，人所共知，望即推誠相與。所謂推誠者，不過與中央軍一律待遇也。如此必可報國家並報我　公也。

⑵日人在華北一帶，仍習其故智，沿用利誘、威嚇、分化、離間各手段，希冀不費一兵一槍之力，而攫我盡有之地。在彼至為得計，在我實為寒心。此不能不特別加以防範，使無用其技耳。

⑶欲防其離間各術，應先從聯絡我內部入手。鄙意於華北各將領士兵人民，亟應善為收撫其心，使信之堅，決非外人之奸計所能搖動。尤宜體恤將領之苦衷，諒解其心志，倘能事事得如其意，曲予優遇，則得其心者更大，盼注意及之！

㈢處今日嚴重之時局，外交實與自強並重，未可偏廢，似宜速定外交方針，以收臂助之效。

⑴俄、法兩國，前俱可與我國相聯合，或訂中法協定，或加入俄法協定以資互助。此誠千載一時之機，未可自誤。曾將詳情為公言之（中略）萬乞注意！

⑵英國聞現已與俄方訂有海軍協定，然則我之聯俄即並以聯英也。應如何與之相結，似宜積極進行！

⑶對日交際，向主和平，致使得寸進尺，啟其輕侮之心。鄙意應即改變方針，自今日起，不能再事退讓矣。

㈣近考各方軍隊，訓練有方，不特步武整齊，技藝嫻熟，而精神上亦有朝氣，有奮發現象，很好。惟聞各軍、師、旅，人數之多寡既不同，餉項之優絀又不一律，器械之新舊亦不一致。在平時稍不劃一，尚無傷於大體，當此各方多事之秋，若不平均之待遇，恐不免嫌疑頓生，謠言易起，致失事機。尚乞通盤籌畫，力求均平一

律為禱！

㈤立國之道，首以經濟為命脈，然民窮財盡，籌之維艱。惟近所通過之所得稅，吳〔鼎昌〕部長提議大加菸酒稅款。竊以菸酒為消耗品，各國對此及化裝各品，課稅獨多，誠以無益之消耗，不妨寓征於禁耳。吾國消耗尤甚，似乎加稅雖重，決不為苛。擬請提前辦理，以增收入。

㈥吾國練兵，近代採用招募之法，平日訓練，已弊端百出，偶屆戰時，補充為難。思維再三，似仍以徵兵為宜。今日尤須行之不可不早，以圖實現全國皆兵之計。

㈦用人之法，亦以統一為主。目下之急需，參謀為尤要。鄙意各軍、師、旅之參謀長一職，必皆由參謀本部精選委派，庶可收指臂相顧之效。或令各方保人來部，冀彼此易通聲息，亦屬內外結合之一道也。

以上七條，就管見所及，簡單陳述。惟區區之意，不能自己者，以一二兩項最為重要。對於西南，使之服從中央命令，而不用兵為尤要。明達如　公，或以為然。專此密布，敬頌

勛祺！

（《蔣馮書簡》，頁 22-24。）

【註】兩廣軍事領袖陳濟棠、李宗仁、白崇禧對蔣的成見很深，未能冰釋。二十五年五月十二日，胡漢民病逝後，廣州情況突生變化，陳濟棠以抗日為名，於六月五日出兵湖南。蔣一面曉以救亡圖存，切不可輕啟內爭，一面調軍入湘警備。蔣聲明貫徹和平統一政策，願開誠商洽。陳濟棠受廣東國民黨元老反對，高級將領擁護中央，至七月，陳被迫出走。粵局既

定，中央任命李宗仁、白崇禧為廣西綏靖正副主任，尋又予調職，李、白抗命不受。蔣親到廣州，派人向李、白說明抗日決心與計畫，允其仍留廣西。九月，和平了結。

在這次事件中，馮居間協調，函電不斷，力勸雙方相忍為國，終於完成團結。六月十日，馮於臨時中常會後與蔣及孫科長談兩廣事，勸蔣要寬厚，可使人心悅誠服，並舉張發奎、汪兆銘等過去反蔣之事實，蔣均不計前嫌，「即我自己亦為反對之一分子，住於泰山而介石不忘我，連電約我來京，諸蒙厚愛，無人不知。而對於一老部下白健生，尚有不能容者乎？吾不信也。」（《馮玉祥日記》，第四冊，頁 737。）六月二十四日，又對蔣說不可對西南用兵。六月二十八日日記：「長信一封，不知蔣介石作何感想也。」七月一日日記：「八點，到介石家中談，飯後談至十一時，記之如下：一、有集眾思、廣眾議〔益〕之精神，誠不愧謀國，黨國之精神畢現。二、吳稚暉〔敬恆〕主張打西南。三、理鳴〔覃振〕說種種理由打不得。四、協和〔李烈鈞〕先生主張和平。五、頌雲〔程潛〕亦主和平。六、蔣先生結論：為目的，為和平，態度須嚴正。」七月九日又勸蔣：「但能寬大為懷，還請萬分致力於和平。」（《馮玉祥日記》，第四冊，頁 745-749。）

蔣委員長復馮玉祥書（民國二十五年七月一日）

煥章吾兄勛鑒：

　　頃辱二十七日手書，謀國之勤，私眷之摯，循誦三復，感佩何

量。此次兩廣異舉，穴舟自溺，事勢至明，而一念及多年生死患難之關係，及國家憂危迫切之情形，但殷惕憫之情，遑有責難之意。聞變以還，日惟拊痛，倘有消沴戾而導祥和之地，誓秉至誠惻怛之念，百計以求。亦既屢掬微忱，垂涕告語，祗期遵循常規，服從中央命令，以立共同禦侮之張本，此外無不可以委曲求全，尊示各點，均切同情，尚祈共抒偉畫，弭患銷萌，國家幸甚。

　　至於南北將士，均膺國家翰藩重寄，股肱一體，自無厚薄。今後惟當視所能及，亟圖補苴。深望代宣此懷，俾資共喻。別楮所示，並佩藎籌，謹以書紳，且期自策。專此奉復，敬請
勛安！
弟蔣中正　敬啟

（《蔣馮書簡》，頁 24。）

馮玉祥致蔣委員長徑電（民國二十五年七月二十五日）

廬山蔣委員長介公賜鑒：

　　密。頃接德鄰〔李宗仁〕、健生〔崇禧〕兩兄養〔二十二〕日復電。其文曰：

　　「諫〔十六日〕電奉悉。屢承明教，示以腹心，誠摯之情，令人夜思不寐。目前局勢，合則足以圖存，分則亡可立待，誠如尊示。仁等過去所以一再請求中央領導者，惟此而已。中央當局，救國既確有成算，抗敵可成事實，則仁等復何所求。望就近請示委座，示以機宜，苟利於國，自當惟命是從也。掬誠奉復，謹乞垂察。李宗仁、白崇禧叩。養。」等語。

　　是其服從中央，具有誠意，並屬請示我公，示以機宜，應如何

推誠相與，以安其心之處，即乞核奪！

馮玉祥叩。徑。

（《蔣馮書簡》，頁7。）

蔣委員長復馮玉祥感電 （民國二十五年七月二十七日）

南京馮副委員長煥章勛鑒：

徑〔二十五日〕電奉悉。密。李〔宗仁〕、白〔崇禧〕二兄，政府昨已發表另調，想已鑒及。請兄促其就命，離桂速就新職，以示磊落。望兄早日駕廬面敘，何時命駕？如有確期，請示知為荷！

弟中正。侍。秘。牯。印。

（《蔣馮書簡》，頁7。）

馮玉祥復蔣委員長儉電 （民國二十五年七月二十八日）

廬山蔣委員長介公賜鑒：

密。咸〔為「感」之誤，二十七日〕電敬悉。德鄰〔李宗仁〕、健生〔白崇禧〕兄處，頃已去電，促其早日就任就職矣。辱承邀赴廬山面敘，擬稍緩數日，即趨領教益也。

馮玉祥。儉。

（《蔣馮書簡》，頁7）

【註】馮於八月一日晚，應蔣邀自南京乘招商局赴廬山，二日天明到安慶，八點半到九江，熊斌代表蔣來接，同乘車到蓮花洞，換轎登山。

馮玉祥致蔣委員長函（民國二十五年八月三日）

介公賜鑒：

午前暢談甚快。廣西問題，如能和平解決，實為國家之福。公之為國忠，對友誠，尤為敬佩。實則凡事皆持寬則完，操切則變。粵事已順利解決，桂事當更易著手。祥以為處以寬大，勢不難就範。李〔宗仁〕、白〔崇禧〕來電，疑新命與二中全會決議不符，似為違法，或另有用意。又云：張伯璇〔定璠〕曾自滬發電，勸其就綏靖正副主任職。謂只要就職，不取銷抗日名義亦可云。祥當復電，引國外留學生為喻，意促其與中央一致。大意謂有留外歸來者云：我國留外學生，多試列前茅，足見智力，並不後於外人。畢業後獨立經營事業者，又多能堅忍從事，故皆有小成。然合作之事業，類多失敗，揆厥原因，皆因意見不一，志趣難同，不能收合謀之效，反致兩智兩力相消，言之不勝惋惜。外人則不然，人愈多，力愈大，成功愈偉。可見我之不如人者，非關智育、德育、體育，乃群育不及耳。國事亦然，若能同心同德，集各方之才智經驗，國家必能強盛。如桂省近年以來，有弊絕風清、路不拾遺之譽，若能貢之中央，施於全國，或推及鄰省，必較一省獨善之為得。此勤〔勸〕其與中央合力謀國者也。

祥素諗我 公左右，濟濟多士，勷贊籌劃，不遺餘力，又皆能竭盡智慮，知無不言。我 公復虛懷下聽，博采群言，致左右有忠諍之士，無逢迎之徒，此種良好現象，為政治修明，復興民族之先聲。故祥此次奉電邀來，茲即認為廣西問題為當前要事，敢以「持寬則完」為言，力主寬大。祥所言當否，自未計及，惟所言者，在

應說與不說耳。區區愚見，深恐國力之損耗，即增強敵之凌偪也。況李、白皆在我　公指導之下，致力黨國者有年，同生死共患難之舊誼猶存。其部屬中有勇敢善戰者，有足智多謀者。諺云：「三軍易得，一將難求。」此類將士，皆我　公經若干之犧牲選拔，方以有今日，安忍未及用之於外，而使彼等自隳於內。祥常見我公於院中拾半磚，亦欲使之適用，固知我公對桂軍將領，縱有微愆，亦不肯恝然置之也。故祥以為求事之有濟，無妨新命重頒。健生〔白崇禧〕如有隱衷，不願主浙，則不妨設全國民團總監以畀之，或可展其所長。至季寬〔黃紹竑〕一時不願赴桂，則無妨明令未到任以前，由德鄰〔李宗仁〕暫代，以安其心，然後定期赴粵，詳與商討，庶達我　公和平統一之期。祥擬進言者〔尚〕多，惟以桂事較為迫切。將先專述，又恐語有遺漏，再為函陳，以備采擇。專此，敬頌

鈞安！

馮玉祥　拜啟

（《蔣馮書簡》，頁24-25。）

【註】馮於八月三日早起，先去看蔣，本函即談話之內容。

馮玉祥致蔣委員長函（民國二十五年八月十日）

介公賜鑒：

　　頃承下問兩廣之事，意見如何，謙德久蓄，感佩交併。詳當以對廣東須用全副精神使之早日成為順理成章，凡軍事、政治、財政等，如能妥妥當當，則廣西事件，自然不解決而解決矣。言李〔宗仁〕、白〔崇禧〕為　公指導下之革命將領，或長於籌劃一切，或勇

敢善戰，要皆為流血多年所造成之人才也，宜使之為國家用，為公之臂助為上，萬不可有用兵之事也。

言日本，自去冬北五省之破壞未成，其勢已窮；法幣施行之絕大成功，而日本始言不出半月必倒，後言不出三月必潰，然至今已八九閱月，我之法幣日見鞏固，此給日人之打擊極大且重。

至於走私更為日人最毒之一著，至今無大成效，反增歐美各國視日本為強盜之國家，而更使吾國人民增強抗日之決心，此亦為日本失敗史上之一要事也。而今日人惟一之企望，則在中國國內自起紛爭，乃賴　公之潛移默化，使兩廣不但釋愆，而更為一致，此給日人之打擊，尤為最大者也。兵法云：「不戰而屈人之兵，乃善之善者也。」萬希　公在「為國相忍，不急不氣」八字上特別努力。交在知己，不敢不言。為國家計，為朋友計，都應不顧忌一切詳言之也。不妥之處，尚乞　原諒，此請

政祺！

馮玉祥　敬啟

（《蔣馮書簡》，頁25。）

【註】八月十日《馮玉祥日記》：「介石同協和〔李烈鈞〕來談。介石問我對兩廣事件還有什麼意見，請指示。」（第四冊，頁772。）明天，蔣要赴廣州處理粵省軍政善後。馮所說即本函之各項意見。

蔣委員長致馮玉祥文電（民國二十五年八月十二日）

牯嶺馮副委員長勛鑒：

喧密。弟昨日抵粵，諸事尚在磋商中，容後再報。

　　　　　　　　　弟中正。文亥。機。軍。

（國史館藏：《蔣中正總統檔案·籌筆檔·抗戰時期》，第二四五號。）

【註】八月十一日《馮玉祥日記》：「介石於八點左右已飛往廣
　　　東，為大局事也。可見為國事非勤苦不可也。」（第四冊，頁
　　　772。）

馮玉祥致蔣委員長元電（民國二十五年八月十三日）

廣州蔣委員長介公勛鑒：

　　密。頃接德鄰〔李宗仁〕、健生〔白崇禧〕兩君佳〔九日〕電，當
即裁復，其文曰：

　　「奉讀佳〔九日〕電，抗日之思，時存懷抱，忠於謀國，深用
欽遲。弟之愚忱，亦素以此為職志。惟念圖存救國，端在團結。合
則心德一致，易於復興；分別籌謀分歧，難於禦侮。現在蔣先生赴
粵，思欲以誠相見，敢乞命駕前往晤談，共商國是。吾兄鴻謨遠
猷，識特超卓，同堂聚首，發偉論，定大計，知必能情愫相通，立
策萬全也。為抗日救國見蔣先生，非為其他，無人不諒。弟區區微
悃，出於為國家為公義之誠意，尚乞亮督，無任神馳。」等語。

　　伏念兩君為我公一手栽植之革命同志，為國干城，尤屬不可多
得，務乞納祥臨別所談之語，且愛護而成全之，俾能同德同心，共
極國難，於公於私，兩無所憾。我公前途之殊勛，從此益遠也。

　　　　　　　　　　　　　　　　　　馮玉祥。元。

（《蔣馮書簡》，頁7-8。）

馮玉祥致蔣委員長元電（民國二十五年八月十三日）

廣州蔣委員長介公勛鑒：

　　密。頃接褚慧僧〔輔成〕先生來電，恐尚未達典籤，特以奉轉，即乞察照，其電文曰：

　　「蔣委員長、馮副委員長均鑒：華北局勢，近甚緊張，桂事宜速解決，俾可專心對外。前承介公面告，粵、桂但求形勢統一，今已超過期望。斡旋之道，似可令德鄰〔李宗仁〕暫維桂局，勸健生〔白崇禧〕來滬面商救亡大計。國難日深，注重廣西一省之人事，漠視華北七省人危機，輔期期以為不可也，惟二公善圖之。」等語。

　　祥以為其中頗有可采納之點，請核奪之！

馮玉祥。元。

（《蔣馮書簡》，頁 8。）

蔣委員長致馮玉祥刪電（民國二十五年八月十五日）

牯嶺馮副委員長煥章我兄勛鑒：

　　元〔十三日〕二電誦悉。密。對桂當秉原定方針，但亦須彼方態度為定，尊意諒亦皆同也。

弟中正叩。刪。侍秘粵。

（《蔣馮書簡》，頁 8。）

馮玉祥復蔣委員長銑電（民國二十五年八月十六日）

廣州蔣委員長介公賜鑒：

　　密。奉讀文〔十二日〕電，敬悉安抵粵垣，正在商磋一切，欣

快莫名，惟命駕之時，未能躬赴機場送別，深用愧歉。廣西之事，
經我公開誠處理，諒必易於解決。第兄區區愚見，仍有不能已於言
者。竊以為解決此事，厥有三策：倘能如別前所談，變更辦法，使
德鄰〔李宗仁〕維持桂局，調健生〔白崇禧〕來中央贊襄，此為下
策；或於兩君中擇一留桂，以一人主持無論何省政務，此為中策；
若夫以其他方法迫令兩君離桂，則為下策，而其要尤以決不用兵為
主旨。察、綏日急，桂事之和平解決，愈速愈佳。在〔廬〕山時頻
相過從，兄以敵人利用時機，加緊逼來，為抗敵救國，禦侮圖存，
斷不容稍有隔閡，故凡有所思維，有所見解，無不盡情貢獻，不顧
忌，不隱避，純以懇切真誠出之，冀邀采納，利我國家；幸承鑒諒
苦衷，均荷贊許。而對於桂事頻頻表示不主用兵，仰見公忠體國，
器量閎深，欽佩之忱，莫可言喻。仍乞始終采擇愚見，以解決桂
事，然後專謀大計，國與民同受福利矣。居覺生〔正〕、朱益之
〔培德〕、程頌雲〔潛〕三兄赴邕〔南寧〕之舉，似宜早日成行，蓋人
有見面之情，一經晤談，自易諒解。倘因三兄之往，竟能使德〔李
宗仁〕、健〔白崇禧〕一人來粵，與我公面商種切，則渙然冰釋，大
局立定，更屬意中事也。機不可失，惟公圖之，掬誠奉復，統希亮
詧！

馮玉祥。銑。

（《蔣馮書簡》，頁8-9。）

【註】八月十六日《馮玉祥日記》：「廣州介石連來三電：一為廣
　　　西事。一為褚輔成之復電。一為安密，蓋恐前來之電而特別
　　　本未帶也。廣西事關係絕大，故我又擬一長電將自己之見解
　　　詳細說明之，蓋恐事情鬧壞，吾無以對國家對朋友也。」

（第四冊，頁 776。）

蔣委員長復馮玉祥號電（民國二十五年八月二十一日）

牯嶺馮副委員長煥章兄勛鑒：

　　銑〔十六日〕電敬悉。密。尊論均屬至當之理，惟彼方態度，略未轉佳，致頌雲〔程潛〕先生難以前往，然仍當本尊旨以善處之耳。

　　　　　　　　　　　　　　　　　　　　弟中正。號。侍秘。

　　　　　　　　　　　　　　　　　　（《蔣馮書簡》，頁 9。）

馮玉祥復蔣委員長馬電（民國二十五年八月二十一日）

廣州蔣委員長介公賜鑒：

　　密。頃奉號〔二十日〕電，敬悉於桂事有以善處之，偉識卓裁，欽佩何似。惟國家多難，宜以寬大為懷。前因閩事關係，受通緝處分者，為數尚多，為收拾人心以安反側計，似應值此時機，特銷通緝各案，則人心知感，群思歸附。既免各方之阻礙，且可漸收得人之效。謹貢芻蕘，無任翹盼！

　　　　　　　　　　　　　　　　　　　　　馮玉祥。馬。

　　　　　　　　　　　　　　　　　　（《蔣馮書簡》，頁 9。）

馮玉祥致蔣委員長梗電（民國二十五年八月二十三日）

廣州蔣委員長介公賜鑒：

　　密。頃接德鄰〔李宗仁〕、健生〔白崇禧〕兄馬〔二十一日〕電，文曰：

「元〔十三日〕電敬悉。我公忠誠謀國，指示周詳，團結救亡，名言至佩。邇來中央迭派大軍南下壓迫，飛機時入桂境偵察，似此大信未昭，罔知所措。尊旨囑仁、禧赴粵，此更不成問題。惟開誠布公，團結禦侮，在蔣委座一念轉移之間，以昭大信耳。敢貢愚忱，專復乞諒。李宗仁、白崇禧叩。馬。」等語。

祥有漾〔二十三日〕電復之，文曰：

「奉讀馬〔二十一日〕電，以開誠布公，團結禦侮為懷，卓見特高，至深欽佩。惟因中央措施，有未能盡洽尊意之處。弟竊以國家大難當前，我輩為救國民救民族起見，惟有捐棄末節，為國相忍，舍小忿而謀遠略，冀達禦侮本旨。況同為中國人，無論孰是孰非，而比較日人之侮我，豈不有天壤之別乎？此愚意為國相忍重要之點也。交屬知己，不敢不言。仍望不顧一切，請撥冗赴粵與介公面商，隔閡既無，解決自易。為國家計，為民族計，為地方計，均莫善於此。尚希朗照」云云。

伏念日偽狡詐，察、綏緊急，我之仇敵在彼而不在此。務乞忍之諒之，善謀轉圜長策。蓋寬大為治國之本，有容見器量之宏，我公為國任重，必能力主和平也。

馮玉祥。梗。

（《蔣馮書簡》，頁9。）

【註】八月二十二日《馮玉祥日記》：「李、白來電言，恐介石不信實。我復以信實不信實在我，只許他人不信，不可我自己不信也。」二十三日日記：「為廣西事，發廣西、廣東各一電，然和平與否尚不敢必，心中異常焦急。」（第四冊，頁781-782。）

蔣委員長復馮玉祥儉電 （民國二十五年八月二十八日）

牯嶺馮副委員長煥章我兄勛鑒：

　　馬〔二十一日〕、梗〔二十三日〕兩電，均已誦悉。密。陳〔銘樞〕、李〔濟琛〕諸人，已呈請國府，取消通緝，諒已督鑒。關於處理桂事，自當盡量采取和平，已令接近桂邊部隊，敬〔二十四〕日起略向後移。並由頌雲〔程潛〕先生等電約李〔宗仁〕、白〔崇禧〕會晤。惟迄今尚未得彼方確切之回音也。知注，謹復。弟中正。儉亥。侍秘粵。

（《蔣馮書簡》，頁10。）

【註】八月二十四日國民政府令：撤銷陳銘樞、李濟琛通緝令。三十日，馮自廬山下山經九江、南昌、杭州、蘇州，於九月二日夜返抵南京。

馮玉祥復蔣委員長先電 （民國二十五年九月一日）

廣州蔣委員長介公賜鑒：

　　密。頃奉儉〔二十八日〕電，敬悉陳〔銘樞〕、李〔濟琛〕各位通緝案，業經取銷，佩甚。惟桂事尚未解決，殊極焦灼，祥頃致德鄰〔李宗仁〕、健生〔白崇禧〕東〔一日〕電一件，附陳左右，並請察閱。文曰：

　　「日來尊處之事，尚未解決，遠道馳系，時縈五中。愚以為亟宜面見介公，和平辦理。蓋以理論，中央有統轄全國之權，各省有服從中央之義。今若爭執，名頗不順。即以勢論，軍力財力，均極薄弱，徒損國家精銳，將何恃以抗敵救亡耶？兩兄識見高遠，素所欽佩，諺謂當局者迷，旁觀者清，弟言不無可采，務盼容納。迭次

去電，由和平方面著手，前途光明，實所企望，掬誠率布，諸乞亮
照。」等語。

馮玉祥。先。

（《蔣馮書簡》，頁 10。）

馮玉祥致蔣委員長虞電（民國二十五年九月七日）

廣州蔣委員長介公賜鑒：

　　密。頃接德鄰〔李宗仁〕、健生〔白崇禧〕兩兄江〔三日〕電內
開：

　　「對外要求抗戰，對內隱忍求和，係弟等年來一貫之主張。現
正與覺生〔居正〕、頌雲〔程潛〕、益之〔朱培德〕諸公，面商解決辦
法，詳情容續奉陳。當此國難嚴重之際，全國力量合則可以禦侮，
分則足以召亡，務望我公排除萬難，向介公進言，愛護桂省抗日力
量，一致對外，則感荷隆情，豈祇弟等與桂省軍民而已。臨電無任
迫切待命之至。」等語。

　　祥當復以陽〔七日〕電，文曰：

　　「接讀江〔三日〕電，欣悉兩兄酷愛和平，一致對外，雅量偉
論，所見特高。吾國今日之重重國難，非尋常為難之事所可比擬，
必須化除意見，切實團結，合全國為一體，始足以謀自強而弭外
患。雖有拘成見持異議之人，亦宜勉以國事為重，趨於和平，誠如
來電所謂「合則可以禦侮，分則可以召亡」也。素稔德兄氣度宏
綽，健兄仁民愛物，務乞藉居〔正〕、程〔潛〕、朱〔培德〕周旋之
機，為國相忍，委曲求全，以達合作抗日之目的。弟自此次之事發
生以來，極端主張和平解決，無論對於兩兄，對於介公，均時以愛

護桂省，愛護國家，愛護民力為言。只願兩方互相忍讓，不願稍違
和平本旨，區區愚誠，想早見諒。茲者重承雅屬，自當再電介公善
為處之，以期不負吾兄對外抗戰、對內求和之初衷耳」等語。

　　伏念察、綏緊急，成都又生波折。國難嚴重，相逼而來，務乞
乘德、健兩兄意漸一致、志在合作之際，本平昔寬大主旨速求解
決，化干戈為玉帛，合兩方為一體，國與民，實同拜惠矣！

馮玉祥。虞。

（《蔣馮書簡》，頁 10-11。）

【註】九月二日，程潛、朱培德、居正攜蔣委員長親筆函到南寧，
　　　與李宗仁、白崇禧會商和平方案。四日，廣西代表劉斐〔劉
　　　惟章〕攜李、白函隨同程潛等到廣州謁蔣。

蔣委員長復馮玉祥庚電（民國二十五年九月八日）

馮副委員長煥章兄勛鑒：

　　密。尊電轉示東〔一〕日致李〔宗仁〕、白〔崇禧〕電敬悉。桂局
解決要點，已見報端，諒蒙察及。劉為章〔斐〕返桂，弟託其攜去
親筆函，邀健生到粵相晤，共同入京。一面已命部隊移撤，想和平
統一，必可貫徹。吾兄苦口勸道，終於完成團結，黨國之幸，不僅
私衷感慰已也。知注謹聞。

弟中正叩。庚。

（《蔣馮書簡》，頁 11。）

【註】九月五日，蔣召余漢謀、程潛、陳誠等會商李、白所提條
　　　件，並再函勸李、白，陳誠即飛南寧，懇切說明中央抗日決
　　　心。六日，國民政府特派李宗仁為廣西綏靖主任；特任白崇

禧為軍事委員會委員，並指派為常務委員；命黃紹竑回浙江
省政府主席任，廣西問題解決。九月八日《馮玉祥日記》：
「廣西的和平了結，我得廣東之介石電及廣西之李、白
〔電〕，又得頌公〔程潛〕之電，心中十分為國家快慰，眼淚
流了好〔幾〕滴出來，不知何意也。」（第四冊，頁792。）

馮玉祥復蔣委員長青電（民國二十五年九月九日）

廣州蔣委員長介公賜鑒：

　　密。頃奉佳〔九日〕電，欣悉桂事和平解決，完成統一。拜讀
之下，喜躍莫名。我公寬大為懷，國事為重，以精誠之意志，特委
曲求全，卒能感動人心，貫徹初衷，處理精當，舉國歡騰。從此聯
為一體，群情一致，大而且宏。瞻念前途，欣快何似。專電奉賀，
並頌

勛祺！

馮玉祥。青。

（《蔣馮書簡》，頁11。）

馮玉祥致蔣委員長函（民國二十五年九月二十六日）

介公賜鑒：

　　吾國開化最早，而進化甚緩，近數百年來且反形退化，推原其
故，良由社會之中，風俗不能改革，科學無所發明，教育向不普
及。故知識階級，泄泄沓沓，僅知圖一己之福利，而無公共之道
德。求如林肯、華盛頓其人者，為民眾謀利益，解痛苦，杳不可
得。甚至家庭之內，不能和諧，友朋之間，都無誠信。而一般民

眾，愚昧無知，惟以迷信是嚮。酬神唸佛，卜課相面，一切委之於命，無競爭進取之心。間聞嘉言懿行，然亦漫不經心，一暴十寒，如栽樹然，徒知多於栽植，而不知勤加灌溉，仍不能蔚為茂林。無怪乎文化日漸落後，知識日漸閉塞，若不急起直追，竭力整頓，恐人心渙散，江河日下，不可收拾矣。其整理進行之法若何，計惟自推動社會始。夫欲推動社會，當先開通民智，改良風俗。然以文告出之，而不識字者居多數。仍不能盡人而知。以演講導之，而素少此種習慣，仍不易踴躍聚聽。故雖有善政，無從傳播；是應有新的辦法而後可也。

嘗見歐、美各國於普遍教育研究科學以外，區鎮鄉村俱設禮拜堂，每周之星期日，必同聚於此，表面上似亦不外迷信，其實藉上帝耶穌，以講孝悌忠信，禮義廉恥，研究學問，躬行實踐各語。日計不足，年計有餘。每次以一時計之，一年之中，五十二禮拜，則人民即受五十二時之教訓。若至十年，其成績實已蔚然可觀。故感化普遍，人多信從，雖窮僻之鄉，寒素之家，父慈子孝，兄友弟恭，社會之間，亦皆秩序整齊，風俗淳樸。回視吾國人民之程度，與之比較，其相去豈可以道里計哉？所謂新的辦法者，即仿照歐、美辦法而導民實行新生活也。惟中國宗教獨多，儒釋道回，宗旨各異。若純依禮拜堂之法，藉宗教以教民，不但易誤會為迷信，且納各教於一堂，不免有意見衝突之虞。苦思多日，得一善法，即不若師其意而易之為新生活公所，實行新生活公所教育耳。

何謂新生活公所？擬請於每二百家之村莊，各設公所一處，其不及二百家者，以附近二三村共有二百家左右，合設公所一處。內設所長一人，助手三人，其三人一為醫士，一為女看護，一為善武

術者。勸人民於每周之星期一日分赴公所，聽講一二時。由所長暢
論為人道理，新的知識，分門別類，逐項發揮，由淺入深，循循善
誘。必使切於事情，合於潮流。使皆知孝友家庭，互助社會，捍衛
國家，守勤儉之素風，求科學之進益，則新生活之完全實行，不出
十年，可收大效。並於每公所設置收音機一具，政治設施，隨時傳
播，收效之速，更不待言。惟所長程度不齊，思想各異，必須加以
訓練，始能教誨得法。其受訓練人數，約由五千至八千人為度；其
訓練之期，約以二年或八個月為限。使其有充分新知識外，此項人
員，尤宜於仁厚和平、勤苦忍耐三致意焉。而忍耐為養性治事之
原，實應特別偏重，養成習慣。能如此，而後能負新生活教育之責
也。至於編制之法，應以新生活公所六處為一組。其組長擬命名為
新生活班長。而每六組又合為一大組，其組長擬命名為新生活排
長。而每六組又合為一大組，其組長擬命名為新生活連長。即用此
六六制，推而上之，亦遞以新生活營長、團長、旅長、師長、軍
長、總指揮等名義行之，以直屬於政府。則政府朝發一令，夕可傳
遍全國，俾共遵守。數年之後，皆成新生活之人民，而全國皆兵之
基，或亦肇始於此。豈不休哉！蓋外國之動員令，出之於禮拜堂者
有之，吾國則將由此公所出之也。至於公所之建築，各員之薪俸，
辦事之經費，統由國庫支出，絲毫不取諸民間，人民必樂於觀成，
而推動社會之目的可達矣。鄙意如此行之，使人民每月相聚數次，
既可互聯感情，更可知新生活之有益於國家社會，以及己之身家，
則不強其實行而無不實行者矣。人情之進善，風俗之改良，社會之
推動，皆基於此。管見如斯，未知尊意以為然否？尚祈核奪為盼！
專此肅布。敬頌

勛祺！

馮玉祥　拜啟

（《馮玉祥選集》，下卷，頁 273-275。）

馮玉祥致蔣委員長江電（民國二十五年十月三日）

牯嶺蔣委員長介公賜鑒：

密。時局嚴重，至斯已極。只有抵抗，方能圖存。當此危急存亡之秋，宜期鄰邦友誼之助，何國可藉聲援，何國可助實力，亟應分別親疏，斟酌緩急，專員聯絡，互為匡襄，裨益於我，當匪淺鮮。敢乞特別注意，相機進行，臨電迫切，無任翹盼！

馮玉祥。江。

（《蔣馮書簡》，頁 11。）

【註】馮主張聯俄抗日，常與俄使包格莫洛夫見面。九月二十五日《馮玉祥日記》云：「介石有電來說，日本已決心與我一戰，請馮、程〔潛〕、何〔應欽〕、朱〔培德〕商一具體方案。我說話如下：一、應公開加入法、蘇協定。……」九月二十九日，又同孫科談公開加入法、蘇協定的事很久。（第四冊，頁 802-805。）

馮玉祥致蔣委員長函（民國二十五年十月八日）

介公賜鑒：

相別兩月，無日不思。日前臺駕返都，歡然道故，所積忱悃，盡情暢談，忻快之私，曷可言喻！伏念我公粵東之行，為日甚久，辛勞甚多，而成績尤甚大。於抗日之表現上、力量上、精神上均有

莫大之收穫。蓋日方謀我愈急，手段愈險，以挑撥分化之能力，作內亂互傾之陰謀。殊不意公料事之神，處事之速，粵事早平，已減其侵略之力量，桂事解決，實增我抵抗之力量。皆無異對日迎頭一擊，飽以老拳，使彼全盤皆輸，所謀皆空。不特我輩中心悅服。即全國人民，亦歡聲雷動，同慶此次之成功也。惟是敵方一波甫平，一波復起，時至今日，嚴重萬分。管見所及，於昨日面談之時，罄盡無遺，茲特寫出，敬請存閱，或可備萬一之採擇耳。

一、折衝：日方挑撥兩廣，冀造內戰，以收漁人之利。彼自以為得計，乃竟事與願違，著著失敗，故惱羞成怒，欲洩其忿。藉無謂之小事，用極大之壓力，派兵派艦，復繼以七條件，用示威嚇。假使允其一條，即足以失我人心，亡我國家，並永為世界各國所輕視，則我之損失也為何如？乃公竟不然，於彼之七條，嚴屬拒絕之，而反提出五條。義正詞嚴，光明正大，為我國向來言外交者之破天荒，開以後強硬外交之先例，且足以徵抵抗之決心。第時局嚴重，事不宜緩，現應不顧一切，速作戰事準備，彼或可以不來，我不能不應付也。其準備維何？

1.得軍心：軍隊之待遇，最宜平等。聞各軍之餉項盈絀不一致，器械良窳不一致，人數多寡不一致，甚至有團長月薪僅三十元者。似此相差過鉅，軍心何能維持？無論為官長，為目兵，其任職之師旅地界雖各異，而要皆非親即友，互通見聞，相形之下，未免難堪。惟在未統一之前，鞭長莫及，固不能悉明真相，即不免參差不齊。今則國家統一，外患日急，必須先由平等待遇，為收拾軍心之入手辦法。軍心齊一，眾志成城，愛國之心，誰不如我，同志抗敵，當可立不敗之地。

2.優恤以前陣亡殘廢受傷有病之官兵：鼓勵兵士，為作戰之不二法門；而優恤以前陣亡殘廢受傷有病之官兵，正為鼓勵今日戰場之兵士也。其對於殘廢等兵之本身，應如何優為待遇，善為安撫；對於陣亡者之父母家屬，應如何優為給恤，曲為憐憫，則死者知感，而生者知報矣。嘗見有傷兵在院，一經長官親往撫慰，無不感激涕零，誓以死報，可知人皆有心，恩惠決不徒施也。

二、國防：國格不立，則人皆無格矣。欲立國格，當由建立國防始。吾國自清季鴉片戰爭後，藩籬盡撤，國防空虛，從此弱點畢露，一蹶不振，外人侮我，相繼而來。民國以還，猶不省悟，各方要人，均知起高樓，建大廈，問及國防，毫無建設。殊不知無國防，即無以自立，皮之不存，毛將焉附，其高樓大廈，將何以永為保存耶？故管見以為亟宜罷免一切不急之費，速布國防，雖需款甚鉅，決勿吝惜。蓋時至今日，寇已臨門，雖不能驅之遠方，寧不思聊固吾圉？果國防永固，則人皆敬我之不暇，尚何慮外侮之有？

三、鋼鐵事業：鋼鐵為造械之原，各礦皆與有相互之關係。故春間會議，通過以一萬萬二千萬為重工業專款，乃時逾半載，尚未舉辦，遺誤要政，殊覺可惜。在平時雖一釘一器，皆須取給於外，漏卮已屬不少，在戰時來源斷竭，軍械無從製造，其害愈不知伊於胡底。是宜請查照原案，速行倡辦者也！

四、重責任：吾國人之處事，只顧外表局面，而不負實責，幾成為習慣性。例如機關愈多，愈無負責之機關，職員愈多，愈無負責之職責，遂成此萎靡不振、互相諉卸之局。欲求實事求是，真正負責者，竟不可多得。敷衍若此，尚安望日有起色？管見以為宜以科學的方法，明分責任，必使用一人收一人之效，設一官收一官之

效，辦一事收一事之效。現當抗敵救國之時，倘人人皆知以國家為前提，任何事，負何責，庶幾事無鉅細，俱免遺誤。

五、明賞罰：仁愛寬厚，本為美德。刻薄寡恩，君子不取。然處亂世，用重典；當茲外患紛乘，侮辱迭來，所恃以彰公道、免徇私、勵勤廉之士，戒闒茸之流，賴此綜核名實，信賞必罰耳。若有過不罰，有功不賞，不僅非此時所宜有，即在平日，亦非立國之道。重罪固近於刻，而重賞實是寬厚，且益見寬刻之適合於中耳。

六、注意外交：自強有道，當戒依賴。就內政言之，固應爾爾，而關乎軍事之勝負，國家之安危，以及財源器械各事，實有利用鄰國之必要。方今敵勢日張，謀我日急，決非孱弱如我國者，所能應付裕如，是應借外力以相助也。況英、美與敵，漸形破裂，俄更有岌岌不可終日之勢。彼三國者，與我利害相等，將不免有相需合作之處。正宜借此機會，好與聯絡，感情既洽，關切自深。或以聲援，或以力助，或分其勢，或乘其危，皆於我有莫大之益。是在負外交之責者；善為運用而已。

七、全國宜設立新生活公所：新生活公所之設，實為推動社會，強兵強國之具。其用意及詳細辦法，已另函專陳，茲不復贅，惟事屬要圖，萬乞　注意！

以上七項，皆昨日面談之語。現值庶務紛繁，軍事倥傯之際，深恐未能全憶，特依次錄出，請公餘賜覽，有以教正為盼！專此奉布。

敬頌
勛祺！

馮玉祥　拜啟

（《馮玉祥選集》，下卷，頁 280-283。）

【註】十月三日《馮玉祥日記》：「何敬之〔應欽〕到廬山對蔣先
　　　生說什麼未好，什麼未備。報告之後，介石極苦痛經過。吾
　　　聞之亦極不快。」十月六日日記：「同介石談八事甚詳，均
　　　為救國的大計，另有函稿。……午後七時，會食於介石之
　　　家，談至十時。」（第四冊，頁 808-809。）

馮玉祥致蔣委員長篠電（民國二十五年十月十七日）

杭州蔣委員長介公賜鑒：

　　密。敵謀綏遠，日益迫切，故利用偽匪各軍，濟以餉械，並以
實力加入，由其軍官指揮，大舉侵犯。綏力單薄，勢甚危殆，務請
特別設法，以保領土為禱！

馮玉祥。篠。

（《蔣馮書簡》，頁 11。）

蔣委員長致馮玉祥電（民國二十五年十月二十四日）

馮副委員長煥章大兄勛鑒：

　　喧密。臨行匆匆，未及詳談。國防會議之籌備與提案，請兄與
頌雲〔程潛〕先生等商酌，並望兄多加注意，期能早日完成也。

弟中正　叩。敬。

（國史館藏：《蔣中正總統檔案·籌筆檔·抗戰時期》，第一一四〇六號。）

馮玉祥致蔣委員長函（民國二十五年十一月四日）

介公賜鑒：

　　日前接奉　來電，囑與頌雲〔程潛〕先生面商國防會議各事宜，當先肅電奉覆，諒登　典籤，連日已與頌雲會商兩次，按之實在情形，已議有下列辦法，特檢齊送上，尚乞　採擇。

　　一、制度問題：查國防之制度，因國勢情形各異，故各國之設置不同。茲就我國大勢計之，已製定一表，其是否相宜，有無更改，請核酌。

　　二、關於實際用兵：用兵之法，亦議有計劃書，請參照地圖，詳為察酌。

　　以上兩項係與頌雲先生略商者，鄙意關於根本問題，尚有重要意見數點，並敘於下，敢乞　注意：

　　㈠吾國之事，不患負責機關之太少，而患負責機關之太多；不患一機關之負責，而患各機關相互之負責。故遇事非互相諉卸，即兩俱延誤，其結果為同不負責。關於此弊，其例不勝枚舉，而國防為尤要，擬請大加改革，以免牽〔遷〕延。

　　㈡吾國軍隊本不為少，惟編制待遇及種種辦法，多不劃一，以故軍心不齊，難收實用。已往之事，無煩贅言，茲當國難嚴重，國防緊要之際，擬請自今日起，舉凡各軍之編制，人數之多寡，餉項之優絀，器械之良窳，以及其他一切待遇，必須速為改革，一律同等，則官兵雖稍困難，自無閒言。收拾人心，得其死力，全在於此，務祈　特別注意，萬不宜稍忽者也。

　　㈢吾國官場辦事之遲緩敷衍，幾成一種習慣性。間嘗與外賓相談，詢其知否中國之利弊之所在，初則囁嚅不言，繼謂遲緩兩字，足以蔽之。與國內各上級將官談及。詢及辦事，感何痛苦，則謂有所請示，往往太慢，迨得指示，業已時過境遷。是可知中央機關之

因循遲緩，無可諱言，尤非根本改革不為功也。

　　(四)國人嘲政府者恆言曰「議而不決，決而不行。」此屬實情，洵非諷語。嘗見一事之起，今日開會議，明日訂章程，一經細則宣佈，便爾置之高閣。依照執行者，不為是；永置不問者，不為非。竊以為自茲以往，宜少去空言，側重施行，或者積習漸除，有裨實際。

　　(五)今日何時，風雲日亟，外侮愈甚，戰事之起，或在目前。軍隊之運用，至少當不下四百萬之人數。其衣食用具，依此籌備，始足以資應付。鄙意東南自江西之南昌起，西南自湖南之桃源、常德起，西北自陝西之長安起，東北自河南之鄭州起，在此四周圍之內，應多設麵粉工廠，以備四百萬人之食料；多設紡識工廠，以備四百萬人之衣服；多設鋼鐵廠，機器廠、兵工廠，以備四百萬人之槍械子彈；多設醫院，以備四百萬人之醫藥。無事則儲藏，有事則取用。此實為佈置國防，預備戰事之首要也。蓋戰端既開，則口岸非被佔據，即慮炸燬。雖有種種設置，勢難保全，不得不急急建設於內地也。

　　以上五項乃祥之私見，實國際之根本辦法，草草并陳，伏候察核，順頌勛祺！

附陳表一份，計劃書一本

馮玉祥　敬啟

（《蔣馮書簡》，頁 25-26。）

【註】民國二十五年七月十三日，二中全會決議組織國防會議，以
　　　各省軍事領袖李宗仁、白崇禧、陳濟棠、劉峙、張學良、宋
　　　哲元、韓復榘、劉湘、何成濬、顧祝同、龍雲、何鍵、楊虎

城、蔣鼎文、徐永昌、朱紹良、傅作義、余漢謀為委員。七月十五日，國防會議成立，以蔣委員長兼議長。

馮玉祥致洛陽蔣委員長宥電（民國二十五年十一月二十六日）

洛陽蔣委員長介公賜鑒：

　　密。昨聞章乃器、沈鈞儒、王造時、李公樸、史良、鄒韜奮、沙千里等七人在上海被公安局拘捕。竊以章等之熱心國事，祥亦素有所聞，尚非如報紙宣傳之為共產黨及搗亂者，且其設立救國會，宣傳救國，立論容有偏激，其存心可為一般人所諒解。今若羈押，未免引起社會之反感，而為日人挑撥離間之口實。擬請電令釋放，以示寬大。若恐有軌外行動，應於釋放後，由祥同李協和〔烈鈞〕、孫哲生〔科〕、陳立夫諸先生招其來京，共同晤談，化除成見，在中央統一領導之下，為抗日救國勢力：並責令其募捐、購機、及撫慰前線戰士，藉此以促進國人，更團結於中央抗敵禦侮之宗旨下也。未知尊意以為何如？匆此佈臆，無任期盼！

　　　　　　　　　　　　　　　　　　馮玉祥。宥。

　　　　　　　　　　　　　　　　　（《蔣馮書簡》，頁12。）

【註】民國二十五年五月三十一日，全國各界救國聯合會在上海成立，沈鈞儒、章乃器、史良、王造時、鄒韜奮、李公樸、沙千里等所謂「人民陣線」派主持之，馮與沈等常有聯絡。十一月二十三日，沈等七人，以「擾亂社會治安，危害民國」罪名被上海市公安局會同租界巡捕房捕去，即「七君子事件」。沈等認為馮「歷來愛護愛國分子，不遺餘力」，故馮連日四處奔走，商量如何營救。二十六日電洛陽蔣委員長，

未得復電。十二月七日到李烈鈞家,「介石的復電及復介石的信給我一看,我以為說的很對,意思是多聽逆耳之言為要。」十二月九日《馮玉祥日記》:「沈、章七先生來一函,言純係誤會,因他們擁護政府決無他意云。協和先生起了一轉介石之稿,我擬即時寫了派人去送,或者亦須有點幫助也。」十二月十一日日記:「為六人被捕事,寫了一信給介石,請石筱山〔敬亭〕去送。」(第四冊,頁846-847。)

附西安事變時馮玉祥勸張學良釋蔣委員回京電 (民國二十五年十二月十三日)

西安張漢卿世兄惠鑒:

密。頃讀通電,敬悉留介石暫住西安,莫名駭異!介公力圖自強,人所共知,政治、軍事逐漸進步,其犖犖大端,如國事已真正統一,外交已真正不屈,綏遠之戰,中央軍隊抗敵,皆昭然在人耳目。當此外侮日深,風雨飄搖之際,雖吾人和衷共濟,同挽國難,猶恐計慮不周;豈容互生意見,致使國本動搖!茲為世兄計,特敘鄙意於下:

一、請先釋介公回京,如世兄駐軍陝、甘,別有困難,以及有何意見,均可開誠陳述。介公為革命軍人,光明磊落,坦白為懷,必能包容,必能採納,則尊處之困難既解,而抗日之志亦行矣。

二、如慮事已至此,挽回不易,或有何反覆,於世兄有所不利,則祥可完全擔保;若猶難釋然,祥當約同知交多人,留居貴處,以為釋回介公之保證。

三、處事貴有定見,萬勿因他人之挑撥離間,致傷感情,致傷

國本。祥以年歲較長，更事較多，老馬識途，決不有誤於尊事。

　　四、總之，若能誤會解除，與介公同商國事，則一切為難之處，俱可迎刃而解，於公於私，兩有裨益。至於明令處分之事，只要世兄能將蔣公釋回，則中央諸友，無不可設法挽回也。世兄明達，當能鑒及。掬誠奉告，惟乞明察，並盼賜復。馮玉祥。元。

（《馮玉祥選集》，下卷，頁307。）

【註】十二月十二日，西安發生事變，張學良、楊虎城部劫持蔣委
　　　員長。馮於十三日電張學良，勸先釋蔣回京。該電於十四日
　　　見報，但電文至十四日下午始發出，而馮已於十四日接到張
　　　學良來電，約他赴陝。馮十四日日記：「昨晚〔李〕德全
　　　〔馮夫人〕來，談見介石夫人〔宋美齡〕，擬陪其到西安去，
　　　我以為很好。」二十日日記：「劉定五〔治洲〕先生差劉某
　　　來，我託他對定五先生說，去到陝西設法救蔣，給楊虎城
　　　說，如能救蔣出險，我擔保以副司令官給之，請努力為之，
　　　劉即速回。」二十五日日記：「午後六點，到協和先生家去
　　　用飯，忽得何敬之電話，介石先生已於五點五十分到洛陽
　　　矣。大家均都狂喜，有的振足，有的鼓掌，有的樂的前仰後
　　　合，哈、哈、哈直嚷。更有人說，好了，好了，中國亡不了
　　　了。」（《馮玉祥日記》，第四冊，頁847-862。）

附張學良復馮玉祥電（民國二十五年十二月十六日）

京馮副委員長煥公賜鑒：

　　元〔十三日〕電敬悉。辱承愛護，感洽肌髓。介公力圖自強，誠人所共知，亦良所深信。惟國事日非，不容自諱。統一僅坐形

式，外交不忘妥協，出兵援綏，尤未能傾注全力。在國家未至存亡關頭，尚可從容處理，而今則河山半壁，幾盡淪亡，國勢之危，已如累卵。若猶諱疾忌醫，始終隱忍，則民族立國精神淪喪殆盡，何以為國？何以為人？良等以為國難至斯，事事須求徹底，空談團結，絕不能搔著癢處。我公素抱抗日決心，為海內青年志工所共仰，一切言行，尤異凡庸，還乞進一步開誠賜教，俾救國之策，得早施行。總之，良等此舉，對事而非對人，介公果能積極實行抗日，則良等束身歸罪，亦所樂為。純潔無私，可質天日，他人或有不知，而堅決抗日如公者，應能見諒。至先送介公回京一節，抗日主張及行動未能實現以前，勢難遵行。我公關懷良等困難，並願為之擔保，具佩隆情。惟良等苦悶，惟在抗日未能及早實施，致國本日危，復興無望。此外私人方面，固無困難可言，擔保一層，尤無必要，蓋良不憚以七尺之軀，擔得主張之實現也。公愛良至厚，良望於公者亦至殷。痛切陳詞，敬希鑒察。

張學良　叩。諫。午。印。

（《馮玉祥選集》，下卷，頁 308。）

馮玉祥致蔣委員長電（民國二十五年十二月二十八日）

介公委員長禮鑒：

頃驚悉尊兄介卿先生長逝，國步方艱，老成凋謝，緬懷耆德，感痛何堪？我公情殷手足，尚希順變，為盼。謹此奉唁，敬請垂督。

馮玉祥。儉。

（《馮玉祥選集》，下卷，頁 317。）

【註】十二月二十九日《馮玉祥日記》：「午後五點，在介石家同
　　　之談話。……介石知〔宋〕美齡所說〔李〕德全陪之往西安
　　　事，故謝之再三也。我又唁介卿大兄之去世事，介石言為西
　　　安事而死也。」（第四冊，頁 867-868。）蔣之胞兄錫侯，字介
　　　卿，於十二月二十七日在籍逝世。

民國二十六年 (1937)

馮玉祥致蔣委員長齊電 (民國二十六年一月八日)

奉化蔣委員長介公賜鑒：

　　密。珂鄉息養，海屋添籌，必符遠頌。九八老人馬相伯〔良〕前輩，碩德遐齡，海內宗仰；移居都門，尊公約也。現國府委員出缺，祥與諸友欲請公專電政治委員會提補相老。祥等亦逕聯名建議，然深望九鼎一言也。敬老尊賢如公者，必蒙延攬矣。

馮玉祥。齊。

(《蔣馮書簡》，頁 27。)

【註】民國二十五年十二月三十日，中常會對蔣之辭職慰留，給假一個月，藉資調攝。蔣於二十六年一月二日自南京飛返奉化。馮於一月七日與李烈鈞 (協和) 商：為馬良請國府委員及作壽事。八日電蔣，請列名提案，蔣即覆電同意。九日又與李協和、張繼到林森家商談。十日下午去看馬，告訴他為辦國府委員事，以免發表後他不樂意。十四日，中央常會選任馬良、王寵惠為國府委員。(《馮玉祥日記》，第五冊，頁 7-14。)

馬良 (1840-1939)，字相伯，晚號華封老人，江蘇丹陽人，寄籍丹徒。馬氏世奉天主教。馬良幼入上海徐匯公學，國學、拉丁文、法文及科學皆大進。同治元年 (1862) 入耶穌會，後晉司鐸，傳教宣城、徐州等地。因不滿外籍教士，辭

神職。曾任駐日公使參贊、神戶領事，返國入李鴻章幕。梁
啟超、蔡元培曾從習拉丁文。光緒三十一年（1905），與嚴
復創復旦公學，任校長。民國元年十月，任代理北京大學校
長。九年冬，息影上海徐家匯之土山灣。及九一八事起，日
以人民自救告國人，主張實施民治，促進憲法。二十五年十
二月十二日，自上海移居南京。抗戰軍興，西遷桂林。二十
七年入蜀，道經諒山，以病留居。二十八年十一月四日溘
逝。

馮玉祥致蔣委員長佳電（民國二十六年一月九日）

溪口蔣委員長介公尊鑒：

　　庚〔八日〕電拜悉。謹遵命列大名提出。昔文王訪呂尚以開
基，尚年為八十二，今　公敬老，更越前賢矣。謹覆。

馮玉祥　叩。佳。

（《蔣馮書簡》，頁 27。）

馮玉祥與蔣委員長書（民國二十六年一月九日）

介公賜鑒：

　　年前旌節回京，不禁距躍三百，為國慶幸。謁談兩次，本擬暢
論始末，以罄所懷，因尊體違和，未便煩瑣，致擾精神。茲謹以筆
述送陳，尚乞鑒照採納。竊思西安事變，固由作亂者肆行妄為，然
祥之輔佐無狀，豈能辭咎？言念及此，愧惡滋深。懲後懲前，正宜
注意。鄙意此次之事，原因頗多，欲以後永袪此弊，宜力求以前之
因。而最要之因，要不外乎應注意得民心、得軍心兩大端，包括既

寬，關係實大，試約略言之。

一、得民心有六點：

㈠為人民謀幸福。欲得民心，須真正為人民謀幸福。雖不能事事盡力，然竭政府之全力，擇要以圖，必多裨益。 1.如興水利，定有專章，惟負責無人，卒鮮實效。倘能一致努力，認真舉辦，不惟有土地者同沾實惠，即貧而作工者，藉謀升斗，俱易生活。 2.如大修鐵路，輸出運入，惟路是賴。況一經普修，職工各員，因皆各有業務，雖掘地抬土之小工人，亦隨之受益匪淺，政府對此，是應特別努力也。 3.如開採礦務，人皆知地面上之事業漸已發達無遺，非復自地中大開金銀銅鐵等礦不為功。我國礦苗特多，採取獨少，亟宜竭力提倡，則人人有工作，即屬為人人謀生之方。 4.如栽種樹木，極須講求，以我國之地大人多，年年種樹，其結果樹未成活，而一切需用仍皆仰之於舶來品。不但木材，即食物之橘子、蘋果、香蕉，猶來之於美國、日本。經年提倡國貨，而所用無非外貨，豈不痛哉？以上四項，皆屬人民之直接易見之幸福，似宜加意擴充實行也。

㈡解除人民痛苦。幸福之反面即痛苦也。我國人民處於水深火熱之中，即無日不在痛苦之中。其最顯而著者，莫過於監獄及感化院等處，以言人數，則到處皆滿；以言居室，則到處污穢。考其犯罪之因，未必皆罪大惡極，偶因過失之微，同居囹圄之內。枷鎖璫瑯，言之傷心。前者波蘭、德國、美國都大赦犯人，被釋者數萬人之多。最近北平之釋放罪犯，亦不下數千，中央何不特為赦免，以示寬大。此次漢卿〔張學良〕犯上作亂，猶可立邀特赦，平民偶蹈法網者，似亦可特為赦免，以示體恤。如慮其怙惡不悛，然有犯必

懲，當可重行科罪。鄙意以為公回京，似宜自動特赦一次，且不必由司法部查卷開單，徒延時日耳。

㈢納稅不平等。我國之稅，向多取之於窮人之身，即間接稅也。蓋普通物品，如食鹽、米、麥、粗布、棉花，俱屬貧家衣食。人人必需之品，無一無稅，即貧家之用品，俱須納稅。而富貴者，雖亦需此，然區區之稅，不足為累。奢侈品之稅，又復過輕，故等於不納稅耳。似宜由大處落墨，將奢侈消耗之物，如所得稅、汽車稅，以及富家喜用之煙、酒、裝飾諸品，富女喜用之珠、玉、化妝諸品，凡屬消耗美觀各物之稅，一律特別加重。而將窮人日用各物之稅，應減者減之，應免者免之。夫而後可謂平均矣。

㈣注重衛生。衛生之於人所關甚大。然人民終年勞苦，安有暇講及衛生；人民十九貧寒，安有力服食藥品。是以各國比較，人生壽數，歐美俱平均在四五十歲之間，而中國不過三十左右，無怪乎種之不強，而人丁之發達亦遠不及他國。試往外省外縣考察，嘗見病人累累，到處皆是，而請醫生需款，購藥需款，甚至診病一次，服藥一劑，用錢有至數元數十元者，故貧家有病，往往坐以待斃，無以診治。言之豈不痛心？應大量造就醫務人員，藥務人員，以每縣設立中西醫院，十處為目標，並研究製造藥品，甚至應用刀剪，一切治病器具，統由本國自造。既可使民有衛生常識，少生疾病；間遭傳染，可立時預防調理，即所用工匠既多，又可以增職業，以謀生活。豈非一舉而收善備哉？

㈤獎勵廉潔官吏。歐美各國人民多能自治，官之賢否，關係稍輕，且亦少貪婪之員。吾國自古以官為父母，治民如牧養，故數千年習慣，俱賴官以治理，有好官則地方寧謐，人民安居，否則貪暴

風行，鄉民魚肉矣。乃有愛民如傷，清介自持，雖來慕去思，口碑載道，而清風亮節，一錢不名。其服官一生，幾不能維持生活，漸瀕於飢寒之境者，固大有人在。為長官者，曾不一念及之；或僅於故後多年，始知其清廉貧困從而獎勵撫卹。然何如於其生前，予以要職，畀以重任，使國家盡得良好之官？而貪鄙之流，反居要津，得滿慾壑，其顯官之貪者，亦更無人干涉。兩相比較，是廉吏真可為而不可為也。無惑乎民生日苦，流離顛沛，至於此極。竊以為獎廉懲貪，實為得民心最要之務，似應由行政院考核現任官吏，訪問田野遺賢，懲官懲賞，以成郅治之世。

㈥鼓勵忠孝。忠孝仁愛信義和平為先總理之遺訓！而京外等處，亦均於牆壁滿書此八字。試問能真有此懿德而無愧行者，果有幾人？是宜由行政院隨時詳加察訪，優為褒揚。其忠孝何在，仁愛何據，宣布國內，俾眾效法。不然徒以標寫為雅觀，則人民亦覺此為敷衍門面，雖真孝真忠，仍無響聞，安得使其盡為良民哉？祥非為提倡割臂事親之孝，蓋欲實行總理遺訓之八字，盼國內之多有其人也。

以上六端，關於民心之向背者甚大，果能注意行之，使人民安居樂業，實惠同沾，知必能銘感於心，終身愛戴。欲民之反抗，國之不治，烏可得耶？為民之事，豈止於此，茲先言犖犖大者耳。

二、得軍心有二點：

㈠宜平等待遇。天下之事，最慮不能平等，且多失之於不能平等，而軍隊之待遇，尤關重要。蓋他事之偶有高下，人或不甚注意，同一官兵，雖統系不同，駐地不同，然或屬鄉鄰，或係親友，互相傳述，真相畢知。果因庫款支絀，餉糈遇艱，同穿破衣，同食

粗糲，雖亦有感痛苦，然知非得已，猶可諒解。萬不宜顯分彼此，故分等第，餉項之有多寡，器械之有優劣，致聞者不平，受者益怨；遂不免軍心渙散，同床異夢。況長官之與士兵，尚宜同甘苦：以求能得其心；而同為國家之軍，此則優裕，彼則困難，人孰無心，能弗怨尤？甚且聞有非因打仗而死者，邀蒙優恤；而打仗死難者，反致向隅；雖此言不必盡實，要或掛萬漏一，在所不兌〔免〕。是以種種待遇，俱宜力求平均，不宜有稍厚稍薄之處也。

　　㈡須親切體貼。上官之於屬員，官長之於士兵，必親如骨肉，待如手足。彼之衣食，我為謀之，彼之痛苦，我解除之；夫而後上下一體，感恩知報，既得其心，便可得其死力矣。「撼山易，撼岳家軍難」。豈非因武穆〔岳飛〕之於士兵親切體貼，有以致之？茲將宜特別注意者試述於下：如士兵有病，最為痛苦，應考察醫官，是否盡心；考察藥品，是否完備。或親為慰問，言詞懇切；或贈以物品，有關實用。在夏宜涼，在冬宜暖；最高軍府，倘能重視病兵，則師旅各官自亦盡心於此。蓋上有好者，下必有甚焉者也。如受傷官兵，其痛倍苦，血肉狼藉，慘不忍睹，應如何善為調治，期能速癒。其一切待遇，必優於不受傷者數倍，始足以示體恤。如殘廢官兵，以公言為國犧牲，以己言終身廢棄，較之鰥寡孤獨，窮無所告為尤慘。是不獨加意醫治，更宜擴充殘廢院，增設教養院，使殘廢者均得入院，輕者教育技術，重者養其終身，庶免流離，而知觀感。乃陣亡家屬，非為衰老，即係孱弱，貧苦無依，何以為生？雖政府依法撫恤，而未經受撫者，仍比比皆是。似應一、二、三、四各集團軍陣亡官兵之父母妻子，詳為查明，若有尚未給恤者，一律補恤。並宜於駐在地，每隔三五日，由最高官長聚集父母，慰以

溫語，賜以飲食，藉表繫念之忱。以上四項，前曾詳為函陳，荷蒙嘉納，明令辦理，舉國歡騰。然依令實行者，不過百分之五六，雖我公之意甚善，奈各級官長不能實力奉行何？允宜再籌繼續進行之方也。

　　明公一身，關係國家之安危。此次西安之變，處極險之境，而得安全返京，固公之福，亦國之福，祥歡忭之餘，竊思有所貢獻，以補十一之缺。千頭萬緒，要政多端。惟區區之意，以為民為邦本，本固邦寧。必以得民心，得軍心，二者首務，則國基可定，抗日可期，收復失地有日矣。我公知慮過我，或亦以為微有可採否？尚乞核奪為禱！專此肅具，敬頌

勛祺！

職馮玉祥　啟

（《馮玉祥選集》，下卷，頁 321-325。）

【註】一月五日《馮玉祥日記》：「晚，同葉秘書談寫信給蔣先生，甚長。」即草擬此九日之函稿。十一日日記：「差陳天秩往奉天給介石送信去，為得民心得軍心二事也。」（第五冊，頁 11。）

蔣委員長覆馮玉祥書（民國二十六年一月二十一日）

煥章吾兄勛鑒：

　　奉被手教，感佩至深。施政之要，所貴恤民，而弔喪問疾，慈幼賙孤撫民馭軍，其道不二。「仁者無敵」，固非虛言。頃歲中央惟縣〔懸本字〕此為鵠。會值艱難，力容未逮。但使鍥而不捨，終信後之視今，必愈於今之視昔。惟望吾兄時施鞭策，弟必黽勉追

隨，期其次第實現。至若砥礪廉隅，扶植風教，清源正本，莫亟於茲，拜誦謹言，益欽偉識。書紳銘座，竊願勉焉，復頌

勛安

弟蔣中正　謹啟。

（《蔣馮書簡》，頁55。）

馮玉祥致蔣委員長函（民國二十六年二月四日）

介公賜鑒：

久不晤教，神往時勞。當此陝事未結，國事日繁之際，凡百庶政，悉待主持。我公養病珂鄉，行將一月，聞健康早復，精神勝常，務乞以國家為重，剋日命駕回京，正不必拘於假期，非正式銷假，而不前來也。昨接梁式堂〔建章〕先生來函，詳述西安事變後，全國欽仰我公精誠感召之峻德，是知人心向背，非可強求。茲將原函附呈臺閱，可知各方佩戴之真象矣。專此布臆。敬頌

勛祺

馮玉祥　敬啟

（《馮玉祥選集》，下卷，頁328。）

【註】蔣於二月二日自奉化到杭州。二月五日《馮玉祥日記》：

「見鑒三〔鄧長躍〕兄持函往杭州去見介石，談到來往的信。」十一日日記：「鑒哥自杭州回，報告同蔣介石先生談話之情形，甚詳。」（第五冊，頁34、43。）

馮玉祥與蔣委員長書（民國二十六年四月二十五日）

介公賜鑒：

　　日前馳赴珂鄉，弔令兄介卿〔錫侯〕大兄之喪，見我公重手足之情，盡骨肉之誼，近情近理，舉施咸當。其可為法者，為四有四不：即有禮、有樂、有序、有節；不唪經、不燒紙、不亂哭、不用芻靈等物，其簡單而隆重，嘆為得未曾有。回京後與諸友談及，眾俱嘖嘖稱羨，以為影響於世道人心者極大，實是以移風易俗為改革喪葬之肇端。翹企楷模，深用欽佩。溪口面陳各節俱荷嘉納；惟倉卒之間，又值我公哀痛之際，所論既多，記憶為難。茲復本其原意，逐條繕陳，備儲夾袋，聊資微助，尚乞便中詳詧之。

　　一、國事繁重，全在一人之身，而群眾所仰望者亦公一人耳。為國盡責，賢勞過甚，似宜思所以自養之道，採醫士節勞之語。近今新科學國家，無不尊重大夫，誠以精神為萬事根本，大夫為衛生導師，甚願於宵旰之餘，善自珍重。其無關軍國重事，宜暫委人襄理，以節其勞。來日方長，國家之依賴正多也。

　　二、抗日工作，全國一致擁護中央。此為我國最好之現象。正宜乘此機會鼓勵之，提倡之，立確定之方針，促一政之進行。而海陸軍尤須積極整頓，使俱足負國防之責，然後可期有禦侮雪恥、收復失地之力。應選派知兵大員分省專查，獎勵與指導兼施，而後可收事半功倍之效。近有自日本回國者，謂該國一般人士對於侵略中國之舉，嘖有煩言，尤以工農大眾極為不滿，抨擊殊甚；而於中國反稱譽不置，其所言約分三點：

　　(一)謂中國之道德心優於其國者甚多。例如西安之變，領袖以精誠之感召，脫不測之大險。張學良以待罪之身為良心所驅使，公然親送回京。楊〔虎城〕、于〔學忠〕諸人，俯首聽命，同就範圍。皆由道德中來也。較之其國「五一五」之變狙擊其首相犬養毅，「二

二六」之變殺其各省之高級長官，一經倡亂，雖僚屬長上，反眼若不相識，尚知道德之謂何？以視中國，因政治意見不合，偶生衝突，而決無生命之報復者，奚啻霄壤？

㈡謂綏遠之侵擾，大損其國格。蓋表面放明不預其事，而實際全權主持，結果失去餉械既多，傷亡士兵尤夥，其中下級軍官，亦喪亡近二百人。受創如此，而不敢言，真諺所謂「賠了夫人又折兵」也。

㈢謂中山先生民生主義中之節制資本與平均地權兩項係最善之制，為世界各國所不及。日本亟應師此良法，逐步實行，以限止財閥之壓迫，而為平民開生路。

就日人工農大眾所言以上三點觀之，是知其傾心同意於我，且甚直我而曲彼也。足見公道在人，非可右祖。倘能於此時，積極籌備，分別布置，將來實現抵抗，我氣銳而彼氣餒，我一致而彼渙散，勝負之數已在預料之中。

三、立國之道，在乎明是非，是非既明，獎懲自當，而人皆知所勉勵，益能同心同德，擁護領袖。如去冬西安蒙難，中央自十二月十二日午後得訊，至二十五日回京，中間之決大計，運措施，步驟甚合，悉中肯綮。其鴻謀遠慮，實以吳稚暉〔敬恆〕、居覺生〔正〕、于右任、孫哲生〔科〕、戴季陶〔傳賢〕、孔庸之〔祥熙〕、李協和〔烈鈞〕、程頌雲〔潛〕、葉楚傖諸君為首選，豐功偉績，迥異尋常，應如何褒揚獎敘，借酬勳勞，似宜與林子超〔森〕公一言，由國府明令嘉獎，以彰其謀國之忠。

四、酬勳紀功，以勳章表現之，而實有勳章與官章之別。官章者，聊以為普通酬勞之鼓勵而已，非可與大功於國家者相提並論。

若夫立志革命，為國犧牲，其功在黨國，永不磨滅者，如黃花岡諸烈士及以後屢見奇功之選，俱應早有隆重辦法，切實表彰。此案已由諸同人提陳請中央通過，仍須我公主持為荷。

五、同為國家之官，而為有客氣官者，有為責任官者，有負責之學識，有負責之經驗，有責任之地位，則謂之責任官。反是者，則謂之為客氣官。故國家重大事項，皆宜授之於位崇學優資深之員，不但其能力學識，足已應付而有餘，而其聲譽所至，亦足以見重於人，言信行果，收效實宏。至於其他之流，經驗既寡，譽望尚無，委之重任，未有不誤事者。嘗讀唐史，見魏徵曾以此意陳太宗，殊佩其見遠慮深，能持大體，不愧為一代名臣。茲值國事日繁，動關大計，委託要務，不能不極端審慎也。

六、北伐之前，政治未躋軌道，軍閥跋扈，各私其軍，中央殊少節制之權，固無所謂待遇之是否平等。今則國政統一，各方軍隊已完全聽命於中央，同屬國家之軍隊矣，自宜待遇一致，以收人心。舉凡餉項之多寡，衣食之優劣，器械之良窳，皆須一律平等，不稍歧異，同甘共苦，軍心貼服，擁護中央，惟命是從，有不期然而然者矣。

七、今日之環境，正在艱難困苦之中。以言國內，尚未能盡愜人望，故口是而腹誹者有之，面諛而退多後言者有之。譬如張〔學良〕、楊〔虎城〕之舉動，固屬極端荒謬，然積怨生亂未必無因。是宜徹底考察，有速改善之必要。以言國外，日本之耽謀我無論矣；而列強環伺，可慮正多。環顧國防尚極空虛，分別布置，斷難延緩。而各國之宜與聯絡，宜與合作，宜與委託者亦當悉心審度，以收偕助之功，而為抵抗之計。我公明達，當早籌及於此。

八、處今日之時局，察人修己，未可偏廢，僅獻三個二十之策，或可補益於萬一。其辦法分列於下：

㈠國之所立，積省而成。疆吏得人而省治，省治而國治。鄙意宜選擇品學並優，明通政體者二十人，分赴各省，巡環居住，於疆吏之善者，保獎之；其有不合者指導之，或規勸之；有難言之苦者，為之報告之，使省政清明，而與中央成為一體，作縣政之楷模，為國家之基礎，裨益中央，當非淺鮮。

㈡木從繩則正，人從諫則聖。人孰無過，且孰能思慮周至，所見皆是哉？鄙意可於政軍界中，擇聘平日議論不合己意，及事指摘於我者二十人，時與暢談，始能盡量發揮，無所避諱。庶幾有過必聞，擇善而改，裨益於明公，即裨益於國家也。

㈢一人之智慧有限，而萬事之應付無窮，並明新舊之學，尤非容易。鄙意宜於各大學專門教授中，擇延品學譽望極優者二十人，公餘之暇，即與研究，不獨增我學問，而其應我公之延聘重視，群以為榮，從此情誼融洽，借以收拾學界之心，得力處當復不少。

以上諸項，俱在溪口面罄，荷蒙採納者，茲復繕錄，備公察覽，逐次實行。其餘各事，業於溪口開單面交，茲復不贅。專此布泐，敬請

勛祺

馮玉祥　敬啟

（《馮玉祥選集》，下卷，頁330-333。）

【註】「五一五之變」，係指民國二十一年五月十五日，日本東京海軍少壯派（血盟團）暴動，殺首相犬養毅。「二二六之變」，係民國二十五年二月二十六日，日本東京少壯軍人第

一師團第三聯隊暴動，殺藏相高橋是清、陸軍教育總監渡邊
錠太郎、內大臣齋藤實等，宣稱「清君側」。

茲將馮日記中與此函有關之事摘記如下：馮於三月五日回巢
縣竹柯村原籍。三月六日，發電給介石；三月八日，「介石
來電一封」。四月十二日，自竹柯村動身回京，「明日往奉
化弔蔣介卿先生也。發電告介石，又告協和〔李烈鈞〕：明
日動身前來，又把輓聯、幛子、花圈預備了一回。」十三日
早六時出發，「晚又發二電，一給介石，一給協和，為說我
住嵊縣也。」十四日，「早六點，由嵊縣動身。八點即到溪
口蔣宅。棚倒很大，禮節很簡便，不焚紙，不念經，有人唱
禮，鞠躬，獻花圈，讀祭文。再三鞠躬即退了。……自己祭
完後，又領導軍界人員致祭。……出來到蔣母之墓，在一小
山上，有總理所書之字，並有介石所作張靜江〔人傑〕先生
寫的一對。後到蔣宅用飯，有陳布雷、王子培、董顯光、張
文白〔治中〕陪之，席間正上菜，介石先生來，同我握手致
謝，並言未能出去迎接，實因病未癒，云云。飯後，各屋看
如下：……我寫的贈介石五十壽的一首詩，懸於西屋牆上，
迎面即可看見，使我異常喜悅，其文記之如下：『擔當乾坤
七尺身，中年大抵感艱辛，高歌勸進黃龍酒，海內蒼生切望
君。介石吾弟五秩大慶』。午後四點，同介石談話如下：
一、此地形勢很好，生產很多；二、休養須設法；三、巢
縣：甲、山無樹，水無魚，牛無毛，雞無架。乙、種樹的情
形。丙、二十年大災的情形。丁、如何改良的辦法；四、介
石說苗圃為極重要，我亦云然；五、說到江蘇、安徽的樹木

大不同之點，詳說一遍；六、把清理巢湖的意見說了一遍，很長，然久不見面，不覺言之長也。」四月十五日，「八點多，是蔣介卿先生的出殯，不燒紙，不念經，不叩首，不哭，有次序，有禮貌，有音樂，有孝衣，此四不四有足可表現一種改革的精神，改革的表現。」四月十八日，「九點二十分介石來請，談話如下：一、國事愈艱難，吾人愈應愛惜身體，不可不聽大夫之言，以期日有進步；二、非抗日不能救國，還須把不合實在的工作及作事，真實的加以檢查，以期工作加緊，速度加快，以免將來誤事，請特別注意此點；三、明賞罰，應賞者、應罰者均應速辦，不可太久，如長安之事……；四、三個二十的辦法：甲、二十位能代表到各處住的，能說別人不敢說的話，能代各省說話，如此，中央與各省自能毫無隔閡，如不用老成人，有學問、有資格之人，恐不易也。乙、二十位說不好聽的話的人，覺得誰說的話，常是反對我的，不順我說的，自然有益於一切政治軍事也。丙、二十位大學教授，請其各擔一門或合擔一門，輪流把外交、軍事、經濟、政治各項，分門別類說說，定能有許多幫助也。其他各項還多，茲不贅。再將介石與我所談之話記之：一、佛教在中國勢力甚大，且阻礙中國進步，使中國人成為自私自利之人；二、孔子已成中國萬能之人，亦甚不妥，應把孔子在中國之地位，有一規定，不能過於毫無限制；三、英國至今，能使共黨不發展，能使法西斯不進行，誠可佩，因其有國教也，云云。以上說法如何，請大哥指教，我們好商量一個辦法。我說很好，我亦貢獻一點意見：

一、羅大夫之死;二、羅太太為凶手治病;三、羅公子把九千元錢寄回;四、其子之信說,他已在三年前下決心,一生不受人之幫助;五、安牧師之在泰安同貧兒喝小米粥的事;六、泰安貧兒二十歲結婚時之情形;七、參教士七十五歲的人的情形。將以上各條一總拿我國人們之心理一稱,則知如何了。說了很多,分手後我即開車往杭州了。」(《馮玉祥日記》,第五冊,頁78、81、84、134-141。)

此時,蔣、馮之關係,又到了「水乳交融」的程度,可由馮之日記中看出端倪。馮於二十六年五月二十日日記中記其「感想」云:「二十六日為灤州烈士國葬日,二十六日為察哈爾同盟軍抗日之日,可謂之雙慶日也,若非有中央、有國民黨、有政府,豈能如此!然最重要的則為介石好友也,打也打過,罵也罵過,而今情好如初,一則因年歲大了,一則因多共患難,更大的事是日人之壓迫,非真正團結不能救國,而亦不能自救也。我馮玉祥應時時以精誠團結抗日救國八字為主,更要的是擁護中央,擁護介石也。再次真實明白的即介石成功,即我的成功也。」(《馮玉祥日記》,第五冊,頁178。)五月二十二日日記云:「早起,即收拾一切,預備到泰山去,因中央派我到泰山,推鹿〔鍾麟〕、石〔敬亭〕到北平西山,國府派宋〔哲元〕到西山,派韓〔復榘〕到泰山,均為致祭灤州革命烈士之國葬也。……十二時,到湯山,同介石先生談話如下:一、介石問候寒暄後,即問近日大過誤,應改正之事為何事,請兄指正;二、我說太客氣,只可以極有關係之事一陳耳。近日看各處陣地等大致還可,已將

不妥之點擬函報告。至大計之說，我以為二十位老成有學有德之人分住各省，說他人不敢說之話，報他人不敢報之情，極有關係。再則即二十位與您說話常撞之人，文武各半，不時請來談些各反面之話，以期有所改正，亦有極大關係。其他則有薩鎮冰先生、梁式堂〔建章〕先生之人物應多找些位；三、我又說黨內之爭，即昨天中央談話的情形詳說一回。介石深以為然；四、黨內外有許多訓練方法指令下去為好，我並說到馬〔相伯〕老先生之大興教育的教訓，並說到外人與華人不同之點及有錢無錢之事；五、我說及某村人老唸書的，對於新跟官發財回來的人送給東西時，他的見解即不要某人之錢，而到某人發喪其母之日，全村未有到的，可見錢在鄉村內之力量亦很有限也。馬先生說，此類事情如能多調查集成一本為最寶貴之教訓也；六、介石說，梁先生已談過，您見他未有？我說已見他，他很感激您推誠談話，並言蓮花池書院之事，贈五千元之獎學金，他尤感謝。介石沒什麼，略表一點意思；七、我說煙臺有好砲而無好砲拴之事，應設法辦理。介說應速辦，並言南京一帶之砲前者亦是孫傳芳等帶去的，後又配好也；八、介說您見向方〔韓復榘〕說：甲、千佛山一帶應大作工事。乙、鐵路之修到道口應即辦。我說很好，當速告知向方也；九、我說劉主席汝明曾有請求作工之圖，及請款事如何辦的。介說，記不得。我說有圖想益之時之事〔原文如此〕。介說他叫人查查；十、我說，施仲達為軍令副官，且為施從雲總司令之獨子，同××× 等擬考陸大，請准其考。介允之；十一、我說，教育有應

特別注意之點，如以前國民黨第一次代表大會之宣言，是指出一切皆為北政府之不對，如何以無鹽吃，不論如何定要說到怪政府不良，方為好理論家，如為什麼布很貴，亦要如此說法。而今則不同了，不可仍歸到政府之不良也；十二、馬〔相伯〕先生年高有德，請派人往看之為好。介說即照辦；十三、介問李協和〔烈鈞〕先生之病如何。我說有時好有時重，希望約協和先生一談大局之事，定有良謀也；十四、我又說到，可請柏烈武〔文蔚〕先生一談；十五、介石介紹其外甥某見我，問之知為在中央大學讀書，學土木工程，云云；十六、介說，今年仍在廬山為我找房。我說可以；十七、又詳論：甲、四川事，說汪導予來見之話。乙、東北軍事，說王恢坡來見之話；丙、共產黨事，說要有好辦法。丁、宋明軒〔哲元〕事，說式堂〔梁建章〕先生話。戊、夏閣鬧土匪事；十八、用飯後略坐即回。」午後五點，馮到浦口登車北上，二十三日九點多到泰山車站。（《馮玉祥日記》，第五冊，頁181-183。）

馮玉祥致蔣委員長齊電（民國二十六年六月八日）

牯嶺委員長介公賜鑒：

密。祥於今日五時抵嘉興。即偕同張主任向華〔發奎〕等到乍浦、澈浦一帶查看，擬於明日到蘇州、鎮江一行。容當續報：謹此電聞。

馮玉祥叩。齊。

（《蔣馮書簡》，頁27。）

【註】馮到各處看陣地，六月七日晚十點，自南京和平門開車，經
　　　鎮江，於八日晨五點到嘉興，與張發奎、劉和鼎等乘車到乍
　　　浦路上一處一處的查看。六月十七日十一點，乘民權兵艦往
　　　廬山。馮六月二十二日日記：「十二點，用飯時，介石先生
　　　來談，記之：一、滿口無牙，見之有點心中為之難過；二、
　　　我言李〔宗仁〕、白〔崇禧〕已走，謝謝，下次再來；三、介
　　　石問弗能、弗伐〔馮之長、次女〕自何處來，告之；四、介石
　　　問洪國〔馮之長子〕仍在參部嗎？我告以其同日本女人來往
　　　事，我縛他，後鹿〔鍾麟〕、石〔敬亭〕二位說情，後到明軒
　　　〔宋哲元〕處去為營長事；五、介石問弗伐多少年歲，我告
　　　之；六、房子事亦告之黃文植先生的〔馮花二千元託黃蓋房子，
　　　黃退回錢，馮捐學校〕。」六月二十六日日記：「為我查看國
　　　防陣地事，介石有回信來，言已照辦矣。」（《馮玉祥日
　　　記》，第五冊，頁 200、201。）

馮玉祥致蔣委員長函 （民國二十六年七月七日）

委員長介公賜鑒：

　　頃間暢談，至快，至快！關於沈鈞儒等七人事，祥意應立即無
條件釋放，請其來廬居住，以便接受我公訓迪指導，此事關係收拾
人心至大也。祥信此輩今日，擁護中央，與國人當無二致；此後如
有反動，再為逮捕，國人當無不諒政府者。近讀我公筆記，對張學
良、楊虎城二人，願以耶穌愛人精神待之，高懷海量，令人欽佩。
願對沈等亦以此寬大待之他。黨部工作同志對公此舉，定能體會，
蓋黨部同志有黨部同志責任，中央亦有中央責任也。敬祈我公毅然

決然採取釋放辦法，黨國同利賴之。專此奉陳，敬頌

刻祺

馮玉祥　敬啟

　　此事如果辦到，定能收與西安一樣之意外效果，全在努力如何耳！又及。

附：沈鈞儒等七君子七月三十日致馮玉祥電文

京馮煥章先生鈞鑒：

　　儒等業已蒙中央寬大處置，先予交保。出獄後，擬即日晉京，謁見介公及鈞座。懇賜先容，請電覆張仲元先生轉。

　　沈鈞儒、鄒韜奮、章乃器、李公樸、王造時、沙千里、史良。

（《馮玉祥選集》，下卷，頁 346-347。）

【註】民國二十六年七月三十一日，「全國各界救國聯合會」之沈
　　　鈞儒、鄒韜奮、王造時、章乃器、沙千里、李公樸、史良等
　　　七人獲得釋放。直至二十八年一月二十六日，由四川高等法
　　　院第一分院宣布撤回這一案件的起訴，在法律程序上宣告了
　　　結。

馮玉祥致蔣委員長書（民國二十六年七月二十八日）

介公賜鑒：

　　日來策劃國事，夙夜在公，瞻念勤勞，敬佩何已。茲有數事奉布，尚希鑒督：

　　一、大赦政治犯，此其時矣！以俱屬知識分子，有抗日之志向，抗日之精神也。當此危急存亡之秋，雖一絲一粟，一草一木，

皆為國家必需之品，況屬中國之人，而又為有用之人，安可置諸閒散，以減少國家之力量，極宜公開明令以赦之，增加人才，一致對外。如慮其將有異謀，則事實俱在，仍可逮捕，重加懲戒。然似乎決不至於如此也。

二、前在牯嶺曾請迅速成立國防計劃委員會，今覺此益為不可緩之舉。現在戰端已起，如遣將調兵，固屬至要，而預備後方糧秣，設立後方醫院，訓練民眾，以足二百萬之補充隊，提倡人民，使皆能輸款助糧，俱係最要之事。非有大規模組織不可，非各負專責不可，應速成立此會，令其分別辦理。再此大戰方興，軍事委員會為負責專之地，各重要職員，皆宜常以駐會辦公，夜以繼日，其上班下班之惡習，亟應除去，祥亦隨時可以到會，不辭勞，不避煩，甚且求在會中，亦無不可。

三、廣西、四川、陝、甘、青、寧等省，距京較遠，中央一切措施，或有不能徹底了解之處，似應派任大員，前往以上各省，詳告此次不得不抵抗情形，以免奸人造謠，橫生阻力。現住京之中央委員頗多，每省選派二人，馳往宣傳，則地方官紳士民，皆曉然知中央苦衷，將助糧助力，有不期然而然者矣。

四、吾國公設工廠，為數不多，值茲戰爭之際，勢必供不應求，惟利用民間工廠，尚可勉補不足，然散漫無稽，仍不能得心應手。應速圖組織之方，然後我以何物要需，人民應如何以幫助，上呼下應，自收相互為助之效。

五、鄭州鐵橋、濟南鐵橋恐為敵所注意，倘被炸燬，則交通阻滯，受困滋多。應速於鄭州以北及洛口一帶，多設浮橋或準備民船，以備運糧運械運兵之用。

　　六、軍紀為行軍之主腦，無論古今，無論中外，軍紀佳者，雖弱可強，雖少必勝。近年來承　公努力於此，較之往者，斐然可觀，然不能恪守紀律者，仍恐有所不免。擬請妥訂軍紀多條，通令各軍，切實遵行。蓋不特行軍，本應如此，且大戰之際必有歐美人士參觀其間，稍一不慎，將不免貽笑外人。

　　七、精神教育，收效為宏，前在廬山海會寺訓練團畢業觀禮之時，因我公訓詞，有國事愈難，建設愈速之語，祥深佩之，故祥繼續為言精神教育一節，其主要之語，不外殺身成仁，捨身取義八字。蓋吾人能為國而死，方為善終，非然者，死於床褥之上，死於兒女之手，不但非正死，且甚可恥也。擬請飭由內政部，以此訓練民眾機關，教育部以此訓練學務機關，軍政部以此訓練兵事機關，實業部以此訓練建設機關，推而廣之，各院部均應於所屬機關，認真訓練，無形中全國皆成愛國之士矣。

　　八、梁式堂〔建章〕先生，為國奔馳，冒暑來京，不三日已因病去世，老成凋謝，悲悼殊深！我　公追念耆儒，致送治喪費三千元，並派員照料後事，高情厚誼，既感且謝。回憶祥與式堂結交垂十餘年，深佩其道德、學問、勵行三者俱備，素重實行，不尚空譚，故其著作，關於建設水利等事者為多，前經宋明軒〔哲元〕提請任命河北省政府委員，兼建設所長，辭而不就，旋蒙我公請任為監察院委員，亦謙辭不遑，乃回保定擔任蓮池書院院長一席。蓋欲造就多士，而為實行建設之基也。其將宋明軒之赤誠為國，擁護中國，及我　公之推心置腹，愛護平津將士之真誠，往返宣傳，使內外一致，互相信仰，厥功尤偉。聞其嘗說明軒曰：「禦侮抗敵，須先求國家之統一：君能時時聽命中央，在　蔣公指導之下，為衛國

卹民之計，始可以對天地，對祖宗。」明軒對曰：「所言如出我肺腑，謹當受教，然君為此言，豈尚不信我耶？」時人兩美之。乃茲者，當明軒赤裸裸的表現其抵抗守土、聽候中央解決之時，而式堂歿矣，豈不重可悲乎！

以上各條，粗舉大概，未知有當不？祥本喜多言，昨與公面譚，承屬代為思慮，故不揣庸駿，就所思者言之，祈采擇為幸。耑此敬頌

勛祺！

（《蔣馮書簡》，頁 58-59。）

馮玉祥呈蔣委員長銑戌電（民國二十六年八月十六日）

南京委員長蔣鈞鑒：

密。本日赴南翔晤文伯〔張治中〕，適向華〔張發奎〕、嘯天〔何宜〕均至。詢知前方士氣旺盛，逐日戰況，均有進展。惟敵依據堅固工事，頑強抵抗，故未能迅速達到掃蕩目的。但已準備遵照鈞座指示，明日總攻，如能乘敵陸軍未到以前，一鼓殲滅，自屬甚善。否則似有增厚兵力之必要。再昨今兩日各處所遇敵機，均屬低飛，故鐵路及公路沿線，即感高射兵器不足，亦宜飭令各地駐軍設置防空排，出其不意，加以射擊。此外多設醫院，準備乾糧，均請飭知主管機關，特別注意。文伯、向華聯名具申增加數線工事之意見，實為持久抗戰切要之圖，乞鈞座早予核定為叩。

職馮玉祥　叩。銑戌。

（《蔣馮書簡》，頁 27。）

【註】民國二十六年八月六日，馮被任命為第三戰區司令長官，負

責上海方面戰事。「八一三」抗戰爆發後，於十五日在蘇州就職。十六日即赴上海南翔鎮（位於江蘇嘉定縣南，京滬鐵路經之）指揮戰事。馮於十二月四日日記中回憶在二十八天第三戰區司令長官任內之痛苦經過云：「三戰區為人家〔指蔣〕直屬部隊，我曾作一月無言之司令長官。曾憶蔣先生電話謂：大哥可不客氣指揮他們。我謂我有二事可作：一、死，二、作歪詩。此語實血淚所嘔成。」（《馮玉祥日記》，第五冊，頁297。）

張治中（1891-1969），號文白，一作文伯。安徽巢縣人。民國五年，畢業於保定軍官學校第三期。十八年五月，任中央陸軍軍官學校教育長。二十六年八月，任京滬警備總司令，同月任第九集團軍總司令兼淞滬圍攻區指揮官，參與「八一三」上海之役；十一月任湖南省政府主席，兼湖南省保安司令。二十七年十一月十二日夜，湘人訛傳日本軍迫長沙，治中張皇失措，遽令縱火，全城屋宇，付諸一炬。中央令革職留任。

張發奎（1896-1980），字向華，廣東始興人。民國三年，畢業於廣東陸軍小學第六期。十二年，任粵軍第一師獨立團團長。十四年八月，粵軍第一師改為國民革命軍第四軍，發奎旋升任第十二師師長。十五年八月汀泗橋之役，第四軍大敗吳佩孚部，贏得「鐵軍」之名。十六年，升任第四軍軍長。二十六年八月，淞滬之役爆發，任右翼軍總司令、第八集團軍總司令，駐守浦東、滬西一帶，率部與日軍激戰數月；十月，繼朱紹良為中央軍總司令。

何宣（1893-1945），字嘯天，湖南益陽人。民國五年，畢業
於保定軍官學校第三期。二十五年六月，任第八軍第二十師
師長兼軍參謀長。二十六年七月，抗戰爆發，旋任第十一集
團軍總司令部中將參謀長，隨軍出征，曾參加淮上、皖北、
鄂東各戰役。

蔣委員長覆馮玉祥巧電 （民國二十六年八月十八日）

馮司令長官勛鑒：

　　銑〔十六日〕戌電敬悉：數線工事計劃，已交黃季寬〔紹竑〕辦
理。

蔣中正。巧。侍。參。

（《蔣馮書簡》，頁 28。）

【註】黃紹竑（1895-1966），字季寬，廣西容縣人。民國五年冬，
　　　保定軍官學校第三期步兵科畢業。十三年十二月，任廣西全
　　　省綏靖處會辦兼第二軍軍長。十六年五月，任廣西省政府主
　　　席，十八年五月免職。同月，粵桂戰事起，李宗仁自稱「護
　　　黨救國軍」總司令，任紹竑為第一路總指揮。十九年十月，
　　　紹竑厭戰，通電脫離桂系。二十一年五月，任內政部長兼交
　　　通部長。二十三年十二月，改任浙江省政府主席。二十六年
　　　一月，就任湖北省政府主席。七月，抗戰軍興，於八月至南
　　　京任第一部部長，主管作戰計畫。

馮玉祥呈蔣委員長皓電 （民國二十六年八月十九日）

南京委員長蔣鈞鑒：

密。此次南口戰役，我軍以愛國之熱血，敢死之精神，予敵以重大打擊：不惟振起全國軍民之志氣，堅固全民族之信仰，即在國際地位上，亦應另眼看我。深謀遠慮，欽佩曷極！惟現在大沽方面，敵軍紛紛增援，非窺察我津浦，即擾亂我平漢，請特別注意。宋哲元之廿九軍，新敗之餘，士氣不免不振，尚須特加鼓勵，以期振奮。第一線至少須備十萬以上之兵力，而有三、四萬之預備隊，如此他處方可措置裕如。不〔否〕則堪慮殊深。管見所及，敢供芻蕘，希熟察焉！

馮玉祥　叩。皓。

（《蔣馮書簡》，頁 28。）

馮玉祥呈蔣委員長智電（民國二十六年八月二十日）

南京委員長鈞鑒：

密。茲將玉祥出發以來，在前方各處所親見暨所想到各事，分析陳列於下，以備采納：

㈠外交：外交在目前最為重要，如對某一國多往來一次，則多發生一次效力。孔庸之〔祥熙〕之往來歐美收效不少。日本此次對我作戰，軍費追加到四萬萬，其中有外交費六百萬，我亦極應選派得力外交人才，不分派別，使之充分努力活動，自能收效異常。

㈡兵力：此次對日作戰，恐非短期間所能結局，即預備一千萬後備軍，亦不為多，至少應先成立二百萬方能足用。

㈢人選：各地環境不同，人才因之而異，各有長短，各有需要。例如江蘇一帶財富之區，人文蔚起，謀略有餘，對於徵兵，反有所懼。最好北由冀、魯、豫、皖等省，南由滇、黔、桂、湘等

省，迅速招兵，不至誤事。

㈣生產：工廠之生產，無故不可使之停工，應為之籌備多量煤炭，使其努力生產。有願自動代政府製造軍械者獎之，定能收大效也。

㈤動員：發動民眾，使之受訓練，服工務為最好。惟發動紳商則不同，應使一般老成持重，在社會負有重望者，最為相宜。若朱子橋〔慶瀾〕先生等聯絡數十人，負責辦理，定能收效。

㈥負責人員：各地方因軍事長官開往前方應戰，以致後方多負責無人，防空防奸，及後方醫院，均未能週備，極應指定專員辦理。

㈦防空：敵機注重之事有數項：⑴各級司令部，⑵各飛機場，⑶兵工廠，⑷彈藥庫，⑸兵站之糧秣庫及汽油庫，⑹砲兵陣地，⑺所有一切交通橋樑，⑻密集部隊。我各路之橋樑均太暴露，應變成土色或綠色為好。由南京以北、以西之橋樑，尤應如是。至於運用〔送〕軍隊，除萬不得已外，無論何項運輸，總以夜間為宜。而南京由國府、軍委會、中央黨部以下各機關，均應使房舍變成土色或綠色為宜。兼宜在地下室辦公，以避危險。否則敵機一百架，深夜來襲，實為可慮，請萬勿大意！

再，我之步槍，屢擊落敵機，亦應組織步槍防空小組部隊。管見所及，用供采擇，尚祈鑒察！

馮玉祥　叩。哿。

（《蔣馮書簡》，頁 28-29。）

馮玉祥上蔣委員長書（民國二十六年八月二十五日）

介公賜鑒：

　　自敵分道來犯，在我　公領導之下，全國抗戰，一德一心，氣象一新，有史以來未有如今日之盛者，精誠團結，斯有此表現也。敵之圖我利用分化，我能團結，敵技窮矣。去歲兩廣之事，不放一槍而能統一。西安之變，對犯上作亂之人免其罪過，不予苛責。再者對追剿五六年之陝北某部改編之後，開赴前線。此皆寬大為懷，人格感召，篤行忠孝仁愛之民族道德，及服膺　總理博愛偉大之至高精神，故有以蔚成如斯驚天動地之局面也。國人相與，無虞無詐，坦坦白白，不念舊惡，風氣之變，實自我　公一人倡之。反觀敵人，短淺窄狹，浮囂暴躁，對志〔老〕成謀國之犬養毅之不卹。二二六之變，禍起蕭牆，元老重臣，同罹慘禍，全國人心，慄慄危懼。以與我較，其寬厚殘酷，真不可同日而語。我以仁，敵以暴，最後勝利必屬於我也。感懷時事略論及之。

　　茲有懇者：查李任潮〔濟琛〕、陳真如〔銘樞〕兩同志，革命以來，同艱苦，共患難，過去因意見相左，遂致隔離，已蒙寬大，原其已〔以〕往，今當對敵大戰，祥意似應請李、陳二同志來京，酌量任用。抗戰力量，當見雄厚，世人耳目，必更為之一新也。可否？敬祈　卓裁，專函奉懇，肅頌

崇祺

馮玉祥　拜啟

（《蔣馮書簡》，頁 59-60。）

馮玉祥呈蔣委員長感機電（民國二十六年八月二十七日）

南京委員長蔣鈞鑒：

　　密。江、浙兩省，乃我國政治、經濟及文化之中心。軍事之勝利，既能振作全國之人心，又能使敵國內之工農大眾，對其本國之軍閥發生反感；而於歐美各國之觀感，影響尤大。詳〔祥〕職審近情，實有速增重兵之必要。理由如下：

　　㈠敵源源增援，分擾沿海各要點，時有登陸之舉：雖登陸後，又被擊退，然其力量已日漸雄厚，故我方增兵，實在必要。

　　㈡上海附近陸上之敵人，應速解決，以免其援兵獲得掩護，繼續登陸。

　　㈢抗戰以來，我方頗有傷亡，增兵可以鼓勵士氣，增我實力。有此三因，敬乞　鈞座於一周內再調撥十萬大兵，增援首都以東之戰區，以固此全國精華之要地，不勝迫切、禱懇之至！

　　又此次抗戰，非千萬精兵不足制勝，伏懇迅派大員，主持後方訓練事宜，並依鈞座手編抗敵戰術彙錄第十二條所示各項，督促地方長官編練民眾，構築工事，以免將來兵員補充困難。至謂兵在精而不在多，對日抗戰若有精兵，何需千萬之者。殊不知我之對日，乃係應戰而非求戰，故須處處設防，處處備兵。以我國幅員之廣大，交通之困難，及輸送機關之簡陋，非有精而且多之兵額，實無以應付。德名將魯登道夫之言曰：德人昔主張兵在精不在多，不聽渠多兵之建議，故不得不於歐戰半年之後，增兵四軍，又半年，又增四軍。若在開始之初，即多此八軍之兵力，則一戰便可解決西戰場之敵，何至有後來之失敗與革命？茲者，倭寇挾其優良之武器以

臨我，我所恃者肉彈耳。對於兵員之補充，若不及早為周到之準備，後患將不堪言矣。是以職近三月來疊次上陳，以為兵貴精，尤貴多，誠以非有極厚之兵力，不足以收最後之勝利。而江、浙方面，欲首先擊潰敵人，尤非有雄厚之兵力不可。此職之所以有於一周內增援十萬大兵之請也。謹陳愚見，敬乞采納，示復袛遵！

馮玉祥　叩。感。機。印。

（《蔣馮書簡》，頁 29。）

馮玉祥致蔣委員長儉機電（民國二十六年八月二十八日）

南京委員長蔣鈞鑒：

據張總司令發奎感〔二十七日〕申參電稱：敵艦敵機，不時在浦東及杭州灣沿海一帶肆意轟擊，企圖登陸。本日據報，敵艦集結黃浦江，砲口指向浦東，似有特殊企圖。查本區兵力不敷，迭經電呈，本晨阮〔肇昌〕師復奉顧〔祝同〕長官陳〔誠〕總司令調遣，赴暨南新村。是本區所屬除戴民權師，尚待數日始能到達外，僅恃四、五旅及五五師、六二師，二師擔任此沿江沿海數百里警戒任務，雖該師官兵忠貞自矢，罔敢或懈，但虞防線過廣，部署容有未周，倘一隅疏防，牽動全局，職雖粉身碎骨，仍難償貽誤之罪。迫切陳詞，務祈統籌核辦示遵為禱，等語。除嚴令注意防範外，謹按增厚兵力，萬分重要，伏懇早日實行，以固邊防，如何，盼示復。

馮玉祥　叩。儉。機。印。

（《蔣馮書簡》，頁 29-30。）

【註】阮肇昌，一八八九年生，字紹文，雲南昆明人。陸軍大學第三期畢業。曾隸張宗昌、馮玉祥部，民國十七年改投陳調

元，任五十五師師長，二十二年改任五十七師師長。二十六年抗戰軍興，肇昌任六十九軍軍長兼五十七師師長，參加「八一三」淞滬抗戰，隸第三戰區陳誠左翼軍薛岳第十九集團軍，於大場、江灣地區苦戰三個月。

顧祝同（1893-1987），字墨三，江蘇漣水縣人。保定軍校第六期步科畢業。民國十三年，任黃埔軍校戰術教官兼管理部主任。二十六年抗戰開始後，任第三戰區副司令長官，長官為馮玉祥。不久，祝同即升任第三戰區司令長官。

戴民權（1892-1940），字瑞甫，河南臨汝人。早年入陝西建國軍，後去廣東參加北伐。民國二十一年任四十五師師長，二十六年參加淞滬會戰。

蔣委員長復馮玉祥豔戌侍參電（民國二十六年八月二十九日）

馮司令長官煥章兄：

感〔二十七日〕機電敬悉。密。尊見極是。特復。

中正。豔戌。侍。參。京。

（《蔣馮書簡》，頁 29。）

蔣委員長復馮玉祥豔電（民國二十六年八月二十九日）

馮副委員長：

儉〔二十八日〕機電敬悉，密。滬杭區兵力正籌調中，此復。

中正。豔亥。侍。參。京。印。

（《蔣馮書簡》，頁 30。）

馮玉祥呈蔣委員長豔參一電（民國二十六年八月二十九日）

南京委員長蔣鈞鑒：

密。案奉軍事委員會八月六日執一字一〇二二號令開：任馮玉祥為第三戰區司令長官。遵於十五日在蘇州敬謹就職，並成立司令部，除司令部組織表冊另行呈報外，謹先電聞！

職馮玉祥。豔。參一。印。

（《蔣馮書簡》，頁30。）

馮玉祥呈蔣委員長豔電（民國二十六年八月二十九日）

南京委員長介石賜鑒：

密。現當對敵抗戰，非喚醒民眾不可。要喚醒民眾，祥意除他種訓練辦法外，可編印宣傳文字，內容愈淺顯愈簡明愈好，輸以民族意識，使其深切了解抗日有何利處，與不抗日有何害處。在全國各省市、各縣鎮、各鄉村、各家戶，均傳佈張貼，無論男婦老少人人須熟念熟背，作為當前國民必修之功課。因熟則容易了解，了解以後，便生信仰，有了信仰，即生力量。此力量即是真正救國之大力量也。前將此意面陳，荷蒙采納，屬將此項宣傳文字寫出，令〔今〕擬就抗日救國問答十條於下：

(1)我們現在為什麼要抗日呢？

(答)日本要滅亡我們的國家，我們已忍無可忍，讓無可讓，非抵抗它不能生活了，所以我們非起來抗日不可。

(2)不抗日可以不可以呢？

(答)不可！不抗日就要當亡國奴了。不僅自己當亡國奴，子子孫孫都要當亡國奴的！

(3)什麼叫亡國奴呢？

(答)亡國奴就同高麗、臺灣人一樣，任人欺侮，任人搶奪，任人宰殺，祖宗的墳墓不能保，田園莊宅不能保，金銀財寶也不能保，生活真是連豬狗不如。

(4)怎樣才能不當亡國奴呢？

(答)只有信仰我們的政府，信仰我們的軍隊，信仰我們的軍事領袖，大家一致抗日，才能不當亡國奴。

(5)怎樣才算是信仰政府，信仰軍隊，信仰領袖呢？

(答)我們要不造謠言，不聽謠言，也就是沒有根據的話不說，別人亂說的話不理，凡傳聞不實的話，不再傳給別人。

(6)要大家一致抗日該當怎樣呢？

(答)抗日須要有錢的出錢，有命出命，有力出力。

(7)怎樣才算有錢的出錢呢？

(答)就是把自己所有的錢鈔，首飾也好，廢銅廢鐵也好，糧食也好，貨品也好，只要是國家需要的，都毫不吝嗇地，甘心樂意地，甚至於自動地拿出來貢獻給國家。

(8)怎樣叫有命的出命呢？

(答)為抗日勝利，為國家生存，為子子孫孫不作亡國奴，我們寧可犧牲自己的性命，來換國家千千萬萬年的生命。所以我們要盡我們的能力，不怕危險，不怕犧牲。幫助我們的國軍作戰，捉拿漢奸，保護交通等。

(9)怎樣叫有力出力呢？

(答)國家打仗的時候，更需要貨物，需要糧食。我們做工人的，應該不怕危險努力工作，多多生產糧食。我們做商人的，應該

維持市面，照常營業，且不可抬高物價。這樣就算是有力的出力，大家共同抗日了。

⑽我們讀了抗日問答，應該怎樣作呢？

（答）我們要把每一條都記在心裡，照著它去實行，我們不實行，便是對不住國家，不配做中國的國民了！

以上就思慮所及，拉雜寫出，請斟酌可也！

馮玉祥　叩。豔。印。

（《蔣馮書簡》，頁 30-31。）

蔣委員長覆馮玉祥東申電（民國二十六年九月一日）

蘇州馮司令長官勛鑒：

豔〔二十九日〕申代電悉。所陳各節甚當，已令飭各有關機關，參酌情形，負責進行辦理矣。此復。

中正。東申。印。

（《蔣馮書簡》，頁 31-32。）

馮玉祥上蔣委員長書（民國二十六年九月一日）

介公賜鑒：

蓋聞蕭何薦韓，而漢得滅項；魯肅薦陸，而吳得敗蜀，甚矣戰爭之際，用得其人，所關者大也。今者吾國舉抗日之旗，以求民族之生存，其事端之大，曠古無比，而我公為國求賢，大有周公吐握之風，故凡其能抗敵者，莫不羅而致之，其用心之公，昭如日月。當此之時，知賢不舉，是深負我　公也。查陸軍大學教育長楊杰〔耿光〕學識兼優，謀略出眾，且曾佐我　公運籌帷幄，卓著賢

勞，是亦軍界中之人傑也。今當戰爭方殷，用人孔急〔盃〕之際，
尚猶置之後方，未免可惜。在我　公知楊之才，較祥為深，而統籌
全局，或者另有任用，然依管見所及，似宜早為重用，以利戎機，
伏維察納是幸！耑肅衹請
鈞安

馮玉祥　拜啟
（《蔣馮書簡》，頁 60。）

【註】楊杰（1889-1949），字耿光，雲南大理人。民國二年，日本
　　　陸軍士官學校第十期砲科畢業。十二年，又以第一名畢業於
　　　日本陸軍大學。十七年北伐時，任蔣之第一集團軍總司令部
　　　參議。十九年中原大戰時，奉調任總參謀長。二十一年，任
　　　陸軍大學校長。二十三年，蔣自兼校長，楊杰改任教育長。
　　　二十四年底，任副參謀總長。抗戰開始後，歷陳策略，不為
　　　採納。二十六年九月五日，奉派以蘇聯實業考察團團長名
　　　義，偕同副團長張沖（中央執行委員）經西安飛往莫斯科，向
　　　蘇俄洽購軍火。蔣於九月四日覆馮電：「楊耿光同志，已另
　　　有任務借重矣」，即指赴蘇實業考察團事。

馮玉祥呈蔣委員長冬電（民國二十六年九月二日）

委員長蔣鈞鑒：

　　密。昨據兵站總監陳勁節稱：自作戰以來僅領到款項五萬元，
領米亦甚少。現在米款兩缺，而每日所賴以應付者，全恃措借，實
感困難。竊意前方軍隊如是之多，而糧款兩項，總宜充分撥給，使
其放手作去，乃克有濟。敬請鈞座親自批發，以免輾轉誤事為禱！

馮玉祥　叩。冬。

（《蔣馮書簡》，頁 32。）

蔣委員長致馮玉祥冬執一電（民國二十六年九月二日）

馮司令部長官：

　　密。據衛〔立煌〕前敵總司令世〔三十一日〕午電，檢獲敵印刷之對中國軍作戰之特性，及應注意事項一冊，對我軍弱點闡發詳切，對我民眾傷兵規定刺殺。僅擇重要者電呈如下：

　　(1)中國軍既缺乏積極企圖心，縱我劣勢，亦須放膽迂迴，或集全力於正面以行突破。

　　(2)中國軍多以便衣隊，混入民眾間，或似傷兵者，乘虛狙擊我幹部，輒須徹底掃蕩並刺殺之。

　　(3)中國軍最怕化學兵器，我宜用煙幕攻擊，彼常誤為瓦斯，而將要點過早放棄，又出其不意，以火燄放射，亦必奏效。

　　(4)被攻擊時，務誘出接近，而以火力急襲之。

　　(5)如中國兵包圍於一地時，必要時可予以退路，預置部隊，特以自動火器殲之。

　　(6)中國軍慣亂射，因其彈道甚高，可以上前進而迫近之，在夜間攻擊先發聲音，俟中國軍將手榴彈一齊擲完，再息聲突擊之，等語。希即密轉各部注意為要！

蔣中正。冬。執一。

（《蔣馮書簡》，頁 32-33。）

【註】衛立煌（1897-1960），字俊如，安徽合肥人。曾參加北伐、
　　　剿共等戰役。民國二十六年抗戰爆發後，在北平門頭溝與日

軍交戰；十月就任第十四集團軍總司令，十二月兼任第二戰
區前敵總指揮（第二戰區司令長官為閻錫山），指揮了忻口戰
役。

蔣委員長致馮玉祥蕭侍參電 （民國二十六年九月二日）

馮司令長官：

　　密。據閻〔錫山〕副委員長電稱：據津探報，日本在華北全軍
統帥為寺內壽一大將，其在華作戰部隊各指揮官，姓名如次：(1)平
漢線指揮官為厚篤太郎中將，率第十九師團全部，及駐屯軍河邊學
傀隊之一部。(2)平綏線指揮官為姚垣征四郎中將，率第五師團全
部、第二十師團全部，關東軍鈴木砲兵旅團，南滿酒井梯隊。(3)津
浦線指揮官為第九師團長崗重厚率全部。(4)察北指揮官為詩村恭輔
中將率第一師團全部，及長春承德兩守備隊。(5)上海為聯合艦隊司
令永野修身大將，指揮官為第三艦隊司令長谷川清率第十一師團、
山室邪武中將全部，及第十四師團二十七旅團全部，第十團隊下陀
司筱全部。(6)青島敵軍為三艦隊第十四驅逐艦隊全部、第十四師團
之二十八旅團從司全部。(7)塘沽至秦皇島為第三艦隊之第十一戰隊
等情。希查照並轉各該部隊知照為要！

　　　　　　　　　　　　　　　　中正。蕭。侍。參。京。

　　　　　　　　　　　　　　　　（《蔣馮書簡》，頁 32。）

馮玉祥呈蔣委員長江巳機電 （民國二十六年九月三日）

委員長蔣鈞鑒：

　　密。中日戰爭，事起匆卒，我方準備多未就諸。就常〔州〕、

〔無〕錫、蘇〔州〕一帶之傷兵醫院言，據職派員考察之結果，其應改善之點計有下列十端：

(1)每日伙食兵二角，官二角五分，實嫌太少。

(2)受傷官兵到院後，宜從速換去血衣。

(3)病床僅鋪一毯，殊嫌太薄，受重傷者尤感不適。

(4)受傷官兵到院後，經濟極感困難，宜從速犒賞。

(5)醫院所在地之各車站碼頭，均應派人招待領路。

(6)埋葬費原定每名十一元，似宜增加，藉慰忠魂。

(7)傷兵宜與病人分居，以便管理及治療。

(8)輸送人員，宜以具有醫學智識、中途能施行救濟者任之。

(9)各醫院宜注意環境衛生以防傳染病。

(10)各臨時醫院，設備未周，未能施行大手術，軍醫院之手術組，應巡迴治療，以資補救。

以上各節，擬請令飭改善，是亦鼓舞士氣之道也。如何？敬請鈞裁示復！

馮玉祥。江巳。機。

（《蔣馮書簡》，頁 33。）

蔣委員長致馮玉祥支侍秘京電（民國二十六年九月四日）

馮司令長官煥章兄并轉各軍師長鈞鑒：

密。在此抗戰軍事中，凡我將士，必須把握下列兩點，方能凝集力量，爭取最後勝利。

(1)對各級行政長官，尤其各縣縣長，務要相親相愛，密切聯繫，了解其困難，體恤其艱苦，事事推誠，視同司令部內自己人無

異，有此休戚相關，始能收切實協助之效。每至一處，應立即召集保甲長勸導組織就地民眾，實行運送糧食通信等任務。種種活動方法，事先應詳切指示，使其徹底了解，運用自如。

(2)凡向民間徵發之汽車夫及挑運，均要特別優待，飯食須按定時，夜間須令休息，不得強迫其作超過一定體力所能支持之勞役；尤應嚴禁任意打罵凌虐，必須派定辦事能幹之副官專一理管，細密照顧，開誠相見，乃能久而愈親。以道使民，乃能勞而不怨。

以上兩條關係極重。希轉飭所屬，認真體察，切實遵照為要！

中正。支。侍。秘。京。

（《蔣馮書簡》，頁34。）

蔣委員長復馮玉祥支午參電（民國二十六年九月四日）

馮副委員長勛鑒：

冬〔二日〕巳機電悉。密。前方用途，已飭軍政部儘量發給矣。

中正。支午。侍。參。京。印。

（《蔣馮書簡》，頁32。）

蔣委員長致馮玉祥支未侍參電（民國二十六年九月四日）

馮副委員長勛鑒：

九月一日信敬悉。密。楊耿光〔杰〕同志，已另有任務借重矣。

中正。支未。侍。參。京。

（《蔣馮書簡》，頁34。）

蔣委員長復馮玉祥微辰侍秘電 （民國二十六年九月五日）

馮司令長官：

　　江〔三日〕巳機電，誦悉。密。已飭分別辦理矣。

　　　　　　　　　　　中正。微。辰。侍。參。京。

　　　　　　　　　　　（《蔣馮書簡》，頁 33-34。）

馮玉祥呈蔣委員長魚午機電 （民國二十六年九月六日）

南京委員長蔣鈞鑒：

　　密。近在前方，視察所得，計有兩事，謹陳如下：(1)查新組織之各集團軍總司令總指揮等，近已就職。經默察其情形，款項均甚拮据，惟皆仰體中央財政困難，不肯向長官啟齒。查軍中派員聯絡，及時受轟炸，以及其他種種，無在而不需款，如無充分款項，以資運用，辦事必至棘手。值茲拚命抗敵之時，可否批發各該總司令等大宗軍事費，俾資存用，以利戎機，敬乞鈞裁。(2)查調前方各部隊，其中人強馬壯，武器精良者，固屬不少，而軍裝破舊、槍刀不齊者亦時有之。似此軍隊不但不能抗敵，且亦有損軍容，敬請飭知主管機關，嗣後對此格外注意！謹此電陳。

　　　　　　　　　　　馮玉祥　叩。魚午。機。

　　　　　　　　　　　（《蔣馮書簡》，頁 35。）

馮玉祥呈蔣委員長魚電 （民國二十六年九月六日）

南京委員長蔣鈞鑒：

　　密。茲有數事謹呈如下：

　　(1)太湖有指揮官而無實力，實為可慮。據報匪首王鳳儀者已受

日人之委任，將在太湖發動，斷我公路交通。為防患未然計，在此重要地點，須有兵一營附以小汽船十隻，來回游擊，方資鎮懾。

　　⑵蘇州、無錫等縣，須有戒嚴司令，以專責成。現在淞滬作戰，後方治安機關重要，而蘇、錫等縣，漢奸頗多，或割電線，或偷消息，時常有之。亟應設戒嚴司令，帶有相當軍隊，駐守其間，以便查拿而維地方。

　　⑶前方設立憲兵。查前方漢奸極多，為害甚大，非嚴拿不能肅清，亟應選派憲兵二三連駐吳縣，一連駐無錫，一連駐各處活動。

　　以上所陳，頗關重要，伏乞采擇施行！

玉祥叩。魚。

（《蔣馮書簡》，頁 34。）

馮玉祥上蔣委員長書（民國二十六年九月六日）

介公賜鑒：

　　頃接徐季龍〔徐謙〕來函，對暴日侵略，義憤同深，身雖在野，義無反顧，情詞肫摯，並屬代陳　鈞右。竊意季龍與任潮〔李濟琛〕先生志同道合，前曾聯銜電京，枕戈待命，其志切精誠團結，共赴國難之誠，諒邀垂鑒。值茲非常時期，各方同志，均應集中團結，增加抗戰力量。謹據情轉達，可否邀其來京。敬祈

鈞裁：專肅奉陳，敬頌

崇祺！

馮玉祥　敬啟

（《蔣馮書簡》，頁 60。）

【註】徐謙，字季龍，性褊急而無常、頑強而武斷。民國十六年四

月，國民黨清黨時遭通緝，潛居上海租界，後轉赴香港。二十二年十一月，又參加「閩變」，失敗後仍潛回香港。二十六年九月二日，由香港赴南京，共赴國難。隨著戰局轉變，再赴武漢、重慶，曾任國防委員會委員、第一屆國民參政會參政員。二十九年九月二十六日，卒於香港。

馮玉祥呈蔣委員長虞電（民國二十六年九月七日）

南京委員長蔣鈞鑒：

　　密。竊謂軍隊之組織，以適應環境而定。現在我方步兵每師兩旅，每旅兩團，其兵力極為單薄，以之攻守，而當機械化之強敵，實感困難，亟宜速謀改革，以期增加抗敵之力量。茲將近日觀察所得，謹條陳如下：每師工兵應編成一團，其中一營為坑道隊，應把坑道掘地各物配齊，應受每一點鐘在地內挖地多遠之訓練；二營為電雷隊，坑道掘成，地雷即時下好，攻則可以破敵之堅固工事，守則可以遠出，設下各種埋伏，燬壞敵之坦克車等，無論攻防，均能使敵受極大之打擊。其次每師應有重迫擊砲一團，威力極大，而費用甚小，因其彈道彎曲，口徑甚大，毀敵之陣地，為極好之利器。以上所陳，竊意頗合目前需要，是否有當，伏乞鈞裁！

馮玉祥　叩。虞。

（《蔣馮書簡》，頁 35。）

馮玉祥呈蔣委員長陽午機電（民國二十六年九月七日）

委員長蔣鈞鑒：

　　密。玉祥以樗櫟之質，蒙公召之至京，既三載於茲矣。承推誠

相待，事無鉅細，多賜諮詢；陳無當否，恆荷采納，自來服務政府之人，未有若是之幸者。倭人入寇，復啟戰端，又奉令兼顧戰區，驅蚊負鼎，其何能濟。未敢遜辭者，欲稍分　公之憂也。惟用兵必得人民之助，而人民平昔多受指導於地方賢士大夫。公署組織簡單，擬略延聘地方英賢為顧問、參議、諮議等各數人，藉資襄輔，同濟戰事。則殲滅敵軍，戰區鞏固，或不致辱公大命也。專肅密陳，敬候裁示！

馮玉祥　叩。陽午。機。

（《蔣馮書簡》，頁36。）

蔣委員長復馮玉祥齊侍參京電（民國二十六年九月八日）

馮副委員長：

　　魚〔六日〕午機電及函均悉。密。(1)各總司令部及副司令部，可各發五萬元，除電知軍政部外，希飭知照。(2)照辦，已通令各部隊官長嚴均約束與注意矣。特復。

中正。齊。侍。參。京。

（《蔣馮書簡》，頁35。）

蔣委員長致馮玉祥齊侍參京電（民國二十六年九月八日）

馮副委員長並轉各軍師長：

　　密。據羅軍長卓英轉呈九十八師師長夏楚中，魚〔六日〕西電，該師路團、姚營，固守寶山城，微〔五日〕晨起，敵以優勢兵力及戰車砲艦飛機聯合作戰，該營奮勇抗戰，至魚〔六日〕日亥時，卒以傷亡殆盡，無法支持，全營官兵自營長以下，偕城作壯烈

之犧牲等語。查該營官兵力據孤城，全部盡節，忠貞之氣，永作山河。凡我袍澤，所宜矜式！除電飭查明該營官兵姓名具報，以便從優議恤，呈請褒獎外，合行令仰轉飭一體知照為要！

蔣中正。齊。侍。參。京。

（《蔣馮書簡》，頁 36。）

馮玉祥呈蔣委員長青電（民國二十六年九月九日）

南京委員長蔣鈞鑒：

　　密。玉祥虞〔七日〕夜赴崑山晤陳辭修〔誠〕，庚〔八〕日復抵安亭，與健生〔白崇禧〕、墨三〔顧祝同〕、文白〔張治中〕及黃琪翔相晤，備悉各部士氣極盛，我官兵人人抱必死之決心，為國犧牲，矢志不渝；此種精神，堪以仰紓廑注。惟觀察所及，有敬為鈞座縷陳者。

　　㈠各師編制有應改進者四：㈤應添坑道隊，此項士兵不惟利於攻勢，即防禦守勢，亦極得力。請飭調中興煤礦掘地工人，酌帶工具及抽水機，編成十大隊，每隊至少五百人，發給各師，每師一隊，以資應用。㈡應添電雷大隊。查各部旱水雷均感缺乏，僅恃輕重機關步槍等，實難勝敵方機械化之武器。故電雷器械材料，均應補充，每師至少一大隊，每隊五百人，方能敵用。㈢查十五生的以上之重迫擊砲，效力甚鉅，滬漢均有此項管筒，製造甚易。祥在鞏廠曾製二百餘門，費時費資，均屬無幾，敬請飭屬速製，俾每師增重迫擊砲一團，每團五十四門，以資戰守。㈣各部山砲、平射砲、陸砲三種過少。愚見每師最少應較舊有加倍，即前清制度為五十四門，現應增至一百〇八門。如此則一師可作一師之用，必能制勝。

否則步槍機槍等彈，命中不易，半屬虛耗，非計之得也。

㈡前方工事，張向華〔發奎〕部隊已動土，並發動八千民眾，加緊工作，不久可成。吳淞方面，雖在籌辦，尚未發動民眾，積極進行，此為救國第一問題，請鈞座電飭趕辦，並飭專員發動民眾協助，期收速效。

㈢軍食問題。查前方各部隊食糧兵站發米，大鍋造飯，晝有煙，夜有火，值此敵機四出，危險殊甚。且鏖戰期間，無暇煮飯，士兵竟有兩日不食者。改善之道，宜用乾糧，敬請特飭速籌改善，備辦大量乾糧，如無大宗餅乾，即用大餅饅頭，亦較便利。非此不能久戰，此係重要大事。

㈣醫院仍應添增。查各後醫院，經明令改善後，效率業已增加，惟院址較少，設備亦尚欠完備，且無擔架隊，傷兵每不得救護，並有無從尋得醫院者。亟應增設，以加強戰鬥力量。

以上各節，就愚見所及，謹電條陳，上備采擇。是否可行，敬祈鈞裁！

馮玉祥　叩。青。

（《蔣馮書簡》，頁 36-37。）

蔣委員長復馮玉祥灰午侍參電（民國二十六年九月十日）

馮副委員長煥章兄：

虞〔七日〕電敬悉。密。尊意已電軍政部辦理矣。特復。

中正。灰午。侍。參。京。

（《蔣馮書簡》，頁 35-36。）

蔣委員長致馮玉祥文未侍參京電（民國二十六年九月十二日）

馮副委員長，並轉戰區全軍將士：

　　密。我軍抗戰之戰術，必須以攻為守，以近為遠，以積極進攻之行動，方能達到消極抗戰，堅持到底之目的。自開戰至今已足一月，凡敵軍之利器，與其海陸空之全力，皆已全部使用。充其量亦不過利用其多數之飛機與大砲之威力，以脅制我軍之精神。換言之，仍不外乎威脅而已。須知戰場作戰之主兵種，全在步兵，而敵軍步兵之怯弱，實不值我軍之一擊。此當為我全體官兵所共見而自信者也。每察戰鬥之經過，得一最大之教訓，即我軍如不自動撤退，則敵軍決不敢深入我軍陣地，更無擊退吾軍之勇氣。於此經驗所得，只要吾軍官兵固守其原有陣地，一面加強工事，多設偽裝，以減少我軍之損傷；且必研究敵每日所發現優點與劣點，以資我軍戰術逐漸之改正。一面沉著應戰，堅忍不拔，雖至最後之一兵一彈，亦必在陣中抗戰到底，至死不渝，則最後勝利必歸於我也。我全軍將士乎！凡我中國之寸土尺地，皆須灑滿我中華民族黃帝子孫之血跡，使我世代子孫，皆踏此抗倭血跡而前進，永久不忘倭寇今日侵略與屠殺之慘史；必使倭寇侵略之野心，摧毀滅絕而後已。吾知以我將士今日犧牲之壯烈，必能達成我軍復興民族之使命。中正一息尚存，此志不懈，必與我全體將士同生死，必與我中華民國共存亡，決不負我全體將士之所期許也。

蔣中正手令。文未。侍。參。京。

（《蔣馮書簡》，頁 37。）

蔣委員長復馮玉祥元侍秘京電 （民國二十六年九月十三日）

第三戰區馮司令長官煥章兄勛鑒：

　　陽〔七日〕午機電誦悉。擬延聘地方英賢為公署顧問參議、諮議一節，自屬切要，即延聘可也！

　　　　　　　　　　　　　　蔣中正。元。侍。秘。

　　　　　　　　　　　　　　（《蔣馮書簡》，頁36。）

蔣委員長致馮玉祥總二元電 （民國二十六年九月十三日）

馮副委員長勛鑒：

　　密。此次倭寇犯我國境，蔓衍所至，肆極殘暴！賴我將士忠義奮發，一德一心，喋血相望，不辭九死，卒能屢挫凶鋒，使不得逞。尤以南口、上海附近各地，殉難之慘，古今罕儔，追維壯烈，悲悼曷勝！至於傷者，或斷臂折足，或耳目俱廢，情殊悽慘；而存者尤抗戰匝月，勞悴倍嘗，本委員長同深軫念。茲特派該副委員長，赴第一區津浦線，石家莊行營主任徐永昌赴第一戰區平漢線，代致慰問，並發給第一戰區部隊十萬元，以示犒勞。除分令外，仰即遵照，即日前往辦理，仍將辦理情形具報！

　　　　　　　　　　　　　　中正。總二。元。

　　　　　　　　　　　　　　（《蔣馮書簡》，頁38。）

馮玉祥呈蔣委員長寒亥機電 （民國二十六年九月十四日）

南京委員長蔣鈞鑒：

　　密。蘇州以東各陣地之構築，自鹿鍾麟辭卸監督之責後，關於該方面工事之狀況，無時不在念中，敬請迅派大員，督促加緊進

行。又祥道經徐州時，東望海州，一片平蕪，實敵發揚新兵器威力
之最好戰場。我於徐海鐵路兩旁，應亟構築深溝高壘之陣地二十
道，每道距離十里，溝必須三丈寬，二丈深之大工事，由省政府發
動民夫構築，軍委會派工科軍官指導，並派大員監工，嚴限動工及
完成日期，以防患於未然，竊思此舉，有百利無一弊，敬請采擇施
行，幸甚！

　　馮玉祥　叩。寒亥。機。

（《蔣馮書簡》，頁38。）

【註】民國二十六年七月底，日軍襲佔平、津，軍事委員會即劃津
　　　浦、平漢北段為第一戰區，由宋哲元率第一集團軍固守津浦
　　　北段，但被日軍突破，宋部南退。九月十一日，軍委會鑒於
　　　第一戰區所統轄之津浦、平漢兩路部隊過於龐雜，指揮困
　　　難，致戰事連連失利，因作重新調整，劃出津浦鐵路線為第
　　　六戰區，任馮玉祥為司令長官，因該戰區部隊多為馮之舊
　　　部，欲以馮與西北軍之關係阻擋日軍南下。蔣於九月十七日
　　　電馮任命，馮於十九日在連鎮就職。早在九月十三日，蔣即
　　　派馮赴津浦線慰問死傷戰士，馮此通九月十四日致蔣之電，
　　　即報告北上時沿途所見情形。至於馮北上慰問死傷戰士，則
　　　另有向未被人提及的內幕，據十一月十一日《馮玉祥日記》
　　　云：「張文伯〔治中〕先生來會。談及我此次北上，委員長
　　　本意請我接收宋〔哲元〕之部隊。我當即謂：本人與宋之關
　　　係，在人情、事理兩方，皆不能出此，於是銜命北上勞軍，
　　　至彼則所見情形大非意料所及。談及韓向方〔復榘〕之情
　　　形，至其與宋比較，宋雖荒唐不經，然其下級軍官尚能接近

學界人物，故思想比較正確，且平日之訓練，亦尚不離抗日
二字。韓則惱〔腦〕中只記中央待遇如何不公，陸大未曾錄
取彼之軍官，故平日深惡其部下與外間人往還，致一般官長
捨發餉、吃飯而外，他無所知。」（第五冊，頁 251-252。）

馮玉祥呈蔣委員長刪亥機電（民國二十六年九月十五日）

南京委員長蔣鈞鑒：

　　密。日昨函請增厚兵力，並請令保定我軍向唐家屯方面，採取
攻勢模樣，藉以鞏固滄州以北之陣地一節，諒荷鑒及。途中思慮再
三，覺就該方之現勢言，增兵實為刻不容緩之舉。而保定方面東
攻，既可收協同作戰之利，又可收敵各個擊破之弊；蓋敵若進至滄
州，則平漢線方面，非進至石家莊無以掩護其右側之安全，理至明
也。區區愚見，敬希采納施行！

　　又喚醒民眾，關係於全面抗戰者至鉅。民眾若能覺悟，此次戰
爭，迥異於昔日段、吳之戰，而乃民族存亡之戰，則父將詔其子，
兄將勉其弟，妻將勸其夫，一心一德，輸力輸財，以為政府助：能
如是則徵兵、募兵、集款，皆屬易易。竊祥在蘇州時，曾印「國民
必讀書」一萬份，對於日軍之暴行，揭發詳盡，可謂喚醒民眾之一
點材料。敬請令飭軍委會重印三五百萬份，發給前方將士及後方各
省民眾，使知中日之不可並存，抗戰乃為自己，則抗戰前途無形中
必增偉大之力量：即各省縣政府亦須多印若干，以為喚起民眾之利
器也。如何？敬請卓裁！

馮玉祥　叩。刪亥。機。

（《蔣馮書簡》，頁 38-39。）

蔣委員長復馮玉祥銑申電（民國二十六年九月十六日）

馮司令長官：

　　寒〔十四日〕亥機電悉。密。所見甚是，已如屬分別辦理矣。

　　　　　　　　　　　　　中正。銑申。侍。參。京。

　　　　　　　　　　　　　　　　　（《蔣馮書簡》，頁38。）

蔣委員長致馮玉祥篠一作電（民國二十六年九月十七日）

馮司令長官：

　　密。茲為作戰指揮便利起見，將第一戰區劃分為兩個戰區：平漢線仍為第一戰區，津浦線為第六戰區，特任馮玉祥為該戰區司令長官，轄宋哲元、龐炳勳、吳克仁、劉多荃、李必蕃等五部，與第一戰區之作戰地境為河間、呂公堡、文安、信安鎮、安次縣之線，線上屬第六戰區。除分令外，仰即知照！

　　　　　　　　　　　　　　　　中正。篠一。作。京。

　　　　　　　　　　　　　　　　　（《蔣馮書簡》，頁39。）

馮玉祥呈蔣委員長巧午機電（民國二十六年九月十八日）

南京委員長蔣鈞鑒：

　　密。謹查津浦線兩旁地區，多屬平原，在軍事上頗有利於敵之飛機戰車及大砲；我軍補救之法，惟有改造地形：即如鈞座手編抗日戰術所示，一方趕築深溝高壘之陣地，一方就各鄉村原有堡寨四周加挖壕溝，並增蓋其圍牆之強度云云。玉祥此次北來，視察所及，實覺各地對於鈞座所示各節，多未能切實奉行，軍事上之損失，有由來矣。目下滄北積水甚深，滄東水潦亦大，敵戰車行動不

易。若乘此時令派多數官吏，發動民眾，依上述改造地形之法，星夜加工辦理，並指定大員監督，嚴限日期，分明賞罰，敗敵之火器雖強，亦無奈我何。若待雨水既消，誠恐有所不及矣！除分電河北、山東兩省府商辦外，鈞座如以為可，敬請指派專員，並通令該兩省及河南、安徽、江蘇等省政府，迅速辦理為禱！

馮玉祥　叩。巧午。機。

（《蔣馮書簡》，頁 39。）

馮玉祥復蔣委員長皓未機電（民國二十六年九月十九日）

南京委員長蔣鈞鑒：

　　密。奉鈞座九月霰〔十七〕日令開：特任馮玉祥為第六戰區司令長官等因，奉此，遵於即日在連鎮就職。誓以至誠，敬率所部，在鈞座命令之下，殲滅倭寇，復我失地，為中華民族之獨立自由而奮鬥到底。謹此奉聞！

馮玉祥　叩。皓未。機。

（《蔣馮書簡》，頁 40。）

馮玉祥致蔣委員長皓未機電（民國二十六年九月十九日）

南京委員長蔣鈞鑒：

　　密。前方關係重要，必須有足智多謀耐久苦戰之大員，方能運用自如，不致償事。查鹿鍾麟智勇經驗，實堪勝任，可否任以本區副司令長官以資臂助之處，請鈞裁示遵為禱！

馮玉祥　叩。皓未。

（《蔣馮書簡》，頁 40-41。）

馮玉祥復蔣委員長皓申機電（民國二十六年九月十九日）

南京委員長蔣鈞鑒：

　　密。文〔十二日〕未侍參京電奉悉。鈞座殺敵決心，讀之感奮！所示抗戰應行遵守各節，遵即轉飭本戰區各將領切實遵辦矣。玉祥恭領師干，一息尚存，當督飭所部遵令誓死拚戰，不成功便成仁，決不敷衍因循，重勞廑念。謹復！

馮玉祥　叩。皓申。機。

（《蔣馮書簡》，頁 41。）

馮玉祥呈蔣委員長號巳機電（民國二十六年九月二十日）

南京委員長蔣鈞鑒：

　　密。查以民族精神訓練將士，發動民眾，為　鈞座所剴切訓示之方針。亦為抗敵致〔制〕勝之基礎。此次視察所及，愈覺此種工作之重要。蓋前線之地形及軍備，均為有利於敵，欲避其長，而攻其短，必須有軍民一致前仆後繼之精神，乃於作戰工事、交通、運輸及救護等項，始可獲迅速有效之改進。思維再四，擬請於本區署設一政訓處，並請酌派適當人才：如鈞處一時難獲其選，查有軍委會諮議陳天秩，經驗學識，堪勝此任，是否可行，敬俟鈞裁！

馮玉祥叩。號巳。機。

（《蔣馮書簡》，頁 41。）

蔣委員長復馮玉祥馬電（民國二十六年九月二十一日）

馮副委員長勛鑒：

　　皓〔十九日〕申機電敬悉。密。忠貞之言，贊佩良深，第六戰

區關係全般作戰至為重大，嗣後關於士氣之鼓勵，戰鬥之指導，端賴大力，弟願與兄臺共勉之！

中正。馬。作。參。京。

（《蔣馮書簡》，頁41。）

馮玉祥呈蔣委員長養午機電（民國二十六年九月二十二日）

南京委員長蔣鈞鑒：

　　密。近到前方，視察各軍，及至二十九軍防地，與官兵晤談，聽其言論，察其心理，皆知此次抗戰，為國家民族爭生存，亟願拚命殺敵，為國爭光。只以主將誤信和平，坐失機宜，以致苦戰連月，損失奇重。對外無勝敵之功，對內有失地之辱，故憤慨羞恥，益思奮戰以報國。惟物質缺乏，體力疲憊，縱有殺敵之心。而無殺敵之器，仰天椎心，亦惟徒喚奈何而已！查該軍平素訓練，原以對外為職志，今更知恥而奮發，其士氣良好可利用。誠能予以相當時期之休養，復有相當物質之補充，一轉移間，可成勁旅，較訓練新兵，事半功倍。加以知感再造之恩，其敵愾之心，寧可限量？昔曹沫能雪三敗之恥，孟明卒得封殽而還。彼二子固賢矣，然使不遇魯莊、秦穆，亦終敗軍之將耳，安得立功？鈞座愛護將士，近世無匹。職以此事，亟關重要，故不畏煩瀆，再為一言，明智增調大軍，原非易事，但實逼處此，不容壅蔽。敢請設法增兵三四萬，以便撤換，使之休養，予以補充。蓋天氣已涼，該軍官兵尚穿單衣，終日在泥水之中，戰死不懼，惟夜間實難支持，故時有逃亡。且戰事激烈，無生力軍接防，亦萬難更換，然不更換，又危險殊甚！所請是否有當，敬候鈞裁！

　　　　　　　　　　　　　馮玉祥　叩。養午。機。

　　　　　　　　　　　　　（《蔣馮書簡》，頁42。）

【註】曹沫，春秋時魯國人。齊國伐魯，曹沫三戰敗北，魯莊公獻
　　　地以和，與齊盟於柯，曹沫以匕首劫齊桓公，桓公遂盡歸曹
　　　沫三戰所亡地於魯。

　　　孟明，春秋時秦國人，秦穆公使將兵伐鄭，晉人敗之於崤
　　　函；次年伐晉，復敗績；又次年伐晉，濟河焚舟，晉人避
　　　之，乃封殽尸而還，遂霸西戎。

馮玉祥呈蔣委員長養午參電（民國二十六年九月二十二日）

南京委員長蔣鈞鑒：

　　據馮軍長治安皓〔十九日〕亥參電稱：

　　㈠五十九軍佔領李六未辛莊至馬落坡之線，當面無情況，軍部
在祝莊子。

　　㈡四十軍佔領馬落坡至西花園之線，軍部在滄縣西南姚莊子，
正面昨夜敵千餘人逼近陣地，當派兩旅反攻，斃敵甚眾，今晨仍有
接觸。

　　㈢四十九軍之一零五師擔任西花園至李孝子墓之線，刻正向指
定地點移動中。一零九師在磚河、滄縣間集結，軍部在磚河西莊。

　　㈣職軍一三二師任李孝子墓至里坦之線，留一部於新集吳李李
碼頭一帶，掩護一零五師佔領陣地。刻在該處與敵對戰中。一五一
師刻已集結於磚河、泊鎮間，三七師在夏口、東光一帶，一七九師
在泊鎮、夏口一帶集結，刻正移動中，軍部在泊鎮東南段莊。

　　㈤六七軍仍依子牙河經大城至文安之線，與姚馬渡附近之敵對

峙中，軍部在大城趙家府等情，除令馮軍長對暴露之右翼格外小心，暨吳克仁軍對與第一戰區中間空隙，控制一部外，謹聞！

馮玉祥　叩。養午。參。

（《蔣馮書簡》，頁 42-43。）

馮玉祥呈蔣委員長養申機電（民國二十六年九月二十二日）

南京委員長蔣鈞鑒：

養〔二十二日〕午機電，計達鈞覽。頃接馮代總司令治安轉來龐軍團長炳勳電話報告稱：㈠馬〔二十一日〕夜以來，敵以集中炮火及飛機十餘架，向我馬落坡、姚官屯東西花園之陣地轟擊。㈡職部預備隊業已調往前方，望將第二十三師調往前方，控置〔制〕備用。㈢傷亡人數在調查中等情。除電復二十三師已另有任務外，謹查前方戰事日烈，而兵力單薄，實堪憂慮，除再請鈞座迅速增大軍外，實無較善辦法。迫切陳辭，敬請采納！

馮玉祥　叩。養申。機。

（《蔣馮書簡》，頁 43。）

蔣委員長復馮玉祥漾酉作參電（民國二十六年九月二十三日）

馮司令長官煥章兄：

養〔二十二日〕申機電敬悉，已令第二十三師前往矣。

中正。漾酉。作。參。京。

（《蔣馮書簡》，頁 43。）

蔣委員長復馮玉祥漾未一作元電 （民國二十六年九月二十三日）

馮司令長官煥章兄：

　　巧〔十八日〕午電悉。密。關於改造地形，增加抗戰力量一節，殊為重要，請兄就近斟酌情形辦理，見示為荷！

　　　　　　　　　　　　　　中正。漾未一作。元。

　　　　　　　　　　　　　　　（《蔣馮書簡》，頁39。）

蔣委員長致馮玉祥漾一作電 （民國二十六年九月二十三日）

馮司令長官並轉鹿副司令長官、馮代總司令：

　　㈠茲任命鹿鍾麟為第六戰區副司令長官。

　　㈡茲任命馮治安代第一集團軍總司令。

　　㈢茲任命馮治安為第十九軍團軍團長，直轄第五十九、七十七、六十八等三個軍。此令

　　　　　　　　　　　　　　中正。漾一。作。亨。京。

　　　　　　　　　　　　　　　（《蔣馮書簡》，頁40。）

馮玉祥呈蔣委員長漾戌參電 （民國二十六年九月二十三日）

南京委員長蔣鈞鑒：

　　密。本日所得各方情況如下：

　　㈣據龐〔炳勳〕軍團長電話報稱：(1)敵以輕重砲三四十門，昨夜以來向我馬落坡、姚官屯、胡咀各處陣地繼續射擊，綜計不下一千五百餘發。今晨敵復以飛機二十餘架助戰，我軍陣地，半時炸平。姚官屯前方小莊三個，敵我爭奪，進出五次，黎明時終為我佔領。馬落坡前面之敵，攻至我之外壕，所有鐵絲網，多為砍斷。然

我軍抗戰精神，不因敵火而氣餒，再接再厲，卒退敵人。總計是役，我軍負傷營長三員，官兵傷亡兩千餘人，敵之死傷，較重於我。⑵檢出被我斃敵營長之符號，知係敵之第十師團二二聯隊。⑶該軍現時僅預備第五營，亟盼火速增調援隊。

　　㈡據本區駐泊連絡參謀及第一集團軍高級參謀報稱：本日午後三時半，敵重轟炸機一架，在泊頭被我兩公分小砲，擊落於泊頭車站揚旗附近，機內五人悉斃等語。當即飭查敵機號碼，並令運來桑園鎮，以憑轉報。

　　㈢本日午後四時，敵轟炸機兩架：飛到桑園上空，投下重炸彈三枚，小炸彈五枚，我軍以及桑園車站，並無損失。謹此報告。

馮玉祥叩。漾戌。參。

（《蔣馮書簡》，頁 41-42。）

馮玉祥呈蔣委員長敬酉參電（民國二十六年九月二十四日）

南京委員長蔣鈞鑒：

　　本日午接龐〔炳勳〕軍團長電話報告：我姚官屯東西花園陣地，本日拂曉被敵突破，經派隊拚死反攻，失而復得者五次，終將該敵擊退。據檢獲敵屍符號，知係第二軍團第十六師團，現我姚家屯東西花園之鋼骨水泥工事，悉為敵砲轟平，正督飭修理中，等語。除令龐軍團長加緊趕築工事，並令李必蕃師火速增援外，謹此，奉聞！

馮玉祥　叩。敬酉。參。

（《蔣馮書簡》，頁 40。）

馮玉祥呈蔣委員長有機電（民國二十六年九月二十五日）

南京委員長蔣鈞鑒：

　　謹按前方希望增援，萬分迫切。李必蕃師奉鈞令控制於後方，現又開往鹽山一帶構築工事。依目下形勢，敵有主力從此方面南犯模樣。我若非增加四五萬精銳部隊，星夜趕來，誠恐措手不及。情節萬分，用敢飛請示遵。又泊頭打下飛機一架，馮〔治安〕代總司令已賞該高射隊五百元，又由職加賞一千元，其所有能運各件，擬不日運京，知念並聞！

馮玉祥　叩。有。機。
（《蔣馮書簡》，頁 43。）

馮玉祥呈蔣委員長有電（民國二十六年九月二十五日）

南京委員長蔣鈞鑒：

　　請即決斷迅速把廣西軍隊開到山東，以便策應一切，萬不可緩！萬不可緩！

馮玉祥　叩。有。
（《蔣馮書簡》，頁 43-44。）

馮玉祥呈蔣委員長有戌機電（民國二十六年九月二十五日）

南京委員長蔣鈞鑒：

　　六七軍自二十三日起，自動退卻，至今尚無報告。滄州一帶，自昨以來，聯絡即欠靈活，本日情形，更為紊亂，若非有生力軍增援，此方局勢，危險殊甚，如何？敬請鈞裁！

馮玉祥　叩。有戌。機。

（《蔣馮書簡》，頁 44。）

馮玉祥呈蔣委員長寢午機電（民國二十六年九月二十六日）

南京委員長蔣鈞鑒：

　　據龐軍團長炳勛今晨報告：昨夜以來，敵軍時以重砲向馬落坡、姚官東西花園各處集中射擊，今早復以飛機十架轟炸上列各地，似有突破津浦正面之企圖。職除督隊死守外，已將所有預備隊悉數增加，並祈火速抽調控制部隊，以備萬一等情。查龐軍兵力較弱，陣地又當衝要，該處倘有差失，影響於全局者實大，惟本戰區第二線兵團李必蕃部，又值他調，此間亦無控制兵力，擬請飭令卅二軍商〔震〕部即開前方，或由大城向青縣進攻，以分津浦方面敵軍之勢，抑或開駐龐軍後方，以備緩急之需。如何之處，佇候示復！

馮玉祥　叩。寢午。機。

（《蔣馮書簡》，頁 44。）

馮玉祥呈蔣委員長宥酉參電（民國二十六年九月二十六日）

南京委員長蔣鈞鑒：

　　查職區數日以來，前線各軍，因指揮不統一，通信不靈便之故，致使各隊之動作，頗欠協同一致之精神，人自為戰，不相應援，長此以往，危險堪虞，既不足以紓鈞座兼顧之憂，復不能貫徹抗日作戰之願。言念及此，良用疚心！爰於宥〔二十六〕日再令鹿參謀長鍾麟，遄赴前方，從事整頓，並與各軍再事商洽，決定職區最近作戰指導概要，略陳於次：

㈠軍以鞏固作戰基線，佔領堅固陣地後，相機轉移攻勢之目的。擬檢拔有力部隊佔領泊頭鎮、南皮迤南一帶地區，拒止敵人南進，並以一部奇襲敵後，其餘部隊令在東光、連鎮一帶地區集結。

㈡第一線兵團係五九軍、四〇軍、四九軍，佔領尹官屯、南皮縣老莊、楊莊、釣魚臺、董莊、泊頭鎮、孝杜李莊一帶之陣地，構築堅固工事，採用縱深配備，各軍後方沿宣惠河各渡河點，須確實保持，並有架橋準備。

㈢軍之兩側，配置兩旅，為兩支隊，任兩側之掩護。

㈣游擊支隊約兩三千名，由右翼迂迴敵之後方，施行奇襲，破壞交通。

㈤第一百三十二師位置於上倉、周莊間，取待機姿勢。

㈥其餘各部隊在東光、連鎮間一帶地區集結整理。

㈦本區各部隊統由鹿副司令長官統一指揮，馮軍長治安副之。

㈧俟命令下達後，隨即行動開始，其作戰經過自當隨時呈報，特電報告。

馮玉祥　叩。宥酉。參。

（《蔣馮書簡》，頁 44-45。）

馮玉祥呈蔣委員長寢亥機電（民國二十六年九月二十六日）

南京委員長蔣鈞鑒：

宋〔哲元〕部盼望補充甚急，謹將目下在軍事上亟須補充之件列下：計大鐵鍬二萬把，洋鎬伍千把，電話機伍十部，七絲被復線貳拾萬米達，電瓶伍百個，手擲彈伍萬發，十五生迫擊砲彈一千發，八二迫擊砲彈五千發，七五三八式野砲彈五千發，七九新式輕

機槍彈五十萬發，七九步槍彈五十萬發，六五步槍彈二十萬發，七七俄式步槍彈十萬發，行軍鍋灶一千份，平射砲請酌發若干門等，以上各件請迅速發給，以利戎機為禱！

馮玉祥　叩。寢亥。機。

（《蔣馮書簡》，頁45。）

蔣委員長復馮玉祥感一作電（民國二十六年九月二十七日）

馮司令長官煥章兄：

敬〔二十四日〕酉參電悉。龐〔炳勳〕軍團長率部反攻，將敵擊退，保有原陣地，奮勇可嘉，希即轉令慰勉！

中正。感一。作。

（《蔣馮書簡》，頁40。）

馮玉祥呈蔣委員長感午參電（民國二十六年九月二十七日）

南京委員長蔣鈞鑒：

㈠據馮總司令治安敬〔二十四日〕午參電稱：⑴養〔二十二日〕、梗〔二十三日〕兩日敵由興濟方面向我李寨、馬落坡黃維綱師陣地攻擊，當被擊退，黃師長乃令李村之游擊營，向興濟附近，擾擊敵後。⑵敵以五六千人，砲三十門，唐克車四輛，自馬〔二十一〕日向馬落坡、姚官屯西花園四十軍陣地猛攻，養〔二十二日〕早迄夜，戰尤激烈。敵並以飛機轟炸，褚官屯、姚官屯以北陣地，盡成焦土。我軍奮勇血戰，敵未得逞。⑶我姚官屯四十軍之二二三團傷亡過半，一〇九師已加入前線。趙官營亦有敵數千與我激戰中。敵尚有後續部隊，陸續增加。⑷漾〔二十三日〕夜敵將四四軍陣地攻陷，

·317·

當今三八師及劉多荃部由兩翼繞敵側背，晨已將龐〔炳勳〕軍已失陣地恢復。⑸查敵軍以主力向我大舉來攻，目前實為敵我生死關頭，除督飭各軍堅忍撐持外，謹此報告。

　　㈡又據馮總司令治安敬〔二十四日〕戌參戰電，轉據李副軍長文回報稱：⑴本日敵對我李寨陣地射擊，其氣球整日向我陣地觀測。⑵敵機午後在于家橋投彈數枚，傷我官兵數人。⑶昨日馬團與敵激戰後，經調查傷亡官兵共計三百餘人，各等情。謹此呈報。

馮玉祥　叩。感午。參。

（《蔣馮書簡》，頁 45。）

馮玉祥呈蔣委員長感酉電（民國二十六年九月二十七日）

南京委員長蔣鈞鑒：

　　自到前方旬餘，觀察戰事所需，有亟應辦理者數事，茲條陳如下：

　　⑴廣西北開三軍，聞已開到兩軍；而前方需用軍隊甚急，其餘一軍，亦請令其迅速開拔，若能再編兩軍開來，以厚兵力，尤為最善。

　　⑵華北戰事甚烈，而川軍開拔太慢，茲為抵抗強敵計，請嚴先令開來十團或二十團為最好。

　　⑶抗敵須作持久戰，而軍隊補充，將來成大問題，為〔如〕照平時辦法，須經種種手續，殊屬緩不濟急。當此非常時期，自應用權宜之計。竊意派舊有軍事官長，分批到各省招兵，先招十萬或二十萬加緊訓練，以備應用。

　　⑷在此抗戰時期，前方各部軍事費，似不宜太為固定。茲舉一

例：六八師，七七師，及五九師，自平津作戰南退，忽遇大水，官兵均在水中抗戰，鞋襪皆無，腿皆泡腫，經向軍政部請發鞋襪，則言無此舊章。但經玉祥與何〔應欽〕部長詳言，官兵日在水中，亦無此例，乃得照准。因係友誼關係，可以無話不說；若各軍對於長官，即有實情亦不能說，豈不誤事。可見不可太拘泥也。至於兵站電雷等項亦然。關於上列各項，擬請鈞座下一手諭，令主管機關發給款項，予以伸縮餘地，以利戎機。

(5)溝壘戰爭，歐戰已然。鈞座所著抗敵戰術，言之尤詳。竊意此時為節節抵抗計，凡戰區內，均宜發動民眾，將所有城鎮鄉村，牆則加厚加高，溝則加寬加深，以防萬一。惟此事須派大員分頭去辦，並帶五六十人，督率縣長加緊辦理，或可不誤。玉祥現在魯北、直南，已開始動作，但能否濟急，尚不可知。以上所陳，謹貢愚見，是否有當，敬候鈞裁！

馮玉祥　叩。感酉。

（《蔣馮書簡》，頁 46。）

蔣委員長致馮玉祥感管電（民國二十六年九月二十七日）

第六戰區馮司令長官：

茲派鹿鍾麟為該戰區副司令長官，馮治安為第十九軍團軍團長，並兼代第一集團軍總司令。委狀、關防、印信等仰派員到會具領，除分電外，希分別飭遵為要。

中正。感。管三。功。

（《蔣馮書簡》，頁 46-47。）

蔣委員長致馮玉祥感戌電（民國二十六年九月二十七日）

馮司令長官煥章兄：

㈠第六戰區，除應以有力部隊，在鹼河現陣地至石家莊線之據點，極力阻止敵之前進外，第六戰區現在前方損失疲勞較大，可以先行撤退之部隊（約三至四師），適時令其撤退於長清、濟南以西濮縣之線，準備防守黃河右岸，並休息整理，構築工事。由長清以東，已令韓〔復榘〕集團軍所部擔任。第一戰區除以比較有力之部隊，以路西為後方，利用山地，佔領側面陣地，繼續抵抗外，其餘部隊，沿平漢路逐次抵抗，並注意兩戰區之聯繫。

㈡第六戰區萬不得已時，與第一戰區聯繫。逐次後退於德州、石家莊線之據點，作有力之抵抗。同時兩戰區應編組若干游擊隊，預發數月伙食（每組約一營或一團編成之，其部隊人員選拔特須注意）；在黃河左岸，津浦、平漢兩路中間地區活動，以各縣城或要點為根據，擾亂牽制敵人。

㈢上述兩項，詳細部署，由兄與頌雲〔程潛〕兄決定。至第六戰區（除防守黃河各岸之部隊）如在德州再受敵之壓迫，萬不得已時，再向高唐、臨清、東昌、大名、濮陽方面逐次後退。第五、第六兩戰區之作戰地境如下：長清、泰安、曲阜、兗州以西之線，線上屬第五戰區。

㈣上項，為最高統帥部腹案，除兄與頌雲兄外，不宜過早使部下得知。

中正。感戌。一。作元。

（《蔣馮書簡》，頁47。）

馮玉祥呈蔣委員長卅酉機電（民國二十六年九月三十日）

南京委員長蔣鈞鑒：

　　頃據職署高級參謀張克俠由連鎮電話報告稱：關於我軍反攻及襲擊敵側背命令，已由鹿〔鍾麟〕副司令長官親到南皮及蓮花池面交四十九軍、四十軍，及五十九軍，並已商妥實施辦法，諸將領甚為振奮，預料即可發動，收效如何，容當續報等情。謹先電聞。

　　　　　　　　　　　　　　　　　馮玉祥　叩。卅。酉。機。

　　　　　　　　　　　　　　　　　（《蔣馮書簡》，頁47。）

蔣委員長復馮玉祥卅電（民國二十六年九月三十日）

馮司令長官：

　　感〔二十七日〕酉電悉。(1)廣西已奉令開三軍迅速北上。(2)已電催川軍速速集中武漢。(3)三、四兩項軍隊補充及軍費項已交軍政部核辦。(4)五項民眾領導事項，已交第六部核辦。(5)盼與各戰區妥取聯絡，以達持久抗戰之目的！

　　　　　　　　　　　　　　　　　中正。卅。一。作亨。

　　　　　　　　　　　　　　　　　（《蔣馮書簡》，頁46。）

蔣委員長致馮玉祥卅申電（民國二十六年九月三十日）

馮司令長官：

　　㈠查第一戰區副司令長官兼第二集團軍總司令劉峙，指揮無方，業經免職查辦；而各軍師長作戰不力，擅自退卻者，亦經著由程代司令長官長會同各集團軍總司令徹底查明具報核辦。

　　㈡任命孫連仲為第二集團軍總司令，仰即轉飭所屬知照！

中正。卅。申。一辦。

（《蔣馮書簡》，頁 47-48。）

蔣委員長致馮玉祥卅亥電（民國二十六年九月三十日）

馮司令長官：

黃河鐵橋破壞事，已派工兵學校教官權伯雲攜帶器材到灤口車站，準備工作中。其點火時機之命令權，即由貴司長官負責。再已指定車站為該員辦事地點，站長負聯絡之責，並聞！

中正。卅亥。一。作。

（《蔣馮書簡》，頁 48。）

馮玉祥呈蔣委員長東戌機電（民國二十六年十月一日）

南京委員長蔣鈞鑒：

謹將職署近日達前方各部隊著其反攻及襲擊敵側背之命令錄呈如下：㈠滄州以南之敵，其兵力不過一師，目下其先頭部隊，在泊頭附近，與我馮〔治安〕軍激戰中。㈡本戰區以擊滅礆河以南敵人為目的，決抽拔精銳部隊，於明（三十）夜開始襲擊馮家口，泊頭鎮、北夏口各附近之敵，務各力行局部包圍，一舉而殲滅之。㈢各部隊之任務及行動如左：⑴第五十九軍挑拔兩旅於今（二十九）日薄暮秘密向雙廟、五撥以北地區集結，務於后日（十月一日）上午一時以前到達目的地，開始襲擊馮家口附近之敵，同時務將該處南北鐵道，儘量破壞，以斷敵之歸路。右項兩旅之協同，須詳密規定，行動間對於北冀，尤應特別注意。⑵龐〔炳勳〕軍長指揮第四〇軍第四九軍之一部及第二三師，於今夜（二十九）秘密在南皮附近地

區集結，務於後日（十月一日）上午一時以前到達目的地，開始襲擊
泊頭鎮，北夏口各附近之敵，同時應儘量破壞各該處之鐵道橋樑，
斷敵歸路。㈣各部應帶無線電，於明夜開始動作後，架設通信。㈤
各部應帶三日給養。㈥各部須各帶擔架隊。㈦予在蓮花池龐軍團部
云。頃據馮代總司令治安在德州電話報稱：據五九軍李副軍長文田
無線電報稱，該軍已佔領馮家口等情，謹先呈聞，詳情續報。

馮玉祥　叩。東戌。機。

（《蔣馮書簡》，頁 48。）

馮玉祥復蔣委員長支午電（民國二十六年十月四日）

南京委員長蔣鈞鑒：

　　卅亥一作電奉悉。除遵照指示辦理外，並已同權〔伯雲〕教
官、黃營長取得確實聯絡矣。謹復。

馮玉祥　叩。支午。

（《蔣馮書簡》，頁 48。）

馮玉祥呈蔣委員長微亥機電（民國二十六年十月五日）

南京委員長蔣鈞鑒：

　　德州以北之戰，龐軍團長炳勳及劉軍長多荃兩部，於姚官屯之
役，及向後移動之時，雖損失甚大，然士氣並不稍懈，及鹿副司令
長官鍾麟到前線指揮，抗敵精神益振。包抄敵之側背時，黃師長維
綱、劉師長振三，奮勇爭先，率部佔領馮家口，殺傷敵人甚眾。黃
維綱、劉振三應該各記大功一次，所部每師賞法幣三千元。龐軍團
長指揮若定，率部攻下泊頭，至堪嘉許。龐炳勳及所部師長馬法五

應請各記大功一次，所部賞法幣五千元。劉軍長多荃在受挫之餘，總能鼓勵士氣，毫不游移，率部攻下南北兩段口，虜獲重砲二門，殺傷敵人甚多。劉多荃及所部旅長趙鎮藩應請各記大功一次，所部每師賞法幣三千元。李師長必蕃督率該師掩護龐軍左側，並確保南皮，所部賞法幣一千元。餘如津浦正面之程希賢及何基灃均有志抗敵，不辭勞苦，應請傳令嘉獎。至於鹿副司令長官鍾麟，當新敗之後，冒險徒步至前線，鼓舞士氣，奇襲完全奏功，予倭寇以意外之打擊，鹿鍾麟應請記大功二次。以上所擬，是否可行，敬候命令！

馮玉祥　叩。微。亥。機。

（《蔣馮書簡》，頁 48-49。）

蔣委員長致馮玉祥魚酉電（民國二十六年十月六日）

馮司令長官：

　　津浦、平漢兩路作戰部隊，如有未奉命令擅自撤退至後方者，著即將其繳械，特電查照！

中正。魚。酉。一。辦。

（《蔣馮書簡》，頁 49。）

馮玉祥呈蔣委員長陽機電（民國二十六年十月七日）

委員長蔣鈞鑒：

　　在濼口呈上數電後，職即登車南來。今晨到達鄭州即特赴新鄉視察。第六戰區現況，至少應增請撥三師兵力，控置於後方。其用途如下：㈠前方部隊，有一部分疲敝已甚，應依鈞座前者所示，速調後方休養整理，即以此新增部隊交替換防。㈡鈞令凡未奉命令而

擅自撤退之部隊，應立予繳械，若無此新增部隊，殊難執行。㈢前
方交綏，變化難測，此新增部隊，可用應付臨時事故。有此理由，
用敢懇請令請有力部隊前來增援。如未能同時抽調三師，請先將駐
陝李興中之一七七師所餘之一旅，另以警備旅一旅補足一師之數，
抽調前來；餘二師並請陸續令調。如此不特軍紀可振，意外可防，
即前方疲勞之部曲，亦可以從容休養矣。是否有當，敬請示遵！

馮玉祥　叩。陽。機。

（《蔣馮書簡》，頁 49。）

蔣委員長致馮玉祥齊電（民國二十六年十月八日）

馮司令長官並轉鹿副司令長官：

　　現在各戰區新部署，大致業已決定，請兄速至新鄉；鹿〔鍾
麟〕副司令長官，速到大名坐鎮，並指揮所部，整理戰線，繼續抗
戰為盼！

中正。齊。一。作。亨。京。

（《蔣馮書簡》，頁 50。）

馮玉祥呈蔣委員長庚未恭電（民國二十六年十月八日）

南京委員長蔣鈞鑒：

　　職已於今晨三時進抵新鄉，正與程〔潛〕總長接洽防務中，謹
聞！

馮玉祥　叩。庚。未。恭。

（《蔣馮書簡》，頁 49-50。）

馮玉祥復蔣委員長灰申參電 （民國二十六年十月十日）

南京委員長蔣鈞鑒：

　　齊〔八日〕一作亨京電奉悉，職已於齊〔八日〕晨到新鄉，並已電鹿〔鍾麟〕副司令長官速來新鄉轉赴大名矣。謹電奉聞。

馮玉祥　叩。灰。申。參。

（《蔣馮書簡》，頁50。）

馮玉祥呈蔣委員長真機電 （民國二十六年十月十一日）

南京委員長蔣鈞鑒：

　　職於佳〔九〕日午後五時半，由新鄉動身赴邢臺，十一時到達，晤程總長潛、徐主任永昌、林所長蔚詳譚平漢路東西情況後，蒸〔十日〕晨到邯鄲，視察劉汝明部。該部現集結於邯鄲車站附近，官兵因長途跋涉，頗呈困頓之狀，惟精神尚佳。午后四時半至六時半，集合其全軍官長於某學校訓話，要點有三：㈠抗日之原因，一在求國家民族之生存。㈡擁護中央政府，中央政府即自己之政府。為自己計，為子孫計，必須擁護中央政府，以與倭寇抗戰，復將努力作戰各部隊之情形，與不努力作戰所得之結果，比較講述，俾知鑑戒。㈢申述鈞座戒官兵飲冷水及令兵站辦送薑湯、紅糖與前線官兵飲用之德意，等語。該軍官長無不欣感。最後又令該軍選派各級軍官二十員，赴淞滬觀戰，以堅其抗戰之決心及必勝之信念。午後八時由邯鄲動身，至新鄉已十二時矣。知關廑注，謹此報聞！

馮玉祥　叩。真。機。

（《蔣馮書簡》，頁50。）

【註】該電原作「九月十一日」，誤。由前後電文及馮抵河南新鄉之時間推斷，應為「民國二十六年十月十一日」。

蔣委員長致馮玉祥文午電（民國二十六年十月十二日）

馮司令長官勛鑒：

　　據陳總司令誠轉據第十一師師長彭善魚〔六日〕午電略稱：該師葉旅朱團第三營營長雷漢池守備徐宅陣地，冬〔二〕日有敵千餘，連續攻擊四、五次均，被擊退。敵傷亡三百餘，獲輕重火器甚多。微〔五日〕晨敵復來犯，始以輕重砲火向該營陣地發射千餘發，繼則坦克車三十餘輛，聯合步兵猛衝。該營火器悉數銷毀，官兵傷亡幾盡。該營長雷漢池猶率殘餘肉搏，終以鐵血不敵，全營殉難等語。查該營長及全營官兵，忠貞殉國，殊堪嘉尚，除交軍政部查明議卹外，希通令所屬一體矜式為要！

中正。文。午。侍。參。京。

（《蔣馮書簡》，頁51。）

呈蔣委員長致馮玉祥文酉電（民國二十六年十月十二日）

馮司令長官：

　　據軍政部轉陳感〔二十七日〕參電悉。查佟麟閣、趙登禹二員，為國捐軀，殊堪悼惜，准予轉〔優〕卹各一萬二千元，希轉飭逕赴軍政部具領，並飭補送書表，以便發給卹金。特覆。

中正。文。酉。卿。中正。文。酉。卿。

（《蔣馮書簡》，頁51。）

蔣委員長復馮玉祥元電 （民國二十六年十月十三日）

馮司令長官：

　　真〔十一日〕亥機電敬悉。為國勤勞，至深嘉佩，尚希繼續鼓舞士氣，以發揚我革命軍人真正精神，殲彼倭寇為盼！

　　　　　　　　　　　　　　中正。元。作。恭。京。

　　　　　　　　　　　　　　（《蔣馮書簡》，頁 50-51。）

馮玉祥呈蔣委員長元未參電 （民國二十六年十月十三日）

南京委員長蔣鈞鑒：

　　職自奉命調任第六戰區後，遵於九月文〔十二〕日由無錫行營回京請訓，翌日乘津浦車北上，為指揮導督飭計，即行進駐桑園，嗣後戰況推移，豔〔二十九〕日移駐德州，隔日移駐禹城，十月江〔三〕日移駐濼口，虞〔七〕日移駐新鄉。茲將前後作戰情形，據實節報告如下：㈠前面戰線，遍地水潦，正面過廣，兵力欠厚，敵因得集中飛機、大砲，突擊我正面。更利用救生圈及汽划等物，四出攻擊。我卻無此利器，形成處處受制。㈡原二十九軍，即現之七十七軍、六十八軍及五十九軍，自平津退出以來，精神物質，損失甚巨：加以百三十二師師長趙登禹陣亡，三十八師師長張自忠脫離部隊，軍中驟失統帥，兵心渙散，士氣不振；所餘馮治安之三十七師，自盧溝橋事變後轉戰千里，傷亡過重，疲憊不堪，且退卻時所有服裝、糧食、軍用物〔資〕、交通器材等物，頗多失散，事後又未能補充，士兵除身上單衣及步槍外，別無長物，以與敵較，相差懸殊。㈢姚家屯、東西花園之役，在戰鬥劇烈之時，正面龐炳勳及劉多荃部，三十八師竟未適時出擊。而劉多荃部倉猝應戰，亦以密

集隊形指敵，死傷甚多，幾難支持；此時李必蕃師，奉龐命向前增援，尚未加入，即被退下之部隊衝散一團。足見使用預備隊時，未加允分研究，更為吾人戰術上之良訓。㈣交通器材缺乏，又常發生故障，以致敵我交綏之際，命令報告，多未能及時遞送，聯絡形成中斷；及龐、劉兩部由滄州離開鐵道線向南撤退時，久無報告，在滄州西南鐵道線上休息整頓之龐部，突受沿鐵道線前進之敵猛擊，竟疑龐、劉兩部已完全退卻，恐孤軍失援，遂不敢徹底抵抗，其實龐、劉尚在南皮蓮花池，相驚伯有，竟致僨事。㈤鐵路正面既節節後退，不能立足，不得不另思制敵之法，藉挽頹勢。遂令鹿副司令長官鍾麟，遄赴鐵道東側，掌握並指揮龐、劉及五十九軍二十三師各部，實施繞攻，頗收效果。計先後克復泊頭鎮、馮家口、南北霞口等處。其所以不能予敵致命之打擊者，其原因有三：㈠由平津退去之部隊，抗戰意志頗形薄弱，正面既屢次開放，故側擊多不奏功。㈡聯絡本不確實，友軍互相猜疑，常恐為敵所乘，不能堅決抵抗。㈢中央曾令山東增援兩師，論理應在九月二十三日可到，而後至二十日，敵軍已趨桑園。又開到德州者僅有一旅。及臨德州，魯軍之開到者尚不及一師。其後陸續增加，終不免被敵各個擊破。最初未用全力，終致退出德州，銳氣受挫，於爾後作戰指導上，必生困難。以上所陳，係職到前方後津浦方面作戰之大概情形。據實直陳，伏祈明鑒！

職　馮玉祥　叩。元未。參。

（《蔣馮書簡》，頁 51-52。）

【註】馮於民國二十六年九月七日被調往平漢線視察，此通十月十
　　　三日呈蔣之電文，報告在擔任第六戰區司令長官期間指揮作

戰的經過，第六戰區約在此時取消，並免去其司令長官職。十二月四日《馮玉祥日記》憶述在六戰區四十五天之情形云：「至六戰區，則已為隊伍零散之時，任何人不能為力，且既不予之錢，復不予之權，復不予之兵、械。車上防空，借工兵營之步槍，……而自己人復曰：余怕飛機。鹿〔鍾麟〕先生謂，老先生〔指馮〕找不著，宜乎六戰區之被瓦解也。曾國藩致其九弟〔國荃〕信謂母親肚中裝滿悶氣，余其近之矣。」（第五冊，頁297。）

馮玉祥致蔣委員長函（民國二十六年十一月二日）

委員長鈞鑒：

連日同各負責人談及作戰之事，都覺有二件大事應特別設法辦理：

一、兵額補充項，徵兵、募兵、約兵同時辦理。因此事與人的關係、地的關係均甚大。如皖省之穎、亳、壽等處極易募兵，而皖南之徽州一帶，多文人、商人，而徵募均不容易；至於各省之保安團調其補充亦極不同。聞確實有到達南翔一團，只有六七十人的，可見其平素所受之訓練既不同，而使之應此大戰更為不易矣。情形如此，不能不用在社會上平時有聲望者，給其名義，召集舊部之法為快。如蔡廷鍇、孫良誠等，皆係熱血將領，又是隨委員長甚久之人。或差去試試看，如果有成，即用此法大辦可也；二、幹部人員死傷甚多，亦為一極要之事，不但要有八萬人十萬人之軍官學校，更須有目前應戰之急造戰術，把一切不關作戰之部分減去，如此則費事少而收效必多也。

　　以上二事為目前急務，但不能仍守平時之常規，即非常時期必用非常辦法，方能得心應手。而宣傳一事，尤為補充兵額中一件大事也。特此即請

軍安

【註】民國二十六年十一月一日《馮玉祥日記》：「徐次宸〔永昌〕先生來談：奉蔣先生諭，請我暇時赴作戰部聽取各方之情況，及看軍棋。」十一月二日：「七時許，至作戰部，值徐〔永昌〕部長未來。由前在第三戰區之參謀處長尹呈輔領導赴戰棋室。……給蔣先生寫一信〔即此函〕……命從人即送去。」（第五冊，頁226、229-231。）

馮玉祥致蔣委員長函 （民國二十六年十一月三日）

委員長鈞鑒：

　　昨呈一函為補充兵額之事。茲再詳述急救方法如下：一、桂省費數年之研究，經許多之難關，能以十二團人不久即可出兵七八萬人，將來更可出至三五十萬，此種辦法甚可寶貴。祥意委員長在平素所知之文武人員中，撥選五六十員，須有能充副省主席、副民政廳長、副財政廳長、副公安局長者集於一地，即請李德鄰〔宗仁〕、白健生〔崇禧〕二先生每日講授二、三小時，如此則不過一、二星期即可分發內地各省，去當副手，專辦發動民眾抗日動員各事，不干涉其他事件。既不爭人原有之位，又免更動人員之煩，此實事半功倍之法，不知能用與否，特請

道安

（民國二十六年十一月三日《馮玉祥日記》，第五冊，頁235。）

【註】民國二十六年十一月三日《馮玉祥日記》：「鄒海濱
〔魯〕、覃理鳴〔振〕、傅沐波〔汝霖〕三先生來訪，談以孔
庸之〔祥熙〕先生此次應召回國，蔣先生有意以行政院俾
之。而孔氏亦似有意，仍以客氣故請辭，於是此事遂無形擱
置。茲諸人以國家計，孔氏古道熱腸，堪以任事，思有以促
成之。於是決定與余及李〔宗仁〕、白〔崇禧〕兩先生提及，
一俟與蔣先生見面時即便提及。〔孔於二十七年一月一日接任行
政院長〕……一、覃先生謂：蔣先生左右盡以宵小把持，老
成謀國者畢摒棄不顧；二、我謂：蔣先生以諸事紛紜，於是
遇事向批交辦，乃部交於司，司而科，科而科員，而司書。
一樁公案因之以了，初未問其實行與否也。補充兵額之事，
余曾數向蔣先生提及，結果交辦交辦以了之。似此重大事件
而忽略若此，殊為抗戰前途憂。」（第五冊，頁237。）

馮玉祥致蔣委員長函（民國二十六年十一月四日）

委員長鈞鑒：

茲有數事供獻，敬請酌裁：

一、法、蘇之外交應再進一步的努力。即妥派大員到莫斯科面
商一切。如羊毛事業，如開礦事業，及其他可商事件，均可迅速進
行，以期多購飛機、大砲、步槍各槍，以應大戰也；二、打破平時
預算，實行戰時辦法。現在完全戰時動作，而平時量入為出之辦法
已不能用，須馬上改為量出為入之辦法。招兵增師購械，一切方有
辦法。否則動即有礙於平時之條規矣，如何能應此大戰呢；三、發

動民眾，要補充兵額非此不可，財政有辦法亦非此不可。所謂軍民須痛癢相關。現在是有的地方毫無關係，頗為不妥；四、訓練軍隊須注意官長之挑撥。因教練新兵者多不注重精神教育，又不重戰鬥教練，仍是慢步一二一等等，未免耽時費事，此應迅速改正之事也。

　　以上四事是否有當，特請核奪，此請

軍安

　　　　　　（民國二十六年十一月四日《馮玉祥日記》，第五冊，頁240。）

馮玉祥致蔣委員長函（民國二十六年十一月十七日）

委員長鈞鑒：

　　南京以東已有防敵之線，南京以西亦似應有一道一道，直到鄂西、川東，劃出二、三十道防線，加強加深加寬，指定大員負責去辦。或於對敵作戰不無補助，祥意如此，未知可否，敬請鈞裁，此請

軍安

（民國二十六年十一月十七日《馮玉祥日記》，第五冊，頁 269：「致委員長一信，著人送去。」）

馮玉祥致蔣委員長有電（民國二十六年十一月二十五日）

南京蔣委員長鈞鑒：

　　密。別後次晚首途，因沿路略加察看，車行稍緩。廿三日，行抵鄆城，以舊友頗多，下車探候，並接見該縣黨政軍聯合辦事處人員，其所陳述兩點，頗有關係：㈠該縣已癒傷兵有四百餘人，希仍

編成隊伍，切實訓練，可再赴前方作戰；並陳有意見書，以字太多，擬付郵寄上。詳覽其所擬甚當，似可照辦。㈡郾城官紳，希望由軍委會指派專員，訓練縣壯丁隊，以備作戰。以各方自為訓練，其法參差不齊，恐不得力。亦擬有意見書，當即郵寄。此層似可試辦，請公鑒核。有〔二十五日〕晨至西平，該縣對於傷兵照料尚好，惟傷兵千餘名之多，因天寒無衣，頻至縣府索餉，不免諸感困難。故祥以為無論西郾傷兵，均應指定專人，嚴加管教；亦免日久發生不良事變。況黨政軍終日工夫，全用於對付傷兵之身，每言及此，頗覺難辦；祥覺此事如有妥善辦法，(1)可望傷兵不滋事，(2)可望傷癒仍能作戰，(3)可免地方官吏之為難；其最不安者，恐其滋生大變，然後以軍法處之，則各方都難為情矣。鄙意請軍委會派人會同後方勤務部，及軍醫署、軍醫監，沿平漢線到處詳為察看，能發者發給，能籌者籌備，或應如何改良，或應留地方辦理，或應由軍會辦理，事權統一，法令嚴肅，辦事者免棘手，而傷兵亦得其所矣。是否可行，即乞核奪。

馮玉祥。有。

（《蔣馮書簡》，頁52。）

【註】原電無日期，《馮玉祥選集》下卷，頁四一○判定為「一九三七年十月二十五日」，誤。應為「十一月二十五日」。據民國二十六年十月二十六日馮日記，尚住在南京：「（晚）七時半，赴四方城蔣先生宴。」與電文開頭所說「別後次晚首途」顯有不符。經查馮日記，十一月二十日：「九時許，赴四方城蔣先生寓，我告以擬明日午後離京。談談大局情形，介石說前方敗退，國都遷移，皆預料中之事，並無意

外。我告以我同文武朋友談話，皆一致擁護中央，擁護最高軍事領袖，並無異言。雖然有時有點指摘，亦不過為善意的，決無一點惡意所言。在此艱難之中，固需要多方之意見，方可以改造此局勢也云。我贈以所著精裝之《救國必讀》二冊，又《新大學》二精本、二紙本，請其指正。」國民政府於二十日宣布移重慶辦公，軍委會移武昌辦公。馮二十一日日記：「今日離開南京，何日再回南京呢。到了江邊，人山人海；到了車站，人多如鯽，心中說不出的難過，說不出的氣憤。」二十二日，經徐州至李莊車站下車躲避日軍飛機轟炸。此時南京已岌岌可危，政府要員尚在為和、戰而爭，馮該日日記云：「昨日汪〔兆銘〕、何〔應欽？〕、居〔正〕、孔〔祥熙〕等包圍蔣先生請其主和，經蔣先生拒絕，並著汪等就商於李〔宗仁〕、白〔崇禧〕諸人。汪先探詢李意，復經李予以難堪，於是諸人方於昨日離京。」二十三日日記：「（晚）六時半，抵郾城車站。……此處舊部尚屬不少，乃單獨下車去探訪，家人等及客人則先期赴漢〔口〕。」二十四日日記：「（晚）十一時起行。午夜一時許，抵西平。」二十五日日記：「請葉先生擬電報一，致蔣先生，告以沿途所見，及傷兵情形。至目前亟宜以軍委會會同後方勤務部、軍醫署派員沿途勘察對傷兵待遇、訓練，加以改善云。」（《馮玉祥日記》，第五冊，頁 210、275、278、281、283、284。）

馮玉祥致蔣委員長宥電（民國二十六年十一月二十六日）

南京蔣委員長鈞鑒：

　　密。職於宥〔二十六日〕午抵確山察看，據縣長全人譽、第三臨時陸軍醫院院長邱鴻書、監理員歐陽鐘等面稱，現有傷兵七百六十餘名，傷官三十餘員，大致尚好。惟須設法補救者兩事，謹分陳如次：㈠傷兵官之薪餉，有積壓數月未發者，致零用無著，鞋襪破爛，無資添補。㈡棉被不足，棉衣未發。僅查受傷官兵共計七百九十餘員名，僅有棉被四百條。當此嚴寒，無法取煖。以上二事，不特與受傷官兵生活有關，且直接影響於傷兵之管理及教育。故特為鈞座繼陳之。敬懇令飭關係機關，速為處置為禱！

職　馮玉祥。宥。

（《蔣馮書簡》，頁 52-53。）

【註】原電無日期，馮於民國二十六年十一月二十五日下午四時許，自西平登車。二十六日《馮玉祥日記》：「十一時半，抵確山車站。……六時抵信陽。」與一〇六師師長沈克、縣長閻受典等談：「日來道經郾城、西平等處，各地皆以傷兵問題，疲於應付，惟可告者西平容納傷兵千餘，以每人皆有新棉被一條，故省卻不少麻煩。而郾城則以棉被破舊，致傷兵鎮日尋事取鬧。是以當前大難關頭，縣長應不顧一切，竭力為國家著想，為傷兵打算云。」（第五冊，頁 284-285。）

馮玉祥致蔣委員長電要點（民國二十六年十一月二十七日）

　　一、此地傷兵太多，現尚陸續運來，與其無地安置，則不若令其運至他處為佳；二、信陽宜設專員，以使工作容易推動，宜設警

備司令維持地方治安；三、附近羅山，空房甚多，宜將傷兵運交該縣內置。

（民國二十六年十一月二十七日《馮玉祥日記》，第五冊，頁285。）

【註】時馮在河南省信陽縣，羅山縣在信陽之東。

馮玉祥致蔣委員長電要點（民國二十六年十一月二十八日）

首問以連日數電曾否收到；次告以現住信陽，如無新任務發表時，當暫不赴漢，擬先至武勝關左右視察國防上〔工〕事。

（民國二十六年十一月二十八日《馮玉祥日記》，第五冊，頁286。）

【註】民國二十六年十一月二十八日馮日記：「請葉先生草電稿數則，……一致蔣先生。」十一月三十日，馮自信陽抵漢口。

馮玉祥致蔣委員長函（民國二十六年十二月十七日）

委員長鈞鑒：

日昨面陳數事，及「軍人救國問答」二十六條均極淺俗易懂，而又為目前極需要之事件，敢請修改分發為禱。

茲又思得數事如下：一、迅速設法從蘇聯借新步槍五十萬枝，二輪機槍二萬枝，用飛機載來，以應急需；二、需兵甚急，請指定新的軍長五十人，師長一百人，分開地點，即日出發，招募徵均可，只供給伙食，不給餉項，並限定時日成立齊全；三、指定大員迅速到九江以東，收容敗兵、散兵、潰兵到漢，分別從新編練，以期另成勁旅。

以上三事均似重要，不知實在已辦未有？謹請採擇為禱。此請
軍安

（民國二十六年十一月十七日《馮玉祥日記》，第五冊，頁 307-308。）

【註】民國二十六年十二月十五日《馮玉祥日記》：「知蔣先生已
至武昌，寓胭脂山省府招待處，遂即赴蔣先生處。……我與
蔣先生談：一、補充兵額為目前亟應進行之事，必期於一月
之內練就新兵百萬，方能有助於前方之戰事；二、南京失
陷，正可趁此時機，發動我國在外華僑、留學生，以及基督
徒，作一廣大之申包胥運動。雖未必如申包胥七日夜之哭，
然如能動之以誠，使各國知我民族之壯舉，當必有所成就
也。說者謂卑顏曲膝，有失尊嚴，然余則謂為個人身家則不
可，為國家，為民族，則為壯烈偉大之義舉，何卑之有哉；
三、各地傷兵之滋事，潰兵之擾民，半出於管理之不善，半
亦由於平日精神教育之欠缺。故余制定『問答二十六條』，
使從人及衛兵朝夕誦讀，至前方部隊，後方傷兵，若能使之
熟讀此則，當亦能愛護百姓，而減少若干之滋擾也。當命從
人將『問答二十六條』抄錄一份，即親交蔣先生一閱。談頗
久。」（第五冊，頁 306。）

民國二十七年（1938）

馮玉祥致蔣委員長函稿要點（民國二十七年一月五日）

　　一、潰兵之處理，聞已妥派人員，且辦有相當成效，今更應加屬推行，並著其三五日內即將工作情形呈報一次，以靖地方，而收實效；二、傷兵之處理，亟應派妥大員，迅速著手整理；三、經此大戰，我國軍中發現若干軍制上之弊端，而亟應改革；四、抗戰期中，各司令、各指揮官、以及營連排長，皆應隔數日即呈送實際情況作戰意見於長官，使一則得收集思廣益之效，再則高級長官得明瞭實際情況，而予以適當之處置云。

（《馮玉祥日記》，第五冊，頁331-332）

【註】民國二十七年一月四日《馮玉祥日記》云：「接蔣先生處電話，請赴省城會見，遂驅車前往。談話如下：一、散兵之收容法；二、傷兵之收容法；三、軍中三點改革：甲、糧食隊，二十四付。乙、彈隊二十四付。丙、擔架隊三十二付。更有數事：一、集群策以驅群力。二、軍中大事為軍長與士卒同甘苦；三、軍中要事尤須軍與民一致。對於「民族革命」四字，尤有更重要的事亦擬分條述之。對於第八路軍的事，說了幾點亦甚有意思，而主要則在官兵共甘苦是也，軍民一家是也。」（第五冊，頁330-331。）

一月五日日記云：「請葉先生來，告以昨與蔣先生談話，所述各節，蔣先生曾請逐條寫出，送去以備採擇，今擬一長

信，縷述所陳各節……請葉先生迅即擬辦，俾立能送陳。」

（第五冊，頁 331-332。）

馮玉祥致蔣委員長函（民國二十七年一月十七日）

委員長鈞鑒：

頃有楊軍長渠統家中來人哭訴，楊此次在汴被扣，擬求赦免，寬其既往，責其將來，必肝腦塗地，以報特遇，前來，其內容如何，祥本不知，可否開釋之處。即請鈞酌，特此即請

大安。

（《馮玉祥日記》，第五冊，頁 344。）

【註】楊渠統（1897-1961），後改名子桓，甘肅靈臺人。初投靖國軍，後投馮玉祥部。民國二十五年八月任第五十軍軍長。抗戰爆發後，因不服從命令，於二十六年十二月二十八日被劉峙拘留。馮同時亦致函白崇禧云：「劉允丞先生由長安來電，亦同前請。惟內容如何，弟實不知，頃已函呈委員長矣！擬懇兄從中代求。如能釋出固為最好，如有難處，即作罷論可也。」楊於二十七年十一月十二日獲釋。

馮玉祥致蔣委員長函稿大意（民國二十七年二月二日）

一、與蘇聯之邦交應切實增進；二、軍隊之整理應切實進行，並新練勁旅；三、軍紀之整理可著鹿鍾麟編軍律數十條，使士兵熟記，嚴厲執行；四、訓練偵探，藉難民回鄉混入敵人後方肆行破壞。

（《馮玉祥日記》，第五冊，頁 364。）

馮玉祥致蔣委員長函（民國二十七年二月二十六日）

委員長鈞鑒：

茲有兩事奉陳，謹書於左，即祈採擇：

一、請設智囊團，夫一人之知識有限，眾人之知識無窮。蓋以眾人之聰明見解，貢獻於一人，則覺其高，此諸葛武侯所以首重集思廣益也。我公明哲睿智，國人敬慕，然負全國軍政之責，一日萬機，繁雖極矣，不特思太多，而精神亦銷耗太甚，故管見擬請精選見學識、明治體、多謀略，而又深知其誠信可恃者十餘人，至少七八人為一團，名之曰智囊，聚居於辦公室之旁側，有所交辦之事，以一紙之諭條，即可咄嗟便辦，有所面詢之事，以一使之傳達，即可立時談其尤要者，使有聞必告，有見必告，計畫謀慮，盡情詳陳，勿隱諱，勿隔閡，倘能言得失，主諫諍，尤為至善；

二、請設專門家研究團，如美國總統羅斯福，蘇領袖斯大林，皆嘗有智囊之在左右，參與機要，故能成其美，而益見其大也。人事愈繁，科學日進，非有專門學問取於兼籌並顧者，例如應如何防範敵坦克車之來襲，又如何使我飛機之足以襲彼，應如何減少敵砲之猛轟力，又如何使我砲之足以擊彼，以及攻守之道，間諜之用，正擊、游擊之法，舉凡關於戰陣破敵之事，亟須切實研究。他如開採各礦，以闢電源，注重機器，以廣製造，如何利用電氣以期迅速，尤為諸形落後之我國，所宜提前振興而不稍緩者，或取人之長，效法製作，或各心得設法以創造，俱宜〔網羅〕專門人才數十人，成為一研究之團，使於大本營附近，優為待遇，俾各就所學，各就所長，悉心研究，互相協助，期能有所發明，有所創造。抗敵

強兵之道，當於是列之矣。

　　以上兩項，似屬當務之急，略言大概，未審是否有當，祈核
奪。專此肅布，敬頌

鈞安

馮玉祥　啟

（《馮玉祥日記》，第五冊，頁 393-394。）

馮玉祥致蔣總裁函（民國二十七年四月四日）

總裁鈞鑒：

　　前有潢川教練學生之友人來一要函，祥以為關係重大，應速研
究辦法，以期早日改善，而免燎原。是否之處，即請鈞裁。

　　此致民族革命敬禮！

馮玉祥上言　二七、四、四

（《馮玉祥日記》，第五冊，頁 430。）

【註】民國二十七年四月四日《馮玉祥日記》：「看見前幾天卞子
　　　恆來一封信，寫的是河南抓民夫釀成了民變的大禍，這一件
　　　很大很要的事。給蔣先生寫了一封信。」（第五冊，頁 430。）

馮玉祥致蔣委員長電（民國二十七年五月十一日）

　　離漢北來，道經楊家寨，見該處鐵道，岔道太少，停不下車，
將來萬一轉變，影響軍事運輸甚大，速請派員加修，無論戰事情形
如何，不得不作以〔一〕小準備也。

（《馮玉祥日記》，第五冊，頁 469。）

【註】民國二十七年五月九日《馮玉祥日記》：「我明晚赴武勝關

一行，視察陣地。」十日日記：「四時，赴省政府謁見委員
長，談以此次出巡要點。」十一日日記：「七時，同邱峴
章、董志誠二先生進早飯。隨即開車北上。著李景合同邱
〔峴章〕先生起二電報稿發去武漢。」（第五冊，頁 468-469。）

馮玉祥致蔣委員長元電（民國二十七年五月十三日）

武昌委員長蔣鈞鑒：

密。㈠於文〔十二〕日早八時抵李家寨，當即查看鐵道附近，
及東側尹家寨至茶坡茶拗各陣地，約有五十華里左右，所有工事大
致尚好。㈡作工以來，各師不時交替，對於工事不易盡善，愚意：
由武勝關至武穴分為若干區段，由軍委會派高級參議，為區段司
令，帶相當辦事人員，擔任工事，負責指導，自易督催。㈢主陣地
似嫌靠後，因前面有高山甚多，敵若佔領，恐受控制。愚有兩個意
見：㈠主陣地向前挪移，㈡前逞陣地須遠出，並須多設堡壘群方可
拒敵。㈣陣地太單薄，似應加強。㈤按十四師全師兵力擔任正南面
太寬，以兩團兵力，即擔任二十里左右之寬，故工事太顯稀薄。事
關重大，恐有誤事之虞。㈥其餘應更正三點，已經面告，謹電奉
閱，餘容續陳。

職馮玉祥。元。寅。

（《蔣馮書簡》，頁 61。）

【註】原電無月份，據《馮玉祥日記》，他於民國二十七年五月十
一日抵武勝關、廣水、雞公山十四師防地，十二日視察李家
寨鐵路左右陣地、東岔溝工事。「命邱峴章先生擬電稿向委
員長報告視察陣地情形。」（第五冊，頁 470-471。）

蔣委員長復馮玉祥刪電（民國二十七年五月十五日）

馮副委員長煥章兄：

　　元〔十三〕寅電悉。密㈠各工作部隊多已他調，一俟有隊可派時，再行加強陣地，並派高級參謀或參議負責指導，並將主陣地向前挪移；㈡已設法抽派工兵一部參加十四師作工，所有各工單薄錯誤與應改正之處，希隨時見告，為荷。

中正。刪。辰。令一元鄂。

（《蔣馮書簡》，頁 61-62。）

【註】原電無月份，據馮玉祥日記酌加。

馮玉祥致蔣委員長刪電（民國二十七年五月十五日）

武昌委員長鈞鑒：

　　密。早七點由李家寨出發，午後二時抵三里城，及通九里關大道何家灣、馬鞍山一帶查看各陣地工事，大致尚無不合，茲將應補充之意見分析如左：㈠查三里城係通北平大道，距信陽九十華里，一旦有事，敵若以重兵器由此道來攻，甚為容易：因此關係重要，似應作堅強廣大工事，方能拒敵，現該處工事尚少，極宜加添。㈡所見各工事之主陣地均嫌薄弱。㈢各堡壘多無掩蓋，並內多蓄水，宜改善。㈣無出擊路，不便反攻。㈤出入口及內部容積均窄小，多不合作戰時用。㈥官兵概能忍勞苦，惟兵少工多，一團兵力，擔任二十餘里之寬，未免費力大而收效小。㈦工作器具嫌少，且多有損害者，例如鐵鎬有磨去三分之一者，至少每四人要有一把十字鎬。㈧餘除當面指示更正外，謹具愚見以備參考。餘容續陳。

職馮玉祥。刪。戌。

（《蔣馮書簡》，頁 61。）

【註】原電無月份，據民國二十七年五月十五日《馮玉祥日記》：

「命邱〔峴章〕先生擬電報告委員長以工事視察詳情。」（第

五冊，頁 472。）

蔣委員長復馮玉祥銑電（民國二十七年五月十六日）

馮副委員長煥章兄：

密。刪〔十五日〕戌電敬悉，已飭十四師遵照，並派工兵一營
協同作工矣。

中正。銑。酉。令一個元鄂。

（《蔣馮書簡》，頁 61。）

【註】原電無月份，係復馮玉祥民國二十七年五月十五日刪戌電。

馮玉祥致蔣委員長銑電（民國二十七年五月十六日）

武昌委員長蔣鈞鑒：

密。銑〔十六〕日六點由新店出發，午前十一點抵潭家河鎮，
查看附近工事，茲將所見列下：㈠該處陣地工程及位置較前數日所
見者均較優良。㈡陣地多石質，居然作成寬長高大之工事，即
〔極〕為不易。㈢交通壕接連不斷，亦足應用，且內部乾燥無水。
㈣所用掩蔽部之材料亦尚適當。㈤重機關槍陣地嫌前面死角太大，
若再加以側防，更為完善。㈥譚河鎮為通信陽之要道，擬請格外注
意，多加工程。㈦官兵現正加緊工作，沿途民夫正在運料。㈧已成
之工事應改正之點，已當面告知該處團長。㈨作工兵力總嫌薄弱，
況遇石工，費力尤大，似應多撥人工，以期早日成功。特電奉聞

〔閣〕，容再續陳。

馮玉祥。銑。酉。

（《蔣馮書簡》，頁 62。）

【註】原電無月份，據民國二十七年五月十六日《馮玉祥日記》：
「起程赴潭河鎮視察。」（第五冊，頁 473。）

馮玉祥致蔣委員長篠電（民國二十七年五月十七日）

武昌委員長蔣鈞鑒：

　　密。職連日視察各地工事，均嫌太薄太弱，實有不足抵抗頑敵之感。昨經尚店，見其寨工均極寬深堅厚。彼為保一村安寧之工事，尚堅固如彼；而我為全國全民族之工事，又草率簡陋若此，誠為無專員專部負專責之故也。據請鈞座嚴令軍隊，分段負責，重重構築，必須高深合度，不厭多，不厭深，不厭厚，總以使敵之大砲很難擊破，坦克車不能越過為目的。說者或以為洋灰鐵筋的工事之經驗，而輕視土木磚石之工事，祇要做的又多又堅，隱蔽適宜，再配合戰略戰術之靈妙運用，必可殲滅強敵也。是否有當，敬請鈞裁。

職馮玉祥。篠

（《蔣馮書簡》，頁 67。）

【註】原電無月分，據馮玉祥這一段時期的日記酌加。

蔣委員長復馮玉祥篠電（民國二十七年五月十七日）

探送馮煥章先生：

　　元〔十三〕電悉。恕密。業交軍令部轉程〔潛〕長官、湯〔恩伯〕

軍團長，飭屬改善矣。

中正。酉侍。篠。參鄂。

（《蔣馮書簡》，頁 65-66。）

【註】原電無月份，係復馮玉祥五月十三日電。

馮玉祥致蔣委員長簡電（民國二十七年五月二十一日）

武昌委員長蔣鈞鑒：

　　密。職昨晨由黃陂縣出發，該縣南門外之河，渡船太少，適有百零三師之一團人渡河，共費時三點多鐘，耽誤實甚。此處為通河南鄂東幹道，似應由縣長負責妥為準備，或多備渡船或即搭橋，亦甚容易；因水流不大，木材又多，惜縣長太不重視責任，又不願與軍隊合作也。過宋埠北來經扶境內，公路橋樑，大半廢壞，且行且修，宜〔遲〕至午後七時後才至經扶。設有軍運，更不知如何耽誤。地方官吏之不負責任，實出人意外。當此抗戰緊急，必須全體文武官員，人人負責，個個火熱良心，方不至有誤事機。除當面申斥經扶縣長外，擬請分別令飭努力辦理，以免有誤軍事。今晨視察工事，俟再續報。

馮玉祥。箇。

（《蔣馮書簡》，頁 62。）

【註】原電無月份，民國二十七年五月二十日《馮玉祥日記》：
　　　「臨行發一電，致蔣先生，報告今日行止〔該電未見〕。八
　　　時，離黃陂去麻城。」二十一日日記：「六時，命邱峴章先
　　　生擬電稿向委員長報告視察情形。」（第五冊，頁 474-475。）

馮玉祥致蔣委員長養電（民國二十七年五月二十二日）

武昌委員長蔣鈞鑒：

　　密。頃據濮陽行政督察專員兼冀魯豫屬八縣保安司令丁樹本函稱，自三月中旬收復清豐及常莊獲勝後，即化整為零，伺機破壞公路，襲擊敵人，頗有斬獲。三月底將部隊集結濮陽之文留鎮，擬夜攻縣城；而敵因掃蕩計劃失敗撤換小抹笠井兩指揮，改任木杉，復由大名彰德調集聯合兵種六千餘，分四路向戰〔我〕部圍攻，職乃以機動運動往來於濮陽、清豐及滑縣之間，實行擾亂，疲憊敵人。四月七、八日與六十八軍李金田師協同擊潰經過陳營村之敵，斃敵百餘，馬四十餘，我傷亡官兵六十餘名。元〔十三〕日後探悉敵有北退之信，遂將部隊分開，配合民軍，刪〔十五〕日一度收復清豐，捕殺漢奸二十三名。號〔二十〕、箇〔二十一〕兩日收復濮陽、清豐、南樂，捕獲重要漢奸三十餘名。並據報，濮縣、觀城、內黃無敵蹤，衛河南岸已一律肅清。敵之退卻為有計劃，故除收復城市及少獲輜重車輛外，無所得。隨即協同民軍渡過衛河，圍攻大名，敬〔二十四〕日與東竄之土肥原都，激戰兩小時，並分隊游擊，以實行擾亂，與阻滯土部之東進。唯戰〔我〕部游擊三月，斃敵千人，雖士氣振奮如故，而經濟已到山窮水盡。原由宋〔哲元〕總司令月助河北票萬五千元，自宋調任已停止發給。而程〔潛〕司令長官處，始終未領分文。第一戰區所發給之麵粉，又以敵情之限制，不能過河。現傷亡官兵家屬隨隊環哭，無法撫卹。傷者無藥治療，諜報路費，均不能發給，餉項菜錢，更談不到矣。前途危險，急須對經濟辦法，予以解決，云云。究應如何迅速接濟之處，請酌量賜

予。再前者范築先處曾領有洋五萬元，子彈十萬，炸彈一萬，請照批准發給，可否？請告鹿〔鍾麟〕總監亦可。

馮玉祥。養。

（《蔣馮書簡》，頁 62-63。）

【註】原電無月份，據民國二十七年五月二十一日《馮玉祥日記》：「擬電致孔祥熙院長，為設法接濟丁樹本事。」（第五冊，頁 475。）

馮玉祥致蔣委員長感電（民國二十七年五月二十七日）

武昌委員長鈞鑒：

密。宥〔二十六〕日早十時，由武昌乘輪開駛，今日午後一點到馬當，當與李軍長、王司令等晤面，詳詢一切。茲將所見情形及意見列於下：㈠換乘小船到張家灣下船，登馬當山頂巔，見各阻塞線及各山突出部之砲臺位置，大致與圖上表示者相同，並尚適宜。㈡未完工者，已面告其速為完成；已完工者，亟應加強加厚加密。㈢該處面積太寬，兵力太少，似應增加兵力，以固防務。㈣該工所需之探照燈，急待裝設。據云，迄今尚未奉批。擬請速批，以便星夜開工。㈤現已返回武穴，準備赴田家鎮，查看工事。容再續陳。

馮玉祥。感。戌。

（《蔣馮書簡》，頁 63。）

【註】原電無月份，據民國二十七年五月二十七日《馮玉祥日記》：「三時三十分，由馬當開輪向武穴駛進。五時四十分，發電報查看工事經過及意見。」（第五冊，頁 477。）

馮玉祥致蔣委員長江辰電（民國二十七年六月三日）

武昌委員長蔣鈞鑒：

　　密。祥於冬〔二日〕午出發，夜十二時抵信陽。茲有數事報聞：㈠在武昌見某部驟馬太瘦，不似有病，直是營養不足。擬請派員查看，以重軍用。㈡由武勝關至武穴一帶工事，應加強加密一節，已面陳鈞座。應三令五申該部隊，並派專員負責，大加修改。㈢由前線零星退回之兵，察其狀況，疲勞過甚，應在各要路設收容人員，負責辦理，並予以相當之安慰。㈣外窺敵情，內察國勢，似應亟切添練大量新軍，宜在湖南、四川、雲、貴、兩廣、陝、甘等省從速徵集。每省至少須二十萬，方可殲敵。以上所見，是否有當，即請酌核。

馮玉祥。江。辰。

（《蔣馮書簡》，頁 65。）

【註】原電無月份，據民國二十七年五月三十一日《馮玉祥日
　　　記》：「委員長召見，當與之報告如左：一、此次查看工
　　　事，要大加以改造，一定很堅固；二、判斷敵人一定經漯
　　　河、許昌奔南陽，攻襄樊，直取荊沙。江西則取岳川。委員
　　　長以為很對。」六月二日，馮自武昌大智門站開車北上。
　　　（第五冊，頁 477-479。）

馮玉祥致蔣委員長電稿（民國二十七年六月五日）

　　今早赴潢川、七里崗查看陣地，所見如下：一、土質太鬆；二、缺乏掩蓋；三、該處通合肥大道，關係重要；四、已面告王〔修身〕師長加緊工作。視察畢即返信陽。

（《馮玉祥日記》，第五冊，頁480。）

【註】民國二十七年六月五日《馮玉祥日記》：「昨日抵潢川……
偕李〔宗仁〕司令長官、王修身師長到七里崗看陣地……與
委員長報告電稿。」（第五冊，頁480。）

馮玉祥致蔣委員長麻午電（民國二十七年六月六日）

武昌委員長蔣鈞鑒：

密。祥在信陽、潢川各地，所遇潰兵絡繹不絕，但帶槍者不過
三四十分之一。推其原因，不外士兵訓練日淺，而幹部經驗欠深，
對於軍律尚無相當認識。查軍械係軍人命脈，尤其處現時環境之
下，一械可當百械用，除戰死或重傷萬不得已外，何得輕自棄械？
即被擊毀炸壞，亦應呈繳殘餘之物，赤手回竄，殊傷紀律。擬請鈞
座重申明令，各部隊應嚴守軍律，視槍械為命脈。否則前途危險，
何堪設想也。愚見如斯，尚乞酌裁。

馮玉祥。麻。午。

（《蔣馮書簡》，頁63。）

【註】原電無月份，據民國二十七年六月六日《馮玉祥日記》：
「請邱〔峴章〕、董〔志誠〕二先生各擬一電稿與委員長，我
告其意義及事由：一、此次赴潢川，途中見由前方退下來之
潰兵不斷，數百里絡繹不絕；二、查信陽縣長李德純，到任
後督導民眾有方。蔣先生來電，命邱參謀山寧，返漢去鄂東
督工，余即促其速返，並派王凱夫、黃長育、王華岑、鄧連
淮同行。」（第五冊，頁480。）

馮玉祥致蔣委員長孔祥熙院長虞電（民國二十七年六月七日）

武昌委員長蔣鈞、孔院長庸之勛鑒：

　　密。祥於視察工事之餘，查得信陽縣長李德純於改善徵兵，教導人民，頗有可述可法者。原信陽因勒罰苛派，上下隔閡，抗兵抗捐，政令不行於二十里外。李縣長到任後，整理保甲，改善徵兵手續；並親至最不聽令之鄉間訪問。當其初至東鄉紅槍會區內，集合示威者三千餘人，該縣長即偕同宣傳員，首與地方父老閒話家常疾苦，互通情感；繼請觀描述日寇暴行之戲劇，人民因之哭泣憤恨，融合於敵愾同仇之一致精神，而皆要打可惡可恨的日本鬼子。然後縣長問曰，打日本鬼子就要有軍隊，今你們抗兵，豈不妨害打鬼子？你們砍斷電桿，豈不妨礙打鬼子的軍事，而違犯法律？老百姓把好官叫青天，你們前此種種行動，豈不是無法無天嗎？經此教導以後，所謂紅槍會區現已誠心奉行政令。又因公平執行兵役法規，痛革弊竇，徵兵亦較易，第一區且有三個先逃役而今歸來的志願兵。區長問其何以先逃而今來？答曰，今始知當兵之意義與光榮。先前應徵者繩捆練鎖，情同罪犯，今則官紳歡送，家中掛匾，故先逃而今自來。視察所及，敬以報聞。是否實在，請再派員一查。縣長精神如此，似可加以獎勵，如此動員方法，亦似可令各地仿效也。事關抗日，敢請酌裁。

馮玉祥。虞。

（《蔣馮書簡》，頁64。）

【註】原電無月份，見民國二十七年六月六日電之註文。

馮玉祥致蔣委員長孔祥熙院長虞電 （民國二十七年六月七日）

武昌委員長蔣鈞、孔院長庸之兄勛鑒：

　　密。抗戰時期，糧食供需，關係軍事者至鉅。前聞農產調整委員會，在南方各地辦理頗著成績。頃在確山與當地人士談知，本地麵粉，每元十斤，合每袋二元三角，較之四五元一袋者，計賤一倍。且此間存麵甚多，如不調整，不僅傷農，且亦資敵。可否請令農產調整委員會設法大批購買，飛速南運，敬祈酌裁。

馮玉祥。虞。

（《蔣馮書簡》，頁64。）

【註】原電無月份，據民國二十七年六月七日《馮玉祥日記》：

　　「七時，確山縣縣長方廷漢來見。」（第五冊，頁481。）

蔣委員長復馮玉祥灰電 （民國二十七年六月十日）

馮副委員長煥章兄勛鑒：

　　麻〔六日〕午電敬悉，密。所見甚佩，除交會通令各軍外，特覆。

中正。灰。侍參鄂。

（《蔣馮書簡》，頁63-64。）

【註】原電無月份，係復馮玉祥民國二十七年六月六日電。

蔣委員長復馮玉祥灰電 （民國二十七年六月十日）

馮煥章兄：

　　虞〔七日〕兩電悉，密。信陽縣長李德純改善兵役辦法，已交軍政部通令嘉獎。

中正。灰。十二侍參鄂。

（《蔣馮書簡》，頁65。）

【註】原電無月份，係復馮玉祥民國二十七年六月七日電。

蔣委員長復馮玉祥灰電 （民國二十七年六月十日）

馮煥章兄：

虞〔七日〕電悉。已交軍需署照辦矣。

中正。灰。十一侍參鄂。

（《蔣馮書簡》，頁64。）

【註】原電無月份，係復馮玉祥民國二十七年六月七日電。

馮玉祥致蔣委員長元電 （民國二十七年六月十三日）

武昌委員長蔣鈞鑒：

密。文〔十二〕日視察信陽一帶主陣地，所見條陳於下：㈠三角形外壕，係依照教範規定構築，太淺太窄，難合實用；且土質太鬆，崩塌很多，積土太高，有礙射界。㈡各機槍掩體，多無排水設備，滿壕皆水，無水者十不及一。㈢各掩蓋均無偽裝，太暴露，祇有小部已播種棉花。㈣一帶係大起伏起，構成交叉火網，大致尚可。㈤以北掩蔽部尚合用。唯出入口崩塌，應加修造。㈥掩蓋因材工人員他去，鐵絲釘子未發足，故尚有許多未完成。㈦以上各地為國防線之主陣地，現有工事實太簡單，急應儘量加工，多築交通壕，並加掩蓋。壕宜加深加濶，蓋宜加強加厚，且急播種自然物，以作偽裝，使愈能持久愈好。㈧文〔十二〕酉抵春水時，適七四軍五一師李、孔兩參謀亦來看工事，已將下列各要點面告該參謀：㈎

外壕應加濶至三丈，加深至二丈，並應多挖孔道。㈣掩蓋應加厚，散兵坑亦應斟酌加蓋。㈤應用堡壘群式之縱深配備，並播種自然物以作偽裝。以上所陳，敬請鈞裁。

馮玉祥。元。

（《蔣馮書簡》，頁65。）

【註】原電無月份，據馮玉祥日記，民國二十七年五月十一日至十六日，均在信陽一帶視察陣地。

馮玉祥致蔣委員長鹽電（民國二十七年六月十四日）

武昌委員長蔣鈞鑒：

　　密。職元〔十三〕日至象河關，查看此間並無一點工事。詢問土人亦云未動工；而卅萬分之一圖上，是有據點工事。至此間地形，東山至關山再至西山對峙形勢甚為險要，急應增築工事。除已面告聯保主任轉知縣長外，並請令湯〔恩伯〕軍團長或俞〔濟時〕軍長剋日動工，以免誤事。是否有當，敬祈鈞裁。

職馮玉祥。鹽。午。

（《蔣馮書簡》，頁66。）

【註】原電無月份，據民國二十七年六月十二日《馮玉祥日記》：「五時三十分至春水橋。」十三日日記：「七時到象河關。」十四日日記：「集民眾於關帝廟大場講話……百姓願當兵者多。」（第五冊，頁482-483。）

馮玉祥致蔣委員長寒電（民國二十七年六月十四日）

武昌委員長蔣鈞鑒：

　　密。十二日到春水視查工事，親見各地鄉村人逃難恐慌之情事，故每利用休息時間，與老百姓講話。首代表中央政府，及鈞座勞問民眾，次對老者優予坐位，以示尊老敬上。復詳述日寇暴行，以及抗日戰爭與保身保家保鄉之關係。最後說到四項辦法：㈠年青力壯者都去當兵，㈡盡力幫助軍隊做工事，㈢優待及慰勞過境軍人，㈣大家組織起來在政府領導之下自衛。此種談話，在各地頗收宏效，泣下者感奮者甚多。即以當兵一項而言，父送其子，母送其子，及不願結婚而志願入伍者，已不下數十起，此可謂極好現象。可否派員隨行，以便集納此等志願兵，或分送各部隊，或就近撥歸某軍均可。是否有當，敬候鈞裁。盼速示。

職馮玉祥。寒。辰。

（《蔣馮書簡》，頁66。）

【註】見民國二十七年六月十四日鹽午電之註文。

馮玉祥致蔣委員長巧巳電（民國二十七年六月十八日）

武昌委員長蔣鈞鑒：

　　密。寒〔十四日〕電計達，所陳志願投軍之事，日來更多可歌可泣可為模範之情節，茲擇其尤者，繼陳如下。泌陽縣春水鎮王慶賡親送其子王曾思、姪王曾亮當兵；象河關王順賢之妻親為其夫送盤費；舞陽縣王店之李自貞送子李德澤、姪李載澤，高照中送其子高士珍，張青雲送其孫張保蒼；尚店之劉先敬送其子劉喜運、姪劉德慶、族孫劉國治；顧街和莊之張清海送姪張鳳寅、張聚寅、張茂林、張恩成；又張書讓送其弟張書芳，及同莊鄭天增、劉增修、劉慶水、劉恆德等五人當兵。以及自負行李追趕數十里而前來投軍

者，為數尤夥。凡此志願兵均為年青力壯志行純樸，中小學畢業，曾當小學教員者，亦甚多。除舞陽縣王店之李自貞、尚店之劉先敬，已面告該縣縣長著給榮譽，似此愛國熱心，誠堪為國民從軍之良好模範。擬請酌為獎勵，以為推行兵役之勸勉。凡此所陳，敢請鈞裁。

職馮玉祥。巧。巳。

（《蔣馮書簡》，頁66-67。）

【註】原電無月份，據馮玉祥這一段時期的日記酌加。

馮玉祥致蔣委員長巧電（民國二十七年六月十八日）

武昌委員長蔣鈞鑒：

　　密。職今晨至舞陽，代表鈞座慰勞四十軍將士，並問詢軍中情形。龐〔炳勳〕軍長現養病漢口，據馬師長德武〔法五〕言，該軍臨沂血戰損失甚大，急待補充。其各項需要補充數目為士兵七二一三名，七九步槍六〇五八支，七六三自來得手槍三六四枝，七九廿年式輕機槍三六六挺，七九馬克沁重機槍六四挺，八二迫擊砲廿門，七五山砲十門，戰車防禦砲廿門，等情。除面告其逕電軍政部，請求補充外，謹此電陳。

職馮玉祥。巧。午。

（《蔣馮書簡》，頁67。）

【註】原電無月份，據民國二十七年六月十八日《馮玉祥日記》：
　　　「五時起床，即起程去舞陽。……召集四十師與榮熊之所部
　　　少校以上講話。」十九日日記：「舉行大會餐，余請四十軍
　　　三十九師馬德五〔法五〕師長之軍官佐少校以上……計一百

零四人。」（第五冊，頁 485。）按：馬法五，字廣虞，河北高
陽人，民國二十七年八月十九日任四十軍副軍長兼三十九師
師長。原電及日記均誤作「馬德武」、「馬德五」。

蔣委員長復馮玉祥皓電（民國二十七年六月十九日）

探送馮煥章先生：

　　鹽〔十四日〕午、寒〔十四日〕辰兩電均悉，密。象河關工事，
已令湯〔恩伯〕軍團長照辦；集結志願兵，已令軍政部政治部遴員
隨行。

中正。皓。侍參鄂。

（《蔣馮書簡》，頁 66。）

【註】原電無月份，係復馮玉祥民國二十七年六月十四日兩電。

馮玉祥致蔣委員長哿電（民國二十七年六月二十日）

武昌委員長蔣鈞鑒：

　　密。頃與各界人士晤談，詢知豫東撤退倉促，對於適齡壯丁，
許多委棄於敵，殊為可惜。魯西皖北亦均相同。近敵各縣派員抽籤
辦法，實緩不濟急。擬請飭令平漢路東西數百里內之縣區，所有十
六七歲至卅歲之壯丁，應用政治動員方法，鼓勵其志願投軍，或用
其他有效辦法，徵集移轉訓練，誠為抗戰中之一件要事。是否有
當，敬請　鈞裁。

職馮玉祥。哿。

（《蔣馮書簡》，頁 68。）

【註】原電無月份，據民國二十七年六月份《馮玉祥日記》：「六

月三日住信陽，六月七日在確山，六月十日由藏集至沙河店，六月十四日住象河關，六月十八日至舞陽，均在豫東一帶視察。」（第五冊，頁479-485。）

馮玉祥致蔣委員長號辰電（民國二十七年六月二十日）

武昌委員長蔣鈞鑒：

　　密。思想所及，敬陳二事：㈠倭寇對我之戰略，常以佯為主攻，漸次牽制我之全部兵力後，即以大部兵力，蹈隙突進，完成其大迂迴計劃，而致我不得不大退卻之地位。淞滬戰役之從金山衛登陸，徐州戰役之從淮南魯西迂迴，其著例也。現敵之猛攻長江兩岸，似又在企圖集中我之兵力，而後，不意的從黃河北岸和豫東以奇兵襲南陽，而下襄樊荊宜，以達其下武漢之目的。故擬請鈞座，於豫西一帶常駐充分有力部隊，真實作工，以防敵之此種戰略；並可乘時出擊，而收牽制敵人之效。㈡平漢路附近各縣之監犯，少者二三百名，多者五六百名，均尚無妥當辦法。一旦暴敵臨境，恐未有不在利誘欺騙之下，轉而為敵人効力者。如得鈞座預令各縣妥處，激發其愛國思想，似亦可變為一分抗戰力量也。以上所陳，是否有當，敬請鈞裁。

職馮玉祥。號。辰。

（《蔣馮書簡》，頁68。）

【註】原電無月份，據馮玉祥這一段時期的活動酌加。

蔣委員長致馮玉祥馬電（民國二十七年六月二十一日）

探送馮煥章先生：

皓〔十九日，疑為巧十八之誤〕午電悉，密，龐〔炳勳〕軍長來漢，已派員慰問矣。

（《蔣馮書簡》，頁68。）

【註】原電無月份，據馮玉祥民國二十七年六月十八日致蔣之巧午
　　　電，提及「龐軍長現養病漢口」，故致電告以「已派員慰問
　　　矣」。

蔣委員長復馮玉祥馬電（民國二十七年六月二十一日）

武昌長官程轉馮煥章兄：

　　巧〔十八日〕巳電悉，已交軍政部發給獎狀矣。

　　中正。馬。十二侍參鄂。印。

（《蔣馮書簡》，頁67。）

【註】原電無月份，係復馮玉祥民國二十七年六月十八日電。

馮玉祥致蔣委員長豔酉電（民國二十七年六月二十九日）

武昌委員長蔣鈞鑒：

　　密。閱報悉馬當附近正在激戰中。茲有數事敬陳於下：㈠武穴附近兩岸工事，皆太薄弱，沒有外壕，線式陣地，不是堡壘陣地，更不是堡壘群陣地。㈡如派大員督飭軍隊晝夜加工，雖期限緊迫，尚能作成極堅固之陣地。㈢目前最要之事，在三令五申，喚醒各級將領重視陣地之構造，非加寬加深不能阻止敵人。蓋因有許多將領，並不重視陣地故也。以上所陳，是否有當，敬祈裁奪。

職馮玉祥。豔。酉。
（《蔣馮書簡》，頁68-69。）

【註】民國二十七年六月二十三日，日軍使用毒氣進攻馬當要塞，
　　　二十六日馬當失陷。

蔣委員長復馮玉祥東電（民國二十七年七月一日）

馮煥章先生：

　　豔〔二十九日〕電敬悉。密。業已分令附近駐軍切實改正矣。

　　　　　　　　　　　　　　　中正。東。酉。侍參鄂。

　　　　　　　　　　　　　　　　　　（《蔣馮書簡》，頁69。）

【註】原電無月份，係復馮玉祥民國二十七年六月二十九日電。

蔣委員長復馮玉祥魚代電（民國二十七年八月六日）

馮委員煥章兄勛鑒：

　　五日函件，均敬誦悉。考察政績，屬行獎懲，實為刷新政治加
強抗戰之要圖。　兄前巡視豫中各地情形，撫循民瘼，窮究治理，
名言遠識，欽佩良深。承示各縣長之優劣及保甲徵收應行改善諸
端，均經分別轉令豫省府切實處理。陣亡軍人家屬領恤艱難，亦囑
本會辦公廳及銓敘廳迅籌糾正辦法。張司令所報泌陽縣政不良，茲
並再轉豫省府查明懲處矣。知注特復。

　　　　　　　　　　　　　　　中正。魚。侍秘鄂。

　　　　　　　　　　　　　　　　　　（《蔣馮書簡》，頁69。）

馮玉祥上蔣委員長書（民國二十七年八月二十五日）

　　委員長鈞鑒：玉祥未能善自持攝，致患惡疾癉疾，我公於萬幾
之中，親來醫院探視，隆情厚誼，感何可言，出院後，本擬奉函申

謝；屬草未成，又承派楊、祝兩位先生，代表慰問。當茲國家存亡之會，祥未能竭其心力，以匡弼我公，反勞眷顧不忘，實晝夜不安之事。祥當病重之時發熱至一百零五度，亙四晝夜，神智漸覺昏迷：自思設或與世長辭，別無所念，惟覺愧對國家、愧對友好耳。所謂愧對國家者，祥受國厚恩，不為不久；而當民族解放戰爭之際，毫未能竭其智能，以雪國恥，而致國家至於今日之危急，每一念及，愧恨無地自容。所謂愧對友好者，祥之與公，以公論，則長官與屬員；襄輔之務，所不敢辭。以私論，則情同手足，義同一身，匡過補失，以助成我　公之偉業。蓋我公之成功，即中華民國之成功；中華民國之成功，亦即祥之成功也。助　公亦即助我，此祥後半生之志願。有生之日，便當自勉之事。設或半途撒手，未克竟此心願，雖死不瞑目也。當發熱最高神智昏迷之際，念及國家，念及好友，覺有三事，不得不言，亦不忍不言。今托公之福，幸而稍痊，豈敢再為隱匿。為求良心之所安，故冒昧陳之於左：

㈠民眾尚未發動也。今日之抗戰，實為全民族解放之抗戰，必發動全民眾之所有力量，然後方能持久，然後方能取勝。民眾力量之偉大，固已人人皆知；軍隊脫離民眾，所遭之困難，各軍隊類皆能言之。抗戰已一年有餘，所以敗退至斯者，民眾未能發動，實一大因。我軍之所恃以獲最後勝利者，曰消耗戰，曰持久戰。其所以能消耗能持久者，必自己時時有新的力量產生。此新的力量何自來，必發動民眾，然後能有成。若懷疑民眾，使民眾之力，無從獻給國家；不知己力漸消，何以為繼？祥前次視察鄂東、豫西工事，順便考查民生，覺民眾之淳樸真誠，不但可用，而且可愛；不但不必懷疑，而且對於政府，忠實絕對可恃。惟希望我　公，毅然決

然，打破此包而不辦之惡現象，以開嶄新之途徑。此種意見，憶曾當面言之；惜言之未盡，不能動我　公之聽耳。此祥對友不誠之罪也。故不辭煩瑣，再申言之。

㈡軍隊之弊病太大也。如軍隊尚未接敵，已三日無食，此多在各高級軍官，只知打馬〔麻〕將而不問軍事也。甚至軍行三日，不見一個老百姓；軍紀之壞，互古未有。不知管軍事之機關，平素所司何事耶？至於作戰至今，待遇仍是不平；黨派成見，仍是太深。憶我　公前曾明白言之，能作戰者，必首補充；能犧牲者，提前補充。此論極其正大，國人莫不敬佩。賞罰公正嚴明，然後可言勝敵；此理之當然，毋待解說者也。而事實竟有大謬不然者。能作戰能犧牲者，未見多補充；不能戰而潰敗者，未必少補充，反日漸擴大其軍力。論遠論近，論親論疏，左右執事者，仍是未似我　公之大公無我也。此種弊端不除，定能害及全軍，定能阻礙我公偉業之前途也。我　公固已忘卻連年內戰之誰是誰非，而惟以國福民利是謀；惜襄輔不得其人，仍在刻刻算舊帳耳。此事關係極大，他人所不能言，所不敢言。祥若不言，實為昧盡天良，無以對國家，無以對好友也。

㈢國有大才而未重用也。昔春秋之時，衛國有史魚者，死而不殯，屬其子曰：「國有蘧伯玉之賢而不能用，有彌子瑕之不善而不能去，吾之罪也。」夫去惡舉賢，關係國之安危者極大；故史魚不惜以尸諫。今日我國。文有宋子文，武有李任潮〔濟琛〕，其德足以服人，其才足以濟世，而皆不得效其力於國家。昔趙國之亡，在不用廉頗，而郭開忌而讒之。郭開之私仇，固已報矣；而趙國亦因之覆亡。德國起用興登堡，而大勝俄軍；法國重用福煦，而敗德

軍。今日我國危矣，若再不起用老成，勢將一敗再敗，不知伊于胡底也。祥每一念及，亦欲效史魚之尸諫。曾誡妻子曰：「吾若死，不可棺，不可墳，死何處，裸埋何處，上植有用之樹數株，公葬國葬，更不敢受，是以彰余之罪也。若委員長來吊，必以此言陳之。」今幸而不死，祥尤當為我　公言之。若宋、李兩先生，真我公之左右臂也。公之偉業，必待左右臂助成之。我　公知人極明，當不河漢斯言也。

　　病中念及此三事，恨不得我　公在前，執手言之，庶稍盡匡弼之義，諒　公當能體察其苦心而恕宥其愚直也。伏案神馳，順筆而書，不知所云，敬祈垂察。耑謹
鈞安

馮玉祥。二七、八、二五。

（《蔣馮書簡》，頁 75-77。）

【註】據《馮玉祥日記》，他於民國二十七年八月十一日自漢口六
　　　和村住入東湖療養院，八月十二日：「與蔣先生一信甚長，
　　　述當前國難之急也等。」八月十三日：「蔣委座寫一信來
　　　云，多安心休養。」八月十四日：「蔣先生來看我，言語間
　　　真是和藹，告我勿急，安心靜養，以期早癒。戰事甚好，蘇
　　　使今晚抵此，有何事我來與您報告，等等。問夫人住何處，
　　　我告以在六和村，並述及生病之原。我請其數次而不去，真
　　　令我感謝也。」八月十七日：「病勢已大好，七時即出
　　　院。」八月二十五日：「與蔣先生一信。」（第五冊，頁 511-
　　　514。）

蔣委員長復馮玉祥書 （民國二十七年九月六日）

煥章大兄勛鑒：接誦

手書，無任感慰。

貴恙諒已復元，尚期

珍重調治，是為至荷。條幅拜閱，革命嘉言，讀之奮興。國家存
亡，事業成敗，端在堅忍一志，始終不渝。至於生死安危，惟有聽
之於天耳。

弟中正手上。

（《蔣馮書簡》，頁77。）

【註】係復馮玉祥民國二十七年八月二十五日函。

馮玉祥上蔣委員長書 （民國二十七年九月十八日）

委員長鈞鑒：

　　頃接曹軍長福林來電：備陳該軍二十九師八十六旅陳故旅長德
馨殺敵身陷重圍，受傷致死情形。並稱該旅長從軍廿載，忠勇素
著，雖經百戰，無不身先士卒，有進無退。抗戰以來，魯北魯西諸
戰役迭建殊勳。惟天性廉潔，不事積蓄，上有重親，下遺孤兒，請
代設法請卹等由。用特轉陳　鈞座，據請　中央明令照中將陣亡例
議卹並賜褒揚，藉慰忠魂，而資激勵。可否之處，至請　鈞裁！耑
此順頌

鈞安

馮玉祥　敬啟

（《蔣馮書簡》，頁77。）

【註】陳德馨（1904-1938），字惟吾，河南鄢陵人。中學畢業後投

身軍旅，民國二十七年任第二十九師第八十六旅少將旅長，率軍參加武漢會戰。九月，奉令守鄂東黃梅鳳凰嶺，與進犯日軍激戰，陷入重圍，以身殉國。二十八年追贈中將。

馮玉祥致蔣委員長豔電（民國二十七年九月二十九日）

漢口軍委會委員長蔣鈞鑒：

密。㈠祥儉〔二十八日〕寅抵長沙，刻正與湖南軍管區司令部商洽檢閱日程，擬自東〔一〕日開始檢閱。㈡湘境各補訓處新兵，多數已撥補前方部隊所徵兵丁，現方接收，多未編制完成。㈢長岳師管區現僅有訓練一月之新兵兩營，及軍官隊軍士隊各二三十人。㈣訓練新兵主要幹部規定以前方參戰人員調充；惟事實上未能辦到，似應妥定方案，儘量供給，藉以減少訓練上之困難。㈤新兵撥補前方部隊，往往要兵不要官；此項軍官，因無參戰機會，而感失望；且士兵驟易官長，逃亡甚多，似應妥籌辦法，亟謀糾正。特此電陳。

職馮玉祥。豔。戌。

（《蔣馮書簡》，頁 69-70。）

【註】原電無月份，據民國二十七年十月一日《馮玉祥日記》：「與趙先生談話，約其一同出發各地視察。」十月二日：「七時出發閱兵。」（第五冊，頁 516-517。）

馮玉祥致蔣委員長江亥電（民國二十七年十月三日）

漢口委員長蔣鈞鑒：

密㈠祥本日上午由長沙到益陽，下午檢閱長岳師管區所屬第三

補充兵；到檢官兵一千四百餘人，一般體格年齡精神均尚良好。㈡後方訓練新兵人員共同感覺之最大缺憾，為送往前方時，軍隊要兵不要官，結果前方作戰軍官與後方練習軍官，不能適宜調劑，戰場上所得之教訓，亦難以灌輸與後方新兵；甚至訓練新兵軍官，將所部撥補前方部隊後，不惟前方部隊不留用，即仍回原服務機關，亦被拒絕；故多感覺不便，因而影響訓練成績者甚大。欲謀補救，似宜確定何管區應補充何部隊，使其切實聯繫，緊密合作。此管區所需軍官，即由此部隊儘量供給；此管區所練新兵，即以整個建制團營撥補此部隊。如此，則訓練與作戰成為一體，不惟人事方面得合理之解決，即所練新兵當亦適合戰場需要也。是否有當。仍乞鈞裁。

職馮玉祥。江。亥。

（《蔣馮書簡》，頁 70。）

【註】原電無月份，據民國二十七年十月二日《馮玉祥日記》：
「七時出發閱兵。午後三時回長沙。」十月三日：「七時，
出發湘西。」（第五冊，頁 517。）

馮玉祥致蔣委員長支亥電（民國二十七年十月四日）

漢口委員長蔣鈞鑒：

　　密。㈠本日在益陽繼續檢閱長岳師管區第三補充團，成績尚良好，唯各偏重制式教練，忽略戰鬥教練，已飭極力矯正。㈡該團新兵體格甚整齊，識字約佔十分之八。㈢據地方人云，此間壯丁甚願參加抗戰，惟對入伍受訓，視為畏途；蓋以新兵待遇太差，且官長管教不甚得法。擬請通飭各訓練機關，改善待遇，嚴禁打罵。謹此

電陳，敬祈核奪。

職馮玉祥。支。亥。

【註】原電無月份，據民國二十七年十月三日《馮玉祥日記》：

「自長沙出發湘西閱兵。」（第五冊，頁517。）

馮玉祥致蔣委員長魚午電（民國二十七年十月六日）

漢口委員長蔣鈞鑒：

　　密。㈠昨日檢閱第四補訓處所屬第一至第四團之幹部及學兵，計實到一千三百員名，素質及訓練均尚良好。㈡今晨檢閱第十三補訓處第一團，實在官兵一千九百員名，該團新兵現方接收，但服裝尚未發齊，每連僅有步槍二支。㈢益陽一縣所駐新兵，現分屬三個機關統轄，對於管理訓練，均感不便；似宜調整練兵機關，劃分訓練區域。㈣補訓處成立已一年，中間有五個月無新兵可練；近奉令派兩團之幹部赴川省接領新兵，預計往返約須兩月，時間人力，俱不經濟。此後徵兵機關與訓練機關，似宜統籌編配，直接聯繫，藉省手續，而期迅速。㈤據第四補訓處處長劉履德述困難之點有三：第一，幹部缺乏，且由上級機關派來者多，階級過高，能力太小，致任用為難。第二，教育器材缺乏，每連僅有步槍三支，手榴彈輕機槍完全無有，徒手教練，奏效甚難。第三，該處成立一年，耗費國幣已五十餘萬，練成撥出部隊僅有萬名，遲滯原因，大半由於指撥新兵有欠迅速，徵兵機關又不能依限交齊等情。察其所言，似皆有關係，故一併上聞，所陳當否，敬祈鈞裁。

職馮玉祥。魚。午。

（《蔣馮書簡》，頁 70-71。）

【註】原電無月份，據民國二十七年十月六日《馮玉祥日記》：
　　「靜思在益陽所知之事，覺得很重要者，理出五條，電委員
　　長報告。」（第五冊，頁 518。）

馮玉祥致蔣委員長灰午電（民國二十七年十月十日）

漢口委員長蔣：

　　密。祥昨由常德返長沙，擬今晚轉往南嶽，向湘省集訓學生講
話，並視察衡陽軍隊。此次湘西途中，觀感頗多，謹先擇要電陳：
㈠徵兵機關與用兵機關聯繫多不確實，或兵已徵齊，不肯接收；或
限期交付，不能足數。察其原因，大半由於領裝領械及經理問題，
耽延時日。如能於各軍管區軍司令附設一完備倉庫，俾得就近統籌
分配，指導監督，當可減少困難，增加很大效率。㈡滇黔軍隊東
開，長途跋涉，勞苦異常。似應儘可能方法使其減少疲勞，保存銳
氣。如到桃源後，以小火輪拖到民船八支或十支送至岳陽、長沙等
地，則行動既較迅速，又可在船上恢復精神，否則，前方用人甚
急，如一到即用，觀其疲乏情況，萬難作戰。㈢湘黔國道，長沙、
益陽、常德等地汽車渡江，仍用汽閥來回撥載，設遇緩急，難免貽
誤。似應速架浮橋，以利交通。又常德東南之德山橋樑兩端坡度太
急峻，且曲折太大，車經其地易生危險。亦有速行改造之必要。㈣
據憲兵第一團，李團長面稱，憲兵逃至其他部隊，往往得任排長連
長，至前方抗戰。放縱既為法所不許，究治又使人心難安，等語。
查憲兵素質，率多優秀；久充兵卒，實亦可惜；似宜妥定提昇辦
法，俾各展所長。至憲兵缺額，亦應設法隨時予以補充，藉增實

力。以上所陳，是否有當。敬祈鑒核施行為禱。

職馮玉祥。灰。午。

（《蔣馮書簡》，頁71。）

【註】原電無月份，據民國二十七年十月十日《馮玉祥日記》：
「午後四點出發，至八時半始抵南嶽。」十月十一日日記：
「午前七時，在山麓對全省集訓學生講話。」（第五冊，頁
519。）

馮玉祥致蔣委員長篠午電（民國二十七年十月十七日）

漢口委員長蔣鈞鑒：

密。祥來邵陽後，見地方新兵尚稱踴躍。惟刻據此間劉司令秉
粹面陳三事，有堪注意者：㈠有兵無官，不但營長副營長難湊齊，
即團長副處長至今尚各缺一人，因此管理訓練，均感困難。㈡有兵
無槍，每連中有槍不過數桿，且皆窳敗，不能使用；至新式機槍，
更無之矣。若有槍訓練，只須一兩月工夫，即可作戰；今無槍訓
練，將來撥發入軍，拿得真槍，即加入火線，勢必不能應付。㈢新
兵皆缺乏被服，雖蒙部批發，但向儲備司請領，則以耽於請客花錢
之官場惡習，很久尚難領得。今天涼風大，無以禦寒。新兵多因此
致病，情形至為可憂。

以上三事，意甚簡賅，而關係重大，用特轉陳　鈞座鑒核。

職馮玉祥。篠。午。

（《蔣馮書簡》，頁71-72。）

【註】原電無月份，據民國二十七年十月十四日《馮玉祥日記》：
「三時到湘鄉。六點十分趕抵邵陽。」（第五冊，頁520。）

馮玉祥致蔣委員長感酉電（民國二十七年十月二十七日）

委員長蔣鈞鑒：

　　密。奉命檢閱新兵，道出桂林，閱報悉廣州失守，武漢放棄，當此抗戰又進一步之時，祥有陳述之件，故轉回零陵，定明日趨謁鈞座。謹先電聞。

職玉祥。感。酉。

（《蔣馮書簡》，頁72。）

【註】原電無月份，民國二十七年十月二十一日，廣州失守；十月

　　　二十五日，我軍撤離武漢。十月二十六日《馮玉祥日記》：

　　　「協和〔李烈鈞〕先生到桂，為言委員長已到南嶽。我決定

　　　明天回南嶽面謁，為大局有所陳述。」（第五冊，頁525。）

馮玉祥上蔣委員長書（民國二十七年十月三十一日）

　　委員長鈞鑒：昨承賜飯，席間報告一切，並陳及管見數事；蒙囑錄出，以為鈞座備忘，茲謹擇要書陳，祈請

鈞察。

　　一、武漢放棄，廣州失陷，關係於今後抗戰大局者，至為重大。在我為失去二大都市，在敵則愈進愈難。吾人唯有一本持久消耗戰略，努力貫徹。昨日報紙發表　鈞座致參政會二次大會電，所指示於大局者，極中肯要；而所示預計最後勝利之信念，必待敵人侵及平漢粵漢兩路以西，而後憑我整個民族無上奮鬥之實力，全國呼應，與之作一殊死之決戰，乃克有徹底之實現。則尤為國人所確信而不移。乃少數不明大義、不識大局者流，欲謀其個人之富貴，欲保其妻子之安寧，對於目前必然新階段之到達，輒生疑懼，以致

謠諑流播，搖動人心，至可痛憤。

　　昔曹操驅其強大兵力南侵東吳。孫權左右多主迎曹，以求屈和。權乃問計於魯肅。魯肅對以今日之事，人皆可迎曹；惟將軍不可也。蓋張昭等輩為謀富貴，為保妻子，而昧於大勢，故主屈和。孫權用魯肅之言，毅然決計，全力赴之，終能以弱敵強，以寡敵眾，與〔劉〕備大破曹兵於赤壁。今日一般無恥政客，以及自命為政治家者，當前線戰士浴血鏖戰之時，當最高領袖運用大軍之際，當民族國家轉弱為強之會，當整個抗戰入於新階段之關頭，不惜主張屈和，是誠喪心病狂有更甚於張昭等輩者，甚望　鈞座宣示天下，重申抗戰到底決心，俾彼輩莫由逞其秦檜之鬼蜮伎倆也。

　　二、祥嘗以為赤壁之戰，孫仲謀〔孫權〕以兵五萬所以能勝曹操八十三萬之眾者，無他，在於上下一致，同心同德而已。然其所以臻此者，則亦非出偶然。蓋當曹兵壓境，而諸士紛紜主和之時，孫權大計既決，即拔劍砍去桌子一角，厲聲謂眾曰：「再有言和者，有如此桌。」於是蜚語頓息，群情堅定。故祥以為東吳之敗曹，此一砍也，大有關係。今日情形，鈞座亦當拔劍一砍而言曰：「再有敢言屈和者，即是漢奸國賊！」必如此，方能使人堅定信念；彼喪心病狂者流，亦必懍然斂跡矣。

　　三、為整飭政治，以適應日前新階段，實有改組政府，使成真正抗日政府之必要。政軍各方面負責分子，凡遲疑動搖者，及抗戰怠工者，當備加刷洗，以收推陳出新之功。環顧海內，誰是真忠為國之士，誰是堅苦卓絕之人，想　鈞座悉了然於胸。鄙意以為若能擇善留任，則軍事上將更能發揮力量；經濟上將更有辦法，外交上將更有成效，局面必燦然一新。

　　四、整飭紀綱，亦為極關重要之事。曾滌生〔國藩〕之言曰：「古人用兵，先明功罪賞罰。」胡潤芝〔林翼〕之言曰：「功罪臨而心志一。」抗戰於今，一年四月；就事實所表現者，誰為有功，誰當負罪；應賞者賞之，應罰者罰之，不稍寬假；然後方可令其進即進，退即退，人人個個克盡職責，不負使命。

　　五、成於一、而敗於二三。明太祖出身平民，據有天下，立此政治原理，乃克成功。蓋頭腦多，則彼此觀望，互相推諉，鮮有不敗事者。廣州之失，可為明鑑。故祥以為地方政治軍事，應悉責成省主席一人總其事；各縣亦當如此，則必井然有序，百端俱興。我國此次抗戰所以能有今日，亦因全國絕無兩個或三個領袖，而唯有一個領袖而已；苟不然者，豈有今日局面哉？

　　六、祥此次奉命視察，道出廣西，身歷目睹，覺得廣西實太窮苦。在今日新階段上，廣西所居之地位，益見重要。故輔助廣西，充實廣西，為目前刻不容緩之事。若政府能資以三四百萬元，使之加速從事軍械、兵工、開礦、築路數端，則裨益於抗戰者，至深且大。而廣西上下於極困難之時，得此一碗救命水，必將益加感奮，出更多次兵，盡更大之力。祥冒諱陳言，實有所見，絕非受人囑託也。

　　七、祥此次身歷湖南視察各地，覺得湖南極有朝氣、銳氣、新氣。長此努力，必成一新的湖南。特此一新湖南，一新廣西，亦足可為我抗戰建國之根據地。惟用人方面，須待整頓。祥以為省政一切，均以交付張〔治中〕主席一人為宜，不必駢立機關，另派人員，致亂統系。此亦成於一而敗於二三之理也。

　　八、以上所陳，皆關於政治方面者。至於軍事，首要在於兵

員。要兵役辦的好，須先有好的基層，好的辦法。以廣西言，其兵役之辦理，雖未為盡美盡善；然而有此成績，已非易事。今日各省若均能如此，則僅陝、甘、滇、黔、川、湘、桂，即至少可徵足八百萬強兵，尚希　鈞座派定專員，妥籌辦法，努力推行，以達此願望。

九、其次為軍火，目前急用〔應〕大量購入，以為接濟。此事須立一新辦法，務使購入軍火，真正能以使用。若經手購辦者非使用之人，而實際使用者不能參與購辦，則病弊滋生，徒耗國力。祥見各地訓練新兵，往往有兵無槍，故槍枝之添辦，尤為迫切。今日至少當速購六十萬枝槍，方敷應用。需款不過六千萬元。或曰，買這多槍，何來此款？吾人當知為爭取最後勝利，非此不可，全國上下當極力撙節，積一滴血、一滴汗，以赴之。美為獨立抗英，支持日久，幣價暴落，每鞋昂至六百元。經濟困難，至此地步，要買的還是要買。蓋非此不足以打退敵人也。

十、今日抗戰，非短時所可結束；故軍火補充，恒靠外國，亦非良策。吾人當急起直追，大開工廠，以圖自給。四川西北為我國今日興辦重工業適宜地區，望能積極著手，實我抗戰建國最要之一事也。

十一、軍隊訓練，當大事改革。訓的方面，當注重簡單的問答之方法。如「為何抗日？」曰：「為保全我祖宗廬墓，故抗日；為使我子子孫孫不做亡國奴，故抗日；為我自己要活的像個人一樣，故抗日。」如此提舉切要問題，釋以簡單答案，朝夕問答，為最佳之政治教育方法。練的方面，當全力注重戰鬥教練，而單人戰鬥教練，尤為切要，若偏重形式，只練行列之變化，步伐之整齊，實為

浪費時間，無裨實用。

　　十二、官兵之間，要立一種新的關係。各級官長，對於士兵當如父母之愛兒；待之以至誠，教之以大義；相親相敬，自然生出一種濃厚感情。今日官長對待士兵，動輒惡聲相向，拳足相加，殊非將兵之道。

　　十三、軍民一致，現尚做得不夠，祥細察此事，蓋有二端；一則對於民眾宣傳工作尚欠實在功夫，人手太少，方法不佳。吾人當速從新訂立宣傳大綱，改進宣傳辦法，以謀補救，務使鄉僻之地，愚魯之民，均曉抗日道理，有愛國熱心。二則官兵亦未能明白自己與百姓之關係，往往蠻橫無理，騷擾百端，百姓畏之。當令每一將士都深切明瞭勝敵全在愛民之義，著力於此，民愛兵，兵愛民，彼此相親，必生偉大無窮之力量。

　　十四、戰略戰術方面，祥以為拿破崙所言，以弱敵強，須抽集數倍兵力，襲其一部或一個弱點，始可獲勝。興登堡以善用迂迴抄襲與側面，而大破俄軍。二家兵學，至足為吾人今日之採法。抗戰以來，我用正正堂堂戰法太多，而用奇襲之法太少，今後當力挽此失，多用奇謀。誠能如此，不得大勝，亦得小勝。

　　十五、交通方面，當速開築三線。一由新疆經青海至成都，再由成都以達昆明；一由新疆、青海經川北，以達重慶。三路須十丈寬闊，指派專員負責，限期築成。將來三路通車，於我抗戰建國必發揮極大之作用。

　　十六、空軍方面，當加緊補充與訓練。飛機至少當有八百之數，須全力赴之，以為決戰時之應用。國外請孫哲生〔科〕先生負責接洽，國內須指派妥人專司其事。

十七、尚有一事，祥亦請為　鈞座陳之。即留心特務工作者之報告是，特務人員，識大體，明大義，老成妥善者，固占多數；然輕躁好事者，亦不乏人。每苦無情報，難以消差，便不惜捕影捉風，無中生有。今日指甲為人民陣線，明日指乙懷有陰謀，其實並無其事，徒惑觀聽搗亂自己而已，至祈明察之。

十八、此外有三事，㈠工兵砲兵學校學生修業期限在一年以內者，畢業後無治裝費，應請按照軍校成例，酌量發給。㈡未架浮橋之河川，所在多有，須速架築，以利交通。㈢廣西公路，以經費無著，久失修理，車輛行駛，甚感不便，望請政府助以相當款項，俾可早日興修。以上三事，均蒙鈞座面准，茲並書陳於此。

祥於今日大局所見，除累日電陳者外，已略盡於此。拉雜陳詞，不成條理。要之，蓋不外乎堅定決心，改組政府，整飭紀綱，充實國力數點而已。尚希鈞座酌核施行，勝利必屬於我也，耑此奉陳，敬請

鈞安

馮玉祥　啟

（《蔣馮書簡》，頁 79-81。）

【註】原函無月日。據民國二十七年十月二十九日《馮玉祥日記》：「抵長沙。……到容園見委員長，同用午飯，同座有唐孟瀟〔生智〕先生。介公問我：『大局如何，大哥有何意見？』我說：『今天在報上看到您致參政會的電報，我覺得此時唯有一本此旨做去，要讓全國都深切明白，廣州失陷，武漢撤退，都不要緊，我們抗戰已益入佳境，抗戰到底必得勝利。從前三國時代，曹操驅其強兵犯東南，魯子敬〔肅〕

對孫仲謀〔權〕言，任何人都可言和，惟主公不可。我覺得
魯子敬這句話甚有價值。一心只求富貴保妻子的人可以言
和，若為民族爭生存，為國家爭獨立，則不可言和。像張子
布〔昭〕等一心只為自己打算，而又不識大勢，不明大義，
所以極力主張屈和，孫仲謀用了魯子敬的話和劉玄德〔備〕
聯合，一戰終將曹兵擊破。當時曹兵壓境，張昭等謀士紛紛
主和的時候，孫權既已定下了抗戰大計，即拔劍砍去桌子的
一角，厲聲的喝道：再有言和者有如此桌。這一砍，使得蜚
語頓息，群情堅定下來。我以為東吳之所以能夠一心一德，
戰敗曹兵，這一砍是有大關係的。在今日的情形，委員長亦
應當如此一砍，對眾宣言，如再有敢言和者，即是漢奸國
賊，必定要這樣辦，方能使人人堅定信念。那些喪心病狂的
張昭們才可以懍然斂跡！』委員長深然之。

其次我又說了幾條意見：一、為適應抗戰新階段的形勢，應
使政府成為真正的抗日政府。凡遲疑、動搖、怠工的分子都
要痛加洗刷；二、應大大的整飭政綱；三、成於一而敗於二
三，各省各縣都應使軍政一致，事權統一；四、廣西太窮，
政府應予補助，若資以三四百萬元，必於抗戰生無限力量；
五、湖南地位太重要，但目前尚有機關駢立，事權不能統一
的毛病，應當把省的軍政一切交付主席張〔治中〕一人為
好；六、速派專員，妥籌辦法，辦理兵役；七、速購大量軍
火、槍枝，至少要添置六十萬枝；八、速籌辦重工業，以圖
自給；九、新兵訓練應大加改革，尤要注重政治訓練和戰鬥
訓練；十、官兵之間要立一種新的關係，要真正的做到官兵

一致；十一、改善軍民關係；十二、戰略戰術應多用興登堡的迂迴抄襲和側擊。過去我們用堂堂正正的戰法太多，所以很吃虧；十三、交通方面速開三道路線；十四、空軍應大補充等。每條都談了一番。

介公說：『您說的都極重要，最好請您寫下來給我。』又叫我還繼續檢閱。」

十月三十日日記：「今天把致委員長的信寫妥，明天即謄好送去。不知有無魯子敬〔肅〕之力量也。」（第五冊，頁 526-529。）

馮玉祥致蔣委員長電稿（民國二十七年十一月二十六日）

衡陽南嶽探呈委員長蔣鈞鑒：

密。職於號〔二十〕日抵貴陽。㈠養〔二十二〕日檢閱貴興師管區所屬部隊，因各團營最近奉令撥補前方，此間僅餘官兵六百餘，精神似欠振作。幹部能力較差，教育方面仍偏重制式教練，已飭徹底糾正。㈡漾〔二十三〕日檢閱集訓學生及公務員義勇隊，訓練成績尚好，很有朝氣。㈢敬〔二十四〕有〔二十五〕等日分別對民眾團體各校學生及全市黨員講話，勗以努力宣傳徵兵各實際辦法。㈣貴州對於優待軍人家屬辦法，因疊電軍部請示，復電尚未得，故至今尚未實行。㈤貴州全省有苗夷民族數百餘萬，黨政人員對於苗夷民族問題，似未十分注意。㈥對當地苗民同胞，祥以為當由各地遴選數位優秀者任為副縣長，或提數人任以其他副的位置，總以使之參加政治工作，而能以政府為其自己之政府為原則。貴州情形與他省不同，其辦法似應特別。㈦各縣散匪甚多，現雖未成大患，而對於

地方治安，及戰時工作，不免影響。擬請轉飭地方當局，特別注意，限期肅清。所見當否，敬祈　鈞核。

職馮玉祥。宥。午。

（《蔣馮書簡》，頁72。）

【註】原電無月份，據民國二十七年十一月份《馮玉祥日記》，十一月十日自長沙經衡陽、桂林、柳州赴貴陽。十八日在河池縣「致介公一電，報告行程及所見。」十九日抵獨山縣「拍致委員長暨吳達銓〔鼎昌〕主席各一電，說黔南路政太壞，請速設法修築，以利後方交通。」二十日抵貴陽。二十二日：「七時半，出發檢閱。」二十三：「八時，赴南教場校閱集訓學生及公務員社會軍訓大隊。九時，開始檢閱。學生軍來一千二百餘人。」二十四日：「到省黨部講話。」二十五日：「到民眾教育館對中學以上學生講話。」二十六日：「何輯五先生來，談明日出發鎮遠檢閱事。」（第五冊，頁534-545。）

馮玉祥致蔣委員長儉戌電（民國二十七年十一月二十八日）

桂林衡陽探呈委員長蔣鈞鑒：

密。據貴興管區司令李靖難報告如下：㈠經費常拖欠至一月以上，每致周轉困難。㈡呈請製造被服公文，往返至少需時兩月；且部定價格，與市價相差甚鉅；如棉衣一套，部定四元餘，貴陽市價非六元餘不可。㈢新兵逃亡甚多，主要原因，為地方保甲組織不健全，逃亡後無法追回，且士兵待遇不善，時感痛苦。㈣教育器材缺乏，進步不易。㈤新兵由貴陽至衡陽，約一千公里，行程限二十八

日到達；緊急時期，途中不便，等語。所陳各節，尚屬實情，本此情形，謹擬辦法如次：一、經費應按月發給，不可拖欠。二、於軍管區司令部附設被服經理機關，俾得按照當地情形，隨時籌發被服，以免往返費時。三、似應飭地方當局，迅速改進保甲組織及兵役行政，並提高士兵待遇，力求減少苦痛。四、似可迅速籌發必要數目之步機槍，以資練習。五、長途行軍，應分段，指定目標，使中途稍得休息整理，或利用放空汽車，順便運送前方。是否有當，敬祈鑒核，為禱。

職馮玉祥。儉。戌。

（《蔣馮書簡》，頁 72-73。）

【註】原電無月份，據民國二十七年十一月二十八日《馮玉祥日記》：「到馬場坪。貴興師管區司令李靖難由鎮遠來談：新兵逃跑者非常之多，怎樣嚴密防範，仍不能免。所需衣服，部定四元六角，而此間則非六元一角不辦，累次呈部請示，而公文來回一次即需二個月之久，又部令本省新兵一律棉襖夾褲，然出省天冷不足禦寒，不能不改棉褲，則又不知如何辦方好。至於教育器材，每連只有四根可用的步槍，二根不能用的破槍，二十根不能用的練槍，射擊教練不能實施，將來開上前線，實無以應敵。我告訴他說：新兵做棉衣的事太重要，可以去做。我一定打電話去報告委員長知道。……我和他談話之後，把他說的話又和委員長發了一個電報報告。」（第五冊，頁 547。）

蔣委員長復馮玉祥江電（民國二十七年十二月三日）

鎮遠馮煥章先生：

寒〔十四日〕未、豔〔二十九日〕辰電均悉，密。已分交主管機關辦理矣。

中正。江。桂侍參。

（《蔣馮書簡》，頁 73。）

【註】原電無月份，係復馮玉祥十四日及二十九日電，馮之兩電電文均未見。馮係民國二十七年十一月二十八日赴鎮遠，十二月二日，離鎮遠，蔣此復電，當為二十七年十二月三日。

蔣委員長復馮玉祥支電（民國二十七年十二月四日）

鎮遠馮煥章先生：

儉〔二十八日〕戌、卅申兩電敬悉，密。業交何〔應欽〕部長切實改正核辦矣。

中正。四。桂侍參。

（《蔣馮書簡》，頁 73。）

【註】原電無月份，係復馮玉祥十一月二十八日、三十日電，馮三十日致蔣電未見。

馮玉祥致蔣委員長支未電（民國二十七年十二月四日）

桂林衡陽探呈委員長蔣鈞鑒：

密。㈠職在鎮遠檢閱完畢，冬〔二〕日離鎮西返。途中曾在施秉、黃平等縣招集漢苗民眾，講解抗戰問題，江〔三〕日到達貴陽，擬日內轉往重慶。㈡查貴州已成後方中心根據地，交通問題，

關係重要。現在由貴陽至湖南只有一條公路，既感擁擠，又易阻
塞。對於軍隊調動，及後方運輸，均甚不便。應速添築平行公路兩
條，一條可由遵義經湄潭、鳳岡、思南、印江江口、銅仁、鳳凰至
乾城，一條可由馬坊坪經麻江、丹江、朗洞、黎平、錦屏、靖縣、
會同，至洪江。至於路線是否適當，應派技術人員勘定之。㈢湘黔
公路沿線各站，大半住戶稀少，旅店缺乏，隊伍經過，多數露宿。
如能飭由方各〔各方〕建茅屋百餘間，當可減少旅途疾苦。㈣徵兵
最大缺憾，莫過於隨徵隨用，不暇訓練。欲謀補救，似應將三個月
以後需用之兵員，提前徵集；俾能予以相當訓練後，再使加入作
戰。㈤徵兵流弊，尚未清除；頂替賄賣，所在多有。對於兵役行政
之推行，影響甚大。似應飭由各省徹底糾查，認真懲辦；務期逐漸
公平合理，納入正規。㈥兵役辦理困難，由於宣傳工夫未能作到。
如能從喚醒民眾方面努力，使其認識從軍抗戰為當今義務，兵役推
行，自較容易。㈦優待出征軍人家屬辦法，地方官吏多未能切實推
行，致入伍壯丁，後顧多憂；影響軍心，殊非淺鮮。應再通令各
省，限期實施，不得藉故推諉，視作等閒。㈧補充部隊之團營連
長，原定由軍政部委派；但隊伍編成數月，官長多未能派到；或已
派出而遲不報到。致一級一級，都是代理；管理教育，俱感不便。
此後主要軍官似應先期委〔規〕定限期到達。㈨補充部隊，因缺乏
槍械，不能作戰鬥教練；雖編成兩三月，仍無戰鬥能力，似應速籌
發必要數量之槍械，以免影響教育進行。㈩時屆冬季，氣候寒冷，
各補充部隊尚多無棉衣，士兵易生疾病；且棉衣一套，部定價格四
元多，貴州市價非六元多不可，往返請示，手續煩難，實無以適應
部隊需要。竊以軍隊衣食兩事，必須適時準備妥當，藉以減少帶兵

官困難及士兵痛苦。請飭主管機關注意改進。㈠據報補充部隊軍官將新兵送到前方交付後，前方部隊一個官長不要，且一文路費不給；官長拿自己薪餉作為路費，返回貴州，而此間業已開缺，仍須另找工作。故一般軍官，都怕當補充部隊官長，似應通飭前方部隊，不得拒收官長情事。㈡補充部隊官長，多半程度過差，實有特別予以訓練之必要。此項訓練，除注重軍事學術外，對於精神教育，及帶兵方法，尤須特別注意。如貴興師管區第三團由貴陽開至馬場坪，即潛逃官長九員。又常見送兵官長，對於病兵，多遺棄途中，無人聞問。影響人心，殊非淺鮮。似均有特別注意之必要。補充部隊之軍士，大都能力過差，以致教育進度遲緩，似應於各軍管區設訓練機關，多多造就後補軍士，以應需要。㈢軍隊教育，應以戰鬥教練為主，而後方各部隊，仍有注意制式教練及閱兵式分列式者，應再通飭各部，切實加以糾正。㈣軍隊中應有信仰最高統帥，服從長官命令，犧牲救國復興民族之精神，而新成立之補充部隊官兵尚有迷信相面、扶乩、算卦者，應即通令切實禁止，以正風氣。以上各項所陳，是否有當，敬祈鑒核，為禱。

職馮玉祥。支。未。

（《蔣馮書簡》，頁73-74。）

【註】原電無月份，據民國二十七年《馮玉祥日記》，十一月三十日：「檢閱鎮遠師管區補充第一團隊伍。……將沿途見聞擇重要者條陳委員長報告。」十二月二日，離鎮遠，經施秉、黃平等縣到馬場坪。十二月三日，由馬場坪到貴陽。十二月四日：「速起電稿，連前天之十條湊夠二十條，為兵役事給委員長。」（第五冊，頁548-551。）

馮玉祥致蔣委員長函稿（民國二十七年十二月四日）

委員長鈞鑒：

　　祥此次奉命來黔，目擊耳聞，甚感西南民族問題意義嚴重。在今日抗戰建國之際，在目前抗戰入於新階段之時，似有注意之必要，謹就旬日來所知者簡單報告如下，至請　鈞察。

　　一、根據一般人估計，西南各省各種苗夷同胞，黔占全省人口三分之一，滇佔二分之一，桂佔三分之一，粵有苗民二十萬，川有苗民三十餘萬，湘有苗民四五萬，六省共苗夷同胞約千三百萬人。此項數字是否正確，固不可知。然苗夷同胞在西南各省全省人口中，實佔甚大之比率則毫無疑義。

　　二、自來由於大漢主義之錯誤政策與觀念，苗夷同胞，備受漢人歧視，欺凌壓迫，甚至殊〔誅〕殺，不一而足。西南民族名稱，如「獚」、「猺」、「狆家」、「猓玀」、「犯猪」等，均從「犬」旁。彼等所居之地，如「平越」、「定番」、「安順」、「鎮遠」等之命名，亦均含此種歧視之義，漢人與之相處，每利用種種手段以騙詐其銀財，彼等所墾種之地，每被漢之所霸佔，而不敢與較，蓋地方官吏皆漢人，若打官司，不論是非曲直，彼等必定敗訴，官署對於苗夷同胞，自來即取高壓政策，即以民初都勻八寨之役而言，苗寨被毀者二千餘，苗夷同胞被誅殺者一萬七千餘，被俘虜者二萬餘人。

　　三、由於自來地方官未認識正確之民族政策，致使苗夷同胞對漢族存莫大反感，遂發生三種現象：㈠文化程度較高之苗夷同胞，恥以苗夷自居，生活服裝，均同漢服，若有人指其為苗夷，則不啻

搗其痛瘡,必勃然惱怒。㈡馴良者在漢族欺凌壓迫之下,忍聲吞氣,逆來順受,有意無意間,自覺生來即低劣人種,受漢族欺壓,直是天經地義。㈢慓悍者,則不甘屈服,起而反抗,自民元至今,所謂苗變,已有十餘次之多,雖每次均被官府撲平,然其仇恨固未嘗消除也。

四、目前情形,大漢主義之高壓政策程度上減輕多多,然民族之間一般的錯誤觀念,猶未嘗根本破除,其含有嚴重性之危機,亦仍然存在。黔省匪盜,多數即係苗夷,其他各省邊遠縣區,苗夷滋事,層出不窮,加以日寇收買漢奸,從中離間挑撥欺騙利用(如最近晃縣一帶,即發現有勸人民不當兵之傳單)以擴大漢苗民族間隔閡,釀致重大事變,實於我抗戰建國前途具有莫大之威脅。

五、苗夷民性優點甚多,其勤儉樸實、吃苦、耐勞、服從、勇敢、信義諸方面,均甚可貴,彼等無分男女,均直接參加生產,終日勞作不息。其能入校求學者,亦聰穎無異漢人,人以為苗夷同胞天生愚蠢,而不知實係經濟落後,未受教育之故。又彼等有恩必償,有仇必報,亦為特性之一。在過去高壓政策之下,彼等不甘屈服,起而反抗,自屬情理,實非謂好亂成性也。

自抗戰入於新階段以來,西南各省所處地位,益見重要,幾與我最後勝利之爭取有不可分離之關係,而苗夷同胞在西南各省人口中佔許大比率,苗夷同胞所受漢人待遇,有如此歷史,苗夷同胞所處社會環境,有如此現狀,故徹底改進我政府之民族政策,努力改善苗夷同胞之生活,以消除我後方之隱憂,增大我抗戰之力量,實為目前刻不容緩之圖。為今之計,惟力本總理在民族主義內所定「國定各民族一律平等」之原則,指派專員約合苗夷同胞代表(如

高玉柱女士、喻傑才先生等）及於此問題研究有素之專家，立定方案，
厲切實施，則裨益我抗戰前途者，正未可限量。祥茲本一得之愚，
謹獻鄙見七項如左：

一、政府機構方面：速成立西南民族委員會，以為處理苗夷各
民族問題之領導機關。

二、宣傳方面：立刻由政府機關、黨部、學校、民眾團體，以
及報紙、雜誌、發動以平等對待苗夷各族之宣傳。

三、文化方面：迅即成立苗夷民幹部訓練班，並在苗夷地區多
設學校，加緊教育苗夷子弟。

四、經濟方面：嚴令地方政府徹底查辦土劣霸占苗夷同胞田業
之事，厲行保障苗夷同胞財產業務，同時多闢苗夷同胞農墾區，多
設苗夷同胞合作社，並力助苗夷同胞發展經濟。

五、衛生方面：設立特種衛生所，專事改善苗夷同胞環境衛
生、診治苗夷同胞疾病。

六、社會組織方面：輔助苗夷同胞自發的組織各種社會團體，
如西南民族文化經濟協會等。

七、軍事方面：成立苗夷同胞壯丁隊，予以軍事訓練。已有之
苗民隊，應予以輔導編練，使能實現其參加抗戰之要求。

以上所陳，是否有當？敬祈

鈞座酌裁之。耑此順頌

鈞安

馮玉祥。印。

廿七、十二、四

（《馮玉祥選集》，下卷，頁437-439。）

馮玉祥致蔣委員長魚未電（民國二十七年十二月六日）

桂林衡陽探呈委員長蔣鈞鑒：

　　密。職在黔視察，瞬逾半月。關於軍事上應行改進各點，業經另電詳陳。茲再將黨務政治經濟方面，各項報告如次：一、漢苗情感尚多隔膜，苗民對於徵兵，大半表示拒絕；且零星匪人，所在多有。倘有漢奸從中挑撥煽惑，前途至為可慮。似宜由中央及西南各省設立專研究西南民族問題機關，化除漢苗隔膜，俾能共同參加抗戰工作。二、西南夷苗先進，為便於接受中央領導促進夷苗文化起見，似可在各省組織聯絡機關。職意對於此種組織，似應由黨政機關予以協助指導，准其自由進行。三、夷苗同胞，皆有文字；耶教聖經，譯傳甚廣，政府似應仿效此種辦法，設立西南民族抗戰宣傳處，吸收夷苗青年，及通曉夷苗文字者，將有關抗戰論著，廣為迻譯；並撰著通俗小冊，普遍流傳；藉使夷苗同胞，踴躍參加抗戰工作。四、黔省各縣保甲組織，尚未健全；民眾自衛，毫無基礎，以致土劣用事，魚肉人民；股匪散匪，到處滋擾。祈飭省政當局，迅即改善地方基層，組織加強民眾自衛力量，並應仿效湘桂辦法，訓練青年學生，派充保甲幹部，以為根本改進之計。五、貴州各級黨部，對於動員工作，率多努力不足；且有抑壓民眾自發團體，濫捕愛國青年情事，以致一般青年，均視救亡工作為畏途。擬請電令切實糾正，以利抗戰動員工作。六、各縣黨政機關，缺乏合作精神，對於抗戰建國工作，頗有妨礙。祈飭黨政雙方，切實改正，密切合作。七、黔省禁煙工作，努力尚嫌不足，即公務人員學校教員等，亦不能免。擬請電令省府切實注意禁止。八、黔省對於經濟建設，

尚知努力；惟全部建設，未能以軍事建設為中心；輕重緩急，似欠注意。祈對此點，加以指示。九、黔省公路，正在修補；惟路面敷土似嫌太薄，請再電令注意確實二字。十、貴州產煤鐵者，五十餘縣；產銻者，有獨山三合榕江等縣；產石油者，有鑪山等縣；似應由經濟部及資源委員會會同有關方面，鼓勵投資，發動人力，積極開發，藉以樹立國防工業之基礎。以上各項，係職在黔見聞所及，謹電奉陳，是否有當，尚祈

鈞裁。

職馮玉祥。魚。未。

（《蔣馮書簡》，頁 74-75。）

【註】原電無月份，據民國二十七年十二月馮玉祥日記，時在貴州省視察抵貴陽。

馮玉祥致蔣委員長齊午電（民國二十七年十二月八日）

桂林委員長蔣鈞鑒：

　　密。昨抵遵義，今早八時集合第百零二師補充團第三營及第八補訓處第一團新兵講話，計到千八百餘人。當時小雨，天甚寒涼，新兵仍舊原來單薄衣服，多半破爛不堪，赤臂光腿，腰腹袒露，其狼狽甚於乞丐，聽講時，大都寒噤哆嗦，口鼻青白。未半小時而不能持倒臥地上者，已有數人。據遵義團管區司令云，此項新兵，多者已撥交三月，少者亦撥出月餘。如此情形，似各級官吏毫不上緊負責。抗日大業，豈為委員長一人之事！必須各盡本分，各盡所能，方不致償事。即如新兵棉衣，早發亦是發，晚發亦是發，與其將兵凍病再發，何如早早籌備，早日發給。似此，不惟新兵不堪痛

苦，而時生逃亡之心；即一般民眾，亦必傷心，以致不敢再將子弟送軍隊。影響役政，何堪設想。觀之下淚，言之痛心，請將不負責任之各級官吏，嚴予懲處，以儆將來。

職馮玉祥。齊。午。

（《蔣馮書簡》，頁 75。）

【註】原電無月份，據民國二十七年十月七日《馮玉祥日記》：「四點十分到遵義。」（第五冊，頁 553。）

馮玉祥上蔣委員長書（民國二十七年十二月十七日）

委員長鈞鑒：

　　查兵員補充問題，對於抗戰前途，關係甚大。現在徵集訓練、補充使用各種制度，彼此既無適當之銜接，又多嚴重之矛盾，故費力甚多，成效未著；似有迅速改革之必要。謹將管見所及，詳陳如次：

　　一、於每一個師管區所在地，設一個補充兵訓練處。此師管區所徵集之壯丁，即交該補訓處訓練，既能彼此密切聯繫，又可免去往返運送。且交接手續、徵發日期，亦能協商辦法，當能省去不少周折也。

　　二、每一個補訓處，應轄補充團之數目，視所在地師管區每月得徵集之壯丁數目而定，普通約三團至六團之間。

　　三、使每一個補訓處，固定配屬於某集團軍，或某一軍團，或某一軍，彼此間亦須取得密切聯繫。此補訓處所需幹部，二分之一，應由該部隊調用；此補訓處所訓練之新兵，即全部向該部隊補充。

　　四、各補訓處訓練完成新兵，至少應以整個之團補入前方部隊作戰，或即以數個整團編成師旅，參加作戰。以維持其團結精神，發揮其訓練成績。

　　五、於各省軍管區司令部，設置補充兵督練處，專負督練全省補充兵之責。並由該處組設補充幹部教導總隊，分別招集退伍在鄉軍人，各級學生，及傷癒官兵，加以嚴格訓練，以為補充各補充處幹部之用。

　　六、各軍事學校畢業之學員學生，除以二分之一分發前方部隊任用外，其餘二分之一應分配各省軍管區督練處，再由該處分發各補訓處，派任團隊之幹部。

　　七、軍事之良否，與部隊戰鬥力之強弱，至有關係。現在有補充團隊之軍士，大都能力過差。此後各補充團隊軍士，應完全由軍管區教導總隊負訓練補充之責。此項補充軍士，至少須經過六個月之訓練。

　　八、於各省軍管區司令部，設置軍需分局，統一管理兵役機構及補充部隊軍需事宜。新兵所需被服裝具，必須事先籌備就緒，適時發配；新兵伙飼，亦須按時發放。如此，則不至有凍餓之虞。

　　九、於各軍管區司令部，設置軍械處，使負分配調整補充團隊械彈之責。凡步槍、輕重機關槍、步兵砲等項，輕重武器，務各配發教育必要之數量，並應酌發各種彈藥若干，以為射擊之用。

　　十、補充兵之訓練，至少應於編制完成後，予以兩月以上之期間；否則初步訓練毫無基礎，戰鬥能力必甚薄弱。

　　十一、現在各補充團隊軍官向前方送兵之時，即奉令停止薪飼；若接收部隊不予錄用，必致困苦不堪，流離難返。故各級軍

官，均視訓練補充兵為畏途。此後軍官在送兵期間，仍應維持原薪，直送至前方，由前方部隊正式起餉後，再予停止，以期彼此銜接。萬一前方不予錄用；尤應保障其工作權利，另給適當之位置。

十二、補充部隊開至前方補入正式部隊後，在最初三個月內應使其暫充預備部隊，或擔任次要任務，以便逐漸習慣戰場生活，相機進行實戰教育；俟其有相當把握後，再授以主要任務，參加激烈戰爭。

以上十二項，均係目前改革兵員補充問題之切要辦法；如能徹底實施，必可日有起色。所見當否，敬祈　鑒核。

馮玉祥　謹啟
（《蔣馮書簡》，頁 77-78。）

【註】原電無月份，據民國二十七年十二月十七日《馮玉祥日記》：「在黔視察一月，對軍事政治諸情形，均已分電蔣先生陳述之，現已離黔抵川，為綜合一切起見，特修長函與委座詳陳之。」（第五冊，頁 561。）

蔣委員長養電（民國二十七年十二月二十二日）

馮委員煥章兄鈞鑒：

貴陽發之魚〔六日〕電，及四月十六日〔十二月四日〕等函，均敬悉。兄此次沿途親察，洞燭幽隱，關心民瘼，所舉軍事政治及民族問題諸端，切指利弊，悉中肯要。得兄此行，裨於抗戰建國前途者至多，並參考擬辦，務期實施矣。

中正。養。侍秘渝。
（《蔣馮書簡》，頁 75。）

【註】原電無月份，係復馮玉祥二月六日電及十二月四日函。電文中之「四月十六日」當為「十二月四日」之誤。

馮玉祥致蔣委員長感電（民國二十七年十二月二十七日）

重慶委員長蔣鈞鑒：

　　密。一、職本日在萬縣檢閱夔綏師管區補充團，實到官兵千五百餘名，素質尚佳。惟未領得步槍，致無法實施戰鬥教練。二、據該團長王原諒稱，該團自十月十五日成立，經費迄未領得，僅由師管區及第一補訓處借用萬餘元，維持伙食，官兵病者，均無醫費。三、又據該師管區司令汪傑報告，該團經費，奉部令原由渝需局轉發，由師區逕領；當經派員具領，又電由第一補訓處具領轉發。該司令以該區補充團與該補訓處不生關係，擬請仍由渝需局逕發，以免周折等語。是否有當，謹請　鈞裁。

職馮玉祥。感。

（《蔣馮書簡》，頁75。）

【註】原電無月份，據民國二十七年十二月《馮玉祥日記》，二十三日從重慶上船赴萬縣檢閱軍隊，二十四日到萬縣。（第五冊，頁569-573。）

馮玉祥致蔣委員長宥電（民國二十七年）

漢口軍委會委員長蔣鈞鑒：

　　密。㈠祥宥〔有，二十五日〕晚自武漢出發，宥〔二十六日〕晨車抵官塘驛；因敵機迭次來襲，故在該站停留甚久。下午繼續前進，現以蒲圻橋樑被敵機炸燬，不能通過，刻正督促鐵路員工修理中。

㈡查咸寧、丁〔汀〕泗橋一段，為粵漢路向東突出部分，瑞昌方面敵人，似有在該處截斷粵漢交通之企圖。該處在萬山叢中，宜以伏兵制勝，可預選精銳之師，早作計劃準備，則敵人到時，設非兵力過於強大，頗有予以殲滅之可能。㈢官塘附近工防工事，構築極佳；位置選定，均頗適當；射界廣濶，工程堅固，擬請查明施工部隊，予以獎勵。㈣官塘驛車站存有鐵筋及洋灰甚多，據該站站長云，係路局發交各站構築工事材料。惟此項工事，原定由武昌開始，逐站向南展作；至此間何日開始，尚未奉命等語。查該處距前線不遠，此項工事，如屬必需，應即各站同時工作，迅速完成；否則，應將此項材料運至後方，以免資敵利用。所見是否有當，謹祈核奪施行。

馮玉祥。宥。亥。

（《蔣馮書簡》，頁 69。）

【註】原電無月份，電文中「宥晚自武漢出發，宥晨車抵官塘驛；」此中顯有錯誤，「宥晚」似為「有晚」（二十五日）之誤。民國二十七年十月二十五日，我軍撤離武漢。此電應在此日之前，經查馮玉祥在民國二十七年各月之二十五、二十六日日記，均無電文中所述之行程，而九月二日至三十日則缺原日記，疑即為民國二十七年之九月事，姑暫置於民國二十七年之末。

民國二十八年（1939）

蔣委員長致馮玉祥支電（民國二十八年一月四日）

馮煥章先生勛鑒：

第三六軍姚純部，第九四軍郭懺部，第九九師傅仲芳部，現分駐川、黔、鄂西整訓，派兄督練，即希查照辦理！

中正。支。川侍。參。

（《蔣馮書簡》，頁 83。）

馮玉祥上蔣委員長魚電（民國二十八年一月六日）

重慶委員長蔣鈞鑒：

〔汪〕精衛叛國，各地軍民，甚至黨政軍幹部，對中央決定，尚有未能深刻瞭解者。可否由中宣部將鈞座駁斥近衛謬論之講辭、精衛來電及中央決議案，大量印刷，分發各省市黨政軍機關文武官吏各一份，廣為宣傳，俾妥協主張，得以根絕；長期抗戰，信念益堅。

又查榮昌、隆昌一帶，典當甚多，利率高至三四分，贖期僅半年至十月，農民雖懾於高利，徒以告貸無門，仍趨之若鶩，此種現象，甚為普通，不限於榮、隆二地，亦不限於四川一省。似應由政府嚴加取締，實行抗戰期間月利不得超過百分之二之規定，並將贖期延至兩年。更須積極擴展合作事業，進行巨額信用貸款，或在各縣普遍成立小本借貸處，藉以救濟貧苦同胞。猶憶滿清末季，每屆

冬令，典當輒令減息，三分改為二分，便人贖取，用意頗深。今日如能取締重利盤剝，一則可以減輕貧民之困難；二則政府可以惠而不費，收服人心；三則大商巨賈，亦不至有所損失。在抗戰期間，似有此必要。倘由政府及明令實施，則一舉三得矣。

　　以上二點，是否有當，至乞鈞裁！

馮玉祥　叩。魚。

（《蔣馮書簡》，頁 83。）

【註】民國二十七年十二月十八日，汪兆銘（精衛）由重慶潛飛昆明轉赴河內，二十九日在河內發表通電，主張中止抗戰，對日求和。即通敵求和之艷電。據民國二十八年一月一日《馮玉祥日記》云：「上午九時，開最高國防會議。宣讀汪精衛來電。蔣先生問大家有什麼意見？我提了兩件事：一、汪精衛這樣的電報，我們應當請醫生去給他看，因為他明明的是得了神經病；二、我們要為孫鳳鳴鑄銅像，因為孫在前三年即有先見之明，就知道汪是賣國賊，打了他三槍〔民國二十四年十一月一日，國民黨四屆六中全會在南京開幕，孫鳳鳴行刺汪兆銘。〕還有同案的六七人仍被羈押在昆明等處，應當把人家釋放了。」（第五冊，頁 575。）

馮玉祥上蔣委員長魚末電（民國二十八年一月六日）

重慶委員長蔣鈞鑒：

　　㈠職江〔三〕日到隆昌，支〔四〕日檢閱第十四補訓處第九團，實到二千三百餘人，官兵精神均尚振作。㈡查軍士能力不足，為補訓部隊一般缺憾，似應速即設法造就大批候補軍士，以應急需。㈢

第十四補訓處所屬各部隊僅有破槍七八支，無一能作射擊用者。㈣
查各縣壯丁多藉小公務員名義規避兵役；此後地方小公務員，似應
以年齡較長者充任，以期公平，而杜取巧。㈤職本日已抵內江，明
日開始檢閱此間新兵。

（《蔣馮書簡》，頁83。）

【註】據民國二十八年一月二日《馮玉祥日記》：「十點三十五
　　　分，即離渝市西上，沿成渝公路而去隆昌。」三日日記：
　　　「九時抵榮昌。……十二時半抵隆昌。」四日日記：「至南
　　　門外之大操場，該第九團共二千三百多人，予至依次檢閱一
　　　周。」（第五冊，頁576-577。）

蔣委員長致馮玉祥巧申電（民國二十八年一月八日）

馮委員煥章兄：

　　茲規定第一期整訓部隊督練人員如下：㈠第一軍陶峙岳，第一
師、第一六七師、第七八師，駐陝西；第七一軍宋希濂，第三六
師、第八七師、第八八師，駐西安附近。以上歸胡宗南督練。但宋
軍仍由行營程〔潛〕主任，直接統轄指揮。㈡第二六軍蕭之楚，第
三二師、第四四師、第四一師，駐宜、沙附近。以上歸李宗仁督
練。㈢第三六軍，第五師、第九六師，駐重慶附近；第九四軍郭
懺、第一二一師、第五五師、第一八五師，駐宜昌附近。第九九軍
傅仲芳，第九九師，駐貴陽遵義附近，以上歸馮玉祥督練。㈣第二
九軍陳安寶，第四〇師、第七九師、第一〇二師，駐徽州、浮梁、
萬年附近。以上歸顧祝同督練。㈤第二軍李延年，第九師、第一〇
三師，駐茶陵、攸縣；第六軍甘麗初，第四九師，第九三師、第二

預備師，駐衡山、衡陽。以上歸薛岳督練。㈥第八五軍王仲廉，第四師、第二三師、第九一師，駐邵陽、沅陵附近，以上歸劉峙督練。㈦新十一軍徐庭瑤，榮譽第一師、新編第二二師、第二百師，駐全縣附近；第三一軍韋雲淞，第一三一師、第一三五師、第一八八師，駐梧州附近；第七五軍周碞，第六師、第十三師、第四預備師，駐祁陽附近。以上歸軍訓部直接督練。㈧第八一師展書堂，駐臨汝，第三軍曾萬鍾，第十二師；第九軍郭寄嶠，第五四師；第十五軍劉茂恩，第六五師；第九三軍劉戡，第一六一師、新編第八師、第八三師；第十四軍陳鐵，第十師、第八五師，駐垣曲，澠池附近。以上歸衛立煌督練。仰即遵照！渝。

中正。巧。申。令。一。亨。印。

（《蔣馮書簡》，頁84-85。）

【註】馮玉祥於民國二十八年一月十八日，自成都趕赴重慶出席五屆中央執行委員全會，據一月十九日《馮玉祥日記》：「五時至重慶，仍住巴縣中學。晚閱信件，軍委會辦公廳來函，知蔣先生又想請我督練三十六軍、九十四軍、九十九師的軍隊。」一月二十二日日記：「為奉命督練川東、鄂北、黔東之三部隊伍事，請宋修德、鄒桂五、陳天秩三位說計日程、交通工具等事項，以便呈報實施。」（第五冊，頁585-588。）

馮玉祥上蔣委員長灰申電（民國二十八年一月十日）

重慶委員長蔣鈞鑒：

職本日在內江西門外操場附近，見有稍有損壞之轟炸機一架，聞係一個月前降落者，損壞程度並不過重，祈轉飭主管機關迅速設

法修理,或拆卸運去,以免棄置為禱!

馮玉祥　叩。灰。申。

(《蔣馮書簡》,頁 83-84。)

【註】馮玉祥於民國二十八年一月六日離隆昌,沿成渝公路到內江
　　　檢閱軍隊。十日從內江到資陽縣,十一日至成都。(《馮玉
　　　祥日記》,第五冊,頁 578-580。)

蔣委員長覆馮玉祥文電 (民國二十八年一月十二日)

馮副委員煥章兄:

　　灰〔十日〕申電悉,已飭航委會照辦矣。

中正。文。川。侍。參。

(《蔣馮書簡》,頁 84。)

馮玉祥上蔣委員長寒申電 (民國二十八年一月十四日)

重慶委員長蔣鈞鑒:

　　㈠職元〔十三〕日在成都檢閱第四七軍補充第二團,官兵精神
尚好,惟新兵中有十之二年齡較小,且戰鬥教練尚欠切實,已令其
注意改正矣。㈡寒〔十四〕日至雙流檢閱第四七軍補充第一團,新
兵年齡體格比較整齊,訓練成績亦尚良好,惟服裝器具,多欠堅固
確實,凡不合作戰用者,已著其切實研究改善矣。

馮玉祥　叩。寒。申。

(《蔣馮書簡》,頁 84。)

【註】馮玉祥於民國二十八年一月十三日在成都華西壩對中央、齊
　　　魯、華西、金陵、女大五大學二千學生講話云:「敵人分化

我們的毒藥水就是這種方法：他說不是和中華民國打仗，是
和蔣政權打架，這是毒藥水，不可喝，這是敵人挑撥離間的
宣傳。要知道抗戰是整個的，分不開的，蔣政權是中華民國
授給他的，就是中華民國政權、中華民族的政權，蔣成功就
是四萬萬五千萬人的成功。」（《馮玉祥日記》，第五冊，頁
582-583。）

馮玉祥致蔣委員長刪辰電（民國二十八年一月十五日）

重慶委員長蔣鈞鑒：

　　一、查川省地方不靖，各縣零星土匪較多之原因，大半由於歷
年被裁退伍軍官過多，投效無門，散居各縣，無所事事，不免傳播
謠言，滋生事端，藉圖個人私欲。且此項軍官中精壯有為者不少，
如能收集教育之、改造之，俾其參加抗戰當可一舉兩得。職意似應
設立能容五六千人之教育機關，專召集此項在鄉軍官，按其階級，
分班施教，予以一年以上之完善教育，則無不同受感化而變為有用
之材矣。

　　二、劉甫澄〔湘〕遺骸尚未安葬，其家人極盼早日辦完此事。
似應特別從優，撥給治喪費用，並指派大員主持其事，以期早日辦
好。以上二事與川省治安、軍心、民心均有關係，謹特專電陳明。
是否有當，敬祈鑒核。

職馮玉祥。刪。辰。

（《馮玉祥選集》，下卷，頁450。）

【註】劉湘（1888-1937），字甫澄，四川大邑縣人。四川陸軍學
　　　堂、陸軍講武堂畢業。民國二年任四川第一師團長，九年升

任四川第二師師長。十年，被推為四川各軍總司令兼省長。十五年，國民政府任命為國民革命軍第二十一軍軍長。北伐完成後，任四川省政府委員。二十三年任四川省政府主席。二十六年，率部出川參加抗戰，旋出任第七戰區司令長官，於二十七年一月二十日病逝漢口。據國民政府二十七年一月二十二日、二月十四日令，明令褒卹追贈陸軍一級上將，並給治喪費一萬元，派內政部長何鍵前往代表致祭，並特予國葬。馮玉祥電中為何仍謂「遺骸尚未安葬」，請「特別從優，撥給治喪費用」？待考。

馮玉祥上蔣委員長函（民國二十八年一月二十四日）

委員長鈞鑒：

日前將檢閱途中見聞面陳，荷蒙喜〔嘉〕納，感慰無已。承囑面報告，茲覆臚舉於左。

㈠各省政治均有進步，優點不少，舉例言之如次：①舉辦合作社、實行農村信用貸款一事，即為最好辦法，國計民生，均受其益。蓋農民得有輕利之貸款，農業因之興盛，農民用之富裕，不但軍糧民食充盈，而農民購買力一般增進，又可刺激工商業之繁榮，增加國課〔庫〕之收入也。其中貴州辦得最好，四川次之，湖南又次之。祥以為此事，更應擴大，更應深入，如能真正普遍對貧農放款，則效益必更宏大矣。②有人謂抗戰足使民窮財盡，其實各種生產事業，均在日漸發展中。祥過內江與某糖廠經理談話，其人為祥所用秘書賴興治〔亞ㄌ〕君之族兄，所言當甚可靠。據云：今年糖廠獲利較之往年，已增一倍。四川今年糖產總值三千萬元以上云

云。且祥所經各地人民熙來攘往，各勤其業，從事工商者，無不利市三倍，而煤鐵諸礦，獲利尤多，此皆戰時之繁榮。若能抗戰建國同時進行，國富勢將日增，何致民窮財盡乎？此意似宜廣為宣傳，以破謬論，且宜鼓勵人民投資實業，力謀擴展。

　　㈡各地窳政，現仍甚多，茲亦分陳於後，敬請注意：①關於徵兵問題，一般百姓對於徵兵法令，多無閒言，而於徵兵之辦法與人事，則怨尤甚多。查四川人口約七千萬，僅按百分之二比率徵集，則欲得一百五十萬強健之新兵，理當輕而易舉。乃事實不能如此者，實人事未能調整完善，辦法未盡適當也。如縣政府送壯丁至新兵驗編處或團管區時，每被其多方挑剔，不言其矮，便嫌其瘦，拒絕點收，於是退回送去，三還四轉，耗時費力，易招反感。至於壯丁之衣服伙食等項，準備既不充分，管理又不得法，以致受餓受凍，不得走上前線，恐已疾病死亡。一般老百姓見此情形，縱其抗戰情緒極高，亦將裹足不前矣。影響役政與抗戰前途，實為重大。祥以為今日之徵兵，先須使人民明白，尤須使人民滿意，然後方能達我目的；徵兵所須之正當費用，必須充分供給，以免違情招怨，橫生阻礙。譬如新兵之服裝與伙食，無論縣政府、團管區、師管區，皆准其隨時開支，據實報銷。蓋衣食兩項，必不可省，遲發早發，費用相同，而遲發一日，則壯丁受苦，百姓傷心，所失太大。此應及早切實改良者也。②四川匪患太重，實為隱憂，由重慶到宜昌，由重慶至成都，遍地萑苻，少則數百人一群，多則二千三千一股，為害地方，影響抗戰，至重且大。祥以為先派幹練人員，赴各地招撫之，收編之，嚴加訓練，俾為國用；若不奉命，只有清剿一途。匪首勢必嚴懲，從犯可用政治工作，使其自新。③四川閒散軍

官太多，彼輩無他技能，但好造謠生事，挑撥離間，不曰：「只要四川兵，不要四川官。」則曰：「政府不要他們抗日。」祥以為最好招集此輩五六千人，加以半年以上之嚴格訓練，然後量材任用，使其加入抗戰，既可閉塞讒匿之口，又能增加抗戰之力。④當鋪利息太重，使貧民益陷苦境。祥經過隆昌諸縣，調查所得，普通三分利息，一年死當，而重者竟至有六分利息，十個月死當者。如此剝削，民將何堪？即遜清專制時代，亦不過二分利息，二十七個月或三年死當。今我革命政府，豈可容此吃人現象？祥以為宜由政府通令，限制各當鋪利息，不得超過二分，死當期不得短於三年。以前質典未贖者，一律改從此令。時當嚴冬，貧民多將贖取衣裳，備度舊歲，如能從速頒行，則百姓當同感德政矣。⑤祥行經資中縣球溪鎮，見一徵收局共有聯員八人：徵收員一人，月支三十元；辦事員二人，一人月支十八元，一人月支十五元；委員五人，每人月支十八元；局丁三人，每人月支八元，統計月支一百七十七元，而辦公費不計焉。至每月稅收淡月二百元，旺月不過三百元，收支相抵，幾無剩餘。則此稅局，似專為養此閒人而設，國家財政，焉得辦好？當去人調查時，正見其徵收員何克建與局員搓麻將，鋪上猶有煙燈。此等人，又安可辦事，安可理財？此事雖小，可以喻大。⑥祥行經各縣，每與士紳談話，當代表 鈞座致敬之際，諸士紳無不感動：又述及 鈞座所言「我們是老百姓的兒子，是老百姓的僕人，時時須替老百姓著想」等語時，諸長者聞之至有感激下淚者。彼等正有許多不滿意政府之話欲言，及聞斯語，亦收回不忍言矣。惟祥探詢所得，好縣長固屬不少，而一般毛病在於官吏輕易不與百姓接觸，致上下壅塞。故縣政之施行，不能盡合民意。若能早設地

方民眾參政機關，庶免此病。外國有一俗諺，曰：「百姓吵，政治好。」此謂民意機關之必要也。又曰：「百姓閉口，官長滾走。」蓋謂百姓不言，勢將動武矣。前在武昌時，　鈞座亦曾力言縣參政會之重要，祥以為此事宜趕早辦理，慎選真能代表民意者加入，則民意上達，政情下通，政治之興革以百姓之愛惡為轉移，則民心可得，自日臻郅治矣。⑦黔省匪患，亦堪注意。查前貴州主席王家烈，已在陸軍大學畢業，其人才德如何，　鈞座知之甚明，如以為可用，不妨令其招撫川黔邊界一帶土匪，帶至前方抗戰，則於後方治安，甚有裨益也。⑧又有王天錫者，祥前曾為　鈞座言之，其人現在鎮遠，　鈞座擬電召其來渝，不知果已召來否？此人於招撫黔東土匪，似亦可用也。⑨兵員補充問題，分散補充與整團補充，二者相較，似以整團補充為優。蓋官兵相處既久，長短優劣，知之甚明，指揮自能得宜；若重新編組，驟易生人指揮，互信未能建立，舉措難免失當，則全盤戰局，恐將受其影響。然上述辦法，尚不如後方另行訓練新兵二三十師，將其整師整軍，調赴前方，參加作戰；而將前方部隊單位，酌量歸併，剩餘軍官，則調至後方再訓新兵，一則使新兵舊兵不相混合，舊兵油滑惡習，不致染及新兵，新兵初上戰場，士氣極盛，立功較易；二則練兵之官，即作戰之官，彼為己身立功計，亦將殫精竭力，練成精銳矣。⑩祥在成都土橋鎮，曾赴黨政人員訓練班講話，大意謂我國民黨為大哥黨，須領導其他各黨，愛護其他各黨，襄助　總裁抗日，不但不宜樹敵，且須化敵為友，務必精誠團結，一點方〔力〕量，均須用在抗戰上，不能自相摩擦，而使力量抵消，諸君做到此點，才算黨的成功。又言一般，又人多無黨派，不過本愛國之心，偶發議論，我等只宜立於

全民抗戰觀點上，評其是非，不宜隨意指摘，今日目為左傾，明日又責其右傾；或者妄加頭銜，不曰某派，即曰某黨，此種舉動，致使愛國之士，不敢再作抗戰工作；須知凡屬中國國民，其愛國之心，亦不必減於我等，故宜常與討論，攜手共進，俾能真正做到全民抗戰四字。　鈞座前在武昌，亦曾暢論此旨，並舉孟子「以大事小者樂天者也」為言，當時聞者均極景佩。祥以為此種議論，　鈞座似應於此次會場申言之。

　以上各項，除另有軍事報告、政治及社會調查報告外，謹先擇要書此，恭備　鈞覽，敬頌　鈞安！

馮玉祥　敬上

（《蔣馮書簡》，頁 98-100。）

【註】據民國二十八年一月十九日《馮玉祥日記》：「自九月二十五日由武昌出發檢閱軍隊，至今已三個月零十九天，檢閱任務告一段落，軍事、民情、兵役等問題，要各作一總報告，送蔣先生。」一月二十一日日記：「與蔣先生談……成都紳士尹昌齡等寫的信要交蔣先生一看；談徵兵問題，四川七千萬人，徵出百五十萬人不成問題，惟辦理上必須妥善。永川的縣長牟煉先報告：新兵送到驗收處，恆不接收〔受〕，以致伙食費無法籌辦。再則棉衣無辦法，每於送交新兵之時，將新兵身上之棉衣會集脫下，縣長以『再徵來新兵，棉衣無法等辦』為詞，於是民眾傷感，感〔咸〕謂：『我們的兒子打戰可以，凍死太不值了。棉衣無辦法，我們想法子。』我告訴縣長們說：辦事不能拘泥，只要取得民眾的喜悅，踴躍當兵，怎麼辦都可以。蔣先生說：很對，應當這樣指教他

們。我說：昨日送給委員長兩樣東西，一是糖球，意思是共甘苦；二是毛鐵，意思是抗戰以來委員長的身體像鐵一樣了。」一月二十四日日記：「同楊伯峻先生談話，為這次檢閱軍隊事，前後詳細情況，另有報告書呈報，再有幾點意見，書呈介石先生，請楊先生起草，大意如下：一、這次出發四川，看見各地辦之合作社很好，如能擴大籌辦設立，是更好的一件事；二、有好多人說起來，好像是這次作戰，到現在已是民窮財困了，豈不知四川的糖業鐵業，較每年增加了數倍的產量，工人們忙的不得了，這不是好現象嗎？不更是好光景嗎？三、幾件大的事情，希望要特別注意：甲、徵兵的事。乙、四川境內的匪，是值得注意的。丙、四川的當鋪，是太苛百姓的事。談至此，即請楊先生起草詳論之，以便書呈介石公也。」（第五冊，頁586-588。）

馮玉祥上蔣委員長卅未電（民國二十八年一月三十日）

重慶委員長蔣鈞鑒：

　　職前次到川東視察，感覺有四項問題，急待解決。第一，川東匪患日益猖獗，幾於無縣無匪，大股多至一兩千人，小股亦有數百人數十人不等，以致妨礙兵役推行，阻止經濟發展，影響抗戰大計，威脅軍事運輸。似應抽調得力部隊一兩師，痛予清剿；尤須改善地方吏治，以為正本清源之計。第二，各地傷兵管理人員，率多不負責，尤以酆縣第一二〇醫院為最，以致傷兵佈滿街頭煙館酒館，時生滋擾；已癒官兵，亦不令其出院。似應迅即派員認真考察清理，以資改善。第三，抗戰官佐眷屬，流落後方各地，既無人看

顧，又不能安全；地痞流氓，且時思欺壓敲詐，如需遷移，困難更多。不惟前方官佐不能安心，抗戰眷屬本身遭受無限痛苦，即影響社會人心亦非淺鮮。職意應於後方各重要都市如萬縣、重慶、成都、貴陽、桂林、沅陵、西安、漢中、鳳翔、天水、平涼、蘭州等地，各設抗戰眷屬經理機關，專代各眷屬解決衣食住行各項困難問題，並設法教育其幼年子女。現在受傷官兵已有醫院收容，兒童已有保育會救濟。獨官佐眷屬無人照顧。第四，川東各縣鄉村基層組織，腐敗已極，區保甲長多與土豪劣紳、地痞流氓一切腐化勢力相結合，專以欺壓善良貧苦人民為能事，故一切政務，皆受其阻礙，而無法推行。應即訓練有志青年，派充保甲幹部，將地方基層組織，根本改造一番。總之，川東各縣，為現在前線後方交通聯繫之樞紐，政治良否，關係重大。各地雖有不少文武官吏，但多互相推諉，不肯切實負責。應令四川省政府主席、川康綏靖主任、重慶行營主任三大員，共同馳往川東駐留若干時日，根據實際情形，妥為會商處理，以求徹底改進。所見是否有當，敬祈核奪施行！

馮玉祥　叩。卅。未。

（《蔣馮書簡》，頁 85。）

蔣委員長覆馮玉祥江電（民國二十八年二月三日）

馮煥章先生勛鑒：

　　卅未電悉。列舉四項問題，業交各該主管機關分別辦理矣。

中正。江。四川。侍。參。

（《蔣馮書簡》，頁 85。）

附：蔣委員長電囑何應欽發馮玉祥督訓部隊特別費五萬元（民國二十八年二月八日）

何部長：請發馮〔玉祥〕委員督訓部隊特別費洋五萬元整。

中正。二月八日。

（國史館藏：《蔣中正總統檔案·籌筆檔·抗戰時期》，第一三五〇四號。）

馮玉祥致蔣委員長函要點（民國二十八年二月十日）

(一)戰鬥教練；(二)精神教育；(三)官兵一體；(四)重視病人；(五)官長教育；(六)改正官長筆記；(七)射擊教育；(八)築壘教育；(九)行軍教育；(十)如何遵守時刻等。

（《馮玉祥日記》，第五冊，頁 600-601。）

【註】據民國二十八年二月十日《馮玉祥日記》：「七時，簽送委員長一長信，關於督練軍隊的意見寫出十條（即上列十條）。九時，蔣委員長來話要檢閱新兵的總報告。……下午五時，見蔣委員長，為檢閱新兵之報告事，余出二月二日之軍委會收條，請其一看。蔣先生很難過，屢說對不起，覆問余之督練十條。余亦答以今早即送來，蔣先生亦未收到，更為難過，此次見面純為報告書事。余交朱〔浩然〕牧師之意見書，亦蒙讚許召見朱牧師。」（第五冊，頁 600-601。）

馮玉祥致蔣委員長馬酉密電（民國二十八年二月二十一日）

重慶委員長蔣鈞鑒：

密。職今日由重慶出發，下午到綦江，擬在此視察二八六團訓練情形後即赴貴陽督練。臨行之時，曾遣人送上煎餅一箱，其成分

及製法，已有簡單說明貼附箱上。竊以抗戰至今，對於攜帶糧秣，尚無適當辦法。此項煎餅，比較乾燥，既能耐久，又便攜帶，似應研究提倡，藉供軍用。職因出發倉卒，未及當面詳陳，現在製造煎餅所需磨子、鏨子等項用具，仍在巴縣中學李延贊副官處，鈞座如欲一看，祈即令其送上。

職馮玉祥。馬。酉。

（《馮玉祥選集》，下卷，頁 457。）

【註】據民國二十八年二月十九日《馮玉祥日記》：「為督練軍隊事，與介公一信，詳述意見與辦法。」（該信未見）二十日日記：「派人送委員長煎餅一箱，此煎餅曬乾，盛之箱中可六個月不壞，既便帶又好吃，用作軍食，至為相宜。我們是農業國家，富產黃豆、大、小米，製此煎餅，最為便宜，送委員長者亦意請仿照此樣推行各軍，用作抗戰軍食也。」（第五冊，頁 606-607。）

馮玉祥上蔣委員長養亥電（民國二十八年二月二十二日）

重慶委員長蔣鈞鑒：

職本日上午在綦江北門外，督練二八六團駐綦部隊之際，見有乞丐二人，肩抬破蓆包裹之屍體一具，兩泥足露於蓆外。當經調查，係第八補訓處第四團列兵王玉全屍體。該團奉命開往沙市，向第一二一師補充，昨日行抵此地，團長楊緒釗今早率部出發，中校團附嵇光率七連排長賀篤先、十三連排長候福轉、團醫務主任梁世希、醫官楊旭初等，押運病官一員，重病兵十八名，輕病兵五十八名，擬乘船赴重慶，尚未起程。另有列兵王志鐘、李志中二名於前

一日病死，亦未棺殮，光身合埋於一坑中。該王玉全則因重病於昨夜死亡。該團押運看守官長僅出價一元，僱人抬埋了事。既不備棺，亦不照料。似此待兵，不如豬狗，本地父老口多嘖嘖，影響人心至大。職當同綦江縣長李光宇代備棺木一具，將該王玉全屍體裝殮，並招集本地方紳士、學生、二八六團團長劉有道，及排長班長數十人，致祭安葬。對於船上輕重病兵，亦派人代表鈞座前往慰問。當時細查病兵凍渴之情，幾目不忍睹，而該管理員負責人中校團附嵇光、醫務主任梁世希反坐臥優適之處；對詢問死者善後情形，竟多方搪塞，以圖規避責任。後告以所見情形，彼等始無言以對。當經分別病情輕重，各給一二元作為零用。更將鈞座「待兵如子，視病猶親」八字之訓示，剴切宣示，士兵多感動落淚。竊以此事之發生，實由於官長對於待兵之道，未知注意。擬請嚴令各級長官特別注意士兵之疾病死亡，並應隨時考察，懲辦玩忽。又該團團附嵇光對人言，我等已是百姓了云云。其意蓋彼等一經將兵送到，則職務告終，即成平民百姓。有此情由，故可不必好好練兵，好好待兵。此語深堪玩味，用並陳達。是否有當，敬祈鑒核。

馮玉祥　叩。養。亥。

（《蔣馮書簡》，頁85-86。）

【註】馮玉祥於民國二十八年二月二十日在沙坪霸督練第三營。二十一日十一點離渝去貴州，下午四點十五分抵綦江。二十二日日記：「在綦江西北門外督練九六師二八八團。余在山坡觀望，有二人抬屍體一具經過，蓆捲扛抬，死者足露蓆外呈紫黑色。問之知為軍人。召李充宇縣長來問，知死者為第八補訓處第四團列兵，有王志鐘、李志中二人，因痾疾已於昨

晚病故，今早正欲開拔，又死一人，即此人名王玉全也，雇此二人抬埋，為一元之資，每人五毛，於抬走死者王玉全後即匆忙開拔，已上船駛行，經幾次追停，始令停駛，檢查船上病兵，凍餓之情，目不忍睹，而該團團附嵇光及醫務主任梁世希優坐安閒，令陳等前往按病之輕重，分別贈以數元，官長六元，兵二元或一元，此款須說委員長奉贈。此時李縣長已備妥了棺材，我說：王玉全這裡無親人，馮玉祥當大孝子，李縣長當二孝子，奏哀樂，大家默哀一分鐘，行三鞠躬禮，把王同志的屍體移送下土，以安英靈。……十時半，致電蔣委員長，報告本日病兵及死兵之事，另有該團沿路抓夫等情事亦附帶報告，希整頓軍風紀也。」（《馮玉祥日記》，第五冊，頁607-609。）

馮玉祥上蔣委員長漾申電（民國二十八年二月二十三日）

重慶委員長蔣鈞鑒：

職近來視察各部隊訓練情形，覺有數事，似應特別注意：一、野外戰鬥演習，異常生疏。排之對抗演習，有如初學，連營團之演習，全未作過，竊以致勝之道，必須連營團長掌握確實，指揮如意，方可收機動制敵之效。故戰鬥演習，必須多作。如能每週以五天實施此項教練，按單人戰鬥，班對抗演習，排對抗演習，連對抗演習，營對抗演習，團對抗演習之順序，逐步實施，反覆練習，則兩月以後，自有良好效果。二、演習指導人員，必須負責隨時改正錯誤，並於作完以後，詳細講評，講畢即見複習一次，複習再講評，講畢後再複習一次。如此再三演習，則官兵雖愚必明，雖弱必

強矣。三、戰鬥射擊，必須多多實施，俾將戰鬥教練與射擊教育聯繫起來，藉以增進士兵之射擊技能，及自信心。

以上三項，職認為對於訓練軍隊關係甚大，擬請通令各部隊切實實施。再者綦江縣屬之茶灘附近，有土法開採之鐵礦若干家，每家每日可煉毛鐵約三千餘斤不等。在此抗戰時期，鐵礦關係重要，急應設法增加生產量，或改良採煉方法，或貸給爐戶資金，均無不可。請令該管機關，再為努力，設法再加一倍之生產。

以上所見，是否有當，敬祈鑒核為禱！

馮玉祥　叩。漾。申。

（《蔣馮書簡》，頁86。）

【註】據民國二十八年二月二十三日《馮玉祥日記》：「汽車公路沿黔江南行，十時抵東溪鎮。……這裡出鐵礦甚多，老百姓之舊式煉鐵爐甚多，即下車參觀，問之每天煉八塊，每塊三〇〇斤，可惜政府不能大量借款給民眾改良去辦也。……與宋先生談為鐵礦事發電與蔣先生。」（第五冊，頁609。）

蔣委員長覆馮玉祥有電（民國二十八年二月二十五日）

馮委員煥章兄：

漾〔二十三日〕申電悉。㈠通令各部隊對訓練應注意之三項辦法，已通令知照矣。㈡茶灘鐵礦增加產量意見，已交經濟部核議矣。

中正。有。川。侍。參。

（《蔣馮書簡》，頁86-87。）

馮玉祥上蔣委員長宥電（民國二十八年二月二十六日）

重慶委員長蔣鈞鑒：

　　職於敬〔二十四〕日途經桐梓縣，經二小時之調查，訪悉該縣縣長孔福民，青年有為，到任四月，無論施政精神或辦法成績，均有良好表現。茲就其犖犖大端言之：㈠自縣長以至公役，伙食一律，但伙食費則按薪工多寡比例公攤，故縣長月攤膳費卅餘元，而公役只攤五角。㈡職員每週舉行座談會一次，檢討工作，交換經驗，相互批評，並介紹模範工作與行動。㈢每晨升旗後，全體職員沿城跑步或爬山，約半小時集合，不分職務高下，輪流作十分鐘講演。㈣到任四月出巡三次，訪問民間疾苦，考察施政利弊，或懲處貪污幹部，或拔用有為青年。㈤尤要者為調整各地戶捐。查黔省戶捐，係為區保經費而設，量入為出，由保甲長直接徵收，而保甲長多不健全，致弊病叢生，苦民最深。孔縣長到任，詳查各戶確實收入，規定納捐標準，過去弊病，一掃而空，不但使人民對政府隔閡化除，並使政府法令，更易推行，且因此減輕人民負擔，匪患亦得而消除。㈥關於役政方面，興利除弊，不遺餘力，不僅勤於考查，且鼓勵人民控訴，對於出征軍人家屬之優待，除督保甲長發動地方人士助耕外，並許其欠帳，暫不歸還。在黔省府於優待辦法猶未規定之時，該縣長能努力於此，洵屬難能。其他措施，亦均能針對癥結所在，銳意興革。職數月視察各地，見後方吏治，日益改進，然奮發有為若該縣長者，尚屬僅見。用特電陳鈞座，請予相當獎勵，以資激勵。是否有當，尚祈尊裁！

馮玉祥　叩。有。

（《蔣馮書簡》，頁87。）

【註】據民國二十八年二月二十六日《馮玉祥日記》：「汪德昭先
　　　生報告桐梓縣長孔福民，幹練有為，到任四個月，工作成績
　　　及作風均有極好表現。我寫『模範縣長』四字贈之，並電請
　　　委員長獎勵之。」（第五冊，頁611。）

馮玉祥上蔣委員長儉申電（民國二十八年二月二十八日）

重慶委員長蔣鈞鑒：

　　一、職養〔二十二〕日在綦江督練九十六師二八六團駐綦江之
兩連，精神教育，尚屬良好，戰鬥教練極為生疏，已將訓練方法詳
予指示。二、漾〔二十三〕日離綦江，敬〔二十四〕日到遵義。九十
九軍軍長傅仲芳到此會晤。據稱該部一師兵力，擔任貴州全省各路
護路剿匪各項任務，故防地分散，不能作有計劃之訓練，僅令各部
隊斟酌實施機會教育等語。三、有〔二十五〕、宥〔二十六〕兩日在
遵義督練九十九師二九七團駐遵義之兩連，官兵素質良好，精神振
作，惟未能善用機會，加緊訓練，故戰鬥教練，多欠確實。關於訓
練注意事項，已詳細指示矣。四、感〔二十七〕日參加陸軍大學紀
念週，對教職員講話二小時，該校自萬教育長到任後，一切均有進
步。惟教官人才及參考書籍太感缺乏。五、儉〔二十八〕日由遵義
到貴陽，擬即開始督練九十九軍駐省部隊。

馮玉祥　叩。儉。申。

（《蔣馮書簡》，頁87。）

馮玉祥致蔣委員長儉酉密電（民國二十八年二月二十八日）

重慶委員長蔣鈞鑒：

密。竊以當此第二期抗戰開始之際，目前急務，莫過於練兵；而練兵之道，首須充實裝備，否則徒耗歲月，事倍功半，實無以適應前方需要也。職意無論財政如何困難，必須添購大批軍械步槍，多可六十萬支，少須三十萬支。機關槍多可六萬挺，少可三萬挺。至於飛機大砲，亦應盡力之所及，多多購製。此為爭取最後勝利之必要措置，須即以不顧一切之精神，悉力籌劃也。所見當否，敬祈鑒核！

職馮玉祥。儉。酉。

（《馮玉祥選集》，下卷，頁461。）

馮玉祥上蔣委員長東電（民國二十八年三月一日）

重慶中央黨部總裁蔣鈞鑒：

職敬〔二十四〕日抵遵義，住三日，悉此間黨務情形，謹為鈞座陳之：此間縣黨部係書記長制，有書記長一、幹事一、助理幹事二，經費月三二一元，現書記長感覺人員經費不足應付工作，曾一再向中央要求擴大組織，增加經費。觀其情形，一若在組織未擴大，經費未增加前，即不能工作者。故全縣黨員六百餘人，而登記者不過二百餘人，都未舉行訓練，分配工作！對於抗戰工作，既不能協同地方政府進行，亦不能領導民眾，積極參加。其所僅從事之宣傳工作，只限於縣城，且並不緊張努力。職數日來經歷數省，於軍事政治外，對各地黨務亦甚注意，所見情形，大都類此。其癥結所在，即黨務官僚習氣太重，黨委成為黨官，黨部為衙門。故抗戰以來，軍事、政治、經濟諸方面，均有進步，惟黨務落後，無多進展。職以為在今抗戰建國之際，黨務亟應整飭，使之急起直追，在

意。軍部有軍官訓練隊，團有軍士教導隊。雖未見到輪流招集，繼
續不斷，均有相當成績。四、該部舊兵佔三分之二，已入伍數年，
新兵約三分之一，亦入伍年餘，士兵各種動作尚有相當基礎。五、
對於衛生，尚知注意，藥品準備充足，疾病之治療及預防，均尚得
法。乙、缺點：一、編制裝備尚有缺陷，計全軍尚少士兵三千餘
名，步槍一千餘枝，輕機槍二百餘挺，重機槍三十六挺，迫擊砲十
四門。二、勤務過多，公防零散，部隊多分排分班派出，教育訓
練，進行困難。三、各級官長，多誤解機會教育之意義，不能善用
機會及時間，故教育有欠緊張。四、部隊教育無周密計劃，教育責
任多委於連排長之手，以致進步遲緩，成績不著。五、教育方法失
於草率，不能力求確實，力求精密，不知再三改正，再三複習。
六、政治工作人員缺乏甚多，營連指導員均缺，現有政工人員，日
常生活未能與士兵接近。七、政治工作側重民眾運動，及社會宣
傳，忽略士兵政治教育，似有輕重顛倒之勢。小組會議多未能切實
舉行。八、對於非戰鬥員兵之教育未知注意，軍佐軍屬、雜役兵多
無軍事技術之訓練。

　　以上各項缺點，均已詳加指正，促其改進。至於人事裝備各缺
點，似應由主管各機關迅速設法，予以解決，除另有總講評抄呈
外，謹先電呈，敬祈鑒核。

馮玉祥　叩。元。午。

（《蔣馮書簡》，頁 90。）

馮玉祥上蔣委員長刪午電（民國二十八年三月十五日）

重慶委員長蔣鈞鑒：

一、前於本月齊〔八〕日考試九十九師二九五團基本射擊，成績較好者，計有士兵宗繼武、丁芝林、傅忠武、湯樹榮、王榮甫、童金玉、黃漢清、袁金生、徐東谷、戴忠臣、張俊、黃炳臣、孫國亮、胡純鈞、楊志才、賀中富、李鑑、易修、胡慶喜、孫學海、王雲臣、楊華卿、謝昌祥、周漢青、王亞歐、魏浩然、聶幾初、楊德勝等二十八名，已於寒〔十四〕日按照等次，發給獎品，藉資鼓勵，並以引起射擊教育之風尚。二、寒〔十四〕日上午集合駐棃軍警機關部隊官兵講話，參加者計有滇黔綏靖副主任公署、貴州軍管區司令部、貴興師管區司令部、陸軍第九十九師、後方勤務部、防空學校、軍委會特務團、憲兵第一團第三營、軍政部特務團第二營、通信兵第三團、貴陽警備司令部、貴州省保安處、省會警察局、貴陽縣保警隊軍政部第七軍械庫等五十單位，共到官兵三千二百五十六人，自八時開始，至九時四十分完畢。內容特重激發抗敵情緒，及同仇敵愾之念頭。聽講官兵精神均甚振奮。三、職此次離重慶，歷次呈報鈞座各電，均蒙賜覆，惟有在綦江所發養〔二十三〕亥電未獲覆示，不知已邀鈞覽否？敬祈飭查賜知為禱！

馮玉祥　叩。刪。午。

（《蔣馮書簡》，頁 90-91。）

馮玉祥致蔣委員長、白崇禧效午密電（民國二十八年三月十九日）

重慶委員長蔣鈞鑒、桂林行營白主任健生〔崇禧〕兄勛鑒：

密。弟此次督練第三十六、第九十九兩軍，發現各部隊訓練方面最大之缺點約有二端：

一、各個戰鬥教練不甚重視，以致動作生疏。目測距離太不確

實，射擊時多不知定標尺，利用地物資勢太高，舉槍瞄準發射諸動作多不正確。已親予改正，並告以三講七作之法，反覆行之，以期盡善。

　　二、士兵受傷後，應如何動作及自行裹傷之訓練概未實行。此事關係戰鬥力甚大，應使官兵均能自行迅速綁紮，不待軍醫及鄰兵之幫忙，以自帶之裹傷包，自行包裹，則創口不易髒汙，流血亦少，醫治必能迅癒；否則，一星期可癒之傷，因不能自行包裹，流血必多，入毒必易，因此延長一、二月或半年之久，仍不能痊癒者有之；甚至因受毒太重，必須鋸斷手足成殘廢者亦有之。此事已令第九十九軍注意訓練。總之，各個士兵為軍隊組織之分子及細胞，各個戰鬥教練為作戰之基礎，必須日日追究，基礎方能鞏固、技術嫻熟，則精神旺盛，自信力堅強，機警果斷之行動因之而生，方能達到人自為戰、殺敵致勝之目的。現在各部隊之教育，其病在浮而不實，過於巧妙，以致操作一二次，即算完了。若非按照委員長南嶽所訓拙誠二字教去，仍不能有大效。至於裹傷訓練，為減少兵員損失，維持戰鬥實力最簡捷有效之方法。擬請通令各部隊，對此二者，視為最重要之課目，切實訓練，以達抗戰必勝之目的。是否有當，敬祈鈞裁。

職馮玉祥。效。午。

（《馮玉祥選集》，下卷，頁 471-472。）

蔣委員長覆馮玉祥號電（民國二十八年三月二十日）

馮委員煥章兄：

　　元〔十三〕午電悉。缺點已交主管機關，設法解決矣。

中正。號。酉。川。侍。參。

（《蔣馮書簡》，頁 90。）

馮玉祥致蔣委員長世酉密電（民國二十八年三月二十一日）

重慶委員長蔣鈞鑒：

密。祥今晨啟行，午過涪陵縣屬之藺市鎮，當下輪船訪問民情。當地民眾，咸盛稱日前有別動隊梯隊長劉殿龍牽〔率〕隊過境，駐宿數日，軍紀之佳，為從來所未見。具體言之：一、駐該鎮期間，動員全隊打掃街道，糞〔清〕除垃圾污穢，市容為之一新。二、住宿借用店鋪，絕未占用民房。三、官兵態度和藹，使人民生親熱之感。四、臨行時借用物件一一歸還，並將住處打掃乾淨。故該隊駐宿數日，予地方人民以極佳之印象，不但使人民認識軍民一家之真實意義，且聞之本地父老說：「有此軍隊，抗戰必勝，實不為過，似此軍隊，堪稱模範」等語。

據此，用特具陳鈞座，請予劉梯隊長及其長官，給予相當獎勵，以資激勵。當否，至祈鈞裁！

職馮玉祥。世。酉。

（《馮玉祥選集》，下卷，頁 473。）

【註】據民國二十八年三月二十四日《馮玉祥日記》：「去看〔戰地黨政會〕主任委員任潮〔李濟琛〕先生，予談赴筑練軍感想，及所練辦法並問答十條等事。」二十五日日記：「十時半，往見蔣委員長，並攜帶問答十條、趙先生畫的戲眼景〔原文如此〕、一箱煎餅、一個竹子水筒。並讀書一段，上面的意思是：要使官兵注重野外戰鬥教練，蓋此項之重要遠超

過走正步或是分列式。」（第五冊，頁 625-626。）三十一日晨，馮玉祥自重慶赴宜昌，十時半到達涪陵縣的藺市鎮，乘民船上岸到藺市街上觀看一周。

蔣委員長覆馮玉祥感代電（民國二十八年三月二十七日）

馮委員煥章兄勛鑒：

刪〔十五日〕午電及綦江所發養〔二十二日〕電均悉。查養〔二十二日〕亥電已交軍政部查辦矣。

中正感。未。川。

（《蔣馮書簡》，頁 91。）

馮玉祥上蔣委員長冬電（民國二十八年四月二日）

重慶委員長蔣鈞鑒：

豔〔二十九〕日奉命指導南溫泉黨政訓練班談話會，學員等本愛黨之誠，對校政頗多批評。原擬將經過面陳，惜臨行匆促，未得如願。茲為鈞座電呈之：㈠軍事教育不重戰鬥教練，立正敬禮，竟學兩星期之久。此次受訓之省黨部委員，有來自敵後蘇、皖、魯、冀各省者，願學排連營作戰之法，以便領導民眾、抗戰殺敵，今只重制式教練，使彼等大失所望。㈡舉行小組會議，頗不切實。題目臨時頒發，討論之後，並無結論，未能收小組會議之效果。㈢黨與三民主義青年團，竟為吸收新分子而鬥爭。團員講課，稱黨無紀律，團即將起而代之，似此言論，實予人以極不良之印象。致談話會中新黨員不敢出席，蓋黨與團鬥爭，無法左右袒也。㈣學科方面，項目太多，不合戰時需要、鐘點又過少，如統計、邏輯等科，

數百頁之書，僅授兩小時，使學員毫無所得。㈤講師人選未盡適當。如新生活教員，竟自稱不懂新生活，係昨晚奉命來講，不得不濫竽充數云。㈥學員歸去，如何進行工作，受訓期中，並未論及，亦無具體指示，有失集會之本意。㈦學員咸稱此次受訓，除多聆總裁訓話頗有心得外，不但未有進益，且對中央訓練機關，發生不良觀感。

　　總之，綜觀以上事實，此次訓練，實未能收預期效果。改善之道，祥以為應注意訓練之訓練，即先集合負訓練責任之人員，先由總裁親自訓練二十天或一月，然後始可訓人，祥忝屬常委，知而不言，於心有愧！故本言無不盡之意，縷陳如右，幸垂察焉！

馮玉祥　叩。冬。

（《蔣馮書簡》，頁 91-92。）

【註】據民國二十八年三月二十五日《馮玉祥日記》：「往見蔣委員長，並攜帶問答十條，……關於士兵潛逃的問題與今後軍隊要注意戰鬥教練等事項。委員長皆一一筆記之。」二十九日日記：「去〔重慶〕南溫泉參加黨政人員訓練班畢業之談話會。該班之主任為朱家驊、張勵生先生。」馮於三十一日啟程赴宜昌。四月二日日記：「拍電給委員長。」（第五冊，頁 626-630。）

馮玉祥上蔣委員長冬電（民國二十八年四月二日）

重慶委員長蔣鈞鑒：

　　際此抗戰緊急關頭，人才羅致，實為重要。查有李紀才、李虎臣二員，為國民第二軍名將。紀才謹慎小心，治軍嚴明；虎臣勇敢

善戰，豪爽過人。若統以三五千人或二三萬人，必能出奇致〔制〕勝，報效黨國。可否電令陝西省政府轉告該員等，前來覲謁，敬請鈞裁！

馮玉祥　叩。冬。

（《蔣馮書簡》，頁 92。）

馮玉祥上蔣委員長微電（民國二十八年四月五日）

重慶委員長蔣鈞鑒：

　　竊查手榴彈為近距離肉搏戰之利器，前在貴陽見九十九軍所有木柄手榴彈，大多陳舊受潮，演習投擲，二十三枚中爆發者僅七枚，其餘均不爆炸。今據三十六軍督練員報稱，第五師演習投擲手榴彈成績，亦多不爆炸，似此影響抗戰量〔軍事〕至鉅，實有換發新手榴彈之必要。理合報告，謹請鑒核！

馮玉祥　叩。微。

（《蔣馮書簡》，頁 92。）

蔣委員長致馮玉祥歌電（民國二十八年四月五日）

馮委員煥章兄：

　　請於在宜昌附近督練期間，就便視察江防，切實指示，並請將視察結果見覆為盼！

中正。歌申令一。元。勤。

（《蔣馮書簡》，頁 93-94。）

【註】這時馮玉祥正在宜昌一帶督練軍隊，大約到十七日才收到蔣
　　　之歌電，故將該電繫於「四月十七日」，誤；十八日覆蔣一電。

蔣委員長覆馮玉祥陽電 （民國二十八年四月七日）

馮委員煥章兄：

微〔五日〕電悉。已交軍政部查明原因補發矣。

中正陽。申。川。侍。參。

（《蔣馮書簡》，頁 92。）

馮玉祥上蔣委員長蒸電 （民國二十八年四月十日）

重慶委員長蔣鈞鑒：

頃接李協和〔烈鈞〕先生東〔一日〕電稱：汪賊〔兆銘〕陰謀未已，與寇接洽甚忙，並受巨額金錢，促寇速攻西安、南寧，自誇能在昆明發動，且派高宗武表示投降，總裁必早知之等語。汪逆賊心不死，如如作怪，應早為防範。雲南極關重要。查協和先生在滇中有相當歷史，且聲望素著，可否使之前往，在社會上為抗戰活動，藉資防患未然，諸乞鑒核為禱！

馮玉祥　叩。蒸。

（《蔣馮書簡》，頁 92-93。）

【註】據民國二十八年四月十日《馮玉祥日記》：「賴先生拿著一份《武漢日報》進來，據他說才知道汪精衛之『平治協定』，企圖顛覆我政府，並向敵國〔日本〕建議，急攻我軍，活動甚為利〔厲〕害，殊為罪大惡極。」（第五冊，頁634。）洪喜美《李烈鈞評傳》（臺北，國史館，民國八十三年六月初版）頁 329 云：「烈鈞於是啣命飛赴昆明，雲南軍政各界，多其故舊，……龍雲〔雲南省主席〕卒不敢異動。」

全失。㈡據王師長修身報稱,鄂東作戰時撥歸該師指揮之砲兵連連長擅離職守,無從尋找,退卻時又脫離掌握,卒將全連砲位遺失。㈢直屬軍政部砲兵,大半係新官新兵新砲,騾馬則極瘦弱。對於砲兵亟應嚴加整頓。

　　以上所舉各點,雖係局部之事,實為勝敗關鍵。本有所見聞必報之意,據實直陳,敬請鈞裁!

馮玉祥。叩。敬。辰。

(《蔣馮書簡》,頁 95。)

馮玉祥上蔣委員長敬午電 (民國二十八年四月二十四日)

重慶委員長蔣鈞鑒:

　　茲將在宜、沙所見四點,謹陳如下:㈠本鈞座「政治重於軍事」之旨,軍隊政治工作,應特別加強。查各軍師政治部成績優良者固甚多,而不盡職者亦不少。如三二師政工人員在八一三滬戰發生後,託辭購買紙張,書寫遺囑,避居上海;該師轉戰鄂東時,又在漢口優遊宴樂。最近該師轉防沙市,政工人員又避往宜昌、重慶,流連忘返。擬請　鈞座飭知政治部認真考查,分別獎懲,使成績優異者益自奮勉,鬆懈怠惰者知所警惕。㈡接近前方各縣,縣府工作繁重,既須配合軍組訓民眾。現在縣長人選,實有不稱職者,不能本抗戰要求,實行應變方策。擬請令知鄂省府選拔有為兼曉軍事政治者為縣長,經費人員,按照實際需要,酌予補助,俾克肩荷重任,應付裕如。㈢職到鄉村詢問人民,不僅不明抗戰,且有誰來為誰納糧之愚蠢言論。社訓隊訓練多不實際,僅學制式教練,不識戰鬥動作。似應將國民精神總動員綱領,首先在接近前方各縣,認

真普遍實施,一面宣傳,一面組訓,且注重社訓隊之戰鬥教練,庶能以武力打擊敵人。㈣宜昌、沙市均發現敵貨入境,而桐油、棉花又有偷運資敵情事,皆由金〔亦吾〕某包辦。此間行政機關,現對此尚無辦法,似應早日改善。

　　以上數點,敬請鈞裁。

馮玉祥。敬。午。

(《蔣馮書簡》,頁 97。)

蔣委員長覆馮玉祥宥電 (民國二十八年四月二十六日)

馮委員煥章兄:

　　銑〔十六日〕、號〔二十日〕兩電均悉。所擬奉行命令辦法,已嚴令照辦。又寶塔河電艇,已交軍政部切實整頓。長江左岸及虎牙灘工事,與宜昌下游封鎖線,已交軍令部切實查明改正,限期辦理具報。特覆。

中正。宥。川。侍。參。

(《蔣馮書簡》,頁 95。)

蔣委員長覆馮玉祥豔電 (民國二十八年四月二十九日)

馮委員煥章兄:

　　敬〔二十四日〕辰鄂一電悉。已交軍令部軍政部核議矣。

中正。豔。戌。川。侍。參。

(《蔣馮書簡》,頁 95-96。)

馮玉祥上蔣委員長卅戌電 （民國二十八年四月三十日）

重慶委員長蔣鈞鑒：

　　職於宥〔二十六〕日查看江防完畢，儉〔二十八〕日自宜昌開船上駛，在夔府至萬縣途中，奉到由郭〔懺〕軍長轉來儉〔二十八日〕電，敬悉一切。職率全體督練官回渝，其原因如下：㈠敬〔二十四日〕接軍令部徐部長永昌漾〔二十三日〕電云，本部前派隨同督練之陳開疆、龔作人兩員，如督練月完畢，可否飭令回部等語。職意徐部長來此電之意義，以為四個月督練限期已到，故有此電。㈡因郭司令在樊城會議來前方，情況改變，刻正預備出發。㈢訓練總監部戰時整編部隊教育綱領第一總綱第二條：教育期間，全期定為四個月。職於一月四日奉到命令，按日計算，已至四月之期。㈣視察江防情形，除電報外，擬回渝當面報告一切。因是之故，起程回渝。頃奉儉〔二十八日〕電，當即派張之江率員往宜昌，加緊訓練矣。特電，報聞。

馮玉祥叩。卅。戌。

（《蔣馮書簡》，頁98。）

蔣委員長覆馮玉祥江電 （民國二十八年五月三日）

馮委員煥章兄勛鑒：

　　敬〔二十四日〕辰二鄂電悉。已交軍政部軍令部核辦矣。

中正。江。川。侍。參。

（《蔣馮書簡》，頁96。）

蔣委員長覆馮玉祥肴電（民國二十八年五月三日）

馮委員煥章兄勛鑒：

　　敬〔二十四日〕午三鄂電悉。宜、沙所見各節，已交有關機關辦理矣。

中正。肴。川。侍。參。

（《蔣馮書簡》，頁97。）

蔣委員長致馮玉祥青代電（民國二十八年五月九日）

馮委員煥章兄勛鑒：

　　茲抄送徐〔永昌〕部長陽〔七日〕午一元梧渝代電一件，希知照。

　　抄徐〔永昌〕部長陽〔七日〕午一元梧渝代電一件：

　　江二川侍參代電敬悉。㈠金亦吾部紀律廢弛，行動踰軌，本部先後亦迭據報告，並隨經電飭李長官〔宗仁〕暨郭司令懺，嚴加切實整頓；復由軍政部分飭改編為第五區鄂中游擊縱隊，以曹勗任司令，金亦吾改任副司令。現正淘汰改編中。本案擬暫緩辦，俟考查該部爾後行動，如再不改進，即設法抽下，嚴加整理。㈡鄂中之敵，既屬薄弱，本部業加判斷，另案簽請核示矣。㈢第五、九兩戰區作戰地境，前已呈准改正在案（就以前之長江中流，經宜都屬之石灰窰，沿湘鄂省界之線，線上屬五戰區），並於三目漾〔二十三日〕未一亨電飭李長官暨陳長官遵照。奉令前因，謹此呈覆。

（《蔣馮書簡》，頁 96-97。）

蔣委員長致馮玉祥寒酉電（民國二十八年五月十四日）

重慶馮委員煥章兄：

　　查本會直轄第一期整訓部隊已告結束，所有第一期整訓各督練官名義，著即取消，除分電外，特電遵照。

渝。中正。寒。酉。令。一。亭。

（《蔣馮書簡》，頁98。）

蔣委員長致馮玉祥效代電（民國二十八年五月十九日）

馮委員煥章兄勛鑒：

　　茲抄送何〔應欽〕部長兵渝秘二八字第一一五七號呈一件，希知照。

中正。效。川。侍。參。

　　抄何〔應欽〕部長兵渝秘二八字第一一五七號呈一件　奉鈞座宥〔二十六日〕酉川侍參代電開：據馮委員煥章號〔二十日〕戌電稱：八時視察宜昌、寶塔河軍政部電艇演習，官兵頗能熱心，惟欠熟練嚴密，不沉著，艇亦太少，若能增加百十支最好。並請派遣專員切實訓練，發給充分燃料，以資練習等語，希核辦，等因奉此：謹查是項電艇，現時購辦不易，即能購到，運輸亦甚困難，故增加艇數一節，事實上暫難辦到。至派專員切實訓練，業由兵工署遵照辦理，所需燃料，亦經上月寒〔十四日〕交燃培代電發汽油二千加侖及附油，並呈覆在案。奉令前因，理合具文，呈覆，仰祈鑒核。

（《蔣馮書簡》，頁95。）

民國二十九年（1940）

蔣委員長覆馮玉祥電（民國二十九年二月十四日）

馮委員煥章兄勛鑒：

　　二月二日函悉。疊接協和先生函電，知其病體尚未復原；並請移就海濱療養。當以值此謠諑繁興之時，深恐因其行動，致滋外間無謂揣測；並念海濱喧囂，不宜調攝；因與代籌，歡迎其至成都休養，純出一片敬愛元老之至誠。至其公忠許國，中所深知。待其精神健復，自當多多請教，共策國是也。

中正。文。侍。秘。渝。

（《蔣馮書簡》，頁101。）

馮玉祥致蔣委員長書（民國二十九年三月二日）

委員長鈞鑒：

　　頃得滇中來電，述李協和〔烈鈞〕先生血壓甚高，頭痛頗劇，生活情況，亦很拮据；曾蒙　鈞座贈款，賴以治療維持云。仰見鈞座敦尚友誼，護念同志之意。竊念協和先生翊贊　總理，擘畫甚多，討袁護法諸役，親冒艱險，努力革命，七七以來，本擁護　鈞座之赤誠，與凜然之正氣，能言人之所不敢言。國家對於此等元勛，必當仰體　鈞座之意，於其生活疾苦，繼續優予維護，以勵將來。想已早在籌畫之中，無待多瀆。

　　茲有進者：協和先生，軍事學識，又為國內所欽崇，此次全民

抗戰，常以未能多所宣力自愧。論者或病其細行。昔者漢高祖信用陳平，有譖平種種不端者。高祖答以非治太平定禮樂之時，吾之用平，用其能出奇制勝而已。協和先生已漸老病，及今不用，恐有諸葛武侯後出師表中精銳銷亡之歎。用特直陳所見，深冀　鈞座因時制宜，用其所長，與〔予〕協和先生以特別任務，俾得自效於民族國家，以行動表現擁護　鈞座之赤誠。匪特協和先生個人之幸；實抗戰前途之大利。是否有當，敬希　諒察誠悃，裁擇用捨，是為玉〔至〕幸；恭頌，崇安！

馮玉祥　敬上

（《蔣馮書簡》，頁101。）

馮玉祥上蔣委員長書（民國二十九年三月二十四日）

委員長鈞鑒：

昨午招宴，飽德飲和，齒頰留芬，感甚謝甚。

承詢汪〔兆銘〕逆傀儡組織登場後，我們應如何注意之點。祥有四點意見，謹陳於下：

一、加強偽軍反正運動。按偽軍附逆，多因環境所迫，或一時蒙蔽，尤其下級官兵，更非甘心作亂。故應多派人打入偽軍內部，曉以大義，激發愛國心，揭穿敵偽欺騙宣傳，促之反正，集小騷亂成大暴動，如抗戰初期通州之張慶餘部，一次殺日寇千餘，即其範例。

二、加強推動朝鮮、臺灣反日運動及日本內部反戰運動。朝、臺及日本人民隨戰事延長，痛苦益增，自發反日運動日益發展。如在重慶之朝、臺革命團體，我應積極聯絡之、協助之；對於前方軍

中之對敵政治工作與優待俘虜政策，均應加強活動和推行，以達從內部破壞敵力而收事半功倍之效。

　　三、精神團結，安定後方。抗戰三十餘月，賴團結之力甚大。惟當此敵偽以新政治攻勢對我，企圖分化我內部，破壞我團結之時，實甚感內部已有團結之不足，應更加強之。至後方安定，其重要性自勿庸詳言。安定之方，則宜從政治與經濟兩方行之。所謂政治，不外實行民權主義，予人民以更多之民主權利，俾其抗戰力量得以大大供〔貢〕獻出來；所謂經濟，不外是實行民生主義，當前之主要問題，為物價之不斷上漲，糧價之不合理的步步升高，對此應有斷然之處置辦法，如嚴厲懲辦囤積居奇者，嚴厲懲辦藉官吏地位做投機生意者，為辦法中之重要辦法。倘不從此兩處著手後方安定問題，則後方安定即可能成為嚴重問題。

　　四、加強兵役宣傳。按徵兵一事。首重宣傳，使人民自動樂於應徵。如目前之事實上的強迫辦法，殊非善策。不僅不能盡善盡美的達到動員民眾的目的，且漸促成人民與政府之嚴重對立。聞兵役署報告，新徵之兵，到達前方後，逃逸者達百分之七十。實屬駭人之事。前此亦曾有宣傳工作，制訂之宣傳辦法甚詳，惟行之殊不力耳。近視黃郛先生著《歐戰之教訓與中國之將來》一書，第二編第一則「兵力補充上之苦心」（第 111 頁）謂歐戰時關於英國徵兵令未頒佈前，除有募兵總監對人民做勸導外，復由英皇頒發佈告一則，勸勉國人從軍。此事頗可效法，擬請　鈞座親書手諭一篇（辭簡意深）製成長六寸寬四寸之傳單，印幾千萬張，頒發全國，號召人民，對兵役工作必收效甚大也。至已訂之兵役宣傳法，則嚴令主管機關執行之。

　管見如上，敬乞　亮察是幸。謹此，敬頌崇安！

馮玉祥　謹啟

（《蔣馮書簡》，頁 101-102。）

【註】該函原繫「三月二十三日」，誤；應為二十四日。據民國二
　　十九年三月二十三日《馮玉祥日記》：「中午十二點半，蔣
　　先生請吃飯，有于右任、何敬之〔應欽〕、陳辭修〔誠〕等諸
　　先生。席間委員長問我關於汪精衛的傀儡政府，我以為日本
　　真是沒有辦法才用他的，有一點辦法決不會用他的。同時給
　　委員長談了四個問題：一、反正（即偽軍反正）運動應多想辦
　　法，使每個小暴動，變成大暴動；二、對臺灣、朝鮮、滿洲
　　的獨立黨，要幫助他們起革命暴動；三、我們要精誠團結，
　　安靜後方；四、對徵兵問題，要注重宣傳。」（第五冊，頁
　　815-816。）

馮玉祥上蔣委員長書（民國二十九年四月五日）

委員長鈞鑒：

　　連日以來，鈞座主持群議，宵旰勤勞，極為欽佩！茲有陳者：
本會中將參議魏鳳樓同志，忠誠勇敢，為祥素所深知。前在武漢
時，以為分屬軍人，當茲國步艱難之際，不宜坐食俸祿，自願效命
疆場；乃遄返河南西華原籍，糾合義勇之士四五千人，渡過黃河，
與敵人拚殺；在鹿邑，在蘭封，皆立戰功，所殺敵人，以千數百
計。程潛司令長官嘗知此事，曾予嘉獎，並委以縱隊司令；又擬編
為一師。雖不果行，亦嘗月助糧餉三萬元。然以魏之才能忠勇，實
堪大用。前在祥部時，嘗為軍長，治軍又為其所長。即以今日而

論，兩年以來，親率所部，與敵血搏，在鹿邑東南受傷，腹部三處，一彈從腹穿入，背後穿出，幸未傷及腸胃，然亦危矣。每憶經過，身為司令而受傷三處者，實為不多。魏中將之傷，亦漸痊可。論功論才似當予以鼓勵。祥意，現在徵兵，手續既繁，耗費又重，魏同志既能糾合人眾，且作戰勇敢，紀律嚴明，愛護百姓，該部已有五六千人。似宜准其擴編成師，以增重國家抗戰之力，而減少徵兵之費。不知　鈞座以為何如？祥試擬辦法數條，謹呈　鑒核！

　　一、每月增加經費三萬元；

　　二、特別獎勵；

　　三、派陸大畢業才識兼優之參謀長以及參謀官數員為之輔佐；

　　四、補充其機關槍步槍，能增千支最好，不然三四百亦可。

　　祥深知魏之為人，又深知　鈞座之愛才，故本知無不言之誼，貢其所懷。敬頌　鈞安！

馮玉祥　敬上

（《蔣馮書簡》，頁 102-103。）

馮玉祥致蔣委員長函（民國二十九年七月十九日）

委員長鈞鑒：

　　頃接李委員協和〔烈鈞〕兄於昆明發來急電甚切，內容如何，不甚清楚，茲將原電呈候核示。即請　大安！

馮玉祥　上

（《馮玉祥日記》，第五冊，頁 884-885。）

【註】據民國二十九年七月十九日《馮玉祥日記》：「李委員協和〔烈鈞〕之電，原電轉給委員長。」（第五冊，頁 884-885。）

馮玉祥致蔣委員長函（民國二十九年八月十六日）

委員長鈞鑒：

　　昨談甚快，尤其是您說：「我不說話還有何人說呢？」使我感動不已。茲有友人給祥一封重要的信，請您仔細看看。

　　不是說的時候了，乃是指定專員馬上即做的時候了，兵為軍之根本，軍事好了，方能打走倭寇，所以說千言萬語把兵吃的飽、穿的暖、命令統一為最重要的大事。特此飛函呈上。敬請　軍安！

馮玉祥　敬上　二九、八、十六

（《馮玉祥日記》，第五冊，頁899。）

【註】據民國三十九年八月十二日《馮玉祥日記》：「見蔣總裁談
　　話如下：他問我看國際形勢如何？我說：實在於我有利，惟
　　看掌舵的如何？要在此時，大家一致，不可亂說話，按計劃
　　前進。問我看什麼書？我說：『世界史話』、『中國史
　　話』。他說有事商議：……誰說赤化，吳說？張說？」八月
　　十五日日記：「到蔣先生公館談約一個鐘頭。」（第五冊，頁
　　897、898。）自二十八年下半年起，蔣、馮的互動日漸減少，
　　而經常與馮接觸者，多為共黨或左派人士，在二十九年三月
　　二十三日日記云：「集合大家講話：……我住的房子周圍都
　　是偵探，不是關於三民主義的書，千萬不要看。」（頁816）
　　說明馮玉祥已有赤化之議論，而且行動已受到監視，他於是
　　在七月十一日舉行之中央常會中提出口頭辭職，于右任、陳
　　濟棠、居正、李文範等都發言挽留。其辭職文有：「為實行
　　三民主義、擁護中央、擁護領袖、精誠團結、抗日救國起

見，已跡近赤化之嫌，懇請免去各項名義，送交法庭治罪，以平自命有識者之氣，特此請會允准。」（頁880）

馮玉祥致蔣委員長函（民國二十九年八月三十日）

委員長鈞鑒：

昨日曾面陳（糧食與兒子），相比的要意，當蒙問及曾寫出否？祥答以即行寫出呈上，請賜指示。目前緊急之時，惟恐辦事人籌思又籌思，調查又調查，結果成為飽漢子不知餓漢子飢的事。

此事貴在速辦，只要熱心去辦，必能收效；所慮者，辦事人員又皆兼差，掛名不負責任耳。茲將一得之愚送上，備作參考。特此即請　大安！

馮玉祥　八、卅

（《馮玉祥日記》，第五冊，頁907。）

【註】據民國二十九年八月二十九日《馮玉祥日記》：「賴〔亞力〕先生談戰時食糧管理，平時提倡增加食糧生產，戰時強制管理。」八月三十日日記：「『糧食與兒子』脫稿，送給委員長，並親書一函……晚八時，再呈委員長一書。」九月七日日記：「蔣先生看了『糧食與兒子』的文章，似有感動，他說：糧食的問題須要用革命的手段。」（第五冊，頁907、916。）

馮玉祥致蔣委員長函（民國二十九年八月三十日）

委員長鈞鑒：

讀十九日代電，為問曹先生永泉事，當即去函詳問，頃得覆函

一件，茲將原信呈上，請備參考。

當此大戰之時，各方資訊最貴靈通，無論公務員或軍民各界，凡有所見，似宜准其直接上陳，所謂大海不擇細流者此也，明由委員長指定三五秘書人員專司辦理各界上陳各事，則不但上下氣息靈通，且能得知許多**寶貴實情**也，只有無名者須慎重耳。是否有當，尚請斟酌。此請　大安！

馮玉祥　二九、八、卅

（《馮玉祥日記》，第五冊，頁 907-908。）

馮玉祥上蔣委員長書（民國二十九年九月五日）

委員長鈞鑒：

週前暢領教益，並盡所欲言，至今引以為快。覺對民族、對國家、對同胞良心稍覺安適矣。

邇來，敵閥野心愈熾，意圖自長江及越滇邊境進犯陪都。在彼固屬一種妄念；然我抗戰之困難，亦從此日益增劇。蓋軍事準備尚未臻萬全，軍食民食問題已趨嚴重，外交至今未有重心，物價高漲方興未艾；此誠危急存亡之秋也。國家存亡關係實大，印度亡於英，已及七十年，流多少鮮血，犧牲無數頭顱，而自由解放，恐猶在我抗戰勝利之後。國脈如受摧折，則子孫數十年數百年沉淪水火之中，而不可挽登彼岸，鄰鑑不遠，可資借鏡。今我際茲興亡之路，不可不慎也。

鈞座領導我歷史上空前未有之全面抗戰，且於「七七」之始，即堅持抗戰，號召海內，全國同胞一致擁護。就爭民族之解放言，鈞座之地位有如華盛頓；就民國之復興言，有如林肯；就達成三民

主義之革命言，以總理擬列寧，則　鈞座之地位介於列寧與史達林之間，蓋史達林掌政之期，尚無大規模之對外戰爭也。三年以還，在　鈞座指導之下，已渡過無數難關，完成不少工作，只須再接再厲，日有進益，即可達到最後勝利。而華盛頓、林肯、列寧、史達林，諸偉大領袖之功勳，皆集　鈞座一人之身矣。

　　抗戰爆發以迄汪〔兆銘〕逆出走之後，全國人心振奮，悉抱樂觀。一年半以來，抗戰不幸入於下降弧中，亟宜重新振作。由中樞起，表現新的朝氣，新的作風，乃至各部門各省各地均有新的景象、新的辦法，則敵閥貪慾毫不足畏，目前困難必易克服。至於如何振作，鈞座高瞻遠矚，成竹在胸，自不待庸愚者參與末識。如荷不棄，必使玉祥貢獻芻蕘之見，則以為當務之急，只在一個「人」字。關於此點有兩方面：一曰選任優秀人才，二曰廣泛使用民力。就外交言，重在聯美親蘇，然大使之材，誠非新進學者，不能勝任。蓋經驗不豐，舉措難中肯綮，譽望不高，友邦恐難重視。鄙意如能由〔宋〕美齡夫人或庸之〔孔祥熙〕先生赴美一行，則美對我之一切援助必能增進。〔邵〕力子在蘇聲譽甚隆，如再有孫夫人〔宋慶齡〕飛抵莫斯科互助進行，則不僅軍火供給源源不絕，即出現一新諾門坎、新張鼓峰事變，亦屬可能。朝野均有聯蘇表示，是我之聯美親蘇正可並行不背〔悖〕，加強人的活動，實不容緩。就內政言，　鈞座指揮全局戰事，行政院應有能孚眾望之專人負責；其他各部會長官，如有實際怠工，陽奉陰違，遲延拖宕，消極從事者亦宜撤換。不宜姑息，致誤事機。就黨務言，有能奉行主義、遺教，及一本總裁訓示，抗戰建國綱領，腳踏實地努力者，即宜重任。其違背　總裁訓示，故作不一致者宜加懲戒。就軍事言，宜本戰績及

學行分別升黜，若有貪污腐化之各級軍官及行政人員，應認真予以
罷免及處罰。如是耳目一新，人心自然復歸振奮。或曰「動不如
靜」，人事更張，易致文武幹才惴惴不安。不知自古迄今，盛衰興
亡，皆由人才決定。漢高祖之興，魏武帝之霸，善於任用人才而
已；王莽實行新制不免敗亡，安石變法終無成績，不善於任用人才
而已。崇禎雖非亡國之君，終縊煤山，則臣皆亡國之臣也。是知得
人與不得人，所關實大；然果能求才，亦自易易。

　　至於新設辦法者，為應時事之要求，以補前者之未周，以增目
前之力量；故不憚煩費而加設機關也。然吾國習慣，往往善於兼
差，且有以一人而兼數事之多者。一若於此數人之外，再無人才能
負責任，再無賢能可畀職位。其實一國之大，何地無才，心誠求
之，則應運而至，不患無人耳。況籌一事需一人之謀，行一事需一
人之力，若皆使兼之，恐顧此失彼，奔走不遑，雖新設已多，實等
不設；甚且所兼者未能有成，而原任之事，反多貽誤，其弊害有甚
於不設者矣。此孟子所謂緣木而求魚也。　鈞座實事求是，素惡兼
差，今仍請堅持原意，力袪此風。則用一人收一人之效，行一事得
一事之益，庶務俱舉，可以翹首而待之。

　　次就使用民力言：我必能戰勝暴日者，地大物博而外，以人多
為最主要之條件。有此條件，兵源得以不絕，物產得以豐富，抗戰
力量得以堅強。故　總理臨終，諄諄以「喚起民眾」為囑。鈞座
「民眾重於士兵」之指示，均為重視民力不易之真理。惟以種種原
因，抗戰迄今，尚未能將　鈞座之指示徹底作到，民眾動員尚嫌不
夠。以是前線士兵有缺乏民眾援助之感，各地政務有缺乏人力極少
效率之弊。亟宜宣傳與組織並重，訓練與啟發兼施，本抗戰建國綱

領之規定，使四萬萬人偉大無窮之力量，皆能用之於抗戰。或曰「民眾發動，政將不易控制」。此違悖　總理遺教之言也。　總理云：「或謂中國人民程度不及，若行此制（直接民權制），恐有搗亂。不知合眾人而搗亂，其事最難。加所謂創制權等，至少須有人民十分之一發起，過半數之贊成，假使無理取鬧，斷不能出此；使其為真正民意，則得之非難。」（建國方針）足證民眾並不可畏，只在善於領導而已。

　　前次在常會曾陳鄙意，祈　總裁免去玉祥所有各項名義，今再鄭重懇求，務請得遂私願。參任軍事黨務之職，德薄能鮮，不但無補實際，反遭少數人以為「服從領袖，以領袖之訓示為言行標準，即係偏袒某方」之無謂攻擊。玉祥於辭職後仍當以黨員資格，盡力襄輔，決不捨棄抗戰天職，並仍「知無不言，言無不盡」，以副雅囑。書不盡意，敬頌　勛綏！

馮玉祥　敬啟。廿九、九、五

（《蔣馮書簡》，頁 103-104。）

【註】原函誤繫於七月十四日。據民國二十九年九月五日《馮玉祥日記》：「給委員長寫了一封長信，原文如下……」（第五冊，頁 911-914。）

馮玉祥上蔣委員長書（民國二十九年十月十三日）

委員長鈞鑒：

　　茲有鄧初民先生，歷任國立暨南大學、中山大學，及廣西大學政治學系教授多年，學識淵博，著述宏富，久為學術文化界所推崇，且為祥所深知。又章乃器先生，服務金融財政界有年，深諳經

濟學理，於戰時財政尤多研究，前任皖省財政廳長，成績優異，諒
在洞鑒之中。此次第二屆國民參政會人選名額，已加擴充。查鄧、
章二君資望相當，應遴選為參政員候選人，便提核定，庶副　鈞座
網羅全國俊彥，增強抗戰力量之至意。是否有當，尚希　鈞裁。耑
此，謹布　並頌

鈞安！

馮玉祥　敬啟

（《蔣馮書簡》，頁 104-105。）

蔣委員長復馮玉祥電（民國二十九年十月十九日）

馮委員煥章兄勛鑒：

　　十月十三日函件均悉。鄧初民、章乃器二員，已予存記備選
矣。

中正。酉。酷。侍。秘。渝。

（《蔣馮書簡》，頁 105。）

民國三十年（1941）

馮玉祥致蔣委員長函（民國三十年三月五日）

委員長鈞鑒：

　　祥在灌曾參觀都江堰水利工程，為秦蜀守李冰父子所創，後人因之，以至於今，成都平原十四縣，賴以灌溉，穀物豐收，老少男女不知旱魃之苦，其功蓋亦偉矣。吾國各地國民，多係靠天吃飯，一遇旱災，無以為食，賣妻鬻子，死亡相繼，甚至演為人食人之慘劇。語云：「衣食足而後知禮義」，為使後方安謐，為解決民生問題，為實現三民主義，為在抗戰建國期間，必須大興水利，使不復有歉歲。諺有云：「天下黃河利寧夏」，有民生渠後，黃又利綏遠矣。若沿河處處開渠，處處興辦水利，則為患之黃河，必將處處有裨農業，則西北旱災必大減少。又如陝之涇渭、豫之伊洛，亦因開渠而收灌溉之效。故祥擬在八中全會約集同志，提議國民政府行政院增設水利部，省增設水利廳，專員公署及縣增設水利科。此不但可一新耳目，且可使國人咸知在抗戰期間不忘改善民生之至意。同時寬籌經費，切實工作，並由教部在灌縣設水利大學，招收學生三千人，施以嚴格教育，畢業後，派往各省各專員區及各縣服務。必如是，各地水利始能大興；抗戰期間及茲後之糧食問題方能開始根本解決。鄙意如此，不識鈞意以為何如？特此奉陳，敬頌，勛祺。

馮玉祥　敬上。

（《蔣馮書簡》，頁 107。）

蔣委員長覆馮玉祥電秘川字第六五七一號（民國三十年三月二十二日發）

馮委員煥章兄勛鑒：

　　三月六〔五？〕日函悉，發展水利，自為糧食增產之根本要圖，查上屆中央全會曾有組織水利委員會之決議，現已電催行政院速予早日照案組織完成，俾資主持矣。至省縣水利行政機構，事實上恐不能一律建置，似可暫緩。

中正。寅。養。侍秘川。

（《蔣馮書簡》，頁 107。）

附：蔣委員長派令（民國三十年四月八日）

　　派馮玉祥與陳慶雲為航空委員會委員。

中正。四月八日。

（國史館藏：《蔣中正總統檔案·籌筆檔·抗戰時期》，第一四八四四號。）

馮玉祥致蔣委員長書（民國三十年四月十二日）

委員長鈞鑒：

　　目今之戰爭，外交實重於軍事，況自歐戰突起，世變紛乘，各計利害，交相聘問，皆想以一言之契，以達其致勝之目的。中國今日所依為共謀相助者，厥惟蘇、美兩國。曩昔美總統曾派居里來華，殷勤款洽，律以有來必往之義，竊以為我正宜藉此機會，遴派熟於美情大員，速為報聘，力與周旋，則機械之助，或可由少而增多！起運之期，或可由緩而加速，裨益於作戰者，寧可以道里計。至於蘇聯方面，與日本既屬世仇，且利害衝突，然松岡之行，往返

均經莫斯科，屢與會談，固未必能得圓滿結果，亦足見日寇之重視於此。我似應急起直追，亦派長於交際與蘇富感情者，赴蘇一行，善為聯絡，其收穫當優於他方。此尤為切要之圖也。鄙見所及，前已函達，敬再布陳，尚乞裁奪。並頌，勛祺！

馮玉祥

（《蔣馮書簡》，頁 107-108。）

附：蔣中正電示賀耀組設法為代購汽車一輛（民國三十年五月三十日）

馮煥章先生汽車，設法代購一輛可也。

賀主任

中正。五月三十日。

（國史館藏：《蔣中正總統檔案·籌筆檔·抗戰時期》，第一四九六二號。）

馮玉祥致蔣委員長書（民國三十年八月三十一日）

委員長鈞鑒：

邇來國際情形變化頗多，益覺於我有利。英、美、蘇諸友邦已成一陣線，對我援助能更加積極，足使倭寇陷於孤立寡助之勢。此正我努力爭取後援之絕好時期也。今日存亡大計，在軍事與外交二者並重。如無外交，即如處死水之中，坐失良機，無可為計。我公明達，成竹在胸，自能善為運用。鄙意以鈞座於日理萬機之餘，似可多與國際友人會晤，如潘友新大使、崔克夫顧問、高斯大使及卡爾大使等，尤以拉鐵摩爾顧問，可於每星期邀其作個別談話兩三次，久之感情自必更臻融洽，藉以窺知彼邦之情形與意見，於我抗

戰自多裨益。聞羅斯福大總統推薦之拉鐵摩爾顧問，學識淵博，獨具遠見，在美頗具眾望。近讀其在美國出版之外交季刊上發表關於我國之論文，足徵其熟悉我國國情，對於抗戰亦深具同情，此類國際友人，**實屬**不可多得者。

　　鈞座有此臂助，殊堪為我抗戰前途慶也，我國一切情形，當能反映於美國最高當局，拉氏一言一行，亦皆根據於羅斯福總統之指示。我方應重視其意見。於我有益者，當力行之，自能增加美國對我之同情與援助也。如將此等抱熱忱渡重洋而來助我之友人，任其閒居而不常常晤談，則恐其對我熱情因而減低，於中美邦交將不無影響。憶改民國以來僅三十年之歷史，尚無較好之例證，僅由舊書中擇三點陳之：如湯之於伊尹也；文王之於太公也；昭烈帝之於諸葛武侯也，食則同棹，眠則同榻，雖君臣而實同手足，水乳交融，推誠相與，卒至竭智盡忠，鞠躬盡瘁，以謀國耳。我國數百年來，困於異族，被縛於不平等條約之下，欲一躍而為獨立自由之邦，必須雙肩負起責任，效湯放桀，武王伐紂，與漢賊不相兩立之精神而後可。撫今追昔，此責此意自有過之而無不及。此時國際友好，雖非太公武侯可比，然我如推心置腹，竭誠款洽，使知　鈞座之雅量高懷，雄圖偉略，有非他人所可及者，彼於佩服之餘，益復傾心相助，定有更大之收穫也。管見所及，不敢緘默。謹此奉陳。並頌，鈞綏！

馮玉祥

（《蔣馮書簡》，頁 108。）

【註】民國三十年五月二十九日，美國羅斯福總統推薦 Owen
　　　Latimore（拉鐵摩爾）為蔣委員長之政治顧問，六月二十八

日，美國正式宣布此推薦。日後拉鐵摩爾左傾，與蔣委員長意見不合。

馮玉祥致蔣委員長書 （民國三十年十月十二日）

委員長鈞鑒：

故上將郝夢齡將軍，忠勇捐軀，今已四載，其壯烈事蹟洵足驚天地而泣鬼神。惟以不事生產，致身後遺孤清苦異常。雖經國府明令褒揚，從優議卹，並蒙　鈞座撥生活費，為免其子女學膳費，曾飭教育部核辦，乃因南開中學為私立學校，未果。值此非常時期，物價騰貴，其子蔭槐、蔭楠，皆未成年，用費繁重，殊感困難。擬請　鈞座體念忠貞，憐卹遺孤，賜予設法，期能免費入學，或另撥給學膳費。如何之處，敬祈鈞裁。謹此奉陳。順頌，勛安！

馮玉祥

（《蔣馮書簡》，頁108。）

【註】郝夢齡（1898-1937），字錫九，河北藁城縣人，民國八年於保定陸軍官校第六期步科畢業。十九年二月，任第五十四師師長；二十年六月，升任第九十九軍軍長。抗日戰起，自動請纓殺敵，二十六年十月，在第二戰區前敵司令衛立煌指揮下參加忻口會戰，不幸於十六日殉國，年四十歲。國民政府予以明令褒揚，並追贈陸軍上將。三十一年十二月三十一日，准入祀首都忠烈祠。

蔣委員長覆馮玉祥代電 （民國三十年十月二十日）

馮委員煥章兄勛鑒：

　　十月十二日函敬悉。南開學校係屬私人，恐無免費之例。茲特撥發本學期學膳費壹千元，即請轉知郝夫人逕向侍從室公費股（在軍需署內）洽領為盼。

中正。酉。號。侍秘川。

（《蔣馮書簡》，頁 109。）

民國三十一年（1942）

馮玉祥致蔣委員長書（民國三十一年二月二日）

委員長鈞鑒：

　　頃有曾充團長之忠實同志王培襄者，言及軍隊之補充情形，聲淚齊下。所陳凡三十五條。祥因其有關於　委員長所指示之增強抗戰力量六字甚大，所以不揣冒昧，專呈　鈞閱，可作迅速改造的真實材料。特此即頌，大安！

馮玉祥　敬上

後方補充團隊之弊端

　　營連在授兵期內，分散各縣。大官位在交通線上，連排長位在僻靜小縣，雖長官頗遠，任意胡為，無人查察，其弊端列後：

1. 營連逃兵不報，故意吃空；
2. 補若干假名字；
3. 每連都吃十餘名之空缺；
4. 以吃缺為能事；
5. 將交兵時所空之缺，一律開除，報逃亡，報品行不端，報不堪造就等等開革；
6. 在接兵時有賣兵者，每名三五百元不等；
7. 有不使兵吃飽者，扣其伙食；
8. 有故意說伙食錢長官未發下來，新兵自備者；
9. 有給縣署勾通，未領到新兵，而先報告某月某日接到新兵若干

名，請發伙食者；

10.連排長有打死新兵，而不報告者；

11.連排長查新兵腰內有錢，即繳連部，過幾日將新兵打跑，所存之款入私囊；

12.新兵所穿之好便衣，即換軍衣，將便衣存放連部，自行拍賣而入私囊；

13.逃跑之新兵報病故，照領葬埋費；

14.扣兵之醫藥費，不顧士兵之死活；

15.扣兵之草鞋費，使兵赤足行軍；

16.每次給士兵作服裝時，各軍需科長盡量運動勾通包辦，作軍衣，每套可扣三四元而自飽；

17.師管區司令，補訓處長人人共見，皆發時各團餉冊盡量扣曠而不報；

18.學兵隊、軍官隊下營連服務，不開底缺而吃空；

19.勾通審核主任而作報銷；

20.扣團營連逃兵服裝，按第一期原價扣二三十元，往軍政部報時，報第三期，或報廢，繳一兩元即可；

21.各級官長接來新兵，以為兩月即交出去，都抱著看兩月即完了；

22.司令則有許多團營新兵未見過即交出去者；

23.各主管官長都注意表冊，而不去實地作事；

24.各主管注意服裝外表，不與士兵共甘苦；

25.士兵自入營至交出，有未洗過澡者；

26.一連新兵百餘名，關在一個房內，吃喝大小便都在一室內，不准出門，而恐逃亡，如看囚犯一樣；

27.運輸同人事關係，士兵冬不能換棉衣，夏不能換單衣，因此多加死亡；

28.行軍時不能行走之病兵，丟在僻靜無人之處，而餓死，此事頗多；

29.行軍時遇見單個的青年，即強拉當兵，頂補該連空缺；

30.行軍路上，新兵遇見父母，不願使兒子去當兵，給連長三四百元，即將該新兵派出而放走，給長官報逃；

31.有許多新兵連全連反動，打死官長，或打傷官長而逃走的，有零星而逃走的，皆因不能忍受無禮之親兵官之苛待；

32.每連接收新兵一百五十名，訓練兩月，交兵時未有過一百二十名者，一團兩千五百名，交兵時未有過二千名者，甚而一團交一千二百名，或一千五百名不等；

33.師管區補訓處既無槍，又無砲，新兵一無所學；

34.抗戰日久，生活日高，後方士官皆存發財之心，周轉各方，勾通一切，無訓練之心，保守生財之良機；

35.後方補充機關，無人視察，無人聞問，內中鉤心鬥角，講手段，而不講忠實，虛偽不講實幹，講學歷，不講作戰經驗。

（《蔣馮書簡》，頁111-112。）

馮玉祥致蔣委員長書（民國三十一年十月二十九日）

委員長鈞鑒：

前由中央秘書處轉達鈞意，囑對物價嚴重問題發表意見。爰不揣固陋，為鈞座縷陳之。

抗戰爆發一年有半，物價均稱平穩。廿八年開始上漲，前年七

月以後更加速飛騰。兩年來物價較戰前高約百倍，乃至數百倍，已形成抗戰期中之最嚴重問題。此種嚴重情形，對外不必說，亦不能說；但對鈞座則必須詳說。因鈞座一身負天下之重，知病之在所，即可對症而下藥也。

目前之危機，首先表現在財政方面。聞明年之預算數字為三百數十萬萬元。如物價再漲，恐實際將突破五百萬萬元。似此則每日印行之鈔票在一萬萬元以上，匪特駭人聽聞，且在印刷技術上亦將發生問題。一元及五元之鈔票，恐尚不及紙張之成本；而為發給公務員及士兵之餉薪，及維持市面之小額交易，又勢不能不作一元五元鈔票之發行。

其次物價不能不抑，對國際觀瞻太壞。威爾基在渝曾表示囤積居奇與通貨膨脹等事實太危險。又聞財政部重要人員曾問威爾基，可否對華增加財政援助。威爾基答稱：「任何國家在戰時，私人在國外存款必減，因收歸國用，購買軍火；但中國人私人在美存款，抗戰期間增加五倍。」再者威爾基自稱：「渠雖不能完全代表美國政府及羅斯福總統，但至少代表美國二千三百萬選民，注意美對華貸款七萬萬四千萬美金之用途。」又潘友新大使返國時，玉祥曾請其發表意見，潘云：「中國一切皆好；惟物價問題相當嚴重云。」

三、物價飛騰，社會分配愈益不均，少數人囤積投機，因而暴富，遂窮奢極侈。聞有銀行經理一場麻將牌之負，竟以千萬元計。時事新報廣告中，有以三千元徵求呢帽一頂者。而一般公務員，則生活清苦不足飽溫，求其專心治事，勤敏工作，自屬難得。推至前方，影響更巨。軍官士兵因受物價威脅，減少鬥志者有之，乃至文武官吏，貪污之風甚盛，林世良其著例也。而一般社會亦墮落成

風，泄泄沓沓，不似戰時景象矣！

四、物價暴騰之速度，與日俱增。最初半年或一季價格始高漲一次，繼則一月半月，最近則旬日或三五天物價即有暴漲。瞻念前途，實堪憂慮！

五、工作生產表現沉滯，不但大規模企業未發展，即新式小型工業亦未能欣欣向榮。工業合作運動且呈衰退之勢。有時痛感物資之缺乏，如工具鋼等；有時又有畸形之過剩，如鐵之生產竟有無法銷售之苦。

六、囤積居奇，每況愈下。前條曾述及工具鋼之缺乏，而重慶市上則有某囤積此種鋼者，即達三千萬元之巨。不僅一般消費品，而且日用必需品均成為囤積之對象。

七、鈔票雖已發行不少，但市下仍銀根奇緊，月息有達百分之八至十二者。故正當企業甚難通融資金。游資均趨於囤積之途。國民重物輕幣，通貨不留手中，流通速度增加，等於通貨之膨脹。銀行錢莊多投資於囤積貨物；以致中央銀行不敢收縮信用。一月前江慶銀號倒閉時，美豐及長江實業亦周轉不靈，中央銀行反不得不放出數千萬元以穩定市面。

八、糧價抬高，農村地租押租增加，佃農愈益痛苦，地主多用換佃方式以抬高地租，小農負擔加重，土地兼併之象成，高利貸愈猖獗，游資不用於囤積者，亦投資於土地，而使工業資金常感缺乏。城市則購賣房屋者不少。房租增加，薪水收入者生活日苦，至於河南等省天歉不收，情形更加嚴重。

九、大小商店之繁榮已呈曇花一現之勢。正當商業因開支浩大，社會購買力減弱無法維持，惟有囤積奸商始能獲厚利，逼使消

費者不作小量之存備，而更引起物價之高漲。

　　十、敵寇破壞我法幣，吸收我物資，引致法幣由淪陷區向後方
倒灌。今年八月敵曾運法幣五千萬元至廣州灣，吸收我資源。而我
之搶運物資商人為盈利起見，多運奢侈品，於國無補，反更引起世
風之日下。

　　以上十種景象，其嚴重程度，決不止於現階段，而以日益增加
之速率向前發展。歐戰時之威廉第二及尼古拉第二，均因不能解決
通貨物價問題，而陷於崩潰，則我必以革命手段處理此問題，已屬
迫不及待之舉矣。問題演進至如斯嚴重之程度，其關鍵乃在戰時支
出浩大，稅收減低，不能不發行紙幣，以應急需；而所發行之鈔
票，因未能控制其用途，使其從事生產，不用之於消費，又未能徹
底執行良好之公債及租稅政策，使法幣再回歸於政府；結果游資充
斥，物價高漲；又兼國際通路中斷，敵寇封鎖，物資缺乏；奸商再
從事於大量囤積，居奇不售，物價更因而日趨狂漲矣。

　　在此基礎上，眾多因素複雜交錯之影響，益促進物價暴漲之速
度；如：

　　一、鈔票之增加，原料人工暴漲，工業不易發展；物資更感缺
乏，囤積居奇者更可得厚利，增加游資，擴大囤積之規模，更引至
物價之高漲，國家支出愈大，通貨亦不得不更加膨脹。

　　二、少數人窮奢極侈；公務員及軍民生活不安，引起文武官吏
之離職或兼營商業，增加囤積居奇之人數。

　　三、重物輕幣及對現實之失望，引起社會享樂之風，破壞節約
及募債運動，益使鈔票不能回歸政府。抬高物價，同時破壞搶運物
資，使舶來品奢侈品充斥市場。

四、農產品工業品價格之高漲，互相影響推進。

五、交通困難，運輸不能暢通，運費高昂，亦促進物價暴漲。

欲解決物價問題，即可針對問題關鍵之所在，決定對策；同時將影響物價之因素，及其相互影響，加以研究，決定有系統包括各方面之對策。在物資方面，廿七年十月六日經濟部雖有非常時期農礦工商管理條例之規定，然迄今未徹底施行。以言限價平價，則黑市仍甚猖獗；以言控制物價，則平價購銷處與日用品公賣處開銷甚大，用人甚多，而缺乏物品，招致民眾怨言；以言鹽糖煙捲火柴之專賣，則專賣後，價格反而高漲。

租稅政策方面，雖有所得稅及過分利得稅之直接稅，但累進率不大，未能大量增加國家收入。就勸募公債與發行儲蓄券言，則兩項成績均僅約三萬萬元，僅相當明年預算百分之一二而已。其原因蓋在未能激起全體國民之獻金熱忱也。

卅年二月三日，確頒佈非常時期取締日用重要物品囤積居奇辦法。但文字確無所不備，而實行則百不一見。自糧食管理局及糧食部相繼成立以來，對糧食之統制有相當之成績；惜仍不能平抑糧價，以作平定一般物價之基礎。

就增生產言：農貸工貸數目均嫌微小，內遷工廠雖有四百家，國營企業亦有七十單位，但求適應抗戰之需要，則尚甚為遙遠。

以言銀行錢莊之管理：則新設者仍所在多有，而其業務，固多與政府平抑物價之初衷背道而馳也。

總之，現有對策缺乏整個計劃，偏於局部，而無重心。統制機關大多無人負專責。如本月廿五日參政會中劉王立明參政員對翁文灝部長之詢問，則昆明經濟檢查隊之活動，翁部長固毫不知悉也。

物價統制機關系統列表如左：

　　國防最高委員會物價審查委員會——行政院經濟會議——經濟部財政部及糧食部——各省平價委員會——各縣平價委員會。此一系列之機關，均無人負專責。負責者愈多，則結果愈無人負責。至於各縣更有名無實。常見各縣府門前掛有機關招牌二三十，但毫無工作之可言，亦無人去工作。執行人員質與量均不夠。能任勞者已屬罕見；能任怨者絕無僅有。或則缺乏閱歷經驗，學問不足，不能「知所先後」，不知從何著手。現有法令又不能徹底執行。全國人力物力尚未能真正動員。故欲解決物價問題，必須有全系列之對策。具體言之則為：

　　一、設立戰時平價執行總監部，直屬軍事委員會，如美之經濟平準局然，專負責平抑物價任務，付以生殺予奪之權，有關各部均受其指揮。

　　二、設法收縮通貨。本有錢出錢，錢多多出之原則，派銷公債。切實施行累進直接稅。提倡節約運動、獻金運動。禁止奢侈品之買賣。

　　三、保障公務員及教師等家庭的生活。照軍隊辦法發米布等日用必需品，如眷屬以少報多者，予以嚴屬之懲罰。

　　四、嚴懲囤積居奇，應先從特殊人物之發國難財者著手。

　　五、真正統制銀行錢莊。

　　六、在原料上、資金上、租稅上、運輪〔輸〕上，與民營工廠以便利，以促其發展。

　　七、裁汰冗員及駢技〔枝〕機關，嚴懲貪污。禁挪用公款從事牟利。加強財政機關效率。整頓稅收。壯丁採精徵主義；軍隊採精

兵主義，以求節省政府開支。

八、加強工業生產合作社及消費合作社，以減輕生產者及消費者之負擔。

九、實行農村減租減息。

十、整頓運輸。

以上十項對策，自非一蹴可幾；但對囤積居奇，取締貪污，實行累進稅等項，必須真正雷厲風行，必須有新氣象，使全國上下男女老幼皆認為平抑物價為新的救亡運動。政府負責人節約獻金，以身作則；同時腳踏實地，鍥而不捨，繼續不斷與狂漲之物價奮鬥，必能收良好結果也。美華盛頓抗英時，亦曾苦惱於幣值下跌，物價高漲，而終於完成美國革命。美明年預算不敷將達五百四十億金元，增稅及發行公債後仍將有三百萬萬美元之赤字；但吾人固相信羅斯福總統之必能克服此困難也。　鈞座高瞻遠矚，平抑物價自無問題。蒭〔芻〕蕘之見，聊供參考而已，相信此一困難克服之後，即我全面反攻之時，抗戰前途，光明燦爛。值此抗戰將勝，建國將成，三民主義即將全部實現之際，謹以至誠恭祝　鈞座健康！耑肅佈泐，敬頌

勛綏！

馮玉祥　謹啟

（《蔣馮書簡》，頁112-115。）

【註】威爾基（W. L. Willkie）為美國羅斯福總統之特別代表，於民國三十一年九月三十日經迪化抵蘭州，十月二日抵重慶。

蔣委員長覆馮玉祥電（民國三十一年十一月九日）

馮委員煥章兄鑒：

　　十月廿九日手書誦悉。讜論嘉謨，洞中肯要。良深傾佩！卓見各點已在分訂具體方案，以期加緊實施矣。

中正。戌。佳。侍秘。

（《蔣馮書簡》，頁116。）

民國三十二年（1943）

馮玉祥致蔣委員長書（民國三十二年一月十七日）

委員長鈞鑒：

　　河南旱災非常嚴重，其地既為兵源之區，又為抗戰重要地點，目前當以糧食為一切根本事件。想　委員長已籌之很熟矣。如漢中、寶雞二處為根據地運糧東去，漢水、渭水皆可利用。只求一位實心任事之人，如許靜仁〔世英〕先生能去，帶些能幹之員，加緊搶救，或可能於抗戰、救災二事上有些補救。一得之愚，或可供委員長之參考也。總之，此為大事，尤貴速辦也。此請，政安。

馮玉祥　敬上

（《蔣馮書簡》，頁 117。）

【註】許世英（1873-1964），字靜仁，安徽至德人。清末曾任奉天高等審判廳廳丞、山西提法使；民國元年，任大理院院長，嗣任司法總長；十年任安徽省省長，二十五年任駐日大使，二十七年一月下旗回國，四月，出掌賑務委員會。三十九年任總統府資政。五十三年十月三日病逝臺北，年九十二歲。

蔣委員長覆馮玉祥電（民國三十二年一月二十五日）

馮委員煥章兄勛鑒：

　　本月十七日函悉。關於豫省缺糧救濟事宜，已交行政院召集有關機關迅速商擬妥善辦法，撥發賑糧款，以期實利災民矣。

中正。子。有。侍秘。

（《蔣馮書簡》，頁 117。）

民國三十三年（1944）

附：蔣中正電張群請馮玉祥早日回渝（民國三十三年一月十五日）

成都張主席：恕。請煥章兄早日回渝為盼。

中正。子。刪。機渝。

（國史館藏：《蔣中正總統檔案·籌筆檔·抗戰時期》，第一五五一五號。）

【註】馮玉祥自三十二年十一月起，即在四川各地發起節約獻金救
國運動。此時他正在成都主持獻金救國大會，蔣為何電四川
省主席張群請馮回重慶，據馮的說法，是蔣「怕青年和民眾
和他見面」。馮在其所著《馮玉祥回憶錄》一書中，有兩節
敘述他主持獻金救國的活動情形，一為「阻礙獻金救國增加
抗戰力量的蔣介石」，一為「用種種陰謀破壞獻金大會的蔣
介石」，均對蔣予以嚴厲批評。

馮玉祥與蔣委員長書（民國三十三年三月一日）

主席鈞鑒：

查有武漢大學教授吳其昌，學有根柢，器識閎通，主教多年，
聲望益著。自受聘武漢，尤為士子所共欽。生平講學，專注重於愛
國之道，故於抗戰驅敵，貢獻時〔特〕多，即如祥此次在樂山一
帶，提倡節約獻金，其時吳君正患咯血重症，危在旦夕，猶復力疾
著文，登報宣傳，措詞懇切，人心大為感動。樂山獻金踴躍，實得
其力。就此一端，足知其愛國之誠。旋因病勢危殆，竟故於醫院。

哲人其萎,感嘆殊深。該校已否呈請褒揚賜卹,祥不得知;惟念吳君以一貧寒教授,不負國家政治軍事及任何責任,而講授之時,談論之際,無時無地,無不以愛國為前提。似此熱腸,得未曾有。祥於聞其凶耗,贈賻千元,以表微忱。然區區之數,曷足以濟其孀孤。況大雅之士,實不注意於金錢。擬請我公明令褒揚,以獎正士;並酌量賜卹,以獎有功。可否之處,尚乞核奪。吳君響應獻金運動補陳三義一文原報附上,並懇鑒閱。專此奉肅,敬頌,崇安!

馮玉祥　敬啟

響應獻金運動補陳三義　　　　　　　　　　　　吳其昌

馮委員以國家耆勳,週甲高齡,而冒風櫛露,跋涉山河,代達蔣主席「大聲疾呼」之旨,勸同胞節衣縮食,以貢獻祖國。我想凡有血氣,親睹馮委員之誠懇容貌,親聆馮委員之真摯訓話,決沒有不感動天良之理。本人首在中行大樓感動深切,想要附贅幾句粗淺的話,為馮公訓詞,下一註腳。雲濤處長亦深望鄙人為文呼籲。因為報國人人有責,故雖昨夜今晨,咯血半盃,仍力疾扶病寫此。

節約獻金驅倭救國的道理,馮先生所說,與嘉定同胞所知,都已透切詳明,無煩蛇足。鄙人特再陳最粗淺之三理由,為我同胞晨鐘暮鼓之助。

第一:以前大清帝國整個天下,屬於大清皇帝一人之私產。現在中華民國,誠如吳稚暉〔敬恆〕先生所說四萬五千萬個同胞,就是四萬五千萬個皇帝,就原理而論,這話一點也沒有錯。這——中華——祖國,是我們人人有份的私產,是你的也是我的。(不過不能一人獨佔罷了)同胞,如果這頂帽子是你的,你一定愛牠〔它〕。這中華祖國也是你的,你難道反不愛牠〔它〕嗎?「你的帽子」如果

弄髒了，你必得出錢去洗染；現在「你的祖國」給敵寇和漢奸弄髒了，你難道不想出錢去洗刷一番嗎？同胞，你用這樣的道理反覆去想想，我在這裡誠懇的請求你。

第二：你為什麼要賺錢，你為什麼賺錢不厭其多？你為什麼要把賺來的「大錢」藏起來？你豈不是為將來的生活著想嗎？你豈不是為你的兒女子孫著想嗎？你的計劃是不錯的。所以你的主旨是：「賺錢愈多愈好，保藏愈固愈好。」但是同胞，你讀過莊子的劫篋篇沒有？大意說，「富人積聚金寶於篋中，愈多愈好，封鎖得愈牢愈好，以防他人的覬覦。可是一旦大盜到了，背了你篋子就走，惟恐聚寶不多，封鎖不牢，這富人竟做了大盜的義務奴隸。」同胞你聽了這故事作何感想？你今天趕快獻出一部分財產於國家，逐退「東洋大盜」，你還可以安全保存大部分的財產，為你的下半生，及兒女子孫的享受。你若及今不獻，萬一「東洋大盜」來了，惟恐你賺的錢不多，保存的不牢，一古腦兒連你的兒女子孫都抓去了；朋友，這後果二千年前的莊子都發現了，我再勸你細細的想想。

第三：我再講一段故事；明末崇禎時代，外有強敵，內有流寇，國難嚴重，國庫如洗。崇禎皇帝邀集一班王親貴戚、駙馬、勳爵等，左一個揖，右一個躬，請他們大家慨然解囊，報效國家，那一班皇親國戚、王公大臣，面面相覷，哭喪著臉：陛〔陛〕下：臣已捐三千了，今特再捐二千，此乃臣妻賣首飾得來，臣已盡忠報國了。」也有人哀求道：「臣實貧寒，前已賣產捐助二千，家已殘破。容臣半年之後再捐一千。臣也算為國毀家了。」如此貪吝，明朝遂亡。一旦李闖〔李自成〕到了北京，他比崇禎皇帝手段高明多了，拘集所存京內外親王外戚駙馬勳爵之流在奉天山上，口不言

錢，只用夾棍一夾，骨碎筋斷，哎哎哎呀，殺豬似的怪叫：「捐六十萬！捐六十萬！」「好！」李闖說，「到他家內去取」，取到了。「來！再夾。」又是一陣殺豬樣的狂呼：「再捐四十萬」。四十萬取到了，再一夾，不喊了。丟開這屍首！換個上來，李闖用這妙法，聽說他敗回陝西時，打了五百斤重一塊的黃斤平版，共計二百多塊，用馬拖著走了。朋友，現在「東洋大盜」的凶惡與殘忍慘酷，較李自成高過幾倍，這是天下所共知，不用我再說的，今日馮先生打躬作揖，誠懇真摯地向諸公商捐，諸公能夠以虛偽敷衍假語答覆馮先生嗎？明末亡國富人的滋味，誰願意再受？我也請諸位細細地想想。

我願意我所說的都是廢話。我願意我們樂山同胞的愛國獨超過於人。獻金的成績，也後來居上，一地高於一地。

（《蔣馮書簡》，頁 119-120。）

【註】吳其昌（1904-1944），字子馨，浙江海寧人，畢業於清華大學研究院。歷任南開大學及輔仁大學講師，清華大學專任講師及武漢大學教授。一九四四年病逝，年四十歲。

馮玉祥致蔣主席宥電（民國三十三年三月二十六日）

重慶國民政府主席蔣鈞鑒：玉祥本月五日抵瀘縣，今日始冒雨開獻金大會，各界民眾熱烈異常，獻金數目達五千二百萬元。個人獻金最多者有郭文欽一百一十萬元，屈拙夫一百萬元，徐宦林、劉心柏二人各三十萬元。學校獻金最多者有江陽中學一百三十萬元。獻金戒指者在三百人以上。省立瀘縣師範並獻操鞋一百零三雙。愛護國家，感戴鈞座，可見一斑。此間軍長廖昂，專員劉幼甫，縣長

李勁夫出力尤多，餘俟詳報。

職馮玉祥。宥。

（《蔣馮書簡》，頁 120。）

馮玉祥致蔣主席函（民國三十三年八月二十二日）

主席鈞鑒：日前官邸小住，得共晨夕，至為快慰。惟叨擾煩勞之處甚多，衷心梗梗〔耿耿〕，非言語所能盡達謝意也。祥以世界大局，日臻佳境，我國亦在主席領導之下，與三強並立，盟友日多，對日戰爭，苦撐七載，光明在望，勝利可期。惟如何更進，如何調整，如何部署，方克度此最後難關，加速勝利之到來。似此種種，素知主席早有計及，祥仍本知無不言、言無不盡之旨，以作芻〔芻〕蕘之獻，諒當不以祥之喋喋為怪也。今更以所談諸事，繕寫奉陳，略備參考採納：

㈠關於政治者

首在得民心，行民主，訂立人事法規，保障公教人員生活，以及關於共黨問題之解決。茲分條述之：

1.得民心：「民為邦本」，民心的向背，實在是政治上最基本最重要的事。如何得民心，則在為民眾解除痛苦，刷新政治上一切黑暗弊端。祥曾述及「高舉燭」故事，頗資參證：

燕派使臣到楚國來呈遞國書以後，辭行要回去。楚國的宰相在回件上簽字。因為是晚上，侍者在旁邊舉著臘燭太低，宰相就在紙上寫著：「高舉燭」三個大字。後來這個紙條無意間夾在回文裡，帶到燕國去了。燕王打開文件一看，對這三個大字，莫名其妙，問使臣也不知道。乃召集百官會議。有人說：這是隨便夾錯了的。有

的說是高燭下亮，明明是說我們政治黑暗，指點暗示我們，要修明
政治。於是百分之八十的人都認為這話很對。國王乃叫大家盡量把
政治上的黑暗弊端逐條寫出來，商議改善的辦法，組織了改進內政
的會，訂立了三年的計畫，分頭負責進行。果然事事上了軌道，弊
絕風清，人民個個安居樂業。三年期滿，國內一片新的氣象，有的
臣子說：飲水思源，我們應派使臣代表燕國去感謝楚國給我們的教
訓。後來派了使臣，帶有大批禮物到了楚國。見了國王、宰相送了
禮物，並且說了許多千恩萬謝的話，楚王和宰相，都不知道因為什
麼，宰相乃讓他的秘書去款待使臣，探聽是何緣故。酒席筵前，燕
使喝得半醉的時候，問他此來經過。他說：「你們真是大國風度，
施恩不求報，更令人感激佩服。」後來就說了「高舉燭」的事，楚
國的宰相才曉得是無意間寫了那三個字的紙條關係。

　　所以祥說這個故事的意思，就是不論人家說好說壞，我們要借
人家的話，來改進刷新。現在英美人士對我們有所評論，我們應認
為這是好朋友的規勸，不可以為是某某造謠，無事生非。只問我們
有沒有這些缺點，有則力改，若能如此，實於國有大益，民有大
益。

　　2.行民主：民主政治實為今日世界潮流之所歸趨，祥曾述及兩
事：

　　一、為本月十五日報載羅斯福總統十二月之廣播演說，他說：

　　甲、「余轉達珍珠港之下午，余之老友麥克阿瑟將軍亦自新幾
內亞飛至，余等即開始連續舉行多次有趣且有益之會議。尼米茲將
軍、余之參謀長李海將軍、夏威夷陸軍司令李查遜將軍，及太平洋
第三艦隊司令海爾賽將軍均出席。余等在此三日中曾商談太平洋諸

問題,及將來進行太平洋戰爭之最佳方法。會議結束,余等對於吾人面臨之問題之了解及解決此項問題之最佳方法,已獲致完全協議。」看他們領袖與僚屬之間,看這「協」字,如何的平等無間,如何的融洽商談。由這些小地方也可見其民主精神。中國號為美國之老前輩,現在卻非學習人家這種精神不可。

乙、「余於登艦之日,前轉聖地亞哥時,曾訪問該處一所醫院中之極多病者,其中大半甫自馬紹爾及馬里亞納群島作戰歸來者。」看他在旅途匆忙時間,還特去訪問傷病官兵,一種親切關懷之情,有如家人父子。

丙、他說到參觀登陸演習,及叢林戰術演習以後,有一句話很有意思:「余對於吾人之子弟,在國內國外所受之基本訓練,及最後訓練,甚感榮耀。」

丁、「吾人聞悉在此,及其他海港中之若干軍官及士兵,方考慮戰後,居阿拉斯加。余希望其確能如此。阿拉斯加之開發,今方開端;待余返抵華府,將對阿拉斯加及阿留申群島從事研究,庶使此次戰爭中之退役軍人,尤其在故鄉無深厚根基者,能至彼處從事開拓。」此一段看他對官兵之戰後希望,如何的細心的求其實現,體貼入微,官兵安能不感激奮發?

戊、「與阿拉斯加總督格魯寧討論阿拉斯加人民之將來,格魯寧要求余向君等保證,余過去數日內所以曬成黑色,乃受阿拉斯加太陽照射之結果。」

己、「在來諾附近,余曾玩曲棍球三小時,並往垂釣,獲得鰈魚等二尾。」

總之,羅斯福總統的廣播,娓娓如敘家常,一片親熱的口吻,

滿腔關懷的情緒，沒有一點官腔，沒有一點不平等的態度。實在是民主精神的表現。我們應當向他們學習，實行民主政治，則民心自然內向，再無背馳分謬的情形。

一位從前美國國會眾議院議員裴裴，曾在國會裡提出普遍徵兵的議案，有許多人不贊成。尤其是有三四千老太婆在開會討論這案子的時候，包圍國會大聲罵著：「打倒裴裴！殺死裴裴！」又糊了個紙人，頭上套著繩子，身上貼著標語，大家拉著繩子，在一顆樹上吊起，喊著，「吊死裴裴！」「吊死裴裴！」正在這個時候，案子已在國會通過。裴裴走出來，看到這情形，站在國會門口在那裡笑，而且說著：「真好！真好！真表現民主精神！不過這案子可是已經通過了，我請你們到一個地方談談。」後來到了一個廣場同他們講話，裴裴說：「你們反對這個議案，為了你們子孫安全，是應當反對的；不過一個國家要沒有強大的國防，敵人來了，你們子孫的性命，以及身家產業都要完了，連老太婆你自己也保不住性命。要是有強大的國防，例如普法之戰、克里米亞之戰，官兵也祇有千分之十六、千分之八的陣亡，犧牲少數的人，保全大多數的人，保全了國家，這就是救了你們的子孫，你們說這是不該實行嗎？」老太婆都舉手叫起來：贊成你……裴裴！

主席請看，這種民主精神，多麼好？若是一聽有人反對，則用憲兵手槍壓制或監禁起來，實在不是妥善根本的辦法。

3.訂立人事法規：前在自貢市與川康鹽務局局長曾仰豐先生談及鹽局方面人事問題。彼云鹽局郵局工作人員，升遷以時，生活有保障，工作能按步進行，不能以私人關係，更換職員，不以主管更動，遷易人事，實由於過去英人丁恩佐治鹽務，參考英國文官制

度，訂立人事法規，根絕中國過去一朝天子一朝臣的辦法。所以至今仍能人事安定，一切上軌道，工作效率，發揮盡致。今日政府各機關實應本此辦法，訂立人事法規，俾人人安心作事，無「五日京兆之心」，人人視此為終身職業。則自然廉潔自持，貪污不復存在。

4.明令徹底保障公教人員生活：此本包含在前項之中，惟法規不能馬上訂立時，則此起碼之事，能即日明令施行，亦可安一般公務員之心。辦法是需要對他本身有保障，家屬生活有辦法，子女教育有辦法，病了死了怎麼辦？生孩子國家怎樣保育？老了退休宜如何養老？明白宣佈，切實施行，則自然人人振奮。一切弊端，亦可免除。

再者每因緊縮，乃有裁撤人員之事，則必須先為擬裁之人員，謀一解決生活之道。蓋追隨主席，參加抗戰之大小公務員，即無功勞，亦有苦勞，萬不可毫無安置，揮之使去。

(二)關於共黨問題

主席垂問關於共黨之事，主席這樣虛心，從良心上佩服。有話不實實在在說，就太對不住自己，對不住主席，對不住國民，祥覺得這件事實在是目前一件大事，而且是特別重大之事，有人說共黨要求多編幾個師，如何如何。祥以為一點關係都沒有，祇要他能聽命令，軍衣、軍餉、軍糧、軍械，一概發給他們。要什麼官，什麼名義，都給他。我們只要求他能聽十分之三命令，十分之八命令，一直到他能聽十分之十命令。這裡命令一發，我們的報紙一批〔披〕露，世界報紙也都馬上登載，我們的盟友當時就看我們統一啦。觀感馬上也有改變，敵人馬上也就害怕。盼望主席自己當家，

不要讓別人當家，毅然決然的拿定主張，把這件事早日辦好。總而言之，這是一件大事，不可聽專門怕統一的人的話。共黨宣傳他怎樣愛百姓，他愛七分，我們要愛十四分。盼望主席在愛百姓三字上戰勝他。（此條當時曾寫呈主席，主席曾納之袋中）

㈢關於軍事問題

1.軍官保障：許多軍官，在打仗時是九死一生；不打仗時，就得回家去吃；就不會要他們啦。這是使軍官最不安心的一件事。

再者因為待遇不平等，升遷調補，全有遠近厚薄，同鄉派別的分別，有百分之八十五能作戰很勇敢的軍官，都是行伍出身，沒有入過軍官學校，硬因此把他們看作不是正途出身，這是很失軍官心的一件事。我常說姜太公、諸葛亮、岳飛、戚繼光、關公，在那裡畢過業？但是他們都抱著鞠躬盡瘁，死而後已，為國為民的精神和決心，對國事有大貢獻。反過來看齊燮元，陸大畢業，當了漢奸頭子；蕭其暄，日本陸大畢業，當了汪兆銘管軍事的人；再看汪逆不但大學畢業，還是外國留學，而幹出這種背黨叛國的事。由這看來，忠義血性的人，就是學識少差，很能為國出力賣命；反之只有學識，而無忠義血性，本質已虧，決不會為國，更不會為民。今天非得給各級軍官一種切確保障不可。盼望主席對他們有一個公開說明。大家是在一齊共生死的，共患難的，共同保國衛民的，只要是連年抗戰之軍官，無論何時，不會不問，不會不管。所有的生活費用，本人一律承擔，不但是一個人的，就是每位軍官家中父母妻子的生活，本人也要負責任的。這樣一來，軍官們受了大感動，更會赴湯蹈火，萬死不辭。

2.得兵心：得兵心最要緊之事，首在他們能吃的飽，穿的暖，

生活有保障。這次前方河南失敗，湖南失敗，千言萬語，在於士兵的生活太苦，太不夠。到了熱天穿棉衣，冷天穿單衣，平素裡吃不飽，一打仗沒飯吃。這種種實在情形，我在三十一年某月在軍委會大禮堂紀念週報告過一次，那次主席也在座。後來派人去調查，有人硬逼著調查人簽名說沒有這事，馮某說的是誑話。那本是極實在的事情。到了今天，若不確實改革，怕還有比河南、湖南更壞的一天。本來人生在世，並不是就為著吃飯穿衣的，但是不吃飯，不能活；不穿衣，就會凍冷。得兵心，這是一樁根本事。辦了自然得兵心，不辦絕不能得兵心。

3.躬親考查，徹底改革：今日軍事為一切根本。能打勝仗，什麼都有；不能打勝仗，什麼都算完了。這樣祥以為主席對於軍事，應用全副精神，來問、來看、來辦、來聽；不可假手於人。如同已往的大病根，和現在仍保存的大病根，就是大家不說話，並且不敢說話。舉例來說：王鈞的後任曾萬鍾總司令，在太行山打了敗戰，他到重慶石板場來見祥，他說他滿肚子的話，要報告委員長的，然而未說。祥問他為何不說？你有什麼困難？他說他一萬人就得派三千人到黃河邊來抬糧，還得去三千人到各處打柴，再除了病的，留守的，一萬人中只有三千打戰，十萬人只有三萬人打戰，明著說他指揮十幾萬人，實際上只幾萬能打仗的。他要想見委員長報告，中央的大員有人對他說：「你可不能說，一說委員長著急病了，誰領導抗戰呢？」他問祥：「您看怎麼辦？」祥說：「你不必管，還是去說。」他說：「我再去，連見也見不著啦！」這是實在情形。我也沒辦法，只可說有機會我來說。

再者目前很重要的事，就是陣亡將士入烈士祠的事，必須實

行，一個是規定祭日，一個是情形許可總是主席親自去祭為最好。

再者關於殘廢軍人：也以主席親往慰問為最好，否則也應派大員前往。

再者看傷兵：最好主席親自去仔細看，仔細問，應當如同對待自己的兄弟孩子一樣，去問他們所缺的是什麼，所要的是什麼。

再者看士兵：重慶附近駐的軍隊不少，主席親自去看問兵們苦處在那裡？蓋的怎樣？舖草潮濕不潮濕？有病的時候醫藥怎樣？官長們管不管？更重要的是跟士兵們一塊吃飯，帶著軍政部長、軍令部長等一塊共餐，不能一月五回，也得上半月一次下月半一次。要這樣，大家都知道主席注重士兵生活，則一切弊端，自可減少肅清。舉例來說：

前幾年奉令督練軍隊的時候，一天我訓練官長完畢以後，我對一個團長說：我去看看病兵。團長說：「有一連人住在離這幾里路的地方，現在下雨，路又不好走，最好你不去。」我說：「那不成，督練軍隊，就得看病人，這是練軍隊要緊的事。」他沒有法子，才領我去上一個小山，又下一個小山，走了五六里路，到了那裡，那一連人沒有在那。團長覺得很不好意思。我說：「不要緊，再領我到別處去找。」又領我到了另一處，又沒有人。我說：「你當團長，隊伍都不知道在那裡，你這個團長怎麼當的？」後來又找了兩處，才找到。有十幾個病人，躺在門板上，個個都有很高的熱度，臉燒得很紅，摸摸頭，問他們吃藥了沒有？「沒有！」有人看了沒有？「沒有！」我一摸他們，他們都掉眼淚說：「自從病了，就沒有人看過！」祥當時對團長說：「委員長說帶兵如帶子弟，你們的子弟病到這樣地步，你們都不管嗎。」團長臉很紅，想我不會

說這樣厲害。我又問那團長，「你是不是希望我對你說：『你這一團樣樣都好；就是在病人身上再注意一點就更好了！』那種不確實的話，不是軍人說的，你要明白。」

又一天我到某地看一團人，那個團長的客廳裡，把各樣的冊子一本一本的攤開擺在那裡，專是為人看的。我說：「我不看這個，我要看你的軍隊，怎樣教練的？」正好他院裡站著一個崗兵，長的非常結實，也很飽滿。他拿著一枝很新的步槍。我說：「你定一個標尺，定六百公尺。」他說：「我不會。」我問他：「為什麼不會？」他說：「沒有人教過我！」我說：「你什麼時候入伍！」他說：「去年七月。」說話的時候是五月，他已經入伍十個月了。我說：「你作個目測距離罷，看到那個牆角，有好多遠？」他說：「有二步。」問他：「是單步，是雙步？」他說：「單步。」馬上叫他走一走有六十步。這是表明關於軍人戰鬥沒有實在教。可是他們無論到那裡，用白粉刷牆，實上忠黨愛國，擁護領袖的字樣，再作幾個小花池，就完了。我當面把在場的少將階級的軍官說了一番，並申斥團長。可是不幾天，委員長手令督練取消。祥也不知為什麼。為了抗戰，祥什麼也沒有說。莫非因為申斥這兩個團長的關係？後來這一軍人到雲南打戰去，到那裡就垮了。就剩軍長回來，也病死了。

還有某獨立連，一個月點三次名，不能說上邊不認真，可是點一回名得花兩千六七百塊錢的應酬費，三次要花八千多，連長沒法吃四十個空缺，餉有限，主要的是賣那四十人的米彌補開銷。——這都是實在情形。

還有一個朋友李鵬霄到重慶來，向祥說，在某某一帶的軍隊，

有的一師只一千多人，其餘的全吃了空缺，作了買賣，無人敢報告，無人敢說，還有許多事實，想是主席全都知道，不必再說。像這樣情形，不趕緊改革，我們這個勝利，哪裡有希望？國家怎麼得了呢？

4.平等待遇：能打戰的隊伍，必須賞不以時，不應當問遠近厚薄；不能打戰的，該當懲罰的，必須真正的嚴懲，以快人心。如同趙壽山、李興中、王修身等忠誠勇敢的官兵，不但給他們增加隊伍，而且槍砲應當儘好的給他們的；反之不出力不真正打戰的，不單罰他、懲他，並且得減少他的隊伍。這是目前收拾軍隊的最根本之事。

5.軍紀問題：軍紀方面，最重大的事情，就是不擾民，就是愛民，曾文正公說：「愛民之事，必須日日三令五申」。祥以為最好編為問答，每日吃飯前官問兵答。例如：

問：我們的父母是什麼人？

答：老百姓！

問：我們的親戚朋友是什麼人？

答：老百姓！

問：我們沒當兵前是什麼人？

答：老百姓！

問：將來不當兵了是什麼人？

答：老百姓！

問：我們吃的東西那裡來的？

答：老百姓給的！

問：我們穿的東西那裡來的？

答：老百姓織的！

問：我們用的東西那裡來的？

答：老百姓血汗換來的！

問：老百姓有得吃的沒有？

答：有許多都沒有吃，把吃的都給了我們。

問：老百姓有得穿的沒有？

答：有許多沒有穿的，把穿的給了我們！

問：老百姓有得用的沒有？

答：有許多沒有用的，把用的給了我們！

問：我們要欺負老百姓怎麼辦？

答：那就是欺負自己的父母兄弟親戚朋友！

問：那還算人不算？

答：那就不是人，是豬狗！

主席若以為這些話太粗俗，可以請人另編一套，主要的是大家能懂能明白，因為大兵識字的太少了。

今天要整頓軍紀，應從愛民整頓起，不愛民的軍隊，絕不能打戰，這是一件千真萬確的事。

還有一件大事，就是軍隊中以少報多吃空額太多了，到時候沒有什麼人打戰，這比什麼都危險，我給主席說一樁故事：

袁世凱練兵用的官長，大多是湘軍，或淮軍裡頭來的舊官長。他們的習慣，就是吃空缺。袁世凱知道這情形，首先訂條例：頂名冒替的砍腦袋，每月初一親自點放餉。點名的時候，個個都帶著槍，一喊到張得勝，就托槍開步走，到他面前立正，**雙手舉槍。會**操的人，這不算什麼，不會操的就來不上這幾著。

有一次某月初一，袁世凱去點名，點到左翼第一營領官賈長林
的隊伍，叫到一個兵，他立正托槍的時候，槍機子衝外，反拿著。
袁又叫他背箕斗，與名冊子上載的不符。問賈領官，他說：「夜間
逃了一個兵，四個冊子在四個地方，當時換來不及，乃用伙夫頂
替。」袁世凱馬上就把賈交執法營務處。處長王英楷是山海關人，
執法如山，任勞任怨，一送到他那，就綁起來插上標子，要砍腦
袋。全營官長由姜桂題領著去袁世凱那裡求情。袁先把門關著不
見。後來他們跑到那苦苦哀求，說他家中有老親，袁才答免死。說
你們去執法營務處說去。他們到了營務處，說督辦那裡已經說好了
免他死。王英楷說：「那不成。法是他們家的，說不殺就不殺？國
家的法律，不能由得人作人情！」大家一看知道難辦。就又都跪
下，苦求了兩個鐘頭。王又給他們說了一番話！把賈長林叫來打了
兩千鞭子，又弄了五寸長的兩隻耳箭插到他的兩個耳朵上，包上紅
布，後面敲個鑼，帶著到各營示眾。自此以後，逃的死的兵二十四
小時內風雨無阻非報到上面不可。三十年來營中安定，不敢有吃空
額的事。祥看今要整頓這種弊端，非先殺個吃空額最多的大官不
可。

　　6.練兵問題：反攻期近，非於此時在後方趕緊練兵，以備他日
之用不可。祥意至少需練百萬大軍，由前方擇忠勇識驗俱豐者作為
督練官，切實訓練。無論何種配備，士兵非基本訓練有基礎，則不
堪應用。此點關係至大且巨。非規劃實行於先，則無以善其後。

　　7.分層負責：主席日理萬機，辛勞備至。有些事情祥以為宜責
成各級主管負責辦理，層層節制，如此次會議席上，主席對軍需署
長之申斥，而其下復有主管人，有些事情，他或不能當家，如一團

長指責連長，則不如責成營長。

（三）關於經濟

經濟為一切之根本，三略六韜上有一句話：「軍無財，士不來」，今天不設法解決經濟的大問題，則一切都無辦法。本著自力更生的話來說，稅收方面最靠得住的是鹽稅。這次在自流井與川康鹽務局曾局長談話，並請他為祥講政史數次。知道管制鹽的事，最初是管仲，次則劉晏，近則英人丁恩。劉晏的辦法不光是鹽務方面，其他的經濟政治方面都用的著，例如在劉宴以前，旁的人從江浙運米到長安，用徵役法，自帶糧米盤川，並且拉車拉船來應官。路上跑的、死的、丟東西的事多得很，而且騷擾老百姓，民怨沸騰！到了劉晏，他用僱役法，發價僱人，而且每幾百里設一倉庫，運到這一站，人民就可回去，再一站一站的傳遞運輸，這一筆花費那裡來呢？他不是要少數人負擔，而叫國人平均負擔，就是在鹽上加錢，人民也喜悅，地方也平安。

祥陳述這一段故事主要意思有二點：

1.曾國藩、李鴻章平了南京土稔的亂子，經濟方面都是跟淮鹽的鹽商攜起手來，才得到解決。滿清政府在當時無辦法，而他們有辦法者，就在這一點。我們現在先要替鹽商解決困難，如技術改進問題，增加空運噸位問題，叫他們可以多增產量，國庫自然容易辦。

2.無論何種大工程，不徵役而僱役，預先有計劃，不可強迫。在此特別為主席說到陳勝、吳廣，因厲行徵役，而迫得揭竿而起，就是一例。

祥以為關於此事，可請自貢市曾仰豐局長，及鹽商余述懷等來

談一談。

還有關於金礦的事。有位王天錫，他是貴川鎮遠人，他挖了一處金礦，兩星期可出二十萬兩金子。這是一個私人開採，都能如此。若是用國家力量組織公司開採，一面獎勵人民開採，然後用法幣購買入國庫。祥從前在蘇聯看見他們的金庫有五層樓，下面四層都是裝得金條、金盧布，上面第五層裝的盡是白金。這樣準備金充足，對內對外都有辦法。我們應該仿效。

還有近來兵工廠，聽說有的停了十分之三，有的停了十分之五，有的停了十分之八。一停工，工人失業，機器鏽敗，而且連帶的鋼廠停工，煤廠停工，社會因之不安，經濟也受影響。聽說彈于石就有劫路的，逮到了，問他，是某兵工廠的失業工人。這些工人有的從鞏縣，有的從漢陽，隨著廠子遷來後方，拖家帶兒，無法生活，再一失業，只有鋌而走險。有人說美國一個子彈賣兩元，我們自己造的要賣十元，所以就不造了，這話說的很不對。倘若美國麵一毛錢一斤，我們十元一斤，我們就等著美國麵，不種地了嗎？這非得趕緊改正不可，不能這樣辦。

㈣關於外交者

對於英、美、蘇外交是一件最重要的事。以祥看來我們對外交力量還盡的不夠。盡了十分，再加十分；盡了百分，再加百分。指定專人，指定專款，這樣我們國際環境，更要好起來了。

例如對蘇聯之外交，愈弄愈壞，實在不妥，八一三時上海開仗，蘇聯馬上同我們定了協定；當時英美都未能這麼辦。我們步槍丟了不少，砲也丟了不少，當時蘇聯源源接濟。我記得當時蘇聯大使指給我看，在主席周圍站崗之憲兵，拿的都是蘇聯步槍。在那

時，除了蘇聯有誰肯給我們軍火呢？有人說他給的砲是舊的。可是我們那時連舊的也沒處去買。又祥患瘧疾，住在武漢療養院，看見那裡住著許多受傷的蘇聯空軍軍官。打傷了頭的，打斷了胳膊的。當時我對蘇聯的朋友說，你們不僅以軍火飛機幫助我們，而且以你們的人，以你們的寶貴的性命，來幫助我們，實在太令我們感激了。我們能支持過那一個艱難時期，蘇聯幫助之功，實在不可埋沒。飲水思源，我們更應把中蘇關係密切起來。祥以為主席一點不要猶疑，指派大員，專對蘇建立親密無間的外交關係。

其他英、美外交亦沒〔復〕如是。

㈤關於教育文化作家者

1.河南、湖南戰事發生以後，從淪陷區來的學生很多，還有從北平、上海等地來的。這些都是中國的好青年，不願受敵人的教育來到後方。政府應當大量的添些學校來收容。對於他們的文憑證件不必挑剔過嚴。到此以後，衣食住問題均宜立時設法安置。

2.教職員之生活保障。祥在自貢市曾對蜀光中學師生講話，中間說到教職員的生活困苦，教人家的孩子，自己的孩子上不起學；不如一個擺紙煙攤的，不如銀行裡一個看大門的。他們為什麼不去改行呢？就是因為覺得教育青年的重要。守著這一般青年，捨不得離開。這種安貧樂道的精神，固值得佩服；而國家也應當為他們設辦法。尊師重道，今天不是口頭上尊，禮貌上尊，而是要在物質上來使他們生活安定，安心授教。

3.為文化界及作家。蘇聯史太林先生曾經說過：「作家是製造人的靈魂的工程師！」他的重視這一般人，由此可見。中國現在這一般人生活最苦，精神物質兩均窘迫。又加以家庭負擔，生老病死

諸事，均無法解決。而他們都是正氣磅礴、努力幫助抗戰的人。國家實應負責來解決他們的困難。承主席面囑祥負責辦理，現擬選擇五十位，每月能送米一老石；錢五千元，再每月聚餐兩次。

　　㈥關於聯絡救濟之事

　　1.各黨各派領袖，一是主席請他們見面談話，交換意見，不管說的話愛聽不愛聽，然後藉此融會貫通，於國於己均有大益；一是指定專人經常去看去談。

　　2.黨內老同志如柏烈武〔文蔚〕、李協和〔烈鈞〕等二三十位，為革命都出過大力，此時生活無著，家口眾多，主席指定專人，經常看顧，並按月送米送錢為好。

　　3.各部隊長官之眷屬居住重慶附近者，如劉汝明之老太太等，望主席能時常垂青，送點東西，送點錢。這沒有旁的，就是可以收軍官之心，用他們的性命。

　　最後向主席貢獻的愚見，是可以擇師三人，擇師友之間者三人，友三人。居住官邸附近，朝夕在一塊談話。不必人介紹，由主席自己想著那個可以為師，那個可以為友，那個可以直言不忌，就決定誰。所謂良師益友，實在不可少。祥曾敬書中堂兩幅送上，所選的兩段一是取為上者求直言，知己過，一是取其行仁政，得人心。願主席懸之座右，朝夕省覽，或於郅隆之道，不無裨益。

　　以上均係出自肺腑之言。拉雜寫來，總之不外得民心，得軍心，刷新內政，加強外交，增強經濟力量，聯絡各方人士諸事。因對主席擁護之深，不覺言之痛切，粗直無狀，諸祈亮察，耑此敬頌鈞安！

馮玉祥　敬啟

（《蔣馮書簡》，頁 120-129。）

馮玉祥致蔣主席函（民國三十三年八月二十二日）

主席鈞鑒：

頃聞陳〔誠〕司令長官保留高樹勳為冀察戰區總司令，而後又有改為副司令之說。前方大帥保人，後方辦事人亂改，使前方負責人之必感意外困難。

況高部八年血戰，死傷達五萬人之多，不蒙特別獎拔，反遭縮小改少之事，如何能使忠勇者效命呢？祥不敢不言，懇請 主席自己主持，不必專告〔靠〕他人簽呈為禱。此頌，鈞祺！

馮玉祥 上言

（《蔣馮書簡》，頁 129。）

【註】高樹勳（1897-1972），字建侯，河北鹽山人。民國四年在北洋陸軍當兵，後轉入馮玉祥之西北軍，北伐時，歷任國民革命軍第二集團軍師長。十九年中原大戰後被改編為第二十六軍，任第十七師師長。二十年至江西剿共時，脫離部隊。二十二年，投入馮玉祥之察哈爾民眾抗日同盟軍，任第二挺進軍司令。抗戰爆發後，任河北省保安處副處長、處長。三十一年一月，任第三十九集團軍副總司令，五月，升任總司令。三十四年十月率部投共。六十一年一月十九日逝於北京，年七十五歲。

馮玉祥致蔣主席函（民國三十三年九月二十日）

主席鈞鑒：前次由官邸歸來，曾有一長函奉陳備覽，想早邀垂

察矣。今更以玉祥第二次黃山會議中發言，及與主席之談話，繕寫
數紙，敬致左右，聊供參考。正如主席在參政會開幕訓詞中所云，
「到今天正是我以前屢次所說的『最後勝利以前最艱亦苦階段』開
始之時」，際此非常，玉祥所以有不能已於言者亦為此耳。非敢故
事瑣瑣煩瀆聽聞，實覺我中華民族之延續光大，繫於今日；而今日
之事又繫於　主席一身，民族老大，積弊重重，抗戰日久，復多麻
痺之象，非猛劑新方，無以醫其痼疾；非大刀闊斧，無以斬其蕪
蔓。所謂立起沉痾者，實在於主席明察果斷，除舊布新耳。玉祥不
揣愚陋，略抒所見，想不以直言為怪也。

　　在會議席上，最重要最有意義之事，則為陳辭修〔誠〕司令長
官之意見書。祥以為不應當把它刪去若干，應當完全接受照辦。像
我們古兵書上說，大將出征，國王跪在地下，給他推車輪，把斧鉞
遞給他說：「拿著這個，上可以管到天，下可以管到黃泉，都門以
外一切事情都可以獨斷專行。」今雖非昔比，可是此次河南事情，
困難太大。陳司令長官真是受任於敗軍之際，奉命於危難之秋。他
能在此臨〔擬〕有這麼詳細周密的改革計劃，呈遞進來，實在應當
完全照准，不宜駁回，或駁回其中三分之一、五分之一。並且祥還
主張馬上由主席下兩道命令：

　　一、為獎勵陳司令長官忠於謀國，能細心，能大膽，不說空
話，切中弊端。有這樣細密條陳上來，從此以後，可使軍隊中沒有
一個人再去經營商務，沒有一個人再敢吃空缺，實在應當很特別的
獎勵一次。

　　二、為通令全國各軍，說明陳長官所陳之意見書完全照准，且
加獎勵。使將士人人都知道無論國家財政如何困難，本人一定要盡

自己所有能力，為你們打算，一定要讓士兵們吃的飽，穿的暖。只要大家能真愛百姓，能真守軍紀，能拚命打仗，都有啦。若有這兩道命令出去，此後人人都敢說話；不但說了話，不碰釘子，並且還有很好的獎勵，使下情盡達於上，才好對症下藥。

當那天午餐的時候，玉祥說的是對主席在會議時，找高射砲連班長問他吃飽吃不飽、為什麼吃不飽等等的話，佩服極了。當時玉祥曾說：「希望主席多到重慶附近的兵營同士兵們吃幾回飯，問幾句話以後，自然誰也不敢欺蒙主席，也就知道士兵之痛苦了。」

飯後　主席留玉祥再住幾天，乃遵命仍住桂堂。那天午後五點半面遞兩本書：一、為黃埔紀念冊，那個封面印的那樣壞，印得使人看不清楚，不論是誰，一看著就不爽快；另一本為辦傷兵服務的總幹事蕭慧千先生印的傷兵服務紀念冊，那些像片印的那樣好，人人看著滿意，人人看著清楚明白。固然印刷條件有關係，然而國內也可找到印得那樣好的地方。呈奉那兩本書的意思，就是盼望　主席要責成辦事的人，凡事須慎重考慮，不可隨隨便便馬馬虎虎。因為稍一隨便，不但得不到成效，並且引起反感。

玉祥寫了愛民十問十答，在第二天呈給主席。因為今天萬萬分重要的一件大事，就是要愛百姓，尊重百姓，恭敬百姓。只要百姓人人喜歡我們，人人信仰我們，我們一定能打勝仗。不然的話，像今天這樣，故意得罪百姓，故意欺壓百姓，使百姓不喜歡，故意的挑起惡感，真的有許多新進的文武官吏，他們竟忘了百姓是我們的主人，我們是百姓僕人了。後來主席向玉祥說這十問十答很好，馬上就要傳下去。由此可見主席時時刻刻不忘兵，不忘百姓。如果大小官吏都按這樣實行下去，玉祥確信我們一定能以復興，一定能以

早獲勝利。

　　午後同主席談到袁項城〔世凱〕練兵的故事，他坐在有四個輪子的一間木屋裡，幾個衛士推著他，在操場裡轉來轉去，一連一連的看，一排一排的看，一個一個的看，渴了喝水，吹調號，叫特務長帶伙夫送來，吃飯也是如此，一天亮出操，晚上才收操。每月初一點名放餉，他還總要到兵棚裡，去看士兵睡的舖草厚薄如何，潮濕不潮濕。說這話的意思也就是盼望　主席徹底注意士兵生活。因為有許多官長，不以士兵當人看待。

　　廿六日一早給主席一中堂，是劉泊對唐太宗說的一段話。是說李世民說話太多，辯論太多，使群臣都不敢開口云云。李世民馬上飛白回答他，一面獎勵劉泊敢說話，一面承認自己的錯，要改去。共百七十餘字。

　　當天上午九時的談話，玉祥說軍事第一，一、為應辦的應當快辦，大事用人，還應當自己作主辦，不可假手別人。二、為軍事第一的基本。今天是徵兵第一。像兵役署長等官職太小，地位也低，應當馬上下一個決心，從新設兵役總辦，或兵役總監等，他可以坐著飛機汽車，到各處去看，可以同各省主席專員縣長什麼司令等見面，有什麼毛病，都可以痛痛快快的隨時改革過來。玉祥並且說，主席知道有人可以擔當這事就好了；若一時想不起來，則鹿鍾麟、于學忠、石敬亭，他們都可辦這事，而且一切都可辦得有成效。主席當時說一點不錯。水利歸農林部辦，辦不好；另立水利委員最好，馬上就辦得有成績。糧食歸財政部辦不好，一立起糧食部，馬上就辦好了。這真是一針見血的話。

　　當日午後除了聽主席講新疆的事以外，玉祥說今日最重要的事

情，即為軍事；軍事中最重要的事為兵役。請主席全副精力在軍事上、兵役上來打算。只要士兵穿的暖、吃的飽，樣樣事給他們方便，使社會上人人都看得起當兵這件事，自然兵的來源就容易。後來又談到陳〔誠〕司令長官的兩道令文的事，主席令玉祥擬來看看，後回桂堂辦好，奉呈主席，當時說很好，很重要，就收起來。倘有不妥之處，可另招人擬。惟此事實覺快辦為好。

午後五時與主席談得人心三字，是目前急務。怎樣辦才能得到文官的心，這不外使他們生活安定得一保障，仰事俯蓄，孩子們不致於失學，得以安心工作。這些人都是跟主席抗日，不能不為他們想辦法。其他怎樣得士兵之心，怎樣得農民工人商人之心。玉祥是希望主席找幾個專門研究這事，因為關係太大。後來祥又找到一本《中蘇文化》（第十卷第五期），上面刊載著蘇聯頒布的新法令，保護母親和孩子。新法令中說，「關心家庭的鞏固，向為蘇聯國家最重要目的之一。為了保障母親和孩子的利益，國家給予多子婦女和母親以極大的物質上的資助，以便保育孩子們在戰爭的年代，和戰後的年代間，許多家庭都受到了比較大的物質上的困難。因此更進一步擴大關於國家資助的措施，就成為必要。」根據新法令，國家改變了從前津貼生育第十個孩子的母親為從生育第三個孩子的母親，就開始津貼。其他如保育教育等等方面，都有大大的改善與增進。又特為製定「母性獎章」，給予生育並教五個孩子的母親「五等獎章」；給六個孩子的母親「四等獎章」、「母親光榮」獎章；給予生育並教養七個孩子的母親「三等勛章」；八個孩子的母親親「二等勛章」；九個孩子的母親「一等勛章」；並製定「女英雄母親」的頭銜，贈予生育並教養十個孩子的母親。並對她們授予蘇聯

最高蘇維埃主席團的勛章和證書。

　　看蘇聯頒布的這種新法令是如何的得天下為父母者之心？如何的為將來著想。人家敢於創造，敢於實行新辦，要決心去掉一般歪論謬論、保守頑固之論，對士農工商兵創造些新法令，以得天下人之心。吳起說昔之為國家者必先教百姓而親萬民，亦此意也。

　　後來我又把羅運炎寫的一本「靜修一助」送呈主席，因為那裡頭也有許多的道理可以參閱。

　　廿七號早晨，寫了一個中堂，是周紀之中一段：辛亥七年冬，郭亡，齊桓公之郭，問父老：「郭何以亡？」曰：「以其善善而惡惡」，公曰：「若子言乃賢君也，何至於亡」？父老曰：「郭君善善不能用，惡惡不能去，所以亡也。」主席當時看了，甚覺要緊。實在這幾句話，有極大的教訓在其中。

　　當日因朱逸民將軍走，主席送他，沒有能多談話。晚上請加拿大大使和魏亞特將軍在一塊吃飯，也不便多談。九時後，孫哲生〔科〕先生來談了幾十分鐘的話就走了。玉祥盼望主席再請孫先生哲生來多談幾回話，對於中蘇邦交早日改善，實有大益。

　　數次晤談，自愧所知無多，所見不深，然不善藏拙，盡情吐露。倘不以鄙陋為棄，則幸甚焉。耑此敬頌
鈞安！

馮玉祥

（《蔣馮書簡》，頁 129-132。）

馮玉祥致蔣主席函（民國三十三年十月十四日）

主席鈞鑒：

　　日來想到幾點重要的事情，陳述如下：

　　㈠軍事第一，而兵役更為軍事第一中根本之事。除兩道命令以外，應由兵役部對於出征軍人家屬及陸海空軍陣亡將士遺族，及榮譽軍人，徹底實行優待辦法。一面由報紙盡力宣傳，一面在實際上增加優待穀價待〔代〕金、恤金，及年節賞金禮物；一面發動民眾真誠熱烈的慰勞。如此則可使國人耳目一新，人人皆知從此真正優待出征軍人家屬。待壯丁之父母家人，真如待遇吾人之父母家人一般，似此定可增加士兵作戰之勇氣，減少其後顧之憂慮，更可鼓勵未從軍者踴躍從軍。嚴重之兵役問題，方可迎刃而解。

　　㈡目前的準備：

　　甲、大量的訓練婦女，開各種短期之技術訓練班，畢業以後來接替青年男子之工作。此事英、美、蘇自開戰後，即已如此辦理，收效至大。

　　乙、所開之班次，如電話、電報、有線無線各項人員訓練班、司機訓練班、工場技術人員訓練班、店員訓練班、醫務人員訓練班等等，可分一月畢業者，三月畢業者，半年畢業者，畢業以後，即派其實行接替男同胞之工作。

　　丙、其他如輕工業之男士，亦可由女工接替。

　　丁、高中大學學生，及教職員，亦應有一整個辦法，發動知識分子從軍，以增兵員，以改進軍隊素質。

　　㈢實行此種辦法，一則可以改造社會風氣，一則可以喚起同胞真正對於抗戰之覺醒，從心理上予以改革。

　　以上各種辦法，如認為可行，即請命令兵役部星夜辦理，以度此最後勝利之難關。祥日來每夜不能寐，思及國事，念及主席一身

負荷三巨，不能分勞，慚愧無似。但有所見，不揣拙陋，獻陳左右，聊供採擇耳。耑此，敬布微忱，並頌

鈞安！

馮玉祥　敬上

（《蔣馮書簡》，頁 132-133。）

馮玉祥致蔣主席函（民國三十三年十月二十二日）

主席鈞鑒：

祥近日與各界講話之暇，常以兵役問題就詢公正士紳及官吏之意見，今略為整理報告如下：

一、兵役問題之四大弊端：

甲、徵兵機關之弊端：

⑴徇情頂替：由保甲長起，以抽中壯丁，與其本身有親友或勢力關係，則徇情抓他人頂替。窮苦之工農，則為其抓拉對象。

⑵得錢賣放：由保甲起，層層得錢，層層賣放，最後以抓拉頂替工額。

⑶藉抽丁敲詐：花頭至多，一言難盡。例如未抽中張三，而保甲長至張三家說張三已中籤，出錢則可去名。又如保甲鄉長藉口徵「請丁費」，聚斂民人之款以飽私囊。所謂「請丁費」，即為此保本攤二丁，而保長利用人民不願當兵之心理，出「請丁費」另請人頂替。

乙、接兵部隊之弊端：

⑴以醫官為斂財之媒介。例如張三由縣交與接兵部隊時，其家屬則託人向衛〔醫〕官行賄，醫官則言其有病，不合標準，放回得

· 495 ·

錢，大家分贓。

(2)驗收以後，仍有得錢賣放者，向上則報逃亡。

(3)拉人頂數，以敷衍上級。

(4)進步之辦法，從前壯丁家屬花錢，才使接兵部隊驗不上，現則體格健壯者，部隊故意說不合格，一律不收，來逼使鄉鎮保甲出錢來活動接兵部隊驗收。從前僅為壯丁家屬出錢，則錢少；現在使鎮公所出錢，則出得多，錢仍取之於民。

(5)買定賣定，送八人說十人；其中二人，根本未送，僅花了錢，驗兵部隊則打十人之收條，定額則抓補。

(6)詃報伙食，冒領軍米，各種剋扣。

(7)視兵如牛馬，打罵，吃不飽，穿不暖，病不醫，死不問。

丙、社會上的人輕視兵恨兵。

兵因為生活太苦，紀律廢弛，則各種非法之事都作了出來，老百姓就輕視兵，恨兵，所謂好男不當兵，因此甚影響兵源。

丁、

(1)人民見過兵生活太苦，當兵後家屬生活之成問題，不願當兵。可見以上種種，對兵之虐待不敢當兵。

(2)機關學校林立，有錢之子，即以入學為逃役；奸巧之壯丁，即以投入機關充當工役為屏障。尤以鄉鎮保甲人員過多（如鄉鎮保隊附、副保長、保民代表、警備丁等），此皆為包庇壯丁之淵藪。

二、兵役問題治標治本之辦法：

甲、治標：

(1)立即成立兵役監察網；由保甲起，而鄉，而縣，而省。聘請公正士紳，組各級兵役監察委員會，見及大弊端，則直接報部；小

弊則彈劾糾正。

⑵徵兵與接兵之事權應集中，俾進行快速，民少紛擾。例如富順一縣，前接兵部隊多至十一單位，同時在縣接兵，爭吵不法，社會因之不安與紊亂，壯丁亦大都逃避。

⑶改良官長待遇，嚴訓各級官長，嚴辦不法之人，由保甲起至接兵官層層有弊，非此無以收急效。

⑷多開兵役座談會，針對弊端，即予制裁。

⑸各級政府之考績，兵役一項之比例，應增至百分之五十左右。

⑹裁撤縣府軍事科，倂入國民兵團，亦有礙兵役進行。因人民仍只認得縣府也。徵兵之事，仍須縣府辦理，同時兵役主管機關，對於縣長有獎懲之權力，對於師管區等應有指揮懲辦之權。似此始能上下貫通。

⑺徹底改善新兵待遇。

⑻徹底實行三平原則：對於豪紳富室之政治，人民得以行使四權，監督各級政府，則可減少弊端，富家子弟學生，一經抽徵，逃避者嚴處其家長，或沒收其財產，以充新兵待遇之用。

乙、治本：

⑴行民主徵兵自然順利。

⑵普及教育，使人民有國家民族觀念，志願從軍救國。

以上種種意見，得自一基層官吏，及地方人民士紳，實有參考之價值。總之千言萬語，歸根結底，還在於士兵生活之改善，使他們吃飽穿暖，身強體壯；還在於士兵地位之提高，受社會之重視，如英、美、蘇軍隊所具之地位及待遇，則人人無不樂意從軍，兵役

問題自可迎刃而解矣。再者規章再好，不能徹底執行，亦屬枉然，
非切上下奉行不可。肅此奉陳，敬請鑒核擇納為幸！祗頌，鈞安！

馮玉祥　敬上

（《蔣馮書簡》，頁133-135。）

馮玉祥致蔣主席函 （民國三十三年十二月二日）

主席鈞鑒：

目前局勢，實已至最後勝利前最艱苦危急之階段。歐洲解決法
西斯德寇之戰爭，據邱吉爾之觀察，非延至明年夏季不可。東方戰
局，美國之越島戰爭，雖獲勝利，而日寇以「全員戰死」，以一再
冒死之增援（如雷伊泰島已增援七次），藉以拖延時間。一面則積極對
我進攻，欲在盟邦未登陸之前，完成在我國內陸之交通線。邇來戰
場已移黔境，對我陪都尤多威脅。日寇之必敗在將來，我之危急在
今日。今日不得度過，來日則均成夢幻。如何度過今日，實有賴於
全國上下之大徹、大悟、大覺醒、大悔改不可。且非猛藥不足以治
危症。緩慢觀望行之，恐遺來日噬臍無及之悔。祥有五事，冒昧奉
陳。如不以為謬，則盼即日行之：

㈠用人見人之事：用人必以真能打仗、真能辦事者用之，不管
親疏，不管派系，只問其賢不賢、勇不勇、能不能、作不作。幹才
得用，用之不疑，始可放膽作事，以全力作事。鈍刀割肉，已為今
日時間所不許。

見人之事，「邱吉爾之二十四小時」一文，述邱相雖日理萬
機，忙迫異常，而每日必有規定時間，見其內閣閣員，上下院領
袖，當面解決一切緊急之事件。祥以為外國官廳工作，效率本已甚

強甚速,而許多緊要之事,猶不以公事行之。我國行政效率本甚遲緩,一件公事經過幾個機關,上下傳遞,則非半月一月不可,實非今日緊急時期所宜。故祥以為,主席每日應規定兩三小時時間,專為與黨之常委、軍委會之委員,國防最高委員會之委員,及各院部長,參政會駐會委員等會晤,當面聽取一切報告,及解決一切緊急事宜,較之行公事手令,則快速多矣。

㈡精誠團結:語云:「兄弟鬩於牆,外禦其侮」,今日外寇已在門前,再不趕緊精誠團結,真是束手待斃耳。第一次大戰德國潰敗,其內部有保皇黨與共產黨之爭,結果人民不滿,兩皆幾無立足之地。反之如法亡國,而戴高樂能團結其內部,終至復國,且近來更漸躋於四強之列。祥大膽說一句,我國民黨中過去出有汪兆銘、陳公博等漢奸賣國賊。由此可見,無論何黨何派,均有好有壞;截長補短,共赴國難,實為今日最要之事。非根本覺悟不可。

㈢不可敗:今日之軍事,絕不可再敗;再敗則影響全局。非用全力,真真實實的打勝仗不可。不能專等待外人之幫助。不論武器好壞有無,就是一把菜刀,都讓他用上。且最要者為軍民合作,此時是發動全國民眾,共起殺敵之時。萬不可再壓制,萬不可再聽任欺騙者之欺騙。一切都為編配好、準備好,再不可遲緩。敵人萬一侵入貴陽,再想悔改則已晚矣。前見報載,綦江只有一茶館老闆,曾給過境士兵以水火,乃為全體士兵稱讚不絕。由此可見士兵行軍,不得百姓幫助之苦。璧山第九軍經過,有病兵百餘人,不能再攜帶,而無處安置,後以私人關係,暫時託付於第九補訓處野戰醫院。交接之日,即有多人死亡。又聞南來軍隊過秦嶺,有凍死途中者。又聞遠征軍及知識分子,從軍徵集期間,其伙食費每月為二千

一百元，普通士兵每月則為一百九十元副食費。一則每頓可以四菜一湯，一則每日幾乎連青菜都吃不上。兩者相比，懸殊過甚。再者祥前曾一再向主席陳述：今日之連排長也要以軍校畢業者充任，實使一般士兵無升遷之望。凡此種種，實足以渙散軍心，影響戰鬥意志，關係至巨。祥以為應急加改變，對士兵之生活，立加改善；軍民之關係，立加調整；士兵之賞罰升遷，應嚴明論功，不論出身。由遠道開來，經過渝郊之軍隊，主席能親臨看視，並予以慰勉鼓勵之訓話，對軍人心理之影響至大，且即可收效於不久之將來。

㈣不可流亡：前在官邸席上，聞吳稚暉〔敬恆〕先生云：「不成，政府搬到倫敦去。」此事萬萬不可。國際國內，形勢均非所許。我們現在只有全國老少男女士農工商兵，一致拚命抗敵，寸土必爭，槍盡有刀，刀盡有棍，棍盡有牙，牙盡有骨血頭顱。寧玉碎，不瓦全，絕不流亡。正視當前，始可度此難關，走入坦途。

㈤速設兵站：大軍南調，首重給養。所謂兵馬未動，糧草先行，必須先設兵站也。今兵站未設，米菜俱無，沿途各縣鄉，不能咄嗟立辦，士兵奔走終日，不惟須忍飢，甚至有時無開水可飲，豈不大傷士氣，何能勇往拚命作戰？應請嚴令負責者，不分晝夜，速設兵站，充分儲備米菜水炭，不得缺乏，以濟軍食，而振士氣。

以上五點，全係出自肺腑之言。伏念抗戰以還，得與主席共患難八年於茲，自愧乏才，了無寸效，惟見此危局，不得不披肝瀝膽以陳。尚祈垂察擇納為禱。肅此敬頌，鈞安！

馮玉祥　敬啟

（《蔣馮書簡》，頁 135-136。）

馮玉祥致蔣主席函（民國三十三年十二月二十四日渝）

主席鈞鑒：

　　前在黃山曾與主席道及文化界友人，八年以來，艱難困苦，流離遷徙。然均隨同政府，抗戰救亡，赤血忠誠，至可欽佩。惟生活如斯，不可不有以救濟。當承主席面囑玉祥代為辦理。茲時屆年關，又值桂柳流亡之人士來渝，顛連窘迫，朝不保夕。故特遵從主席之意，約請文化界友人，開列名單，得一百零六人，由新近匯到之獻金款項內撥二百二十萬元，先行救濟。其有特別困難者，當再為主席從優招待。祥本無馮驩之才，但效其苦心孤詣耳，謹將名冊奉上，尚祈鑒察為禱。肅此敬頌，鈞安！

（《蔣馮書簡》，頁 136-137。）

【註】馮驩，驩又作諼。戰國時齊人，為孟嘗君門下食客，以食無魚，出無車，無以為家，三興彈鋏之歌，孟嘗君都一一給予滿足。乃全心全力為孟嘗君出謀畫策，使高枕無憂。

馮玉祥致蔣主席函（民國三十三年十二月二十八日）

主席鈞鑒：

　　前日奉上一函，想邀尊覽，祥因對文化界友人不十分熟悉，乃委託老舍（即舒舍予）、郭沫若、洪深、鄧初民先生，及祥之秘書王冶秋先生辦理，開列名單諸事，亦有一函致以上五君，茲將原函錄陳備覽。肅此恭頌，鈞祺！

附抄錄函一件

致郭沫若等五先生請代分送各文化人救濟金（民國三十三年十二月二十四日）

　　沫若、初民、舍予、洪深、冶秋諸先生道鑒：文化界人士，八年以來，艱難困苦，流離遷徙。然均協同政府，堅持抗戰，挽救危亡，赤血忠誠，至可欽佩！前在黃山曾與　蔣主席道及，並面囑祥代為慰問，茲以時屆年關，又值桂柳之人士流亡來渝，特由節約獻金款項內，提出二百二十萬元，送請先生等詳商支配。偏勞之處，容當面謝。耑此並頌，年釐！

馮玉祥　敬啟

（《蔣馮書簡》，頁 137。）

民國三十四年（1945）

馮玉祥致蔣主席函（民國三十四年五月八日）

主席鈞鑒：

　　上月祥以起居不慎，致患迴歸熱病，當入中央醫院，數次注射藥針，病即痊癒。出院後返歇臺子寓所，病復發，乃再注射。惟醫生囑宜靜心調治，故到陳家橋休養，以冀早日復元，承荷　鈞座關注殷勤，特派錢〔大鈞〕主任往視，並賜予藥費，不勝感謝。因念吾黨六全代會方已開幕，關係綦重。昨日特到城參加，不意方當起立行禮，高唱黨歌之時，驟覺渾身顫抖，幾不能支。下午熱度又復增高。料係病後，體力未復，不堪勞頓而然。今日本當到會，面陳情由，以　鈞座公忙未到，故致函　主席團請假數日，俾得繼續調養。用再瀆聞，祈請　准允，不盡。耑此敬頌，鈞安！

馮玉祥啟

（《蔣馮書簡》，頁 137。）

日寇投降後馮玉祥上蔣主席書（民國三十四年八月十六日）

主席鈞鑒：

　　自美軍用原子彈，蘇聯遠東軍參戰，對日大戰急轉直下，日寇已向我盟國接洽投降。我全民族八年餘之艱苦犧牲，即獲預期之成果；我國家五十年來之恥恨，即見徹底之雪湔。此為我中華民族數千年有史以來，從所未有之最光明燦爛之一頁。鈞座領導此一光榮

偉業而完成之，使吾民族國家脫胎換骨，起死回生，而奠定復興富
強之穩固基礎。所謂民族國家之救星，人類世界之偉雄，鈞座乃真
正可當之而無愧。祥於歡欣鼓舞、踴躍拜戴之餘，慮及數事，不揣
愚陋，請謹陳之：

　　一者，勝利來臨，大戰結束，展開於吾人之目前者，乃一嶄新
之時代，嶄新之世界。此一新時代，新世界之要素為何？科學精神
之勝利是也，民主高潮之廣被是也。順乎此者必得繁榮與發展，逆
乎此者必致衰落與淘汰。此為自然之鐵則，亦人類社會之公例。故
吾人於此嶄新環境之中，必須有一個新志向、新思想、新精神、新
辦法，始足以適應之，而不辜負此次之偉大勝利。書曰：「周雖舊
邦，其命維新。」湯之盤銘曰：「苟日新，又日新，日日新。」古
聖先賢，所剴切嚀告於吾人者，亦此義也。

　　二者，嘗讀　鈞座所著《中國之命運》一書，計劃縝密，無不
切合實際。而興辦重工業，開發水利，普及醫藥衛生諸端，尤為刻
不容緩之急務。今後戰事結束，已至真正見諸實施之時期。宜當頒
令有關機關，邀請各專家，詳為研究，釐定步驟。

　　三者，對於陣亡英雄，殘廢官兵以及傷病將士之安頓與待遇辦
法，為一件至重且大之事，不可有片刻疏忽，絲毫漠視。望請申令
有司，研究英、美、蘇辦法，參酌我國特殊情形，定一周詳完善之
方案，速付實行。此事貴速、貴確、貴實，雷厲風行，精神貫注。
必如此乃可以死者得慰，生者得安，而全國人心所繫，亦莫此為
甚。

　　四者，全國有功抗戰各部隊，今後均當為國家之武力，萬不可
有中央、地方，或雜牌之區分。全國有功抗戰各軍官、將領，今後

均當為國家之軍才，萬不可有親疏遠近之不同。凡此部隊及其各級軍官，均與鈞座同生死，共患難，為民族國家效其力，亦均為鈞座之幹部，故待遇必須公平，賞罰必求公正。此事宜請鈞座三令五申，訓導管理軍事各主官、次官，詳慎辦理，嚴切注意。必如此乃可以得軍心，而置國家於磐石之固。

　　五者，「民為貴」「天聽自我民聽」，為我國古聖先賢之明訓。「民有民治民享」為西方政治之最高原則。我黨三民主義之基本精神，實本乎此。故人民為主人，官吏乃公僕，為天經地義之理。僕人尊重主人，方為紀綱振飭，政治修明；僕人欺侮主人，實為離經叛道，天翻地覆。我國承滿清專制統治之餘緒，中毒太深，積習未除。觀乎民間實情，察乎政吏態度，實至令人痛心。此後務請鈞座再三明令告誡，期使各級官吏革面洗心，袪除舊習。此一風氣得有徹底改變，則國內政治必有新面目，國際地位必有新估價。

　　六者，整飭綱紀，肅清貪污，嚴刑峻法固不可少，然執法須秉至公，切戒乎喜怒。文韜第一記姜太公說文王有言曰：「免人之死，解人之患，救人之難，濟人之急者德也；德之所在天下歸之。」今日公務員薪收所入，不足以養父母，飽妻子，貪污之風，多繫於此。故顧念薪給人員之困苦，提高薪給人員之待遇，乃肅清貪污之根本辦法。人之所畏，有甚於死；典法之行，難收全效。衣食豐足，乃知禮義；道德訓教，有時而窮。望請鈞座深究此理，而權衡運籌之。

　　七者，古之聖王，雖天是法。天於萬物，無所不容。歐美政治，基於政黨、政權所在，亦無所不容。故政治家以度量恢弘為要德，以拒納忠藎為大忌。鈞座主持大計，竭心盡力，須當廣徵博

采，兼收並包，庶免顧此失彼，偏頗固執之弊。故友邦之評論，當重視之；人民之輿論，當重視之；各黨各派之意見，當重視之。而尤要者，厥為多多接近忠誠為國、正直不阿之人士，聽取逆耳拂心之讜論。孫哲生〔科〕、于右任、張表方〔瀾〕、邵力子、沈君〔鈞〕儒諸先生，皆社會碩望，國內名流，其愛護國家，擁戴鈞座，赤誠之心，昭如日月。鈞座當親之信之，時時款接之，作福國家，必非淺鮮。

八者，鈞座秉理大計，一日萬機，身繫國家之安危，受萬眾之付託，而精力有限，責任無極。今當戰爭結束，偉業初成，務祈蓄惜精力，為國保重。故生活起居，飲食作息之調整安排，須嚴切注意及之。可定每日上午為辦公時間，午後即宜靜心休息。星期日無論如何不辦公。飲食營養不可不講究。游散娛樂，不可不注重。此點關係至大且重。為祥所最懸懸於心者也。

以上八端，為祥一時熟思詳考之所得者，故不知顧忌，不暇修詞，率直貢獻於　鈞座之前，幸祈察而納之。至於祥今後私己之唯一願望，厥為一俟大局平定，赴歐美各國一遊，以展眼界，以廣學識，此點極盼　鈞座惠予准允，不勝感幸。耑此謹致敬意，順頌，鈞安。

（《蔣馮書簡》，頁 137-139。）

蔣主席覆馮玉祥書（民國三十四年九月二十四日）

馮委員煥章兄勛鑒：

八月十六日函誦悉。兄高瞻遠矚，熟慮深籌，列舉諸端，悉閱要圖，實所拜嘉。兄赴歐美遊歷，甚表贊同。惟目前抗戰甫告勝

利，復員業務百端，擬請稍緩數月，再定行期。以便在此期間，多
獲匡教。以兄對黨國之忠誠肫篤，當荷惠允也。

中正。申。迴。侍秘。

（《蔣馮書簡》，頁139。）

民國三十五年（1946）

附：蔣中正電示吳國楨前准交馮玉祥住宅現住杜重遠家屬令其遷讓（民國三十五年八月十三日）

　　吳市長：據報前准交馮煥章先生住宅，聞有杜重遠家眷在內，不肯遷讓。究竟如何，希詳查令讓為要。中正。未元申機牯。

　　（國史館藏：《蔣中正總統檔案·籌筆檔·戡亂時期》，第一五八五一號。）

【註】杜重遠（1897-1941），吉林懷德人。民國初年留學日本，十二年畢業後，回國興辦實業，在瀋陽創辦製瓷廠——肇新窯業公司，張學良大力相助。旋任奉天省總商會副會長，兼張作霖鎮威上將軍公署秘書。後兼張學良東北邊防軍司令長官公署秘書。二十三年，在上海創刊《新生週刊》。二十四年五月四日，該刊二卷十五期刊載〈閒話皇帝〉一文，以有侮辱日本天皇之嫌，被上海市政府在日本強烈要求下勒令停刊，杜重遠被判處徒刑一年兩個月，即有名的《新生週刊》事件。二十五年九月，杜重遠刑滿出獄，即趕赴西安，對促進張學良、楊虎城之發動西安事變，起了不小的作用。二十七年，任第一屆國民參政會參政員。翌年，應盛世才之召，赴新疆從事文教工作，後遭盛世才猜疑。三十年冬，以參與「汪精衛系統陰謀暴動案」被捕入獄，復以秘密共產黨員及陰謀從事顛覆罪被判處死刑。三十二年十月，在獄中被人從數丈高牆上推下摔死，再焚屍滅跡，年四十六歲。遺有妻侯

　　御之，子一，女二：杜毅、杜穎。

馮玉祥臨別贈言上蔣主席書（民國三十五年八月二十六日）

主席鈞鑒：

　　玉祥奉派赴美考察水利，已屏當就緒，並購定「美琪將軍號」船艙位，擬於九月二日由滬啟碇。今茲去國遠行，感興實多，願就愚見，簡陳數事，以為臨別贈言，並祈鑒察。

　　一、今日大局，以和平為天經地義。國際要和，國內更要和。和了一切有辦法，打了必有至痛至慘之結局。且打了還是要和，任便打多久，到頭還是和。打得愈久，所遭慘痛愈深，而問題依然未解決。與其將來和，何如現在和。故和平為不二之計，望主席握得牢，立得穩，不容放鬆動搖。

　　二、社會凋敝，民生貧困，至今日已達極點。而我國資源遍地都未開發，所謂拿著金碗討飯，實非當有。欲濟人民國家之窮，惟有快開礦，快築鐵路，快興工業，快辦水利。貴在立刻辦，不容等待。譬如，目前有戰事之地不能辦，無戰事之地便當先辦。辦則人人有事作，有飯吃；不辦則人民普遍的走投無路。又須不擇手段的辦，不怕大借外債或與外人合作。吾人今日不能無盟國之幫助，然於受助之際，亟須奮發，以求自力更生。

　　三、我國古聖先賢，都有取法天地之訓。天不雨，人多怨之，以其害稼禾；天雨，人亦怨之，以其苦行旅。而天一視同仁，無所不容，並不因而有所好惡，有所厚薄。地載萬物，亦是一視同仁，無所不容，不好惡，不厚薄。自來大政治家，領袖國族，法乎天地之德，無不成功。今日西洋民主政治之原理，亦不外乎此。人間華

盛頓為何而得成大功。華盛頓答曰：「無他，我唯能使我之敵人成為我之友人而已。」至祈主席深味此意，而身體力行之。

四、書稱：「天處高而聽卑」，言論自由，實為政治之起點。此意主席早有明諭，然負責者尚未辦到，今日說話仍多阻礙，書刊仍多限制，此是最大的病寶。千言萬語，總以多聽不好聽的話為有益。一味奉承阿諛，到頭必上其大當。又當求消息靈通，而不可輕信揣摹逢迎，造謠生事者，實繁有徒，不可不嚴切注意。又最苦之事，莫過於無朋友，主席當交結一二十位在野名流，常與之東說說，西談談，自然耳目日新，不致壅塞。

五、風紀敗壞，危險之極。職司多貪污，行政少效率，民心太萎靡，文化不發皇，而尤顯著者，莫過軍紀之廢弛，官常之不振。今日官吏欺民，軍隊擾民，無不肆意為之。即以通都大邑而言，憲警打百姓，軍警相毆鬥，憲警相衝突，何地無之？此為性命根本之事，數十百年不易培成，而今掃地以盡。又英人報導廣東人民餓死者，每週達六百人，美人調查，我國人民挨餓者，今年達三千五百萬。而在上者恣意享用，揮霍無度，上海一地，每席四十萬元之筵會日達十萬起。京滬大街奢侈品充斥，甚至賭具亦公開出售。凡此皆主席宵旰勤憂、力求防範糾正之者，惟果當如何措施，乃得收實效，不可不悉心研究，以挽狂瀾。

整裝待發，未能面辭，故扼要直陳，以瀆清聽。此次承蒙明令退伍，覺得十分光榮，亦十分感謝。祥雖遠離，如有電召，當即歸來，臨別誠不勝戀戀之情。耑肅敬頌，鈞安。

　　　　　　　馮玉祥　敬啟　三五、八、二六。

（民國三十五年九月一日，上海《大公報》。）

民國三十七年（1948）

馮玉祥致蔣介石一封公開信（民國三十七年二月八日）

一九四六年九月，我離開上海首途赴美以前，曾致你一封信，促你停止內戰，為中國人民計，應即組織一個民主聯合政府。然而你的答覆只是繼續內戰和獨裁。

一九四七年五月，因為你捕殺學生和教授，封閉報館，並且剝奪人民的一切自由，那時，我在舊金山發表一封告全國同胞書，在這封信裡面揭發你的獨裁行為，我再度呼籲中國和平民主。

一九四七年八月，我接到你派來美國的特務人員一封恐嚇信，嚴厲地警告我，要是我再來抨擊你的話，那麼，我的性命將會危險。我卻把這封信放入字紙簍裡。自此以後，我在言論上更加毫不遲疑地和大聲疾呼地抨擊你的政策了。

你又用個人的命令召我回國，和憑著你個人的決斷，開除了我的黨籍。這對我是無所驚奇的。

一九四八年正月一日，在香港已成立國民黨革命委員會，由國民黨的元老領袖李濟琛將軍任主席，我也很光榮地當選革命委員會中央委員，誓矢奮鬥，以推翻你的反動政權，務求在中國建立真正民主和平。

一九四八年正月十四日，我正式宣佈與你的政府完全脫離關係了。從現在起，我將攻擊和反對你到底。

回憶過去的事，或者你會激發天良吧。一九二七年，你辭職

了，因為你的部下都不聽你的命令，而你的親信僚屬像何應欽，也要來反對你。然而我卻促你回來，並支持你任陸軍總司令職。國民革命既尚未成功，那麼，我希望你能領導著國家向前推進的。可是，你這時已開始背棄孫中山先生和中國國民黨了。現在我已感到支持你的罪過，而要向中國人民負起責任，協助他們把你趕走。

一九三一年九月日本侵略東北以後，許多國民，包括我自己，為著國家而呼籲抵抗。可是你卻堅持著屈膝的不抵抗政策。那時我不管你的政策，在北方組織抗日軍，領導他們作戰，迭奏膚功。

一九三五年，你要求我參加南京政府，我同意了，唯一的條件——我們必要立即採取抗日政策，你接納了我的條件，可是，你仍要拖延著抵抗，並且繼續壓制抗日運動。

一九三六年十二月，你在西安被一些你的嫡系將軍們所領帶著你的嫡系軍隊捉住。許多你的親信在南京都主張轟炸西安，那麼，你的性命是會完結的。那時，我力排眾議，反對這種主張，打電報給捉囚你的人員，願以身作質。你答應了抗日，但你對之仍甚冷淡。事實上，在抗日戰爭期間，你對抗戰是沒有信心的。

我記得十分清楚，國民政府由南京撤退，一天，我們舉行了一個會議，林森主席向各高級官員話別時，他帶著一副很憂愁的臉容。那時你也怨懟著執行抵抗政策，咆哮大怒：「這是抗日的結果了。他們要抵抗，且看他們現在怎麼？」

在多年的戰爭中，你常常秘密地努力從事準備與敵人謀和。而你的對內政策卻是一個獨裁者。

政府的腐敗與無效能，你是不能辭其咎的。實際上，這種罪惡是由你所促成的啊。

你只要人們忠心於你，不管他們怎樣腐敗，在你左右沒有人敢對你作任何批評，在你的字典裡面是沒有法律和正義的字樣，並且憑著你的意旨隨便捕殺人民。所有民主運動，你嚴加壓制了，沒有言論自由，報紙、會社或任何人等作了批評，便呼之為共產黨。

抗日勝利以後，你撕毀了政治協商會議全部決議案和諾言。一九四六年夏天，馬歇爾將軍為著調停而努力，曾八次登牯嶺到你的避暑地見你，可是你卻蓄意欺弄美國人的。

在過去兩年中，你從美國人的袋裡拿了億萬元花費了。這種援助款項大部分是入了你的腐敗官吏的私囊。還有一層，你使用美國武器和飛機打內戰，不知炸殺了多少中國民眾？

最近，你曾派遣中國主教、牧師和宣傳人員到美國來，從事聯絡某些大雜誌和報紙的老闆，這種作風是誘惑美國人認為你是跟共產主義鬥爭了。事實上，你是為著你個人的利益，而推進美國與蘇聯捲入戰爭。

現在你打內戰已是失敗了，而你的崩潰之期已逼近了，我知道你仍希望美國援助；但這也不能拯救你的。

我寫給你這一封信，或者是最後的一封信，並不希望改變你的政策。不過，為要向你提示一個最後的機會，以拯救你自己吧！

下野，立刻離開中國，把所有的交還人民！如果你仍是基督信徒的話，那麼，你應該向上帝招認你的罪過。你可退休在南美洲某些地方，最好是阿根廷，以終餘年。

誼屬老友，又是教兄，我向你提這最後的獻議，並盼望你以理智來接納它。這不僅是為著你自己，而且為著四萬五千萬中國人民。

馮玉祥（簽名）　一九四八、二、八。

（原載：一九四八年二月八日《紐約下午報》。錄自：九龍，復興出版社編印：
《馮玉祥將軍紀念冊》，頁 153-156。1976 年 4 月再版。）

【註】民國三十四年日本投降後，馮於八月十六日上蔣主席函，恭
　　　維備至，稱之為「民族國家之救星，人類世界之偉雄」，並
　　　由衷地關心蔣之健康：「務祈蓄惜精力，為國保重。……飲
　　　食營養不可不講究。游散娛樂，不可不注重。」至於他自己
　　　之願望，則為：「一俟大局平定，赴歐美各國一遊，以展眼
　　　界，以廣學識，此點極盼鈞座惠予允准，不勝感幸。」蔣於
　　　九月二十四日函覆云：「兄赴歐美遊歷，甚表贊成。惟目前
　　　抗戰甫告勝利，復員業務百端，擬請稍緩數月，再定行期。
　　　以便在此期間，多獲匡教。」至三十五年四月二十七日，蔣
　　　為達成馮之心願，亦為履行上函之諾言，派馮以專使名義赴
　　　美國考察水利，為期一年。可是馮的參議馮紀法卻說是蔣要
　　　重開內戰，「遭到了近在身邊的馮先生的激烈反對。為了拔
　　　除他實行獨裁的這個眼前障礙，便以所謂『考察水利』的名
　　　義，逼迫馮先生出國，這是馮先生自己乃至公眾輿論都是心
　　　中有數的。」（馮紀法口述·侯鴻緒整理〈我是馮玉祥形影不離的衛
　　　士〉，《傳記文學》第六十卷第一期，頁 128。）真不知從何說起！
　　　七月三十一日，公布退休上將馮玉祥等十五人，中將二十七
　　　人，少將五七六人。八月二十六日，馮上書蔣，論和平、民
　　　主、自由、風紀等事，作為臨別贈言。九月二日，與夫人李
　　　德全、女兒理達、中文秘書吳組緗、英文秘書汪衡、兩位水
　　　利專家劉宅仁、章元義、參議馮紀法（季發）共八人，自上

海搭乘「美琪將軍號」輪赴美國，九月十四日抵達舊金山碼頭。據同船赴美的黎東方說，馮曾在船上的餐廳演講一次，對蔣的領導抗日，備加推崇。（張家昀《模範軍閥馮玉祥》，臺北：久大文化公司，1992 年 7 月，初版，附記，頁 221-222。）不料抵美後，便開始發表反政府的言論。馮玉祥之轉變，據其水利顧問章元羲在〈記馮玉祥在美國的那一年〉文中云：「馮的政治立場似乎就是在這一年轉變的。……他為什麼要變呢？據我看：第一、他有好變的天性，性情不穩定。這種天性成為他變的原動力，加以對現實日漸不滿；第二、馮太太是個重要因素；第三、他求名之心太重。……在美國的後期，他對政府漸有微詞。我冷眼觀察，每當他收到總統蔣公的信的時候（信中講什麼我不得而知，但我想不會有什麼要緊的事。）他的牢騷就少些。過了兩天，就又多起來了。彷彿是在那年十月，他寄了一封長信和一個用一元九毛五分買的兩面可以摺疊的案頭鏡框給蔣公後（店中為使鏡框美觀，框中鑲了華盛頓和林肯像），又經過三四個星期，他的性情就變得越來越暴躁。看來他是在等蔣公的回信等得著急了。」（原刊《傳記文學》第三十三卷第三至五期。收錄在簡又文撰《馮玉祥傳》，民國七十一年六月三十日傳記文學出版社初版，下冊，頁 418、435-436。）另據其參議馮紀法的說法：馮玉祥在赴美前接待一丁姓記者云：「名義上是去考察水利。……還有別的事要做，比如美援問題。說明白點，就是應該援助誰？……這件事挺難說，暫時就不發表了吧，今後你再看吧。」因此，馮紀法認為馮玉祥「不是去學什麼興修水利的辦法，而是去告誡美國政府不要援蔣

打內戰。」（《傳記文學》第六十卷第一期，頁 129。）三十六年九月九日，馮在美國組織「華僑和平民主協會」，以促進其籲請美國政府停止對中國之一切援助。效力雖然有限，但政府仍不免受到一些傷害！十月十日，馮在紐約發表國慶演講，大肆批評南京政府貪污無能、壓迫人民打內戰，並鼓動「大家攜起手來，團結起來為真正的聯合政府而奮鬥。」（這篇演講詞，據馮紀法說，是一九四六年十月馮到了紐約，經老舍修改的。他們九月十四日才到達舊金山，十月十日就到紐約之可能性不大；而且馮初到美國時，並沒有立即反對政府的言行。《馮玉祥回憶錄》將這篇演講詞作為附錄，其日期則作一九四八年，大約是因為演講詞中數度提到「中華民國三十七歲的生日」，編者即據以誤認為是一九四八年。馮於一九四八年八月三十一日即被焚死，何能在十月十日演講？照中國人過生日時是虛歲的算法，這篇演講的時間，應該是三十六年的十月十日。）十一月九日，馮又在紐約成立「旅美中國和平民主聯盟」，反對美國援華。以代表國家之特使，竟在所出使的國家反對援助自己的國家，真是咄咄怪事！政府以其在美的反政府言論與行動，過於離譜，故於十一月十二日撤銷其赴美考察水利專使名義，令即回國。馮抗命不理。三十七年一月七日，國民黨開除了馮的黨籍。一月十四日，馮宣布抗拒政府命令，不允回國，並繼續從事反對援華的活動。三十七年元旦，李濟琛領導之「國民黨革命委員會」在香港成立，馮被選為中央委員之一，並任該會駐美代表，是其左傾親共之正式表示。四月二日，乃以國民黨革命委員會代表資格向美國登記。二月八日，在《紐約下午報》發表一封致蔣之公開信，果如信中

所說：「我寫給你這一封信，或是最後的一封信。」七月三
十一日，他離開美國赴蘇俄。八月三十一日，在黑海敖德薩
（Odessa）港附近俄輪「勝利（Pobeda）號」上，以放映電影起
火而被焚死。蔣、馮維持了二十年又六個多月的「異姓兄
弟」關係，至此正式結束。馮玉祥之死因，曾有許多傳說和
猜測，請參閱簡又文撰《馮玉祥傳》下冊，頁 390-393，附
錄二「關於馮玉祥之死」。

國家圖書館出版品預行編目資料

蔣馮書簡新編

陶英惠輯註. – 初版. – 臺北市：臺灣學生，2010.03
面；公分

ISBN 978-957-15-1480-2(平裝)

856.186   98021003

蔣 馮 書 簡 新 編 (全一冊)

輯　註　者：陶　　　　英　　　　惠
出　版　者：臺 灣 學 生 書 局 有 限 公 司
發　行　人：孫　　　　善　　　　治
發　行　所：臺 灣 學 生 書 局 有 限 公 司
　　　　　　臺北市和平東路一段七十五巷十一號
　　　　　　郵 政 劃 撥 帳 號：00024668
　　　　　　電　話　：（02）23928185
　　　　　　傳　眞　：（02）23928105
　　　　　　E-mail : student.book@msa.hinet.net
　　　　　　http : //www.studentbooks.com.tw
本書局登
記證字號　：行政院新聞局局版北市業字第玖捌壹號
印　刷　所：長 欣 印 刷 企 業 社
　　　　　　中 和 市 永 和 路 三 六 三 巷 四 二 號
　　　　　　電　話　：（02）22268853

定價：平裝新臺幣五八〇元

西　元　二　〇　一　〇　年　三　月　初　版

85601
ISBN 978-957-15-1480-2(平裝)